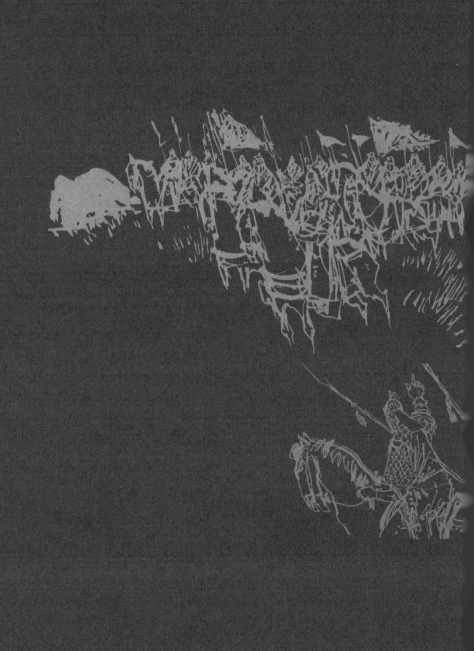

續三國志

속 삼 국 지

無外者 무외자 | 이원섭 역

明文堂

머리말

전한 말기 평제(平帝)를 죽이고 왕위를 찬탈한 왕망(王莽)이 신(新)이란 나라를 세웠으나, A.D. 25년 유수(劉秀)는 왕망을 주(誅)하고 낙양에 도읍하여 다시금 한(漢)을 중흥시켰다. 이른바 「후한(後漢)」이다.

이 후한은 광무제 유수로부터 14대 헌제에 이르러 195년 만에 망하고, 중국대륙에는 조조의 위(魏), 유비의 촉한(蜀漢), 그리고 손권의 오(吳) 세 나라가 정립하게 되었다. 이른바 역사에서 일컫는 「삼국시대」인 것이다.

이 세 나라의 각축과 흥망을 그린 소설이 곧 유명한 《삼국지연의(三國志演義)》(보통 《삼국지》라 일컫는다)이다. 그러나 위·촉·오의 3국은 미구에 진(晋)에 의해 다시 하나로 통일이 되었다.

그러나 그것으로 모든 게 끝난 것은 아니었다. 소설 《삼국지》는 끝났을지 모르나, 그런 역사적 비극이 어찌 여진(餘震)을 가져오지 않고 견디겠는가.

후한을 찬탈한 패자 위(魏), 위를 찬탈한 패자 진(晋), 그리고 그 진을 갈기갈기 찢어서 나누어 가진 열여섯의 패자(覇者). 그 열여섯 패자 가운데 「한조 부흥」의 기치를 내건 한 패자가 있었다.

망국(亡國)의 한을 품고 멀리 불모의 땅으로 망명했던 촉한의 후예들은 다시 칼을 갈고 힘을 길러 중원(中原)을 향해 땅을 멍석 말 듯, 한(漢) 중흥의 최선봉에 선 청년장군 유요와 석늑, 그들을 도와 천하를 도모하는 모사 장빈과 제갈선우, 이들이 거대 진(晋)과 중

원의 사슴(제위)을 놓고 건곤일척의 한판승부를 벌인다.

진의 황제를 둘러싼 여덟 왕들의 동족상잔의 피비린내 나는 권력다툼 속에 끊임없이 야기되는 역모와 권모술수, 모반의 세월.

황하·장강(長江 : 양자강)을 중심으로 한 중원의 가없는 땅은 그 무대가 되고, 천하를 도모하는 영웅호걸의 경륜과 발산개세(拔山蓋世)의 장수, 운주유악(運籌帷幄)의 모사들은 그 주역이 되어 역사의 한 장을 점철해 간다.

나는 예전 일본에 갔던 길에 고서(古書) 한 권을 사서 지금껏 비장하여 왔다. 이름하여 《통속 속삼국지(續三國志)》! 필자는 무외자(無外者)라는 사람인데, 원록년판(元祿年版)인 것으로 미루어 보건대 약 1700년대 초엽의 인물로 추측된다. 이 무외자는 나카무라 고젠(中村昂然)이라는 본명도 전하나, 필시 무명의 유교도로서 사서(史書)를 뒤적이던 나머지 흥에 겨워 이 글을 쓴 듯하다.

이 책은 그 제목이 말하듯이, 전적으로 통속적인 설화의 수법으로, 주로 진(晋)과 오호십육국 가운데 한(漢)과 성(成) 세 나라의 쟁투를 순 한문으로 엮어 놓은 군담서(軍談書)였다.

독자들 중에는 이 중의 어느 만큼이 역사적 사실이냐고 묻는 이가 있을 것이다. 그러나 이 책에 등장하는 왕들은 물론이고, 주역들 가운데 상당수는 실제 역사적 인물임을 확인하고 역자는 놀라움을 금할 수 없었다. 따라서 이 소설의 큰 줄기는 탄탄한 역사적 사실에 기반을 두고 씌어졌다는 사실이다.

　진(晉)의 무제 사마염이 천하를 통일한 이후, 조왕(趙王)을 비롯한 「8왕의 난(亂)」과 촉한 후주 유선의 일곱째 아들로서 좌국성(左國城)에서 일어난 괴걸 유연(劉淵)의 중원 경략, 거기에 성도를 중심으로 한 이웅(李雄)의 궐기 등, 하나하나가 모두 역사의 사실임에 틀림없다. 다만 거기에 약간의 윤색과 허구가 가해졌을 뿐인데, 이것은 《삼국지》를 비롯한 모든 역사소설이 문학이기 때문에 지닐 수 있는 하나의 특권인 것이다.

　어쨌든 《삼국지》를 재미있게 읽은 독자라면 누구나 이 소설도 흥미있게 읽으리라 믿는다. 이것은 《삼국지》의 속편으로서, 풀리지 않은 채 남겨졌던 사연들이 여기에 와서 풀리며, 새로운 문제로 전개되고 있기 때문이다.

　오래 전 삼국지를 번역하면서 느낄 수 있었던 그 때의 벅찬 감동들을 다시금 떠올리며 마침내 1만여 매의 원고를 탈고함으로써 이 소설에 대한 나의 애정은 이 작품이 《삼국지》의 모든 독자들에게 애독될 것을 염원할 뿐이다.

파하산장(巴下山莊)에서
이원섭李元燮

속삼국지 권1 · 망국원한편

차 례

참고 : 본문 중 *표는 고사성어를 나타낸 것으로, 각권 말미에 가나다순으로 고사의 내력을 기술하고 있다.

속삼국지

권 1 망국원한편

제1장. 불탄자리에서 돋아나는 싹

1. 천하는 합쳐지면 반드시 분열하고, 분열하면 반드시 합쳐진다

봄이 가면 여름이 오고 가을과 겨울이 그 뒤를 잇는다. 열흘 가는 꽃도 없지만, 잎이 시들어 떨어지고 천지만물이 얼어붙는다 해서, 대자연의 생명에 끝장이 오는 것도 아니다. 얼었던 땅이 다시 녹고 메마른 가지에서는 새싹이 돋아나는 법이다.

그러므로 금년에 피어난 꽃은 과거의 무한한 봄을 두고 피어났던 그 꽃이요, 우리 눈앞에 있는 단풍든 나뭇잎은 미래의 무량겁에 걸쳐 나타날 영원한 모습이다. 따라서 겨울이 갔다고 아주 간 것도 아니며, 봄이 왔다고 언제까지나 머물러 있어줄 것도 아니다.

어찌 자연만이 그렇겠는가? 오늘 따스한 햇볕 아래 밭을 일구고 있는 농부는 몇 십 년 전 손가락을 입에 문 채 아버지의 밭 일구는 것을 바라보고 서 있던 그 소년이요, 다시 몇 십 년이 흘러가면 또 오늘같이 따스한 봄날이 있어 저 농부의 아들이 어른이 되어 밭을 일구리라.

나라의 흥망성쇠도 마찬가지다.

진(秦)나라 시황제(始皇帝)는 육국(六國)을 멸하고 중국을 통일하였다. 지금으로부터 무려 2천 2백 년 전의 일이다. 봉건제도를 버리고 전국을 군(郡)과 현(縣)으로 나누어서 중앙집권의 실(實)을 거두었고, 외적을 막기 위해 만 리에 걸친 장성을 쌓았다. 그뿐인가. 국민의 비판을 봉쇄하기 위해 경서를 거두어 불사르고, 유생(儒生)을 산 채로 구덩이에 묻어 죽이기까지 한 *분서갱유(焚書坑儒)를 단행하기에 이르렀다..

그러나 제국의 몰락은 뜻밖에도 급격히 다가왔다. 극성스런 더위가 바로 조락(凋落)의 가을과 이어지듯, 지나친 강권은 종말도 빨랐다. 시황제가 죽자 여기저기서 반란이 일어나 천하는 다시 가마솥같이 들끓었다.

이번의 승리자는 유방(劉邦)이었다.

그의 경쟁상대로 *역발산기개세(力拔山氣蓋世)의 항우(項羽)가 버티고 있었으나, 마지막 승리는 정략에 뛰어난 쪽에 돌아갔다.

유방은 민중들이 무엇을 원하고 있는지를 살펴볼 줄 아는 눈을 가지고 있었다. 가혹한 법치주의에 시달리던 백성들에게 그가 내세운 *약법삼장(約法三章)은 매우 매력적인 것이었다. 즉,

1. 사람을 죽인 자는 죽인다(殺人者死).
2. 남에게 부상을 입히거나, 도둑질한 자는 그 경중을 따져 벌한다(傷人反盜抵罪).
3. 그 이외의 진나라의 모든 법은 폐지한다(餘悉除去秦法).

번잡한 법에 얽매여 고생하던 민중으로 볼 때, 그것은 바로 천래(天來)의 희소식이요 해방의 종소리였다. 민중은 그의 편을 들었다. 이리하여 한(漢)이라는 왕조가 생기고, 그는 고조(高祖)라는 이름으로 불렸다. 이번 왕조는 꽤 오래 갔다.

유교(儒敎)가 국교로 채택됨으로써 후일의 찬란한 중국문화가 자라날 터전이 마련되었고, 중국의 영토가 오늘의 그것과 비슷한

넓이로 확장된 것도 그때였다.

물론 무상의 바람이 이곳이라고 불어닥치지 않을 리 없어서, 2백 년이 지나자 왕망(王莽)에 의해 일단 멸망하고 말았지만, 2세기에 걸친 한(漢)의 지배는 민중의 뇌리 속에 제왕에 대한 정통관념을 강하게 불어넣어 주는 결과가 되어, 한(漢)은 불사조처럼 잿더미 속에서 날개를 치며 소생해 날 수 있었으니, 역사에서는 이 두 개의 왕조를 구분하기 위해 앞의 것을 전한(前漢), 뒤의 것을 후한(後漢)이라 부른다.

광무제(光武帝)에 의해 건국된 후한도 2백 년쯤 지속되었거니와, 그 말년에 가서 왕권이 차차 쇠미해지는 틈을 타 조조(曹操)·손권(孫權)·유비(劉備)가 일어나 *중원의 사슴을 쫓으니(中原逐鹿중원축록), 그때의 사실(史實)은 《삼국지연의(三國志演義)》에 의해 널리 알려진 바다.

조조는 중원을 차지했을 뿐 아니라 후한의 황제를 손아귀에 쥐고 있었으므로 가장 세력이 강했고, 중국 남부의 풍요한 땅과 양자강의 요해(要害)를 끼고 있는 손권 또한 만만치 않은 데다가, 비록 중심부에서 치우친 촉(蜀)에 갇혀 있기는 해도 유비에게는 한조(漢朝)의 후예라는 명분이 있어서 민중의 동정을 살 수 있는 이점이 있었던 것이니, 무수한 재사와 호걸이 끼어든 이 삼자의 용호상박(龍虎相搏)의 싸움은 후세의 독자로 하여금 길이 손에 땀을 쥐게 하기에 족한 것이었다.

조조의 아들 조비(曹丕)의 대에 이르자 명목만의 한조(漢朝)를 치워버리고 스스로 황제가 되어 나라 이름을 위(魏)라 하기에 이르렀으며, 손권 또한 자립하여 오(吳)라 하고, 유비도 한의 정통을 자처하여 촉한(蜀漢)이라 일컬었다.

그러나 피압박자의 위치에 있었던 오와 촉한이 드디어 멸망할 즈음에는 승리자 측에도 정권의 교체가 있어서, 위는 그 권신(權臣)인 사마씨(司馬氏)에 의해 망하고 진(晋)이라는 왕조가 서게 되었다. 정말 주마등처럼 바뀌는 세상이었다. 그래서 천하대세는 합구필분(合久必分)하고 분구필합(分久必合)한다고 하지 않았던가.

2. 난을 피하는 촉한의 후예들

한(漢)의 정통임을 내세우던 촉한도 후주(後主)의 대에 오자 망하고 말았다. 제갈양·관우·장비·조자룡 등의 활약으로 《삼국지》의 인기를 독차지하던 그 나라의 허무한 멸망은 우리들의 마음을 슬픔으로 채우기에 족한 것이지만, 천하의 대세는 과연 이것으로 결정되고 만 것일까?

만일 이로써 끝장이 난 것이라면, 옛사람들 말 그대로 「*천도(天道)는 시(是)인가, 비(非)인가?(天道是耶非耶천도시야비야)」하고 탄성을 발할 만도 하다. 그러나 마지막 겨울이 어디 있겠는가? 땅이 꽁꽁 얼어붙었다고 하여 대자연의 생명이 아주 죽어버렸다고 생각해야 옳겠는가? 아니, 그렇지는 않을 것이다. 저 두꺼운 얼음 밑에서도 다가올 봄을 위해 꽃피울 준비를 하고 있는 어린 생명들이 있을 것이다. 무수히 있을 것이다.

촉의 후주 유선은 광록대부 초주(譙周)의 권을 좇아 위에 항복하고자 했다. 그러나 후주의 다섯째아들 북지왕(北地王) 유심(劉諶)은 이를 한사코 반대하였으나 그의 의견은 묵살되고 기어이 후수는 위에 투항하고 말았던 것이다.

그로서는 부왕의 나약한 성격이 못마땅했다. 얼마나 많은 신하가 피를 토하듯이 간했던가.

「이 나라가 누구의 나라입니까. 선제(先帝)께서 어떻게 해서 세우신 나라입니까. 건국을 위해, 나라를 지키기 위해 얼마나 많은 호걸과 무명의 병졸이 거룩한 피를 뿌렸는지 통촉하지 못하십니까. 제갈 승상께서 전후의 출사표(出師表)를 통해 폐하께 그 무슨 말씀을 아뢰었는지 이미 잊으셨나이까?」

이렇게 대의를 따지는 사람도 있었고, 적에게 수치를 당하느니 차라리 마지막까지 싸우다가 군신이 함께 죽자고 조르는 이도 있었던 것이다.

「경들의 뜻을 모르는 바 아니오. 그러나 이 마당에 이르러 더 싸우면 무엇 하겠소. 공연히 백성만 죽일 뿐이지!」

유거로서는 마지막까지 백성을 방패로 삼는 아버지의 그 위선이 더욱 싫었다.

후주 유선(劉禪)은 슬하에 7형제를 두었으니, 그 장자는 선(璿)이고, 둘째는 요(瑤), 셋째는 종(悰), 넷째는 찬(瓚), 다섯째는 심(諶), 여섯째는 순(恂), 그리고 끝이 거(璩)였다.

다섯째 유심은 끝까지 싸워 나라를 지키자는 자기의 주장이 좌절되자 노기가 충천하여 칼을 차고 궁으로 들어갔다. 그의 처 최부인이 놀라 물었다.

「나리의 안색이 이상한데, 어인 일이오니까?」

「위병이 다가왔소. 부왕께서는 이미 항서를 바쳤으니 이 나라 사직이 이에 진멸(殄滅)되고 마는구려. 나는 죽어서 지하에 계신 할아버지를 따르지 결코 남에게 무릎을 꿇지는 않겠소」

「옳으신 말씀입니다. 어서 신첩을 먼저 죽여주신 다음에 나리는 뒤를 따르소서.」

북지왕 유심이 놀라 물었다.

「당신이 왜 죽으려 하오?」

최부인이 대답했다.

「나리께서는 부왕을 위해 죽고, 첩은 지아비를 위해 죽으니 그 뜻이 같지 않습니까. 부망처사(夫亡妻死)이거늘 왜 물으십니까?」

최부인은 말을 마치자 머리를 기둥에 부딪쳐 자살했다. 유심은 어린 아들을 그 자리에서 죽이고, 오직 하나 요(曜)만을 막냇동생 유거에게 의탁한 다음 할아버지 소열황제의 묘로 달려갔다.

「신은 차마 할아버지께서 이룩하신 기업(基業)이 남의 손에 넘어가는 것을 볼 수가 없사와 먼저 처자를 죽이고 저 또한 목숨을 바쳐 할아버지께 보답코자 하옵니다. 부디 이 손자의 마음을 헤아려 주옵소서.」

한바탕 통곡을 마친 유심은 기어이 스스로 목을 쳐 자결하고 말았다. 뒷날 사람들은 북지왕의 이 장렬한 기개를 시로 읊어 길이 찬양했다.

군신이 마지못해 무릎을 꿇었건만
한 아들이 오직 슬퍼하였어라.
서천의 일은 이미 기울어졌으나
북지왕은 장하기도 하구나.

몸을 던져 할아버지께 보답하여
스스로 목을 잘랐으니
아아, 그 늠름함이여!
누가 한나라를 망했다고 하느뇨

君臣甘屈膝　一子獨悲傷　군신감굴슬　일자독비상
去矣西川事　雄哉北地王　거의서천사　웅재북지왕
捐身酬烈祖　搔首泣穹蒼　연신수열조　소수읍궁창
凜凜人如在　誰云漢已亡　늠름인여재　수운한이망

후주가 위(魏)에 항복할 뜻을 결정하고, 그 다섯째아들 유심이 그것을 부끄럽게 생각한 나머지 종묘에 들어가 아내와 함께 죽는 등 촉한의 궁중이 물 끓듯 스산하던 어느 날, 유거(劉璩)는 자기 거실에서 혼자 처량한 생각에 잠겨 있었다. 그는 후주의 막내인 일곱째 왕자로서 일곱 형제 가운데 가장 영특하여 꾀주머니라고 불렸다.

유거는 형 북지왕 유심이 어린 아들을 안고 와서 자기에게 후일을 부탁하던 일을 생각하면 눈시울이 뜨거워지는 것이었다.

「이 아이야 무슨 죄가 있겠니? 귀찮아도 네가 맡아라. 귀찮은 세상을 나는 안 살려 하면서 네게만 무거운 짐을 지워 안됐다만, 너 말고야 누구에게 부탁인들 하겠니?」

형의 말마따나 귀찮은 세상이었다. 앞으로 어떻게 살아가야 할지 막막하기만 했다. 거기에다 형은 자기에게 무거운 짐을 하나 지워주었다. 그것은 마치 나는 죽어도 되지만 너는 죽어선 안된다고 못을 박아 놓는 거나 다름없는 일이었다.

어떻게 해야 좋지? 유거는 열어 놓은 창밖을 물끄러미 바라다보며 다시 뒤엉키는 생각을 정리하려고 애썼다. 그때다. 저쪽으로부터 자기한테로 접근해 오는 사람이 시야에 들어왔다. 그것은 유봉(劉封 : 선제 유비의 양자)의 둘째아들 유영(劉靈)이었다.

「잘 왔네.」

방에 들어서는 유영에게 유거가 앞서 말을 걸었다. 물에 빠진 사람이 지푸라기라도 붙잡듯 지금의 그에게는 유영이 몹시 반가웠던 것이다.

「형님, 왜 이러고 앉아만 계십니까?」

「이러고 안 있으면, 어떻게 한단 말인가?」

「머뭇거리고 있다가는 저희도 붙들려가서 욕을 봅니다. 이런 때는 힘을 다해서 피하고 볼 일입니다. 유선(劉宣) 형님하고도 상의를 안하시고…….」

「하긴 그래. 가서 좀 모셔오겠나?」

유영은 나가더니 곧 유선을 데리고 왔다. 그들은 사촌간이다.

「큰 집이 무너지려 할 때 기둥 하나로 둘이 버틸 수 있는 문제도 아니고, 형님은 어떻게 했으면 좋으시겠습니까?」

「그야 자네도 어련히 잘 알겠냐마는…….」

유선은 가슴까지 드리운 수염을 쓰다듬으며 입을 떼었다.

「내 생각 같아선 전하의 뜻은 돌리게 할 수도 없거니와 이대로 싸워서 적군을 물리칠 수도 없는 노릇 아닌가! 그렇다고 앉아서 죽음만 기다릴 수도 없고 지금으로서는 먼 어느 곳으로 몸을 피해 있다가 때를 살피고 세력을 길러 나라의 광복(光復)을 꾀하는 것이 상책이 아니겠나?」

유거는 몇 번이나 고개를 끄덕였다. 하기는 그러했다. 그러나 어떻게 이곳을 벗어날 것인가? 겹겹이 포위된 이 속에서 어떻게 포위망을 뚫을 수 있느냐, 그것이 문제였다.

그때 누군가가 밖에서 유영의 이름을 부르는 소리가 들렸다. 그것은 양의(楊儀)의 아들 양용(楊龍)이었다. 양용은 방에 들어서자 유거에게 허리를 굽혔다.

「제가 무엇을 알겠습니까마는, 선친께 들은 말을 지금껏 잊지 못합니다. 제갈 승상께서 운명하실 때 옆에 계신 분은 저의 아비입니다. 그때 승상께서는 이렇게 말씀하셨다는 것입니다. 중간에 가서 유씨(劉氏)의 운이 쇠미해지겠으나, 30년이 지나면 분명히 영걸한 세왕이 나타나서 나라를 복구하고 중원을 차지하실 거라고요. 저는 이 말씀을 잊지 않고 언젠가는 천하를 통일하는 날이 오려니 하고 기대하고 있었더니, 오늘 사직이 이렇게 될 줄이야 어찌 알았겠습니까. 제가 뵙건대 전하께서는 *융준용안(隆準龍顔)이

셔서 반드시 억조창생이 우러러 받드는 분이 되실 것이니, 곤경에
처하셨다고 기운을 잃어서는 안되십니다.」

「슬기로운 이는 싹이 트기 전에 이미 그 조짐을 아는 것이니,
어찌 그 드러나는 때를 기다리겠습니까. 옛날에 신생(申生)은 머
물러 있다가 죽음을 당했고, 중이(重耳)는 도망하여 뒷날에 진왕
(晉王)으로서 다시 패자가 되었던 것입니다. 이는 바로 오늘의
거울이라 하겠으니, 죽음을 무릅쓰고 전하를 멀리 모시고자 원
합니다.」

양용의 씩씩한 발언은 방안의 분위기를 완전히 바꾸어 놓았다.
가뭄에 시들어가던 초목이 소나기를 만난 듯 어둡기만 하던 유거
와 유선의 얼굴에도 일말의 생기가 돌았다.

─유씨가 다시 일어나리라.

제갈공명이 임종 때 그렇게 예언했다지 않는가. 그렇다면? 그렇
다면 그것은 사실일 것임에 틀림없다. 그들에게는 적어도 그렇게
느껴졌다. 그만큼 제갈 승상이라는 이름은 그들에게 있어서는 하
나의 신 같은 존재였다.

융준용안이라는 말까지 들은 유거는 더욱 유씨의 미래를 믿고
싶었다. 옛날 한나라의 시조인 고조(高祖) 유방(劉邦)이 우뚝한 코
에 얼굴이 흡사 용 같았다고 해서 생겨난 이 말이 자기에게 적용
된 것이다. 유거로서는 마음이 언짢을 리가 없었다.

그때 방문을 거칠게 밀어젖히면서 들어서는 장정이 있었다. 그
것은 호위친병총령(護衛親兵總領)으로 있는 제만년(齋萬年)이었
다. 몸이 깍짓동 같은 이 사나이의 무서운 얼굴이 오늘 따라 더욱
험악해 보였다.

그는 인사도 않은 채 바로 유거 앞으로 성큼성큼 걸어왔다.

「사시겠소, 돌아가시겠소?」

마치 저승사자가 덮치는 것 같은 기세였다. 방안이 쩌렁쩌렁 울렸다. 모르는 사람이 이 광경을 보았다면, 유거를 해치려는 자객이 아닌가 의심했으리라.

「장군!」

유거는 떨리는 음성으로 부르짖으며 자리에서 일어나더니 제만년의 손을 덥석 잡았다.

「오늘의 운명은 장군의 손에 달렸소 우리를 죽도록 버려두시려오, 살리시려오?」

「무슨 그런 말씀을?」

제만년의 볼에 굵은 눈물방울이 흘러내렸다.

「전하께선 제 마음을 다 아시면서 왜 그렇게 물으시나이까. 마음만 작정하시오소서. 제가 목숨을 내걸고 모시겠사오니……」

「고맙소」

감격에 벅찬 듯 유거의 목소리가 떨렸다.

「장군이 힘써준다면 죽음은 면할 것 같소만, 또 어려운 일이 있구려.」

「어려운 일이라고 하시면……?」

「다름이 아니라, 북지왕께서 강보에 싸인 아기를 나에게 맡기시고 돌아가셨소 형님의 일점혈육을 맡은 이상 아무리 난리 속이라 해도 버리고는 못 가오. 같이 죽으면 죽었지……」

「알겠사옵니다.」

제만년이 허리를 굽혔다.

그처럼 자기 아들 아닌 어린 조카를 걱정하는 그 인품이 제만년에게는 한없이 위대해 보였다. 그러나 갓난아이까지 업고 유거 일행을 위해 포위망을 헤치고 나간다는 것은 어려운 일이었다.

유거에게는 많은 자녀들이 있었다. 큰아들 유총(劉聰)은 날 때

부터 힘이 장사여서 자라면서 궁마(弓馬)의 술에 능했다. 유충이
성장하자 후주는 그를 강유(姜維)와 함께 외지에 가 있도록 했다.

「이렇게 하시오소서.」

유영이 앞으로 나섰다.

「전하, 요전(廖全)이라는 사람을 아시는지요? 평서장군(平西將
軍) 요화(廖化)의 아들이옵니다만.」

성미 급한 제만년이 말을 가로막고 나섰다.

「명안이오, 명안! 제가 가서 데리고 오겠나이다.」

말도 채 마치기 전에 제만년의 몸은 이미 밖으로 뛰어나가고
있었다. 요전은 요화의 외아들이었다. 범 같은 장수라 몇 번인가
나라를 위해 싸우러 나가고자 했으나, 그 늙은 아버지가 허락하지
않아서 울화통만 터뜨리고 있는 중이었다. 특히 제만년과는 둘도
없는 친구 사이였다.

유영이 이런 말을 설명하고 있는데 벌써 제만년이 돌아왔다. 유
거는 제만년을 따라온 청년을 바라다보았다. 9척 장신에 호랑이
상, 험상궂은 품이 제만년 못지않아 보였다.

꾸물거리고 있을 틈이 없었다. 그들은 곧 떠날 채비를 했다. 대
군을 헤치고 나갈 것이라 옷 한 벌 가지고 갈 엄두도 내지 못했다.
노자에 쓰기 위해서 금이나 은덩이를 약간씩 몸에 지니는 것이 고
작이었다.

북지왕 유심의 어린 아들 유요(劉曜)는 요전이 업었다. 항우 같
은 사나이가 갓난애를 등에 업은 채 긴 창을 비껴들고 서 있는 모
습은 기괴하기 짝이 없는 광경이었다. 그러나 아무도 웃는 사람은
없었다.

그들은 서쪽 성문을 향해 달려갔다. 선두에는 긴 칼을 빼어든
제만년이 달리고 있었다. 그 뒤를 요전이 바짝 따르고 유영·유선

(劉宣)은 가족들을 보호하며 중간에 서고 유화(劉和)·양용 등은
뒤를 끊으며 일제히 서문(西門)을 바라고 나아갔다.

얼마 안 가서 앞을 가로막는 한떼의 군사가 있었다. 우두머리인
듯한 자가 외쳤다.

「서라! 누구의 일행이냐?」

그는 방래(方來)라는 위나라 장수였다.

「*사해(四海)가 한집안이 된(四海兄弟사해형제) 오늘 그대들은
어디로 가는가? 보아하니, 벼슬하는 사람들인가 본데, 어디 간들
위나라 백성이 아니랴. 사람을 보아 크게 쓰실 날이 있을 것이니,
그날을 기다리도록 하오」

앞장선 제만년의 얼굴에 분노의 빛이 나타났다.

「이놈! 무어라고?」

그의 칼이 허공에서 번뜩이자마자 방래의 머리는 땅에 굴렀다.
이것을 신호로 모두 칼이나 창을 빼들고 닥치는 대로 찍고 찔렀
다. 한칼에 대장이 죽는 것을 본 위나라 졸병들은 겁에 질려버려,
처음부터 적수가 되지 못했다. 칼을 비껴들고 말을 달리는 제만년
의 앞을 감히 막고 나서는 자는 없었다.

이리하여 혈로(血路)를 뚫고 그들은 끝없이 말을 달렸다. 이제
는 추격하는 적병도 보이지 않는 어느 언덕에 서서 유거 일행은
저녁안개에 물들어가는 도읍을 되돌아보았다.

이야기를 잠시 거슬러 올라가 제갈공명·관우·장비·조운 등
과 함께 유비를 도와 마침내 그를 촉한의 소열황제가 되게 한 기
라성 같은 용장들의 후손의 행방을 살펴보기로 한다.

유거(劉璩) 일파가 성중에서 탈출할 그 즈음에 포위망을 뚫고
나온 다른 한패의 젊은이들이 있었다. 뒷날 진(晉)에 대해 멋진 복
수전을 벌인 끝에 망했던 한(漢)을 마침내 다시 일으키는 일의 중

추적인 역할을 한 것이 이들이거니와, 그 모두가 촉한 명사들의 후예인 것도 재미있다.

장빈(張賓)—우선 이 사람부터 이야기하자.

《삼국지》에 나오는 인물로 장씨라고 하면 누구나가 장비(張飛)를 연상하려니와, 장빈이란 바로 그의 손자다.

장비가 범·장(范·張)의 변을 만나 죽자 선주는 못내 비통해한 나머지, 그의 권속을 위해 성도(成都)에 저택을 짓고 그 살림을 돌보아 주었었다. 도원(桃園)에서 결의형제한 사이이고 보니 그럴 만도 한 일이었다.

공명을 따라 기산에 출정하여 위장 곽회·손예를 쫓다가 낭떠러지에 떨어져 머리를 깨고 성도에 돌아와 병을 치료하다가 죽은 장포(張苞)의 아들이다.

장포가 전사하기 이전, 그에게는 이씨(李氏)라는 첩이 있었다. 그 몸에서 태어난 자가 장빈이었다.

이씨는 희한한 태몽을 꾸고 이 아들을 낳았다. 이씨는 언제나처럼 방안에 앉아 있었다. 그때, 어디선지 풍악소리가 들려왔다. 굽이굽이 흐르는 장강 물같이 울려 퍼지는 그 곡조는 일찍이 들어본 적이 없는 아름다운 소리였다.

이씨는 놀라서 밖을 내다보았다. 밖을 내다보던 그녀의 눈이 둥그레졌다. 그도 그럴 것이 한 마리의 학을 타고 홍안백발의 신선이 공중에서 내려오고 있는 것이었다. 풍악소리는 어디서 나는지 알 수 없었다. 그러나 여전히 그 소리는 산과 골짜기에 밀물처럼 질펀히 퍼지고 있었다.

학은 바로 그녀의 뜰 안에 내렸다. 그녀는 저도 모르는 사이에 뜰에 뛰어내려 허리를 굽혔다. 학은 어느새 신선으로 변해 있었다.

신선은 웃는 낮으로 그녀를 바라보았다.

「오래간만이오, 낭자. 그 동안 안녕하셨소?」

「네? 소녀는 뵌 적이 없사온데……」

「뭐? 본 적이 없노라고!」

신선은 몹시 우습다는 듯 크게 웃었다.

「언젠가 내가 서왕모(西王母)를 찾아갔더니 낭자가 나에게 차까지 따라 주고도 모르겠다고?」

신선은 또 한 번 웃었다. 그 말을 듣고 보니 이씨에게도 지피는 데가 있었다. 옳지, 내가 참 서왕모의 시녀였었지, 하는 생각이 들었다.

「내가 찾아온 것은 다름 아니라……」

신선은 가슴을 뒤덮다시피 한 흰 수염을 점잖게 쓰다듬으며 입을 열었다.

「상제(上帝)께서 이것을 낭자에게 전해주라 하셔서 온 것이오」

그래서 보니 어느 틈엔지 그의 손에는 구슬로 된 지팡이가 쥐어져 있었다. 투명한 지팡이는 눈부시게 빛났다. 그녀는 무릎을 꿇고 그것을 받았다.

신선이 다시 학의 등에 올라앉아 막 떠나려 할 때, 그녀는 조심조심 물어보았다.

「존함을 뭐라고 하시는지요?」

「내 이름까지 잊었나? 이 여동빈(呂洞賓)을 잊었단 말인가?」

그리고 소리를 내어 크게 웃어댔다. 그 소리에 찔끔 놀라서 깨어보니 꿈이었다.

이렇게 해서 낳은 아들에게는 그 꿈과의 인연이 고려된 이름이 붙여졌다. 이름은 빈(賓), 자(字)는 맹손(孟孫), 유명(乳名)은 주노(柱奴)라고.

그러나 장빈의 초년은 그리 행복한 편이 못되었다. 그는 소실 소생인 데다가, 본실에는 두 아들이 어엿하게 버티고 있었다. 형은 장실(張實)인데 자를 중손(仲孫)이라고 했고, 아우는 장경(張敬)인데 자를 계손(季孫)이라 했다.

　서자인 데다가 아버지가 전사한 뒤를 이어 어머니 이씨마저 죽고 보니, 장빈에게 돌아올 운명이란 뻔한 것이었다. 그는 집에서 쫓겨나 다른 집에서 눈칫밥을 먹고 자라야 했다.

　그러나 그의 비범한 재주는 일찍부터 빛나기 시작했다. 그의 나이 *약관(弱冠)에 이르렀을 무렵에는 경서와 사적은 말할 것도 없고, 오기(吳起)·손무(孫武)의 병서까지 통달하지 못함이 없게 되었다.

　어느 날, 그는 강유(姜維)를 그 막부로 찾아간 적이 있었다. 강유로 말하면 일찍이 제갈양에게 인정받았고, 그가 죽자 촉한의 군권을 한 손에 쥐었던 인물이라 이내 장빈의 사람됨을 알아보았다. 그리고 장빈이 다른 나라가 아닌 자기 나라에 태어난 것을 무척이나 다행으로 알았다. 하지만 아직 장빈의 나이가 어렸으므로 출사(出仕)는 권하지 않고, 마음의 결단을 내리기 어려운 일이 있을 때마다 그를 찾아가 의견을 묻곤 하였다. 그는 한편으로 자기가 제갈양에게서 배운 모든 병법을 장빈에게 전해줄 것을 잊지 않았다. 그리고 타일렀다.

　「장형의 재주는 내게 비기면 열 배는 뛰어나니, 반드시 나라를 위해 큰 공을 세울 것이오. 그러나 *대기만성이라고 고인도 말씀하셨으니, 부디 소성에 만족하지 말고 십분 자중하시오」

　장빈도 스승격인 이 선배의 말을 진심에서 받아들였다. 그리하여 영달을 외면한 채 더욱 공부에 힘썼다.

　이번에 촉한이 망하는 것을 보자 많은 명가훈족(名家勳族 : 이름이 있고 공훈을 세운 집)이 난을 피해 서울을 떠났고, 장빈에게도 피난을 권하는 사람들이 있었으나, 그는 아직도 정세를 관망한 채 움직이려 하지 않았다. 그리고 '만일의 경우에는 장자방(張子房)의 고사를 따라 일추(一鎚)를 가하고 떠난들 늦지 않으리다' 하니, 그 인물됨을 가히 짐작할 만했다.

장빈의 친구에 조개(趙槩) 형제가 있었다. 그들은 유명한 조자룡(趙子龍)의 손자이다. 형인 조개의 자는 총한(總翰)이라 하고, 아우의 이름은 조염(趙染)이요, 자는 문한(文翰)이라 했다. 또한 촉한 명문의 후예일 뿐 아니라 일당백의 용맹을 지닌 장정들이었다.

장빈은 그들의 용맹도 용맹이려니와 태산인 듯 무거운 그 형제의 의기를 높이 사고 있었다. 또 그들의 어린 아우 조늑(趙勒)이 있었는데, 용모가 기이하고 천성이 슬기로워 반드시 이인이 될 것이라 하여 장빈이 크게 사랑하고 있었다.

또 그의 교우관계를 말함에 있어서 빠뜨릴 수 없는 인물로 황충(黃忠)과 제갈양의 손자가 있었다. 노장 황충이 젊은 장수 뺨칠 만큼 용감무쌍했던 것은 《삼국지》의 독자라면 누구라도 알려니와 그 손자들도 녹록한 인물이 아니었다.

자를 양경(良卿)이라고 하는 황신(黃臣)이 형이요, 석경(錫卿)이라는 자로 불리는 황명(黃命)이 그 동생이었다.

제갈양의 손자는 이름을 선우(宣于), 자를 수지(修之)라고 했다. 생김새가 자기 조부를 그대로 빼닮았을 뿐 아니라, 공명의 비전(秘傳)을 깊이 터득하여 헤아릴 수 없는 천지의 현기(玄機)를 가슴에 간직하고 있는 터였다.

그 밖에 위연(魏延)의 세 아들인 위유(魏攸)·위안(魏晏)·위호(魏顥)와 마속(馬謖)의 아들 마영(馬寧)과 조부(趙府)의 목마사(牧馬師) 급상(汲桑)도 모두 호랑이 같은 용사들이었다.

오늘도 조씨 형제와 황신·황명이 장빈의 집에 모여 세상일을 논하고 있었다. 장빈의 형제인 장실·장경도 한자리에 있었다.

「저 연기!」

누군가가 소리치는 바람에 모든 시선은 한 곳으로 쏠렸다. 아닌 게 아니라 연기가 도읍의 동녘 하늘을 뒤덮고 있었다. 시뻘건 불 꽃도 보였다. 냄새까지 풍겨왔다.

'이제는 마지막인가보다!'

말은 하지 않아도 제각기 속으로 이런 감회에 젖어 있을 때, 헐레벌떡 뛰어드는 사람이 있었다. 강유의 아들 강발(姜發)이었다.

「아버님께서, 아버님께서 말씀하시길······」

강발은 숨이 찬지 제대로 말을 잇지 못했다.

강발이 떠듬떠듬 전한 내용은 이제는 마지막이니 빨리 몸을 피해 후일을 도모하라, 또 이미 각오한 바 있으니 자기 생사에 대해서는 관심을 두지 말아달라는 것이었다.

「그러면 빨리 떠납시다!」

장빈이 일어섰다.

「*옥석이 구분(俱焚)하는 판국에 어찌 앉아서 개죽음을 당하겠소 대장부 세상에 나매 뜻이 없을 수 없으니, 마땅히 죽음 속에서 삶을 찾을 것이요, 아울러 오늘의 수치도 언젠가 씻어야 하리라 생각하오.」

모두 장빈을 따라 일어섰다.

조개가 약간 당황한 기색을 보였다.

「이런 때에 가족 권속을 어찌 마음에 두겠습니까마는, 다만 어린 내 동생만은 어떻게든 데리고 가야 할 텐데, 걱정이군요 그 애는 선친께서도 끔찍이 사랑하셨는데······」

어린 동생이란 조늑을 말함이었다. 급상이 앞에 나서며 외쳤다.

「별것을 다 걱정하십니다. 댁 은혜로 뼈가 굵은 제가 어찌 주인댁 도련님을 남 보듯 하겠습니까.」

얼마 후 그들 일행은 남문을 향해 떠났다. 선봉은 황씨네 형제가 자진하여 맡았고, 급상은 조늑을 등에 업고 가운데 끼었다.

「거기 오는 자들은 누구냐? 서라!」

성문을 지키던 군사들이 앞을 가로막았다.

「이놈들!」

황신의 입에서 호령이 떨어지기가 무섭게 그들 형제의 칼날이 번개같이 허공에서 빛났다. 낙엽이 떨어지듯 여기저기에 적병의 목이 굴렀다.

그들이 겨우 성문을 벗어나자 꽤 많은 군사들과 또다시 맞부딪쳤다. 이번에는 대혼전이 벌어졌다. 황씨네 형제에게만 맡길 수 없어서 장빈까지 칼을 뽑아들었다.

위나라 군사의 수효가 압도적으로 많기는 해도 이쪽은 워낙 호걸로만 구성된 특수부대였다. 배가 갈 때 바닷물이 갈라지듯 길은 저절로 열렸다.

그러나 급상만은 약간의 고전을 면치 못했다. 업은 아이를 행여나 다칠세라 조심이 되어 뛰지도 못하고 걷다 보니까, 일행에서 탈락되어 어느덧 적군에게 포위되고 만 것이었다.

이렇게 되니, 조심하느라고 싸움을 애써 피하고만 있을 수도 없는 사세였다. 급상은 도끼를 들어 닥치는 대로 찍었다. 우두머리인 듯한 자가 말을 달려 다가오며 창을 들어 등에 업은 조늑을 찌르려 하는 것을 보자, 성이 머리끝까지 오른 급상은 소리를 벽력같이 지르며 도끼를 내려쳤다. 머리를 정통으로 얻어맞은 적장의 말이 쓰러졌다. 급상은 비호처럼 달려들어 쓰러진 적의 목을 찍어버렸다.

이 광경을 바라본 적군이 겁을 먹었는지 가까이 오지는 못했으나, 포위망은 점점 겹겹으로 싸여 갔다.

　이때 급상이 뒤에 처진 것을 깨달은 조개·조염이 자제와 가복(家僕)들을 이끌고 되돌아왔다. 그들은 옷이 적군의 피로 시뻘겋게 물들도록 칼과 창을 휘둘렀다.

　그들이 포위망에서 벗어났을 즈음에는 위나라 군사들도 너무나 많은 사상자에 몸서리가 쳐졌든지 뒤를 따라 나서지는 않았다.

3. 또 한패의 젊은 사자들

　유거가 탈출할 때, 그 일행에 유영이 끼어 있었던 것은 이미 말했거니와, 그는 그 북새통에서도 잊혀지지 않는 친구가 있었다. 그것은 북지장군(北地將軍) 왕평(王平)의 아들인 왕미(王彌)였다. 만일 왕미같이 의(義)와 용(勇)을 겸비한 장수를 그대로 버려둔다면 나라의 동량지재(棟梁之材 : 한 집이나 한 나라를 맡아 다스릴 만한 인재)를 잃고 마는 결과가 될 것이니 얼마나 애석한 일인가. 그는 얼른 편지를 써 보냈다.

　왕미는 슬기로울 뿐 아니라, 힘이 장사라 천근을 들어올리고 활에도 아주 능한 사람이었다. 그의 용맹은 당시 촉중에서 필적할 사람이 없었다.

　왕미는 그의 아버지 뒤를 이어 벼슬자리에 나가 있었으나, 후주가 어둡고 어질지 못하여 환관 황호(黃皓)를 신임하여 현자를 배척하고 충간(忠諫)을 외면하는 것을 보다 못하여 마침내 세상을 한탄하면서 벼슬을 내놓고 은거하며 지냈었다.

　이 무렵 유영은 그의 아버지 유봉이 숙부 관운장의 위기를 구하지 않은 죄로 할아버지 한중왕(漢中王 : 당시 유비는 한중왕이었음)의 노여움을 사서 참형을 당한 뒤 줄곧 낙백(落魄)의 처지로 지내는 중 왕미와 뜻이 맞아 사귀다가 마침내 의형제를 맺었던 것이다.

왕미는 편지를 받고 길게 탄식하였다. 이런 날이 올 것을 예상 못한 것은 아니었으나, 막상 당하고 보니 태연히 앉아 있을 수만 도 없는 노릇이었다. 난신적자(亂臣賊子)들을 새삼 탓해 보아야 소용없는 일이었다. 나에게는 아무 책임도 없노라고 태연할 수는 더욱 없었다.

그는 관씨네 형제를 찾아갔다. 관우(關羽)의 손자인 관방(關防) ·관근(關謹)과는 소꿉장난하며 자라난 친구였다. 유영의 편지를 보이고 자신의 뜻을 설명했다. 그들도 이의는 없었다.

「다만……」

진중한 품이 있는 관방이, 떨어지지 않는 듯이 입을 열었다.

「워낙 연로하신 가친이 계셔서……」

그때 방문을 열고 들어서는 노인이 있었다. 그는 관우의 아들이요, 이 집의 주인인 관흥(關興)이었다. 세 청년은 얼른 그 자리에서 일어났다.

「아, 사람이 있었어! 왕씨네 가문엔 사람이 있었어!」

관운장의 아들 관흥은 촉의 청룡(靑龍) 원년에 출정하였다가 몸이 상하여 그 후 줄곧 병석에 누워 있으면서 나라가 기울어짐을 늘 개탄해 마지않았다.

노인은 의자에 앉기가 바쁘게 큰 소리로 외쳤다. 병으로 앓고 있던 노인이 어디에서 저런 소리가 나오는가 싶을 정도로 우렁찬 음성이었다.

「내가 너희들 말을 다 들었다. 왕군! 미거한 자식들을 잘 부탁하네.」

왕미의 얼굴을 바라보는 노인의 눈에서는 불꽃이 활활 타오르고 있었다.

「자네 선친과는 막역했던 사이네만, 역시 그 아버지에 그 아들이구먼. 대장부의 뜻이 마땅히 그래야지. 아녀자처럼 한숨이나 쉬고 앉아 있어서야 되겠느냐. 그런데……」

이번에는 아들 쪽으로 고개를 돌렸다.

「이 못난 놈들! 아비가 연로해서 어떻다고? 지금껏 배운 것이 고작 그것이었단 말이냐? 네 조부께서 침식을 잊고 싸움터를 치달리실 때, 너희들처럼 집안걱정을 하실 틈인들 계셨는 줄 아느냐? 나라가 없으면 집안도 없어. 아비 걱정을 하려거든 나라를 다시 찾아놓아라!」

노인은 흥분해서 너무 언성을 높인 탓인지 기침이 나서 쿨럭쿨럭 했다.

세 사람은 노인에게 등을 떠밀리다시피 하여 집을 나서야 했다. 그는 말에 오른 두 아들을 바라보며 아까와는 달리 나지막한 소리로 부탁이라도 하듯 말했다.

「부디 나라를 찾아다오. 나라를 찾아다오! 그러면 내가 지하에선들 얼마나 기쁘겠느냐. 네 조부께서도 얼마나 좋아하시겠느냐.」

멀리 사라져가는 세 사람의 뒷모습을 바라보고 서 있는 노인의 눈에서는 뜨거운 눈물이 흘러내렸다.

왕미는 관방 형제와 함께 그가 평소에 쓰던 강궁경노(强弓勁弩)를 말안장에 걸친 다음 일제히 남문을 향해 말을 달렸다. 북문에는 적의 총수격인 등애(鄧艾)가 버티고 있었고 동서의 두 성문도 경비가 엄했으나 남문은 길이 좁고 행인이 적은 터라 지키는 군사의 수효도 그만큼 적은 것을 알고 있었기 때문이다.

그들이 남문에 이르렀을 때, 위(魏)나라 장수 이인(李因)이 병사를 이끌고 나타나 앞을 막았다.

「우리들은 타관 사람으로 고향을 찾아가는 길입니다. 천병(天兵)이 성을 포위하신지라 먹고 살 수 없어 떠나는 길이니 길을 열어주시기 바랍니다.」

「뭐, 타관 사람이라고?」

이인은 크게 웃더니 좌우를 둘러보았다.

「야, 저놈들을 묶어라!」

상황이 급해졌음을 안 왕미가 칼을 빼어들었다. 그를 보자 이인도 창을 비껴들고 덤벼들었다.

두 사람이 몇 합(合)을 싸우고 있는 사이에 관씨네 형제는 개미떼 같은 적병을 이리저리 몰아치고 있었다. 특히 관방은 철퇴(鐵槌)를 휘둘렀다. 거기에 맞는 자마다 비참하게도 머리가 박살이 나곤 하였다.

그들이 싸우면서 달리고, 달리다가는 싸우고 하면서 한 20리나 왔을 때, 새로운 추격부대가 나타나 그들을 겹겹이 에워싸 버렸다. 등복(鄧濮)이 이끄는 군대로 실히 2천 명은 되어 보였다. 세 사람은 여전히 용감하게 좌충우돌하고 있었지만, 워낙 많은 적병이라 사태는 매우 위급했다.

이때 남쪽으로부터 고함소리가 들려왔다. 왕미는 칼을 휘두르면서도 얼른 고개를 돌려 그쪽을 바라보았다. 말을 탄 세 명의 장정이 몇 백은 됨직한 보졸을 이끌고 이미 눈앞에 다가오고 있었다. 그 복장으로 보아 정식군대는 아닌 듯싶었다. 아닌 게 아니라 적은 아니었다. 그들은 측면으로부터 위(魏)의 군대를 들이쳤다. 특히 말을 탄 세 명의 용맹은 비길 바 없었다. 호랑이가 양떼 속에 뛰어들어 휘젓는 것 같았다.

위나라 장수 등복이 그 중의 한 사람에게 칼을 휘두르며 다가갔다. 그쪽 장수는 제 자리에서 움직이지도 않은 채 활을 당겼다.

화살이 말에 맞고 말과 사람이 땅에 쓰러지자 그는 비호처럼 다가
와 등복의 목을 뎅겅 베어버렸다.

관방도 구원군에 힘을 얻어 포위망을 뚫고 나가다가 이인(李因)
이 말을 달려 추격해오는 것을 보더니 돌아서서 한칼에 그 목을
잘랐다.

이렇게 두 명의 장수가 다 죽었으니 다른 병졸들이야 이를 것
이 있겠는가. 길에 너저분히 깔린 것은 위병(魏兵)의 시체요, 질펀
히 냇물인 양 흐르는 것은 그 피였다. 살아남은 자들도 뿔뿔이 도
망치고 말았다.

왕미는 관방 · 관근과 함께 말에서 내려 도와준 세 명의 장정에
게 인사를 했다.

「위급했던 저희로 하여금 다시 일월을 보게 해주시니, 감사한
말씀 이루 아뢸 길 없으며, 하해 같은 이 은혜 길이 잊지 못하겠습
니다. 이 두 사람은 관방 · 관근 형제로, 저 관운장 어른의 손자이
며, 저는 왕미라는 사람이거니와, 원컨대 존성대명(尊姓大名)을 듣
고자 합니다.」

「예사 분들이 아닌 줄은 알고 있었으나, 듣고 보니 모두 명문
대가의 자제들이셨군요.」

그 중의 한 사람이 앞으로 나서며 말했다.

「저는 이규(李珪)라는 사람이옵고, 저 두 사람은 하나는 제 아
우인 이찬(李瓚), 또 한 사람은 제 표제(表弟)가 되는 번영(樊榮)이
올시다.」

그리고 자기 아버지는 참군(參軍)으로 있던 이풍(李豊)인데, 간
신이 발호하는 것을 못마땅하게 생각해서 이곳에 은거하여 한운
야학(閑雲野鶴 : 하늘에 한가히 떠도는 구름과 들에 절로 나는 학. 곧,
아무 구속도 없는 한가로운 생활)을 즐기다가 작고했고, 지금은 숙

부 이유(李裕)와 함께 지내고 있다는 말도 들려주었다.

아우인 이찬이 입을 열었다.

「그런데 하인들 말이 세 명의 장군이 위병에게 포위되어 고생한다고 하기에 저 언덕으로 달려와 엿보았더니, 모두 용맹하신 품이 일대의 호걸들이시라, 필시 까닭이 있으리라 하여 하인배를 이끌고 달려왔던 것인데, 마침 작은 힘이나마 보탬이 되었고, 또 이렇게 알고 보니 다 세교(世交)의 사이라 기쁨을 헤아릴 길이 없습니다. 마침 해도 저물고 저희 장원도 멀지 않으니 일단 함께 가셔서 쉬시는 것이 어떻겠습니까?」

물론 그들에게도 이의가 있을 턱이 없었다. 그들은 친형제나 되는 듯 말머리를 나란히 하여 어둑어둑한 시골길을 달렸다.

제2장. 양지와 응달

1. 진(晉)의 무제(武帝)

위나라를 협박하여 스스로 황제가 된 진의 무제는 오(吳)와 촉한(蜀漢)을 아울러 평정하여 천하를 통일하는 데 일단 성공했으므로 매우 만족해했다. 광에서 인심 난다고 크게 선심을 쓰고 싶었든지 여러 왕(종친)을 제후에 봉해 땅을 나눠주려 들었다. 여기에는 황실을 동족의 힘으로 보호해 나가려는 그 나름의 정략이 있었으려니와, 그것이 본의와는 달리 화근이 될 수도 있다는 것을 걱정한 신하들의 반대 여론도 적지 않았다.

하루는 유송(劉頌)이라는 자가 소를 올렸다.

　―생각건대, 폐하께서 친왕들을 대하심에 있어서 너무 너그러우시지 않은가 저어하나이다. 물론 국가의 울타리를 삼으시려는 뜻에서인 줄은 헤아리옵니다만, 왕들을 먼 땅에 봉해 대군을 서느리게 하는 것이 어찌 반드시 나라에 이롭다고만 보겠나이까. 대저 폐단을 고치는 데는 그것이 드러나기 전에 막아야 하는 법이옵니다. 하늘에 해가 하나이듯, 나라의 대권이 두셋으로 갈라질 수 없는 것이니, 폐하께서는 깊

이 통촉하옵소서.

대개의 제왕은 반대의견을 달갑게 여기지 않거니와 무제도 이것을 읽자 불쾌한 듯했다. 이 눈치를 살핀 풍담(馮紞)이라는 자가 황제의 비위를 맞추었다.

「유송은 사례(司隸)로 있다가 실수가 있어 좌천되었던 사람이옵니다. 다행히도 성은이 망극하시어 다시 복직한 터인데, 또다시 망언으로 성상께 심려를 끼쳐드리니 신하의 도리가 아닌가 하나이다. 종친을 봉하는 일은 옛 성왕의 법도이거늘, 어찌 괘념하시겠나이까.」

매우 기뻐한 무제는 곧 유사(有司)에게 명령하여 친소(親疎)에 따라 호읍(戶邑)을 증감해서 여러 왕에게 각각 내리게 했다.

왕들이 자기 나라로 제각기 떠나는 날, 성문 밖은 전송하는 대소의 관원으로 저자처럼 붐볐다. 그렇지만 그 대단한 군사를 바라보고 낯을 찌푸리는 식자도 있었다.

「아아, 진나라 조정이 어지러워질 불씨가 여기 있구나! 가지와 잎이 떨어져 나가면 제 어찌 뿌리가 든든하겠는가!」

그들은 저마다 무제가 유송의 간함을 듣지 않은 것을 개탄해 마지않았다.

왕들이 떠나고 나자 도읍은 양씨(楊氏)의 세상이었다. 황후의 아버지인 양준(楊駿)은 평범한 위인으로서 위에서 시키는 일이라면 무엇이든지 고분고분 순종했다. 따라서 만사를 황제의 뜻에 따랐고, 조금도 거스르는 일이란 없었다. 무제에게는 그것이 마음에 들었다. 양준만한 충신은 없는 것처럼 알아서 중용하더니, 마침내는 그를 임진후(臨晋侯)에 봉하고 중서령(中書令)에 거기장군(車騎將軍)을 겸하게 해서 조정 내외와 문무에 걸친 군국대사를 모두 맡기려 들었다.

이에 대해 상서랑(尙書郞) 저약과 곽혁(郭奕)이 연명으로 상소하여 간했다.

—대저 봉작이란 공 있는 이를 대접하는 제도이며, 유덕한 이를 높이는 법도입니다. 지금 양준으로 말씀하오면, 황후마마의 생부(生父)로 국척(國戚)의 의는 비록 있다 하여도 일찍이 싸움터를 치구(馳驅)하여 공을 세웠다는 말은 들은 적이 없사옵니다. 공 없는 이를 국척이라 하여 후로 봉하신다면, 이는 국가의 기강을 문란케 하는 일이오니 깊이 살피시옵소서.

이 말에는 무제도 어찌할 수 없었든지 후로 봉하는 일은 중지하고 거기장군의 직첩만 내렸다. 저약과 곽혁은 다시 표를 바쳐 재차 불가함을 말했다.

—봉후의 일을 철회하셨다 하니, 신 등은 사직을 위해 기뻐하고 아울러 망극하신 성려에 감읍하고 있나이다. 그러나 다시 듣자옵건대, 그를 들어 거기장군에 임명하셨다 하오니 성황성공한 가운데 다시 이 글을 올리나이다. 대저 모든 직책이 마땅한 사람에게 돌아가야 하는 것인데, 양준으로 말하면 그릇이 작아서 도저히 군국대사를 감당해내지 못할 것이니, 오늘 내리시는 은총이 후일에 가서 그의 몸을 몰락시키는 기틀이 되지 않는다고 누가 단언하겠나이까. 제왕이 사친(私親)을 돌보심은 마땅하시거니와, 고루거각에서 의식을 후히 하여 살게 하는 것으로 족할 뿐, 분에 넘치는 탁용이 어찌 반드시 아끼시는 뜻이겠나이까. 전조의 양기(梁冀)·두고(竇

固)의 명감(明鑑)이 있사오니, 폐하께서 굽어 살피시기를 엎
드려 바라나이다.

그러나 이번에는 듣지 않았다. 나라의 큰일은 모두 양준에게 일
임하고 황제 자신은 후비들과 심궁에 들어앉아서 밤낮없이 놀기
만 했다.

나무가 커지면 가지도 자라듯, 양준의 세도에 따라 그 아우 양
조(楊珧)·양제(楊濟)도 권세를 부리게 되어 그들의 세력은 내외
를 기울일 지경이었으므로, 공경도 이와 맞서기를 피했고, 세상에
서는 그들을 삼양(三楊)이라고 불렀다.

그러나 오직 한 사람 사례교위(司隷校尉) 유의(劉毅)만은 양준
과 맞서 그 횡포를 규탄하고 그 위세를 꺾으며, 어진 이를 가까이
하고 간사한 무리를 멀리하라고 충고를 해보았으나, 그런 말에
귀 기울일 인물도 아니었고 서로 사이만 벌려 놓는 결과가 되고
말았다.

2. 나날을 즐겁게

천하는 통일되고, 대군은 제후에게 딸려 보내 흩어지고 오래간
만에 세상은 태평성대를 이루었다. 어쩐 일인지 근자에는 오랑캐
의 침입도 끊겼다.

「사해(四海)가 일가(一家)가 되고 백성들 모두 태평을 구가하
고 있사오니, 이 모두 폐하의 성은인 줄 아뢰오.」

「근래에는 변방의 근심도 끊겼사오니, 오랑캐인들 하해 같으
신 성덕에 어찌 감복함이 없겠사옵니까.」

매일 이런 소리만 듣고 살면 무제가 아니라 누구라도 바보가
되게 마련이다. 무제는 더욱 방약무인해져서 나날이 절도를 잃어

갔다. 그는 세금으로 거둬들이는 돈을 궁중으로 실어오게 했다. 내부(內府)의 곳간이란 곳간은 돈으로 가득 찼다. 그리고는 궁녀들에게 한두 말씩 퍼주어서 마음대로 쓰게 했다.

어느 날, 가까운 신하들을 거느린 채 술을 마시고 있던 무제는 무슨 생각을 했는지 옆에 앉은 유의(劉毅)를 향해 말했다.

「짐을 한(漢)나라 황제에 비긴다면 어느 제왕 같겠는가? 경은 곧기로 이름 높은 터이니 어디 기탄없이 말해보라.」

아마 한무제 같다는 대답쯤을 기대한 것인지도 모른다. 그러나 유의는 그런 아첨이나 하는 인물이 아니었다.

「황공하오나, 아마도 환영(桓靈)과 비슷한가 하옵니다.」

「뭐, 환영이라고?」

무제의 낯빛이 확 변했다.

「짐이 아무리 부덕하기로소니 어찌 환영에다 비긴단 말인고? 짐에게 무슨 악행이 그리 많기에……」

여러 신하들은 자기 머리에 벼락이라도 떨어지지나 않을까 하고 고개를 파묻고 있었다. 그도 그럴 것이 환영이란 후한 역대를 통해 가장 어리석었던 환제(桓帝)와 영제(靈帝)를 가리키는 말이었다. 그러나 유의는 눈 하나 까딱하지 않았다.

「환제·영제로 말씀드리자면 매관매직을 일삼았으며, 그 돈은 모두 관고에 넣으셨나이다. 하온데 폐하께서도 모든 돈을 궁중으로 들여가시는 터이니, 어찌 환제·영제라 아니하겠나이까.」

이 비릇없는 말을 듣고 난 무제는 도리어 낄낄대고 웃었다. 그도 아주 미련하기만 한 사람은 아니었다. 마주 싸우느니, 직언을 받아들일 수 있는 도량을 보여주는 것이 제왕답다고 생각한 것이었다.

「하하하, 환영들은 이런 직언을 받아들이지는 못했으렷다! 그러나 짐에게는 경 같은 곧은 신하가 있으니 이로 보건대 짐이 환영보다는 낫지 않은가?」

그는 자기가 발휘한 대도홍량(大度洪量)에 스스로 감격한 양 또 한번 웃고 나서 좌우를 둘러보았다.

「그렇지 않은가? 경들은 어찌 생각하는고?」

울다가 웃는 어린애처럼 복잡한 표정을 지으면서 모두 허리를 굽혔다.

「지당하시옵니다.」

무제는 충직한 데 대한 상이라고 유의에게 금 20근을 하사했다. 어쨌든 이것은 잘한 일이었다. 무제의 위신은 한층 높아졌고, 신하들 중에서 바른말을 하는 자가 늘어났다.

이래저래 기분이 좋아진 무제는 자기가 크게 제후를 봉할 때에 유송(劉頌)이 했던 말도 다시금 생각하게 되었다. 며칠을 곰곰이 생각한 그는 태강(太康) 5년 3월의 어느 날, 만조백관을 편전에 모았다.

「짐의 생각으로는 제후와 각주 자사(刺史)의 병권이 너무 강한 것 같소 과다한 병력은 민폐의 원인이 될 뿐 아니라, 후일 이심을 품는 자가 난동을 일으키면 강한 자는 약자를 삼키고, 큰 고을은 작은 군현을 아우르려 들어, 드디어는 천하의 화근이 되리니, 짐은 이에 제후와 고을의 군사를 줄여 백성을 신음 속에서 건지고자 하오」

이의를 말하는 자는 물론 없었다. 제후의 병력은 3분의 1로 하고, 큰 고을에는 1백 명, 작은 고을에는 50명의 군사만 남기되 나머지는 모두 풀어주라는 명령이 즉각 전국으로 하달되었다.

그러나 이 일은 그리 간단한 문제가 아니었다. 교주자사 도황(陶璜)의 상소가 올라왔다.

―대개 일에는 원칙과 방편이 있사옵니다. 군사를 거두어 백성을 보호하는 것은 원칙에 속하는 문제입니다. 그러나 이 원칙이 어느 시대에나 그것만으로 적용되지는 못하옵니다. 군사를 줄이라는 분부를 받았사오나, 오랑캐의 땅과 인접한 저희 고을 같은 데서 어찌 100명, 50명의 병력으로 국토를 방위할 수 있겠사옵니까. 만일 오랑캐의 침입이 있을 경우, 무엇을 가지고 이를 막으라는 말씀인지 어리석은 소견으로는 이해가 되지 않나이다.

그러나 무제는 존대(尊大)한 몸짓을 섞어가며 말했다.

「오랑캐의 근심은 고래로 있던 바이거니와, 이를 제어하는 길은 오직 임금의 지닌 덕 여하에 딸렸을 뿐이로다. 유덕한 왕화(王化)로 이를 어루만진다면, 10년이 못 가서 다 어진 백성이 되리라. 《논어(論語)》에도 부재전유 이재소장지내야(不在顓臾 而在蕭牆之內也)라 하였소. 병(兵)의 화는 어찌 오랑캐뿐이겠는가. 제왕이 덕을 닦지 않는다면 집안 식구도 다 적이 되리라.」〔전유顓臾는 춘추春秋 때의 왕조 이름. 소장蕭牆은 집안.〕

그는 직언 몇 마디 받아들인 것으로 해서 자기가 마치 성인이나 된 듯이 착각하고 있었는지도 모른다. 제후를 크게 봉하고 대군을 쪼개 줄 때의 무제가 어리석었다면, 갑작스런 지금의 조치도 분명 어리석은 짓이었다. 어리석은 자는 이렇게 해도 어리석고 저렇게 해도 어리석게 마련인 모양이다.

하여간 이렇게 한 결과는 우선은 좋았다. 몇 십만의 군사를 없앴기 때문에 국고 지출이 크게 줄어든 것이다. 거기에다 연이어 풍년이 들었다. 그러나 무제는 더욱 주색에 빠져들었다. 결국 무제의 향락을 위해 군사를 줄인 셈이 되었다.

이쯤 되면 관리의 풍기도 해이해질 것은 불문가지였다. 모두가 적당히 임금의 비위를 맞추면서 노는 데만 힘썼다. 그것을 잘할수록 유능한 관리, 충성된 신하였다.

무제는 오(吳)나라에 있던 5천 명의 궁녀까지 모두 데려왔다. 그러므로 후궁은 미희(美姬) 요녀(妖女)로 가득 차서, 합치면 1만여 명이나 되었다.

무제는 매일 경거(輕車)에 몸을 싣고 후궁을 거닐었다. 춤과 노래를 잘하는 백여 명의 궁녀가 전후를 따르고 몇 마리의 양이 수레를 끌었다. 말 대신 양을 쓴 것은 기발한 착상이었으나 그것 때문에 웃지 못할 일도 매일 일어났다.

무제는 언제나 양이 걸음을 멈추는 곳에서 술을 마시고 놀다가는 자고 가므로, 궁녀들이 기발한 착상을 하기에 이른 것이다. 어떤 궁녀는 대나무 잎을 문틈에 꽂아 놓았다. 그 잎을 먹느라고 양이 행여나 걸음을 멈출까 하는 꾀에서였다. 또 어떤 여인은 소금물을 문 앞에 뿌려두었다. 소금을 좋아하는 양이 그것을 핥느라고 멈추어서기를 바란 것이었다. 이렇게 해놓고는 밖을 엿보고 있다가 양의 걸음이 멈추는 듯한 기미만 보이면 허둥지둥 달려가서 황제를 납치하듯 끌어들였다.

3. 근준(靳準)의 주막

한편 왕미와 관방 형제는 이규의 집에서 아주 융숭한 대접을 받았다. 이규의 숙부 이유(李裕)까지 끼어서 일곱 사람은 술을 마시고 산돼지 다리를 뜯으며 천하 국가를 논하고 비분강개했다.

이튿날, 왕미 일행이 길을 떠날 때 이규 형제와 번영도 따라 나섰다. 이유는 그들을 동구 밖까지 나와 전송했다. 그는 관방 형제와 왕미의 손을 번갈아 잡으면서 말했다.

「그대들의 충간의담(忠肝義膽 : 충성된 심간과 의열義烈의 담기膽氣)에는 천지신명도 무심하지 않을 터이니, 어찌 일의 실패를 걱정하겠소 언제든 거사를 하시면 조카를 내게 보내 알려주시오. 노부도 달려가 선대(先代)에게 받은 국은에 보답하려오.」

여섯 명의 젊은이는 시골길을 정처 없이 말을 달렸다. 어디로 가는 것인지 스스로도 몰랐으나 가슴 부푸는 희망에 넘쳐 있었기에 5월의 산야는 한없이 정겨워 보였다. 신록의 향긋한 냄새가 마음을 흐뭇하게 해주었다.

저녁때가 되어서야 하서(河西) 마읍(馬邑)에 닿았다. 그들은 거기서 며칠 머물기로 했다. 마침 찾아든 주막은 청결하였고 대우도 좋았다. 다만 근준(靳準)이라는 주인의 생김새가 좀 이상스러웠을 뿐이었다. 푸른 눈에 높은 코…… 아무래도 한족(漢族)은 아닌 듯했다.

며칠 후, 여섯 명의 망명객은 그 이상스럽게 생긴 주인에게 초대를 받았다. 안내된 곳은 후원의 별당—진귀한 나무와 돌로 꾸며진 후원은 딴 세상인 듯 아름다웠다. 새 소리가 한가롭게 들려왔다.

「아무것도 없소이다마는, 적적한 것 같으시기에……」

주인은 향긋한 술을 손들에게 권했다. 이런저런 이야기를 주고받는 가운데 술이 몇 순배 돌자 주인은 정색을 하며 말을 꺼냈다.

「노형들의 풍채로 보아 보통 사람이라곤 생각되지 않습니다. 이 고장 사람들은 노형들이 죄를 짓고 도망가는 무리가 아니냐고 합디다만, 그들은 나만큼 사람을 볼 줄 모르기 때문입니다.」

그는 여기서 말을 끊고 여섯 사람의 반응을 살폈으나, 아무도 대꾸하는 사람이 없음을 알자 호방하게 웃었다.

「하기는 내가 이거 노망할 나이도 아닌데…… 대단히 실례했습니다. 제 애기부터 올려야 옳았을 것을.」

그가 털어놓은 내력에 의하면, 본래 선대는 월지국(月地國) 사람으로 말다툼이 원인이 되어 사람을 죽이고 중국에 건너와 3대째 여기에서 산다는 것이었다. 비록 이런 주막을 하고 있어도 뜻은 천하호걸과 사귀는 데 있다고도 하였다.

왕미가 보기에도 그의 체구나 인품은 보통의 시정인은 아닌 것 같았다. 그는 자기들을 배신할 사람처럼 느껴지지는 않았고, 또 그가 만일 의기 있는 사람이라면 이 곤경에 처한 판국에 다소의 도움이 되지 말라는 법도 없을 것 같았다. 그래서 그로부터,

「아무래도 노형들은 심상한 분이 아니신 것 같아서 이렇게 청한 것이니, 부디 제 호의를 저버리지 마십시오」

하는 말이 다시 있자, 이쪽의 내력을 약간만 털어놓았다.

「주인장의 생각 같은 그런 인물은 아닙니다마는, 난리를 피하여 오다 보니 댁에 와서 신세를 끼치게 되었군요」

옆에서 이규가 눈짓을 하므로 그 이상은 밝히지 않았다. 근준도 더 묻지는 않았다. 그러나 이들이 자기의 심중대로 틀림없는 촉한의 유신(遺臣)이라 여겨졌으므로 더욱 정중히 대접했다.

어느 날, 관방이 주막에 앉아 있노라니까 문을 발길로 차고 들어서는 두 사람의 장정이 있었다. 그들의 태도는 가히 방약무인(傍若無人)이었고, 거기 못지않게 다른 사람들의 태도는 비굴 그것이었다. 상좌에서는 몇 사람의 청년이 술을 마시고 있었는데 들어오는 두 사람을 보자 허겁지겁 자리를 다른 데로 피했고, 두 사람은 또 그것을 당연한 것인 양 상좌에 가 앉았다. 그뿐 아니라 점원들이 달려가 두 손을 모으고 주문을 기다리는 품이 마치 천자 앞이나 되는 듯 공손했다.

관방은 주인 근준에게 나직한 소리로 물어보았다.

「대체 저 사람들은 누군가요?」

「구태여 아시지 않아도 좋을 것입니다.」

흥이 나지 않는 듯한 근준의 대답이었다. 그러나 관방으로서는 주인이 그럴수록 더 알고 싶었다. 9척 장신의 저 당당한 체구, 세상을 삼킬 것 같은 저 위엄, 다시 보아도 보통 사람 같지는 않았다.

「그렇게 알고 싶으시오?」

좀처럼 관방이 옆을 떠나지 않는 것을 본 주인은 눈짓하여 옆방으로 그를 안내했다.

「손님이 하도 알고자 하시니 말씀드리지요. 처음 들어온 이는 공장(孔萇)이라는 사람, 자를 세로(世魯)라고 합니다. 바로 저 유명한 북해태수 공융(孔融) 장군의 손자랍니다.」

「아, 그래요?」

관방에게는 공융이라는 이름만 들어도 호의가 갔다. 그렇다면 그는 내 조부의 막역한 동지의 후예가 아닌가.

「그런데 공장군께서 조조(曹操)에게 해를 입으실 때, 공충(孔忠)이라는 충복이 있어서 강보에 싸인 그 아드님을 업고 도망하여, 이름을 숨기고 여기 와서 살았지요. 그 아드님의 이름은 공화(孔和)로, 바로 아까 보신 공장의 춘부장이 되십니다.」

관방이 하도 진지한 태도로 귀를 기울이는지라 차차 근준도 이야기에 흥이 나는 모양이었다.

「공장은 참으로 장사지요. 재미있는 얘기니 한번 들어보시렵니까?」

근준이 눈으로 본 듯 신이 나서 들려준 이야기는 이러했다.

여기서 남쪽으로 몇 십 리를 가면 야서산(野墅山)이라는 매우 험준한 산이 있다. 기암괴석이 첩첩하고 햇빛이 안 보일 정도로 무성한 숲으로 대낮이라도 무시무시한 기운이 감도는 곳인 데다가, 여기에는 괴상한 짐승이 살고 있어서 두려움을 자아냈다.

누구도 그 짐승의 이름을 알고 있는 사람은 없었다. 어떤 사람은 곰과 비슷하다 했고, 어떤 이는 사자를 닮았다고도 했으나, 물론 그런 종류는 아니었다. 몸의 생김새는 사람과 흡사한데 이빨은 악어 비슷했고, 붉은 털이 온몸에 나 있었다. 키는 대체로 보아 7척은 됨직 했고, 무릎 밑까지 닿는 긴 팔을 지니고 있었다. 날카로운 그 손톱은 바위라도 뚫을 것이라는 말이 있었고, 그 힘은 큰 바위를 마음대로 이리 굴리고 저리 굴리고 하는 정도로도 추측되었다.

이놈이 또 날쌔기도 이만저만이 아니어서 벼랑을 오르내리고 나무를 타는 품이 바람 같았고, 날아오는 화살이라도 손으로 능히 잡아 꺾어버리는 터였다. 더욱 그 소리—인경이라도 깨는 듯한 그 소리를 들으면 아무리 담력이 센 장정이라도 넋을 잃고 말았다. 이곳 사람들은 이 전대미문의 괴물을 천산야차(穿山夜叉)라고 불렀다.

이 짐승에게는 괴상한 버릇이 있었다. 매일 신시(申時)가 되면 나타났다가 이튿날 진시(辰時)가 되면 사라졌다. 그러므로 이 고장 사람들에게는 사(巳)·오(午)·미(未)의 시간대만이 통행금지가 해제되는 시간이었다.

천산야차가 지키고 앉아 있는 산길을 지나는 자는 횡액을 입었다. 누구든 간에 번개처럼 달려드는 그에게 잡아먹히곤 했다.

관청에서도 골머리를 앓아서 몇 번인가 군사를 풀어 잡으려고 시도한 적도 있었다.

그러나 여러 사람이 나타나기만 하면 어디론지 숨어버리기 때문에 화살 하나 쏘아보지도 못하고 물러가는 것이 고작이었고, 만일 포위망이 며칠을 두고 안 풀리는 경우면 밤중에 집 문을 열고 들어와 사람을 잡아가기 때문에 어차피 인명이 피해를 입는 점에서는 달라지는 것이 없었다.

마침내 현령은 현상을 걸었다.―천산야차를 죽이는 자에게는 은 1백 냥을 상으로 주고 영원히 부역과 세금을 면제할 뿐 아니라 그 집의 시량(柴糧)을 지급하겠다고.

그 방을 읽은 사람들은 모두가 픽 웃었다. 제 목숨을 자진해서 내놓으러 가는 놈이 어디 있을까 보냐―현령 자신까지도 그렇게 생각했다.

그러나 세상은 넓었다. 그런 무모한 사나이도 있기는 있었다. 바로 공장이 나섰던 것이다.

어느 날, 가벼운 갑옷으로 몸을 단속한 공장은 날카로운 비수 두 자루를 허리에 차고 손에는 60근짜리 철퇴를 들고는 야서산을 찾아갔다.

가뜩이나 울창한 숲은 요 몇 년 동안 천산야차로 해서 나무꾼조차도 얼씬거리지 않았으므로 잡목이 우거져 발 디딜 틈도 없었다. 마침 가을이라 나무란 나무는 단풍에 물들고, 바람도 없건만 무수히 낙엽이 떨어지고 있었다. 공장은 이리저리 짐승을 찾아 산을 헤맸다. 그럴 듯한 바위굴이 있으면 철퇴로 마구 두들겨대기까지 했다. 소리를 들으면 괴물이 나타나 줄까 하는 생각에서 시까지 소리 높여 읊어보았다.

이렇게 겁도 없이 산을 돌아다니던 공장은 한 바위 앞에서 발을 멈추었다. 집 두어 채를 포개 놓은 폭은 실히 됨직한 큰 바위에 깊숙한 굴이 하나 있었다. 무언가 짚이는 바가 있어 주위를 살피던 공장의 입가에 회심의 미소가 떠올랐다. 이 일대의 풀들이 다른 데와는 달리 많이 짓밟혀 있는 것으로 보아 틀림없다 싶었던 것이었다.

그때 어디선가 무슨 소리가 들리는 듯했다. 공장은 가만히 귀를 기울였다. 소리가 분명했다. 그것은 마치 잠버릇 나쁜 사람이 빠드득 이를 가는 소리와도 흡사했다. 공장은 소리 나는 쪽으로 고개를 들고 바라보았다. 아닌 게 아니라 잡목에 가린 저쪽 모퉁이에서 붉은빛이 나는 커다란 짐승이 사람처럼 앉아 있는 것이 보였다. 공장은 발소리를 죽여 가며 다가갔다.

사슴을 뜯어먹고 있는 천산야차를, 20보쯤 거리를 두고 고목에 몸을 숨긴 채 공장이 돌을 던지는 순간 사람과 짐승의 무서운 힘과 힘은 회오리바람을 일으켰다. 그것은 참으로 순간의 일이었다. 돌이 날아가 떨어지는 순간, 천산야차는 이미 공장 앞에 무서운 이빨을 드러내고 있었다.

공장은 철퇴로 야차의 머리를 쳤다. 그러나 철퇴는 어느 사이엔지 두어 칸 저쪽 땅에 구르고 있었고, 사람은 짐승 밑에 깔려 있었다. 그것은 참으로 무서운 힘이었다. 마치 사람처럼 공장의 배 위에 걸터앉은 천산야차는 천근만근이나 되는 양했다. 그러나 다행한 것은 사슴을 막 먹고 난 직후였으므로 공장을 금세 먹으려 들지는 않았던 것이다.

공장은 비수를 뽑아 야차의 배를 푹 찔렀다. 칼은 손잡이까지 들어갔다. 짐승은 무서운 비명을 지르며 공장을 손톱으로 할퀴어 댔다. 손톱이 어떻게 날카롭든지 갑옷을 뚫고 공장의 어깨에 상처를 입혔다. 공장은 또 하나의 비수를 뽑아 들었다. 이번에는 야차의 배꼽 부근을 푹 찔렀다. 이번에는 견딜 수 없었든지 짐승은 펄쩍 뛰어오르더니 달아나고 말았다. 공장은 재빨리 일어나 그 뒤를 쫓았다.

그것은 참으로 무서운 광경이었다. 비수가 두 개나 배에 꽂힌 그 짐승은 산이라도 무너뜨릴 듯 울부짖으면서 이리저리 마구 뛰었다. 짐승을 따라 공장도 뛰었다. 얼마 동안을 사람과 짐승의 이 희한한 추격전은 계속되었다. 그러나 아무리 괴물이더라도 그 힘에는 한계가 있게 마련인가 보다. 차차 걸음이 늦어지더니 마침내 어느 바위 앞에서 쓰러지고 말았다. 공장은 달려들어 철퇴로 내려 쳤다.

천산야차! 이 인근의 주민을 떨게 하던 그 괴물이 죽은 것이다. 열 사람의 장정에 의해 그것이 현(縣)의 청사로 운반되던 날, 길가에는 사람이 물밀듯 모여들었다.

「어허, 과연 장사로군!」

현령 유은(劉殷)은 약속대로 상을 내렸다. 그러나 공장은 받지 않았다.

「사람들을 위해 짐승을 하나 제거한 것뿐입니다. 상을 바라고 하지는 않았습니다.」

이것이 그의 대답이었다.

「진정 의기남아로군!」

듣고 있던 관방이 무릎을 쳤다.

「암, 예사 사람이 아니지요」

주인은 더욱 신명이 나는 모양이었다.

「그리고 또 한 사람, 이 사람은 말입니다. 도표(桃豹)라는 이름에, 자(字)를 무화(霧化)라고 하지요. 본래 무위군(武威郡)사람인데, 공장이 일세의 호걸이라는 말을 듣고 찾아와 용맹을 겨루어 보았으나, 몇 번을 해도 서로 승부가 나지 않는 거예요. 그래서 형제의 의를 맺고 그 집에서 같이 산답니다. 하기는 동생 둘도 함께 있지만.」

주인의 말에 의하면 그에게는 이런 내력이 있었다.

그가 무위군에 살고 있을 무렵, 그곳에 있는 어느 호족이 가난한 젊은 부부를 모함해서 죽인 사건이 일어났다. 죽은 여자는 비록 천민이었으나 타고난 화용월태(花容月態)가 사람의 눈을 끌었는데, 이에 눈독을 들인 호족이 갖은 수단을 다 써보았으나 뜻을 이룰 수 없음이 그 동기였다.

이를 안 도표는 기회를 엿볼 것도 없이 곧장 그 집으로 달려갔다. 그는 대문을 박차고 들어서는 길로 거기에서 이야기하고 있던 그 집의 아들 둘을 한 방에 때려눕혔다. 그 다음부터는 난장판이었다. 칼을 빼어든 그는 닥치는 대로 베고 찌르고 마구 죽여 댔다.

그 집에는 백 명 가까운 식솔이 살고 있었는데, 하나도 빠뜨리지 않고 죽여버렸다. 담장이 워낙 성같이 높았기 때문에 뛰어넘어 도망칠 수도 없었던 것이다. 담 모퉁이에 숨어 있던 주인을 끌어다가 사지를 갈기갈기 찢어 죽였다.

「그리고는 이리 피해 왔다가 공장을 만나게 된 것이지요. 참 그에게는 어린 동생 둘이 있었는데, 다 업고 왔습니다. 지금은 모두 장성해서 그 용맹이 형에 못지않지요. 이름은 위가 도호(桃虎), 아래가 도표(桃彪).」

여기서 그는 말을 끊고 따라 놓았던 차를 쭉 들이켰다.

「저하고는 모두 막역한 친구랍니다. 그래서 우리 가게에 오면 종을 부리고 꾸짖기를 자기 집 종 부리듯 하며, 조금도 꺼리는 바 없지요. 그리고 술버릇이 좀 있어서 일단 취해만 놓으면 안하무인입니다. 손님들께서도 아예 가까이 마십시오. 평소에는 아주 의리가 굳은 사람들이지만, 취하면 달라지니까요.」

4. 대소동

공장과 도표에 관한 이야기를 전해들은 왕미 일행은, 쓸데없는 분규에 말려들어 보아야 이롭지 못할 것이므로 각기 밖으로 놀러나갔다.

　왕미·이규와 함께 길을 산책하고 있던 관방은 새라도 잡아볼까 하는 생각에 활을 내오려고 주막으로 혼자 돌아왔다. 그런데 가게가 몹시 소란했다.

　'음, 그 자들의 주정이 시작된 모양이군.'

　관방은 호기심을 억제할 길 없어 문간에 서서 안을 들여다보았다. 그때 마침 도표가 태산이 떠나갈 듯 고래고래 고함을 질러대고 있었다.

　「이 개 같은 녀석. 네 이놈, 어째서 이렇게 뜨물 같은 술을 가져온단 말이냐. 이 죽일 놈 같으니라고. 그래도 뭐라고? 이것이 최고급 술이라고? 그래 이놈아, 이 뜨물 같은 것이 최고급이란 말이냐!」

　그 앞에 서 있는 심부름꾼이 불쌍했다. 두 손을 모으고 서서 벌벌 떨고 있었다.

　「이것이 우리 집에서는 최고급 술입니다. 정말입니다. 왜 소인이 대인을 기만하겠습니까.」

　「무엇이?」

　고함소리와 함께 일어서기가 바빴다. 도표의 억센 주먹은 심부름꾼을 쓰러뜨리고 있었다. 심부름꾼은 가엾게 일어나지도 못했다.

　이것을 본 관방은 문을 밀치고 안으로 들어섰다. 그리고 도표를 노려보았다.

　「이 무지막지한 놈 같으니. 공연히 트집을 잡아 불쌍한 자나 두들겨 패고, 너도 사람이냐? 처먹으려면 고이 처먹고, 먹었으면 가거라. 남을 팼다가 사람이 죽는다면 네가 그 목숨을 어떻게 보상할 테냐」

　도표가 얼굴이 붉으락푸르락해가지고 일어났다.

「이것은 웬 놈이야! 내가 술집 놈을 꾸짖든 말든 네가 무슨 상관이냐!」

도표는 술병을 들어 던졌다. 관방은 도표가 보통사람이 아님을 알고 있는 터라 기선을 제압해야 되겠다고 생각하여 날쌔게 달려들면서 도표의 가슴에 일격을 가했다. 상대가 장사인 줄 모르고 얕보던 도표는 뒤로 벌렁 나가자빠졌다.

이렇게 되고 보니 공장이 가만있을 리 없었다.

「웬 놈이 이리 담이 크냐?」

버럭 소리를 지르고 일어난 그는 음식상 다리를 뽑아들고 관방을 후려갈기려 들었다. 이때 왕미가 끼어들어 그 손을 잡았다. 그는 활을 가지러 간 관방이 좀처럼 돌아오지 않는 것을 보자, 무슨 일이 일어났는지 걱정이 되어 다른 일행과 함께 돌아온 길이었다.

「이놈, 이 손 못 놔!」

공장이 뿌리치려 했으나 왕미가 낚아채는 바람에 그는 도리어 쓰러지고 말았다. 여기에 도표의 두 아우가 사람들을 이끌고 쳐들어오고 왕미의 다른 일행도 싸움에 끼어들어 일대 혼전이 벌어지고 말았다. 그들은 닥치는 대로 몽둥이를 들고 서로 때렸다. 가게에 있던 술상이니 의자는 순식간에 박살이 났다. 그들은 장소를 옮겨 한길에서 서로 치고 때렸다. 이때서야 볼일 보러 나갔던 주막집 주인 근준이 놀라서 달려와 뜯어말리려 했지만, 이미 일은 수습단계가 아니었다.

구름처럼 몰려든 구경꾼에 둘러싸인 채 그들은 두어 시간이나 싸움을 계속했다. 이 소문은 마침내 현령의 귀에까지 들어갔다. 현령 유은은 곧 포병총관(捕兵摠官) 조응(刁膺)에게 4, 50명의 포졸을 데리고 가서 잡아오라고 명령했다. 조응도 또한 용맹한 사람으로 큰 도둑을 많이 잡아 이름이 있는 사람이었다.

조응이 포졸들을 이끌고 달려오는 것을 보자 싸우고 있던 두 패는 비로소 손을 멈추었다. 조응도 평소에 공장과 매우 친히 지내던 터라 공장의 하인들이 많이 다친 것을 보자 크게 화를 냈다. 그는 왕미 등을 손으로 가리키며 외쳤다.

「저 낯선 놈들이 수상하구나. 죄인들이 도망쳐왔는지도 모르니, 저놈들을 묶어라.」

졸개들이 우르르 달려들었다. 그러나 호랑이 같은 사나이들이 눈을 부릅뜨자 감히 손을 대지 못했다. 번영이 앞으로 나섰다.

「총관 어른께 한 마디 하겠소 대저 법이란 사(私)가 없어야 하는 것입니다. 어느 한 사람을 위해 굽힐 수도 없으려니와 누가 밉다 하여 가혹하게 해서도 안될 것입니다.

우리가 대로상에서 싸운 것은 잘한 일은 못되나 거기에는 그만한 까닭이 있었던 것인데, 총관께서는 양쪽을 같이 불러 자초지종을 다 듣고 공정히 시비 흑백을 가리셔야 할 것임에도 불구하고 편벽되이 저희들만 잡으려 하시니, 다시 한 번 생각해 보시기 바랍니다.」

정연한 이론에 조응은 할 말이 없었다. 그러나 그럴수록 화를 내는 것이 사람이다. 조응이 씨근덕거리고 앞으로 나오려 하는데, 그의 팔을 잡는 사람이 있었다. 그것은 공장이었다.

「총관! 저 사람들을 용서해주시오.」

그것은 뜻밖이었다.

「아니, 형장에게 버릇없이 군 놈들인데 그게 무슨 말씀이오?」

「그것이 천하 호걸들에 대한 예의이기 때문이지요」

「천하의 호걸?」

조응은 어디까지를 진담으로 들어야 좋을지 몰라 어리둥절했다. 그러나 공장은 진지했다.

「나는 지금껏 저렇게 용맹한 사람들을 보지 못했습니다. 서로 치고받으면서도 가슴 부푸는 존경의 일념을 억제할 수 없었어요. 또 따지고 보면 제가 잘못해서 싸움이 시작되었던 것이오. 지금 저에게는 조금도 적개심이 남아 있지 않습니다. 앞으로 제 쪽에서 사과하고 사태를 평온하게 수습하려고 생각하니, 총관께서 이대로 돌아가 주신다면 나중에 현령 어른을 찾아뵙고 인사를 여쭙겠습니다.」

평소에 공장에게 심복해 오던 조응으로서는 이렇게 되면 따를 수밖에 없었다. 조응이 돌아가는 것을 보자 공장도 조용히 돌아갔다. 소동을 일으키던 품으로 보아서는 싱겁게 끝난 싸움이었다.

왕미 일행도 방으로 돌아왔다. 그들은 주인을 청해 사과를 했다.

「형장께서 미리 주의까지 하신 것을 저희들의 부덕으로 소란을 일으키고 기물을 부수게 되어 죄송한 말씀 이루 여쭐 데가 없습니다.」

그러나 근준은 의외에도 부드러웠다.

「원 별말씀을 다 하십니다! 실수라면 귀한 손님들을 계시게 한 채 출타했던 제가 실수지요. 또 다소의 기물이 파괴된 것으로 말하자면 제가 아무리 빈천한 속에 처해 있기로니 대장부로서 어찌 그만한 일에 괘념을 하겠습니까. 아무 일도 없었던 것으로 치고, 부디 마음 놓고 계시기 바랍니다.」

일동은 근준이란 사람이 정말 예사 사람이 아님을 새삼 느끼고 속으로 탄복했다.

「너그럽게 생각해 주시니 감사합니다. 그러나 공장·도표 때문에 앞으로 피해나 입지 않으실까 걱정이군요.」

누군가가 이런 근심을 했다.

그러나 그 소리를 들은 근준은 되레 크게 웃었다.

「저와 그들과의 사이는 이만한 일로 금이 갈 처지는 아닙니다. 그것은 조금도 걱정 마십시오. 또 공장이 아까 돌아가기에 앞서 저에게 한 말이 있습니다. 천하의 영걸들을 몰라보고 물의를 일으켜서 정말 죄송하다며 사적인 감정은 조금도 품은 바 없을 뿐 아니라 깊이 존경해 마지않는 터이므로 내일이라도 주효(酒肴)를 갖추어가지고 와서 사과드리겠다고 하더군요 그러니 조금도 불안하게 생각 말고 쉬시기 바랍니다.」

그날 밤, 왕미 일행은 앞으로의 거취를 상의했다. 주인의 말로 보아, 아무 일 없을 것이니 여기에 그대로 머물자는 의견도 없지는 않았다. 그러나 아무래도 불안했다. 공장이 싸우던 때와는 달리 의외로 조용히 물러간 것이 생각하기에 따라서는 뒤끝이 개운치 않았다. 설사 공장 쪽에 아무 저의가 없다 치더라도 앞으로 현령이 어떻게 나올지 모르는 것이었다.

아직 동도 트지 않았을 무렵, 그들은 주인을 깨워 인사하고 그 주막을 떠났다. 물론 주인은 말렸다.

「새벽녘에 왜들 이러십니까. 이미 말씀드렸거니와 어제의 일은 주정이 빚은 하나의 실수이고, 저쪽에서는 정말이지 조금도 원한을 품고 있지 않으니 마음 놓으시고 더 머무십시오」

그러나 그들은 좋은 말로 완곡하게 거절했다.

「저희도 잘 압니다. 결코 그것을 이제껏 생각하는 것은 아니고, 마침 찾아봐야 될 친구도 있고 해서 떠나가려는 것입니다.」

그들은 행인도 없는 시골길을 달렸다. 촌락을 지날 때마다 새벽의 정적을 깨뜨리는 말발굽 소리에 개가 요란히 짖어댔다.

어디선가 닭 우는 소리가 들렸다. 왕미는 저도 모르게 하늘을 쳐다보았다. 동이 트려는지 하늘에는 몇 개의 별이 희미한 빛깔을 던지고 있었다.

그 순간 집에 두고 온 아버지의 모습이 머리를 스쳤다. 어째서 갑자기 그런 생각이 났는지 그것은 관방 자신도 몰랐다.

'나라를 찾아내라. 나라를 찾아내라!'

그 목소리만이 귀에 쟁쟁했다.

진시(辰時)는 넉넉히 되었을 무렵, 그들은 어느 냇가에서 늦은 아침 요기를 했다. 떠날 때 주인이 싸서 준 술과 안주가 있었던 것이다.

그때, 저쪽으로부터 말발굽 소리가 들려왔다. 모두 고개를 들어 그쪽을 바라보았다. 전속력으로 달려오는 두 사람! 그것은 분명히 공장과 도표임에 틀림없었다.

'또 싸운다?'

그들의 머리에는 이런 생각이 스쳤다. 그러나 덤비면 싸워야지 어쩌겠는가. 하긴 그런 것에 겁을 먹을 인물들도 아니었다.

두 사람은 그들 앞에서 말을 멈추었다. 그리고는 말에서 내려 이쪽으로 다가왔다. 일동은 두 사람이 서너 걸음 앞에서 멈추어 서더니 공손히 머리를 숙이는 데 놀랐다.

이쪽에서도 고개를 숙였다.

「사실은 아침 일찍 어제의 일을 사과드리려고 주막으로 갔더니, 이미 떠나셨다기에 이렇게 달려왔습니다.」

공장의 언동은 어디까지나 겸손했다.

「모든 것은 저희 두 사람의 추태가 빚어낸 일이라 부끄러워 얼굴도 못들 처지입니다만, 형장들 같은 영준(英俊)들을 뵈올 기회야 어디 자주 있겠습니까. 그래서 염치도 안 돌아보고 이렇게 온 것이니 부디 어제의 일은 용서해 주시기 바랍니다.」

이렇게 되니 관방도 안 나설 수 없었다.

「어떤 분인 줄 진작 알았다면 제가 아무리 불민해도 감히 그런 실수는 범하지 않았을 터인데, 나중에야 주인에게서 듣고 얼마나 후회했는지 모릅니다. 그래서 다시 뵐 낯도 없어서 피하는 길인데, 도리어 이렇게 찾아오시니 송구할 뿐입니다.」

「그 무슨 말씀을!」

도표가 손을 휘저었다.

「모든 것은 제 허물입니다. 그러나 사과는 두고두고 아뢰기로 하고, 저희들이 뵙건대 반드시 이름 높은 영웅호걸로 짐작이 되오니 부디 존성대명을 들려주십시오.」

왕미의 생각에, 두 사람은 충분히 신뢰할 만하다 여겨졌으므로 일행의 신분을 그대로 밝혀주었다.

그 말을 들은 두 사람은 매우 놀란 모양이었다. 다시 허리를 꺾어 경의를 표했다.

「저희가 어찌 알았겠습니까. 형장들께서 모두 인아(麟兒)·호자(虎子)요, 옥주(玉珠)·경지(瓊枝)이실 줄이야! 저희들은 눈이 있어도 소경과 다름없어서, 감히 회음(淮陰)의 악동(한신韓信이 미천했을 때 이곳을 지나다가 욕을 본 적이 있다. 악동이 자기 목을 베든지, 그렇지 않으면 가랑이 밑으로 기어가라고 협박했다. 한신은 주저 없이 후자를 택했다. 세상에서는 모두 한신의 비겁함을 비웃었다. 노릇을 했으니 참으로 하늘이 부끄럽습니다.」 (*國士無雙국사무쌍)

마치 백년지기나 되는 듯 의기상통한 그들은 두 사람의 권유를 받아들여 말머리를 나란히 하고 공장의 집으로 걸음을 옮겼다.

5. 유거의 개명(改名)

한편 유거와 그 일행은 여러 날 만에 한중(漢中)의 땅을 벗어날 수 있었다. 이제 잡혀갈 걱정은 거의 할 필요가 없게 되었다. 우선은 다행한 일이었다. 그러나 언제까지 이렇게 유랑만을 계속할 것인가? 생각하면 불안하기 짝이 없었다.

어느 날, 유거가 말을 꺼냈다.

「우선 호구(虎口)는 벗어났지만 언제까지나 이렇게 떠돌아만 다닐 수도 없는 노릇이고, 큰 뜻을 펴기 위해서도 근거지가 하나 있어야 하지 않겠나?」

나오는 하품을 가까스로 억제하면서 유영이 대답했다.

「글쎄요…… 하기야 전하 말씀대로지만, 어디 그런 데가 있겠 나이까.」

「인심이란 조석지변이야.」

유선(劉宣)이 나직이 한숨을 쉬었다.

「망국의 유민(流民)을 위해 누가 한 치의 땅이라도 내놓으려 해야지. 설사 지금도 한(漢)나라를 생각해 주는 사람이 있다 한들 우리의 내력을 모르니 어떻게 도울 수 있겠나. 그렇다고 나는 이런 사람이오, 하고 떠들고 다닐 처지도 아니니 어떻게 한다?」

「제 생각 같아서는, 강호(羌胡)를 찾아가 보시는 것이 어떨까 하는데요?」

「강호?」

모든 사람의 시선은 제만년에게 쏠렸다. 유거의 머리에 일루의 희망이 번개처럼 스치고 지나갔다.

강호라는 오랑캐가 촉한과 밀접한 관계에 있었음은 누구나 아는 사실이었다. 선주(先主)와 제갈양이 그들을 덕으로 어루만져 주었으므로, 촉한에 큰 싸움이 일어날 적이면 원군을 파견해 온 적도 한두 번이 아니었다.

그들은 한때 그곳에 주둔해 있던 마초(馬超)를 못 잊어하고, 그를 모신 사당까지 세웠다는 소문이 있었다.

「인심이 조석으로 변하는 수도 있지만, 그것은 권세로 복종시킨 경우일 것입니다.」

양용(楊龍)이 말을 이었다.

「그러나 선주 폐하와 승상께서 강호를 귀속시킨 것은 힘이 아니라 너그럽고 따스한 덕화가 아니었겠나이까? 그러기에 지금껏 사당까지 지어 놓고 잊지 못한다 하더이다. 만일 그렇기만 하다면 우리를 괄시는 하지 않을 것이고, 잘 되면 병마(兵馬)까지도 얻을 수 있을지 모르겠습니다.」

하기는 그럴지도 몰랐다. 모든 사람의 얼굴에 생기가 돌았다.

「좋아! 그리 가기로 하지.」

유거도 기뻐했다.

「그런데 나에게 좀 난처한 일이 있소 무엇이냐 하면, 우리 형제의 이름은 너무나 알려져 있단 말이오 중국은 그만두고 오랑캐라 할지라도 '유거'라고 하면 대개는 짐작할 거요 물론 아무렇게나 꾸며서 대답할 수도 있지만, 창졸간에 대답해야 될 때에는 본명이 튀어나오지 말라는 법도 없지. 이 판국에 우스운 말을 꺼내는 것 같지만, 생각들 해보오」

「하기는 그렇기도 하겠나이다.」

요전(廖全)이 웃으며 말했다.

「그럴 것 없이 어명(御名)을 아주 고쳐버리시지요」

「그것이 좋겠군.」

유선도 찬성이었다.

「유연(劉淵)이란 이름이 어떨까?」

한참을 두고 생각하던 끝에 유거가 말했다.

「못이라는 연(淵)자 말이야. 우리 어머니께서 큰 고기가 뛰어드는 태몽을 꾸었다고도 하셨으니……」

결국 모든 사람이 찬성하여 이름은 연(淵), 자(字)는 원해(元海)

로 결정이 났다.

그것은 그렇고, 강호로 간다 해도 누구를 찾아가느냐가 문제였다. 그 당시 강호는 다섯 개의 국가로 나뉘어져 있었기 때문이다.

좌현왕(左賢王)—이 사람도 유거, 아니 유연 일행에게는 구미가 당기는 이름이었다. 그는 본래 촉한을 섬겨 양천후(陽泉侯)까지 되었던 인물인데, 그가 강호와 관계를 맺게 된 것은 그곳을 진무하는 사명을 띠고 파견되어 간 데서 비롯되었다. 물론 그에게는 촉한을 배반할 뜻은 없었지만, 본국 정부 안에서는 그를 제거할 음모가 진행되고 있었다. 당시의 권세가인 황호(黃皓)가 금품을 요구해온 것을 일축한 보복이었다. 그가 돌아갈 수 없게 되자, 강족(羌族)들은 그의 덕을 존경하고 있었던 터이므로 추대하여 왕으로 삼은 것이었다. 그러고 보니 그는 원래가 중국인인 데다가 한나라의 구신(舊臣)이었다. 찾아가면 아마 반가이 맞아줄지도 모르는 일이었다. 그러나 나라가 너무 먼 것이 흠이었다.

또 하나 토의의 대상이 된 것은 북부왕(北部王)인 원탁이었다. 이 사람은 양주(涼州) 학씨(郝氏)의 후손인데 오랑캐의 왕이기는 해도 문묵(文墨)을 가까이 하고 어진 이를 존경하는 품이 중화(中華)의 풍이 있는 사람이었다. 이 사람도 어쩌면 호의를 보일지 몰랐다. 그리고 다행한 것은 나라가 가까웠다.

결국은 북부로 학원탁을 찾아가기로 했다.

6. 강호(羌胡)를 찾아서

유연 일행은 며칠을 두고 말을 달려서 북부의 경계를 눈앞에 바라보게 되었다. 모처럼 찾아온 것이지만 거기에서 기다리는 운명이 바람인지 구름인지 누가 알랴.

유연은 중국 쪽 국경의 어느 마을에 말을 멈추고 유백근(劉伯根

: 유선)에게 요전을 딸려 북부로 들여보냈다.

「그들이 받아줄지 어떨지를 알아보고 오라.」

이것이 두 사람에게 주어진 임무였다.

두 사람은 기대와 불안을 함께 안은 채 국경을 넘었다. 그곳 사람들에게 물어본 결과, 합태 (哈台)라는 자가 총관임을 안 두 사람은 곧 그를 찾아갔다.

「저희들은 한조의 유신(遺臣)입니다. 불행히도 나라가 깨어지는 변고를 당하고 몸 둘 곳을 얻지 못해, 멀리 현주(賢主)의 성예(聲譽)를 흠모한 나머지 이렇게 찾아왔습니다. 부디 총관께서는 대왕에게 이 뜻을 전해주시기 바랍니다.」

그리고 유백근은 지니고 온 보옥을 선물로 내놓았다. 입이 딱 벌어진 합태는 곧 원탁에게 연락을 취했다. 이리하여 두 사람은 아무 어려움 없이 왕을 만나볼 수 있었다.

유백근은 왕 앞에 나아가 허리를 굽혀 인사를 올리고 요전은 보석이 든 상자를 받들어 전했다.

「저희들은 본래 촉한의 구신(舊臣)으로 하늘이 무너지고 땅이 꺼지는 참변을 당하였기에 환란을 피해 대왕을 찾아와서 이렇게 뵈옵는 바입니다. 원컨대 대왕께서는 한조와의 구의(舊誼)를 생각하사 저희들을 누추하다 버리지 마옵시고 몸담을 한 조각의 땅을 빌려주옵소서.」

융숭한 예물과 공손한 말에 왕은 매우 만족한 모양이었다.

「알고 보니 대국의 고구(故舊)요, 한가(漢家)의 충량(忠良)인데, 어찌 예물까지 내리실 필요가 있사오리까. 본래 이곳도 한조의 정삭(正朔)을 받들어오던 땅이니 어찌 소홀히 대접하겠습니까.」

그는 곧 합태를 시켜 유백근을 따라가서 유연 일행을 맞아오게 했다. 그리고 매우 공손한 태도로 대했다. 일동이 그 앞에 부복하여 절하자 용상에서 내려와 손을 잡아 일으켰다.

「제공(諸公)은 대국의 신료(臣僚)요, 다 귀한 자리에 계셨던 분이신데, 이것이 무슨 변이십니까. 따지고 보면 저의 조부도 한조를 섬기셨으니, 저에겐들 신자의 의가 없겠습니까. 제가 비록 이 고장의 왕위를 외람되이 차지하고 있을망정 결코 제공의 배례는 받을 수 없은즉, 차후로는 서로 읍하는 데에만 그치기로 하여 주십시오」

북부왕 학원탁은 크게 주연을 베풀고 환영했다. 술이 오고가는 중에 왕은 일동의 풍모와 언동을 다시금 살펴보았다. 모두 풍모와 웅위하고 풍기는 호기가 당당하여 보통내기들이 아닌 것을 알 수 있었다. 그 중에서도 유연의 조금 뒷자리에 앉아 있는 한 사람이 특히 드러나 보였다.

키는 아마 9척 6촌쯤은 될까. 자줏빛 구슬처럼 불그레한 얼굴에 산예(狻猊 : 사자)의 코, 짙은 눈썹은 마치 먹을 듬뿍 묻혀서 한 붓으로 쭉 내그은 것 같았다. 그리고 불꽃이 활활 타오르는 것처럼 보이는 그 눈빛이 무서웠다.

「저분은 어떤 분인가요?」

왕은 지나가는 말처럼 물었다. 왕이 가리키는 손을 따라 뒤를 돌아보던 유연이 빙그레 웃음을 띠었다.

「아, 제만년 말씀이시군요. 본래 제(齊)나라 전단(田單)의 자손입니다마는, 지금은 국명을 성으로 하여 제씨로 일컫고 있습지요 자를 영령(永齡)이라 합니다.」

「그래요? 눈으로 보기에도 그 풍모가 족히 3군을 질타할 만할 거물 같군요」

왕은 다시 제만년을 바라보았다. 유연은 이쯤에서 자기편의 위신을 높여두는 것도 해롭지 않으리라 생각했다.

「아닌 게 아니라, 저 사람은 약간의 용맹을 갖추고는 있습니다. 80근짜리 칼을 번개같이 쓰며, 말을 달려 산을 치달아 오르는 모습이 흡사 평지를 가는 듯하지요 활도 잘 쏩니다. 1백 보 밖 과녁을 쏘아 실수함이 없고, 공중을 나는 새도 쏘면 맞히기 때문에 세상에서 그를 격비장군(擊飛將軍)이라 한답니다.」

듣고 있던 북부왕 원탁에게는 유연의 말에 좀 과장이 있는 것처럼 들렸다.

'변방이라고 해서 너무 우리를 얕잡아보는 것인가?'

이런 생각이 들었다.

「아, 참으로 장사입니다그려. *중석몰족(中石沒鏃) 했다는 옛날의 이광(李廣)이 다시 태어난다 한들 어찌 이에야 미치겠소이까. 다행히 제 친구에 동·서 이부(二部)의 군주인 마난(馬蘭)·노수(盧水)라는 용사가 있습니다. 함께 초청하겠으니 내일 그 무예를 보여주시기 바랍니다. 만일 말씀 같다면 이는 일세의 영웅들, 마땅히 땅을 베어 근거를 삼게 해드릴 것입니다. 그러나 다른 때에는 한갓 편호(編戶)의 백성 노릇밖에 못하시리니, 양해하시기 바랍니다.」

물론 유연은 쾌락했다.

제3장. 밤은 아직도

1. 연무대회

이튿날 아침.

병청(兵廳) 안 넓은 마당에는 곳곳에 차일을 치고, 중앙에는 북부의 군주 학원탁이 마난·노수와 함께 자리를 잡았다. 중국에서 온 망명객이 무기(武技)를 선보인다는 소문이 나돌아 관료와 군인 등 출입할 자격이 있는 사람은 거의 다 모여들었다.

유영이 보니 바로 옆에 장모(長矛)에 기(旗)를 달아 세워 놓은 것이 있었다. 가만히 들어보았더니 무게가 적당하였다.

「호걸들이 나서기에 앞서 소장이 창을 한번 시험해서 파적을 하여드릴까 합니다. 노대인(盧大人)의 말을 빌려주십시오」

유영이 앞으로 자진해 나서자, 체면상 유선이 점잖게 나무랐다.

「너는 왜 이리 경망하냐! 식자의 눈을 더럽힐까 두렵다.」

마난이 말했다.

「한나라의 장종이 범연치 않으리니 말리지 마시오」

유영은 말을 달리며 갖가지 창술을 보였다. 창을 쓰는 법이 어찌나 빠른지, 다만 빙글빙글 도는 흰 빛깔이 보일 뿐이었다. 그는 다시 마난의 활을 빌려가지고, 말을 달리면서 연달아 여섯 대를 쏘아 여섯 대를 모두 맞혔다. 장내는 금시에 탄성과 박수로 떠나 갈 듯 요란해졌다.

다음에는 유선이 나섰다. 번개처럼 창을 휘두르던 그는 공중으 로 몸을 솟구치는가 하더니 말 잔등에 우뚝 섰다. 그가 그런 자세 로 장내를 한 바퀴 돌았을 때, 사람들은 박수치는 것도 잊고 넋 빠진 사람처럼 바라보고만 있었다.

다음에 요전이 칼 쓰는 법을 보였다. 휘두르는 칼에 차차 속력 이 가해지는가 싶더니 어찌된 영문인지 사람이 보이지 않았다. 여 전히 뛰는 말과 그 위를 빙빙 도는 빛깔의 소용돌이—그가 말에서 내릴 때에야 사람들은 갑자기 꿈에서 깨어난 듯 떠나갈 것 같은 박수를 보냈다.

이쯤 되니 유연도 가만히 있을 수 없었다. 천천히 일어서며 한 마디 했다.

「나도 비록 재주는 없으나 세 분 대인이 거두어주신 은혜에 보답키 위해 잠깐 손을 놀려 볼까 합니다. 청컨대 나에게 강궁(强 弓)을 빌려주신다면 한번 시험삼아 쏘아볼까 합니다.」

원탁의 명령으로 석궁(石弓)이 주어졌다. 유연이 10여 근은 됨 직한 석궁을 받아들고 이를 잡아당겼으나 어찌 된 일인지 활의 가 운데가 뚝 소리를 내며 끊어져 버렸다. 이에 놀라서 다른 석궁을 가져다주었으나, 연달아 3개가 부러져버렸다. 이를 보고 모두 혀 를 내둘렀다. 네 번째의 석궁이 겨우 유연의 힘을 견뎌냈다. 그는 말을 달리다가 몸을 돌리면서 화살 두 개를 쏘았다. 두 개가 다 과녁을 꿰뚫었다. 여기저기서 탄성이 일어났다.

이제는 제만년의 차례였다.

그는 앞으로 나가 외쳤다.

「소장은 80근짜리 큰 칼을 애용했는데, 남이 수상히 알까봐 가

지고 오지는 못했습니다. 그런 칼을 가지신 분이 있으면 빌려주십
시오」

모두 입을 딱 벌리고 서로 얼굴만 쳐다보는 중에 마난이 말했
다.

「내 조부가 쓰시던 60근 되는 것이 있는데, 필요하다면 그것이
라도 쓰시려오?」

그는 곧 사람을 보내 그것을 가져왔다. 제만년이 그 칼을 받아
들고 말에 오르려 했을 때다. 보고 있던 북부왕 원탁이 말렸다.

「가만히 계시오 아마도 장군의 신용(神勇)으로 미루어 생각할
때, 보통 말로는 안될 것 같소 나에게 월지(月地)로부터 보내온 말
이 한 필 있는데, 어찌나 사나운지 지금껏 타본 사람이 없었소 오
늘 장군에게 드리리니 타보시기 바라오」

어떤 것인가 하고 기다리는 제만년 앞에 끌려온 것은 과연 어
마어마한 말이었다. 갈기는 옻칠을 한 듯 검은데, 단사(丹砂)처럼
붉은 몸매, 키는 8척, 머리에서 꼬리까지의 길이는 실히 1장은 넘
어 보였다. 거기에다 용구(龍軀)·화목(火目)·거구(巨口)·방제
(方蹄)! 항우의 오추마(烏騅馬)도 이보다는 못했을 것 같았다.

제만년이 등에 타자 사람 태우기는 처음이라 말이 껑충껑충 막
날뛰었다. 제만년은 말을 길들이기 위해 장내를 세 바퀴나 돌았다.
워낙 무서운 힘이 짓누르는 탓인지, 그 사나운 말도 드디어는 땀
을 질편하게 흘리면서 예사말처럼 온순해졌다. 이것을 보고 원탁
이 탄식했다.

「역시 주인이 따로 있군.」

이제는 길든 말을 달리며 검술을 보일 차례였다. 제만년은 60근
이나 되는 칼을 마치 막대기 다루듯 휘두르면서 다시 말을 달리기
시작했다.

그것은 참으로 장관이었다. '사람은 여포(呂布), 말은 적토마(赤兎馬)'라고 했거니와, 과연 그 사람에 그 말이었다. 달리는 말이 구름을 헤치고 하늘을 나는 청룡이라면 제만년이 휘두르는 칼날은 비 오는 밤의 어둠을 쪼개는 번개 빛이었다. 허공을 높이 뛰는 말과 자욱한 검광—보이는 것은 오직 그것뿐이었다. 사람들은 꿈속에 노는 듯 그저 넋을 잃고 있었다.

이윽고 제만년이 칼을 거두고 장대 앞에 이르러 고개를 숙이자 삼부(三部)의 군주들은 일제히 찬사를 아끼지 않았다.

「아, 장하오! 장군의 신용(神勇)은 사람의 일이 아닌 것 같소」

제만년은 허리를 굽혀 겸양의 뜻을 보였다.

「검법도 모르고 함부로 휘두르는 칼을 과찬하심이 어찌 이와 같으십니까.」

원탁이 손을 내저었다.

「아니오. 명불허전(名不虛傳)이라더니 도리어 성예(聲譽)가 장군의 용맹에 미치지 못하는 것 같소. 그것은 그렇고, 장군의 궁술인들 어찌 범상하실 리 있겠소 장군은 우리를 위해 부디 수고로움을 아끼지 마시기 바랍니다.」

「못난 재주를 잇달아 보시겠다니 황감하거니와 사전(射箭)은 본래 무부(武夫)의 본업이온즉, 우스개삼아 시험해 보겠습니다. 원컨대 강궁 한 벌을 내려주십시오」

원탁은 곧 강궁을 내오게 했다.

제만년은 다시 말에 올라 활을 받아들었다. 그가 살을 먹여 힘껏 당겼을 때 활은 우지끈 소리를 내고 두 동강이 나고 말았다. 당황한 관원이 내미는 다음의 두 개도 마찬가지로 끊어졌다.

원탁이 벌컥 화를 냈다.

「가장 강한 활을 드리라 했거늘, 이게 무슨 일이냐?」

죄도 없이 벼락을 맞은 관원이 파랗게 질려서 어찌할 바를 몰라 했다.

「제가 어찌 분부를 따르지 않았겠습니까. 가장 강한 활로 드리라 하시기에 여간한 장수로는 당기지도 못하는 것을 가려가지고 왔사오나 제장군의 힘이 너무나 세시어서 부러진 것뿐입니다.」

「그럴 것이오.」

마난이 고개를 끄덕이며 말했다.

「나에게 철태궁 한 벌이 있습니다. 이것은 흉노의 왕이 우리 조부에게 보내온 것인데, 조부께서 작고하신 뒤로 아무도 쓸 수 있는 자가 없어서 지금은 궁중에 세워두어 위엄을 나타내는 데 이용하고 있을 뿐입니다. 이것이면 장군에게 맞으리다.」

마난은 저 유명한 오호장군(五虎將軍) 중의 한 사람 마초(馬超)의 형인 마철(馬鐵)의 손자다. 그가 조부라 한 것은 물론 마초를 가리킨 말이다.

얼마 후 소위 철태궁이란 활이 제만년에게 주어졌다. 제만년은 두어 번 줄을 당겨보더니 웃음을 머금고 마난에게 사의를 표했다.

「이만하면 됐습니다.」

그는 말을 달려 장내를 돌면서 연거푸 여섯 대를 쏘았다. 여섯 개의 화살은 모두 정통으로 들어맞았다. 그는 다시 말을 달렸다. 이번에는 과녁으로부터 1백 50보쯤 떨어진 곳에서 고개를 돌리고 세 개의 화살을 함께 먹여 쏘았다. 그 세 개의 화살이 나란히 과녁에 맞는 것을 보자 사람들은 저도 모르는 사이에 자리에서 일어나 함성을 질렀다.

학원탁은 장대 아래로 내려와 제만년의 손을 잡고 칭찬했다.

「참으로 장군의 궁술은 신기(神技)이십니다. 촉한의 노장 황한

승(黃漢升 : 한승은 황충의 자) 장군도 장군의 신기는 당하지 못할까 합니다.」

마난·노수 두 사람도 각각 한 마디씩 제만년에게 찬사를 보냈다. 그러나 제만년은 끝내 겸손하기만 했다.

학원탁은 곧 크게 잔치를 베풀어 여러 한장(漢將)을 다시 한번 환영하는 뜻을 표했다.

학원탁의 준총(駿驄)과 마난의 대도(大刀)와 경궁(勁弓)은 이날부터 제만년이 갖게 되었음은 말할 필요가 없게 되었다.

2. 호랑이냐 사람이냐

유연 일행이 무술을 한바탕 자랑하여 북부의 군주 학원탁을 비롯한 관중에게 깊은 감명을 주었던 그날부터 그들의 대우는 매우 융숭해졌다. 원탁은 유연을 위해 유림천(柳林川) 일대의 땅을 주었다. 유연은 여기에다 성을 쌓고 군졸을 모았다. 비록 규모는 아직 크지 못할망정 한조(漢朝)의 광복을 위해 착실한 첫걸음을 내디디고 있었다.

어느 날, 그들은 원탁에게 초청을 받아 함께 사냥을 나갔다. 얼음이 풀리고 새싹이 돋아나는 봄날이었다. 유연과 원탁의 일행은 어느 햇볕 따스한 언덕에 자리를 잡고 병졸들이 짐승을 몰아대는 함성을 듣고 있었다.

「시각이 좀 지체될 것이니, 그 동안에 한잔 하실까요?」

원탁의 권유로 술이 두어 순배 돌아갔을 때였다. 숲 사이에서 요란한 소리가 들리는가 싶더니, 한 마리의 호랑이가 시야에 뛰어들었다. 그것은 정말 호랑이였다. 알록달록 점이 박힌 호랑이는 산천이 무너져라 한번 울더니 수많은 군졸도 눈에 안 뵈는 듯 달려오기 시작했다.

「활을 쏴!」

「창으로 찔러라!」

당황한 원탁·마난이 소리를 질렀으나 그 소리 자체가 떨리고 있었다. 병졸 중에는 더러 활을 당기는 사람도 있었지만 두려움에 넋이 나간 사람의 활이 제대로 말을 들을 리 없었다. 그들은 제대로 활을 쏘지도 못하고 어찌할 바를 몰라 어물어물할 뿐이었다.

원탁이 탄 말은 호랑이가 다가오자 놀라서 함부로 뛰었다. 이것을 본 장수들이 그 앞을 가로막아 원탁을 보호하면서 호랑이를 쏘려고 했을 때다.

「쏘지 마시오, 쏘지 마시오!」

저쪽에서 소리를 지르며 제만년이 달려왔다.

「함부로 쏘다가는 사람이 죽을지 모르고, 또 호피(虎皮)를 상하리다. 이런 짐승 하나쯤은 여러분의 힘을 빌릴 것도 없이 내가 처치하겠소」

제만년은 팔을 걷고 호랑이 쪽으로 나아갔다. 호랑이도 몰이꾼들이 총총히 서 있는 쪽보다 안전하다고 생각한 탓인지 제만년이 있는 곳으로 달려왔다.

「이놈! 내 주먹맛을 좀 보아라!」

제만년이 호통을 치자, 호랑이도 꼬리를 쳐들고 울음을 터뜨렸다. 산천이 쩌렁쩌렁 울렸다. 군졸들은 말할 나위도 없고, 장수들도 모두 팔다리를 덜덜 떨었다.

그런 중에서 유영만이 화살을 겨냥한 채 대기하고 있었다. 호랑이가 몸을 굽히는 듯하면서 제만년을 향해 껑충 뛰어오르려 하는 순간 화살이 날아가 그 어깨에 꽂혔다. 호랑이는 주춤하는 듯싶었으나 상처는 그의 분노를 더욱 부채질하였든지, 무서운 포효와 함께 몸을 솟구쳐 제만년을 덮치려 들었다. 그 순간 제만년은 허리를 굽히면서 머리 위를 스쳐가는 호랑이의 배를 올려쳤다. 호랑이는 땅 위에 나가떨어졌다.

그러나 죽은 것이 아니었다. 그렇다고 일어난 것도 아니었다. 땅 위에 떨어진 그 자세에서 바로 제만년의 목을 노리며 뛰어올랐다. 기습! 그렇다, 그것은 바로 기습이었다. 웬만한 사람이면 여기에서 피를 뿜고 쓰러져야 했으리라. 그러나 제만년은 허리를 굽혀 날쌔게 피하면서 주먹을 휘둘렀다. 호랑이도 이번에는 냉큼 일어서지 못했다.

호랑이가 다시 힘을 가다듬어 몸을 일으키려 했을 때, 세 번째의 억센 주먹이 호랑이의 정수리를 내려쳤다. 이 일격에 그 사나운 짐승도 완전히 뻗고 말았다. 아마 두개골이 부서진 것이리라.

제만년이 아직도 꼬리가 움직이는 호랑이를 어깨에 메고 2백 보 쯤 떨어져 있는 북부왕 학원탁 앞에 이르렀을 때, 사람들은 그에게 찬사를 보내는 것도 잊은 채 또 한번 몸서리를 쳤다.

학원탁이 말했다.

「정말 장군은 신력(神力)을 가졌습니다. 이런 맹호를 혼자 주먹으로 때려잡다니 천위(天威)가 아니고서야 어찌 능히 할 수 있는 일이겠습니까. 엣날의 맹분(孟賁 : 전국시대 제나라의 역사. 산 소의 뿔을 뽑았다고 함)이라 해도 제장군에겐 미급할 것입니다.」

어쨌든 장한 일이었다. 여섯 명의 병졸이 호랑이를 목도에 매달아 운반했다. 학원탁과 유연의 일행도 유쾌한 기분으로 말을 몰아 귀로에 올랐다.

그들이 어느 마을을 지나는데 길가에 사당 한 채가 보였다. 몇 집 안되는 초라한 마을에 비겨 의외로 우람한 전각이었다. 아름드리 통나무로 기둥을 한 이 집은 1백 간은 실히 되어 보였다.

'원운진군지행사(元運眞君之行祠)'라는 현판을 바라보며 유연이 물었다.

「대체 누구를 모신 사당인가요?」

「누구일 것 같습니까?」

원탁이 웃으며 유연을 쳐다보았다.

「사실은 제갈 승상을 모시고 있습니다.」

「제갈 승상?」

유연이 놀라서 다시 사당을 바라보았다.

「이곳 사람들은 승상의 덕을 지금껏 못 잊어 하고 있답니다. 승상은 진서장군(鎭西將軍) 마초를 보내시어 이곳 백성들을 은혜로 어루만지셨지요」

먼 이역, 이 오랑캐의 땅에까지 승상의 덕이 미치고 있을 줄이야! 자못 감개가 무량해진 유연은 그대로 지나칠 수 없다고 생각했다.

「내 잠시 들러서 신상(神像)에 예배를 드리고 갈 터이니 대왕은 앞서 가십시오.」

「원 천만에! 나도 본래 근본을 따지면 한나라 사람. 선현의 사묘가 계신데 어찌 그대로 가겠습니까.」

노수(盧水)가 말했다.

「그런데 참, 아무도 향화를 갖추고 오지 못했군요. 이렇게 하면 어떻겠습니까. 예에는 어긋날지 모르나, 저 호랑이를 바치면……」

「그거 좋은 생각이시오 우리 가죽을 벗겨서 여기에 헌납합시다.」

원탁은 곧 병졸을 시켜 메고 오던 호랑이를 당 안으로 운반하도록 했다.

유영은 사당에 들어서자 눈을 들어 정면을 바라보았다. 홀(笏)

을 든 공명이 인자한 웃음을 머금고 앉아 있는 모습이 마치 살아 있는 듯했다. 거기에서 왼편으로 약간 떨어진 곳에 촉의 오호대장 마초 장군의 입상이 있었다.

일동이 두 번 절하고 일어섰을 때 그들의 눈에는 뜨거운 눈물이 괴었다. 유연은 다시 고개를 들어 승상의 얼굴을 바라보았다.

아, 얼마나 반가운 저 얼굴인가. 온 나라가 얼마나 우러러 받들었으며, 그이를 잃고는 또 얼마나 목 놓아 울었던가.

유연은 상 앞에 이르러 무릎을 꿇고 두 번 절하고 곡을 했다..

「승상의 영령은 들으소서. 이 몸 유연은 국파가망(國破家亡)하여 이곳 강지(羌地) 이역만리까지 몇몇 동지와 함께 구명도생(苟命徒生)을 좇아 왔습니다. 그러나 저희들은 이것으로 꺾이지는 않을 것입니다. *칠전팔기(七轉八起) *와신상담(臥薪嘗膽)하여서라도 이 부끄러움을 씻고 이 뜻을 실현하고야 말겠습니다. 오늘 호랑이를 때려잡았듯이, 원수를 때려잡을 날이 꼭 올 것입니다. 꼭 올 것입니다. 승상! 저희들을 돌보아 주십시오」

그 다음에는 울음바다였다. 모두 견딜 수 없었다. 지금까지 참아온 슬픔이 유연의 말로 폭발된 것이었다. 그들은 아이가 부모 앞에서 울 듯 승상 앞에서 마음껏 울었다. 원탁과 마난·노수도 따라 울었다.

이윽고 원탁이 유연에게 말했다.

「내 이 자리에서 맹세하리다. 공 등의 절충대의(節忠大義)를 도와, 한실 부흥을 위해서라면 무엇이든 아끼지 않겠습니다. 이 나라는 공의 나라, 이 백성은 공의 백성이라 생각하십시오. 유림천이 벽지이기는 하나, 이곳을 발판으로 병사를 기르십시오. 나도 군량을 쌓고 병기를 만들어 공의 큰 뜻을 도와드리리다.」

이 자리에서 학원탁은 자기가 거느린 군사 가운데서 우선 1만

명을 유연에게 떼어주기로 하고, 마난·노수는 각각 5천 군사를 차출하기로 했다.

유연은 일어나 절하며 감사의 뜻을 표했다.

3. 어리석은 태자

함녕(咸寧) 5년 10월, 진(晉)의 무제는 위관(衛瓘)을 상서령(尚書令)에 임명했다. 그때 세상에서는, 태자가 어리석어서 제위를 감당할 수 없을 것이라는 여론이 분분하였다. 위관도 같은 생각을 가지고 있었다.

어느 날, 무제는 능운대(凌雲臺)에 신하들을 모아 크게 연회를 베풀었다. 잔치가 끝나고 모두 흩어질 때 위관만은 뒤에 처져 있다가 무제를 따라 들어가 용상 앞에 구부리고 앉아버렸다.

「경도 취했는가? 하기야 나이가 나이니!」

무제는 그 무례를 탓하지 않았다.

「짐도 요즘은 전 같지 못해. 몸을 조심하오.」

위관은 비틀비틀 일어나더니 용상을 어루만지며 중얼댔다.

「신 같은 거야 무엇이 아까우리까마는, 아까운 것은 이 자리이옵니다.」

무제도 말뜻을 알아차리고, 취한 채로 몸을 비스듬히 기대면서 말했다.

「초로인생(草露人生)이야 무엇은 안 아까우리. 산도 아깝고 강물도 아깝고 나무도 아깝고 구름도 아깝고. 그렇지, 저 구름도 아깝지. 암, 아깝고말고.」

위관은 그것으로 물러나는 수밖에 없었다.

위관의 말을 듣고 난 다음부터는 무제도 마음의 고민이 생겼다. 며칠을 혼자서 끙끙거리고 앓다가 마침내 황후 양씨의 뜻을 슬쩍

떠보았다.

「요즘 태자가 어떻게 하고 있소?」

「어떻게 하고 있다니요? 무슨 뜻이온지?」

황후는 의아한 표정으로 황제를 바라보았다.

「아니, 무엇으로 소일하느냐, 그 말이오?」

이번에는 장난하다 어른에게 들킨 어린애처럼 황제 쪽에서 당황했다.

「그저 여전하옵지요. 말달리기, 제기차기나 하고, 술도 좀 마시는 모양이고요.」

황후는 여기에서 재미있는 일이라도 생각해낸 듯 방긋 웃었다.

「참 그런데, 공부에는 여전히 마음이 안 가는가 봐요. 글쎄 저번엔 이런 일이 있었다는군요.」

그날, 태자는 궁녀들에 에워싸여 후원에서 질탕히 놀고 있었다. 경서(經書)의 진강(進講)이 있을 시간이었으나 자리를 뜨는 대신 재미있는 장난을 생각해냈다.

그는 가무(歌舞)에 뛰어난 몇 명의 궁녀에게 《대학(大學)》의 첫머리 몇 줄을 가르쳤다. 그대로의 글로서 가르친 것이 아니라, 거기에다 곡조를 붙여 재미있게 노래하고 춤추게 했다.

그런 줄도 모르고 늙은 태자사부(太子師傅)가 기다리다 못해 찾아왔다.

「동궁마마. 강(講)을 받으실 시각이옵니다.」

그날따라 태자의 태도는 부드러웠다.

「여기까지 오시고, 이거 미안하오. 그러나 이왕 오셨으니, 우리 여기서 강을 하도록 합시다.」

늙은 학자의 눈이 둥그레졌다.

「음, 여기서……」

「왜 여기서는 안된단 말이오? 도(道)는 먼 데 있는 것이 아니라 일상생활, 우리의 행주좌와(行住坐臥 : 일상의 기거동작. 즉 걷고, 서고 앉고, 누움)의 사이에 있다 하지 않았소 그럴진대, 계집들과 술 마시는 자리에 소용되지 않는 학문이라면, 어찌 치국(治國)엔들 도움이 되겠소」

바보도 한 가지 재주씩은 가지고 있다지만 그것은 사실이었다. 그 어리석은 태자의 어디로부터 저런 궤변이 나오는가 싶었다.

불쌍한 것은 늙은 학자였다. 대꾸가 금방 떠오르지 않아 말만 더듬었다.

「그러하오나, 아무리 그렇다고는 하오나…… 에, 그래도 그것은 물론……」

태자는 미친 듯이 웃어댔다. 평소에 골치 아픈 학문으로 자기에게 골탕을 먹여오던 그 늙은이가 얼굴이 붉으락푸르락하면서 쩔쩔매는 꼴이 유쾌했던 것이었다.

「애들아, 노래를 한 곡조 불러드려라.」

태자의 말이 떨어지자마자 궁녀 다섯 사람이 앞으로 나와 이상한 몸짓을 하며 춤을 추기 시작했다.

이윽고 그녀들의 입에서 흘러나온 노래! 학자는 자기 귀를 의심했다.

대학지도(大學之道)는
재명명덕(在明明德)하며
재친민(在親民)하며
재지어지선(在止於至善)이니라

「불쌍하게도 그 늙은이는 졸도하고 말았다는군요」

여기서 황후는 눈물이 나도록 웃었다. 그녀의 웃음이 하도 요란했기 때문에 뜰에 내려앉아 모이를 쪼고 있던 참새가 놀라 날아가 버렸다. 그러나 황제는 웃을 수 없었다.

「그러기에 걱정이오 군왕이란 어진 이를 예로써 대하고, 바른 말을 받아들일 줄 알아야 되는 것이거늘. 태자의 성품이 그토록 경망하니!」

언젠가 유의(劉毅)의 직언을 받아준 적이 있은 이래 자기를 너그러운 도량을 지닌 성군으로 자처해 오던 무제로서는 한숨이 나오지 않을 수 없었다.

그 모양을 본 황후 양씨도 심상찮은 눈치를 채고 아까와는 딴판으로 긴장했다.

「그러기에 짐의 생각으로는, 태자가 대통을 이을 만하지 못한 것 같소 사가(私家)와는 사정이 다른지라, 태자를 아주 바꿨으면 하오」

양씨의 얼굴에서 핏기가 싹 가셨다. 그녀에게는 그야말로 청천의 벽력이었다.

「그러하오나 장(長)을 폐하고 소(小)를 세우신다면 소장(蕭牆 : 집안) 안에 분란이 일어나지 않을까 두렵사오며, 이번에는 무사히 넘어간다 해도 후대에 구실을 끼쳐주는 결과가 되어, 길이 화근이 되오리다.」

하기는 그도 그랬다. 무제의 마음은 다시 흔들리기 시작했다 양씨에게는 다시 비상한 착상이 머리에 떠올랐다.

「그리고 황손(皇孫)을 생각하셔야지요 휼(遹) 말이옵니다.」

이 말에 황제의 얼굴이 희색으로 바뀌었다.

그렇다. 휼이 있지 않은가. 태자가 비록 암우하다 해도, 휼을 태손(太孫)으로 봉해 놓기만 하면 그의 대에 가서는 나라를 크게 빛낼 것이 아니겠는가. 여기에서 태자에 대한 고민은 씻은 듯 사라지고 말았다. 무제는 그만큼 이 손자를 대견하게 알고 있었다.

언젠가 실화(失火)로 성내에 불이 난 적이 있었다.

이를 들은 무제는 친히 누각(樓閣)에 올라가 구경하였다. 그러던 중 누가 곤룡포 자락을 끌기에 바라보니 어린 손자 휼이었다. 무제는 지금까지 불빛이 환히 비치는 위치에 서 있었으나, 소년은 그를 깜깜한 구석으로 이끌고 갔다.

「무슨 일이 있을지도 모르오니, 용안(龍顔)을 뭇 사람에게 보이셔서는 아니 되옵니다.」

무제는 자기 허리까지밖에 미치지 않는 어린 손자의 슬기로움에 탄복하였다.

「오냐, 네 말이 옳다.」

그는 손자의 머리를 쓰다듬으며 속으로 생각했다.

「이 아이는 반드시 큰사람이 되리라.」

이때부터 무제는 이 손자를 특별히 사랑해오던 터였으므로, 황후의 입에서 그의 이름이 튀어나오자 태자를 폐위시키겠다는 생각은 자연 사라지고 만 것이었다.

그러나 얼마 후 말썽은 다시 생겼다. 이번 일의 발단은 태자가 아니라 태자비였다.

본래 황손 휼은 비의 소생이 아니었다. 이것은 그녀에게 큰 고통을 주었다. 무제의 사랑이 자기 소생을 제쳐놓고 휼에게 쏠리면 쏠릴수록 그녀의 성품은 난폭해져 갔다. 그리하여 어느 날, 궁녀 한 사람이 태자의 씨를 밴 것을 안 그녀가 창으로 그 여자의 배를 찔러 죽였다.

아무리 태자비라 할지라도 이 일이 덮여질 리 없었다. 무제는 크게 노하였고 태자비를 폐하려 들었다. 이번에도 황후 양씨가 나서서 만류했다.

「비가 부덕에 어그러짐이 있기는 했으나, 그 부친 가공(賈公)의 체면을 생각해 주시오소서. 늙은 가공에게 자손이라곤 태자비 하나밖에 없는 터인데, 지금 비를 내쫓으시면 그 아비에게까지 죄를 주시는 것이 되지 않겠사옵니까.」

그러나 황제는 고개를 옆으로 저었다.

「부모 된 심정은 나도 잘 아오. 그러기에 태자도 같이 폐위해서, 짐 역시 아비로서의 아픔을 받겠소.」

이래서는 안되겠다고 생각한 양씨는 다시 황손을 들먹였다.

「태자가 비록 총명하지 못하오나 황손의 전정도 막는 것이 되오리다.」

무제의 마음을 돌리는 데는 역시 이것이 비방(秘方)이었다. 황제의 노여움은 또다시 수그러졌다.

어느 날, 무제는 황손 휼의 고사리 같은 손을 잡은 채 뜰을 거닐고 있었다.

봄이었다. 궁중의 넓은 뜰에는 구름처럼 꽃이 피어 있었다. 이 고귀한 할아버지와 손자가 한쪽 구석진 곳을 찾아갔을 때, 거기에 돼지우리가 보였다. 두 사람은 그 안을 들여다보았다. 돼지가 대여섯 마리 있었다. 살이 어떻게나 쪘는지 운신을 제대로 못하고 누워 있었다.

「살이 잘 올랐군.」

무심결에 무제가 중얼거리자, 휼의 빛나는 눈이 그를 가만히 쳐다보았다.

「그러면 왜 잡아서 공 있는 신하에게 내리시지 않으시나이까? 놓아두면 곡식만 축낼 텐데……」

「네 말이 옳다.」

황제는 어린 손자의 등을 쓰다듬었다.

「너에게는 제왕의 풍도가 갖추어져 있구나. 그렇지, 언제나 그렇게 아랫사람 생각을 해야 하는 것이니라.」

이튿날, 황제는 군신(群臣)이 모인 자리에서 실화했을 때의 일과 어제 돼지를 두고 한 황손 휼의 이야기를 들려주었다.

「짐이 여러 자손들을 보건대, 하나도 휼만한 자가 없으니, 아마 우리나라를 장차 빛낼 것은 이 아이라 생각하오 태자의 덕이 좀 모자라는 듯도 하나, 황손의 현명이 이와 같으니 내 무엇을 걱정하리오」

양준(楊駿) · 풍담(馮紞) · 순욱(筍勗) 등은 모두 무제에게 머리를 조아려 치하를 드렸다.

「이는 모두 폐하의 홍복이시니, 무궁토록 국조가 뻗어나갈 조짐이온가 하나이다.」

그러나 이에 불만인 상서 위관과 소보(小保) 화교(和嶠)는 긴 한숨을 내쉬었다.

「태자의 혼용함은 새삼 이를 것도 없고, 황손으로 말해도 비록 그 천성이 민첩하기는 하나 바탕이 후하지 못하고, 그 위에다 경조한 풍이 있으니, 어찌 대기를 감당하여 천하에 임하랴. 그렇거늘 대신으로서 한마디도 이에는 언급이 없이 도리어 치하를 올려 폐하에게 아첨하다니, 과연 이 무리가 주석지신(柱石之臣 : 나라에는 없어서 아니될 가장 중요한 신하)이겠는가.」

위관의 말에 화교가 고개를 끄덕였다.

「지당한 말씀이오 그러나 알고 있으면서 말을 내지 않는 것은 곧은 신하가 아닐 것이니, 폐하게 말씀드려야겠소 따르고 안 따르는 거야 위에서 하실 일이니, 신자(臣子)의 도리를 다하면 될 것입니다.」

화교는 이튿날 무제를 만나 기탄없이 속내를 털어놓았다. 그러나 무제는 가타부타 말이 없었다.

어느 날, 마침 옆에 시립해 있는 화교와 순욱에게 무제가 문득 말했다.

「경들은 동궁으로 가서 태자의 동정을 보고 오시오」

두 사람이 동궁전에 갔을 때, 웃고 떠드는 소리가 밖에까지 새어나오고 있었다. 태자는 궁녀를 상대로 술을 들고 있다가 두 사람을 보자 체모도 없이 앞서 말을 걸어왔다.

「어, 어쩐 일이시오?」

이 지경인지라, 해가 저물도록 앉아 있었던 두 사람이 보고 들은 것이 무엇인지 짐작하고도 남는 일이었다. 그러나 두 사람의 보고는 엉뚱하게도 달랐다.

순욱은 말했다.

「태자께서는 근자에 더욱 덕기(德器)가 완성돼 가시는 듯했나이다. 학문에도 괄목할 진전이 있으신 듯했사옵니다.」

무제는 물론 기뻐했다.

그러나 화교의 대답은 그것이 아니었다.

「고목에는 꽃이 피지 않는다고 고인이 말했나이다. 여전히 주색에 묻히시어서 종일토록 국가 대사에 관한 말씀은 한 마디도 하지 않으셨사옵니다.」

무제는 낯을 찌푸린 채 묵묵부답이었다.

태강(太康) 10년, 무제는 마침내 병으로 앓아누웠다. 누구나 살아가노라면 때로 병도 앓게 마련이지만, 이번에는 심상치 않았다. 전의들이 별의별 약을 다 지어 바쳐도 악화되어가기만 했다.

그러던 어느 날, 무제의 동생인 여남왕(汝南王) 사마양(司馬亮)이 입경해 궁중에 사후했다. 무제는 오래간만에 만난 아우를 매우 반가워했다. 그래서 어탑 앞으로 바짝 다가오게 하고 손을 내밀었다. 아우는 뼈만 남은 형의 손을 잡았다.

「태자가 어리석어서 속을 썩인 끝에 이 모양이 됐구나. 아마 다시 일어나기 어려울 거야.」

그것은 이미 황제가 아니라, 병들어 죽어가는 사사로운 형이었다. 동생은 눈물을 보이지 않으려고 애쓰면서 말했다.

「폐하, 왜 그런 말씀을 하시나이까. 의원들이 신통치 않은가보옵니다. 저 있는 곳에 명의가 있으니, 곧 대령시키겠나이다. 병이란 진맥만 잘 짚으면 약 몇 첩으로 낫는 법이지요.」

「아니, 아니다!」

황제는 괴로운 듯 손을 내둘렀다.

「안돼! 내가 잘 안다. 그것보다 나는 왕들을 불러 할 말이 있었는데, 마침 잘 왔다. 내일 대신들을 부를 것이니 아우도 내 옆에 있거라.」

그러나 내일을 기다릴 것도 없었다. 그날 밤 황제의 병세는 급격히 악화되었다. 옆에는 그의 장인인 양준(楊駿)이 혼자 시립하고 있었다.

최후인 것을 안 황제는 양준을 가까이 불렀다.

「이제는 마지막인 것 같소. 태자를 잘 부탁하오. 모자라도 잘 보필해주오.」

양준은 땅에 엎드려 머리를 조아렸다.

「폐하께서는 부디 용체를 잘 보전하사 억조창생의 소망을 어기시지 마옵소서. 신이 어찌 태자 전하를 받들어 견마(犬馬)의 수고로움을 아끼오리까.」

무제는 고개를 끄덕이는 듯하다가 그대로 혼미상태에 빠지고 말았다. 그러다가 그 밤이 새기도 전에 기어이 붕어(崩御)하니 그의 나이 55세로서 태강 11년 무제 제위 25년 경술(庚戌) 4월이었다.

그의 옆에는 황후 양씨와 양준이 있었을 뿐이다.

양준은 망국지통(亡國之痛)을 겉으로 보이면서 양 황후와 모든 일을 처리하였다.

4. 권세를 농단하는 양준

무제는 제위 25년 동안 3국 통일의 대업을 이룩하여 한동안 천하에 태평성대를 가져오게 하였으나, 만년에는 영락에 빠져 정사를 돌보지 않았고, 태자가 암우함을 항상 근심하다가 붕어한 것이다.

다음날, 태자 사마충이 황제의 위에 오르니, 이가 효혜황제(孝惠皇帝)다. 그는 영강(永康)이라 개원(改元)하고, 가씨(賈氏)를 황후에, 휼을 태자에 봉했다. 휼의 생모 사씨(謝氏)에게는 태비라는 이름이 주어지고, 양준은 태부가 되었다.

여남왕 사마양만 묘한 위치에 놓여졌다. 황제가 만일 하루라도 더 살았다면 필연코 자기에게 섭정의 대명이 내려졌을 것이었다. 그러나 지금에 와서는 아무 소용이 없었다. 그는 양씨와 양준이 선제의 분부를 함부로 왜곡시킨 것이라 생각하여 이를 미워했다.

양준은 여남왕의 가슴 속을 짐작하는지라 매사에 혜제를 업고 칙명으로 방패를 삼으니 어찌할 도리가 없어 앙앙불락(怏怏不樂)할 따름이었다.

우선 천하의 권세는 양준의 것이었다. 그는 태부의 높은 자리에 앉아 모든 국정을 선담했고, 출입 시에는 호분위(虎賁衛 : 궁중의 호위를 맡은 군대)의 군사를 풀어 따르게 했다.

여남왕은 그가 이미 자기의 속을 헤아리고 있음을 알고 기회 오기를 기다리고 있었다.

양준은 여남왕이 계속 도읍에 머무는 것이 불안한 나머지, 하루는 칙명으로 인산(因山 : 임금의 장례. 국장國葬) 때문에 입조한 왕들을 속히 귀국하라고 재촉했다. 그리고 여남왕을 따로 불러 일렀다.

「이미 국상(國喪)이 끝나고 폐하께서 등극한 지도 여러 날이 되었으니, 전하께서는 속히 영지로 돌아가 백성을 다스리도록 하옵소서.」

사마양이 왕준에게 말했다.

「삼가 어명을 받들어 수일 내로 발정(發程)을 하겠으나, 떠나기에 앞서 폐하를 한번 뵙고 인사라도 드리고 싶소」

「잠시 기다리십시오. 곧 폐하께 주달해 보리다.」

말을 마친 양준은 내전으로 들어갔다. 이윽고 다시 나타난 양준은 냉정하게 말했다.

「폐하께서는 용체(龍體)가 불편하시어 지금 누워 계십니다. 인사를 드리지 않아도 좋으니 그냥 떠나시라는 분부이십니다.」

사마양은 더 이상 고집할 수가 없어 조정에서 물러나왔으나, 양준의 간계가 심히 불쾌하여 견딜 수가 없었다.

그는 그날 밤, 수하 심복을 시켜 자기와 뜻을 함께 하는 몇몇 동생과 대신들을 자기의 거처로 불렀다. 그러나 비밀한 이 일은 즉시 염탐꾼에 의해 양준에게 알려지고 말았다.

양준은 곧 수하의 철기군 군사 5천을 풀어 여남왕의 거처로 통하는 모든 길목을 지키면서 한 사람도 그의 처소로 들어가지 못하게 했다.

밤이 늦도록 동생들과 동지 대신들을 기다리던 여남왕은 심부름 갔던 군사가 와서 거리의 삼엄한 상황을 보고하자 이를 갈며 분해 했다. 그러나 그가 수하에 데리고 온 수백의 군사로는 어쩔 도리가 없었다.

거의 뜬눈으로 밤을 새운 사마양은 자기의 신변이 위태로움을 깨닫고 즉일로 허창(許昌)으로 떠나고 말았다.

이렇게 되니 양준으로서는 누구 하나 꺼릴 필요가 없게 됐다. 그러나 그는 노성(老成)한 사람이었다. 권세가 얼마나 허무하게 무너질 수 있는지를 잘 알고 있었기에 무제 밑에서 그 세력을 유지해온 그가 아닌가. 세력이 자기 손아귀에 있고 이렇다 할 적수가 없어진 지금이었으나, 그는 오히려 조심할 것을 잊지 않았다.

그는 자기의 약점이 무엇인지 알고 있었다. 언젠가 무제가 크게 등용하려 했을 때 몇 사람에게 규탄받은 적이 있었거니와, 임금의 장인이라는 점을 빼놓으면 이렇다고 내세울 공로가 없다는 것—그것이야말로 그의 치명적인 약점이었다.

그 약점을 보충하기 위해 무엇을 해야 할 것인가. 며칠을 궁리하던 그는 마침내 선심공세를 쓰기로 하였다.

이렇게 마음먹은 그는 어느 날 혜제에게 말했다.

「폐하께서 새로이 보위에 오르시매 창생들이 모두 성덕을 흠모하고 있나이다. 마땅히 문무백관에게는 위계(位階)를 한 등급씩 높여주시고, 외방의 제후들에게는 상을 내리시어 후하게 거두시는 덕을 보이시옵소서. 또 궁한 백성들의 부역을 면제해 주시고 무고한 죄수를 풀어 자애를 베푸시옵소서. 이렇게 하시면 성은이 사해에 미쳐 국조 창생이 번영할 것이옵니다.」

황문장군(黃門將軍) 부기(傅祇)는 양준을 만나 충고했다.

「벼슬의 등급을 올리고 죄수를 풀어주는 일은 예로부터 법도가 있었던 것인즉, 실행에 앞서 조칙을 유사(有司)에게 내려 중신의 여론을 물은 다음에 행해야 될 줄 압니다. 더욱이 선제께서 붕어하사 양음(諒陰 : 황제가 거상을 입는 동안 거처하는 방. 상제 노릇을 가리킨 말)이 끝나시기도 전에 직위를 논하고 상을 자랑한다는 것은 신하된 예의가 아닐 것입니다. 어찌 함부로 은총을 내리시겠

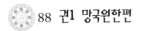

습니까.」

그러나 양준은 듣지 않았다.

「성상께서 백성을 생각하심이 어버이가 자식을 사랑하듯 하시는 터에 어찌 은혜를 베푸심에 시기가 따로 있겠소?」

이리하여 황제의 이름으로 조칙을 발하여 관리의 등급을 높이고 제후에게는 상을 내렸으며, 십악(十惡 : 열 가지 중죄. 모반謀反·모대역謀大逆·모반謀叛·악역惡逆·부도不道·대불경大不敬·불효不孝·불목不睦·불의不義·내란內亂) 이외의 죄수를 풀어주고, 백성들의 부역을 면제해 주었다.

대의명분이야 어쨌든 우선 이것으로 어느 정도 관민의 환심은 살 수 있었다. 그러나 그것으로는 마음이 놓이지 않았다. 대개 권력에는 안정이란 없는 것이다. 하나의 장애가 눈에 띄어 이를 극복하면 또 다른 난관이 반드시 나타나는 것. 이리하여 권력을 유지하기 위해서는 자꾸 권력을 남용하게 되어, 이 일련의 연쇄작용은 그 권력이 몰락한 뒤에야 비로소 그치는 것이다.

이번에는 황후 가씨의 생부 가모(賈模)가 꺼림칙했다. 따지고 보면, 자기도 딸이 황후가 되었기 때문에 잡은 권세였다. 그렇다면 새 황후의 아버지인 가모가 집권하지 말라는 법도 없을 것이 아닌가. 더욱이 가후(賈后)가 권모에 뛰어나고 가모는 지략이 출중함에 있어서랴.

양준은 가씨의 대두를 막기 위해 몇 가지 손을 썼다. 자기의 생질인 단광(段廣)을 등용하여 정치의 추기에 참여케 하고, 심복인 장소(張邵)에게 금군(禁軍 : 궁중의 호위를 맡은 군대로서, 호분위와 같다)을 맡겼다.

또 바른말 잘하는 장화(張華)·화교(和嶠)를 태자의 사부로 천거했다.

「장화와 화교는 충직하여 옛날 직사의 풍모가 있나이다. 동궁의 사부로 임명하사 태자마마의 덕기를 성취케 하소서.」

말인즉 좋았다. 그러나 사실은 귀찮아서 쫓아낸 것이었다. 그러면서도 이 두 사람에게만 태자를 맡기는 것이 불안해 양제(楊濟)·하소(何邵)·왕융(王戎)·배해(裵楷) 등 네 명을 동궁에 배치하는 것을 잊지 않았다. 네 사람은 물론 그의 수족이었고, 그 중에서도 양제는 바로 친동생이었다. 그러나 가후도 가만히 있지는 않았다.

5. 음탕한 황후

가후가 아직 태자비일 때 질투한 나머지 궁녀를 죽인 일이 있었던 것은 이미 말했거니와, 이로써도 알 수 있듯이 그녀는 여간 독한 여성이 아니었다.

그녀는 발을 드리우고 혜제의 뒤에 도사리고 앉아서 온갖 일에 간섭하기 시작했다.

한 번은 장화와 화교가 태자를 따라 황제 앞에 나타난 적이 있었다. 가후는 발 속에서 황제에게 속삭였다.

「저 화교로 말씀하오면, 폐하께서 덕이 모자란다고 신제께 고해바쳤던 사람이옵니다. 어디 한번 지금은 어떻게 생각하느냐고 물어보십시오.」

혜제는 귀가 솔깃하여 화교에게 물었다.

「듣건대, 경은 선제께 상주하기를, 짐이 어리석다 하였다는데, 지금은 어찌 생각하는가?」

아내가 꾀자 체모도 없이 이런 질문을 한다. 그는 여전히 바보였다.

그러나 화교는 끄떡하지 않았다.

「과연 그런 말씀을 한 적이 있나이다. 하오나 그 말이 결과적으로 들어맞지 않았음이 증명되었사오니, 이는 사직을 위해 더없는 다행이나이다.」

혜제는 말이 막혀버렸다.

산 위에서 돌을 굴리면 처음에는 서서히 구르다가 차차 속도가 생겨 결국에는 공중에서 부서져버리는 법이다. 가후도 처음에는 한두 가지의 일을 황제에게 청원한 정도였다. 그러나 저도 모르는 사이에 청원은 간섭이 되고, 간섭은 마침내 지배로 변모해갔다.

이렇게 어리석은 황제를 손아귀에 넣고 좌지우지하게 되자, 드디어는 외간남자마저 끌어들여 추문이 안팎에 자자했다. 상대는 사마정거(司馬程據)라는 전의(典醫)였다. 몸이 아프다는 핑계로 매일같이 불러들였다.

이렇게 되니 아무리 뼈 없는 중신들도 가만히만 있을 수는 없어서, 사마정거를 잡아 가두었다. 가후는 약이 올랐으나 다른 문제와 달라서 내놓고 호령할 수는 없었다. 음욕을 충족시키지 못해 몸이 단 그녀는 비상책을 생각해냈다.

심복인 내시를 시켜 미소년을 뽑아 들이게 한 것이다. 그런데 그 수송수단이 걸작이었다. 용모가 예쁘장한 미소년을 보기만 하면 잡아서 큰 궤짝에 넣어 궁중으로 들여갔다.

만일 가후의 뜻에 맞지 않는 경우에는 돌려보내지 않고 그대로 죽여버렸다.

포도도위(捕盜都尉)의 예하에 있는 벼슬아치 중 아주 미모인 소년이 있었다. 어느 날 그는 갑자기 화려한 옷을 입고 나타났다. 그들의 처지로서는 꿈에도 생각할 수 없는 복장이었다. 거기에다 머리에는 순금으로 된 동곳까지 찌르고.

이것을 수상하게 안 동료들은 시기심도 곁들여서 도위에게 고

해바쳤다.

「아무래도 그놈이 이상합니다. 어느 대가에서 훔치지 않고서야 어떻게 그런 차림을 할 수 있겠습니까?」

도위는 곧 그 소년을 불러들였다.

「네 그 복장이 어디서 난 거냐?」

얼굴이 빨개진 소년의 음성이 떨렸다.

「제가 만들어 입은 것이옵니다.」

「네 주제에 무슨 돈이 있어서?」

「그런 것이 아니오라, 제 고모가 사주셨습니다. 고모는 큰 부자입지요.」

「저놈이 이랬다저랬다 하는구나. 네 이놈, 누구를 기만하려 드느냐!」

도위는 큰 소리로 포졸들을 불렀다.

「저놈을 매달고 몹시 때려라.」

「아니, 아닙니다. 바로 대겠습니다.」

소년은 허겁지겁 손을 내저었다. 소년의 얘기는 이러했다.

어느 날, 그는 도읍의 남쪽 시가를 걷고 있었다.

「도령! 도령!」

누가 뒤에서 부르는 소리가 났다. 그러나 자기를 부르리라고는 여기지 않았으므로 그대로 걸어갔다. 그랬더니 이번에는 그의 소매를 잡는 것이 아닌가. 그는 의아해 하면서 걸음을 멈추었다. 그것은 말끔하게 차린 노파였다.

「할 말이 있으니 이리 좀 오시오.」

노파는 이쪽의 대답은 기다리지도 않은 채 옆 골목으로 걸어갔다. 묘한 할멈이라고 생각하면서도 그는 따라가 보았다.

「도령, 참 풍채도 좋으셔라.」

노파가 눈을 깜빡이며 웃는 것을 본 소년은 슬그머니 화가 났다.

「왜 그러세요, 할머니?」

「아따, 성미도 급하긴!」

노파는 또 한 번 간드러지게 웃었다.

「사실은 우리 댁 대인(大人)께서 병환이 위중하시다우. 무슨 병인지 용타는 의원은 다 불러보았건만 차도가 있어야지. 참 큰일이에요. 어서 나으셔야 할 텐데, 아 글쎄……」

이러다가는 정말 안되겠다고 생각한 소년이 말을 중단시켰다.

「그게 무슨 말씀이에요? 제게 하실 얘긴 도대체 뭐예요?」

「아, 내 정신 좀 봐!」

노파는 혀를 쯧쯧 찼다.

「늙으면 다 이렇다오. 그건 다름 아니고 석(石)도사 말씀이 칠성노군(七星老君)에게 치성을 드려야 한다고 하지 않겠수? 한데, 다섯 방위에 사는 준수한 총각을 다섯 명 뽑아다가 향로를 들고 서 있도록 해야 한대요. 그래서 다 구하고 남쪽에서만 못 구했기 때문에 오늘 나왔다가 도령을 만난 것이지요」

그렇다면 할 수 있는 문제였다. 소년은 머리를 끄덕여 보였다.

「어디 마땅한 도령이 있어야지, 내 얼마나 찾았는지 몰라요」

할멈은 소년을 다시 빤히 바라보며 웃었다.

「이제는 됐어. 저렇게 잘생긴 총각을 구해냈으니, 물론 치성이 끝나면 두둑한 대가를 하겠으니 걱정 말아요」

두둑하게 준다는 바람에 소년은 따라나섰다.

얼마 가지 않아 큰 마차가 기다리고 있었다.

그 속에서 어떤 남자가 나와 소년을 태웠다.

그리고는 자리에 앉으려는 그를 막았다.

「잠깐, 미안하지만 이리로 들어가시오」

사나이는 손으로 가리켰다. 소년은 흠칫 놀라서 물러섰다. 그도 그럴 것이, 사나이가 가리킨 것은 커다란 궤짝이었다.

「하하하하!」

사나이는 재미있다는 듯 웃어댔다. 소년은 등덜미가 오싹했다.

「그렇게 놀랄 것은 없고…… 결코 당신을 해치지는 않아. 그것은 걱정 마오. 석도사 말씀이 낯선 사람이 대문으로 들어오면 귀신들이 놀라서 흩어진다는 거예요. 그래서 여기에 넣어 운반하는 것이니 잠시만 참아주시오」

그리고는 그의 팔을 잡아 앞으로 미는 것이었다. 소년은 뿌리치려 했다. 그러나 사나이의 힘은 억셌다. 오들오들 떨면서 소년이 궤짝 속에 들어가자 뚜껑이 덮이고 자물쇠 잠그는 소리가 났다.

얼마를 달렸는지 마차가 멈추었다. 뚜껑이 열리고 소년은 끌려나왔다. 소년은 다시 넋을 잃었다.

그의 앞에 있는 것은 어마어마한 집이었다. 넓은 뜰에는 이름 모를 꽃들이 만발하고 아름드리 수목이 들어섰는데, 노란 기와로 덮인 전각은 단청이 찬란했다. 풍경이 뎅그렁 소리를 냈다.

「여기가 어딥니까?」

「여기? 여기는 어느 도관, 치성 드리는 곳이지요」

대답한 것은 40대의 여인이었다. 이때에야 깨닫고 보니, 자기를 데리고 온 사나이는 간 곳이 없었다.

그는 어느 방으로 안내되었다. 그곳은 목욕탕이었다. 그는 다시 딴 방으로 안내되었다. 거기에는 아리따운 비단옷이 놓여져 있는 것이었다.

「갈아입으세요」

여인이 자리를 떴다. 하도 이상한 일만 계속되자 그는 이미 저

항력을 잃고 있었다. 시키는 대로 갈아입었다. 조금 있으니까 음식상이 들어왔다. 이것 역시 생전 처음 보는 진수성찬이었다. 그는 배도 고픈 터에 허겁지겁 먹히는 대로 먹었다.

그러나 이상스런 일은 이것으로도 끝이 나지 않았다. 이번에는 17, 8세나 됨직한 여자가 들어오더니 이불을 펴고, 비단 장막을 침대에 치고 물러나는 것이었다.

'어쩌자는 것일까? 돈도 싫으니 돌아가겠다고 해볼까?'

소년은 이런 생각도 해보았다. 그러나 말을 들어줄 것 같지가 않았다.

'그럼, 어떻게 하지?'

그러자 갑자기 어머니 생각이 머리에 떠올랐다.

'어머니는 얼마나 걱정하고 계실까? 잠깐 바람 쐬고 오겠다고 나온 내가, 여태까지 안 돌아갔으니!'

소년은 갑자기 눈시울이 뜨거워짐을 느꼈다. 만일 이때 문을 열고 누가 들어서는 기척이 없었으면, 그는 필연코 소리 내어 울고 말았을 것이다.

나타난 것은 30세쯤 되어 보이는 여인이었다. 두 명의 시녀가 부축하고 있었다. 여인이 의자에 앉자 한 시녀가 눈짓을 했다. 그리고 속삭이듯 말했다.

「인사를 여쭈세요」

그렇게 해서 소년은 사흘을 그곳에 머물러 있었다. 나올 때는 역시 그 궤짝에 담겼다.

「정말입니다, 나리! 소인은 정말 그 부인에게서 이것을 받았습니다. 참말입니다.」

하도 어이가 없어서 듣고만 있던 도위는 호통을 쳤다.

「저놈이 필연코 요귀에게 홀려 갔다 온 모양이다. 이 낙양은

천년 고도(古都)라, 원통하게 망한 대갓집이 많아서 더러 귀신이
나타나 사람을 홀리는 일이 예전부터 있었다더라. 그런 옷은 당장
벗어서 숨기고, 아예 이 말을 남에게 지껄이지 말도록. 만일 소문
이 퍼지면 시기하는 다른 귀신이 너를 죽일 것이다. 알았느냐?」

소년은 참말 귀신이 제 몸에 씌우기라도 한 듯 얼굴이 파랗게
질려서 물러갔다.

세상에는 노래가 퍼졌다. 그것은 《시경(詩經)》에 있는 옛 노래
였으나, 어쩐 일인지 다시금 유행해서, 골목마다 아이들이 떼를
지어 다니며 불렀다.

담에 기는 납가새는 치울 수 없어!
저 속에서 있은 일은 말할 수 없어!
말할 수야 있지만 하면 추하지!

牆有茨 不可掃也　　장유자 불가소야
中冓之言 不可道也　　중구지언 불가도야
所可道也 言之醜也　　소가도야 언지추야

6. 서봉강의 진원달

한편 도읍을 벗어난 장빈 일행은 여러 날 만에 옹량(雍梁) 땅에
이르렀다. 워낙 시대가 어수선한 때인 데다가 그들의 풍모가 예사
사람 같지 않았기 때문에 가는 곳마다 차가운 눈초리를 피할 수
없었다. 득히 조씨네 하인인 급상과 장빈의 이복동생인 장실이 남
의 눈을 끌었다. 그들의 체구와 용모는 보기에 따라서는 3군을 질
타할 호걸임에 틀림없었지만, 그것이 일반사람의 눈에는 흉악범
처럼 비쳤다.

「저것들 마적떼가 아닐까?」

「글쎄, 중죄를 짓고 도망치는 놈인지도 모르지.」

그들이 지나는 등 뒤에서는 반드시 이렇게 손가락질하며 속삭이는 자가 있었다. 따라서 잠자리를 빌리고 밥을 사먹는 데도 남다른 고통을 겪어야 했다. 안전이 제일이라고 생각한 그들은 무기를 모두 길가에 버리기까지 했다.

이렇게 길을 가던 그들은 어느 날 미로에 빠지고 말았다. 어떻게 된 셈인지 가도 가도 황량한 황무지일 뿐 집이라곤 한 채도 눈에 띄지 않았다. 시간은 이미 신시(申時)가 지나 있었다. 잘 곳을 걱정해야 되는 시각이었다. 급상의 등에서는 조늑이 울어댔다.

「저놈도 배가 고픈 모양이군.」

조개가 쓸쓸히 웃었다.

이때 갑자기 징소리가 일어나며 한떼의 사나이들이 산에서 내려왔다. 손에는 모두 칼이나 창을 들고 있었다. 1백 명은 실히 되어 보였다.

갑옷을 몸에 걸친 두 사람이 앞으로 나섰다. 아마 대장인 모양이었다. 한 놈은 노란 눈썹에 푸른 눈동자, 거기다가 주먹처럼 커다란 코와 용의 수염! 키는 8척이 넘을까, 손에는 양지창을 들고 있었다.

또 하나는 키가 더 커 보였다. 얼굴이 옻칠이라도 한 듯 시꺼먼데, 턱이 모가 지고 손에는 큰 칼을 들고 있었다.

검둥이 쪽이 말을 걸어 왔다.

「너희는 어떤 놈들인지 모르겠다만, 이곳을 지나려거든 세금을 바치고 가거라. 그렇지 않으면 살아서는 못 갈 줄 알아라.」

장빈은 앞으로 나서며 애걸했다.

「저희들은 한중(漢中)의 상인입니다. 장사에 밑지고 몸에는 푼돈도 지닌 것이 없습니다. 지금 밑천을 구하러 진주(秦州)를 향해

가는 길이오니, 대왕께서는 너그러이 봐주십시오.」

그러자 눈이 푸른 괴수가 외쳤다.

「저따위 놈들과 상대할 것도 없다. 모두 죽여버려라.」

도둑들은 함성을 지르며 달려들었다. 그러나 장빈 일행에게는 무기다운 무기가 없었다. 손에 짚고 있던 지팡이를 휘두르든가, 품에서 단도를 꺼내드는 것이 고작이었다.

이렇게 되니 이쪽이 결정적으로 불리했다. 수효에서 모자라는 데다가 무기마저 없는 싸움을 언제까지나 벌일 수도 없는 노릇이었다. 장빈이 외쳤다.

「대왕! 우리들을 용서하십시오. 싸우고자 함이 아니라 목숨을 보존하기 위해 항거하는 것뿐입니다.」

도둑의 괴수가 껄껄대고 웃었다.

「하하하, 그놈 말은 잘한다. 우리도 너희를 죽이고 싶은 것이 아니다. 있는 것만 내놓고 가거라. 살려는 줄 테니.」

말을 마친 검둥이 괴수는 장빈을 향해 칼을 들고 다가왔다. 황신이 몽둥이로 이것을 가로막았다.

여기저기서 불이 붙는 싸움이 벌어지고 있었다. 그렇다고 도둑에게만 반드시 유리한 싸움도 아니었다. 무기가 없다고는 하나 이쪽은 일세의 호걸들! 시간이 감에 따라 몽둥이에 맞고 발길에 채여서 여기저기 쓰러지는 졸개가 늘어갔다.

장실은 적의 칼을 빼앗아 들고 검둥이 괴수와 맞섰다. 이놈은 역시 다른 졸개와는 달랐다. 둘은 4, 5합(合)을 싸웠다. 괴수 쪽에서도 놀란 모양이었다. 칼을 휘두르면서 외쳤다.

「아, 이놈 봐라! 도대체 너희는 어떤 놈들이냐?」

장실이 웃음을 터뜨렸다.

「왜, 내가 무서우냐? 너희 좀도둑에게 알려줄 이름이 어디 있겠어? 너를 사로잡아 묶어 놓고 말해주마.」

「이놈이!」

화가 머리끝까지 치민 도둑이 장실의 머리를 향해 필살(必殺)의 일격을 가해왔다. 그러나 장실은 상반신을 옆으로 틀어 이를 피하면서 칼을 옆으로 획 내저었다. 도둑의 투구 끈이 끊어졌다.

눈이 파란 괴수는 싸워 보아야 사상자만 늘 것으로 판단하자, 부하들에게 외쳤다.

「저놈들의 보따리를 집어오너라. 저기 있다. 얼른 가거라.」

그가 손을 들어 가리키는 곳으로 졸개들이 와 하고 몰려들었다. 장빈 일행이 한편에 벗어 놓은 짐을 번개처럼 덮친 그들은 산을 향해 흩어져버렸다.

당황한 것은 장빈 일행이었다. 가뜩이나 불행한 유랑 길에 노자마저 잃고 보니 분통이 터졌다. 더욱이 자루 속에 숨겨 놓은 조늑(趙勒)까지 재물인 줄 알고 메고 가지 않았는가.

그들은 도둑의 뒤를 추격했다. 더구나 조늑을 잃은 급상은 눈이 뒤집혔다. 그는 몽둥이를 들어 닥치는 대로 후려치며 적의 뒤를 쫓았다.

급상이 산등성이에 올라섰을 때 무엇을 메고 가는 졸개가 보였다. 그는 말도 없이 달려가 몽둥이로 내려쳤다. 머리를 정통으로 맞은 졸개는 푹 쓰러지고 말았다. 급상은 급히 자루를 펼쳐보았다. 아! 그것은 조늑이 틀림없었다. 신기하게도 아이는 급상을 보자 방긋 웃이 보였다. 급상은 눈물이 났다.

한편 장빈은 적을 추격하는 동지에게 외쳤다.

「그만들 두시오. 잃은 것은 잃은 것, 소용없는 싸움을 해야 무엇 하오. 모두들 돌아갑시다.」

일행이 산을 내려올 때에는 이미 날이 어두워져 있었다. 조염

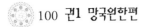

(趙染)이 갑자기 말했다.

「참 급상이 안 뵈네. 누가 급상을 못 보았소?」

그러고 보니, 정말 급상이 없었다. 조염 형제는 입에 손을 대고 외쳤다.

「급상아!」

「급상아!」

이 소리가 어렴풋이 급상의 귓가에 들려왔다. 그가 자루를 빼앗아 가지고 달아나는 것을 본 도둑 중의 몇 명이 돈자루인 줄 오해하고 쫓아왔기 때문에 급상은 달리다가 날이 어두워지기에 어느 골짜기의 나무 그늘에서 숨을 죽이고 있었다. 물론 그에게는 자기 이름까지 똑똑히 들리지는 않았다. 도둑들이 서로 부르는 소리려니 생각한 그는, 도둑이 쫓아오는 기미가 보이지 않았으므로 다시 앞을 향해 달리기 시작했다.

이런 경위를 알 까닭이 없는 조염 형제는 크게 걱정해 마지않았다. 그러나 걱정한다고 될 노릇이 아니었다. 급상의 용맹으로 보아 별일이 없으려니 하는 것에 다소나마 희망을 거는 수밖에 없었다.

이런 줄도 모르는 일행은 앞을 향해 걸어갔다. 노자는 빼앗기고 날은 어둡고, 젊은 힘이 넘치던 그들의 발걸음도 자연 무거울 수밖에 없었다. 이른 가을이라 밤바람이 차가웠다.

이 침울한 행군이 1시간쯤 계속되었을 때 저쪽 산모퉁이로 반짝거리는 불빛이 보였다.

그들은 다가갔다. 불빛으로 보기에도 그것은 꽤 큰 집이었다. 문을 두드리자 안에서 누군가가 나와 내다보더니 기겁을 하여 문을 도로 닫아버렸다. 장빈이 외쳤다.

「우리들은 수상한 사람이 아닙니다. 길에서 도둑을 만나 재물을 잃고 하룻밤 신세를 지고자 찾아왔을 뿐이니, 부디 아무 데서라도 쉬어가게 해주십시오.」

안에서는 한참 수군거리는 듯하더니 다시 문이 열렸다. 그들은 주인의 방으로 안내되었다.

주인은 일어나 손들을 맞았다.

「밤길에 고생하신 듯하군요. 어서 이리 들어와 앉으십시오.」

넓은 이마에 긴 수염, 별처럼 반짝이는 눈—어디로 보나 범상한 인물 같지 않았다. 장빈이 공손히 읍하고 말했다.

「저희들은 한중의 상인입니다. 이곳의 지리에 어두워 험난한 곳을 지나다 도둑에게 재물을 잃고, 이렇게 심야에 댁을 찾아든 것입니다. 예에 어긋남이 있어도 널리 용서해 주시고 은혜로 거두어 주신다면 감사하겠습니다.」

「별말씀을 다 하십니다.」

주인도 답례를 보내면서 말했다.

「누구에게나 곤경은 있는 법이오 하물며 먼 객인을 어찌 외면하겠습니까. 도둑을 만나셨다니 놀랍거니와, 우선 요기를 하시면서 천천히 말씀을 들을까 합니다. 그러나 이런 벽지고 보니 음식이 입에 맞지 않으실 것입니다.」

일행은 주인의 권고로 술을 마시고 고기를 뜯었다. 종일을 주리고 시달리던 피로가 한결 풀렸다. 도둑맞던 이야기도 했다.

「아, 벽안표(碧眼彪)를 만나셨군요!」

주인은 금시에 알아봤다.

「그것은 벽안표란 도둑입니다. 성은 기(夔), 이름이 안(安)으로 아주 용맹이 놀랍지요 또 한 사람은 조억(曹嶷), 기안과 싸워서 승부가 나지 않았으므로 형제의 의를 맺고 같이 도둑의 괴수가 되었답니다.」

그의 설명에 의하면 도둑이 나타났던 곳은 흑망파(黑莽坡)라는 곳이었다. 도둑이 여기에 근거지를 잡자 그 근방의 백성들은 모두 다른 곳으로 떠나버리고, 무예에 자신이 있는 왕복도(王伏都)라는 주인만이 이곳에 남았다고 했다.

「덕택으로 이 근방 10리 사방의 땅은 모두 제 것이 되어, 약간의 전곡은 쌓아 놓고 먹는 처지가 됐지요.」

주인은 이렇게 말하며 웃었다.

장빈이 말했다.

「도둑들이 쳐들어오진 않습니까?」

「왜, 더러 왔었지요 그러나 저 역시 수하에 적잖은 사람을 거느리고 있는 터인데, 어디 그놈들에게 진답디까. 아무튼 이제는 안 옵니다. 그들도 단념한 모양이고, 또 그 두목들도 알고 보니 의리가 있는 사람이더군요.」

「그렇다면……」

하고 장빈이 말을 받았다.

「저희들을 위해 재물을 찾아주실 수는 없겠습니까? 사실 이것은 너무나 염치없는 청이기도 합니다만, 타처에서 당한 일이라 난처해서 여쭙는 말씀입니다.」

그러나 주인 왕복도는 고개를 저었다.

「사전에 알았다면 또 모르겠으나, 한번 그 손에 들어간 다음에야 여간해 내놓겠습니까.」

장빈 일행의 얼굴이 다시 어두워졌다. 주인은 그 눈치를 아랑곳하지 않고 잔을 비웠다.

「그러나 방법이 하나 있긴 합니다. 장액(張掖)이란 곳은 여기서 그리 멀지 않습니다. 거기에 진원달(陳元達)이라는 사람이 살고 있습니다. 장굉(長宏)이 그의 자(字)이며, 원래 조후부(祖後部)

사람입니다. 그의 고향이 전란에 휩싸이게 되자 가재와 권솔을 이끌고 이곳으로 옮겨와 살게 되었는데, 대대로 부유한 집안이었습니다. 그는 능히 육도삼략(六韜三略)을 알고 그의 덕성(德性)은 먼 곳까지 이름나 있으며, 그의 문장은 가히 나라를 다스릴 만합니다. 어려움을 도와주고 위태로움을 감싸주기를 즐겨하며, 은거하여 때를 기다리는 사람입니다. 그의 서한을 얻어 타이르면 혹시 되찾을 수 있을지도 모릅니다.」

이튿날, 장빈 일행은 진원달을 찾기 위해 장액으로 떠나기 전 주인에게 인사했다.

「이 은혜에 무엇이라 감사해야 할지 모르겠습니다. 언젠가 때가 오면 서신을 드려 오늘의 은공에 보답하겠습니다.」

장빈의 이 인사의 숨은 뜻을 왕복도는 물론 이해하지 못했다. 그는 이별을 아쉬워하면서 꽤 많은 전별금을 주었다.

며칠이 지나서야 장액에 도착한 일행은 곧 진원달을 찾았다. 그러나 그는 집에 없었다. 속세를 싫어하는 그는 서봉강(捿鳳崗)이라는 곳에 따로 집을 짓고 거기서 금서를 즐기며 한운야학(閑雲野鶴)을 벗 삼고 있다는 것이었다. 그들은 다시 서봉강을 찾았다.

얼음장을 깎아 세운 듯 하얀 바위산이 좌우로 하늘 높이 솟았는데, 골짜기로는 비단결처럼 맑은 물이 흘러내리는 것이 가히 별유천지였다. 장빈은 속으로 탄식했다.

'천하는 넓구나! 이런 곳도 있고, 이런 곳에서 살고 있는 사람도 있는데, 속세의 티끌에 묻혀서 나는 어디까지 굴러가야 한다는 말인가!'

얼마를 가니 기암절벽 사이로 몇 칸의 초가집이 보였다. 집 주위에 울창하게 들어선 수옥으로 하여 한 폭의 그림인 듯 아름다웠다. 뜰에 이르니 안으로부터 거문고 소리가 새어나왔다. 일행은 가만히 귀를 기울였다. 몹시 청아한 음조(音調)! 소나무 가지를 스치고 지나가는 바람처럼 잔잔한가 하면, 어느덧 연잎에 떨어지는 빗방울인 듯 속으로 맺혀서 퍼지는 소리가 들려온다.

사해가 혼돈한데, 누가 현황을 분변한단 말이냐.
훌륭한 말이 외양간에 누워 있으니 옥이 형산에 빛을 잃었구나.
백낙도 이미 가고 변화도 죽었으니
언제 옥덩이를 깨고, 천리마를 장강에서 달리게 한단 말이냐.
밝은 때를 만나지 못하여 공연히 끓은 무릎이 상하는구나.
지기를 만나 소매를 떨치고 활개 치고파라.

四海混沌兮	誰辨玄黃	사해혼돈혜	수변현황
鹽車伏櫪兮	玉暗荊山	염거복력혜	옥암형산
伯樂已逝兮	卞和已亡	백낙이서혜	변화이망
何時剖璞兮	驥騁康莊	하시부박혜	기빙강장
未遇明時兮	抱膝徒傷	미우명시혜	포슬도상
得遇知己兮	攘袂鷹揚	득우지기혜	양메응양

염거(鹽車) : 훌륭한 말이 변변치 못한 말과 함께 소금수레를 끄는 것
을 한탄하는 말.
백낙(伯樂) : 말의 우열을 잘 감별하는 손양孫陽이란 사람을 가리킴.
「*백낙일고伯樂一顧」 라는 고사가 있다.
변화(卞和) : 주周나라 시대에 초왕楚王에게 옥돌(和氏璧)을 바친 사람.
「*화씨벽和氏璧」 「*완벽完璧」 등의 고사에 나온다.
강장(康莊) : 사통팔달四通八達의 번화한 도시.

━━━ ━━ ━ ・ ━ ━━ ━ ・ ━━ ・・

장빈 등은 노랫소리를 듣자 감개가 무량하고 깊이 흠탄(欽歎)하여 감히 걸음걸이를 떼지 못했다.

취한 듯 귀를 기울이고 있던 장빈은 이윽고 가만히 문틈으로 안을 엿보았다. 한 사나이가 몸을 비스듬히 안석에 기대앉은 것이 보였다. 머리에는 유건을 쓰고 몸에는 학창의를 걸쳤는데 그 수려한 이목은 이 세상 사람이 아닌 것 같았다.

그때, 갑자기 거문고 소리가 뚝 그쳤다. 그러더니 옆에 시립해 있던 동자에게 말하는 것이 들렸다.

「애야, 홀연히 속기(俗氣)가 엄습해 오는구나. 아마도 밖에 누가 오신 모양이니, 나가서 영접하거라.」

장빈은 흠칫하고 한 걸음 물러섰다.

동자가 나왔다.

「어디서 오신 손님이신지, 안으로 들어오십시오」

일행이 들어서자 주인이 자리에서 일어나 맞았다.

「산간의 촌부를 찾아주시니 감격스럽거니와, 길이라도 잃으셨나요? 어서 앉으십시오」

장빈이 읍하고 대답했다.

「저희들은 한중의 상인으로 이곳을 지나다가, 선생의 성화를 듣자옵고 이리 찾아뵌 것입니다. 연유는 차차 말씀드리고 앞서 예에 어긋난 점 널리 용서해 주십시오」

주인은 빙그레 웃었다.

「한중에서 오신 것은 사실이겠으나, 어찌 몸을 상인으로 낮추어 말씀하십니까. 세상이 소란한 때라 조심이야 되시겠지만 저를 찾아오신 바엔 저를 믿어 주십시오」

장빈은 속으로 깜짝 놀랐다. 그러나 금방 속을 드러내 보일 수도 없었다.

「무슨 말씀이신지? 저희들은 촉의 비단을 각처에 팔러 다니는 상인입니다. 그러던 터에 흑망파를 지나다가……」

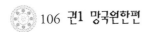

「잠깐!」

진원달이 말을 막았다.

「제가 지인지감은 없습니다마는 어찌 봉새와 참새를 구분하지 못하겠습니까. 만일 저를 비루하다 하시어 끝내 숨기신다면, 저도 존객들을 대할 면목이 없게 됩니다.」

장빈은 그 이상 숨길 필요가 없다고 생각했다. 그가 신분을 밝히자 진원달은 놀라 자리에서 일어났다.

「알고 보니 모두 봉추용자(鳳雛龍子 : 봉황의 새끼와 용의 새끼. 곧 비범한 인물)이시로군요. 실로 이러실 줄은 몰랐습니다. 부디 무례함을 탓하지 마십시오.」

이렇게 되고 보니 서로 백년지기와 다름없었다. 술을 마시고 밤을 새우며 고금의 치적과 당세의 시사를 논했다. 더욱 장빈과는 비슷한 형의 인물이라 마음이 맞았다. 두 사람은 서로 상대방의 슬기에 탄복했다.

「당분간 제 본가에 가셔서 저와 함께 지내시는 것이 어떻겠습니까. 어지러운 세상을 방랑하실 까닭이 없을 뿐 아니라, 다시 고초만 겪으실 테니까요.」

그들은 진원달의 호의를 그대로 받아들이기로 하고 이튿날 함께 산에서 내려왔다. 진원달이 보낸 편지 한 장으로 잃었던 금품도 도로 찾을 수 있었다.

서봉강에 안식하게 된 장빈 등은 날마다 정자에 올라 시를 읊고 문장을 논하기도 하고 때로는 궁전(弓箭)을 가지고 수렵을 나서기도 하며 세월을 보냈다.

그럴 때마다 진원달은 장빈의 심오한 문재(文才)와 신통한 활솜씨에 감탄하였다. 또한 장빈의 모든 재주가 자기보다 월등 빼어남을 보고 더욱 그들을 공경했다.

진원달은 장빈을 박중(璞中)의 기옥(奇玉)으로 흠탄하였고, 장빈은 진원달을 호수에 잠긴 침주(沈珠)로 상탄(賞歎)하여 서로의 우의를 두텁게 하였다. 실로 두 사람의 재주와 포부는 관중(管仲), 안자(晏子)에 비기고 소하(蕭何), 조참(曹參)에 견줄 만하였다.

　과연 두 사람은 후일 대한(大漢)의 군사(軍師)와 승상이 되어 그들의 지략을 발휘하였던 것이다.

제4장. 흔들리는 지축(地軸)

1. 유림천의 기병

유연이 학원탁의 후원을 얻어 제만년·유영 등과 함께 유림천의 성채에서 둔영(屯營)한 지 5년이 지났다. 때는 진(晋) 혜제 영강(永康) 3년 9월이었다.

유림천에는 그간 정병만도 3만이나 됐다. 제만년의 교련을 받아 그 정예를 자랑하게 되었고, 양초(糧草 : 식량과 말 먹일 건초)도 능히 2년은 족히 지탱할 만큼 비축되어 있었다.

하루는 유연이 제장을 대채(大寨)로 불러 상의했다.

「우리가 그간 각고면려(刻苦勉勵)하며 *와신상담한 보람이 있어 이제 강한 군사 수만과 풍부한 군량을 갖게 되었소 이때를 타서 모름지기 군사를 일으켜 한(漢)의 기업(基業)을 중흥시키고자 하는데 여러분의 의견은 어떻소?」

유영이 먼저 의견을 말했다.

「주공의 말씀은 때를 맞추신 지당한 말씀입니다. 그러나 기병하기에 앞서 먼저 학 주수(主帥)와 상의를 해보심이 어떨까 합니다.」

유연도 고개를 끄덕였다.

「나도 그렇게 생각하오. 이 일은 학원탁과 앞서 상의해야 될 것이오. 그의 도움을 받지 않고는 성사가 어렵고, 더욱 지금까지 은혜를 입었으니 인사의 말을 해봐야지.」

「하지만 진나라를 두려워해 말을 들을까요?」

제만년은 이렇게 걱정했다. 그러나 유연의 생각은 달랐다.

「아니, 아니, 그렇게 걱정할 건 없어. 내가 보기에 그 사람은 의기남아요, 결코 녹록히 고식지계(姑息之計 : 당장에 편한 것만 택하는 계책)나 생각할 인물이 아닌 것 같더군. 또 한(漢)나라의 은혜를 못 잊어하는 마음도 분명 엿보이니 한번 가서 부딪쳐 볼 일이오.」

그들이 이런 얘기를 주고받는데, 마난·노수가 사람을 보냈다. 오늘은 북부주(北部主)의 생신이니 함께 인사를 가자는 것이었다. 유연은 마침 잘됐다고 기뻐했다.

유연 일행은 도중에서 마난·노수와 만난 후 함께 북부 총영(總營)으로 학원탁을 찾아갔다.

학원탁은 유연과 마난·노수 등이 이르자 이들을 반가이 맞아들였다. 제만년이 인사를 했다.

「삼가 대왕의 탄신을 하례합니다. 부디 국태민안하고 만수무강하기 비옵니다.」

유연은 예물도 전했다. 학원탁은 매우 기뻐했다.

곧 술자리가 벌어졌다. 술이 몇 순배를 돌았을 무렵 유연이 일어나 말했다.

「저희들은 한(漢)의 녹을 먹은 신하로, 불행히도 나라가 무너지는 참변을 당하여 멀리 대왕을 찾아와 휘하에 몸을 기탁한 것은, 오직 대왕께서 의를 무겁다 하사 망한 것을 다시 살게 하시고 끊어진 것을 또 잇게 하시는, 그 높은 덕을 사모한 까닭이옵니다.

저희가 여기서 목숨을 부지함은 오로지 대왕의 크신 은혜이거니와, 망한 사직을 보고만 있는 저희의 심정은 어떠하겠나이까. 원컨대 대왕께서 허락하신다면, 뜻을 받들어 사악한 무리를 쳐서 한실을 다시 일으켜 세울까 합니다. 대왕께서는 깊이 통촉하시기 바랍니다.」

학원탁도 이 말에는 다소 놀란 모양이었다.

「지사의 뜻이 마땅히 그러려니 합니다. 그러나 보시다시피 황량한 조그만 땅에 병마가 적고 전량이 모자라니 큰 나라와 어찌 겨루겠습니까. 저도 장군의 고의에는 감복함이 크지만 일이 이루어지지 않을 뿐 아니라 재앙을 부르는 결과가 될까 저어합니다. 더욱이 이곳은 진주(秦州)와 가까운데, 그곳의 태수 하후녹(夏侯騄)은 만부부당(萬夫不當)의 용장입니다. 진이 여기에 그를 배치한 데는 까닭이 있으며, 그 휘하의 장수도 모두 용맹하여 얕볼 수 없는 터입니다. 옛사람도 말한 바 있습니다. 날개가 완전히 생기기 전에는 높이 날 수 없다고. 부디 좀더 은인자중하시면서 때를 엿보심이 옳을 것입니다.」

「대왕의 말씀은 지당하십니다. 그러나……」

유연의 눈에는 눈물이 괴었다.

「어느 세월에 진(晋)을 압도할 준비가 갖추어지겠나이까. 저들은 크고 우리는 작으니 1백 년 동안 양식을 쌓고 온 백성을 군대로 삼는다 해도 결코 그들을 따르지는 못할 것입니다. 대저 대사를 성공으로 이끄는 것은 명분(名分)과 기백입니다. 우리 한나라 황제께서는 아무 실덕하심이 없었으나 저들은 힘으로 이것을 뒤엎었지요. 이것이 의에 있어 과연 떳떳하다 하겠습니까. 하물며 저들은 신하로서 임금의 자리를 찬탈한 무리입니다. 위가 찬탈했고, 그것을 다시 진이 찬탈했지요 그러기에 백성들은 반드시 심복하고 있지 않습니다. 만일 북을 울려 대의를 밝히고 나서면 아마도 백성들은 환호하여 우리를 따를 것입니다. 또 형세로 말씀드리면, 반드시 병사의 다과가 승패를 결정하는 것은 아닙니다. 광무제께서 백수(白水)에 의거하실 때, 그 병력이 많았던 것은 아닙니다. 항우가 진(秦)을 칠 때, 진의 병력이 10배는 되었으나 여지없이 무너졌습니다. 지금 진(晉)의 조정에는 난신적자가 우글거려, 아랫사람은 윗사람을 원망하고 사병은 장수를 미워하고 있는 형편입니다. 우리가 나라를 되찾으려는 기백으로써 임한다면 반드시 패한다고는 단정 짓지 못할 것입니다.」

「하기는 그도 그렇군요.」

유영의 현하지변(懸河之辯 : 급한 경사를 세차게 흐르는 듯이 말한다는 뜻으로 달변을 일컫는다)에 학운탁도 마음이 움직이는 모양이었다.

이때 마난이 이야기에 끼어들었다.

「천하의 대세란 헤아리기 어려운 것입니다. 누구나 튼튼하다고 보는 그 나라가 도리어 망하고, 죽어가던 나라가 돌연 고개를 들고 일어나기도 합니다. 진(秦)을 보십시오. 6국을 멸하고 천하를 호령할 때, 누가 그 멸망이 가까웠음을 눈치 챘겠습니까. 고조(高祖)께서 향병(鄕兵) 기백을 이끌고 일어나실 때, 한나라 4백 년의 기초를 만드실 줄 아무도 몰랐던 것입니다. 지금 진의 정치가 혼미를 계속하고 한의 구은(舊恩)을 생각하는 백성이 많은 이때, 우리가 대의명분을 밝히고 일어난다면, 천하사는 그 귀추를 헤아리기 힘들 것입니다.」

「게다가……」

노수도 나섰다.

「우리에게는 제만년 장군 같은 맹장이 있지 않습니까. 그 위에 유공께서는 유림천에 기만의 정병을 기르고 계신 터라 대왕께서 뒤만 받쳐주신다면 사마씨 하나쯤 꺾는 것이 어찌 그리 어렵겠습니까.」

이렇게 중론이 돌아가자 학원탁도 결단을 내렸다.

「좋소! 해봅시다. 여러분의 의기가 그렇거든, 내 무엇을 걱정하겠소. 나도 인마를 조발하여 대의에 참가하리라.」

마침내 기병을 찬성하는 학원탁의 말에 유연·제만년 등은 눈물을 흘리며 감격하였다. 그들은 일제히 잔을 높이 들고 맹세했다.

잔치가 파한 다음 유림천으로 돌아온 유연은 길일을 택하여 제갈 승상과 마맹기 장군, 그리고 복파장군(伏波將軍) 마원(馬援)의 사당에 나아가 태뢰제(太牢祭)를 올려서 기병의 장도를 빌었다.

「승상! 저희들은 떠납니다. 중원을 향해 원수를 치러 떠납니다. 어떠한 고난이 앞을 막아도 나라의 한을 씻고 백성을 도탄에서 구하렵니다. 승상! 혼백이 계시다면 굽어 살피사 부디 저희들을 도와주옵소서.」

진(晉) 영강 4년 3월 경신일(庚申日)에 유연은 마침내 크게 군사를 일으켜 진 정벌에 나섰다.

선봉에는 제만년을 세우고, 후진은 유영이 맡고 유연 자신은 중군을 통솔했다. 또 유선은 뒤에서 보급을 지휘하게 되었고, 새로 참가한 교희(喬晞)와 교흔(喬昕) 형제에게는 전후 구응사라는 직책이 주어졌다.

총병력 3만! 그들은 진주(秦州)를 바라보고 유림천을 힘차게 출발했다.

유연의 군사가 진주의 지경에 이르자, 밭에 나와 있던 농부들은 겁먹은 눈으로 바라보다가 그것이 한군(漢軍)임을 알고는 눈물을 흘리는 자도 있었다.

조그만 성들은 싸울 것도 없었다. 들을 메운 기치만 보고도 도망치고 말았다. 유연은 힘들이지 않고 많은 양식과 무기를 손에 넣었다. 늘어난 병사도 5천 명은 되었다.

파발마는 이런 사실을 급히 진주태수 하후녹에게 고했다.

비보(飛報)에 접한 하후녹은 급히 각 현에 명령하여 병사를 모으고 식량을 거두어들였다. 그리고 요로마다 임시로 관문을 만들고 병사를 보내어 지키게 했다.

이때, 진원달의 집에 묵고 있던 장빈 일행에게도 그 소문이 전해졌다.

어느 날 외출했던 황명이 소문을 전했다.

「난리가 났다는군요!」

「난리?」

모든 눈이 그에게 쏠렸다.

「아까 들으니, 강호(羌胡)에 제만년이라는 장수가 있어 진주를 친다는 겁니다.」

제만년이라는 소리에 그들의 눈은 더욱더 동그래졌다.

장빈이 말했다.

「제만년이라니, 이상하오. 그가 강호에 가 있을 턱도 없고……. 이것은 더 소식을 기다려 봐야겠소. 하기는 그것이 우리 제만년이라면야 오죽이나 좋겠소만!」

그들은 모두 한숨을 쉬었다. 언제까지 이렇게 하고 있을 것인가? 그것이 새삼스레 안타까웠다.

그때 주인인 진원달이 들어왔다.

「왜들 이러십니까?」

그는 여러 사람의 눈치를 살피면서 물었다.

「무슨 언짢으신 일이라도 있으셨나요? 혹 대접이 부실해서 그러시는지 모르겠습니다. 부디 아우에게 말씀해 주십시오」

「무슨 그런 말씀을?」

장빈이 정색을 하며 말했다.

「평박지간(萍泊之間 : 부평초처럼 떠다니는 처지)에 분에 넘치는 은혜를 입고 있으면서 무슨 부족한 것이 있겠습니까. 사실은 강호가 진(晉)을 친다는 소문이 있는데, 그 장수가 우리나라 사람과 같은 이름인 제만년이라는 것입니다. 그래서 이상도 하고 감회도 새롭고 해서 좀 침울해 있었습니다.」

「아 그러십니까? 그런 줄 모르고 죄송하게 됐습니다. 그런데 그 제만년이란 사람은 지금 어디 있나요?」

「그것을 알면 이렇게 수심에 싸여 있겠습니까. 난리 통에 황자 유거 공을 모시고 어디론지 떠났다는데, 그 후로는 소식을 모릅니다. 혹시 강호로 간 것은 아닌지…….」

진원달이 위로했다.

「혹 그런지도 모르지요. 하여간 내가 사람을 놓아 알아보겠으니, 잠깐만 기다리십시오」

아닌 게 아니라 그는 얼마 있지 않아 더 자세한 소식을 알아왔다. 그에 의하면 북부 강호의 군주 학원탁과, 동부의 마난, 서부의 노수가 함께 군대를 일으켰는데, 그 외에 타호모의장(打虎慕義將) 제만년이 선봉이 되고, 유영이라는 장군이 후군이 된 군대가 진주의 속현을 쳐서 항복받았으나, 그쪽 총수의 이름은 모른다는 것이었다.

이 소리를 들은 일동은 좋아서 어쩔 줄을 몰라 했다.

「틀림없어, 틀림없어!」

하고 외치는가 하면, 어떤 사람은,

「암, 틀림없고말고 동명이인이 있기로 두 사람까지 같을 수 있겠소?」

하고, 흥분하기도 했다. 장빈의 생각에도 틀림없을 것 같았다.

잠자코 듣고만 있던 진원달이 한 마디 했다.

「내 근자에 천문을 보니 북서지방에 새로운 왕기(王氣)가 서려 있었소 또 공들의 상을 보니 이미 액수(厄數)가 진하고 모두 장상(將相)의 상이 역력합니다. 만약 한의 자손이 거사를 하였다면 반드시 대업을 이룩할 것이오 공들은 내일이라도 곧 이곳을 떠나 진주로 달려가도록 하시오」

그러자 장빈·조개·황신 등은 진원달의 말을 듣자 일제히 말했다.

「선생께서도 함께 가셔서 끝까지 저희들을 교도해 주십시오」

진원달이 말했다.

「우리는 후일 반드시 만날 것입니다. 그 때에는 이 몸도 미약하나마 힘을 바쳐 한나라를 돕겠습니다.」

말을 마친 진원달은 하인을 시켜 주안상을 차리게 했다.

장빈 등은 진원달과 함께 밤이 새도록 술을 마시면서 천하대세를 이야기했다. 날이 밝자 진원달은 장빈 등에게 많은 노자를 주며 서봉강 아래까지 전송을 해주었다.

2. 장빈은 제만년을 만나고

제만년을 찾아 나선 장빈 일행은, 며칠이 안가서 신주 땅에 발을 들여 놓았다. 그런데 이때는 태수 하후녹이 요로를 엄히 단속하는 판이었으므로 적잖이 고통을 겪었다.

장빈의 거침없는 구변으로 그럭저럭 여러 관문을 통과한 그들은 마지막 관문에서 걸렸다.

「저희들은 타관에 장사하러 갔다가 도둑을 맞아 재물을 털리고 이제야 돌아오는 길입니다.」

이렇게 말해 보았으나 믿어주지 않았다.

「말투가 다른데, 여기 사람인가?」

한 사람이 수상하다는 듯 짐을 뒤졌다.

「도둑맞았다는 놈이, 이건 웬 보물이냐?」

난처해진 장빈이 도둑맞았다가 되찾은 경과에 대하여 설명하고 있을 때였다. 갑자기 저 아래로부터 포성이 들려왔다. 계속해서 일어나는 북소리, 함성……

관문을 지키던 군사들은 그것을 보자 허둥지둥 내빼고 말았다. 장빈 일행은 덕분에 위기를 모면했다.

바라보니 저 아래로부터 새까맣게 병사들이 밀려 올라오는 것이 보였다. 구태여 피할 것도 없다고 생각한 그들은 한 옆에 비켜서서 보고 있었다. 이윽고 군대가 밀어닥쳤다. 중간쯤에 투구를 쓴 건장한 체구의 대장이 말 위에 높이 앉아 군대를 지휘하는 모습이 보였다. 장빈은 하마터면 앞으로 나서며,

「제장군!」

하고 외칠 뻔했다. 그러나 자세히 보니 그것은 제만년이 아니었다. 그는 급히 돌아서려고 하다가 한 병졸에게 팔을 잡혔다.

「이게 웬 놈이야!」

병졸은 장수 앞으로 장빈을 끌고 갔다. 다른 일행도 잡혀서 끌려왔다 장빈이 장수를 향해 사정했다.

「나는 한중 사람인데, 제만년 장군과는 잘 아는 사이입니다. 제장군이 오신다기에 대군을 피하지 않고 여기에서 기다렸던 것이니, 제장군을 뵙게 해주십시오」

「제장군과 잘 안다고?」

장수가 호령했다.

　「제장군의 친구가 지금 여기에 나타날 까닭이 없다. 너희들은 필연코 진(晋)의 간첩이구나. 잡히니까 잠시라도 더 살려고 발뺌을 하는 모양이다만, 이왕 죽을 것 빨리 죽어라.」

　장빈이 당황해서 외쳤다.

　「정말, 우리는 제장군의 친굽니다. 죽여도 제장군이 오거든 죽이시오 만일 우리를 죽였다가 제장군이 아시면 아마 가만히 계시지 않을 것입니다.」

　애걸보다는 공갈이 역시 효과가 있었다. 장수는 들어올렸던 칼을 내렸다.

　그때, 한 대장이 관문에 도착했다. 그것을 본 장수는 장빈 일행을 놓아두고 그쪽으로 달려갔다.

　「여기서 진나라 녀석을 및 명 잡았습니다. 그런데……」

　대장의 호통소리가 들려왔다.

　「수상한 놈을 잡으면 즉석에서 참하라 하지 않았느냐! 나에게까지 알릴 필요가 어디 있어!」

　그것은 분명 제만년의 음성이었다. 장빈은 병졸에게 팔을 잡힌 채 소리를 질렀다.

　「제장군! 제만년 장군!」

　자기의 자(字)를 부르는 소리에 놀란 제만년이 급히 말을 달려 다가왔다.

　「아니, 이게?!」

　그는 너무나 놀랐든지 말을 잇지 못하더니 마상에서 뛰어내리는 것이었다.

　「이게 어인 행차입니까?」

　그가 장빈 앞에서 무릎을 꿇는 것을 보고 병사들의 눈이 동그래졌다.

「소장이 미처 모르고 죽을죄를 지었습니다.」

그는 어찌할 바를 몰라 했다.

장빈은 그를 손으로 일으켜 세우며 말했다.

「오늘 대사를 일으켜 나라를 다시 세우는 수공이 그 누구에게 있기에 이러시오? 영령(永齡)의 정충은 일월을 꿰리니, 지금부터는 우리와 형제의 의로써 대하고, 결코 스스로 몸을 낮추지 마시오.」

그러나 제만년은 듣지 않았다. 호상(胡床)을 가져오게 해서 장빈 일행을 앉히고, 자기는 그 옆에 시립하는 품이 옛날에 대하던 그대로였다. 이것을 보고 조염(越染)이 병졸을 불렀다.

「장군께서 객을 공경하심은 예를 무겁게 아심이거니와, 너희는 어찌하여 호상을 가져다 장군을 모시지 않느냐?」

「제가 감히 어디라고 앉습니까!」

제만년은 졸병이 호상을 가져다 놓아도 냉큼 앉으려 하지 않았다.

「장군! 이렇게 되면 서로 격조했던 회포를 어찌 풀겠소? 하물며 대군을 일단 영솔하면 그만한 위엄을 지켜야 하는 것이니, 사양하지 마시오.」

장빈이 억지로 끌어다 앉혔다.

장빈은 제만년의 손을 다시 잡으며 치하했다.

「장군! 고맙소. 우리들은 떠돌아다니며 목숨을 부지하는 것이 고작이었는데, 장군은 그 사이에 이런 대군을 길렀구려. 정말 감사하오.」

말하는 그의 볼에 뜨거운 눈물이 흘러내렸다.

「모든 것은 전하가 하신 일이옵니다. 소인 따위가 그 무슨 주제에 큰일을 했겠습니까.」

제만년의 말에 장빈의 눈이 번쩍 빛났다.

「아니, 전하라니?」

「유거 전하 말씀입니다. 전하께서는 지금 이름을 유연이라고 고치셨습니다.」

이 말을 들은 일동의 감격은 형용할 수 없었다.

「아, 그러면 유거 전하께서 바로……」

장빈이 감탄하듯 말을 꺼냈다.

「역시 전하께서는 비범한 어른이십니다. 그러나 장군이 도와 드린 공로가 어찌 또한 크지 않으리오. 어쨌든 나라의 수치를 한 번 씻어봅시다.」

서로의 회포를 풀 겨를도 없이 제만년은 장빈 일행을 유연이 있는 중군으로 군사를 시켜 호위해 가도록 하고, 자신은 다시 군사를 몰아 진주성을 향해 떠났다.

장빈 등을 만난 유연은 다시 촉중 제일의 모사 장빈과 그 밖의 여러 영걸(英傑)들을 얻게 되었으니 이는 곧 범에게 날개가 돋친 위력이었다.

아마도 이것은 하늘이 유연을 시켜 한조(漢朝)의 중흥을 이루도록 하려는 징후인지도 모른다.

3. 세 장수의 목

진 영강 4년 4월.

진주(秦州)로 향해 떠나려는데 후군의 유영이 도착했으므로 제만년은 관문을 그에게 맡기고 곧 진군의 명령을 내렸다.

「장군께서는 잠깐 여기를 지키고 계십시오. 소장이 가서 적의 허실을 알아보고 오겠습니다.」

1만 명의 군사를 이끌고 제만년은 보리가 푸릇푸릇한 들길을 달렸다. 몹시도 따뜻한 날씨였다. 제만년은 뒤를 돌아다보았다. 걷는 사람, 말을 탄 사람, 미는 사람—모두 제각각이었으나 그들의 얼굴에는 한결같이 생기가 넘치고 있었다.

'봄이다. 그렇다, 나는 봄을 불러오려고 간다.'

제만년은 이렇게 속으로 외치며 채찍을 높이 들어 말을 갈겼다. 물론 진주태수 하후녹도 가만히 만은 있지 않았다. 그도 장종(將種)이었다. 지난날 위(魏) 조조의 막하에서 지용(智勇)을 떨친 외눈박이 명장 하후돈(夏侯惇)의 손자인 그는 일찍이 강호를 토벌해 공이 컸으므로, 무제의 선발을 받아 이곳에 배치된 터였다.

제만년이 그의 속현을 침범하기 시작한 이래 그는 그 나름대로 맹활약을 해오고 있었다. 성을 수리하고, 무기도 손질하고 병사도 훈련했다. 성 밖에 사는 주민들을 모두 성내로 이사도 시켰다. 수비에 한 사람이라도 더 인원을 동원하는 동시에 적에게 한 톨의 양식이라도 주지 않겠다는 속셈이었다.

적이 쳐들어온다는 정보를 받자, 그는 적맹(狄猛)·변웅(邊雄) 등 두 아장(牙將)과 상의했다. 적맹이 한 계책을 제안했다.

「제가 듣기에 제만년은 만부를 대적할 용맹이 있다고 합니다. 물론 그것은 소문이니 전적으로 믿을 것은 못되나, 역시 힘으로 잡기보다는 꾀로 잡는 편이 수월할 것입니다. 저는 이곳에 오래 살았으므로 지리에는 비교적 밝은데, 적의 통로에 호림(狐林)이라는 골짜기가 있습니다. 이곳은 아주 험준한 곳이니 여기에 복병을 숨겨 두었다가 협공하면 제만년인들 어떻게 하겠습니까. 그놈 하나만 잡고 나면 나머지는 걱정할 것도 없습니다.」

이 소리를 들은 하후녹은 매우 기뻐하며 적맹에게 5천의 군사를 선선히 내주었다.

그런 것을 알 리 없는 제만년이었으나 운이 좋았다. 그가 어느 산 밑에 이르렀을 때, 한 중이 길가에 서서 군대가 지나가는 것을 보고 있었다. 붉은 장삼 가사를 걸친 노승이었다. 제만년은 별 생각 없이 고개를 숙여 경의를 표했다. 그런데 노승의 반응이 이상했다.

　「화공, 화공, 화공.」

　노승은 합장을 하면서 분명 이렇게 중얼거렸다. 이상하다고 생각하면서도 행군 중이라 그대로 지나쳤다.

　5리쯤이나 더 갔을까 싶었을 때 앞에 산협이 나타났다. 비탈진 양쪽 산에는 소나무가 우거졌는데, 좁은 골짜기는 여간 길어 보이지 않았다.

　「아까 그 스님, 이상하지?」

　뒤에 따라오며 지껄이는 병사의 한 마디 대화가 귀에 들렸을 때, 제만년은 무슨 계시나 받은 듯 발걸음을 멈추고 있었다.

　「얘들아, 새소리가 나는지 잘 들어봐라.」

　조심스레 앞을 내다보고 서 있던 제만년은 주위를 돌아보며 이런 지시를 내렸다. 병졸들은 이상한 얼굴을 했다.

　「참, 그러고 보니 새 소리가 나지 않습니다!?」

　누군가가 이런 말을 하자, 다른 병졸들도 이구동성으로 외쳤다.

　「참, 그러네!」

　「정말 이상한데?」

　그 순간 제만년의 이마에 굵은 힘줄이 섰다.

　「저 숲에 불을 질러라.」

　명령이 떨어지자 병사들은 검불을 모아다가 부싯돌을 켜댔다.

　조금 후 산에는 불이 붙기 시작했다. 워낙 울창한 숲이라 일단 불이 붙고 나니 무서운 속도로 번져갔다. 순식간에 산은 화염에

싸이고 말았다.

이렇게 되니 복병들은 도망칠 수밖에 없었고, 제만년의 대군은 무사히 호림의 요새를 통과했다.

제만년은 대군을 몰아 바로 성 밑에 다가가 진을 쳤다.

이윽고 한 발의 포성이 울리는 곳에 몇 만의 군사가 물밀듯 몰려나오는 것이 보였다.

진형을 갖추고 난 진군(晉軍)에서는 한 장수가 말을 달려 나왔다. 제만년도 채찍을 들어 앞으로 나가며 적장을 바라보았다. 짙은 눈썹에 부리부리한 눈, 턱은 모가 지고 수염은 길게 드리웠는데, 늠름한 풍채에 창을 비껴든 모양은 역시 소문대로 일대(一代)의 용장임에 틀림없었다.

「이놈!」

말을 멈춘 적장의 호령이 제법 추상같았다.

「오랑캐로서 무례함이 어찌 이 같으뇨 일찍이 내 손에 너희 무리가 무수히 죽었거늘, 너는 어찌 안북진로장군(安北鎭虜將軍) 하후녹이 있음을 알지 못하고 감히 몰려와 상국의 경계를 침범한단 말이냐」

「내가 어찌 너 같은 놈의 이름을 들어봤으랴!」

호탕한 웃음을 터뜨리며 제만년이 외쳤다.

「나는 일찍이 호랑이도 주먹으로 쳐 죽였거늘, 너 같은 조무래기가 안중에 있을 줄 아느냐. 네놈이 사리를 조금이라도 분별한다면 마땅히 태수의 인장을 바치고 항복을 청하여 빨리 간과(干戈)의 고통을 면하라. 만일 어쭙잖게 항거하려다가는 바로 진중의 고혼이 되리라!」

「아, 요 오랑캐 놈이!」

크게 성이 난 하후녹이 창을 들었다.

두 사람은 한 시각 가까이 싸웠다. 그러나 좀처럼 승부가 나지 않았다. 한 사람을 용이라면 한 사람은 호랑이! 창이 허공에서 번개처럼 난무하면, 칼은 칼대로 하얀 서릿발을 자욱하게 날렸다. 양쪽 군사들은 넋 나간 사람같이 손에 땀을 쥐었다.

이윽고 포성이 울리더니 또 한 사람의 장수가 진나라 진영 쪽에서 달려 나와 하후녹에게 가세했다. 붉은 눈에 노란 수염이 특색인 이 사람은 변웅이었다.

그는 철편(鐵鞭)을 휘두르며 제만년의 목숨을 노렸다. 이를 본 제만년은 말을 빙글빙글 돌리며 두 사람과 맞섰다. 그 모양은 마치 회오리바람이 이는 것 같았다.

이렇게 몇 합을 싸우고 있는데 다시 한 방의 포성이 울리며 또 다른 장수 한 명이 달려 나왔다. 그 깃발에는 큰 글씨로 진주부수(秦奏副帥) 적맹이라고 씌어 있었다. 옻칠한 듯이 시꺼먼 얼굴에 강철같이 빳빳한 수염, 떡 벌어진 어깨에 호랑이 같은 눈을 부릅뜨고 쌍검을 춤추듯 휘두르면서 제만년에게 덤벼드는 모양은 악귀야차처럼 보였다.

세 장수를 동시에 상대하면서도 제만년은 조금도 굴하는 기색이 없었다. 이 정도의 싸움이라면 얼마든지 자신이 있었다. 그러나 그것은 적에게서 자기를 지키는 일일 뿐 아무리 그라 할지라도 이 사나운 장수 세 사람을 상대로 싸워 이길 자신은 서지 않았다.

한 꾀를 생각한 제만년은 짐짓 못 당하는 체 말을 돌려 오른쪽 방향으로 도망했다.

「비겁한 놈! 어디로 달리느냐」

누군가가 그의 뒤를 따라오면서 외쳤다.

말을 달리던 제만년은 얼른 뒤를 돌아보았다. 한 20보 뒤를 놓칠세라 변웅이 추격해오고 있었다. 제만년은 산모퉁이를 접어들면서 말을 소나무 옆에다 바짝 붙여 세우고 적을 기다렸다.

변웅은 그의 앞을 그대로 지나갔다.

변웅은 지나치면서 제만년이 서 있는 것을 보았다. 그러나 달리던 속도가 있는지라 멈추지를 못했다. 그리하여 제만년이 등 뒤로부터 내려치는 한칼에 어깨를 맞고 땅에 떨어졌다. 제만년은 날쌔게 말에서 뛰어내려 그의 목을 뎅겅 자르고 말았다.

손쉽게 장수 하나를 죽인 제만년은 다시 말을 타고 그 자리에서서 기다렸다. 이번에 달려온 것은 적맹이었다. 그는 변웅의 목 없는 시체를 보자 성이 머리끝까지 치미는 모양이었다. 눈을 무섭게 부릅뜨고 달려들었다.

「이 오랑캐 도둑놈아! 비겁하게도 간사한 꾀를 써서 우리 장수한 사람을 네 녀석이 죽였단 말이냐. 괘씸한 놈 같으니라고! 냉큼말에서 내려 내 칼을 받아라!」

제만년도 지지 않았다. 그는 칼을 쓰면서 외쳤다.

「한 놈이 죽으니, 너도 죽고 싶으냐. 소원이거든 저승길에 동행하게 해주마.」

그들이 힘을 다해 20합쯤 싸우고 있는데, 하후녹이 대군을 이끌고 밀어닥쳤다. 그는 변웅이 죽은 것을 병사에게 들어서 알고 있는 모양이었다. 산이 무너질 듯 악을 썼다.

「저놈 잡아라! 사로잡아 목을 베어 원한을 풀자.」

이 소리에 병사들까지 우르르 몰려왔다.

이래서는 안되겠다고 판단한 제만년은 도망하는 체하며 한쪽포위망을 뚫고 달려갔다. 예상대로 적맹이 쫓아오면서 외쳤다.

「이 비겁한 놈! 어디까지 도망하려느냐?」

제만년은 일부러 약을 올렸다.

「오늘은 한 놈을 잡았기로 너는 용서해 준다. 돌아갔다가, 용기가 있거든 내일 다시 오너라. 네 목도 베어줄 테니.」

「요놈이 그래도 아가리를 닥치지 못하고!」

크게 성이 나서 적맹은 더욱 맹렬히 추격해왔다.

제만년은 일이 계획대로 되어가는 것이 재미있었다. 그는 말을 달리면서 슬그머니 칼을 칼집에 넣어 허리에 찬 다음, 어깨에 메고 있던 활을 잡았다. 그는 상반신을 뒤로 틀면서 쏘았다. 우리는 이미 그의 활솜씨를 알고 있거니와 그것은 실로 번개 같은 동작이었다. 몸을 휙 뒤로 트는가 했을 때 벌써 적맹은 화살을 가슴에 맞고 땅에 떨어져 있었다.

제만년이 재빨리 달려가 목을 베어 들고 진으로 되돌아가기 위해 말머리를 돌리는 순간이었다.

「이놈, 게 섰거라!」

하는 고함소리와 함께 하후녹이 달려왔다. 장수 둘을 잃은 그는 분한 나머지 눈에는 눈물까지 글썽해 있었다.

적장 둘을 잡아서 담이 커진 제만년은 겁도 없이 되돌아서서 싸웠다. 그러나 30여 합을 싸웠지만 워낙 용맹이 비슷한지라 좀처럼 승부가 나지 않았다.

초조해진 하후녹은 꾀로 잡으리라 생각하고 일부러 못 당하는 체하며 말머리를 돌려 달아났다.

「비겁한 놈! 네가 어디까지 도망하나 보자.」

이번에는 제만년이 추격할 차례였다.

말을 달리던 하후녹은 조금 전에 제만년이 하던 일을 정확히 반복했다. 그는 창을 안장에 끼고 나서 활을 잡았다. 그가 상반신을 뒤틀며 갑자기 활을 쏘았을 때, 제만년도 조금 전의 적맹 꼴이 될 뻔했다. 그러나 활시위 소리가 났을 적에 재빠른 그는 안장에 납작 엎드려 버렸다. 화살은 말머리에 꽂혔다. 말이 허공 높이 뛰어오르는 바람에 제만년은 어느새 땅에 나가떨어져 있었다.

이를 본 하후녹이 단창에 찔러 죽이려고 장창을 꼬나든 채 다가왔다. 그가 미처 일어나지 못한 제만년을 향해 번개처럼 창을 내려쳤다. 제만년이 땅에서 상반신을 일으켜 이를 피하며 그 창날을 잡을 수 있던 것은 행운이었다.

그 다음부터 두 장수의 엎치락뒤치락이 시작되었다. 워낙 팽팽한 접전인지라 시간이 걸린 듯이 느껴질지 모르지만, 사실은 눈깜짝할 사이의 일이었다. 몇 번 뒤엉키는가 싶었을 때 싸움은 이미 끝나 있었다.

속도를 늦추어서 천천히 돌리는 필름 모양으로밖에는 표현할 수 없거니와, 그 경과는 이러했다.

위기일발의 순간에 창날을 움켜쥔 제만년은 재빨리 일어나면서 들고 있던 칼로 하후녹을 내려쳤다. 몸을 틀어 이를 피하면서 하후녹은 적에게 잡혀 있는 창을 잡아챘다. 이 두 사람의 동작은 거의 동시였는데, 창날을 잡고 있던 제만년의 손바닥이 이 통에 베어졌다. 창을 빼앗아 든 하후녹은 다시 제만년을 향해 찌르고 제만년은 이를 피하면서 칼을 휘둘러 하후녹을 노렸다. 물론 한 사람은 말을 타고 또 한 사람은 땅에 선 채로 싸우는 꼴이므로 형세는 하후녹에게 유리했다.

이 동작이 두어 번 되풀이됐을 때 이번에는 제만년이 계략을 썼다. 그는 하후녹이 찌르는 창날을 피하는 척하며 몸을 땅에 뉘면서 칼을 들어 하후녹이 탄 말을 번개처럼 후려쳤다. 물론 사람과 말이 한꺼번에 쓰러졌다. 하후녹이 재빨리 일어서는 순간, 벌써 제만년의 칼은 그의 어깨에 깊은 상처를 주고 있었다.

앞에서도 말한 것처럼, 이 모든 것은 거의 순간적으로 벌어져 순간적으로 끝나버리고 만 것이었다.

이윽고 한 강병이 달아났던 제만년의 월씨마를 붙들어 머리에 박힌 화살을 뽑고 다시 몰고 왔다. 과연 천하의 용총(龍驄)이었다. 화살 하나쯤 맞고는 끄떡도 하지 않았다.

제만년은 월씨마의 잔등을 툭툭 치며 한동안 달래다가 선뜻 마상에 올라 패주하는 진군 속으로 시살해 들어갔다. 월씨마도 이번에는 분풀이를 하는 듯 마구 발굽으로 진병을 짓밟았다.

세 사람의 장수를 순식간에 다 잃은 진(晋)나라 군대가 어떻게 되었을까는 상상하고도 남을 일이다. 완전히 통제를 잃고 뿔뿔이 도망치기에 바빴다. 제만년은 기회를 놓칠세라 군대를 휘몰아 성으로 육박해 들어갔다.

성문은 열리고 제만년은 입성하여 백성들을 위무(慰撫)했다. 항복해 오는 군사도 많았고 무기와 전곡의 노획도 적지 않았다.

성중 사람들은 제만년의 군사가 단순한 강지(羌地)의 모반군이 아님을 알고 모두들 안심하였다.

제만년은 곧 전부대장 교흔을 시켜 진주성의 도적(圖籍)과 진장의 수급, 그리고 노획한 많은 병장기 등을 유림천의 대채로 운반케 하여 유연에게 첩보를 알리도록 했다.

4. 찾는 사람들

제만년이 진주(秦州)를 한 싸움에 빼앗았다는 보고가 들어와 유림천이 온통 환성으로 뒤덮일 무렵, 유연은 요전을 불러서 당부했다.

「우리가 한중을 떠날 때, 자식을 안정(安定) 땅에 사는 호방(胡芳)이라는 사람에게 맡겨 놓았소. 무사하다면 지금쯤은 장성해 있을 텐데, 아비 된 도리로 이제는 모른 체만 하고 있기도 어려운 것 같구려.」

안정지방까지 왔을 때, 아직 그들의 안식처가 정해지지 않았기 때문에 우선 나이 어린 그들의 권속을 계속 대동하여 나아갈 수가 없음을 깨달았다. 그들의 앞에 어떤 간난이 닥칠지 아무도 예측할 수가 없었던 것이다. 그래서 안타깝고 가슴 아픈 노릇이었으나, 앞날의 대사를 위해 눈물을 머금고 우선 나이 어린 권속을 도중에 떼어놓기로 하였었다.

그들 중에서도 유연의 아들 유화(劉和)가 가장 큰 문제였다. 유연은 아들 유화를 공명 사후에 한때 촉한의 군사(軍師)를 지낸 양의(楊儀)의 아들 양용(楊龍)과 함께 양의가 가장(家將) 양흥보(楊興寶)에게 보호토록 하여, 그 밖의 몇몇 부녀자와 같이 안정의 부호인 호방의 집에 맡겨 두고 강지(羌地)로 들어왔었다.

그로부터 수년이 지나, 유림천에 근거지를 정하고 군사를 기르고 양초를 저축하여 마침내 기병(起兵)할 단계에 이르자, 유연은 요전을 시켜 제갈가(諸葛家)와 관(關)·장(張)·조(趙)·황(黃)·왕(王)·강(姜) 등 제가(諸家)의 구신(舊臣)들의 행방을 탐문하는 한편 안정 호방의 집에 가서 아들 유화와 양용 등을 데려오도록 하였다.

그 난리 통에 친아들 대신 조카를 데리고 온 유연의 처사를 알고 있는 요전은 물론 찬성이었다.

「지당하신 말씀입니다.」

「그런데……」

유연은 다시 입을 열었다.

「우리가 막상 일을 일으켜서 진주를 빼앗았지만, 그 조그만 성하나가 천하대세에 그 무슨 영향이 있겠소. 일은 지금부터요. 앞에는 난관이 중첩되어 있소! 이런 때일수록 사람이 있어야 할 텐데, 그대가 가서 찾아주려오?」

「걱정 마십시오.」

요전이 한 걸음 앞으로 나서며 말했다.

「모두 어떤 분이라고 적의 수중에 들어갔겠나이까. 반드시 어디에 몸을 피하고 계시다가 전하의 소식을 듣는 즉시 기뻐서 달려올 것입니다.」

「그랬으면 오죽이나 좋겠소. 하여간 가보시오.」

상인으로 가장한 요전은 한중으로 들어와 먼저 안정으로 갔다. 호방의 집은 그곳의 구가(舊家)라 이내 찾을 수 있었다.

「소인 요전, 문안드리오.」

요전이 부복하자 유화는 왈칵 달려와 그의 어깨에 매달렸다. 벌써 장성해서 귀공자 티가 났다.

「어떻게 왔소? 예는 어떻게 왔소? 아버님은 무사하시오?」

유화는 반가워서 어쩔 줄을 몰랐다. 그를 바라보는 요전도 목이 메었다.

「걱정 마십시오. 전하께서도 무사하십니다.」

「전하께서는 어디 계십니까?」

옆에서 지켜보던 호방이 재우쳐 물었다.

요전은 그 동안의 경위를 자세히 설명해 주었다. 제만년이 적장 세 명의 목을 베고 한번 싸움으로 진주를 빼앗은 이야기를 할 때는 말하는 사람도 신이 났거니와 듣는 쪽에서는 흥분으로 어쩔 줄을 몰라 했다.

「나도 싸워야지! 나도 싸움에 나가 적장의 목을 베어야지!」

유화가 일어나 주먹을 불끈 쥐고 소리치는 모습을 요전은 미소를 띠며 바라보았고, 호방은 제지했다.

「누가 알면 어쩌려고 이러시오. 이 말이 밖으로 새면 위태로우니 조심하셔야지요.」

그들은 밤을 새우며 이야기꽃을 피웠다. 이튿날 유화는 유림천을 향해 떠났다. 신중한 호방은 자기 조카인 호문성(胡文盛)을 동행케 하는 것을 잊지 않았다.

「애는 북쪽 땅을 다년간 다녀 봐서 지리에 밝을 뿐 아니라, 그곳 사투리도 곧잘 하지요. 용맹도 다소 있으니 모시게 하겠습니다.」

유화가 떠나는 것을 전송하고 나서 요전은 다른 사람들의 행방을 찾아 나섰다. 물론 그 거처를 알고 있었던 유화의 경우와는 달라서 막연하기 짝이 없는 일이었다.

그는 가는 곳마다, 그곳에 와서 사는 낯선 사람이 없느냐고 물어보았다. 낯선 사람이 있다고 해서 몇 번인가 찾아가보기도 했으나 자기가 찾는 사람은 아니었다.

어느 날, 음식점에서 점심을 먹는데, 그가 사람을 찾는다는 말을 들은 손님 하나가 말했다.

「우리 고장에도 낯선 사람이 몇 명 와 있기는 하오만.」

요화의 귀가 번쩍 띄었다.

「어떤 사람들입니까?」

「성도에서 왔다던가요. 장사를 나섰다가 본전까지 잃어버리고는 돌아가지 못한다고 하면서 몇 년째 묵고 있습니다.」

요전은 이 소리를 듣자 더욱 궁금해졌다.

「어떻게들 생겼던가요?」

요전은 다가앉으며 물었다.

「네댓 명은 아주 부리부리하게 생겼지요. 모두 힘들이 장사인 모양인데 사냥으로 소일합디다. 그런데 단 한 사람만은 얼굴이 구슬같이 밝은데 아주 학자 타입이란 말이에요. 그런데 점을 어떻게나 잘 치는지!」

그는 이야기에 신명이 나는 모양이었다.

「참 용하거든요. 그야말로 백발백중 귀신같이 맞히기 때문에 사람들이 구름처럼 모입니다. 그런 분이 장사에선 왜 밑졌는지 알고도 모를 일이란 말이야······.」

거의 틀림없다고 생각한 요전은 우선 그곳의 지리를 자세히 알아보았다.

「그 선생이 그렇게도 용하다면, 나도 가서 점을 쳐봐야겠군요. 내가 찾는 사람들도 어디에 가면 찾을지 가르쳐 주시겠죠?」

「암, 이르다 뿐입니까. 내가 장사길이 바쁘지만 않으면 안내해 드려도 좋을 텐데, 보시다시피 비단을 나귀에 한 바리 싣고 왔으니 그러질 못하겠군요. 그러나 아주 찾기 쉽습니다. 주천군(酒泉郡)에 들어가거든 서광(徐光)이란 사람만 찾으세요. 그 집에 묵고 있으니까요.」

바쁘다던 그는 신명이 나서 얘기를 계속했다.

「아마도 그 선생의 성씨가 선(宣)이고 함자는 우(于)며, 자를 수지(修之)하고 하십니다. 선생에게는 마영(馬寧)이라는 분과 호씨(胡氏) 성을 가진 삼형제 동료가 있는데, 맏이가 연안(延晏), 가운데가 연유(延攸), 끝은 연호(延顥)라 하며, 이들 네 사람은 모두 무예가 절륜하답니다.」

요전은 그의 말을 들으니 그들이 모두 변성명을 하고 있음을 알수 있었다. 즉 선우란 제갈선우이며, 호(胡)씨 삼형제란 촉한의 맹장 위연(魏延)의 세 아들 위안·위유·위호이며, 마영은 공명이 그 재주를 아끼다가 가정(街亭)의 싸움에 패한 죄로 *울며 참형하도록 한 마속(馬謖)의 아들이었던 것이다. (泣斬馬謖읍참마속)

요전은 깊이 감사하고 주천군을 향해 떠났다.

5. 제갈선우

이때, 주천군에 피신한 제갈선우 일행은 서광이라는 사람의 집에 묵고 있었다. 이곳까지 흘러오기는 했으나 생계가 막연했으므로 제갈선우가 점을 치기 시작한 것이 그들이 만나게 된 인연이었다.

처음에는 물론 주막에 묵고 있었다. 그런데 하도 용하다는 소문이 파다하게 돌자 서광까지 찾아오게 되었던 것이었다.

서광은 천문역수(天文易數)에 깊이 통달한 인물이었다. 그는 점을 치기 위해서가 아니라 어떤 사람인가 보러 갔던 것이었다. 그는 첫눈에 탄복하고 말았다. 아무리 보아도 형산(荊山)의 백옥이 아니면 *군계일학(群鷄一鶴)이었다. 점이나 치고 앉아 있을 인물이 아니었던 것이다.

물론 제갈선우 쪽에서도 서광의 인물을 알아봤다. 두 사람은 날이 저물도록 이야기를 나누었다. 그리고는 서로 친한 사이가 됐다. 그러므로 어느 날 서광이 찾아와서 자기 집으로 옮기라고 권유했을 때 제갈선우는 서슴지 않고 따라나섰던 것이다.

서광의 가족들은 이상하게 생각했다. 그러나 서광은 성의를 다해 대접했다.

「저 사람들은 다 장상(將相)감이야. 우리 집 같은 데서 모실 수 있는 것을 천행으로 알아야 한다.」

이것이 그가 가족에게 대답한 말이었다. 가족들은 그냥 웃고 믿지 않았다. 그러나 서광의 낯을 봐서 후대했다.

어느 날, 서광은 전쟁이 일어났다는 소문을 들었다. 손들이 자기와 친하게 지내면서도 본색을 드러내지 않음을 알고 있었던 터라, 그는 속을 떠보기 위해 객실에 나타났다.

「지금 강호가 일어나 진을 친다는군요. 형장들도 들으셨는지 모르나, 그 장수의 이름이 제만년이라던가요? 그런데 아주 용맹해서 한 싸움에 진주를 빼앗고 중원을 엿본다는 것입니다. 우리 고을에도 공문이 와서 지금 군대를 모으고 있는데, 웬만하시면 형장들도 참가해 보시지요. 모두 문무를 겸비한 재주를 가지시고 이런 데서 썩으실 까닭이 없지 않습니까. 시호시호부재래(時呼時呼不再來 : 좋은 시절은 또다시 오지 않음)라고, 옛사람도 말하지 않았습니까.」

그러나 제갈선우는 웃었다.

「때를 타고 큰일을 하는 것은 다 영웅호걸이나 하는 일입니다. 우리들 같은 촌부가 언감생심 어디라고 나서겠습니까. 그런 말씀은 두 번 다시 하지 마십시오.」

서광도 더 말하지 않았다.

제갈선우는 서광이 외출한 틈을 타서 위씨 형제와 마영을 데리고 인적 없는 곳을 찾아가서 상의했다.

마영이 말을 꺼냈다.

「세상에는 같은 이름도 많으니까 이것만으로는 믿을 수 없습니다. 유영·장빈·관방 같은 인물들도 소식이 없는데, 제만년의 용맹이 조금 있기로, 저 혼자서야 어떻게 거사하겠습니까?」

「그것도 그렇소.」

「제만년은 내가 잘 알지만, 저 혼자의 힘으로 대사를 일으킬 위인은 못되지. 선봉장쯤 시키면 싸우기야 잘하겠지만.」

이때다. 그들이 말하고 있는 바로 뒷숲에서 누군가 뛰어나오는 사나이가 있었다. 모두 깜짝 놀라 고개를 돌렸다. 그런데 이것이 또 어찌 된 영문인가? 그것은 요전이었던 것이다.

「제가 다 엿들었습니다.」

만면에 웃음을 띠고 달려 나온 요전은 제갈선우 앞에 이르자 허리를 굽혀 깍듯이 예절을 차렸다.

「그런데 어떻게 된 거요?」

반가움에 못 이겨 제갈선우도 그의 손을 잡았다.

「얼마나 찾았는지 모릅니다. 실은 전하의 분부로……」

「아니, 전하라니?」

마영이 말을 가로챘다.

「유연 전하 말씀입니다. 참, 모르시겠군요 유거 전하께서 유연이라고 이름을 고치셨답니다. 그런데 이번에 전하가 군대를 일으키셔서……」

이번에는 제갈선우가 말을 중단시켰다.

「아, 그럼 진주를 친 것이 바로 전하의 군대요?」

그들은 어쩔 줄을 몰라서 서로 손을 잡았다.

「아, 전하께서……」

그들의 볼에 뜨거운 눈물방울이 흘러내렸다.

그들은 요전이 말하는 그 동안의 경과를 들으며 또다시 울었다. 자기들이 지내던 이야기도 들려주었다.

이제는 주저할 필요가 없었다. 유림천으로, 유림천으로! 어서 유림천으로 가야 하는 것이었다.

그들은 돌아오는 길로 행장을 수습하고 서광을 청했다. 방에 들어선 서광은 깜짝 놀라는 기색이었으나, 이내 모든 것을 이해한 듯 미소를 지어보였다.

「가시기로니 이렇게 급하실 수가 있습니까. 그러나 아무리 서두르는 길이라도 아우가 몇 잔의 술로 전별할 기회야 주시겠지요」

그것까지 마다 할 수는 없었다. 곧 술자리가 벌어졌다.

「형장들의 얼굴에 오래간만에 희색이 비치시니, 아마 먼 데로 가시는 듯하군요」

서광이 객들의 잔에 술을 따르면서 중얼거리듯 하는 말이었다.

「사실은 말씀대로 멀리 갑니다. 갑자기 볼일이 생겨서……」

제갈선우가 이렇게 말을 받자, 서광의 얼굴이 어두워졌다.

「제가 아무리 변변치 못하기로니, 이 마당에서까지 밝히지 않고 떠나시렵니까. 너무하시는군요.」

제갈선우는 그의 손을 덥석 잡았다.

「무슨 말씀을. 저희가 추호라도 형장에게 숨길 수 있는 일이 있겠습니까. 다만 때가 때인지라, 그 동안 태산 같은 은혜를 받으면서도 내력을 제대로 못 밝힌 점이 있었습니다. 지금 와서야 무엇을 감추겠습니까. 우리는 한나라의 유신입니다. 나는 제갈선우라 하고, 이 사람은 마속 장군의 아들 마영, 저 세 사람은 위연 장군의 자제되는 위유·위안·위호 형제입니다. 또 이 사람은 요전이라 하니, 저 요화 장군의 막내아들입니다. 너그러이 용서하십시오.」

이 말을 듣자, 서광이 무릎을 쳤다.

「그러면 그렇지!」

그의 얼굴에는 감격의 빛이 역력했다.

「내가 추측한 대로 한나라의 후예이셨군요. 그러나 그런 댁 자제인 줄은 몰랐습니다. 그런 줄도 몰라 뵙고 예의에 벗어남이 많았습니다. 부디 용서해주시기 바랍니다.」

그들은 이제 피를 나눈 형제같이 서로 이별을 아쉬워했다.

「그런데 형장!」

제갈선우가 서광을 향해 정색을 했다.

「우리가 형에게서 입은 은공에 대해서는 감사하다, 고맙다는 말은 않기로 합니다. 말로써 갚아질 성질이 아니니까요. 그런데 한 가지 청이 있습니다. 들어 주실는지요.」

「어찌 그리도 섭섭한 말씀을 하십니까.」

서광도 정색을 했다.

「무엇이든 분부만 하시면 거행할 것인데, 어째서 어려워하십니까.」

제갈선우의 얼굴에 웃음이 번졌다.

「그러면 청을 하겠소이다. 꼭 들어주시오」

「이르다 뿐입니까. 무엇이나 들어드리겠습니다. 어서 분부만 하십시오」

「그러면 주시오. 형장을 주시오」

「네? 무슨 말씀이신지?」

「형장 자신을 달라는 말씀이오. 나라를 창업하는 일이 어디 쉽습니까. 모자라는 것이 사람입니다. 돈, 보배보다 나는 형장이 탐이 납니다. 부디 우리와 함께 거사에 참가해 주십시오」

「아, 정말이신가요?」

서광의 눈에 기쁜 빛이 떠돌았다.

「감사합니다. 가사를 정리하고 뒷날 저도 참가하겠습니다.」

제갈선우의 일행은 서광이 준 말을 타고 떠났다. 전에 도망오던 때와는 달리 부푼 가슴을 안고 기쁨에 넘쳐서 가는 길이었다.

며칠 뒤, 그들은 경양(涇陽) 땅에 발을 들여놓았다. 거기서 처음 눈에 띈 것은 피난하는 백성들의 어수선한 행렬이었다.

「제만년이라는 오랑캐 장수가 저번에 진주를 빼앗더니 이번에는 이리 쳐들어오는 중이랍니다. 여기서 50리만 가면 오랑캐들이 진을 치고 있습죠」

어떤 백성은 이렇게 말하면서 울상을 했다. 그러나 이 소리를 들은 일행의 얼굴은 밝았다.

해가 기울 무렵, 그들은 제만년의 진중에 도착했다. 허둥지둥 달려나온 제만년은 제갈선우 앞에 무릎을 꿇고 인사를 올렸다.

「행차하시는 줄 몰라 뵙고 마중도 못 나갔습니다. 이렇게 다시 뵈오니 국가의 경사이옵고, 전하께서도 얼마나 기뻐하실지……」

감격에 어려 차마 말을 잇지 못하는 그를 제갈선우는 끌어안아서 일으키며 말했다.

「장군이 세운 공훈으로 나 같은 사람까지 다시 일월을 보게
되었구려. 자신을 낮추어 장군으로서의 체모를 잃지 마시오」

그들은 제만년이 베푸는 주연을 받고 날이 밝자 유림천을 향해
떠났다.

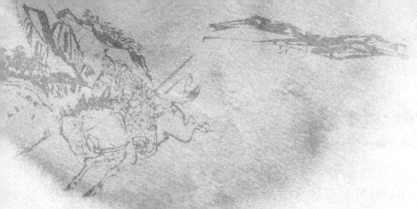

제5장. 경양의 싸움

1. 천우신조

이야기는 과거로 좀 거슬러 올라간다.

흑망파(黑莽坡)에서 도둑을 만나 장빈·조염 등의 일행과 헤어진 급상은 길을 다시 되돌아가서 전에 묵은 적이 있는 곽호(郭胡)의 집을 찾았다. 물론 도둑에게서 되찾은 조늑을 신주보다도 더 소중하게 등에다 업고 있었다.

사정 얘기를 들은 곽호는 쾌히 받아주었다.

「아무 염려 말고 우리 집에 계시오 무슨 소식이 있겠지요」

그러나 아무리 기다려도 소식이 없었을 뿐 아니라 이곳에 언제까지나 있을 수도 없게 되고 말았다.

「요즘 관청에서 촉한의 망명객을 여간 심히 단속하는 것이 아니란 말이오 숨겨둔 그 집은 말할 것도 없고, 그 이웃까지 벌한다는 거요 그러니 우리 이웃에서라도 누가 밀고하지 말라는 법도 없고 사정이 매우 딱하게 되었소이다.」

이렇게 되니 어디로든 나서지 않을 수 없었다.

「조금도 걱정 마십시오 신세진 것도 태산 같은데, 저희들 때문에 화를 당하셔서야 되겠습니까.」

주인의 아들 곽경(郭敬)은 노자에 쓰라고 돈 2관(串)을 주었다.

급상은 조늑을 업고 무작정 북으로 길을 재촉했다. 밥 먹고 자는 동안만을 빼고는 쉬지도 않고 걸었다. 벗이라면 등에 업혀 있는 조늑뿐이었다.

「말은 얼마나 해?」

조늑은 가끔 엉뚱한 소리를 잘했다.

「왜요?」

「말을 타고 달리면, 닷새 걸릴 데를 하루에 갈 텐데.」

「하기는!」

급상은 속으로 탄복을 했다. 노자로 매일 돈을 뿌리느니, 말이나 하나 살 것을 그랬다는 후회도 들었다.

대식가인 급상이 돈 걱정으로 배불리 못 먹는 수가 있었는데, 조늑은 더 먹으라고 권하기도 했다.

「더 먹어. 아무래도 돈은 모자라. 더 먹어야 길을 가지 않아?」

조늑은 나이에 비해 정말로 놀라운 아이였다. 한 번은 등에 업힌 조늑에게 물어보았다.

「무엇이 되려오?」

「응?」

「도련님은 크면 무엇이 되겠어요?」

잠깐 생각하는 듯하더니, 조늑은 도리어 반문하는 것이었다.

「무엇이 제일이야?」

「네? 뭐라 했소?」

「이 세상에서 무엇이 제일이냐고?」

「네, 난 또 뭐라고. 그야 황제 폐하겠죠.」

「황제? 그럼 나 황제 할 테야.」

깜짝 놀란 급상은 그의 얼굴이라도 보려는 듯 고개를 돌렸다.

물론 등에 업힌 조늑의 얼굴이 보일 턱은 없었다.

10여 일이 지난 어느 날 밤이었다. 돈도 거의 떨어져가는 판이었으므로 먹을 것도 제대로 못 먹은 데다가 가도 가도 인가 하나 눈에 띄지 않는 곳이어서 황소 같은 급상도 다소 지치지 않을 수 없었다.

황제가 소망인 이 엉뚱한 아이를 업고 어디까지 가야 하는 것인지 몰라서 허둥지둥 걸어가는데, 잠이 든 줄만 알았던 조늑이 등에서 외쳤다.

「개소리, 개소리.」

가만히 귀를 기울이고 있자니 아닌 게 아니라 개 짖는 소리가 들렸다.

「잠깐만 참으세요. 인가가 있는 모양이니.」

조늑이 개소리를 듣고 반가이 외친 것은 물론 가까이에 마을이 있을 것이라고 판단한 때문이었다. 그것을 조늑은 마치 자기에게 깨우쳐주는 듯 말하지 않는가.

'이 사람은 덩치는 크면서 왜 이럴까.'

조늑은 등 뒤에서 씩 웃고 있었다.

그러나 똑똑한 아이와 덩치 큰 어른의 추측은 여지없이 빗나갔다. 어찌된 까닭인지 집은 한 채도 없었다. 적어도 사람 사는 집은 없었다. 그 대신 밝은 사당이 한 채 산 밑에 덩그러니 서 있을 뿐이었다.

하는 수 없었다. 급상은 조늑을 업고 사당으로 들어갔다. 음랭한 기운이 코에 확 밀려왔다.

어둡기 때문에 누구의 사당인지 화상은 보일 리 없었으나, 순박한 급상은 조늑을 내려놓고 단 있는 쪽을 향해 넙죽 절하는 것을 잊지 않았다. 그리고는 조늑에게도 절을 시켰다.

「저는 망촉(亡蜀)의 유민으로 주인댁의 귀한 자제를 모시고 헤매다가 여기에 왔습니다. 부디 하룻밤 쉬어가게 해주시고 도와주십시오.」

급상은 이렇게 빌기까지 했다.

날이 밝았다.

「배고파, 뭘 먹어야지.」

조늑이 보챘다. 배고프기는 급상도 매한가지였다. 급상은 우선 인가를 찾아야 되겠다고 생각하며 조늑을 업고 나섰다.

급상이 1백 보쯤이나 길을 걸었을 때였다. 왁자지껄 떠드는 소리가 나기에 앞을 바라보니 진(晋)의 군사 수백 명이 손에 무기를 들고 이쪽으로 행군해 오고 있었다.

얼떨결에 급상은 오던 길을 되돌아 달리기 시작했다.

「수상하다. 저놈 잡아라!」

군인들은 일제히 급상을 추격해왔다. 그런데 이때 천우신조인지, 한떼의 사슴이 떠들썩한 소리에 놀란 듯 숲에서 뛰쳐나와 남쪽으로 달려갔다.

「사슴이다!」

누구인지 외치기가 무섭게 군인들은 급상을 버리고 그쪽으로 달리더니 언덕 너머로 사라지고 말았다.

급상은 넋 빠진 사람처럼 사라져가는 군사들의 뒤를 눈으로 쫓다가 이제는 마음을 놓아도 좋겠다 싶었으므로 다시 길을 떠났다.

그 때였다.

「잠깐 기다리시오!」

누군가가 뒤에서 부르기에 다시 놀라서 돌아보았더니, 이번에는 청수한 노인 한 사람이 서 있었다.

「나는 저 사당에 제물을 바치려고 오던 길인데, 끝나거든 자시고 가오. 제물(祭物)을 먹으면 복을 받는다오」

그러고 보니 노인의 손에는 소쿠리가 들려 있었다.

급상과 조늑이 사당 문 밖에서 잠시 기다리고 앉아 있자니 노인이 음식을 가지고 나왔다.

「애를 업고 뛰기에 난을 피하는 줄 알고 불렀으니, 어서 마음 놓고 드시오」

노인은 이렇게 음식을 권하고 나서, 두 사람이 먹는 모양을 대견한 듯 지켜보고 있었다.

그것은 아주 맛있는 음식이었다. 더욱 고마운 것은 밥이나 고기가 차갑지 않았다. 술도 방금 데운 듯 따뜻했다. 두 사람은 오래간만에 배불리 먹었다.

먹기를 마치자 급상은 일어나 절을 하면서 말했다.

「덕택에 잘 먹었습니다. 노인장의 존명이 어떻게 되십니까?」

「내 이름?」

노인의 입가에는 미소가 떠돌았다.

「나는 진도(眞道)를 닦고 있기 때문에 세상에서는 통원자(通元子)라 하거니와, 성명은 하도 안 불러서 나도 잊어버렸소」

노인은 다시 인자함이 넘치는 눈으로 두 사람을 번갈아보면서 말을 이었다.

「아까는 혼들 났지? 내가 점을 쳐보니 두 사람이 위태롭기에 사슴 떼를 풀어 구했거니와, 이제부터는 액이 없을 거요. 이 아기는 대귀(大貴)의 상(相)이니 말할 것이 없고, 그대도 장차 운이 열릴 것이니, 서북쪽으로 가시오」

급상은 허리를 굽혀 경의를 표하면서 말했다.

「우리 도련님께서 노인장 말씀같이 되신다면 어찌 오늘의 은공을 잊겠습니까. 부디 거처를 일러주시어 다른 날에 찾아뵐 수 있도록 해주십시오.」

「내가 어찌 사례를 바라겠소.」

노인이 머리를 가로저었다.

「그러나 물으시니 말하는 거요만, 우리 집 기둥에는 '호국공훈 대(護國功勳大) 제민덕택심(濟民德澤深)'이라는 주련(柱聯)이 걸려 있소 그것을 보면 우리 집인 줄 알겠지만, 그대들을 위해 한 마디 하리니 잘 기억해두오. '임신년구도장王申年苟道將 가피갑술세可避 甲戌歲 왕팽조가도王彭祖可圖'(즉 임신년에는 길이 구차할 것이며, 갑술해를 피하고 왕팽조와 도모할지어다)」

얼떨떨해 급상이 다시 물으려 했을 때 노인의 모습은 이미 보이지 않았다.

「이상도 하다?」

혹시나 하여 사당 안으로 들어가 보았으나 거기에도 노인은 없었다. 다시 발길을 돌리려는 순간, 급상의 눈은 기둥에 걸린 주련에 멎었다. 그는 계시나 받은 듯한 어떤 생각에 가까이 가보았다. 먼지가 앉아 있기는 했으나 그것은 틀림없이 <護國功勳大 濟民德澤深(호국공훈대 제민덕택심)>이란 열 자였다.

「아!」

급상은 장승처럼 움직이지도 못하다가 조늑과 함께 재배를 드렸다. 그 순간 무엇인가 탁 하고 떨어지는 소리가 났다. 고개를 들었을 때 그들의 눈앞에는 한 꾸러미의 돈이 떨어져 있었다.

너무나 벅찬 일의 계속이어서 말을 제대로 할 수가 없다.

「신령님!」

「신령님!」

급상은 수도 없이 절하며 신령님을 외치는 것이 고작이었다.

조늑을 업은 급상의 여행은 다시 시작되었다. 그러나 이번에는 신령의 계시를 받아 서북쪽을 향해 가는 길이었다. 발걸음도 한결 가벼웠다.

'정말 우리 도련님이 황제가 되시려나!'

그런 생각도 들었다.

여행은 비교적 순조로웠다. 그들은 안문관(雁門關)을 무사히 넘어, 상당(上黨)을 지나 무향(武鄕) 땅으로 들어섰다.

그런데 어찌 된 일인지 해는 저무는데 인가가 나타나지 않았다. 얼마를 더 가다가 앞을 바라보니 숲 사이로 연기 같은 것이 올라가는 게 멀리 바라다보였다. 가까이 가서 보니 아닌 게 아니라 그것은 집이었다. 집도 매우 큰 집이었다. 높은 누각이 밖에서도 보이고, 담의 둘레만 해도 수백 보는 되어 보였다.

급상은 대문께로 다가가도 사람이 안 보이므로 조늑을 내려놓고 앉아서 다리를 쉬었다. 얼마를 그렇게 하고 있는데, 누군가 대문을 빠끔히 열고 내다보더니 욕설을 퍼붓는 것이었다.

「너는 왜 거기 앉았니? 넌 도둑질을 하려고 그러지? 이 나쁜 놈 같으니.」

급상은 어이가 없었다.

「여보, 왜 이러우? 당신은 애를 업고 도둑질하는 사람 봤소?」

급상이 다시 하룻밤 재워달라고 말하려 했을 때, 벌써 쾅 하고 대문 닫는 소리가 났다.

「저녁도 굶었는데 이를 어쩐다?」

급상은 고개를 들었다. 서쪽 하늘이 놀에 불붙고 있었다. 그가 다시 일어나 조늑을 업으려 하는데, 다시 대문이 열리는 소리가 들려왔다.

두 사람의 종에게 등을 들려가지고 나타난 사람은 신수 좋은 늙은이였다.

「웬 나그네요?」

급상은 앞으로 나서며 공손히 허리를 굽혔다.

「소란케 해드려 죄송합니다. 저는 상인이온데, 난을 만나 밑천을 잃고 이곳을 지나던 길입니다. 해는 지고 애를 데리고 있어 난처한 지경에, 처마라도 빌려주시면 하룻밤을 새우고 내일은 멀리 떠나가겠습니다.」

노인은 고개를 끄덕이며 두 사람을 불빛에 비춰보더니 한숨을 쉬었다.

「내가 보기에 자네는 이렇게 곤궁할 얼굴이 아닌데, 어인 일인고? 하여간 들어오게.」

대문을 몇이나 지나서 안내된 곳은 어느 조그마한 방이었다. 두 사람은 내다주는 저녁을 먹고 하룻밤을 쉬었다.

2. 조석늑(趙石勒)

아침이 끝났을 때 어제의 노인이 들어왔다. 급상은 일어나 절하며 사의를 표했다.

「이 은공을 무엇으로 갚아야 할지 모르겠습니다. 덕택에 잘 쉬었습니다.」

「별소리를!」

노인이 말했다.

「그런데 어디로 가는고?」

「부끄러운 말씀이오나 갈 데가 없습니다. 무작정 떠날 수밖에 없는 처시입니다.」

「아, 그래서야 쓰나.」

노인은 손으로 말리는 시늉을 해보였다.

「그렇다면 여기에 머물겠나? 마음만 내키면 있어도 좋아.」

물론 싫다고 할 급상의 처지가 아니었다.

「너무 체면 없는 일이오나, 그렇게 해주시면야 오죽 좋겠습니까. 주인장의 은혜는 길이 잊지 않겠습니다.」

「아니, 아니.」

노인이 고개를 저었다.

「나는 주인이 아니오 내가 이런 집의 주인으로 보이오?」

노인은 그러나 싫지 않은 듯 큰 소리로 웃었다. 주인은 석씨(石氏)였다.

주인의 조부 대에는 위(魏)를 섬겨 광록대부(光祿大夫)의 지위에 있었는데, 세상이 어지러움을 개탄한 나머지 벼슬을 그만두고 이곳으로 옮겨온 것이었다. 지금의 주인은 이름을 현(莧)이라 하는 굉장한 부호였다.

「나는 이 댁의 살림을 모두 맡고 있는 터인데, 자네는 무슨 일을 할 줄 아나?」

「무엇이나 합니다.」

급상이 대답했다.

「농사일은 말할 것도 없고, 무예도 조금은 배웠습죠」

「그럼 됐네.」

노인은 매우 만족해했다.

급상은 그날부터 목장의 책임자가 되어 여러 목동과 인부를 감독하는 일을 맡았다.

어느 날, 주인 석현(石莧)은 낮잠을 자다가 꿈을 꾸었다.

꿈속에서 석현은 자기 목장을 거닐고 있었다. 그는 양들이 풀을 뜯고 있는 곳으로 다가가다가 흠칫 놀라서 발을 멈추었다. 그도 그럴 것이 양떼 속에 앉아서 무엇을 먹고 있는 것은 분명히 호랑이였다. 하나는 큰 호랑이, 그 옆에 앉은 것은 조그만 새끼호랑이.

「저것들이 우리 양을 잡아먹는구나!」

석현은 나무 그늘에 몸을 숨기고 엿보았다.

그런데 어쩐 일일까? 새끼호랑이 몸에서 눈부신 빛깔이 발산된다 싶더니 어느덧 황룡이 되어 있었다. 기둥 같은 몸체에 열 발도 더 되어 보이는 큰 용이 꿈틀거릴 때마다 무수한 그 비늘이 오색으로 빛났다.

「용은 여의주를 물고 있다는데……」

그가 얼굴을 내밀고 그 유무를 보려고 했을 때 용이 고개를 번쩍 쳐드는 바람에 기겁을 했다. 다시 눈을 들어 바라보았을 때는, 이미 황룡은 하늘로 막 날아올라가는 참이었다. 용이 사라져가는 언저리에서는 구름이 나부끼고 우렛소리가 천지를 부수는 듯 들려왔다.

「아, 굉장하구나!」

그가 감탄하고 섰는데 양떼가 흩어지는 기척이 나기에 앞을 보았다. 그는 저도 모르게 악 하고 고함을 질렀다. 태산 같은 호랑이가 그 순간 바로 자기를 향해 덤벼들었던 것이다.

깨고 나니 온몸이 식은땀으로 젖어 있었다.

「왜 그러세요?」

옆방에서 부인이 달려왔을 때에도 그의 몸은 사시나무처럼 떨리고 있었다. 한참만에야 그는 꿈 이야기를 했다. 듣고 난 부인이 활짝 웃어 보였다.

「대몽을 꾸셨군요. 용은 임금의 조짐이요, 호랑이는 귀인의 징조라 하지 않습니까? 그게 맞는지는 모르겠지만, 어쨌든 길몽이에요.」

듣고 보니 그럴 듯했다.

석현은 목장 쪽으로 가보기로 했다. 목장에는 급상과 조늑이 있을 뿐이었다. 조늑은 조그만 바위 위에 앉아 있었다.

'꿈에 본 것이 이 두 사람인가?'

그런 생각이 들었다.

「애, 네 이름이 뭐냐?」

석현은 시험 삼아 말을 걸어보았다. 그러나 소년은 들었는지 못 들었는지 대답이 없다. 세 번을 물었으나 여전했다.

「너 벙어리냐? 아마 벙어린가 보군.」

이렇게 비위를 긁었더니 비로소 반응이 있었다.

「내가 왜 벙어리야?」

석현은 한 걸음 다가갔다.

「그럼 어째 노인이 묻는데 대답이 없느냐? 네가 하늘에서 내려오지는 않았겠지?」

어린아이는 빛나는 눈으로 석현을 노려봤다.

「내가 하늘에서 내려왔다고 말하면 나를 천자(天子)라고 부르시겠어요?」

「아, 이놈 봐라!」

깜짝 놀란 석현은 다시 소년의 얼굴을 뜯어봤다. 높이 나온 관골하며 커다란 귀하며 보통 아이가 아닌 듯했다.

석현은 손을 맞잡고 서 있는 급상을 돌아다보았다.

「저 애는 말을 않는데, 이름이 무엇이냐?」

급상은 자기 죄나 되는 듯 허리를 굽혔다.

「저도 저 아기의 이름은 모르옵고, 임시로 늑아(勒兒)라 부르고 있습니다.」

「그래?」

석현이 웃었다.

「네가 이 애에 대해 깍듯이 대하는 걸 보면 아마 예사 집 아이

는 아닐 것이다. 그러나 그것은 문제가 아니고, 사실은 나에게 일
점혈육이 없는데, 이 아이를 내게 주겠느냐?」

물론 이의가 있을 턱이 없었다.

그는 다시 조늑 자신에게 물었다.

「나는 너를 아들로 삼고 싶은데, 나를 부모로 섬기겠느냐?」

어찌 된 셈인지 이번의 대답은 아까와는 딴판으로 상냥했다.

「낳아주시는 것만 부모가 아니죠. 귀여워해 주시면 왜 부모로
안 모시겠습니까?」

「오, 착하지!」

매우 만족한 석현은 조늑의 손을 잡고 돌아가 부인에게 보였다.
부인도 기뻐했다.

석현은 자기의 성을 따서 석늑(石勒)이라 이름을 지어주었다.
석늑은 워낙 영리해서 석현 부부의 사랑을 독차지했고, 석늑도 친
부모처럼 따랐다.

석늑은 나이 10세에 이르러 이미 사서삼경(四書三經)을 통달하
자, 모든 사람들은 그의 인품과 재주를 추앙하여 석공자(石公子)
라고 불렀다.

가까운 고을에 유징·유보·장일복·곽묵략·장월·공돈주·
양기보·호막·조늑·오예·유응·지굴륙 등 똑똑한 젊은이 12
인이 있었다. 이들은 모두 석늑과 사귀며 함께 글을 배우고 무예
를 닦았다.

어느덧 석늑은 12살이 되었다. 이제는 몸의 크기도 어른 못지않
을 뿐 아니라 힘도 장사였다. 같은 나이 또래는 말할 것도 없고
어른도 씨름을 하면 당해내지 못했다.

석늑은 검술도 배웠다. 소질이 있었는지 얼마 안 가서 아주 숙
달된 솜씨를 보였다. 급상은 이런 일을 못하게 말리려 했지만, 아

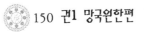

무도 석늑의 뜻을 꺾을 수는 없었다.

3. 경양 싸움

진주(秦州)가 제만년의 손에 함락된 것은 앞에서 말했다. 제만년은 유영에게 진주성을 지키라 하고, 자신은 요전과 함께 군사를 이끌고 경양을 향했다.

진주에서 패해 도망온 병사에게서 하후녹과 적맹, 변웅 세 장수가 제만년에게 죽고 진주성이 함락되었다는 소식을 들었을 때 경양태수 하후준(夏侯駿)은 방성대곡을 하며 서쪽을 바라보고 이를 갈았다.

「내 그 제만년인가 하는 놈을 사로잡아 천 조각 만 조각을 내고야 말리라. 이 원수를 못 갚는다면 어찌 대장부라 하랴!」

하후준은 진주자사 하후녹의 친형으로서, 효용이 절륜하였으며, 특히 기사(騎射)에 능했다. 그래서 강인(羌人)들은 그의 위세를 두려워하여 이름만 들어도 달아났기 때문에 진조에서는 그의 형제를 시켜 관서지방을 관할케 하였다.

하후준은 곧 영(令)을 내려 군대를 훈련하고 무기를 갖추기에 온 힘을 기울였다.

그는 마침내 진주를 되찾고 아우의 원한을 씻기 위해 1만의 정예부대를 인솔하고 떠났다.

「원수를 갚으리라. 나라의 원수, 아우의 원수!」

그의 눈에는 적을 만나기도 전에 이미 불꽃이 활활 타고 있었다. 진주로, 진주로! 그는 한시가 바쁜 듯 말을 달렸다.

그런데 얼마 안 가서, 그는 진주로 가는 것을 우선 연기하는 수밖에 없는 자신을 발견하고 울화가 치밀었다. 제만년의 군대가 이미 자기의 관할인 경양 땅 깊숙이 들어와 있다는 첩자의 보고를 받았던 것이었다.

「이놈을 당장!」

그의 마음은 더욱 조급했다.

양쪽 군대는 마주 바라다 보이는 위치에 진을 치고 대치했다.

이윽고 북소리가 둥, 둥, 둥 나더니 하후준이 진 앞에 말을 세우고 외쳤다.

「이 강노(羌奴)의 역적 놈아! 빨리 나와 무릎을 꿇지 못하겠느냐! 그렇지 않으면 시산혈해(屍山血海)를 내고 말리라. 아무리 오랑캐이기로소니 네놈은 내 이름도 들어보지 못했단 말이냐!」

한나라 쪽에서도 포소리가 울리며 제만년이 말을 달려나왔다.

「거기 나온 것은 누구냐? 네놈은 한군 속에 무적 장군이 있음을 듣지 못했느냐!」

외치는 소리는 산야를 들썩이는 것 같았다.

두 장수의 씩씩한 모습에 양쪽 군사들은 다 침을 삼키며 지켜보았다.

하후준이 다시 채찍을 들어 제만년을 가리켰다.

「이놈 들거라! 천조의 은의가 너희 오랑캐에 박하시지 않았거늘, 무슨 까닭에 모반하여 성을 빼앗고 내 아우를 죽였느냐. 이놈! 속히 말에서 내려 포박을 받아라. 그렇다면 오히려 은혜로써 임하겠거니와, 아니면 너희 호지(胡地)를 짓밟아 한 치의 풀도 남겨두지 않으리라!」

제만년은 큰 소리로 웃었다.

「오, 그러고 보니 네가 하후녹의 형 녀석이로구나. 네 용맹이 아우와 비겨 어떻다 하느냐. 내 한 시각도 못되는 사이에 세 장수의 목을 베고 진주를 항복받았으니, 너도 속히 땅을 바쳐 목숨을 보전하거라!」

「이 무례한 오랑캐 녀석! 나는 4대를 전하는 장가(將家)의 자손, 강호(羌胡)·흉노는 말할 것도 없으며, 오(吳)를 아우르고 촉(蜀)을 멸할 때 천하를 횡행하기 30년이었나니, 오늘 너 같은 좀도둑 하나를 용서해줄 줄 아느냐!」

하후준은 말을 마치자 칼을 비껴들고 달려들었다. 두 사람은 단둘이서 싸웠다. 말이 일으키는 먼지가 하늘에 자욱하고 부딪치는 칼은 번갯불을 일으켜 보는 사람의 간담을 섬뜩하게 했다.

두 장수는 80합 이상이나 싸웠다. 그러나 좀처럼 승부는 날 것 같지 않았다.

이윽고 하늘에 용솟음치던 사나운 물결이 마침내 마지막 힘을 모아 벼랑에 부서지듯, 두 사람의 고조될 대로 고조된 분노는 드디어 폭발되고 말았다. 힘을 다하여 승부를 가리려고 내려치는 칼과 칼이 공중에서 맞부딪쳐 불꽃을 튀기는 찰나, 하후준의 칼이 부러지고 말았다.

이때에 칼이 서로 치는 소리가 하도 요란한 데 놀란 말과 말이 저도 모르게 흠칫 물러나지 않았던들 잇달아 내려치는 칼에 하후준은 두 동강이 나버렸을 것이다.

서로 거리가 생겼을 때 요행히 그들은 헐떡이는 숨을 몰아쉬며 잠깐 휴식을 취했다.

「이놈!」

「오냐, 이놈!」

두 장수는 또 싸웠다. 이번에도 승부는 나지 않았다. 싸움을 30여 합이나 끌자, 해가 기울고 땅에는 어둠이 깔리기 시작했다. 그러나 그들은 싸움을 멈추려 하지 않았다.

이때 경양성 저쪽에서 한떼의 군마가 달려오는 것이 보였다. 경양의 비장(裨將) 풍정(馮貞)이 이끄는 3천 명의 군사였다.

한(漢)의 진중에서도 요전(廖全)이 군사를 이끌고 나가 이들과 맞붙어 싸웠다. 날은 점점 어두워지고 풍정이 요전의 칼에 죽자, 진(晋)의 군영에서 징소리가 나는 것을 신호로 두 장수도 군사를 거두어들였다.

이 싸움에서 한나라 쪽에는 5백 명의 사상자가 있었으나, 적을 죽인 것이 1천 명은 되는데다가 비장 한 사람까지 목을 베었으므로 사기는 매우 높아졌다.

4. 제만년과 하후준

경양성으로 돌아간 하후준은 분해서 잠이 오지 않았다.

제만년을 잡아서 아우의 원수를 갚는다는 것은 그리 어려운 일이 아니라고 얕잡아 보았는데 막상 싸워보니 승리를 거두지 못한 것은 고사하고 풍정마저 잃은 것이었다. 있을 수 없는 일이었다. 이래 가지고는 사나이로서의 면목이 서지 않는다 싶었다.

뜬눈으로 밤을 새운 그는 새벽녘에 병사들을 깨워 밥을 지어 먹게 한 후 동이 훤히 틀 무렵에는 벌써 군대를 몰고 제만년의 진을 향해 밀려갔다. 그러나 한군도 이미 쳐나오고 있는 참이었다. 두 군대는 도중에서 마주쳤다.

제만년이 앞으로 달려 나와 외쳤다.

「듣건대 장군은 조위(曹魏)의 연지(連枝)로서 조상은 다 위(魏)를 위해 진충갈력했다고 들었소. 그렇거늘 사마씨가 그 자리를 찬탈했는데도 불구하고 이를 섬겨 그 악을 조장하니, 조상 앞에 부끄럼이 없겠는지 생각해 보시오」

어조는 온건했으나, 하후준의 아픈 데를 찌르는 말이었다.

「네 이놈!」

하후준은 화부터 냈다.

「천명(天命)에는 스스로 변천이 있는 것이니, 현인달사(賢人達 士)는 이를 따르는 법이거늘, 어찌 너희 오랑캐처럼 천도를 거역 하여 스스로 멸망을 자초하겠느냐. 오늘은 내 결단코 용서치 않으 리라.」

이리하여 두 장수는 또다시 맞붙었다. 오늘은 결판을 짓고 말겠 다는 생각이 각자에게 있었으므로 싸움은 어제보다도 격렬했다. 멀리서 바라보고 있는 군사들에게는 말이 일으키는 먼지 속에서 번쩍이는 칼날의 광채만 보일 뿐 누가 누군지 도무지 구분이 가지 않았다.

1백여 합이나 싸워도 굽힐 줄 모르는 하후준의 기력에는 제만 년도 혀를 내둘렀다. 그러나 적을 칭찬만 하고 있을 수도 없는 일 이라 바짝 접근하면서 칼을 들어 하후준의 머리를 후려갈겼다. 온 힘이 집중된 무서운 칼날이었다.

하지만 그 정도를 막아내지 못할 하후준이 아니었다. 하후준은 상반신을 틀면서 도리어 칼을 휙 휘둘렀다. 오히려 제만년의 넓적 다리를 칼끝이 스치고 지나갔다. 칼이 조금만 더 길었어도 제만년 은 깊은 상처를 입었을 것이지만, 다행히 그 부분의 갑옷만을 베 는 데 그쳤다.

제만년은 물론 깜짝 놀랐지만, 그 순간 그의 머릿속에는 어떠한 생각이 번개처럼 스쳤다. 그는 얼른 말을 돌려서 도망치기 시작했 다. 그러면서 외쳤다.

「오늘은 다리에 상처를 입었으니 그냥 돌아간다. 내일은 꼭 너 를 잡아 분을 풀고야 말겠다.」

이 계략에 빠진 하후준은 급히 제만년을 추격했다. 제만년은 과 거에 몇 번 시험해 보았던 수법을 다시 썼다. 말을 달려 도망하면 서 칼을 활로 바꾸어 든 그는 갑자기 몸을 틀면서 활을 쏘았다.

하후준은 무심코 쫓아가다가 활시위 소리를 듣는 순간 말목을 안고 옆으로 누웠다. 다리는 안장 위에 있었으나 상반신은 말에 가리도록 한 것이었다. 화살은 말의 등을 스쳐 지나갔다.

첫번째 화살이 빗나간 것을 알자 제만년은 다시 활을 쏘려 했다. 그러나 그때에는 하후준의 말이 너무 가까이에 와 있었다. 두 사람은 다시 칼을 빼어들고 서로 겨루는 수밖에 없었다. 40합도 더 싸웠지만 여전히 승부는 나지 않았다.

「이놈!」

칼을 쓰면서 하후준이 말했다.

「너는 이미 넓적다리에 칼을 맞았으면서 아직도 항복하지 않으려 하니 죽기를 바라는 것이냐, 사로잡히기를 원하는 것이냐?」

「하하하, 별놈 다 보겠네.」

제만년은 비웃으며 대답했다.

「이놈아, 내가 네 칼을 맞을 사람 같으냐. 너를 잡기 위해 일부러 도망한 줄도 모르고, 참으로 딱한 놈이구나.」

하후준은 이 소리에 더욱 분했으나, 날이 어두워지므로 싸움을 거두기로 했다.

「오늘은 이만 하고 내일 결판을 내자. 그 대신 비겁한 짓은 하지 마라.」

이렇게 말한 그는 말을 돌려 본진을 향해 달려갔다.

비겁한 짓은 하지 말라고 한 말뜻을 제만년은 물론 알고 있었다. 그러나 싸움이다. 죽이지 않으면 이쪽이 죽어야 되는 것이 전쟁터의 냉혹한 상황이 아닌가. 그렇다면 비겁도 비겁 아닌 것도 없는 것이다―이렇게 생각한 제만년은 활을 들어 하후준을 노렸다. 그러나 경계하면서 철수하던 하후준은 이번에도 화살을 멋지게 피해버렸다. 하지만 첫번째 화살과 거의 동시에 두 번째 화살이 날아오는 데는 피할 겨를이 없었다. 그런데도 그는 초인적인 역량을 보였다. 그는 화살을 맨손으로 잡아낸 것이었다. 그리고는 그 화살로 도리어 제만년을 향해 쏘아 보냈다. 실로 무서운 장수였다. 물론 제만년도 화살을 피했다.

저렇게 날쌔고 보면 아무리 활을 쏘아보아야 소용없으리라고 판단한 제만년은 이번에는 처음부터 하후준의 말을 노렸다. 말이 푹 쓰러지면서 하후준이 땅에 굴렀다. 그 순간 제만년은 가까이 다가가서 한칼에 목을 치려고 했다. 그러나 근방에 있던 진(晋)의 병사들이 재빨리 그의 칼을 막았다. 그가 몇 명의 병사들을 죽이고 있는 사이에 하후준은 부하들이 준비한 말로 바꾸어 타고 이미 멀찍이 달아나버렸다.

구사일생으로 살아난 하후준은 병사를 이끌고 퇴각했다. 제만년은 공격명령을 내렸다. 한(漢)의 군대는 함성을 지르며 물러가는 적을 추격했다.

싸움이란 미묘한 심리의 움직임이 승패의 원인이 되는 법이다. 일단 퇴각하기 시작한 진군은 형편없이 쫓겼고, 이와 반대로 추격하기 시작한 한군은 노도와도 같은 형세로 질풍같이 그 뒤를 압박해갔다.

너무나도 급하게 된 하후준은 경양으로 가지 않고 방향을 부풍(扶風)으로 바꾸었다. 그러나 제만년은 그 뒤를 쫓지 않고 경양성으로 향했다.

성 아래에 도착했을 때는 어느덧 밤중이었다.

본성(本城)을 지키고 있던 부장(副將) 요회(姚會)는 자기네 군대가 돌아온 줄만 알고 성문을 열고 마중을 나왔으나 사태는 묘했다. 그는 선두를 달리는 요전(廖全)의 칼에 싸움 한번 해보지도 못하고 죽을 수밖에 없었다.

이리하여 경양성도 함락되었다.

5. 군사 장빈과 제갈선우

유림천에서는 희망에 벅찬 나날이 흐르고 있었다. 촉한의 지낭(智囊) 장빈과 제갈공명의 피를 이어받은 기재(奇才) 제갈선우를 얻은 유연의 기쁨은 오래 전 그의 조부 소열황제 유비가 와룡(臥龍) 공명과 봉추(鳳雛) 방통(龐統) 두 군사를 얻었을 때의 기쁨에 비겨 못지않을 만큼 컸다.

이제 촉한의 구신들 중에서 모일만 한 사람들은 거의 모여들었으므로 유연은 이들을 상대로 나라를 복구하기 위한 기초 작업을 착실히 진행시켜 나갔다. 군대를 모으고 이를 훈련하며, 말을 길들이고 군량을 준비하고, 바쁘기는 했으나 그야말로 기쁨에 넘친 나날이었다.

어느 날, 유연은 주연을 베풀고 그 자리에서 말했다.

「그대들은 다 공훈에 빛나는 세가의 자제요, 본래부터 관위(官位)가 있었던 바이지만 제만년만은 한미한 출신이오. 그러나 진주를 빼앗고 적장 셋의 목을 벤 공로가 있으니, 작(爵)을 주어야 할지 어떨지 각기 의견을 말하시오.」

「지당하신 말씀입니다.」

제갈선우가 말했다.

「공을 논해 벼슬을 주는 것은 제왕의 법도이니, 마땅히 논의될 수 있는 문제입니다. 그러나 경양을 치는 중이라니, 그 보고를 들은 다음에 상의해도 늦지는 않을 것입니다.」

호랑이도 제 말을 하면 온다고, 이때 요전이 의기양양한 모습으로 들어왔다.

「아니, 웬일이야? 경양을 친다더니 여긴 무엇 하러 왔어?」

성미가 급한 유선(劉宣)이 의아한 듯 외쳤다. 그러나 요전은 빙
긋 웃었다.

「왜 안 쳐요. 치고 나서 왔습죠」

「뭐? 그럼 경양을 빼앗았나?」

유연도 답답한 모양이었다.

「물론입지요. 크게 이기고 성도 빼앗았습니다.」

와! 하고 환호성이 올랐다.

「오, 수고했소」

「어, 장하군!」

이렇게 인사하는 사람도 있었고,

「음, 경양도 빼앗았다고?」

이렇게 자문자답해 보는 이도 있었다.

그들은 요전으로부터 전쟁 이야기를 들으며 늦게까지 술을 마
셨다.

이튿날, 유연은 여러 장수를 불러놓고 상의했다.

「그대들이 다 알고 있는 문제이지만, 아군은 진주를 빼앗고,
다시 경양을 수중에 넣었소. 바야흐로 넘어진 한실(漢室)을 다시
일으켜 세울 시기는 온 것 같소. 때란 만나기 어렵고, 만나서도 이
것을 놓치면 다시 얻기 어려운 것이니, 이제부터 우리는 본격적인
싸움을 치러야 될 것이오. 천하는 넓소. 진주나 경양 같은 것은 그
야말로 창해일속(滄海一粟 : 넓은 바다에 뜬 한 알의 좁쌀이란 뜻으
로, 광대한 것의 극히 작은 물건)이오. 지금부터 어려운 고비가 중첩
하여 밀어닥칠 것이니, 한두 장수에게 맡기고 있을 문제가 아니오.
그러므로 우리의 주력은 곧 경양으로 달려가 제만년과 합세하겠
소. 이곳 유림천에서는 유화·양용·교희 세 장수가 5천의 병력을
이끌고 남을 것이고, 여기가 우리 근거지임을 생각하여 병사와 양

식을 모아서 싸움터의 요구에 언제나 응할 수 있도록 힘쓰기 바라오. 또 유선·조번(趙藩)·호문성(湖文盛) 세 사람은 곧 진주로 달려가 유영과 교대하시오. 그 밖의 사람들은 나와 함께 경양으로 떠납시다.」

명령은 곧 실행되었다. 며칠 후 유연은 경양에 도착했다. 이 소식을 들은 제만년은 성곽을 나와 유연을 영접해 안으로 모셨다.

유연이 좌정하자 제만년은 갑옷을 벗고 부복했다.

「전하께서 친히 임하시니 황공하옵거니와, 멀리 영접하지 못한 죄를 용서하옵소서.」

「무슨 소리를!」

유연의 얼굴에 햇살처럼 웃음이 퍼졌다.

「그 동안 장군의 공로가 컸소. 몇 번의 싸움으로 두 고을을 공략했으니, 옛 장수인들 어찌 이에 미쳤겠소.」

유연은 후한 상을 내렸다. 그러나 제만년은 머리를 조아리며 사양했다.

「전하의 위엄을 빌려 조그만 몇 개의 땅을 얻었다 하오나, 적장을 못 베고 도망치게 했사오니 무슨 공로가 되겠사옵니까.」

제갈선우가 옆에서 말했다.

「싸움이란 땅을 빼앗는 것으로 목표를 삼는 법이오. 우리가 군대를 일으키자마자 큰 위엄을 천하에 떨친 것은 모두 장군의 공이니, 장군은 사양하지 마오.」

장빈이 또 한마디 했다.

「제장군의 공훈은 마땅히 초석지신(礎石之臣)이 될 만합니다. 앞으로 더욱 분발하시되, 지금까지 우리가 승리한 것은 적이 계략을 모르는 무능한 장수였기 때문이니 결코 용맹만을 믿지 마시고 모든 대소 계책을 서로 수의하여 행한다면 결코 실수가 없을 것입니다.」

이에 유연은 모든 장수와 군사에게 선언했다.

「이날부터 모든 군사(軍事)는 장맹손(張孟孫)과 제갈수지(諸葛修之) 두 분 군사(軍師)의 지시를 받아 행할 것이니, 모두들 각별히 명심하여 하루속히 한의 중흥을 이루도록 해주기 바라오」

이날부터 유연은 경양성에 머무르며 군사를 일면 휴양시키고 일면 조련하면서 진의 동태를 일시 관망키로 했다.

장빈과 제갈선우는 날마다 5만여의 군사를 번갈아 교련하여, 그들에게 제갈무후의 진법(陣法)과 전술을 주입시키니, 한 달이 못되어 모든 장졸은 출입과 진퇴에 법도를 차리게 되었다.

제6장. 이기고 지고

1. 조왕(趙王) 사마윤

경양에서 패한 하후준은 부풍군으로 향했다 8천 명의 군사가 그를 따랐다.

이때 부풍군의 태수는 요신(姚信)이라는 사람이었다. 그는 꾀가 대단한 장수였으나, 본래 오(吳)가 망할 때 항복하여 진(晉)을 섬기고 있는 터라, 대강 어물어물해서 넘길 뿐 진충갈력할 마음은 별로 없는 인물이었다.

「대군이 쳐들어옵니다!」

첩자에게서 이런 보고를 받고 보니 가만히 있을 수도 없었던 그는 우선 성문을 굳게 닫고 수비 태세를 갖추었다. 첩자는 하후준의 군대를 적병으로 오인한 것이었다.

그러므로 하후준의 사자가 왔을 때도 냉큼 믿지는 않았다. 그러나 친히 성루에 올라가 바라본 다음에는 믿지 않을 수 없었다. 앞에 선 대장은 분명 하후준이었고, 그 흩어진 대오는 어디로 보나 패군임을 말하고 있었다. 그는 곧 성문을 열게 했다.

「이것이 어찌 된 일입니까. 장군께서 왕림하시는 줄도 모르고, 때가 전시라 성문을 굳게 닫아 행차를 막았으니, 소장의 허물이

큽니다.」

성안으로 들어온 하후준은 요신의 인사를 받자 도리어 창피하기만 했다.

「천만의 말씀. 외병(外兵)이 이를 때 성을 지키는 것은 장수의 직책일 따름입니다. 그러나 나는 싸움에 패하여 성을 잃고 장군을 찾아오니, 국가의 죄인은 나입니다.」

요신은 연회를 베풀어 하후준을 위로했다. 물론 그 동안의 싸움의 경과도 화제에 올랐다.

「아, 참!」

하며 분해하는 사람도 있었고,

「*승패는 병가의 상사요(勝敗兵家常事).」

하고 하후준을 위로하는 장수도 있었다. 적을 깨뜨릴 계책도 논의했다. 어느 장수가 말했다.

「지금 적은 승승장구하는 판이라, 갑자기 쳐서는 승산이 없을 것입니다. 그 동안의 경과를 조정에 보고하시어 원군을 청하시지요. 경솔히 다투어 다시 패하느니, 충분한 병력으로 한번의 싸움에 적을 무찔러 오늘의 수치를 씻는 것이 전화위복하는 길인 줄 압니다.」

하후준으로서는 이 말에 반대할 계제가 못됐다. 그는 곧 표(表)를 지어 조정에 올리기로 했다.

「그렇다면 누구를 보낼까요?」

그가 인선을 상의해 오자, 귀찮은 사지에서 몸을 사리고 싶었던 요신 자신이 나섰다.

「지금 폐하께서는 양태부(楊太傅)에게 정사를 맡기고 계신데, 간신적자(奸臣賊子)들이 날뛰어 상청(上聽)을 가리고 모략과 중상이 매우 심한 형편입니다. 장군이 표를 올려도 폐하에게까지 전달

될까 의심스러우며, 자칫하다가는 참언을 입어 화를 당하시리다. 그러므로 장군께서는 여기를 지키고 계십시오. 제가 직접 상경하여 폐하와 태부께 잘 말씀을 드리고 친왕 중 한 분이 대군을 친히 영솔하여 내려오시도록 주선하겠습니다.」

요신의 속셈을 모르는 하후준은 매우 기뻐했다.

「태수께서 직접 가주신다면 다시 무엇을 바라리까.」

이리하여 부풍태수 요신은 요령껏 위기를 탈출하여 하후준의 표를 가지고 낙양으로 떠났다.

진 혜제(惠帝) 영강 4년 봄, 파발마는 여러 차례 강호(羌胡)가 반란을 일으켜 이미 변경의 여러 고을을 탈취하였다는 비보를 알렸으나, 이런 보고는 모두 도중에서 묵살되고 황제에게는 상달되지 않았다. 또 이런 일을 알고 있는 사람도 으레 있을 수 있는 변방의 작은 충돌에 지나지 않으려니 생각하는 것이 고작이었다.

해가 바뀌자 진주(秦州)가 떨어졌다는 소문이 들어왔고, 경양도 위태롭다는 풍문이 나돌았다. 예사로운 일이 아니라고 걱정하고 있는 것은 화교(和嶠) 한 사람뿐이었다. 그는 마침내 황제에게 아뢰었다.

「폐하, 요즘 강호가 반(反)하여 그 군주인 학원탁이 마읍(馬邑)을 점령하고, 제만년은 진주를 빼앗고 경양을 친다 하옵니다. 이대로 버려둔다면 천하의 대사(大事)가 될 충분한 가능성이 있나이다. 원컨대 조왕(趙王)에게 분부하사 강호를 쳐서 학원탁을 사로잡도록 하여주옵소서. 그 근본을 끊어 놓으면 제만년의 반군 같은 것은 스스로 패망할 것입니다.」

「생각해보겠소.」

어리석은 혜제는 결단을 내리지 못했다.

이런 판국에 부풍의 태수 요신이 나타난 것이었다. 그 동안의 자세한 경과가 알려졌다. 경양도 적의 수중에 들어갔고, 그 장수는 만부부당의 용맹을 가지고 있다 하지 않은가. 머뭇거리고만 앉았을 시기가 아니었다.

혜제는 화교의 말을 좇아 조왕 사마윤(司馬倫)을 정서대원수(征西大元帥)로 임명하여 강호를 치게 했다. 장홍(張泓)이 선봉, 허초(許超)·사의(士猗) 두 장수가 좌우호군(左右護軍)이 되고, 참군사마(參軍司馬)에 손수(孫秀), 호가장군(護駕將軍)에 사마아(司馬雅)를 임명했다. 조왕은 대군을 이끌고 마읍으로 떠났다.

처음에는 그까짓 오랑캐쯤 하고 얕보고 덤볐지만 사태는 그렇게 용이치 않았다. 선봉 장홍은 몇 천의 군사만 축냈다. 조왕은 크게 노하여 친히 대병을 이끌고 전선에 임했다.

학원탁은 성루 세 개에 군대를 모으고 굳게 지켰다. 서로 대진하기 한 달 남짓이나 되는 사이에 여러 번 작은 충돌이 되풀이되었다. 그러나 어느 쪽에도 결정적인 승리는 돌아가지 않았다.

초조해진 조왕은 장홍과 상의했다.

「도둑의 형세가 저렇게 강성하니 어찌하면 좋단 말인가?」

장홍이 자못 책사(策士)이기나 한 듯한 방안을 제의했다.

「싸움이란 지혜로 이기는 것이 상책이요, 힘으로 이기는 것은 하책입니다. 지금 오랑캐의 형세가 만만치 않으니 더욱 힘으로 잡을 것이 못됩니다. 제 생각으로는, 내일은 싸우지 말고 밤이 되기를 기다려 야습하는 것이 좋을까 합니다. 저와 허초·사의는 5천의 군사를 이끌고 학원탁의 본진을 칠 것이니, 대왕께서는 대군을 대기시키셨다가 적진에서 불이 일어나는 것을 신호로 들이치십시오 적을 무찌름이 이 한 판 싸움에서 결정날 것입니다.」

그럴 듯한 말이었다. 그러나 손수(孫秀)는 반대했다.

「그 말대로 친다면야 좋겠으나, 만일 적에게 충분한 방비가 되어 있을 경우에는 도리어 우리만 화를 입을 것입니다.」

「그렇지 않지요.」

장홍은 거듭 열을 올렸다

「그 동안에 우리는 한 번도 적을 속여보지 않았소. 그러기에 우리를 의심하지 않을 것입니다.」

듣고 있던 조왕이 마침내 결단을 내렸다.

「좋아! 한번 해보지. 그러나 십분 신중을 기하시오.」

이튿날, 진의 군대는 싸우러 나오지 않았다. 학원탁은 이상하게 생각하여 척후를 보내 정찰해 보았으나, 아무런 움직임이 없다는 보고였다. 더욱 의심이 간 그는 다른 성채에 사람을 보내 마난(馬蘭)·노수(盧水) 두 군주를 청해 왔다.

「오시라 한 것은 다름 아니라 오늘은 적군이 갑자기 싸우려 하지 않는군요. 무슨 까닭일까요?」

노수가 대수롭지 않게 받았다.

「그 동안 수차례 싸워 봤으나 병사만 축내니까 겁을 먹은 것이겠지요.」

「아니, 아니……」

참모인 돌올해아(突兀海牙)가 손을 내저었다.

「그렇지는 않을 것입니다. 적은 멀리 온 군대라 빨리 승부를 내야 이롭습니다. 그럼에도 불구하고 안 나오는 것은 반드시 간사한 꾀를 쓰려는 증거입니다.」

학원탁이 고개를 끄덕였다.

「그도 참 그렇구려. 오늘밤쯤 야습이라도 하겠다는 것일까?」

「물론입니다.」

돌올해아는 자신있게 잘라 대답했다.

「마침 잘됐습니다. 이계취계(以計就計 : 계책에서 계책을 취함.

즉 적의 계책을 파악하고 그에 맞는 계책을 씀)로 적을 잡을 때가 왔습니다. 오늘 저녁 마난·노수 두 대인께서는 각자 3천의 군사를 이끄시고 성채의 양쪽 곁에 매복하십시오 노빙(盧氷)과 마혜(馬蕙) 두 장수는 2천의 군사를 인솔하고 성채 후면에 대기하시오 나는 5천의 군사를 이끌고 성채 앞 도로 양쪽에 숨어 있겠습니다. 또 대왕께서는 1천 명의 군사를 이끌고 성채 바깥에 계십시오.」

그는 물 흐르듯 작전을 지시했다.

「진나라 군대는 진 속이 비어 있는 것을 보고 놀라 반드시 흩어질 것입니다. 그때 제가 연주포(連珠砲)를 쏠 것이니, 이것을 신호로 하여 적을 무찌르면 반드시 적군을 크게 깨뜨릴 수 있을 것입니다.」

군대는 곧바로 배치됐다.

이런 줄도 모르는 진군(晉軍)은 밤이 되자 말에 재갈을 물리고 소리도 없이 학원탁의 본영으로 밀려갔다. 도착했을 때는 이미 달빛이 희미한 2경이었다. 그들은 바로 중군(中軍)으로 쳐들어갔다. 그러나 이것이 웬일인가? 적병은 그림자 하나 찾아볼 수 없었다.

적의 꾀에 빠진 것을 알고 허초가 외쳤다.

「퇴각! 모두 후퇴하라. 질서있게 후퇴하라!」

그러나 때는 이미 늦었다. 앞에서 포성이 난데없이 울리는가 싶더니 전후좌우에서 복병이 일어나 고함을 지르며 쳐들어오는 것이 아닌가. 이렇게 되면 질서고 뭐고 없었다. 진나라 군대는 뒤죽박죽이 되어 도망치기에 바빴다. 무수히 적의 칼에 죽었고, 동시에 짓밟혀 죽은 수효도 적지 않았다.

강호의 군대는 도망하는 진군을 추격해 닥치는 대로 죽여댔다. 밤도 4경은 되었을 무렵, 사마아(司馬雅)가 군대를 끌고 달려왔을 때는 어느 결에 철수했는지 적의 그림자는 볼 수 없었고, 눈에 띠는 것은 자기편 병사들의 너저분한 시체뿐이었다.

패군의 장수란 비참했다. 장홍은 사마아와 말을 나란히 하여 돌아가면서 말했다.

「내가 고집을 세워 싸웠는데 이 꼴이 됐으니, 무슨 면목으로 조왕 전하를 뵙겠소 손수에게 비웃음을 당할 일도 분하오」

「별말씀을 다 하시오」

사마아가 위로했다.

「승패는 병가의 상사이거늘, 어찌 싸울 때마다 이기겠소 문제는 마지막에 누가 이기느냐 하는 것이오 내일이라도 다시 싸워 이 원한을 씻으면 되지 않소」

듣고 보니 그것도 일리 있는 말이라 생각되었지만, 그러나 장홍의 마음은 즐거울 수 없었다.

조왕은 너그럽게 대해 주었다.

「전하, 뵈올 낯이 없습니다.」

얼굴도 제대로 못 드는 장홍이었으나,

「별소리를 다 하오 나에게도 실수가 있었던 것이니, 장군만의 책임이 아니오 부디 큰 공을 세워 오늘의 과실을 보충하시오」

하며 도리어 격려까지 해주었다.

2. 학원탁의 죽음

강진(羌陣)을 야습하다가 오히려 적의 장계취계(將計取計)에 걸려들어 많은 병력을 잃은 조왕 사마윤은 앙앙불락했다.

참군사마 손수가 말했다.

「주상께서는 너무 언짢아 마십시오 오늘의 실수를 살려 적을 무찌르면 되지 않겠습니까. 그들은 오늘의 싸움에 이겼기 때문에 반드시 오만한 생각에 젖어 있을 것입니다. 경적(輕敵)이면 필패

(必敗)라 하지 않습니까. 이번에는 그들이 패할 차례입니다.」

「무슨 좋은 꾀라도 있소?」

조왕도 조급한 듯했다.

「제 생각으로는 마을의 동쪽 지세가 매우 험한 것을 이용하여 여기에 복병을 했으면 합니다. 선봉이 다시 나가 싸움을 걸면 적은 얕보고 반드시 덤빌 것이니, 적을 이쪽으로 유인하십시오. 포성을 신호로 하여 복병이 일어나 시살한다면 십중팔구 전멸시킬 수 있을 것입니다.」

손수의 계책에 모두가 기뻐했다.

「좋소! 내가 보기에 오랑캐들은 군기가 허술한 듯하니, 학원탁만 잡는다면 기와가 부서지듯 흩어질 거요.」

밤이 되자 진군은 마을 동쪽 골짜기에 매복을 했다.

날이 밝자 장홍은 5천의 군사를 이끌고 달려가 외쳤다.

「오랑캐들은 들어라! 너희가 간교한 꾀로 어젯밤 우리 군사를 적잖이 죽였으나, 정정당당히 싸운다면 어찌 천병(天兵)을 당할 수 있겠냐. 내 부하의 원한을 풀러 왔으니, 너희들은 학원탁을 묶어가지고 나와 항복해라. 그렇지 않으면 한 놈도 남기지 않고 육시처참을 하리라.」

이 소리를 들은 학원탁은 크게 노하여 말에 올랐다.

「대왕! 잠깐 고정하십시오.」

그의 고삐를 잡는 사람이 있었다. 돌올해아였다.

「병사를 이끌고 저놈이 이렇게 일찍 나타난 것은 필연 곡절이 있을 것입니다. 잠시 동정을 엿보십시오.」

그러나 어젯밤의 싸움으로 학원탁의 마음은 들떠 있었다.

「별소릴 다 하오. 저놈이 엊저녁 싸움에 대패했기 때문에 분해서 이렇게 온 것뿐이오. 그래 조왕이 가만히 두었을 줄 아오? 욕을 태산같이 먹고 화가 나서 달려온 놈을 두고 우리가 나가 싸우지 않는다면 겁보라고 비웃을 거요. 내 저놈의 목을 베어올 테니 기다리시오.」

돌올해아로서는 이렇게 되면 막을 길이 없었다. 학원탁은 대군을 이끌고 나가 진세를 벌였다.

장홍은 일이 뜻대로 되어가는 데 만족하여 더욱 학원탁의 비위를 건드렸다.

「이놈, 하늘 높은 줄 모르고 어찌 천조에 칼을 겨누느냐. 이 오랑캐의 종자야, 빨리 나와 결박을 받아라. 그렇지 않으면 내 너를 잡아 반 동강을 내리라!」

아닌 게 아니라 학원탁은 얼굴이 주홍빛이 되도록 성이 났다.

「밤중에 남의 집을 털려고 기어들던 이 좀도둑놈들아! 엊저녁엔 쥐구멍을 찾는 꼴이 가소롭더니, 그 사이에 두려움을 잊어버리고 다시 왔단 말이냐. 네놈을 잡아 그 혓바닥을 도려내리라!」

그는 칼을 빼들고 달려 나왔다. 장홍도 말을 달려 나가 마주 싸웠다. 장홍은 처음부터 꿍꿍이속이 있었으므로 한 30합에 이르자, 창 쓰는 법이 차츰 문란해지는 것처럼 가장하다가 말을 돌려 달아나면서 외쳤다.

「오늘은 갑자기 배가 아파오니 내일 싸우자. 비겁하게 쫓아오지 마라.」

원탁은 적이 자기가 두려워 도망하는 줄만 알고 군대를 몰아 그 뒤를 추격했다. 진군은 형편없이 무너졌다.

이것을 본 돌올해아가 쫓아오면서 외쳤다.

「대왕! 추격하지 마시오. 사지(死地)에 빠지지 마시오!」

그러나 그런 소리가 학원탁의 귀에 들릴 리 없었다.

장홍은 멀리도 도망하지 않았다. 학원탁이 거의 따라오게 되면 되돌아서서 잠깐 싸우다가는 내뺐다.

「이 비겁한 놈! 남이 배가 아프다는데 기어코 따라오는구나. 역시 오랑캐가 돼 그러냐. 어찌 그리도 신의가 없느냐.」

학원탁은 도망하는 주제에 말끝마다 오랑캐 오랑캐 하는 소리에 더욱 화가 나서 어떻게든 저놈을 잡고야 말겠다고 다짐하며 힘을 다해 말을 달렸다.

얼마쯤이나 갔는지 학원탁은 정신없이 추격을 계속하고 있는데 어디선지 포성이 울렸다. 또 한 방, 다시 한 방, 그는 말고삐를 당겨 걸음을 멈추었다. 그러나 이미 때는 늦었다.

사방에서 고함소리가 나더니 오른쪽에서는 사의, 왼쪽에서는 허초, 뒤에서는 여화(閭和), 앞에서는 장홍이 각기 군대를 이끌고 쏟아져 나오는 것이 아닌가. 눈 깜짝할 사이에 그는 수십 겹으로 포위되고 말았다.

이때 뒤에서 포성을 들은 돌올해아는 학원탁이 적의 꾀에 빠진 것을 알고 그를 구하기 위해 달려왔다. 그러나 도중에서 사마아의 군대가 느닷없이 나타나 길을 막는 데는 도리가 없었다. 조금 있으니까 손수까지 나타나 그를 포위했다. 지혜가 놀랍던 이 인물은 아깝게도 사마아의 창끝에 찔려 쓰러졌다.

돌올해아의 목을 베어든 사마아는 이것을 창끝에 꽂아 들고 고전하고 있는 학원탁의 앞에 나타나 외쳤다.

「봐라! 이것이 누구의 얼굴이냐? 너도 이렇게 되겠느냐, 아니면 항복하겠느냐?」

이를 본 학원탁은 간담이 서늘하여 서북쪽을 향해 포위망을 뚫고 나가려고 용맹을 다했다. 그러나 포위망은 철통같았고, 허초·사마아 두 장수가 함께 덤비는 바람에 그는 말머리를 동남쪽으로 돌렸다. 이번에는 애꿎게도 장홍과 맞닥뜨렸다.

「그래도 항복을 하지 않겠느냐? 목숨은 살려줄 것이니 말에서 내려라.」

장홍은 이렇게 외쳤지만 학원탁은 대꾸할 마음의 여유나 화를 낼 힘도 없었다. 10여 합을 싸우다가 그는 마침내 장홍의 창에 찔려 죽었다.

이 소문을 들은 마난과 노수는 군대를 이끌고 경양을 향해 도망할 수밖에 없었다.

3. 마난과 노수

영강(永康) 6년 2월 초하루.

혜제를 모시고 군신(群臣)이 모여 조회를 막 끝내려 하는데, 역마가 조왕 사마윤의 첩서를 바쳤다.

—신이 대군을 인솔하고 궐하를 하직한 이후 주야로 걱정이 도둑을 평정하여 폐하의 신우(宸憂)를 다소나마 덜어드리려 하옵더니, 황천이 도우시고 성상(聖上)의 위엄을 힘입어 마읍(馬邑)을 빼앗고 도둑의 괴수 학원탁을 목 베었으므로 이에 글을 올려 이 뜻을 아뢰나이다. 신 조왕 사마윤은 성황성공하여 몸 둘 곳을 알지 못하겠나이다.

「오, 장한지고! 조왕의 수고가 크구나.」
혜제는 매우 흡족해했다.
「다 성상 폐하의 홍복이십니다.」
「하늘의 뜻을 거역하는 무리가 어찌 온전하겠나이까.」
신하들도 한 마디씩 했다.
이에 태부 양준은 중신과 더불어 누구를 칙사로 보내느냐 하는 일을 놓고 수의하였다.

조왕 사마윤이 황제의 지친(至親)인 까닭으로 적어도 대신 급이 아니면 칙사 될 자격이 없기 때문에 그 인선이 간단치가 않았던 것이다. 한동안 왈가왈부로 설왕설래하고 있는데, 갑자기 하후준이 바치는 표문(表文)을 받들고, 부풍의 태수 요신이 도착했다.

혜제 앞에 나타난 요신은 곧 표를 바치고 상주했다.

「근자에 조왕 전하께서 학원탁을 매복의 꾀를 써서 잡으셨기에, 적장 제만년이 이를 크게 원망하여 곧 부풍을 친다는 정보가 있사옵니다. 제만년으로 말하면 용맹하기 이를 데 없는 오랑캐라, 신 하후준은 원병을 보내 주십사 청원을 드리기 위해 표를 바치고, 아울러 신을 보낸 것이옵니다.」

이 보고로 모처럼 좋았던 조금 전의 분위기는 여지없이 깨지고 말았다.

「아, 그놈이 그리도 용맹하단 말이냐?」

혜제는 이렇게 어이없어하기도 하고,

「그래, 우리 장수 중엔 그놈 하나 잡을 사람이 없어?」

라며 버럭 화를 내기도 했다.

그러나 화만 낸다고 해결될 일도 아니었다.

「경들도 들었거니와……」

혜제가 말을 꺼냈다.

「근자에 마난·노수가 제만년과 합세하여 부풍을 엿본다니 이 일을 장차 어찌했으면 좋겠는가. 누구라도 기탄없이 소견을 말해 보라.」

이때 수렴(垂簾) 뒤쪽에서 가후(賈后)의 날카로운 목소리가 대신들의 머리 위에 떨어졌다.

「대관절 조정 대신들은 무엇을 하는 거요! 그런 변괴가 있는 줄은 까맣게 모르고도 그래 국록을 먹고 있단 말이오!」

가후의 날카로운 호통소리에 태부 양준을 위시한 모든 대신들은 몸을 오싹 움츠렸다.

장화(張華)가 나섰다.

「제만년은 이미 진주·경양 두 성을 빼앗고 우리 장수를 죽였으니 가히 가볍게 볼 자가 아니옵니다. 마땅히 용맹한 대장을 가려 토벌케 하사, 화근을 끊으소서.」

말인즉 평범한 것이었으나, 지능이 모자라는 혜제는 고개를 끄덕였다.

「그도 그렇구먼!」

이때 시중(侍中) 가모(賈模)가 아뢰었다.

「지금 정서대장군 조왕 사마윤이 이미 학원탁을 한 싸움에 평정하사 크게 위엄을 천하에 빛냈거늘, 어찌 다른 장수를 가릴 필요가 있겠사옵니까. 급히 칙명을 조왕에게 내리시어 부풍을 구하도록 하시면 능히 제만년을 사로잡아 난을 평정하실 것이옵니다.」

「그것도 그렇군.」

혜제는 이 말에도 솔깃해 했다.

여러 사람이 가모 편을 들었으므로, 혜제는 곧 조왕 사마윤에게 조칙과 많은 호궤의 예물을 내려 대신 배외(裵頠)를 시켜 요신과 함께 가도록 했다.

배외는 주야를 달려 마읍에 이르러 조왕에게 혜제의 조서와 많은 하사품을 전했다.

이때 조왕은 마읍에 있으면서 마난·노수를 추격할까 어떻게 할까 하고, 손수·장홍 등을 상대로 상의하고 있는 중이었다. 그는 혜제의 칙서를 받자 곧 출동명령을 내렸다.

한편 경양에서도 가만히만 있지는 않았다.

제만년이 말했다.

「진의 황제는 총명하지 못해서 변방을 가볍게 여긴다는 말이 있습니다. 시일을 끌 것이 아니라 지금의 승세를 몰아 부풍을 치는 것이 어떻겠습니까. 그곳은 관외 제일의 거군(巨郡)으로 토지는 넓고 기름지며 전량의 비축도 많은 터라, 빼앗는다면 우리에게 큰 도움이 될 것입니다.」

그 말을 들은 유연은 제만년에게 1만의 군사를 주어 선봉으로 임명하고, 5천 명을 유영에게 주어 후군을 삼았다. 마난·노수는 따로 5천의 군사를 영솔하여 시세를 따라 돕도록 했다.

승승장구하는 제만년의 부대는 산이라도 무너뜨릴 듯한 기세로 부풍을 공격했다. 그러나 하후준은 성을 굳게 지킬 뿐 나와서 싸우려 하지 않았다.

제만년은 매일같이 성 밑에 가서 하후준에게 욕설을 퍼부어 그 마음을 격동시키려고 애써 보았으나 하후준은 들었는지 말았는지 아무런 반응도 보이지 않았다. 그렇다고 성을 기어오르려 들면 준비해 놓았던 돌을 굴리고 활을 쏘아대기 때문에 그것도 불가능했다. 제만년은 차츰 초조해졌다.

「하후준은 지용을 겸비한 장수라 힘으로는 빼앗기 어려울 것이니, 장빈·제갈선우 군사 중 한 분을 청해 계략을 쓰도록 해야 될 것이오.」

유영은 이렇게 말했으나 제만년은 듣지 않았다.

「이까짓 작은 성 하나 치면서 그런 분들까지 청해올 필요가 어디 있겠소. 잠깐 기다리시오. 내가 한 꾀를 써서 본때를 보여줄 것이니!」

이때 척후가 황망히 달려왔다.

「지금 조왕이 성을 구하려고 대군을 이끌고 오고 있습니다.」

이 소리를 들은 제만년은 더욱 조바심이 나서 그들이 오기 전에 성을 함락시키려고 전군을 몰아 불꽃이 튀도록 공격해댔다. 그러나 하후준은 꿈쩍도 하지 않았다. 여전히 돌을 던지고 활을 비오듯 쏘아댔기 때문에 이쪽에는 얼마의 사상자만 생겼을 따름이었다.

이런 끝도 안 나는 싸움이 진행되고 있는데 누군가가 외쳤다.

「장군! 저기를 좀 보십시오.」

제만년도 그가 가리키는 북방을 바라보았다. 아득히 하늘을 가릴 듯이 먼지가 일어나며 대군이 다가오는 것이 보였다.

유영이 달려왔다.

「양쪽에서 적을 맞으면 안되니 진으로 돌아갑시다.」

분했지만 할 수 없었다. 제만년은 군대를 후퇴시켰다. 그런데도 하후준은 추격해오지 않았다.

땅을 뒤덮고 밀려온 조왕의 대군은 길을 막는 적도 없었으므로 바로 성의 동쪽에 포진을 했고, 조왕과 장수들은 성으로 들어갔다.

조왕과 하후준이 주고받은 청죄와 위로의 말은 상상할 수 있는 그런 내용이므로 쓸 것도 없겠다. 이윽고 화제는 전략 쪽으로 돌아갔다. 우선 하후준이 한 마디 하지 않을 수 없었다.

「부끄러운 말이오나, 제만년으로 말하자면 참말로 용맹이 절륜한 자입니다. 그러므로 우리가 아무리 수효에서 우세하다 해도 창졸간에 승리를 거두기는 어렵겠으니, 반드시 묘한 계책이 있고서야 이를 깨뜨릴까 생각합니다.」

「그것은 어렵지 않소.」

손수가 말했다.

「나에게 한 계책이 있습니다. 내일 선봉장 장홍으로 하여금 제만년을 끌어내어 싸우게 하고, 허초·사의 두 장수는 중도에 매복하고 있다가 강호(羌胡)의 구원을 끊게 하며, 사마아·낙휴(駱休)는 정병 5천을 이끌고 오랑캐의 본진을 치게 하는 것입니다. 또 손보(孫輔)·여화(閭和)는 2천의 군사를 영솔하여 제만년이 본진을 구하기 위해 돌아가는 것을 막고, 만약 제만년이 와서 싸우면 하후 장군은 성에서 나와 협공하십시오. 만일 이렇게 하면 천의 하나도 실수가 없을 것입니다.」

역시 일급의 책사였다. 조왕은 크게 기뻐하여 밤을 기해서 각자의 맡은 위치에 나가도록 명령했다.

이런 줄도 모르고 한군 측에서는 제만년을 비롯한 여러 장수들이 지나치게 사태를 낙관하고 있었다. 근심하는 사람이 있었다면 유영 정도였다.

「지금 조왕이 친히 대군을 이끌고 왔으니, 그 휘하에는 반드시 지략에 뛰어난 사람이 있을 것이오. 결코 하후준이나 변적(邊狄)의 유가 아니리다. 그러므로 경솔히 나가 싸울 것이 아니라, 속히 사람을 경양으로 보내어 여러 장군들을 청해 신중히 토의한 끝에 싸우는 것이 옳을 것이오.」

그러나 지금껏 이겨만 왔던 제만년은 고개를 가로저었다.

「그까짓 것들을 무어 그리 걱정하시오? 더욱이 한번 싸워도 보지 않고 구원을 청한다는 것은 떳떳치 않을 뿐 아니라, 병사들의 사기에도 관계될 것입니다. 내일 장군께서는 본진을 지키십시오. 나는 그들과 싸워 그 허실을 탐지해 보겠습니다. 그때 가서 다시 논의하십시다.」

그래도 유영은 제만년을 혼자 내보내기가 불안했다.

「정 그렇다면 나도 병사를 이끌고 뒤에서 나가다가 형세를 보아 싸움을 돕겠소. 본진은 노빙(盧氷)에게 맡기지요.」

날이 밝았다.

간밤에 여러 장수의 배치를 마친 진군에서는 장홍이 나와 싸움을 걸었다. 한나라 진영에서도 제만년이 군대를 끌고 달려 나갔다.

　백마 위에 높이 앉은 장홍은 채찍을 들어 제만년을 가리키며 호통을 쳤다.

「네놈이 아무리 오랑캐이기로서니 어찌 천도(天道)를 망각함이 이리도 심하냐. 하늘이 만물을 낳으심에 사람과 금수의 차례가 있고, 사람을 낳으심에 화이(華夷)의 구분이 스스로 정해져 있거늘, 어찌 분수를 모르고 망령되이 움직여 스스로 망할 날을 기다리느냐.」

　제만년도 칼을 들어 장홍을 겨누면서 외쳤다.

「네놈이 지껄이는 소리를 들으니 사람에게 모두 입을 주신 하늘이 원망스럽구나. 화(華)는 무엇이고 이(夷)는 무엇이냐. 도리를 행하면 화요, 누구든 도리를 어길 때는 오랑캐가 되는 것이다. 따져보자. 조씨(曹氏)의 무리가 신하로서 한실(漢室)을 뒤엎었고, 네 임금 사마씨(司馬氏)는 다시 그 조씨를 밀어내고 자립했으니, 그 소행을 따질진대 오랑캐가 무엇이냐. 금수라 할지라도 그럴 수는 없으리라! 우리 유연 전하로 말하면 한나라의 후예로서 너희들 사악한 무리를 없애고 나라를 다시 찾으시려 하니 마땅히 땅을 쓸고 영접할 것이거늘, 어찌 군마를 이끌고 나타났단 말이냐.」

　장홍은 이 말에 크게 노했다.

「듣고 있자니 무례함이 비길 데 없구나. 이놈 듣거라! 이미 소리(小利)를 얻었으면 황김히 일어 물러나야 옳을 텐데, 마치 개미 새끼 모양 다시 여기를 침범하니 결단코 용서치 않으리라. 너는 학원탁이 한칼에 죽은 소문을 듣지도 못했느냐?」

　제만년도 지지 않았다.

「학원탁은 싸움에 이겨오다가 간계에 빠진 것이지만, 너는 하후녹과 변웅·적맹·풍정의 말로가 어떠했는지 알지도 못하느냐. 원한다면 네 놈부터 베어주리라.」

화가 난 장홍은 장창을 비껴들고 다가왔다. 제만년이 그를 맞아 싸웠다.

두 장수가 탄 말은 한쪽이 용처럼 날면 또 한쪽은 호랑이처럼 뛰었다.

거기에 따라 창과 칼은 허공에 무수한 형태의 선(線)을 창조했다. 만일 유미주의적인 관점에서만 이를 관찰한다면, 그것은 더없이 멋진 육체의 향연으로 눈에 비쳤을는지도 모른다. 그러나 물론 그것은 단순한 힘의 무용만은 아니었다. 허공에 무수히 그어지는 선에 따라 순간순간의 삶과 죽음이 교차되었으며, 그 삶과 죽음이란 그들 두 사람의 범위를 넘어서서 그 배후에 있는 집단, 아니 서로 공존할 수 없는 제국과 제국의 운명에 직결되는 성질의 것이었다. 그들은 이렇게 위험스런 경기를 40여 합이나 벌였다.

이때 시기를 노리고 있던 또 하나의 장수 하후준이 성중에서 달려 나와 이 각축에 가담했다. 제만년은 말을 빙글빙글 돌리면서 두 장수를 여유있게 상대했다. 멀리서 바라보는 눈에는 한 줄기의 빛깔이 무수한 원형을 공간에 수놓은 듯싶었다.

그리고 이때쯤에는 그 주변 일대의 여기저기에서 젊은 힘과 힘의 충돌이 벌어지고 있었다.

한나라 측 본진은 불타고 있었다. 사마아·여화가 갑자기 습격하여 질러 놓은 불길이었다. 시뻘건 악마의 혓바닥은 온 진채를 날름날름 핥고 있었다. 그 연기는 마침내 그 일대의 하늘을 뒤덮어버렸다.

한군의 본거지를 잿더미로 만들고 난 사마아와 여화 두 장수가 어느덧 되돌아와 제만년과의 싸움에 한몫을 거들었다. 고함과 칼빛의 소용돌이 속에서 제만년도 고전을 면치 못했다.

한편 유영은 사의가 이끄는 군대에 포위되어 있었다. 그의 창이 번뜩이는 곳마다 무수한 병사의 시체가 뒹굴었다. 그러나 죽이면 죽일수록 죄어들기만 하는 포위망이었다.

마침내 유영은 마지막 용맹을 발휘했다. 마치 화살에 맞은 호랑이가 혼신의 힘을 다해 몸을 솟구치듯 무서운 광경이었다.

「이놈들!」

산천도 무너뜨릴 듯한 고함소리와 함께 그의 말은 허공에 높이 치솟았다. 손에 손에 칼과 창을 들고 달려들던 한쪽의 병사들이 무기를 쥔 채 말발굽에 짓밟혀 쓰러졌다. 말은 다시 허공에 높이 솟고 또다시 솟고……, 물론 이 사이에도 그의 장창은 어지러이 난무했고 거기에 따라 아비규환의 비명이 울렸다.

마침내 포위를 벗어난 유영은 번개처럼 말을 달렸다. 그 뒤를 따르는 진군의 장사진도 속력에 있어 뒤지지 않았다. 유영은 달리는 것을 이따금 멈추고는 창을 무섭게 휘둘렀다. 이 통에 진나라 쪽의 장수 완과·화옥이 가슴을 찔렸다. 하지만 그런 정도로 그의 안전이 보장된 것은 아니었다. 여화·손보·낙휴·사마아—이런 장수들의 추격은 그럴수록 열을 뿜었다.

이때쯤에는 제만년도 자기가 적의 함정에 빠졌을 뿐 아니라, 본진에도 무슨 변이 일어나고 있다는 것을 눈치 챘다. 제만년은 말머리를 북으로 돌려 길을 트고 나아갔다. 장홍과 하후준도 놓칠세라 그 뒤를 쫓아갔다.

제만년이 얼마쯤 말을 달렸을 때 허초가 이끄는 복병이 일어나 길을 막았다. 이를 본 제만년의 분노는 폭발할 대로 폭발했다. 가뜩이나 험상궂은 얼굴이 악귀야차처럼 일그러졌다. 하도 무서워서 허초도 냉큼 달려들지 못했다.

「눈을 부릅뜨고 달려드는 꼴이, 그 녀석 정말 사납더군. 소름이 끼쳤어.」

뒷날 허초는 이런 말을 두고두고 했다.

이때 뒤에서는 사마아가 이미 가까이 다가오고 있었다. 조금 있으면 다른 장수들도 나타나리라. 제만년은 호통을 치며 칼을 내둘렀다. 칼빛이 달무리처럼 원을 긋자 여기저기서 비명과 함께 쓰러지는 적병이 보였다. 그러나 포위망은 너무나 겹겹이 포개져 있었다.

제만년이 이렇게 고전하고 있는 중에 한편의 진나라 사병이 이리저리 흩어지는 것이 보였다. 유영이었다. 유영은 철수하는 길에 제만년이 포위된 것을 알고 달려온 것이었다.

「장군!」

「장군!」

그들은 반가워서 이렇게 한 마디씩 외쳤을 뿐, 말을 주고받을 여유도 없었다. 그러나 든든했다. 두 사람은 말을 나란히 하여서 북쪽을 향해 뚫고 나갔다. 호랑이 같은 장수 두 사람이 합세하고 보니, 그들이 지나는 곳에는 피가 내를 이뤘다. 두 사람은 닥치는 대로 치고 찔렀다. 얼마나 죽였는지 정신도 없이 날뛰었다.

그들 앞에 어느덧 한 가닥 탈출구가 뚫려 있었다.

이제는 됐다 싶어 두 사람은 채찍을 높이 들어 말을 때렸다.

그러나 뒤에서는 여전히 추격해오는 말발굽 소리가 들렸다.

「악차같은 놈!」

이렇게 중얼거린 제만년은 뒤를 돌아보았다. 그것은 허초였다. 제만년은 활에 살을 메겨 힘껏 당겨가지고 몸을 뒤로 틀면서 쏘아보냈다. 화살은 허초의 말에 맞아 말과 사람이 함께 쓰러졌다. 그러나 하도 급한 판국이라 되돌아가 그 목을 벨 시간의 여유조차 없었다. 두 사람은 다시 말을 달렸다. 이제는 따라오는 적장도 없었다. 그들은 비로소 마음을 놓았다.

그들이 어느 산모퉁이를 막 돌려고 하는데, 한떼의 군마가 또 앞을 가로막는 것이 아닌가. 흠칫 놀란 두 사람은 제각기 칼과 창을 높이 들었다. 그러나 자세히 보니 그것은 마난과 노수가 이끄는 군대였다.

「수고했소 어쨌든 무사하니 다행이오」

마난이 반가워했다.

「그놈들 꾀에 빠져 혼이 났습니다. 겨우겨우 포위망을 뚫고 이렇게 오기는 했소만.」

유영의 대답에는 새삼 감개가 어려 있었다.

제만년도 비슷한 감회에 젖어 있는 듯했다.

「내가 군사를 일으킨 지 어느덧 2년입니다만, 오늘처럼 고생하기는 처음이었소. 유장군의 말씀을 안 들었다가 그만……」

그러나 그들의 대화는 더 계속할 수 없었다. 갑자기 노수가 외쳤던 것이다.

「저놈들 좀 보시오!」

고개를 들어보니 저쪽에서 한떼의 진나라 군사들이 몰려오고 있었다.

「내 저놈들을!」

제만년이 분에 못 이기는 듯 말머리를 돌리려 했다.

「장군!」

마난이 앞을 막았다.

「저것들은 우리 두 사람에게 맡기시오 두 분은 피로하실 테니 돌아가시는 것이 좋겠소」

노수가 농담을 했다.

「우리도 공을 좀 세워 봅시다 그려.」

이 말에 모두 웃었다. 오래간만에 웃어본 웃음이었다. 웃고 나니 한결 가슴이 후련한 듯했다.

「그럼 염치없는 말이지만 잘 부탁드립니다.」

유영과 제만년은 그 자리를 떴다.

마난과 노수는 산을 등에 지고 진세를 벌이며 기다렸다. 추격해 온 것은 사마아와 사의 두 장수였다.

용맹을 자부하는 마난이 말을 달려 나갔다.

「이놈들! 간사한 꾀로 작은 승리를 거두었다 해서 하늘 높은 줄도 너희는 모른단 말이냐? 너희도 들었으리라, 나는 마난이라는 사람이다. 용기 있는 놈이 있으면 나서 봐라!」

사의가 달려 나왔다.

「보잘 것 없는 오랑캐가 천조를 몰라보고 이 무슨 불공한 짓이냐. 빨리 말에서 내려 항복해라. 그렇지 않으면 살아서는 못 돌아가리라!」

「그 아가리를 못 놀리게 해주겠다.」

마난이 칼을 뽑아들고 사의에게 다가갔다.

「오랑캐가 분수를 모르고!」

사의도 달려왔다.

두 사람이 싸우는 것을 보고 진나라 쪽에서 사마아가 나타나 사의 편을 들자 노수도 달려 나가 이와 맞섰다.

이렇게 두 패로 갈라져 네 장수는 불꽃이 튀기는 싸움을 벌였다. 그러나 용맹이 비슷비슷해서 좀처럼 끝장이 나지 않았다.

이대로만 두었더라면 어떻게 될지 몰랐을 텐데, 허초가 늦게야 달려와 싸움에 끼어들었다. 그는 말에서 떨어졌다가 다른 말로 바꾸어 타고 왔기 때문에 한 발 뒤졌던 것이었다.

힘이 그만그만한 사람끼리 겨루는 이 판에 허초가 나타난 것은 전세를 좌우하는 데 결정적인 구실을 했다. 마난은 사의와 허초를 함께 상대할 위인은 못되었던 것이다. 그는 허초의 창에 찔리고 말았다.

이를 본 노수도 겁을 먹고 도망을 치다가 뒤에서 쫓아오며 찌르는 사의의 창에 목숨을 잃었다.

이렇게 되니 그 밑의 병사들이 지탱해낼 도리가 없었다. 그들은 밀려서 북쪽으로 흩어졌다.

이때쯤에는 진군의 선봉 장홍도 전선에 도착해 있었다. 그들은 대군을 휘동하여 도망하는 한나라 군대를 추격했다.

한편 제만년과 유영은 길가 나무 밑에서 잠시 피로를 풀고 있다가 도망해오는 병사들을 만나 마난·노수의 죽음을 알았다. 두 장수는 도망병들을 수습하여 인솔하고 다시 서북쪽을 향해 길을 떠났다. 그러나 이러한 철수조차 마음 놓고 할 수 있을 만큼 적은 관대하지 않았다. 얼마 안 가 뒤에서 함성이 들리기에 돌아보니 적의 추격부대였다.

「이놈들이 저렇게 집요하니, 한 장수를 꺾지 않고는 철수조차 뜻대로 안되겠소」

이렇게 말한 제만년은 활을 들어 시위를 당기고 있다가 1백 보쯤의 거리에 나타난 장홍을 겨누었다. 화살은 장홍의 왼쪽 팔뚝을 꿰뚫었다.

장홍이 말에서 떨어지는 것을 본 사의는 겁도 없이 달려왔다. 이를 본 제만년은 다시 한 대를 쏘았다. 사의는 활시위 소리를 듣자 몸을 틀어 피했다. 그러나 제만년의 화살과 연이어서 날아오는 유영의 것마저 피할 수는 없었다. 그는 화살에 어깨를 맞고 말에서 굴렀다.

이렇게 되니 진나라 군대도 더는 가까이 오지 못했다.

제만년과 유영은 패잔병을 이끌고 경양으로 돌아갔다. 이번 싸움에는 마난·노수를 잃고 병사의 손실이 1만에 가까웠다.

「제가 유장군의 만류를 듣지 않고 만용을 부리다가 많은 군사를 잃고 위엄을 땅에 떨어뜨렸으니 마땅히 군법으로 다스려 주시오소서.」

제만년은 유연 앞에 엎드려 대죄했다. 그러나 유연은 그를 일으켜 앉히며 위로했다.

「승패는 예기할 수 없는 것이오. 이만한 일에 너무 상심 마시오.」

4. 사마윤의 패배

경양에서는 유연과 장빈이 마주앉아 전세를 논하고 있었다.

「아마 꼭 쳐들어올 것이옵니다. 제만년을 이겼으니 조왕이 의기양양하지 않겠나이까. 승리의 여세를 몰아 이 성을 빼앗으려 들겠지요. 그러나 걱정하실 것은 없나이다.」

「무슨 좋은 수가 있소?」

유연의 얼굴에 긴장의 빛이 돌았다.

「싸움이란 흔히……」

장빈이 말을 꺼냈다.

「승리가 패배의 원인이 되는 것이지요. 이겼다고 좋아하는 마음, 적을 얕보는 오만이 사태를 그르치는 것입니다. 조왕으로 말하면 출중한 인물이기는 하나 병법을 모르므로 반드시 오만불손한 생각을 가지고 있을 것입니다. 계책만 바로 세우면 겁낼 것이 없습니다.」

그러면 어떻게 하겠느냐고 유연이 물으려 했을 때 척후가 허겁

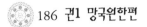

지겹 뛰어들었다.

「지금 조왕이 10만 대군을 이끌고 밀려오고 있습니다. 내일은 도착할 것이옵니다.」

그러나 장빈은 놀라지 않았다.

「이번 싸움에 조왕의 간담을 서늘하게 해줘야 되겠습니다.」

그는 장병들을 지휘하여 각처에 배치하고 성문을 굳게 닫아 엄중히 지키게 했다.

이튿날이 되자 진나라의 대군이 도착했다. 그들은 성을 포위하기에 앞서 격문을 써서 사방에 붙이고 수십 장을 화살 끝에 달아 성안으로도 쏘아 넣었다.

<대진(大晉)의 정서대원수(征西大元帥) 조왕은 타이르노라. 이제 폐하의 칙명을 받들어 선봉장 장홍을 비롯한 2백 명의 장수와 웅병 20만을 이끌고 여기에 이르러 서강반구(西羌反寇)인 학원탁·마난·노수 및 제만년 등을 문죄하는 바이다.

전번에 천병(天兵)이 한번 임하자 삼부(三部)의 괴수가 다 목을 바쳤으나, 다만 제만년이라는 보잘것없는 도둑이 남아 항거하고 있다. 그러나 그를 사로잡는 것도 이제는 시간문제라 할 것이다. 너희들 성중의 백성은 다 양민이니 마땅히 대국의 은위를 알아서 속히 도둑의 머리를 베어 바치라. 반드시 후한 상으로 갚아 주리라. 만약 그를 잡기가 어렵거든, 의당 조속한 시일 안에 성문을 열어 왕사를 맞이할지니 이로써 죽음을 면하기 바란다.

그렇지 않고 도독의 말을 망령되이 믿어 천명을 거역한다면, 성이 떨어지는 날 흑백을 가림 없이 옥석을 함께 태우리니, 그때에 가서 몸과 집을 아울러 잃고 뉘우쳐도 소용없으리라. 자세히 새겨두라!>

병사가 바치는 격문을 보고 화가 머리끝까지 난 제만년이 유연에게 당장 나가서 싸우겠다고 졸랐다. 그러나 제갈선우와 장빈은 이를 말렸다.

「분하다고 싸우는 것은 병가의 꺼리는 바이오 더욱이 적의 강약·허실을 모르고 어찌 싸우겠소? 우리 함께 망루에 올라가 적진을 살펴본 다음에 방책을 강구합시다.」

그들은 함께 망루에 올라가 바라보았다. 성의 남쪽에서 바라보니 적의 진영은 10리, 20리까지 이어진 것 같았다.

「굉장하군! 넓은 들이 군사로 가득 찼구나!」

유연이 탄성을 발했다.

「전하께서는 어찌 그런 말씀을 하시나이까?」

제만년이 못마땅해 했다.

「제가 보기에 20만이란 멀쩡한 거짓말이고 불과 7, 8만밖에는 안되지 싶나이다. 저런 것들쯤 쳐부수는 데 무슨 힘이 그리 들겠나이까.」

「적을 업신여기지 마시오.」

제갈선우가 경계했다.

「얕보고 패하지 않은 군대가 없습니다. 부풍에서 장군이 패한 것도 그런 데에 원인이 있었던 것이오 그러나 전하처럼 과대평가할 성질의 것도 아닙니다. 적의 형세를 살피건대, 오합지졸처럼 대오가 짜여져 있지 못하니 군법이 해이함을 알 수 있겠습니다. 저것은 반드시 패전할 군대입니다.」

「반드시 패하겠다니, 어떻게 그것을 알 수 있소?」

유연은 이해가 안 가는 듯 제갈선우를 쳐다보며 물었다.

「군대는 마음이 단결되어 있어야 합니다. 지금 조왕 사마윤은 병법을 모르기 때문에 통솔을 제대로 못하는 듯합니다. 그렇게 되면, 장수들은 자기 용맹만을 믿어 약속을 안 지키고 제각기 개인적인 공명만을 탐낼 것입니다. 물론 군대가 많으면 장수도 많게 마련이라, 한번에 완전히 전멸시키지는 못하겠지만, 기묘한 꾀를 쓴다면 반드시 격파할 수 있을 것입니다. 더욱이 그들은 부풍에서의 승리로 교만한 마음을 지니고 있을 것이니, 두려울 게 무엇이 있겠나이까.」

제갈선우의 말은 물 흐르듯 했다.

「그렇다면……」

미소를 머금고 장빈이 제갈선우를 바라보았다.

「적을 유인해 잡겠다는 것인가요?」

제갈선우도 웃었다.

「우리 두 사람의 생각은 기약하지 않았는데도 같구려.」

그는 다시 제만년을 향해 말을 계속했다.

「장군은 내일 적병이 아직 성을 포위하기 전에 나가 싸움을 거시오. 부풍의 승리를 믿기 때문에 그들은 반드시 나와 싸울 것이고, 규율이 안 서 있는 그들이라 대오를 유지하지 못하고 제각기 장군을 잡으려고 날뛰리다. 장군은 용맹을 다해 싸움으로써 적의 장수를 될 수 있는 대로 많이 모이게 한 다음, 성 밑으로 도망치면 그들은 다시 따라올 것이니, 여기서 또 싸워 적장들이 모여들 시간의 여유를 주시오 그리고는 못 견디는 척하며 성안으로 철수하는 것입니다.」

「그럼 그들도 따라 들어오게?」

유연의 눈이 동그래졌다.

「물론입니다, 전하.」

제갈선우는 웃었다.

「도리어 안 들어오면 낭패입니다. 꼭 들어오도록 해야 되지요.

참, 그 다음의 일은 장형이 설명하시구려.」

그는 슬쩍 장빈을 쳐다보았다.

「글쎄요, 그럼 제가 말씀드릴까요. 우리는 옹성(甕城)과 액도
(掖道) 사이에 궁노를 가진 병사를 숨겼다가 포성을 신호로 비 오
듯 양쪽에서 쏘아대는 것입니다. 낭패한 적병은 흩어져 도망할 것
입니다. 이것을 추격하는 겁니다, 어떻습니까?」

장빈은 제갈선우를 쳐다보았다. 제갈선우는 손뼉을 쳤다.

「어쩌면 그렇게도 내 생각과 같습니까.」

유연이나 제만년도 이제는 이해가 갔다.

「그러나……」

제만년은 아직 의문이 있는 모양이었다.

「만일에 적이 눈치 채고 성안으로 안 들어오면 어쩝니까?」

「그것은 걱정 마시오」

제갈선우는 자신있게 잘라 말했다.

「하후준이 지휘한다면 또 모르지만 조왕은 병법을 모르니까
반드시 들어옵니다. 더욱이 그는 귀하게 자라 아랫사람의 사정을
모르기 때문에 공이 있어도 상주지 않고 죄가 있어도 벌하지 않습
니다. 따라서 일단 자기네가 이긴다 싶으면 장병들은 성안으로 뛰
어들어 재물을 노략질하려고 할 것입니다. 웬만한 힘으로는 제지
도 못할 것입니다.」

이제는 아무도 이의를 말하는 사람이 없었다. 제갈선우와 장빈
은 곧 여러 장수의 부서를 정했다.

옹성의 양쪽과 복도 사이에는 호연안·호연호 형제가 배치됐
다. 그들에게는 궁노수 5천 명이 주어졌다.

각 성문에도 복병을 두기로 했다. 호연유와 학흠(郝欽)은 북문,
조염은 서문, 황명은 남문, 양흥보(楊興寶)는 동문을 맡았고, 각기

궁노수 2천 명을 거느렸다. 조개·장실은 2천의 병력으로 본부를 지키고, 적을 유인하는 임무는 제만년과 황신이 담당하도록 했다.

유연은 장수들에게 명령을 내렸다.

「오늘 처음으로 대적과 싸우게 됐으니, 각자 맡은 바 책임을 다하라. 만일 법을 어기는 자 있으면 마땅히 군법으로 처단하리라. 누구든 장령을 안 따르는 자 있으면 즉석에서 참할 것이며, 조왕을 사로잡는 자는 1등 공신이 되리라.」

여러 장수는 모두 명령대로 할 것을 맹세하고 각자의 부서로 흩어졌다.

이런 줄도 모르는 조왕은 경양성 하나쯤은 안중에도 두지 않았다. 그는 장수들과 이런 저런 잡담을 나누던 끝에 자못 의아하는 듯 말했다.

「전번 마읍의 싸움에서 학원탁을 베었고, 부풍에서는 마난·노수를 죽이지 않았던가. 제만년 그놈도 형세에 궁해 거의 죽을 뻔했었는데, 우리가 격문을 내걸었건만 아무런 반응이 없으니 정말로 이상하지? 몇 놈이라도 항복해오는 장수가 있을 법한 일인데……」

그는 제만년의 목이라도 누가 베어가지고 오리라 기대했었는지도 모른다.

사마아가 말했다.

「제만년은 용맹이 심상치 않은 놈이니까, 그만한 일에는 굴하지 않을 것입니다. 그가 반드시 한 번은 쳐나올 것이니, 그때에 우리가 전번처럼 혼을 내주어 도망치게 만들고, 그 뒤를 쫓아가 치면 적의 병력이 절반은 꺾이지 않을까 합니다.」

이것은 어디까지나 적을 얕보는 전략이었다.

「일리 있는 말씀이오」

손수도 찬성했다.

「내일 그들의 성을 에워싸고 밤낮으로 교대시켜 가면서 끊임없이 이를 공격하여 적으로 하여금 쉴 틈을 주지 않는다면 경양성은 우리 수중에 들어온 것이나 진배없습니다. 더욱이 그들의 병력이라야 기껏 2, 3만, 양식도 3, 4개월분을 넘지 못할 것이니, 포위를 풀어주지 않으면 몇 달이 안 가서 고통을 견디다 못해 성문을 열고 우리를 끌어들이는 백성이 나타날 것입니다. 그렇게 된다면 전하의 공훈을 어찌 위청·곽거병만 못하다 하겠습니까.」

「아무튼 장군들만 믿겠소.」

조왕은 벌써 이기기나 한 듯 만족해했다.

이튿날, 제만년이 1만의 병력을 이끌고 나와서 도전한다는 보고가 들어왔다. 더러 의아해 하는 사람도 있었다.

「우리가 여기에 진주한 이래 꼼짝도 안하다가 이제 갑자기 나와서 싸움을 거는 데에는 무슨 까닭이 있지 않을까?」

그러나 장흥은 비웃었다.

「무슨 그런 말씀을! 우리가 성을 포위해 버리면 안에서 변이 날 것 같으니까 나온 것이오. 제 딴에는 백성들에게 위엄을 보여주자는 것이겠지. 두고 보시오 내일이면 못 나올 테니까. 내가 나가 싸울 것이니 여러분도 따라와 그를 포위하시오 이번에야말로 이놈을 사로잡을 기회입니다.」

이리하여 진문이 크게 열리고 백마에 올라탄 장흥이 뛰쳐나갔다. 그는 제만년을 보자 큰 소리로 외쳤다.

「이놈! 부풍에서는 꼬리를 말아 도망하는 꼴이 천하일품이더니, 어쩌자고 감히 내 앞에 다시 나타났느냐? 오늘은 기어코 너를 잡아 천 동강 만 동강을 내고야 말리라.」

「이 역적의 앞잡이야!」

제만년도 그에 못지않게 큰 소리로 외쳤다.

「네가 간사한 꾀로 나를 해치려 했으나, 내 어찌 너 같은 조무래기의 손에 잡힐까 보냐. 너를 보아하니 쓸 만한 곳이 있을 것 같아 살려주고 싶은데 말에서 내려 나에게 항복하지 않겠느냐.」

「이 오랑캐의 도둑놈! 네 목에 칼이 닿을 줄 모르고 무슨 소리를 하는 거냐.」

크게 노한 장홍은 장창을 비껴들고 달려들었다. 제만년도 칼을 뽑아 이에 맞섰다.

서로 말을 달려 위치가 엇바뀔 때마다 그들의 창과 칼은 부딪쳐 번갯불을 일으켰다.

마치 이 세상의 힘이란 힘이 모두 여기에 집중된 듯 그들의 주변에서는 회오리바람이 일어났다.

40합이 가까워지자 장홍이 약간 꿀리는 기세를 보였다. 이것을 본 진나라 진영에서는 횡충장군 사의가 말을 달려 나왔다.

그러나 제만년은 끄떡도 하지 않았다. 두 장수를 동시에 상대하면서도 그에게는 여력이 있어 보였다.

이를 바라보고 있던 조왕이 좌우에 있는 장군들을 돌아보았다.

「과연 그놈 대단하구나. 일제히 나가 저놈을 잡아라!」

이에 허초·사마아는 동쪽에서 내닫고, 손보·하후준은 남쪽으로부터 병사를 이끌고 달려와 제만년을 포위하려 했다.

이제는 도망해야 되는 때라고 판단한 제만년은 말머리를 돌려 성을 향해 달렸다. 예상대로 네 장수가 추격해왔다. 그뿐 아니라, 이 기회를 놓칠세라 조왕은 전군에 진격을 명령했다. 제만년의 뒤를 쫓는 진나라 군대는 마치 밀물이 밀려오는 것 같은 형세였다.

성 밑에 이른 제만년은 다시 병사를 늘어세우고 싸웠다. 그것은 흡사 성을 안 빼앗기려고 안간힘을 쓰는 것처럼 보였다. 네 명의

진나라 장수는 제만년을 잡으려고 눈에 불을 켰다. 하후준의 경우
는 더욱 그랬다.

누가 보아도 제만년에게 불리했다. 이 형편을 이용하여 제만년
은 도망치며 외쳤다.

「빨리 성안으로 철수하고 문을 닫아라!」

이 소리를 들은 장홍은 말했다.

「저놈이 이번에 혼비백산해서 도망치는데, 성문이 닫히기 전
에 속히 성을 빼앗읍시다.」

그들은 성문으로 밀려들어갔다. 한나라 군대는 여지없이 흩어
지고 옹성(饔城) 안에는 진군(晋軍)이 가득 찼다.

이 모양을 망루에서 바라보고 있던 제갈선우는 마영(馬寧)에게
명령하여 포성을 울리게 했다.

포성이 한번 울렸는가 싶더니 그 다음부터의 상황은 아비규환
바로 그것이었다. 호연안 형제가 지휘하는 군사들이 양쪽에서 쏘
아대는 화살은 비보다도 더욱 촘촘히 날아왔다. 미처 어떻게 손을
쓸 여유가 없었다. 비명과 함께 무수한 사람이 쓰러져갔다.

이때에는 제만년도 황신과 함께 어느덧 되돌아와 활을 쏘아댔
다. 마영은 성루에서 아래를 굽어보며 병사를 지휘하여 화살을 사
정없이 쏘아댔다.

물론 장홍과 하후준은 소리소리 지르고 있었다.

「후퇴! 모두 성 밖으로 후퇴하라.」

그러나 문은 좁은데 사람은 밀집해 있었으므로 서로 치고 밟혀
서 죽는 자도 적지 않았다.

이때, 성에는 몇 개의 붉은 기가 꽂혔다. 이것을 신호로 네 개의
성문 안쪽에 배치되었던 복병이 사방에서 일어났다. 이렇게 되면
도망가기도 어려운데 뒤에서는 제만년·황신·호연안·호연호·

유영 등이 급히 추격해왔다.

넋이 나간 진나라 장수들은 아무 데로나 흩어져 혈로를 뚫고 도망하기에 여념이 없었다. 한군 측 장수들도 눈에 띄는 대로 적을 추격하느라 말을 달렸다.

이때 특별한 공을 세우리라 마음먹은 장경(張敬)이 길에 깔린 적병들은 눈에도 두지 않고, 쏜살같이 말을 달려 조왕의 본진으로 쳐들어갔다. 본진을 수비하던 병사들이 황망히 달려드는 것을 본 그는 대갈일성 창을 휘둘러 잡초라도 헤치는 듯 쓰러뜨린 후 곧장 중군으로 달려들었다.

이때 여화(閭和)·낙휴(駱休) 두 장수는 전일의 상처가 아직 낫지 않았으므로 싸움에 나가지 않고 있다가 이 꼴을 보게 되었다. 사태가 이러니 상처고 병이 문제되지 않았다. 그들은 창을 들고 달려 나와 장경을 막았다. 싸움이 3합도 가지 않았는데 또 한 사람의 장수가 뛰어들었다. 쳐다보니 유영이었다.

전일 부풍의 싸움에서 유영의 창에 팔을 찔린 여화는 아직 상처가 아물지도 않았으므로 마음은 다급하나 창을 제대로 쓰지 못했다. 그런데 마침내 장경의 창끝이 그의 넓적다리에 또 하나의 상처를 입혔다. 그는 병사들의 도움을 얻어 허둥지둥 달아나는 것이 고작이었다.

유영과 맞붙었던 낙휴의 경우도 사정은 비슷했다. 전일 그의 무릎에 상처를 준 당사자가 바로 유영이라 처음부터 내키지 않는 싸움이었다. 그러나 그는 여화가 뛰는 것을 보자 말머리를 돌려 그 뒤를 따랐다.

이제는 막는 장수도 없었다. 유영과 장경은 중군 속으로 뛰어들어갔다. 이때 조왕은 전선에서 승리의 소식이 오기만 기다리고 있었다. 그의 좌우에는 한 명의 장교도 없었다.

주위가 갑자기 소란한 듯했다. 그는 병졸을 부르려고 고개를 들었다. 그 순간 눈에 들어온 것은 자기의 병사가 아닌 적장이었다.

　그는 도망치려 했으나 겨우 일어서는 정도가 고작이었다. 적장이 내찌르는 창은 그의 가슴을 향해 날아들었다. 그는 급한 김에 의자를 들어 이를 막았다. 두 번째의 창날이 번뜩이자 그는 적장을 향해 의자를 집어던졌다. 그리고는 날쌔게 달려가 말에 올랐다.

　눈 깜짝할 사이에 조왕을 놓친 유영이 그를 추격했을 때, 조왕은 이미 30보는 저쪽을 달리고 있었다.

　그리고 화살이 비 오듯 그를 향해 날아왔다. 아까 도망했던 낙휴가 이제 막 싸움터에서 돌아온 손수의 병사들로 하여금 쏘게 한 화살이었다. 그러나 유영은 굴하지 않고 말을 달렸다. 화살에 맞아 말이 쓰러졌다.

　「이놈들아!」

　땅에서 일어난 유영은 고함을 지르며 활을 든 병사들을 낙엽처럼 쓸어버렸다.

　유영이 뜻밖의 사태로 시간을 끌고 있는 동안에 장경은 달아나는 조왕의 뒤를 바짝 추격해갔다.

　「사마윤, 사마윤! 넌 어디까지 도망갈 작정이냐? 이놈, 냉큼 거기 멈춰라!」

　그가 활을 들어 몇 십 보 앞을 달리는 조왕을 쏘려고 했을 때 난데없이 나타나 길을 가로막는 한떼의 장수가 있었다. 싸움에 지고 돌아온 허초·사의·상홍·하후준이 조왕이 위급하다는 소리를 듣고 달려온 것이다.

　「이놈들 비키지 못해!」

　장경이 조급해서 외치며 그들과 싸우는데, 뒤에 처졌던 유영도 달려왔다. 싸움이 몇 합도 가지 않아,

「저놈들을 한 놈도 놓치지 마라!」

하고 누군가가 달려오며 소리쳤다. 모두 고개를 들어보니 그것은 이제 막 여기에 도착한 제만년·호연유·조개 등 한군의 장수들이었다.

허초·장홍 등은 말머리를 돌려 달아났다. 그들은 도중에서 조왕을 만나 패잔병을 수습했다.

「어서 부풍으로 가셔야 하옵니다.」

누군가가 조왕에게 권했다. 물론 그 수밖에는 없었다. 패배한 군대처럼 비참한 것은 없다. 살기 위해 한 곳에 모였을 뿐, 상하의 계급도 규율도 이제는 없었다. 장교가 무어라 하면 흰눈을 뜨고 노려보는 병사까지 있었다. 거기에다가 성한 사람이라곤 거의 없었다. 팔이나 다리, 머리 등 하여간 상처를 입은 처참한 육체들이었다.

이 처참한 집단이 한 10리나 혼란의 소용돌이 속을 행군해 갔을 무렵, 갑자기 한 방의 포성이 울렸다. 기진맥진한 그들은 이미 놀라지도 못했다. 와! 하는 함성과 함께 길을 가로막는 것은 장실이 이끄는 부대였다. 장실이 외치는 소리가 가뜩이나 지칠 대로 지친 사람들의 고막을 찢을 듯이 울려왔다.

「이놈들! 살려거든 항복해라. 사마윤, 장홍, 네놈들도 속히 말에서 내리지 못할까!」

조왕은 황급하여 장수들에게 대오를 정비해서 싸우라고 명령했다. 그러나 그럴 시간적 여유도 없거니와, 이미 넋이 나간 그들은 전의마저 완전히 상실하고 있었다.

항복하는 병사가 많았다. 그렇지 않은 사람들은 모두 뿔뿔이 흩어져 달아나기에 바빴다.

조왕은 부풍으로 가려던 예정을 바꾸어 옹주(雍州)로 도망했다.

사마윤이 멀리 달아나는 것을 본 허초와 하후준도 곧 장실을 버리고 뒤쫓아 달아났다.

　경양성 하에서 백 리에 뻗치는 벌판에는 진병의 시체가 즐비하고, 피는 흘러 마른 땅 위에 내를 이루었다.

　애초에 사마윤이 거느린 진병이 10만이라고 하였으나, 이 싸움에서 죽은 군사가 3만이 넘었고, 상한 군사는 그 수를 헤일 수조차 없는 참패 상이었다. 벌판에는 진병의 호곡소리가 처량하게 울려 퍼지니 그 참상은 차마 목불인견(目不忍見)이었다.

　다만 하후준 휘하의 1만 군사만은 불과 천여 명이 꺾였을 뿐 나머지는 건재하였으니, 하후준이야말로 진의 유일한 양장(良將)이었던 것이다.

제7장. 오늘도 싸움은

1. 양왕 사마동

조왕 사마윤은 경양에서 크게 패하여 대부분의 병력을 잃고 일단 옹주로 들어가기는 했으나, 스스로 지탱해나갈 능력이 없음을 알고 있었으므로 곧 사람을 낙양에 급파하여 원병을 청했다.

표를 받아본 혜제는 매우 놀랐다. 그는 곧 조왕의 사자를 불러들였다.

「아무리 해도 이럴 수가 있는가. 10만의 대병으로 이렇게 패한 데에는 곡절이 있으렷다. 너는 조왕을 꺼려 말고 짐에게 사실을 말하라.」

아무리 황제의 분부지만 그는 조왕의 심복이었다.

「조왕께서 북정(北征)하신 이래 침식을 잊으시고 군무에 진력하심은 오직 폐하의 신금(宸襟)을 편안케 해드리려는 일념에서 이번 경양의 싸움에서 실수하시고 성황성공하여 신을 보내어 청죄하심이옵니다. 신이 헤아리옵건대, 조왕께서는 십분 신용(神勇)을 나타내시어 폐하의 위엄을 변방에 떨치신 것으로 알고 있사옵니다. 처음 마음을 치매 강호의 괴수 학원탁을 목 베어 그 근본을 없애셨고, 다시 부풍에서는 나머지 적도(賊徒)의 군주인 마난·노수가 복주(伏誅)했던 것이옵니다. 그러나 싸움은 거짓이 많은 법이오라 전일 구사일생으로 도망친 제만년이 경양에 웅거하여 간사한 꾀로 천병(天兵)을 성내로 유인했기에 실수가 있으셨던 것이옵니다. 본래 승패는 병가의 상사라 했사오니, 어찌 한번 싸움의 결과만으로 대사가 정해졌다 하겠나이까. 적은 지금 세 명의 군주를 모두 잃고 그 본국을 점거 당했으므로 뿌리 없는 부평초가 물에 떠 있는 것이나 다를 바 없다 하겠으나, 긴 안목으로 보건대 반드시 자멸할 것이옵니다. 성상께서는 깊이 통찰하사 대군을 조왕에게 내려주시오면 반드시 적도를 쓸어 천하를 반석 위에 올려놓을 것으로 생각하옵니다.」

청산유수 같은 구변에 혜제의 마음이 움직였다.

「그도 그렇구나. 조왕의 노고가 많도다.」

사신이 물러나자 사공(司空) 장화(張華)가 아뢰었다.

「폐하께서는 저자의 언변에 속지 마옵소서. 생각건대, 변방에서 자란 오랑캐의 무리가 강성한들 얼마나 강성하오며, 지략이 있은들 얼마나 있다 하오리까. 이는 반드시 조왕의 군대가 스스로 교만하게 굴었든지 아니면 게으름을 부린 때문입니다. 그렇지 않고서야 10만의 대병과 1백 명의 용장(勇將)으로 어찌 사태가 이 지경에 이르겠나이까. 아마도 옹주자사 해계(解系)로부터 장계가 올라올 터이니, 좀더 알아보시고 조처하심이 옳은 줄 아뢰나이다.」

「하기는 그렇군.」

혜제의 마음은 다시 흔들렸다. 역시 혜제는 혜제였다.

아닌 게 아니라 며칠이 안 가서 해계가 사람을 보내왔다. 그는 혜제에게 아뢰었다.

「아군이 몇 번의 싸움에서 크게 이겼사오나, 조왕께서는 아첨만을 일삼는 손수의 말을 따르시다가 대패하여 10만의 대군이 꺾이기에 이른 것이옵니다. 손수는 매일 전하게 권하여 진중에서 주연을 베풀고 오직 놀기만을 일삼아 군기는 해이해지고 상벌이 절도를 잃어 원망하는 장군과 병사가 많사옵니다. 이래 가지고서야 어찌 싸워서 이기기를 바라겠나이까. 그러므로 근본적인 조처를 취해주시기 바라옵니다.」

해계는 마음씨가 좋지 않은 무리라 손수의 재주를 시기하여 모함한 것이지만 혜제는 이것을 알 턱이 없어서 크게 노했다.

「조왕과 손수가 이렇게 하고서야 어찌 변변하게 싸울 수나 있겠는가?」

「그러하옵기에……」

먹을 일이라도 생긴 듯이 의기양양해서 장화가 나섰다.

「신이 전일에 아뢰었던 것입니다. 지금 듣자오니 제가 예상한 그대로입니다. 대저 아무도 남을 욕보이지는 못하는 법이옵니다. 스스로 자신이 욕되게 행동하기 때문에 남의 모욕을 사게 되는 것이지요.」

자기가 마치 철인이나 된 듯 알쏭달쏭한 말까지 뇌까리며 만족해했다.

배외(裵頠)도 말했다.

「전쟁이란 장수와 병사를 얻어야 하는 법입니다. 병사와 고난을 같이하여 은위(恩威)가 병행하지 않는다면 무엇으로 적을 제어하겠나이까. 싸움터에서 매일 주연을 베풀어 즐김은 이미 장재(將材)가 아님을 말하는 것이지요. 더욱 그 밑에서 간사한 무리가 일을 그르침에 있어서겠나이까. 폐하께서는 하루속히 조왕을 소환하사 그 허물을 물으소서.」

「짐도 그렇게 할 생각이오.」

황제는 고개를 끄덕였다.

「그러면 누구를 보내지?」

장화가 다시 참견했다.

「양왕(梁王) 사마동(司馬肜)은 용맹과 지혜가 뛰어날 뿐 아니라 도량이 커서 대군을 통솔할 만하오니, 곧 패초하사 칙명을 내리시기 바라나이다. 도읍에 있는 정병 5만을 떼어주시고 손수를 참해 상벌을 엄히 하라 이르시옵소서. 이렇게 하면 위계질서가 바로잡히고 군기가 서리다.」

주견이 없는 혜제는 무엇이나 따랐다. 그는 곧 변량성(汴梁城)에 사람을 보내 양왕을 불러 올렸다.

양왕이 도읍을 떠나는 날, 거리는 온통 구경꾼으로 뒤덮였다. 5만이나 되는 병력이라 북문을 완전히 통과하기까지는 한나절이나 걸렸다. 기치창검이 보는 사람의 눈을 아찔하게 했다.

북문 밖에는 양왕을 위해 전별연(餞別宴)이 준비되어 있었다. 문무백관이 거의 다 모였다. 양왕은 잔을 기울이면서 자못 호방하게 웃어 보였다.

「성상의 위덕이 일월같이 빛나시니 그까짓 오랑캐가 감히 어쩌겠나이까?」

술이 몇 순배를 돌자, 장화는 양왕의 귀에 입을 바짝 대고 살그머니 속삭였다.

「대왕께서는 가시자마자 손수부터 참하십시오. 그렇지 않으면 우리 사직이 위태로울 것입니다.」

정말 집요한 사람이었다. 강직한 손수에게서 면박을 받은 일이 몇 번 있었던 것에 앙심을 품은 그는 이 기회에 기어코 죽이려 하는 것이었다.

양왕은 군사를 이끌고 우선 자기의 임지(任地)인 변경(汴京)에 들렀다. 거기에서 하루를 묵으며 군의 부서를 채웠다.

서서동(徐舒同)과 전승감(典丞監)을 유수(留守)로 하여 변경을 지키게 하고, 대장에 복윤(伏胤), 아장(牙將)에 허사(許史)·허갱(許拉), 참모에 장사(長史) 부인(傅仁)을 임명했다.

출발에 앞서 양왕은 세 장수를 불러 명령을 내렸다.

「강호가 반하여 그 형세가 자못 험하기에 성상께서 과인에게 분부 계시어 조왕과 바꾸게 하시니, 대사의 성패는 전혀 세 장군에게 매인 바요. 부디 힘을 다하여 *공을 세워 이름을 죽백(竹帛)에 남기면(功名垂竹帛공명수죽백) 그 아니 아름다우랴. 과인 또한 성상께 상주하여 반드시 그 수고에 보답함이 있으리라.」

양왕의 말에는 제법 위엄이 있었다. 허사가 말했다.

「복윤장군으로 말하면 백전의 노장이시라 대임(大任)을 능히 감당하려니와, 소장들로 말하면 대왕의 기대에 어긋날 수밖에 없는 무능한 몸이오니 굽어 살피시옵소서.」

「별소리를 다 하오」

양왕이 웃었다.

「두 장군의 용맹 지략은 천하가 아는 바요, 과인 또한 아는 바이니 지나치게 겸손해 하지 마오」

그들은 부복하여 절하고 물러갔다. 이 두 사람은 위의 맹장 허저의 손자로 만부부당(萬夫不當)의 용맹이 있는 터였다.

이튿날, 마침내 양왕은 장정(長征)의 길에 올랐다. 시각을 다투는 때라 하여 주야겸행으로 말을 달려 보름 뒤에는 벌써 옹주의 경계에 다다랐다.

이 소식을 듣고 옹주자사 해계(解系)는 경계까지 마중 나와 기다리고 있었다. 그는 말에서 내려 양왕 앞에 부복했다.

「오랑캐가 도량(跳梁)하는 시절이라 성을 떠날 수 없어서 대왕의 행차를 멀리 나가 영접하지 못했사오니 부디 용서해 주시기 바랍니다.」

「여기까지 나와 준 것만 해도 고맙습니다. 그 동안 수고가 많았소」

그들은 말을 나란히 하여 옹주로 들어갔다. 군대의 포진을 마친 양왕은 곧 해계를 불렀다.

「대체 제만년은 어떠한 인물이오? 조왕이 10만의 웅병으로 일진(一陣)에 패한 이유는 무엇이고?」

참말 이것이야말로 그가 궁금해 하는 문제였다. 그리고 이것을 모르고는 전략을 세울 수 없는 노릇이기도 했다.

「제가 어찌 전하를 기만하겠습니까. 아는 대로 숨김없이 말씀드리겠사옵니다.」

기다렸다는 듯 해계가 말했다.

「거만하게 몸을 가지면 아랫사람들이 원망하고, 적을 얕보면 반드시 패하는 법입니다. 황공하오나 조왕 전하께서는 이 두 가지 과실이 있으셨기에 실수하신 것입니다. 게다가……」

여기에서 그의 목소리는 격앙한 빛을 띠었다.

「손수라는 자가 밑에 있어 사사건건 전하의 총명을 가렸던 것입니다. 이 자를 앞서 처단하시지 않고는 대사를 다시 그르칠까 두렵사옵니다.」

「잘 알겠소」

떠날 때 조정에서 들었던 이야기를 회상하며 그는 고개를 끄덕였다.

「그 문제는 폐하께서도 알고 계시는 바요 과인은 이에 대해 분부까지 받고 왔으니 과히 걱정 마오」

「황공하옵니다.」

해계의 표정이 밝아졌다.

이 소식은 곧 손수에게 전해졌다. *벽에도 귀가 있고 숨은 도적은 바로 옆에 있다(牆有耳伏寇在側장유이복구재측)는 말이 있거니와, 양왕과 해계가 주고받는 말을 옆에서 듣고 있던 부인(傅仁)에게서 정보가 샌 것이었다.

양왕의 참모인 그는 본래 손수와 가까운 사이라 인정상 보고만 있을 수 없어서 사람을 보내 귀띔을 해준 것이다.

이 소리를 들은 손수는 하도 뜻밖에 당하는 일이라, *마른하늘에서 벼락이 친(靑天霹靂청천벽력) 것만큼이나 당황해 했다. 생각할수록 억울했다. 그는 지니고 있던 금은보화를 남김없이 거두어 병사에게 들려가지고 부인을 찾았다.

염라청(閻羅廳)도 돈이면 다라고 하지 않는가. 막대한 예물을 눈으로 본 부인은 입이 딱 벌어졌다.

「친구 사이에 무슨 예물이 이리도 과중하시오? 결코 받을 수 없으니 거두시기 바라오」

「원 별말씀을 다 하시오. 한 조각의 우정에 비긴다면 금덩이를 산처럼 쌓아 놓은들 그것이 무엇이겠소 오래간만에 만나는 터에 이 정도의 작은 예물을 물리치시는 법이 어디 있단 말이오」

이런 문답이 몇 번을 오고간 끝에, 마지 못하는 듯 부인은 받아넣었다.

손수는 지혜가 있는 인물이라 인간 심리의 기미를 알고 있었다. 그는 앞서 부인을 추켜세웠다.

「그런데 이번 일은 참으로 감사하오 이해를 따라 몰려가고 몰려오는 세상에 저 같은 사람의 일을 걱정해 주시니, 그 우정을 어찌 *관포(管鮑 : 관포지교管鮑之交)에만 비기겠소 사람이 이 세상에 나매 하나의 지기(知己)를 만나기가 어려운 것이오. 나는 이대로 죽는다 해도 한이 없소 오늘 이렇게 찾아온 것도 구차히 살 길을 찾아서가 아니라, 죽기에 앞서 형이나 한 번 더 보자는 생각에서였소」

볼에는 두 줄기 눈물이 흐르고 목소리는 격한 가운데 떨렸다.

이렇게 되자 부인의 마음은 묘한 변화를 보여 그 자신도 형용할 수 없는 감격 속에 휘말려 들어갔다.

「내가 형에게 알린 것도 일점의 우정을 위해서 한 것이오 그러나 너무 걱정은 마시오 하늘이 무너져도 솟아날 구멍은 있다지 않소」

그는 손수가 죄인으로 몰리게 된 경과를 자세히 설명해 들려주었다. 이를 듣고 난 손수는 기가 막혔다.

「더러운 세상이구려. 장화 그놈이 이렇게 나를 못 잡아먹어 할 줄은 몰랐소」

긴 한숨이 절로 났다.

「마읍·부풍의 싸움에서 이긴 것이 누구 때문인 줄 아시오? 변변하지는 못하나 내가 지혜를 짜내서 이겼던 것이오 이번에도 내 말만 들었으면 이렇게 참패하지는 않았으리다.」

그 동안의 전쟁 경과를 듣고 난 부인은 무릎을 쳤다.

「그러면 그렇지! 나는 전에도 형의 죄를 믿지 않았지만, 하마터면 억울한 죽음을 당할 뻔하셨구려.」

그는 진정으로 손수를 위해 발 벗고 나서기로 했다.

이튿날, 부인은 양왕에게 말을 꺼냈다.

「손수의 건(件)은 신중히 다루시는 것이 좋을 것입니다.」

「칙명까지 받았는데, 그것이 무슨 소리요?」

양왕은 의아한 얼굴을 했다.

「제가 알아보았더니 손수는 공이 있으나 허물은 없습니다. 마읍·부풍의 승리는 그의 계책이었고, 이번의 패전도 그의 말을 조왕께서 듣지 않으신 때문이라 하옵니다.」

그는 어조에 더 한층 힘을 주어 말했다.

「지금 조정에는 간사한 무리들이 있어서 어진 이를 해하고 사당(私黨)을 끌어들여 나라를 어지럽히고 있습니다. 장화·해계의 말은 믿으실 바가 못됩니다. 더욱이 손수는 조왕의 신임이 두터운 신하이니, 조왕이 계신 이 마당에서 벌하신다면 형제 사이에 원망을 맺게 되지 않겠사옵니까?」

「그것도 그렇지만……」

양왕은 난처한 표정을 지었다.

「성상이 결정하신 일을 어찌 어기겠는가?」

「그것은 걱정 마십시오. 한 가지 방책이 있습니다. 조왕을 찾아보시고 사정을 말씀하신 다음, 손수를 함거(檻車)에 태워 낙양으로 보내시되 조정의 결정을 기다리는 것입니다. 이리하면 성지(聖旨)도 받드는 것이 되고, 조왕 전하와의 우애도 금이 가지 않을 것입니다.」

듣고 보니 명안이었다. 양왕은 그 말대로 했다.

한편 경양성(涇陽城)에서는—

조왕의 대군과 싸워 결정적인 대승리를 거둔 이후 장병의 사기는 더욱 높아져 있었다.

제만년은 이번 승리의 여세를 몰아 옹주를 곧 쳐부수자는 주장이었으나 장빈이 반대했다.

「우리는 전일 부풍(扶風) 싸움에서 많은 양식과 무기를 손실당했기 때문에 지금 싸운다면 군량에 곤란을 겪을 것이오. 적이 이것을 알고 전쟁을 장기전으로 끌면 아마도 자멸할 수밖에 없으리다. 그러므로 우선 양식을 넉넉히 준비하여 근본을 굳힐 필요가 있으니, 장군은 속현(屬縣)을 두루 순시하여 거기 있는 식량을 거두어들이도록 하시오. 이것이 당면한 급선무요」

사실 그랬다. 제만년은 다른 장군들과 길을 나누어 속현을 순찰하며 남은 양식을 거두어들이기 시작했다. 얼마 안 가서 경양성에는 양식이 산처럼 쌓였다.

이제는 쳐들어가도 되리라고 기뻐하는 판에 정보가 들어왔다. 전일의 패전으로 조왕이 해임되고 그 대신 양왕 사마동이 대원수로 임명되어 이미 옹주 가까이 진주했다는 것이었다. 더 꾸물거리고 있을 시기가 아니었다.

유연은 곧 출병령을 내렸다. 한군(漢軍)은 진격하여 옹주의 경계를 넘은 다음 진을 치고 적이 나오기를 기다렸다. 얼마 안 있어서 진군(晉軍)도 도착했다. 허갱은 한군이 이미 진을 벌이고 있는 모양을 보고 크게 노했다.

「저런 오합지졸을 치는 데 시일을 끌 필요가 어디 있습니까. 내가 달려가 제만년을 사로잡아 오리다.」

그러나 양왕은 허락하지 않았다.

「왜 이리 급하게 구는가. 적을 가볍게 생각하지 마오」

그는 곧 장군들을 모아 전략회의를 열었다.

양왕이 말을 꺼냈다.

「내가 듣기에 제만년은 용맹하기 항우 같다니, 무슨 계책으로 적을 섬멸할 것인가?」

부인이 앞으로 나와 말했다.

「부디 제만년을 얕보지 말고 신중을 기하십시오. 내 생각으로는 군대를 세 개의 진으로 나누어 싸우는 것이 유리할 것 같습니다. 허사 장군은 1진을 맡고, 복윤 장군은 2진, 허갱 장군은 3진을 맡아, 그 형세를 장사(長蛇)와 같이 하여 적이 머리를 칠 때는 꼬리가 달려가 구하고, 가운데를 치면 머리와 꼬리가 함께 도우며,

꼬리를 치는 경우에도 역시 같이 하여서, 사두팔미(四頭八尾)와 전후좌우가 서로 응하여 움직인다면 아마 백에 하나도 실수가 없을 것입니다.」

소위 장사진(長蛇陣)의 전법이었다.

「그렇게 하기로 하지. 방법인즉 묘하군.」

양왕이 결단을 내렸다.

그러나 허사는 부인을 흘겨보며 투덜거리고 물었다.

「그까짓 오랑캐를 치는데 무엇이 겁이 나서 이리도 어마어마하게 구시오?」

이튿날, 제만년은 부대를 이끌고 진에서 나왔다. 그의 왼쪽에는 유영, 오른쪽에는 호연유가 따랐다. 적진을 가까이 바라보는 위치에 오자 일단 군사를 거기에 머물도록 하고 제만년은 혼자 말을 달려 앞으로 나왔다.

「진나라 장수 중 제일이라 자처하는 자 있거든 어디 한번 나와 보아라!」

북소리가 둥 둥 둥 울리며 진문이 열리는 곳에 양왕 사마동이 친히 여러 장수를 좌우에 거느리고 말을 달려 나타났다. 오른쪽에는 복윤·허갱이요, 왼쪽에는 허사·부인이었다.

양왕은 채찍을 들어 제만년을 가리키며 큰 소리로 외쳤다.

「들거라! 너희 오랑캐 무리가 어찌 분수를 안 지키고 감히 천조(天朝)에 배반한단 말이냐! 지금 내 대병을 이끌고 여기에 와 너를 사로잡으려니 일찍 말에서 뛰어내려 항복을 함이 네 뜻에 어떠하냐? 생각해 보아라. 구구한 오합지중(烏合之衆)으로 천병(天兵)과 승부를 겨룬다는 것은 크게 사리에 어긋남이 아니냐!」

제만년이 외쳤다.

「너는 함부로 혀를 놀리지 마라. 나는 대한(大漢)의 신하! 지금 우리 황자(皇子)의 분부를 받들어 원수를 갚고 나라를 다시 일으키려 함이다. 우리가 어찌 반역의 무리겠느냐!」

양왕이 다시 말했다.

「네 한나라의 신하로 자처하니 그것도 좋다. 그러나 마땅히 사리를 알아야 할 것이다. 한의 천명(天命)이 이미 끝났거늘, 공연히 군사를 일으켜 세상을 소란케 함은 과부가 부질없이 정조를 지키는 것과 무엇이 다르랴.」

제만년이 칼을 뽑아들고 외쳤다.

「천명을 함부로 논하지 마라. 너는 고사(故事)를 모르는구나. 여애(汝艾)가 하(夏)를 다시 일으키니 그 어짊을 만고에 칭송하며, 정영(程嬰)은 조씨(趙氏)를 존속케 하여 천년이 지난 지금에도 그 의리를 추앙받지 않느냐. 우리가 기병한 것도 오로지 한나라에 대한 일편단심뿐이니, 잔소리 말고 싸워 승패를 결단하자!」

그는 곧 칼을 높이 들고 달려들었다.

사마동이 발끈 노하여 고함을 질렀다.

「누가 저 도둑을 잡아 수공(首功)을 세우랴!」

양왕의 말이 떨어지기도 전에 장창을 비껴들고 달려 나가는 장수가 있었다. 허사(許史)였다.

「나는 3대에 걸쳐 호장(虎將)으로 알려진 좌장군 허사다!」

1장(丈) 8척의 장창을 꼬나잡고 내닫는 허사의 위용은 과연 호치(虎痴)의 손자로서 명불허전(名不虛傳)이다.

제만년은 60근 대도를 휘두르며 허사를 맞았다. 허사는 제만년의 가슴을 노리고 창을 찔렀다. 제만년은 칼로 창끝을 쳐올려 이를 피하고 도리어 허사의 머리를 향해 칼을 휘둘렀다. 두 사람은 50합이나 싸웠으나 좀처럼 승부는 가려질 것 같지 않았다.

이때 서남쪽으로부터 함성이 오르며 한 대장이 병사를 인솔하고 달려 나오는 것이 보였다. 부인의 전략대로 제2진의 복윤(伏胤)이 허사를 돕기 위해 쳐나온 것이었다.

복윤이 철퇴를 휘두르며 허사와 힘을 합하여 제만년과 싸우는 것을 보자, 한군 쪽에서도 유영이 장모(長矛)를 비껴들고 달려 나가 복윤을 위협했다.

네 장수가 제각기 용맹을 떨쳐 싸우는 모양은 참으로 장관이었다. 말이 일으키는 먼지가 뽀얀 속에서 함성만이 이따금 터져 나왔다. 그들은 한 시간이 가깝도록 이렇게 싸웠다. 그러나 어느 쪽에도 승리는 돌아가지 않았을 뿐 아니라 누구 하나 부상을 입은 사람도 없었다.

이에 다소 초조해진 허사는 창과 칼이 맞부딪치는 순간, 바짝 다가가 제만년을 손으로 잡으려 들었다. 그 순간, 제만년은 허사의 창자루를 왼손으로 잡고 오른손에 든 칼로 허사의 머리를 쳤다. 허사는 상반신을 틀어 이를 피하면서 적의 칼자루를 잡았다.

사태는 묘하게 되었다. 제각기 왼손으로는 적의 무기를 잡고 오른손에 든 무기는 적에게 잡힌 꼴이었다. 두 사람은 서로 힘을 다해 적의 무기를 빼앗으려고 다투었다. 그러나 힘이 비슷한 처지라, 빼앗을 수도 없었고 빼앗기지도 않았다.

제만년은 한 꾀를 생각해냈다. 그는 왼손에 잡았던 적의 창을 갑자기 놓으면서 두 손으로 적에게 잡힌 칼을 낚아챘다. 물론 칼은 그의 수중에 돌아왔다. 다음 순간, 그의 칼은 번개같이 적의 말머리를 내려쳤고, 두 번째 칼은 땅에 떨어진 허사의 어깨에 깊은 상처를 주고 있었다.

부상한 허사가 몸을 일으키는 것을 보자 제만년은 손을 뻗쳐 그의 팔을 잡아 말 위로 끌어올려 옆구리에 끼고 본진으로 돌아갔다. 실로 무서운 일이었다. 이를 본 진나라 병사들은 모두 부들부

들 떨었다.

물론 복윤도 이것을 보았다. 그는 유영과의 싸움을 중지하고 허사를 탈환하려고 했다. 그러나 유영은 놓아주지 않았다. 악착같이 앞을 막고 덤비는 데는 어찌할 방책이 없었다.

이때 제3진을 인솔하고 허갱이 달려왔다. 그를 보자 병사들이 외쳤다.

「허장군, 허장군! 허사 장군께서 제만년에게 사로잡혀 가셨습니다.」

「무엇이!」

허갱의 눈이 뒤집혔다. 그가 형을 되찾는다고 허둥지둥 말을 달리는데 앞을 가로막는 장수가 있었다.

「한의 대장군 호연유가 여기에 있다. 너는 빨리 말에서 내려 죽음을 면해라.」

가뜩이나 화가 난 허갱은 눈에 쌍심지를 켜면서 달려들었다. 두 사람은 20합이나 싸웠다.

이때 본진에 돌아가 있던 제만년은 아직도 적이 물러가지 않은 것을 보자, 행여 두 장수에게 실수가 있을까 걱정이 되어 다시 말을 달려 나왔다.

「제만년이다!」

「저기 제만년이 온다!」

제만년이 달려 나오는 광경을 바라다본 진나라 병사는 왁자지껄 외치면서 몸을 피하느라 법석을 떨었다.

호연유와 싸우던 허갱은 제만년이라는 소리를 듣자 호연유를 버리고 제만년에게로 달려들었다.

「이놈! 어떤 놈인데 감히 내 앞에 나타나느냐!」

제만년이 호통을 치자 허갱이 악을 썼다.

「이 원수놈! 내 너를 사로잡아 우리 형의 원수를 기어코 갚고 야 말리라.」

두 장수는 30합이나 싸웠다.

제만년이 쉽게 잡을 수 있는 적이 아닌 것을 알게 되면 될수록 허갱은 화가 났다. 그는 마침내 원한을 창 하나에 집중하여 번개 같이 제만년의 가슴을 노렸다. 그러나 제만년은 얼른 이를 피하면 서 창자루를 잡았다. 두 사람은 한참 동안 창자루를 서로 빼앗으 려고 다투었다. 허갱의 힘이 보통이 아님을 안 제만년은 다시 꾀 를 써보기로 하고 힘껏 서로 당기던 창을 거꾸로 확 밀어젖혔다. 그 바람에 허갱은 말에서 떨어져 엉덩방아를 찧고 말았다.

「이놈!」

제만년의 입에서 고함소리가 났을 때 허갱의 머리는 이미 두 동강으로 갈라져 있었다. 만부부당의 힘을 지닌 허씨 형제는 이렇 게 하여 모두 제만년의 손에 결딴이 난 것이다.

그 옛날 조조의 친위대장으로서 호치로 불리며 그 용맹을 떨쳤 던 허저(許褚)의 두 손자도 제만년의 영용 앞에서는 한낱 새끼호 랑이에 지나지 않았다. 제만년은 불과 반나절의 싸움에서 두 마리 의 범을 잡은 것이다.

이를 본 진의 대장군 복윤은 더 이상 버틸 수가 없음을 알아차 렸든지 싸우던 유영을 내팽개치고 본진을 향해 도망쳤다. 물론 그 를 따라왔던 병사들도 그대로 도망쳐버려 마치 사태가 난 것처럼 무너져갔다. 자기편에 밟혀 죽은 수효도 적지 않았다.

한군은 이를 추격하여 닥치는 대로 쳐 죽이니 비명은 들에 가 득 차고 피가 내를 이루는 참상이 빚어졌다.

본진에 있던 양왕도 쳐들어오는 호연유를 보자 기겁을 해 도망 쳤다. 파도가 밀려오듯 한군은 밀려오고, 파도가 무너지듯 진군은 걷잡을 수없이 무너져 갔다.

조금 후, 진군의 본영에는 불이 붙어 이미 어두워진 밤하늘을 시뻘겋게 태우고 있었다.

혼이 나간 사람처럼 말을 달려 옹주성(雍州城)으로 도망 온 양왕은 잠시 동안은 숨이 턱에 차서 말도 제대로 못했다. 이윽고 병사들이 모여들었다. 점검해 보니 사상자의 수효가 전체의 반이 넘었다.

양왕은 길게 탄식하였다.

「앞서 조왕은 강호를 쳐서 큰 공을 세웠건만, 한번 패하자 조정에서 이를 벌했는데, 나는 첫 싸움에 허사·허갱 두 장수를 잃고 병력의 반을 잃고 말았으니, 이를 장차 어찌하랴!」

해계가 말했다.

「한시바삐 사람을 도읍으로 보내 원군을 청하십시오. 단 사상자는 1천 명뿐이라 하시고, 오랑캐의 형세가 사나워 지금의 군대만으로는 평정하기 어렵다고 하십시오. 조정에서는 자세한 이쪽 사정이야 모르는 터이니까, 자연 위기는 모면할 수 있게 될 것입니다.」

부인도 이 말에 찬성이었다.

「그것이 좋겠습니다. 얼른 사람을 보내십시오.」

이에 양왕 사마동은 그 밤으로 즉시 파발마를 낙양으로 보내서 구원을 청했다.

2. 진(晉)의 조정

진 혜제 영강(永康) 7년 8월 15일.

진나라 조정에서는 조회가 벌어졌다. 혜제에 대한 군신(群臣)의 배례가 끝나자, 호부낭중(戶部郎中) 황보상(皇甫商)이 반열로부터 나와 아뢰었다.

「지금 양왕 전하께서 강호를 치러 떠나신 지 이미 1백 50일이 지났건만 아직 첩보가 올라오지 않고 있나이다. 생각건대 뜻밖에도 오랑캐의 형세가 강성하여 시일이 지연되는 것이 아닌가 하옵니다. 만일 그렇다면 우리 측의 군량이 걱정되나이다. 원컨대 유능한 신하를 지방에 파견하사 양식을 모아 전지로 수송토록 하여 주시옵소서. 배부르지 않고는 이기기 어려우니 시기의 어긋남이 있어서는 안되겠나이다.」

「그대의 말에 일리가 있도다.」

혜제는 곧 주청자인 황보상에게 관동(關東)·형양(滎陽)·호로(虎牢)에 가서 곡식을 거두라고 명령했다.

이번에는 병부사마(兵部司馬) 손초(孫楚)가 나섰다.

「조왕께서 10만의 병력으로도 안되던 것을 미루어 생각하오니, 우리 군사의 수효가 크게 모자란다고 생각하나이다. 유주(幽州)·기주(冀州)의 병사를 그쪽으로 증파하사 일거에 적도를 소탕하여 길이 후환을 끊게 하소서.」

그러나 이 의견에는 양준이 반대했다.

「싸움이란 반드시 병력의 많고 적음만으로 좌우되는 것은 아니옵니다. 더구나 양왕이 원정하시고 승부도 아직 모르는 터인데, 어찌 함부로 병력을 움직이겠나이까. 잠시 소식을 기다려 사실을 정확히 알고 난 다음에 이 문제를 논의해도 늦지는 않을 것이옵니다.」

이에 시중 배외가 나섰다.

「양왕이 출사할 때, 병사를 뽑아 시기에 맞추어 쓸 수 있도록 해놓으라고 말했사옵니다. 이것은 오늘의 사태를 예견하고 한 말들 같사옵니다. 또 대군으로 적에 임하는 것은 대국의 위세를 과

시함이 될지언정 손실될 것은 없는 줄 아옵니다.」

이에 우위장군(右衛將軍) 주보(周輔)를 기주·유주에 파견하여 군대를 징발하도록 혜제는 명령했다. 주보가 칙명을 받고 막 물러나려 하는데 양왕의 사자가 도착했다.

혜제는 곧 양왕의 상주문을 펼쳤다.

—신 양왕 사마동은 머리를 조아리고, 삼가 신문신무(神文神武)하옵신 황제 폐하께 글을 올리나이다.

신이 대명을 받자온 이래 일찍 일어나고 밤늦게 자면서 오지 속히 도둑을 잡아 성상의 신금(宸襟)을 편안케 하여드림으로써 하늘같은 황은(皇恩)의 만분지일이라도 보답할까 노심초사였으나 의외로 오랑캐의 형세가 강성하여 전일의 싸움에서 뜻을 이루지 못했음을 송구하게 생각하나이다. 적의 목을 베기 기천에 이르렀사오나 우리에게도 1천 명의 사상자가 났으며, 더욱 허사·허갱 두 장수가 제만년에게 죽었음을 통탄하나이다.

지금의 형세로는 저들이 천병을 두려워하여 감히 넘보지 못하고 있사오나, 그들의 간흉한 마음씨로 언제 싸움이 벌어질지 헤아리기 어렵나이다. 바라건대, 성상께서는 크게 군대를 일으키시어 양장(良將)으로 하여금 내원(來援)케 하소서. 신은 성황성공하여 몸 둘 곳을 알지 못하겠나이다.

표를 본 황제와 군신들은 어안이 벙벙하였다. 이쪽의 사상자가 천인데 적을 죽인 것이 기천이라면 반드시 진 싸움도 아니다. 그렇건만 「이롭지 못했다」고 하였다. 천병을 두려워한 나머지 감히 덤비지 못한다 했다. 그러면서도 언제 달려들지 모른다 했으니, 무슨 뜻인가? 이상과 같은 전세라면 전략을 신중히 하여 한번 싸울 만한데도 불구하고 원병을 청하려고 사람까지 보냈으니 더욱 알 수 없는 일이었다.

황제는 사자를 가까이 불러 꼬치꼬치 캐물어보았다. 그러나 양왕의 심복이 사실대로 말할 리 없었다. 표문의 내용과 같이 요컨대 요령부득(要領不得)이었다.

혜제는 모든 바보가 그러하듯, 웬만큼 모르는 데가 있어도 덮어두는 버릇이 있었다. 이해할 수 있을 때까지 묻다가는 남의 조소를 살까 하는 공포심을 지니고 있는 까닭이다.

그는 대강 듣고 난 다음에는 덮어놓고 고개를 끄덕끄덕하여 보였다. 그리고 개탄하듯이 말했다.

「대체 제만년인가 하는 자는 어떤 사람이기에 허사·허갱까지 그 손에 죽었단 말인가!」

「황공하옵니다.」

사신은 자기 죄나 되는 듯 고개를 숙였다.

「그 자의 용맹은 이루 말할 수 없사옵니다. 허장군 형제로 말씀하오면 능히 천근의 무게를 들어올리는 장사였건만 반나절도 못되는 사이에 두 장수가 다 죽고 말았나이다. 모두 이르기를 항우가 재생한 것이 아닌가 하기도 하옵고, 우리나라에는 그와 맞설 인물이 없을 것이라고도 하옵니다.」

「허 참!」

황제가 입맛을 다셨다.

「그게 무슨 소리요?」

시중 가모(賈模)가 질책하듯 외쳤다.

「어찌 도둑의 용맹을 추켜올려서 우리의 사기를 꺾는단 말이오. 항우가 *산을 뽑는 힘이 있었지만(力拔山氣蓋世역발산기개세), 한신(韓信)이 나서 그 짝이 되었거늘, 하물며 제만년 따위에 있어서겠소. 당당한 천조(天朝)에 어찌 그를 물리칠 몇 사람의 용사가 없겠소」

부마도위 왕제(王濟)가 아뢰었다.

「폐하께서는 심려하지 마시옵소서. 신이 제만년을 목 베고 오랑캐를 평정할 인물을 알고 있나이다.」

이 말에 귀가 번적 뜨이는 듯 혜제가 황망히 물었다.

「그게 누구란 말인가?」

「어사중승 주처(周處)이옵니다. 여러 장수를 헤아리옵건대, 그 용맹이나 지혜가 이 사람 같은 이가 없는 줄 아나이다. 주처라면 능히 제만년을 깨뜨리고 오랑캐를 평정하오리다. 그는 어렸을 때 오(吳)에 있으면서 백성을 해치는 교룡(蛟龍)을 베고 호랑이를 죽인 인물이기도 합니다. 또 오나라를 섬겨 교광(交廣)의 태수로서 우리 진의 10만 대군을 격파한 일도 있습니다. 이 사람을 기용하신다면 어찌 오랑캐의 일을 걱정하시겠나이까.」

이때 문관의 반열로부터 중서령(中書令) 진준(陳準)이 나서서 상주했다.

「주처는 매우 강직한 사람입니다. 그러기에 아무리 권세 있는 사람이라도 두려워함이 없어 그 잘못을 보아넘기지 아니합니다. 전일에 양왕께서 도읍에 계실 때 다소 법도를 무시하는 처사가 계셨던 바 주처에게 탄핵을 받은 일이 있사옵니다. 만일 이 사람을 양왕 전하의 휘하에 있게 하면 전하와의 불목(不睦)으로 반드시 일을 그르칠까 하나이다. 이는 얻기 어려운 명장 한 사람을 잃는 것이니 조정에 이익 되는 바 없을 뿐 아니라 도리어 제만년으로 하여금 뜻을 얻게 함이오니 깊이 통촉하옵소서.」

「그도 그렇겠으나, 제만년의 사나움이 저와 같고, 우리에게는 인재가 없고 보니 어찌하겠는가. 주처보다 나은 자가 있다면 모르되, 그를 보낼 수밖에는 도리가 없지 않은가.」

「그러하오면……」

진준은 거듭 아뢰었다.

「반드시 양왕이 아닌 다른 왕을 원수로 삼으시고, 주처로 하여금 그 밑에서 일하게 하시옵소서. 그렇게 되면 폐하의 지인지감(知人之鑑 : 사람을 알아보는 눈)을 천하에 알리시는 결과가 되려니와 대사도 크게 이루어질 것입니다. 그때에는 신이 다른 장수 하나를 천거하여 주처를 돕게 하겠사옵니다.」

「그것은 누군데?」

「좌사마(左司馬) 맹관(孟觀)이 지략과 용맹을 겸한 장재(將材)이옵니다.」

왕제가 말했다.

「진공의 말에 일리가 있사옵니다. 그러나 맹관은 지금 궁중의 경비를 맡고 있는 터라 이 사람이 조정에 하루라도 없이는 아니될 형편입니다. 그 위에 주처는 능히 삼군을 휘어잡고 적을 깨뜨릴 만하오니 맹관의 도움을 반드시 필요로 하는 것은 아닐 것입니다. 그러니 이번에는 주처만 우선 보내시고, 만일 그래도 안될 때에는 다시 맹관을 파견해도 늦지는 않겠나이다.」

진준의 의견은 시의(猜疑)의 해를 없애자는 말이고, 왕제의 말은 이해(利害)를 따지는 것이다.

혜제는 주처를 믿고 싶었다. 그는 오나라를 섬길 때 우리 진나라의 10만 대군도 격파한 적이 있다시 않은가.

진준처럼 의심하다가는 끝이 없다 싶었다.

혜제는 주견을 정하지 못하고 한동안 망설이다가 마침내 결단을 내렸다.,

「두 경들의 말에 다 일리가 있으나, 지금 나라의 안팎이 다 중

요한 때인 즉 앞서 주처를 정강대장군으로 봉하여 출진케 할 것이
니, 그리 알라.」

이렇게 되면 하는 수 없었다. 진준은 혼자 탄식하며 물러갔다.

「아, 주처가 장작을 안고 불로 뛰어드는구나. 아마 화를 면하
기 어려우리라.」

이튿날, 정강대장군으로 임명된 주처는 정병 2만을 이끌고 옹
주로 떠났다.

탐마는 곧 이 소식을 한진으로 나는 듯이 전했다.

제만년은 지체하지 않고 사람을 경양성의 유연에게 보내 이 사
실을 알렸다.

제8장. 외로운 죽음

1. 주처의 출진(出陣)

주처가 옹주의 경계에 도착했다는 소식을 듣고 양왕 사마동이 낯을 찌푸리고 있을 때쯤에는 첩자의 활약으로 한군(漢軍)에서도 이 정보를 알고 있었다.

곧 전략회의가 열렸다.

장빈이 말을 꺼냈다.

「장군들은 이번에 오는 주처에 대해 십분 조심해야 될 것이오. 이 사람은 영용노련(英勇老練)하여 결코 다른 장수와 비할 바가 아니외다. 그가 오(吳)에 있을 때, 한 고을의 병사로 진(晋)의 10만 대군을 격파한 적도 있다는 것을 여러분도 들었으리다. 만일 조심하여 이 사람 하나만 잡는다면 양왕도 혼비백산해서 도망할 것이오.」

제갈선우가 말을 받았다.

「*상대를 알고 자기를 아는 것, 이것이 백전백승의 전술이오(知彼知己百戰不殆지피지기백전불태). 내 들으매 이 사람은 성질이 매우 강(剛)하다 하니 유(柔)를 가지고 대할 때 능히 이길 수 있으리다. 제장군은 가벼이 나아가서 대적하지 마오. 서서히 두고 보다가 적절한 전략을 세워 이와 싸우는 것이 좋겠소」

이때 밖으로부터 황신(黃臣)이 들어오며 말했다.

「주처가 용맹과 지략이 진조(晉朝)에서 으뜸이라 하지만, 실은 아주 잡기 쉬운 장수요」

「어떻게 그것을 아오?」

유영이 의아한 듯 그를 쳐다봤다.

「다 아는 방법이 있습니다.」

자리에 앉으며 황신은 회심의 미소를 지어 보였다.

「나에게 항복해온 병사가 하나 있는데, 이 사람은 오(吳)에서 주처 밑에 있던 사람입니다. 그래서 후하게 대해 주면서 이것저것 물어봤지요. 그는 아주 자세한 이야기를 들려주었습니다. 주처에게 만부(萬夫)를 대적할 용맹과 천리도 비쳐보는 지혜가 있는 것은 사실인 듯합니다. 그러나 본래 성질이 오만하고 강직해서 남과 화합이 잘 안된다더군요. 그는 진(晉)에서 어사중승의 벼슬에 있었는데, 한 번은 법에 없는 짓을 한다 하여 양왕 사마동을 탄핵했다 합니다. 그뿐 아니라 양왕의 신하 몇 사람에게 책임을 지워 목까지 베었다니 양왕이 지금껏 그를 원수처럼 미워한다는 풍설이 근거 없다 하지 못할 것입니다. 양왕으로 보면 도읍에 있으면서 주처가 행여 자기를 모함하지나 않을까 의심이라도 품을 판인데, 그 당사자가 대장이 되어 내려왔으니 두 사람의 사이가 원만하겠느냐 말입니다. 화목을 잃는 장수처럼 만만한 것이 어디 있겠습니까.」

이 소리를 듣고 제갈선우와 장빈은 서로 눈짓을 하며 미소를 띠었다. 장빈이 입을 열었다.

「그렇다면 나에게 한 방책이 있소 주처가 여기에 오거든, 우리는 성을 굳게 닫고 싸우지 않는 것이오. 그리하여 오래 시일을 끌기만 하면 반드시 그들 사이에 변이 일어나리다. 왜냐하면 사마동은 신분이 왕이요 황제의 아들이라 반드시 교만한 태도를 지녀 주처를 무겁게 대접하지 않을 것이며, 주처는 천성이 강직한 까닭에 상대가 아무리 왕이라 해도 두려워하지 않을 것이오. 게다가 그들 사이에는 묵은 원한까지 있다 하니 이것은 틀림이 없을 것이외다. 이미 장수들 사이가 이렇게 벌어지고 보면 주처가 아무리 지략을 짜낸들 그것이 채택될 리 없을 것이오. 주처가 싸우자고 하면 양왕은 전일의 패전을 본보기로 내세워 이를 막으려 할 것이며, 양왕이 지키자고 하면 주처는 자기 용맹을 믿고 큰소리를 칠 것이 확실하오. 우리들은 그들의 내막을 잘 살폈다가 첩자를 적진에 잠입시켜 양왕으로 하여금 주처를 더욱 의심케 합시다. 이렇게 되면 설사 주처가 포위되어도 양왕은 방관하고 버려둘 것이며, 주처는 그 불같은 성격으로 보아 사로잡히느니 차라리 죽으려 할 것이 아니겠소. 이리하여 그 하나만 죽는다면 옹주는 싸울 것도 없이 우리 수중에 들어올 것이니, 양왕이나 해계(解系) 따위가 성을 버리고 도망치지 않으려야 않을 수 있겠소. 그러므로 우리는 지구전을 벌이다가 기회를 잡아 주처 하나만 포위합시다. 그것으로 모든 일은 끝나는 것이오.」

장빈은 양왕과 주처의 마음속에 들어갔다 나오기라도 한 듯이 풀어나갔다.

제만년이 기뻐했다.

「내기 걱정한 것은 주처 한 사람이었는데, 군사(軍師)의 말씀을 들으니 이미 그를 잡은 것이나 다름없습니다.」

그는 곧 전군에 명령하여 수비에 만전을 기하게 했다.

한편 옹주성에서는 주처가 5만의 군사를 이끌고 왔다는 보고를 듣고 착잡한 반응을 나타냈다.

「겸양할 줄 모르는 장수가 어찌 대군을 통솔할꼬?」

양왕은 입맛을 쩍쩍 다셨다. 5만이라는 병력은 가뭄에 비 이상으로 고마운 것이었다.

그러나 주처는 결코 고마운 사람이 못됐다. 양왕이 보기에는 나라를 해칠 소인으로밖에는 여겨지지 않았다.

「그러하오나 대사를 앞에 놓고 계신 이때, 그저 만사를 우선 너그럽게 처리하시오소서. 시일이 가면 스스로 기회는 얼마든지 찾아올 것이옵고……」

해계는 양왕의 뜻을 헤아리며 눈까지 끔뻑여 보였다. 양왕도 곧 알아차렸다.

「물론 국가의 대사를 앞에 놓고 내 어찌 작은 일에 구애되겠소 더욱이 주처는 우리나라 일급의 명장, 모두 그의 말을 따라 큰 공을 세우도록 하오」

그리고 양왕은 주처를 영접하는 문제에까지 신경을 썼다.

「원군이 거의 도착할 시간인 듯한데, 태수는 수고롭지만 나가서 영접해 오시오」

이리하여 해계는 속관들을 인솔하고 곽외(廓外)에 나가 주처를 맞이했다. 그들 사이에 형식적인 인사말이 오고가자 이내 주처가 물었다.

「조왕과 양왕께서 오랑캐와 몇 번이나 싸워 번번이 이(利)를 잃으심은 무슨 연유인가요?」

「그것은 까닭이 있습니다.」

해계가 대답했다.

「제만년이라는 적장은 그 용맹이 실로 놀라운 놈이어서 장수들이 당해내지 못하는 까닭에 자주 실수를 거듭한 것입니다.」

주처가 크게 분개하는 어조로 말했다.

「내 일찍이 무수한 강적과 싸운 경험이 있소 무어라 해도 제만년은 일개 오랑캐에 불과하거늘, 이놈이 천하를 횡행하게 하다니 될 법이나 한 말이오? 우리 대진(大晉)의 위신에 관한 문제요 보시오, 내가 내일은 이 도둑을 사로잡아서 그 원한을 풀겠소」

본래 주처에 대해 호감을 가지고 있지 않던 해계는 고개를 돌리고 아무 대꾸도 하지 않았다.

주처는 성중으로 안내되었다. 양왕을 대하는 주처의 태도는 뻣뻣하기 짝이 없었다.

「이번에 어명을 받들어 전하의 휘하에서 싸우게 되었습니다.」

이것이 다였다. 도리어 양왕이 만면에 웃음을 띠고 부드럽게 대해주었다.

「먼 곳까지 오시느라 수고가 많았소. 내 도둑의 일로 인하여 밤낮으로 걱정하다가 장군이 오신다는 소식을 듣고는 마음을 놓았소이다. 일의 성패는 오직 장군에게 달렸으니 부디 큰 공을 세워 성은에 보답하시기 바라오」

「황공합니다.」

이렇게까지 나오자 주처도 고개를 숙였다.

「그런데, 적의 형세가 어떠합니까? 소문은 다소 들었습니다만, 전하가 보신 바를 말씀해 주십시오」

「그것이 말이오」

양왕은 다소 이 사나이에게 부끄러움을 느끼고 낮게 한숨을 쉬어 보였다.

「도둑의 형세가 여간하지 않소 그려. 더욱이나……」

그는 여기에서 상대의 기를 꺾어두어야 되겠다고 생각하고, 이 '더욱이나'라는 말에 힘을 주었다.

「더욱이나 적장 제만년으로 말하면 용맹무비하단 말이오. 우리 허사·허갱이 순식간에 목숨을 잃은 것으로도 알 수 있지 않소 그러니 장군도 경솔히 대하지 말고 반드시 지략으로 잡고자 힘쓰시는 것이 좋으리다.」

주처에게는 '너 같은 것은 처음부터 적수가 아니다' 하는 말로 들렸다. 그는 발끈하여 외쳤다.

「내일로 그놈을 사로잡아 대왕 앞에 꿇어 엎드리도록 만들겠습니다. 그까짓 놈 하나 잡는 데 무슨 준비고 지략이고가 필요하겠습니까.」

양왕은 주처의 이런 태도가 자기를 멸시하는 것 같아서 불쾌했으나 꾹 참았다.

「아니, 아니오. 나도 전일에는 장군같이 그놈을 얕봤다가 장수만 두 명 죽였소. 지금껏 나는 후회하고 있는데 장군은 어찌 그리 제만년을 모멸하시오. 더구나 장군에게 실수가 있을 때는 문제가 장군 개인에게만 국한되지 않는 것이오. 그것은 곧 우리 중원의 예기(銳氣)를 끊는 것이 되리다. 부디 신중을 기하여 필부(匹夫)의 용맹을 흉내 내지 마시오.」

주처는 본래 누구 앞에서나 꺼리는 것이 없는 사나이였다. 겉으로는 온화하면서도 속으로는 상당히 가시 돋친 이 말을 가만히 들어 넘길 리 없었다.

「전하께서 사랑하시던 허사·허갱은 용맹하기는 해도 무략(武略)이 없는 사람들입니다. 그들이 패한 까닭도 여기 있거니와 내일이 되면 보십시오 소장이 당장에 뛰어나가 그놈을 결박해올 것입니다.」

양왕도 이제는 더 참을 수가 없었다.

「어찌 허사·허갱이 그대만 못해서 죽었으리오 가만히 있자니 말이 지나치지 않은가. 내일 그대의 말같이 못할 때에는 여기에서 보고 들은 모든 사람이 그대를 비웃으리니 알아서 하라!」

이렇게 되면 바로 싸움이었다.

「소장이 싸움터에 안 나간다면 모르지만 일단 나간 바에야 어찌 빈손으로 돌아오겠습니까. 만일 제만년을 사로잡지 못하거든 그때에는 마음대로 웃으십시오.」

양왕은 그 이상 참지 못하겠다는 듯 안으로 들어가 버렸다.

제만년을 꼭 잡아 바치겠다는 이튿날이 되었다. 주처는 아침부터 나가서 도전했다. 그러나 적진에서는 개미새끼 한 마리도 움직이는 기색이 보이지 않았다.

그는 적을 화내게 하리라 마음먹고 갖은 욕설을 퍼부어도 보았다. 병사를 시켜 적진 가까이에 가서 드러누워 뒹굴게도 했다. 그러나 반응이 없기는 마찬가지였다.

초조해진 그는 진영을 에워싸고 공격을 개시했다. 그러나 요소요소에서 날아오는 화살은 싸락눈이 내리는 것 같았다. 주처는 사상자만 상당히 내고 물러날 수밖에 없었다.

불쾌한 마음으로 영중(營中)으로 돌아온 그는 더욱 불쾌한 꼴을 당해야 했다. 영내에는 양왕의 사자가 미리 와서 기다리고 있었다.

「오늘은 나아가서 싸우셨을 테니 말씀대로 제만년을 사로잡아 왔는지 어떤지 여쭈어보라 하셔서 왔습니다.」

주처는 폭발할 것 같은 노기를 참느라고 애쓰면서 말했다.

「이렇게 전해 주시오 『도둑들이 내 이름을 두려워하여 진종일이 지나도록 한 놈도 나오지 않기에 뜻을 이루지 못했습니다. 만약 그가 일단 나오기만 하면이야 어찌 그대로 두겠습니까』 돌아가거든 꼭 이렇게 말씀해 주십시오.」

조금 있자니까 그 사자가 다시 찾아왔다.

「대왕께서 이렇게 전하라고 분부하셨습니다. 『한번 나가기만 하면 적장을 사로잡아오겠다더니, 구구한 변명이 새삼 무슨 말인가. 장군의 계략이 실지에 부합되지 않음을 알겠다. 그렇다면 이 다음부터는 형세를 잘 살펴서 행동할 것이요, 결코 경망하게 놀아 천조(天朝)의 위신을 떨어뜨리지 마라』 전하께서는 이렇게 말씀하셨습니다.」

약이 머리끝까지 오른 주처도 지지 않았다.

「돌아가거든 이렇게 여쭈시오『이미 큰소리를 친 바에는 반드시 거기 따르는 큰 생각이 있기 때문일 것』이라고. 그리고 이런 말씀도 전하시오.『대왕께서도 나라를 위해 반적(叛賊)을 치시는 것에만 힘을 쓰시라고. 자기 휘하의 장수를 비웃는 일은 하지 마시라』고 이렇게 말입니다.」

갔던 사자는 또다시 돌아왔다. 어지간히 집요한 입씨름이었다.

「이번에는 삼가 가르침을 받노라, 내일 찾아가서 인사하겠다, 이렇게 말씀하셨습니다.」

주처는 매우 불쾌했다. 내일은 어떤 일이 있어도 제만년을 사로잡아 양왕의 입을 막아야 되겠다고 생각하며 좀처럼 잠을 이루지 못했다.

2. 양왕과 주처의 반목

양왕과 주처의 반목은 일찍이 진준이 혜제에게 예고한 대로 시간이 갈수록 더욱 심해져 가기만 했다.

날이 밝자, 주처는 대군을 지휘하여 함성을 지르며 성채를 습격했다. 그러나 여전히 반응은 없었다. 그렇다고 워낙 견고하게 구축된 진영이라 냉큼 함락시키는 재주도 없었다.

주처는 맥이 풀렸다. 대장의 마음이 이러니 사병들은 더할 나위

없었다. 그들은 여기저기 앉기도 하고 서기도 한 채 잡담을 나누며 떠들었다. 심지어는 투전판을 벌이는 패가 있는가 하면 드러누워서 코를 고는 병사들까지 있었다.

한편 한군 측에서는 이런 모양을 바라보고 있던 제갈선우가 장수들을 돌아보며 말했다.

「저것들이 아주 마음을 턱 놓고 있소이다 그려. 우리가 본래 지구전을 펼 예정이었지만 적의 사기가 해이한 이 기회에 쳐 나아가서 다소간 그 기를 끊어 놓는 것도 무방할 것 같소」

장빈도 동의했다.

「나도 지금 그런 생각을 하고 있던 참이었소. 우리 나가서 혼을 좀 내줍시다.」

싸우지도 않으면서 멋쩍게 지내던 장수들은 곧 출격할 준비를 서둘렀다.

이런 줄도 모르고 멍청하니 앉아 있거나 누워 있던 진나라 측에서는 갑자기 울리는 포성소리를 듣자 깜짝 놀랄 수밖에 없었다. 잠자는 자를 깨우고 대오를 정비하느라 부산을 떨기 시작했을 무렵에는 한나라의 진문(陣門)이 열리면서 화살이 비 오듯 날아오고 있었다. 여기저기서 비명을 지르며 삼단같이 사람이 쓰러져갔다.

이리하여 가뜩이나 정신을 못 차리는 판인데, 제만년을 비롯하여 장경·호연유·황명·조개 등이 이끄는 군사가 물밀듯 쳐들어오는 것이 아닌가.

「싸워라! 대오를 갖추어라! 도망하는 놈은 처단한다!」

주처는 칼을 빼들고 미친 듯이 고함을 쳐보았지만 이미 수습될 형세가 아니었다.

병사들은 앞을 다투어 흩어지고 있었다.

이를 본 주처는 머리끝까지 분이 치밀어 홍당무같이 된 얼굴로 홀로 칼을 휘두르며 적병 속으로 뛰어 들어갔다. 그의 주위에 있던 한나라 병사들이야말로 재수가 없었다. 그가 휘두르는 칼에 마치 가을바람에 날리는 나뭇잎처럼 쓰러져 갔다.

이를 보고 왕정(王情)이라는 한군의 장수가 말을 달려왔다.

「이놈!」

주처의 입에서 불벼락 같은 호령이 떨어졌을 때 벌써 왕정의 칼은 땅에 떨어졌고, 다음 순간 산 채로 잡혀서 주처의 겨드랑이에 끼워져 있었다. 이를 보고 장경의 휘하인 편장(偏將) 동기(董綦)가 주처를 쫓아왔다. 주처는 왕정을 한 팔로 낀 채 다른 한 손으로 칼을 휘둘렀다. 동기는 칼에 얼굴을 맞고 땅에 나가떨어졌다.

이미 날이 어두워지고 있었기 때문에 한군은 길게 추격해 오지는 않았다.

주처는 싸움에 패하기는 했어도 장수 하나를 죽이고 하나를 사로잡은 외에 병력에도 큰 손상이 없는 것을 다행으로 여겼다.

그는 사람을 양왕에게 보내어 공을 알리도록 했다.

「주장군의 말씀을 전하게 아룁니다. 오늘 싸움에서 한 장수를 사로잡고 한 장수를 죽였다고 전해 올리라는 명령이었나이다.」

양왕은 사자에게 물었다.

「듣거라. 오늘 사로잡은 것이 제만년이라더냐?」

「아니옵니다. 포로는 왕정이라 하오며 죽인 것은 동기라고 들었습니다.」

「무엇이?」

양왕의 음성이 거칠어졌다.

「아직 제만년을 못 잡고 이름도 없는 장교를 건드렸으면 가만이나 있을 것이지, 뻔뻔스럽게도 어디에 사람을 보내 공을 아뢴단 말이냐. 게다가 다소의 인마(人馬)를 잃은 터에 이 무슨 불측한 짓인고?」

사자만 얼굴에 핏기가 가시어 물러갔다.

한편 이번 싸움에서 승리를 거둔 한나라 진영에서는 장군들이 모여 술잔을 들며 기쁨을 나누고 있었다. 이야기가 주처에 미치자 제만년이 말했다.

「오늘 먼발치에서 본 데 지나지 않지만, 과연 용맹이 호랑이 같더군요. 왕정을 산 채로 움켜잡고 한칼로 동기의 목을 베니 보통사람이 아닙니다. 내일은 다시 싸워 진군의 진영을 불사르고 왕정을 구해 와야 되겠습니다. 두 분 군사께서는 어떤 전략을 세우셨습니까?」

「성급히 굴지 마시오」

장빈이 말했다.

「내가 듣건대, 주처는 큰소리를 치다가 양왕과 다투었다는군요. 그 호언장담의 내용이라는 것이……」

그는 여기서 말을 끊고 제만년을 바라보며 빙그레 웃었다.

「그 내용이라는 것이 무엇이냐 하면, 한 번의 싸움에서 제장군을 사로잡아다가 바치겠다는 약속이었다는 거예요」

「아, 그놈이!」

제만년이 벌컥 화를 내는 것과는 딴판으로 다른 사람들 사이에서는 일제히 폭소가 터졌다.

「그래서 며칠이 지나도록 약속을 이행하지 않는다고 양왕이 모욕을 주었다는 것입니다. 아마 왕징을 사로잡아가기는 했으나, 그 정도로는 다시 욕을 먹었으면 먹었지 칭찬은 안 돌아올 거요. 그러니 며칠만 두고 봅시다. 두 사람 사이는 더욱 나빠질 것이니, 이렇게 되면 나중 일이야 뻔하지 않소이까.」

「좋은 말씀이오」

제갈선우도 동조했다.

「그 동안에 우리는 이 근방의 지세(地勢)나 좀 살펴둡시다. 주처를 사냥하려면 준비가 있어야지요」

「하기는 토끼사냥을 하는 데도 지세는 봐야지!」

누군가가 이렇게 제갈선우의 말을 받자, 일동은 다시 한 번 유쾌하게 웃었다.

이튿날부터 한군은 또다시 수비로 바뀌었다.

요소요소마다 경비를 엄히 하고 절대로 싸움에 응하지 말라는 명령이 하달됐다.

이 사이에 수뇌급 장수들은 그 일대의 지세를 답사하기 위해 나섰다. 일행이 말을 달려 몇 십 리를 왔을 때, 선두를 가던 제갈선우와 장빈이 약속이나 한 듯 말을 멈추었다.

그들은 주위를 둘러보았다.

경사가 완만하고 넓은 언덕이었다. 거기에는 사방으로 구부러진 길이 나 있고 왼쪽에는 큰 수렁이 있었다. 이곳은 장평(長平)이라는 곳인데, 원래는 거대한 호수였던 것이 어느새 물이 마르기 시작하여 지금은 수렁이 되어 있었다. 따라서 그 깊이 또한 헤아리기 어려웠다.

자세히 살피고 난 제갈선우와 장빈이 크게 기뻐했다.

「주처 사냥은 여기서 해야지. 토끼 잡듯 할까 했더니 물고기 잡듯 해야겠군.」

두 사람은 이런 말을 해가며 웃었다.

돌아온 두 사람은 곧 작전을 짰고, 그것은 바로 장수들에게 전달되었다.

「주처가 앞서 왕정을 사로잡았으니 그는 가뜩이나 교만한 생각을 가지고 있을 것이오 그들은 우리가 싸움에 응하지 않는 것을 보고 겁을 먹고 있다 생각하여 싸움을 걸어오리다. 우리는 이 것을 이용하여 적을 섬멸하고 주처를 잡아야 하겠소.」

서두를 이렇게 꺼낸 장빈은 곧이어 지시를 내렸다.

「호연유 · 마영 두 장수는 5천의 군사를 이끌고 장평의 좌측 에 매복하고, 장실 · 양홍보 두 장수는 5천을 데리고 그 우측에 매복하여 길목을 단단히 차단하시오. 황신 · 장경은 5천을 인솔 하고 호수 동쪽으로 가고, 유영 · 조개는 역시 5천의 병력으로 그 서쪽에 매복하시오. 또 황명 · 학흠은 5천을 인솔하고 장평의 중 간에 매복하시오. 호수의 동쪽 길을 나무와 돌로 가로막고 매복 하는 임무는 5천의 군사를 이끌고 조염 · 호연호가 맡으시오. 따 로 호연안은 3천을 이끌고 유병(遊兵)이 되었다가 어느 쪽이든지 약한 데가 생기면 달려가 도우시오. 본부는 경양산 위에 설치하 며, 여기서는 제갈 선생께서 작전을 지휘하실 것인 바, 마혜는 5 백의 병력으로 그곳의 경비를 맡으시오. 포성이 울리면 본부를 쳐다보시오. 기가 동쪽을 가리키면 동쪽을 에워싸고, 서쪽을 가 리키면 서쪽을 포위하는 것입니다. 모두 기의 움직임에 따라 어 긋남이 없도록 명심하시오.」

그는 다시 제만년에게 작전을 지시했다.

「제장군은 5천의 병력으로 적과 싸우되, 처음에는 강하게 하 고 나중에는 약하게 나가 적을 작전지역까지 유인해 오시오 그때 에 복병이 일어나 포위하여 그들을 수렁으로 몰아넣는 것입니다. 이 수렁은 깊으니까 일단 빠지면 헤어나시 못할 것이오. 각별히 조심할 것은 상대가 주처이니 힘을 쓰지 말고 지혜를 쓰시오. 또 적에게 공격을 당해 급할 때에는 일제히 활을 쏘아 막으시오. 쏘 되 사람을 쏘려 하지 말고 말을 쏘시오 승패가 이 한 싸움에 있으 니, 모두 명심하여 큰 공을 세워주기 바랍니다.」

장수들은 모두 지시대로 할 것을 맹세했다.

3. 주처의 죽음

양왕이 욕하더라는 말을 듣고 주처는 기분이 나빴다. 제만년을 못 잡은 바라 할 말이 없기는 했으나, 아무리 그렇기로니 적장을 한 사람 잡았다는 말을 들었으면 응당 기뻐해야 하는 것이 총수(總帥)로서의 체모이겠는데, 이것이 무슨 도리냐 싶었다. 그렇다고 어쩌는 수가 있는 것도 물론 아니었다.

그는 휘하의 장수들을 불러 말했다.

「저번 싸움에는 아침 일찍부터 쳐나갔다가 너무나 오래 기다려야 했기 때문에 오시(午時)가 되자 병사들이 허기가 져서 실패하였소. 따라서 내일은 느지막이 일어나 진시(辰時)에 밥을 먹고 사시(巳時)에 출진하겠소이다. 이렇게 하면 배고플 염려가 없으니 유리할 줄 아오.」

이 명령으로 해서 이튿날은 모두 늦게야 일어났다. 아직 아침도 먹지 않았는데 양왕이 보낸 사람이 달려왔다.

「지금 전하께서는 장군이 싸우러 안 나가신다고 걱정하시며 친히 여기로 행차하십니다.」

주처는 기가 막혔다.

「아니, 그게 무슨 말씀이오? 적을 무찌를 계책은 이미 서 있는 터이니, 일찍 나가든 늦게 나가든 걱정하시지 말라고 이르시오.」

그러나 이르고 말고 할 필요도 없었다. 벌써 복윤을 데리고 양왕이 장막으로 들어오고 있었다.

주처는 황망히 일어서면서 말했다.

「어인 행차이시오니까? 미처 보고를 받지 못했기에 영접도 못했습니다.」

「아니, 괜찮소」

자리에 앉기가 바쁘게 양왕이 정색을 하고 주처를 바라보았다.

「장군, 늦도록 싸우러 나가지 않으니 어쩐 일이오? 요전 싸움에 패했다고 겁이 나신 것이나 아니오? 만일 지금이라도 오랑캐들이 떼지어 밀려들면 어떻게 하려오? 실례가 될지 모르지만.」

그는 여기서 언성을 낮추어 지나가는 것처럼 말을 이었다.

「장군이 정히 적을 두려워하여 싸우기를 꺼리신다면 다른 장수를 여기에 보내 잠깐 장군의 일을 대신하게 하여도 좋소. 만약 그렇지 않다면 어서 출진을 서두르시오」

「소장이 어찌 적을 두려워하겠나이까.」

주처는 볼멘소리로 대답했다.

「싸우러 나가기 위해 지금 밥을 짓게 하고 있는 중이니, 잠시만 기다려 주십시오.」

「아니!」

양왕의 언성이 높아졌다.

「지금이 몇 신데 밥도 안 먹었다고? 이게 무슨 말이오 장수된 자는 밤에 잘 때에도 갑옷을 벗지 않는다고 들었소. 해가 한나절인데 아직 아침도 안 자셨단 말이오? 임금에게 충성하고 나라를 사랑하는 도리가 이런 줄은 몰랐구려.」

주처는 할 말이 없어서 고개만 숙이고 있었다. 무거운 침묵만이 흘렀다. 주처에게는 질식할 것 같은 시간이었다. 그러나 양왕은 좀처럼 자리를 뜰 기색도 보이지 않았다.

한 병사가 장막 안을 기웃 들여다보았다.

「장군께 아룁니다. 식사를 어떻게 할까요?」

「너희들이나 어서 먹도록 하라.」

주처는 짐짓 태연한 체하려고 애썼으나 그의 표정은 사뭇 착잡

하였다.

「아니, 아침을 잡수시오」

양왕의 말은 비웃는 듯 들렸다.

「아니올시다. 괜찮사옵니다.」

「무엇이 괜찮단 말이오? 자셔야 싸우지 않겠소? 내가 있다고 무안하게 생각 말고 어서 드시오」

「아니올시다. 별로 먹고픈 마음이 없습니다.」

그것은 사실이기도 했다. 이 마당에 밥이 목구멍으로 넘어갈 것 같지도 않았다.

「전하!」

어떻게 하든 우선 양왕을 돌려보내야 되겠다고 생각한 주처는 생전 처음으로 마음에 없는 소리를 했다.

「모든 것은 저의 불찰이었습니다. 다시는 이런 허물을 저지르지 않겠사오니 부디 용서해주시기 바랍니다.」

「원 별말씀을!」

양왕이 손을 내저었다.

「지금이 어느 때라고 용서하고 말고가 있겠소 내가 장군을 찾아와 몇 마디 예의에 어긋나는 말을 한 것도 다 장군을 아끼고 나라를 위하는 마음에서이지, 어찌 추호라도 다른 뜻이 있겠소 부디 장군은 적을 섬멸하여 장군을 의지하시는 성상(聖上)의 홍은에 보답해 주시오. 이것이 나의 소망이오」

이렇게 되면 양왕을 돌려보내려던 계획은 포기하는 수밖에 없는 일이었다. 주처는 마침내 갑옷을 걸치고 양왕과 함께 장막에서 나왔다. 밖에는 병사들이 어느덧 도열해 그를 기다리고 있었다. 그제야 양왕도 돌아갔다.

여러 사람들이 아침을 먹고 나오라고 주처에게 권했다. 주처는 내심 그 인정의 고마움에 가슴이 뭉클했으나 단호하게 머리를 저었다.

「대군이 진발(進發)하는 이 시각에 어찌 아침을 먹을 여유가 있겠소 양왕께서 내 뜻을 곡해하시니, 만일 그 뜻을 어기다가는 후일 화를 면치 못할 것이오. 지금 사직의 흥망이 이번 싸움에 달렸으니, 바라건대는 황천(皇天)이 우리 진실(晉室)을 보우하사 이 싸움을 승리로 이끄신다면 천행일 따름이오.」

비장한 그의 말에 장수들도 더 권하지 못했다.

진군(晉軍)이 10리도 채 행군하지 못했을 때, 이미 저쪽 산 밑에 진을 치고 있는 한나라 군대가 보였다. 주처도 서둘러 진세를 벌이고 한군과 맞섰다.

이윽고 한군의 진문이 열리면서 제만년이 월지국의 준마를 높이 타고 달려 나왔다. 이를 본 주처도 달려 나갔다.

제만년이 앞서 외쳤다.

「너희 중에서 용기 있는 자 있거든 나와라. 만일 겁이 나거든 왕정을 돌려보내 죽음을 면하는 것이 좋으리라!」

「이 오랑캐야!」

주처도 질세라 외쳤다.

「네가 아무리 촌놈이기로니, 천하에 주대부(周大夫) 있다는 말도 못 들었느냐? 그야말로 우물 안 개구리로구나!」

「무어, 주대부라고?」

제만년이 큰 소리로 웃었다.

「나는 사마동이라는 애 이름은 들은 적이 있거니와, 그런 놈은 처음인 걸!」

「이놈!」

주처가 호령을 했다.

「그렇다면 요즘 무엇이 무서워서 감히 나와 싸우지도 못했느냐!」

「내가 싸우지 않은 것은 다 깊이 생각하는 바 있었기 때문이다. 장수가 되어 어찌 그런 것도 모르느냐. 그렇지만 일전에 약간 싸움을 벌여 네 역량을 시험한 바 있거니와, 너같이 용맹은 있으나 무지한 녀석이 안하무인으로 날뛰는 꼴은 차마 볼 수가 없구나.」

제만년은 여기에서 한층 언성을 높였다.

「너는 진주의 싸움에서 허사·허갱이 어떻게 죽었는지도 모르느냐. 나는 상처를 입히려면 상처를 입히고, 죽이려면 반드시 죽인다. 말에서 내려 지금이라도 항복을 한다면 또 모르되 그렇지 않다면 너도 반드시 허씨 형제 꼴이 되리라.」

「이 무지막지한 오랑캐 자식! 누구 앞에서 감히 혓바닥을 함부로 놀리느냐!」

성이 난 주처는 비호처럼 말을 몰아 다가갔다. 제만년도 칼을 뽑아 이에 대항했다.

그것은 마치 인왕(仁王)과 마왕(魔王)이 싸우는 듯 악귀와 야차(夜叉)가 맞붙은 듯했다. 먼지는 독기인 양 뿌옇게 일어나고 칼과 칼이 맞부딪칠 때마다 허공에는 때 아닌 번개가 번쩍였다.

싸움이 40합에 이르자 제만년의 쓰는 칼이 차차 어지러워져가기 시작했다.

「옳지, 요놈을 기어코 사로잡아야지.」

주처는 더욱 힘을 다했다. 그가 제만년의 어깨를 번개같이 칼로 내려치자, 제만년은 말머리를 획 돌려 이를 피하더니 그대로 도망치는 것이 아닌가.

주처는 쫓아가면서 외쳤다.

「이놈! 너도 명색이 장수가 아니냐. 비겁하게 굴지 말고 냉큼 돌아서라.」

제만년은 뒤도 안 돌아보고 말을 달리면서 외쳤다.

「이 모진 인간아! 내가 숨을 좀 돌리고 와서 싸우려는데, 왜 이리도 급하냐.」

그럴수록 주처는 더욱 급히 추격했다. 이렇게 그들은 20리를 달렸다. 장평(長平)이 바로 눈앞에 다가왔다.

모처럼 여기까지 유인해온 주처인데, 그가 눈치라도 채고 되돌아설까 걱정한 제만년은 말머리를 다시 돌렸다.

「내 너의 용맹을 사랑하여 이번에는 관대히 용서해 주려고 일부러 돌아가는 것인데, 너는 어찌 그것도 모르고 자꾸 따라오느냐. 오 참, 마음을 돌려서 나에게 항복하려고 따라나섰구나. 그렇다면 기특한 놈이다.」

주처는 물론 대노해서 덤벼들었다. 제만년은 20합쯤 상대하다가 짐짓 못 당하는 체하고 다시 도망치기 시작했다.

「이제는 정말 따라오지 마라. 재미없다.」

물론 주처가 그를 놓아둘 까닭이 없었다.

「요 주둥이만 까진 놈! 그래도 도망가기냐!」

칼을 휘두르며 악착같이 다시 따라붙었다.

얼마쯤 추격하던 주처는 행여나 하는 생각에 주위를 둘러보았다. 그러나 그 일대에는 울창한 숲도 없으므로 복병이 있을 까닭도 없다고 안심했다. 제만년은 계속해서 잡힐 듯 말 듯한 거리를 두고 도망가다가는 되돌아서서 몇 합을 싸운 뒤 다시 도망치곤 하였다.

그리고는 그때마다 주처의 비위를 뒤집는 소리를 꼭 한 마디씩 했다. 주처는 더욱 화가 나서 미친 듯 말을 달렸다.

어느덧 복병이 기다리고 있는 곳에 이르렀다. 주처는 더욱 급히 추격하면서 외쳤다.

「이 도둑놈아! 그래도 말에서 내려 항복하지 않고 도망만 치느냐. 네가 도망을 친들 어디까지 갈 것이냐.」

제만년이 고개를 돌리면서 크게 웃었다.

「이 바보 녀석! 너는 이미 내가 쳐놓은 그물 속에 뛰어들고도 큰 소리만 치는구나. 비록 날개가 돋친다 한들 어찌 빠져나가랴!」

이 말에 가슴이 뜨끔해진 주처가 무서운 눈으로 사방을 둘러보며 말을 돌리려 했다. 그러나 이미 때는 늦었다. 한 발의 포성과 함께 무수한 병사들이 사방에서 뛰어나오는 것이 보였다. 제만년의 말마따나 적이 쳐놓은 그물에 걸린 것이었다.

두려움을 모르는 주처였지만 마음이 초조하지 않을 수 없었다. 주처는 서쪽으로 방향을 잡고 달렸다. 얼마 안 가 유영과 조개가 군대를 이끌고 앞을 막았다.

유영이 말했다.

「항복해라. 쓸데없는 싸움을 해서 목숨을 잃지 마라!」

주처는 이제 대꾸하기도 싫어서 유영을 향해 칼부터 휘둘렀다. 유영도 만만한 상대가 아니었다. 창을 번개같이 쓰며 달려들었다. 주처가 마음 내키지도 않는 싸움을 10여 합이나 하고 있는데, 이번에는 호연안이 많은 군사를 끌고 달려왔다.

주처는 말머리를 동쪽으로 돌렸다. 얼마를 가니까 거기에도 많은 군대가 버티고 있었다.

귀에 익은 목소리다 싶어 자세히 보니 제만년이었다.

「장군! 여기서 장군이 오시기를 기다리고 있었소 서로 나라가 다르기에 장군을 괴롭혀 드리기는 합니다만, 장군을 깊이 존경하고 있소 지혜로운 이는 때를 잘 가리는 것이니 진퇴에 그르침이 없으시기 바랍니다.」

전과는 달리 아주 정중한 말씨였다. 그것이 도리어 주처의 화를 돋우었다.

「이놈! 무엇이 어쩌고 어째? 간사한 꾀로 남을 속여 놓고, 무슨 낯이 있어 또 혀를 날름날름 움직인단 말이냐. 내 기어코 그 혓바닥을 자르고야 말리라.」

그러나 지금의 제만년은 일부러 못 당하는 척 도망을 치던 때의 제만년이 아니었다. 몇 합을 싸우면서 주처는 곧 후회했다. 이런 마당에서 손쉽게 잡을 수 있는 적이 아니었다. 거기에다가 많은 군대와 그들의 사기! 그는 적당히 싸우면서 도망칠 기회만 엿보는데 또 한떼의 인마(人馬)가 밀어닥쳤다. 황신과 장경이 이끄는 부대였다.

주처는 허겁지겁 말머리를 다시 돌려 호수를 향해 도망했다. 학흠이 악착같이 길을 막았다.

「이놈! 너도 한나라에 학흠이 있다는 말을 들었으렷다! 빨리 말에서 내려 항복하라.」

그러나 이 용맹스러운 호언장담은 무참한 결과를 빚었다. 그는 주처가 내려치는 한칼에 말에서 떨어지고 말았다.

「이놈, 거기 섰거라!」

이번에는 황명이 따라왔다. 말을 달리려던 주처는 다시 그와 싸웠다. 하나 황명은 학흠 따위의 인물이 아니었다. 10여 합을 싸우는데 호연안까지 밀어닥치는 것을 보고는 오른쪽으로 달아났다.

호숫가에 이르렀을 적에는 이미 해가 기울려 하고 있었다. 이제는 포위망을 벗어났으려니 생각한 주처는 걸음을 늦추며 가쁜 숨결을 달랬다.

「아, 이게 무슨 꼴이냐!」

그는 저도 모르게 한숨을 쉬면서 좌우를 둘러보았다. 5만의 병력은 간 곳이 없고, 지금 그의 뒤를 따르는 것은 불과 기백 명의 군사뿐이었다.

「어떻게 됐소? 제만년을 한 싸움에 사로잡아 바치겠다더니, 어떻게 됐소?」

양왕이 옆에서 비웃는 것 같기만 했다.

「에잇! 죽고 말리라. 이렇게 된 바엔 깨끗이 죽고 말리라.」

그는 서쪽 하늘을 붉게 물들이는 낙조를 바라보며 외쳤다.

그러나 그런 감상에 잠겨 있을 여유도 그에게는 허락되지 않았다. 갑자기 함성이 일어나며 한떼의 보병이 앞을 가로막는가 했더니 선두에 선 사람이 철퇴를 휘두르며 달려들었다. 주처는 그가 말에도 안 탄 것을 보고 용맹을 떨치는 양홍보 그 사람인 줄은 까맣게 몰랐다.

「이놈! 일개 주졸(走卒)로서 어찌 이리도 무례하냐.」

그는 호령과 함께 칼을 내려쳤다. 응당 두 동강이 났어야 할 것인데 상대는 철퇴로 턱 막아버렸다.

「야, 요놈 봐라!」

주처가 다시 내려치는 칼은 상대가 재빨리 몸을 틀어 피하는 바람에 허공을 쳤다. 그리고 그가 번개처럼 말을 몇 걸음 물러서게 하지 않았던들 상대의 철퇴에 도리어 목숨을 잃을 뻔했다. 찔끔한 주처가 외쳤다.

「이놈! 너는 대체 어떤 놈이냐?」

「내 이름이 듣고 싶으냐?」

다가서려던 걸음을 멈추고 양홍보가 웃었다.

「왜 겁이 나냐? 그러나 소원이라니 말해주마. 나는 양홍보라는 무명의 보졸이니 네가 알 턱이야 있겠느냐. 나는 비록 이렇거니와

너로 말하면, 오(吳)를 섬겨 다소 이름을 드날린 놈이 아니냐. 나라
가 망했으면 가만히나 있을 것이지, 도리어 원수를 섬겨 그 개 노
릇을 하다니 무슨 심보인지 모르겠구나. 어떠냐? 우리에게 항복하
여 함께 진(晉)을 멸해서 서로 뭉쳐 원수를 갚아보는 것이.」

주처는 눈앞이 안 보일 정도로 화가 났다. 무엇보다도 아픈 약
점을 찔렸기 때문이었다.

「이 오랑캐의 도둑놈 같으니라고! 그래, 네가 바로 양홍보라는
녀석이로구나. 내 너를 잡아 만 동강을 내줄 데니, 거기 있거라.」

이리하여 두 사람은 다시 싸웠다. 주처가 아무리 분해서 날뛰어
도 지칠 대로 지친 그의 몸이 뜻같이 움직여 주지도 않았다.

주처는 다시 말머리를 돌리는 수밖에 없었다. 이미 해가 지고
황혼이 깔린 길을 주처는 정처없이 달려갔다. 얼마 안 가서 다시
고함소리가 나며 한 장수가 내달았다.

「이놈! 감히 나와 싸워보려느냐.」

산천이 떠나갈 듯 호통을 치며 장모(長矛)를 들고 달려드는 것
은 장실이었다. 어디를 가나 뛰어나오는 적에 대해서 주처로서도
이제는 지긋지긋했다. 그는 싸우려고도 하지 않고 말머리를 서쪽
으로 돌렸다. 호수가 나왔다. 호수를 끼고 얼마를 가다가 앞을 보
니 거기에도 역시 적군이 있었다. 날이 어두워서 얼굴은 보이지
않았으나 외치는 소리가 들렸다.

「거기 오는 것은 누구냐? 주처면 빨리 이리 오너라. 제만년이
너를 기다린 지 오래다.」

주처는 대꾸도 않은 채 어둠을 이용하여 어느 나무 밑에 몸을
숨겼다. 더 밤이 깊어지기를 기다려 탈출하는 도리밖에는 없다고
생각한 것이었다.

그러나 이때에는 주처가 호숫가에서 헤매고 있다는 보고를 받

은 본부에서 제갈선우와 장빈이 모든 군대를 이곳으로 이동시키고 있었다. 얼마 안 가 그 일대는 포위망이 겹겹으로 둘러쳐졌다.

주처는 이것을 보고 이미 끝장이 났음을 느끼지 않을 수 없었다. 그렇다고 앉아서 죽기만 기다릴 수도 없다고 생각한 그는 얼마 안 남은 군사를 뒤따르게 하고 앞장서서 포위망을 뚫으려고 안간힘을 썼다. 그러나 하도 많은 적을 상대하는 일이라 산을 주먹으로 친 셈밖에는 되지 않았다. 가뜩이나 모자라는 병사만 얼마를 잃고 물러나야 했다.

어느덧 먼동이 터왔다. 주처는 다시 죽을힘을 다해 쳐 나아갔다. 주처의 날뛰는 모양이란 정말로 무서웠다. 일루의 희망을 안고 도망치던 때와 또 달랐다. 이제야말로 마지막이라는 것을 뼈에 사무치도록 느낀 그였다. 마치 상처 입은 호랑이가 날뛰는 듯했다. 그가 달리는 곳마다 무수한 장졸이 피를 토하며 쓰러지고 길이 냇물처럼 저절로 열렸다.

그러나 그도 사람이었다. 일진(一陣)을 뚫고 다시 2진을 돌파했을 무렵에는 전신에 엄습해 오는 피로를 억제할 수 없었다.

어제 아침부터 한 끼도 안 먹은 채 줄곧 싸움에 시달리기만 한 그의 몸이었다. 창에 찔린 상처도 두 곳이나 있었다.

의외로 주처의 맹격을 받고 주춤해진 한군 측에서는 행여 그를 놓칠세라 활을 비처럼 쏘아댔다. 여기저기서 병사가 쓰러져갔다. 주처 자신도 화살을 네 대나 맞았다. 주처는 그래도 간신히 버티면서 다시 적진을 돌파하려고 했다.

그러나 너무도 겹겹이 에워싼 적군이었다.

그는 말 위에서 한탄했다.

「정말 너무하는구나. 양왕이 정말 너무하는구나. 사소한 사감을 가지고 이렇게까지 할 줄은 몰랐다. 지금 원군만 조금 보내준다면 도리어 저 오랑캐들을 무찔러버릴 수 있을 텐데!」

이때 옹주성에서도 이것을 모르고 있지는 않았다. 주처의 일부 패잔병이 도망가서 급한 사태를 알린 것이었다. 그러나 양왕의 반응은 아주 냉담했다.

「주장군은 용맹이 일세에 빼어난 터이니까, 어떻게 되겠지! 제 만년을 사로잡지는 못할망정 설마 그의 손에 사로잡히기까지야 하려고?」

이 위급한 판국에도 전일 벌였던 입씨름에 대하여 분풀이를 하고만 있는 양왕이었다.

부인이 간했다.

「전하! 대세를 부디 잘 살피시옵소서. 주장군이 지금 사지(死地)에 빠진 것을 알고도 아니 구하시면 이는 큰 손실을 가져올 것입니다. 이후부터는 장수들이 진격의 명을 받고도 행여 주처처럼 될까 의심하여 힘을 다해 싸우려 하지 않을 우려가 있사옵니다. 그리 되면 이 성은 어찌 유지되며 전하께선들 어찌 무사하실 수 있겠나이까. 더구나 전하께서는 대원수로서의 모든 책임을 지고 계신 터입니다. 주장군의 패전은 그 개인의 패전이기 전에 전하 자신의 패전이옵니다.」

그는 다시 언성을 낮추어 간곡히 말을 이었다.

「하기는 주장군에게도 과실이 없지 않습니다. 그러나 그것은 그것, 이것은 이것입니다. 종사의 안위를 생각하시고 폐하께서 위탁하신 바 중책을 헤아리시어 한시바삐 원군을 보내 주장군을 구하시기 바랍니다.」

그러나 대부분의 귀인(貴人)이 그러하듯 양왕에게도 고집이 있었다. 요컨대 싫은 것은 싫었다.

「그대는 주처를 모르고 있군. 그 사람은 용맹이 있을 뿐 아니라, 청렴 강직하여 당세에는 짝을 찾기 어려운 사람이오. 그러기에 누구 앞에서나 할 말은 하고 조금도 거리낌이 없단 말이외다. 내 일찍이 사소한 문제로 그에게 탄핵까지 받은 바 있고, 이번에도 적을 토평(討平)하는 일로 말다툼을 했거니와, 그러면 그럴수록 나는 그 사람을 높이 보고 있소. 그러나……」

이 '그러나'에서부터는 지금껏 말에 비단옷을 입혀가며 체면을 차리던 태도가 싹 가시고 노골적인 분노의 빛이 역력히 나타나기 시작했다.

「그러나 그는 적어도 남에게서 동정을 요구할 처지는 못되오. 자기도 남에게 동정을 베풀지 않았으니까. 그는 남에게 엄격하였고, 그것은 옳은 일이오. 나도 그를 엄격히 대하려 하오. 이것도 옳지 않다고는 못할 것이오. 그는 나의 결정에 따라 움직인 것이 아니라 자기 고집대로 하였소. 따라서 모든 책임은 자신이 감당해야 되오. 내가 원병을 보냈다가 실수한다면, 허물이 나에게까지 미칠 것이오. 나는 그것이 싫소」

부인이 사정하듯 말했다.

「그러하오나 우물에 빠진 사람을 보면 이를 건져주는 것이 인지상정입니다. 비록 원수라 할지라도 앉아서 보고만 있지는 못하는 것이 사람의 정입니다. 주처가 아무리 과실이 있다 해도 사지에 떨어져 있음을 보고 어찌 측은히 여기지 아니하십니까? 또 적으로 말하자면, 밤낮을 쉬지 않고 싸우기만 한 까닭에 몹시 지쳐 있을 것입니다. 이 피로한 군대를 치시면 힘들지 않고 전하께서도 큰 공을 세우실 수 있을 것입니다.」

「나를 몰인정하다고 본단 말인가?」

양왕이 버럭 화를 냈다.

「우물에 빠진 사람을 누구라도 건지는 것은, 그 빠져 있는 사

람이 평소에 남이 우물에 빠진 것을 건져줄 만한 사람인 까닭이
오. 우물가에 서 있는 사람을 발길로 차서 빠지게 하는 사람이 우
물에 빠졌다면, 아마 나쁜 아니라 누구도 외면할걸.」

이렇게 되면 부인도 묵묵히 물러나는 수밖에 없었다.

한편 주처는 포위망 속에서 행여나 원군이 올까 하여 기다리고
있었다. 그러나 해가 높이 떠 진시(辰時)가 되어도 원군은 나타나
지 않았다.

'역시 그랬구나!'

그는 모든 것을 새삼 체념하였다. 체념하고 나니 도리어 마음이
개운하였다.

주처는 호숫가를 달려갔다. 갯벌을 밟고 말이 허둥거렸다. 자칫
조금만 더 안쪽을 갔더라면 사람과 말이 통째로 진흙 속에 잠길
뻔했다. 그러나 우선 가장자리부터 디딘 것이 다행이었다. 병사들
이 줄을 던져 끌어주었기 때문에 이내 거기서 헤어 나왔다.

이래서는 안되겠다고 생각한 주처는 둑을 달렸다. 얼마 안 가서
조개가 한떼의 군사를 이끌고 추격해왔다.

「이것 봐! 너도 고집 좀 작작 부려라. 어서 말에서 내려 항복하
지 못할까.」

조개의 목소리에는 도리어 측은해 하는 어조까지 섞여 있었다.
저런 놈에게까지 내가 동정을 받게 됐나 생각하니 지친 주처의 몸
에서는 다시금 적개심이 끓어올랐다.

「이놈!」

호령과 함께 주처의 칼이 바람을 일으켰다.

그러나 내려친 칼은 조개의 창에 부딪치는 순간 쨍그랑 하고
부러지고 말았다. 주처는 말머리를 돌려 다시 달아나기 시작했다.

조금 후 거기에서 5리쯤 떨어진 둑에서 피투성이가 된 주처가

말과 함께 잠시 쉬고 있었다. 그는 풀을 뜯는 말을 물끄러미 내려
다보며 이따금 그 목을 어루만져 주기도 했다. 그것이 마치 옆에
서 보고 있던 부장(副將) 김면(金冕)에게는,

'너에게 고생을 시키는구나!'

하는 말처럼 생각되어 슬펐다.

「장군!」

주처가 불렀다. 고개를 돌리고 눈물짓던 김면은 태연한 체 가장
하느라고 애쓰면서 다가갔다.

「이제는 죽음이 있을 뿐이오 도망을 친들 어디까지 치고 포위
망을 뚫은들 어디까지 뚫겠소 군자는 어려움에 임하여 구차히 살
기를 바라지 않고 지자는 성쇠로 하여 절개를 고치지 않는다 들었
소 나는 죽을 것이오 죽어서 양왕이 사사로운 감정으로 국사를
그르치고 충신을 죽게 한 사실을 천하에 알려야겠소 그것은 그렇
고, 청이 한 가지 있소이다.」

「청이라니요?」

「그대는 어떻게 해서든지 이곳을 벗어나 곧장 낙양으로 가시
오 가서 조정에 오늘의 일을 주달하여 사마동의 비열한 처사를
규탄하시오 나는 이곳에서 목숨이 다할 때까지 싸우겠소」

「섭섭한 말씀 마십시오」

김면이 추연한 빛을 띠었다.

「장군께서 돌아가시는 마당에 어찌 소장더러 욕을 참고 목숨
을 부지하라 하십니까. 장군의 억울한 사정은 소장이 살아남지 않
아도 스스로 천하에 드러납니다. 그것은 걱정하지 마십시오」

주처도 그 이상 권하지 않았다. 그는 병사들에게로 다가갔다.

「모두 듣거라! 이것이 내 마지막 말이다. 내가 나라를 위해 도둑
을 섬멸하려고 했으나 양왕이 사사로운 원망을 품고 돌보지 않는구

나. 이렇게 된 바에야 나는 죽어도 조금도 후회가 없다만, 불쌍한 것은 너희들이다. 장수를 잘못 만나 이 꼴이 되었으니, 내 마음이 아프다. 지금부터는 너희 뜻에 일임할 것이니, 돌아가든 어떻게 하든 뜻대로 해라. 지금까지의 수고만으로도 충성에 모자람은 없다. 나는 조금도 탓하지 않을 것이니 구태여 죽으려 하지 마라.」

병사들 사이에서 울음이 터졌다. 목 놓아 우는 사람이 많았다.

「장군!」

한 병졸이 앞으로 나왔다.

「어찌 그렇게 매정한 말씀을 하십니까. 직책에는 고하가 있지만 충성에는 장군과 병졸의 구분이 없을 것입니다. 장군께서 나라를 위해 돌아가신다면 저희들도 죽겠습니다.」

그러자 여기저기에서 고함이 터졌다.

「그렇소!」

「옳소!」

「우리도 죽겠소!」

이를 보고 섰던 주처의 눈에서는 처음으로 굵은 눈물방울이 흘러내렸다.

「좋다, 내 병사들아! 같이 죽자. 우리 멋지고 깨끗하게 죽자꾸나. 고맙다.」

대오를 정비한 그들은 마치 성자(聖子)나 된 듯 청정한 기분으로 적진 속으로 뛰어 들어갔다. 그러나 진조 제일의 용장도 꼬박 일주야를 굶고 몸에 화살을 네 개나 맞았으니 힘을 쓸 수가 없었다.

그는 조개가 내지르는 칭을 낮고 그만 땅에 쓰러져 영영 일어나지를 못하고 말았다.

이 싸움에서 주처를 따라 나섰던 1만의 군사 가운데 살아남은 자는 불과 2백 명도 채 되지 못했다. 참으로 그 참패란 이루 말로

다 할 수가 없는 지경이었다.

뒤에 남은 3만여 군사는 대장군 주처가 전사하였다는 기별을 듣자 모두 목 놓아 한바탕 통곡을 하였다. 그리고 한결같이 양왕의 휘하에 들기를 거부하여 죄다 낙양으로 달아나고 말았다.

그러나 사마동은 굳이 그들을 쫓지 않았다.

3. 맹관(孟觀)의 서정(西征)

주처를 폐사(斃死)시킨 제만년은 곧 옹주를 포위했다. 양왕 사마동은 장수들을 독려하여 성문을 굳게 지키는 한편 지하도를 파서 사람을 빠져나가게 하여 곧 낙양에 보고했다

—신 양왕 사마동은 삼가 황제 폐하의 탑전(榻前)에 상주하나이다. 장군 주처가 경솔히 용맹을 과신한 나머지 장명(將命)을 어기고 적과 싸우다가 목숨을 잃었사옵니다. 실로 양장(良將)을 하나 잃었을 뿐 아니라 천조의 위엄을 땅에 떨어뜨리는 결과가 되었사온즉 송구하와 감히 몸 둘 바를 알지 못하겠나이다. 지금 반구(叛寇)는 형세를 타서 성을 에워싸고 날로 위협을 가하오며, 비록 장졸(將卒)이 진충갈력하여 이를 막고는 있사오나, 대세가 반드시 이롭다고만은 말하기 어렵사옵니다. 복원하오니 성상께서는 속히 대군을 출동케 하사 저 도둑을 무찔러 백성을 수화(水火)에서 구하시옵소서. 신은 표(表)에 임하여 음읍(飮泣)하옵고, 목을 늘여 죄 주심을 기다리겠나이다.

혜제는 크게 놀라 여러 대신들을 패초하여 회의를 열었다. 혜제는 앞서 진준(陳準)을 바라보며 말했다.

「경의 말을 아니 들었다가 변방의 사태가 이에 이르게 하였구

려. 이는 주처의 죄가 아니요, 반드시 양왕이 미워하여 죽도록 버려둔 것 같소. 어쨌든 이에 이르러 새삼 누구를 원망하고 누구를 탓하리오 모든 것은 짐이 충량(忠良)의 말을 안 들었기 때문에 일어난 일이오.」

이럴 때 보면 혜제에게는 솔직한 일면도 있었다. 진준은 눈물을 머금고 아뢰었다.

「신이 전날 주처와 양왕 전하에 대한 말씀을 상주한 이후 밤낮으로 신의 말이 들어맞지 아니하여 사직에 복이 돌아오기만 축수하였으나, 이렇게 됨에 있어 도리어 황공무지로소이다. 지난 일에 너무 얽매임은 제왕의 취하실 길이 아니오니, 모든 것은 시운으로 미루시고 앞으로의 방책이나 강구하옵소서.」

「고맙소」

혜제는 진정 진준의 따뜻한 이해가 고마운 모양이었다.

「새삼 뉘우쳐도 소용없는 일이니 그것은 그렇다 치고 지금 옹주가 포위되어 사정이 위급한 듯하오. 이곳을 잃을 때는 관중(關中) 관외를 함께 상실하리니, 경들은 어떤 의견으로 이를 구하려 하는가?」

장화(張華)가 나섰다.

「지금 옹주를 구하고 도둑을 물리치기 위해서는 맹사마(孟司馬)를 기용하지 않고는 아니 되오리다.」

혜제는 곧 맹관을 입시케 하라고 명령했다. 그러나 장화는 이렇게 아뢰었다.

「양태부(楊太傅)께서 맹관을 면지(澠池)의 태수로 삼으셨기 때문에 맹관은 지금 도읍에 없는 것으로 아옵니다. 닷새 전에 떠났사오니 급히 사람을 보내 불러오도록 칙명을 내리시옵소서.」

「아니, 뭐라구?」

혜제는 기가 찬 모양이었다. 그는 양준에게 불쾌한 표정을 노골적으로 지어 보였다.

「전일에 모두 대장 감으로 천거했던 사람인데, 경은 어찌하여 그로 하여금 도읍을 떠나게 했단 말이오?」

그러나 애를 낳은 처녀에게도 할 말은 있었다.

「신으로서도 딴에는 깊이 생각하는 바가 있어서 취한 조처이옵니다. 도둑의 형세가 저토록 강성하기에 맹관을 보내어 서역을 진압토록 했던 것이옵니다.」

혜제도 그 이상은 추궁하지 않았다.

맹관이 혜제 앞에 나타난 것은 그로부터 열흘이나 지난 뒤였다.

「근자에 강호의 오랑캐가 모반함에 있어서 그 형세 자못 치열하여, 앞서는 조왕이 패하고 뒤에는 양왕이 이(利)를 잃었으며, 이번에는 장군 주처가 해를 입고 양왕이 성에 포위되어 위급함을 알려왔도다. 사공 장화 등이 경을 천거하여 원수를 삼으라 하니, 이는 *열 눈이 보는 바요 열 손이 가리키는 바라(十目所視 十手所指 십목소시 십수소지), 경은 반드시 수고로움을 사양치 말고 부디 짐을 위해 도둑을 평정하여 사직을 다시 반석 위에 세우도록 하라. 짐은 마땅히 땅을 떼어주고 열후에 봉해서 그 공훈에 보답하리라.」

혜제의 말은 자못 간곡하였다.

「신이 오랫동안 국록을 먹으면서 한하옵기는 오직 성은에 보답할 방도가 없었사온데, 이제 윤음(綸音 : 임금의 말씀)을 받들어 어찌 수고를 아끼고 어찌 포상을 바라오리까. 복원 성상께서는 마음을 놓으시옵소서.」

이 경우 누구도 이렇게 밖에는 대답할 수 없는 일이었으나, 지금의 혜제에게는 그것이 특별하게 들렸다. 혜제는 매우 좋아했다.

「오, 장한지고! 과연 주석지신(柱石之臣)이로다.」

「폐하!」

맹관이 다시 고개를 들었다.

「싸움이란 장수들이 서로 피를 나눈 듯 화목해야만 공을 이룰 수 있는 것이옵니다. 그러기에 신이 막하(幕下)에 쓰는 사람은 모두 신이 전단(專斷)할 수 있도록 허락해 주시옵소서.」

「그거야 그리 하오. 누구든 뜻대로 하오. 그리고 만사에 있어 경의 명령을 좇지 않는 자 있거든 선참후계(先斬後啓 : 군률을 어긴 자를 먼저 형벌에 처하고 뒤에 임금께 아룀)하오.」

이에 평서부원수(平西副元帥)로 임명된 맹관은 낙양총관 기첨 (紀詹)을 천거하여 전봉장군으로 삼고, 고현(顧賢)·이조(李肇)를 부장군으로 기용했다.

맹관은 곧 10만의 병력을 휘동하고 도읍을 떠났다. 채 20일도 되지 않아 옹주의 경내에 들어선 그는 성에서 40리 되는 곳에 진 채를 쳤다. 한군 측의 초마는 나는 듯이 이 소식을 제만년에게 전했다. 제만년은 장빈, 제갈선우와 상의하여 일단 포위를 풀고 본 진으로 돌아갔다.

포위망이 풀리자 옹주태수 해계(解系)는 재생의 기쁨이라도 얻은 듯이 수하 막료들을 거느리고 맹관의 영채에 나가 그를 배견했다.

인사를 마치자 맹관은 해계에게 말했다.

「앞서 여러 장수들이 모두 자기 용맹만 믿고 경솔히 싸웠기에, 도리어 적으로 하여금 뜻을 얻게 했던 것이오. 내일 나는 손수 진 지에 임하여 적의 강약과 허실을 살펴보겠소. 그 후에 기묘한 꾀 를 쓴다면 그까짓 도둑을 잡는 데 무슨 힘이 들겠소.」

「그러나 제만년을 얕보지 마십시오. 예사 장수가 아닙니다.」

맹관은 해계의 충고를 가볍게 받아넘겼다.

「그놈을 얕봐서가 아니라, 사실이지 제만년은 한낱 필부일 따름이오 용맹만 믿고 잔뜩 오기(傲氣)에 차 있는 놈처럼 잡기 쉬운 것은 없단 말씀이오」

「또 하나 큰소리치는 사람이 왔구나.」

돌아가는 길에 해계의 일행은 이런 소리를 하며 웃었다.

이때, 한군 측에서는 새로 온 맹관의 문제를 놓고 수뇌부들이 모여 앉아 있었다.

「제가 듣건대……」

제만년이 말을 꺼냈다.

「맹관의 용맹이 보통을 넘는다 합니다. 어떻게 대처해야 되겠습니까?」

제갈선우가 웃었다.

「이런 판국에 보내는 장수가 용맹하지도 않다면 어쩌겠소? 내가 알기에 그 자는 지략까지 겸비하고 있는 모양입디다. 우리로서는 근신하고, 계략을 세워 적과 싸운다면 큰 실수가 없을 것이오」

장빈도 같은 뜻의 말을 했다.

「나도 전에 마읍(馬邑)에 있을 때, 진(晋)의 장수들에 대해 들은 말이 있소 지모가 있는 것은 맹관과 마융(馬隆) 정도고, 그 나머지는 용맹만 있어 문제될 것이 없는 듯하더군요 그러므로 그와 싸울 때에는 신중히 생각한 끝에 움직여서 꾀에 빠지지 않도록 해야 하리다. 만일 얕보고 덤볐다가는 반드시 실수하리니 조심하시오」

제만년은 제갈선우와 장빈이 맹관을 자꾸 추켜세우는 것이 불만스러웠다.

「제가 생각하기에도 맹관이 가벼운 적수는 아니라고 봅니다. 그러나 몇 천 리 길을 달려온 군대라 반드시 피로해 있을 것이며, 아직 이곳의 지리에도 밝지 못할 것입니다. 거기에 비해 우리는 주처를 잡은 이래 지금껏 쉬어오던 터이니까, 열 명이면 1백 명의 적을 당해내지 않겠습니까. 내일은 적을 쳐서 그 사기를 우선 꺾어 놓아야겠습니다. 이렇게 되면 맹관도 두려워하여 감히 쳐들어오지 못할 것이며, 그 뒤에 서서히 기이한 계책을 세워 이를 깨뜨려도 늦지는 않을 것입니다.」

「아니, 그렇지 않소.」

장빈이 황망히 말렸다.

「지금 갑자기 싸우면 그 꾀에 빠지기 쉬우리다. 마땅히 시일을 끌어서 그 예기가 무디어지기를 기다려야 하오. 멀리 온 군대에게는 빨리 싸우는 것이 이로우나, 우리는 적이 억세게 나오면 부드럽게 대하고, 강한 태도에는 약한 것을 보여야 되겠소. 이것이 이길 수 있는 길이오.」

그러나 제만년은 듣지 않았다. 한번 싸워 본 다음에 그러한 방법을 써도 늦지 않으리라는 것이 그의 생각이었다.

이튿날, 제만년은 새벽같이 밥을 지어먹게 하고 곧 군사를 휘동해 나아가 진세를 벌였다. 크게 북을 치고 포를 놓으며 함성을 올리게 했다. 마일(馬一)이라는 장수가 진나라 진영 가까이 말을 달려 나가 외쳤다.

「새로 왔다는 맹관은 어이 이리 늦는단 말이냐! 잠이 아직 안 깨었느냐? 겁이 난 것이냐?」

장막 속에서 맹관은 이 보고를 듣고 웃었다. 그 자리에는 양왕의 휘하에 있는 복윤도 와 있었다.

「제만년이 몇 번이나 우리 대장을 격파했다고 해서 교만한 생각을 갖고 있는 모양이구려. 경적(輕敵)이면 필패(必敗)라 했으니, 우리에게는 도리어 다행이오. 나는 서서히 그놈을 잡을까 했소만, 지금 싸움에 응하지 않는다면 우리가 계략을 꾸미고 있다 생각하여 후일 진을 굳게 지키고 나오지 않을 염려가 있소」

그는 여기서 잠시 장수들을 둘러보고 나서 작전을 지시했다.

「저놈이 강하게 나오니 우리는 약한 것을 보여 그 마음을 더욱 방자하게 만듭시다. 조금 싸우다가는 반드시 도망을 치시오 결코 이길 것을 생각하지 마시오」

그는 각자의 부서를 정해 주고 곧 배치를 끝냈다.

한편 제만년은 아무리 도전해야 적이 나오지 않으므로 초조해 있었다. 이미 오시(午時)가 가까웠다. 이제는 군대를 돌릴까 생각하고 있는데, 포성이 일어나며 진문이 열리더니 적병이 쏟아져 나오는 것이 보였다.

제만년은 말을 달려 앞으로 나가며 외쳤다.

「거기 오는 자가 맹관이냐? 내 너를 기다린 지 이미 오래다.」

「이놈! 함부로 우리 원수의 이름을 부르지 마라.」

상대편 장수가 말했다.

「우리 원수께서는 지금 성중에 가시어서 양왕 전하와 차를 들고 계시다. 어찌 너 같은 도둑을 친히 상대하시겠느냐. 너는 이 기첨(紀詹)이가 죽여주마.」

맹관이 아니라는 말에 제만년은 적이 실망했다.

「맹관이 아니거든 썩 물러가거라. 너 같은 것은 목 벨 가치도 없으니 어서 가서 맹관에게 나오라고 일러라. 너 같은 조무래기하고야 어찌 싸우겠느냐.」

「이놈!」

기첨이 노해서 달려들었다. 그러나 처음부터 제만년의 적수가 못되는 듯했다. 겨우 10여 합을 견뎌내더니 말머리를 돌렸다.

「이놈, 게 섰거라!」

제만년이 쫓아가는데, 이번에는 복윤이 나타나 길을 막았다. 복윤은 기첨보다는 강한 듯했다. 30합이나 싸움을 끌었다. 그러나 그도 이제는 지친 모양이었다. 도망을 치면서 외쳤다.

「세상에 센 놈도 다 보겠네.」

제만년은 군대를 지휘하여 적의 뒤를 쫓았다. 진군은 사태가 나듯 무너졌다.

기첨과 복윤은 하도 급해 본진으로 못 들어가고 오른쪽 길로 도망했다. 제만년은 적의 본진을 습격했다. 진지에 남아 있던 군사들은 갑자기 밀어닥친 적병에 대해 어찌할 바를 모르는 듯 기물이고 무기고 그대로 버려둔 채 도망하기에 바빴다.

손쉽게 적진을 점령하고 난 제만년은 곧 사람을 본부에 보내어 공을 알렸다. 이 보고를 듣는 장빈의 얼굴에 핏기가 싹 가셨다.

「이것 큰일 났군. 먹이를 던져주어서 고기를 낚는 수법을 썼구나. 빨리 가서 일러라. 절대로 더 나가지 말라고. 만약 제장군이 이미 진격했거든 얼른 쫓아가서 회군(回軍)하시게 하라!」

그는 급히 사자를 되돌려 보냈다.

한편 일부러 도망친 진군이 10리쯤 오니 거기에서 맹관이 기다리고 있었다. 이를 본 장수들이 일제히 말에서 내렸다.

「잘했소. 수고들이 많으시오」

맹관은 도망쳐온 장수들에게 치하부터 했다.

「모두 잘 들으시오」

그는 장수들을 장막에 모아 놓고 일렀다.

「내가 아까 답사해 보았는데, 여기서 30리쯤 가면 마파(麻坡)라는 고장이 있소. 여기는 가히 복병을 묻을 만한데, 길이 머니까 오랑캐들이 의심하지 않으리다. 기첨은 선봉이 되어 1만의 군사를 이끌고 가서 산 밑 큰 길의 왼쪽에 함정을 파시오. 그 위에는 얇은 널빤지를 깔고 흙을 덮되 떼를 입혀서 적이 눈치를 못 채게 만드시오. 길 중간에다 표를 해서 안전한 길을 알 수 있도록 해놓으면 내가 제만년을 유인하여 그곳으로 가리다.」

기첨은 곧 떠나갔다. 이번에는 해계와 이조에게 명령했다.

「장군들은 병사 1만을 끌고 마파에 가서 그 산에 매복하고 있다가 제만년이 함정 가까이에 이르는 것을 기다려 이를 치시오.」

그는 이어서 복윤과 고현을 불렀다.

「두 분은 정병 5천을 이끌고 나가서 제만년과 싸우되, 오직 질 것만을 생각하고 아예 이기려 들지 마시오. 도둑이 쫓아오지 않으면 되돌아서서 그 마음을 격하게 만들어 다시 싸우다가 뛰시오. 20리쯤에서 내가 기다리고 있다가 제만년을 유인하겠소.」

장수들은 곧 부서를 따라 흩어졌다.

복윤과 고현은 군대를 인솔하고 바로 제만년의 진영으로 다가가서 큰 소리로 외쳤다.

「아까는 노독이 나서 너희에게 진영을 빼앗겼다만, 원수께서 우리들을 몹시 책망하시기에 다시 나왔다. 너희가 스스로 물러나고 우리의 기물을 그대로 돌려준다면 모르되, 그렇지 않다가는 한 놈도 남김없이 죽여서 원수에게 꾸중 들은 원한을 풀리라.」

장막에서 밥을 먹고 있던 제만년은 병사가 들어와 이 소식을 전하자 크게 웃었다.

「무어라고? 진영을 돌려달라고? 원, 세상에 미친놈들도 다 보겠네. 내가 밥을 먹고 나갈 테니 잠시 기다리라고 일러라. 내 나가서 요놈들을 산 채로 잡아 놓고, 그래도 진영을 돌려달라고 하는지 시험해 봐야겠다.」

그는 몹시 재미가 있다는 듯 다시 웃었다. 다른 장수들은 긴장해서 간했다.

「두 분 군사(軍帥)께서 말씀하신 바가 있습니다. 진문을 굳게 닫고 싸우지 않는 것이 상책일 것입니다. 저들이 무슨 흉계를 짜 놓고 있는지도 모르니, 조심하셔야지요.」

「알았소. 알았소.」

제만년은 귀찮은 듯 소리를 꽥 질렀다.

「나에게도 다 생각이 있소. 더 이상 말하지 마오.」

제만년은 곧 갑옷으로 갈아입고 백마 위에 높이 앉은 채 진문 앞으로 나갔다.

「듣자니 진영을 돌려 달라 한다며? 그런 철없는 소리를 한 놈은 도대체 어떤 놈이냐? 그 상판대기를 한번 보자.」

그러자 복윤이 말을 받았다.

「제만년! 너는 오랑캐 땅에서 성장한 탓인지 사리를 조금도 모르는구나. 물각유주(物各有主 : 물건에는 임자가 있음)는 천지의 공도(公道)다. 그러기에 지혜 있는 이는 자기의 분수를 지키는 법이야. 이와는 반대로 남의 것을 넘겨다본다면 그것이 탐심이요, 제 것 아닌 것을 차지하려 드는 자가 바로 도둑이다. 듣거라! 개벽 이래 중국은 천자의 가지신 바이거늘, 너희가 엿보니 크게 천리(天理)에 역행한다 할 것이다. 의당 침범한 땅도 내놓고 물러가야 옳겠는데, 어찌 우리 진영을 우리가 내놓으라고 하는 지금, 이러니저러니 하고 말을 피하느냐.」

「갈수록 미친놈이구나.」

제만년이 크게 웃었다.

「물각유주의 논법으로 따질 것 같으면 너희 진(晋)은 위(魏)에게 나라를 돌려주고, 위는 우리 한(漢)에게 중원을 반환해야 할 것이다. 그러기에 너희 같은 역적의 무리를 소탕하고 한실을 다시 세우려는 것이니, 그런 이치를 알거든 얼른 말에서 내려 항복을 하여라.」

「이 천명을 모르는 오랑캐 녀석 제만년아! 너는 강호와 흉노 사이에서 태어난 자식이라는데, 그것이 사실이냐?」

「무엇이?」

제만년은 하도 화가 치밀어 말도 잇지 못하고 달려들었다.

바람이 쌩쌩 일어나는 제만년의 칼날을 철퇴로 겨우겨우 막으면서 복윤은 한 걸음 두 걸음 뒤로 밀리더니, 기어코 말머리를 돌려 꽁지 빠지게 내빼고 말았다.

「이놈! 거기 못 섰느냐.」

제만년은 악을 쓰며 그 뒤를 따라갔다. 복윤은 잡힐 듯하면서도 그때마다 용케 위기를 모면하며 도망했다. 그럴수록 제만년은 더욱 극성스레 그 뒤를 추격했다.

10리나 갔을까, 다시 잡힐 듯 형세가 위급해지자, 복윤은 만사를 단념한 모양으로 되돌아섰다.

「무엇 때문에 이리도 따라오느냐? 진영은 달라지 않을 테니 고이 돌아가거라. 이러다가 우리 원수를 만나게 되면 너는 박살이 나고 말 텐데.」

「그래도 주둥이를 나불거려!」

제만년은 버럭 성을 내며 이번에야말로 복윤을 잡아 한을 풀리라 마음먹었다. 그러나 복윤은 여전히 위태위태한 싸움을 20합이나 용케도 버티어가던 끝에 다시 말머리를 돌리고 말았다.

제만년은 다시 따라나섰다. 부장 마일이 쫓아오며 외쳤다.

「장군! 너무 쫓아가지 마십시오 장군! 너무 가지 마십시오 복병이 있으면 큰일입니다.」

제만년도 마음에 걸리는 바 있어서 걸음을 멈추었다. 그때 함성이 일어나며 한떼의 군사가 내달려왔다. 거기에는 고현(顧賢)이라는 이름의 깃발이 보였다.

제만년이 크게 웃었다.

「저놈들이 복병인 모양이군.」

제만년은 군사를 이끌고 바로 쳐들어갔다. 그의 칼이 번쩍일 때마다 무수한 적병이 쓰러졌다.

「이놈, 제만년아!」

고현이 창을 비껴들고 다가왔다. 두 사람은 얼마를 싸웠다. 처음부터 도망하기로 작정이 되어 있는 고현은 창을 헛찌르는 척해 보이고 말머리를 돌렸다. 그러나 미처 계획대로 도망칠 시간이 없었다. 번개같이 내려치는 칼에 본의 아니게도 머리를 정통으로 맞고 쓰러진 것이다.

이것을 본 진군은 와 하고 달아났다. 제만년은 더욱 신이 나서 그 뒤를 추격했다.

얼마쯤 달리노라니 도망치는 복윤이 보였다.

「복윤아! 너는 언제 항복할 것이냐?」

바짝 따라간 제만년이 외치자 복윤이 돌아섰다.

「정말 지긋지긋하구나. 왜 이리 못살게 구느냐? 내 너를 관대히 대해주려 했더니 안되겠다. 내 칼에 죽어봐라.」

말은 크게 했으나 사실은 이에 미치지 못했다. 겨우 10합 만에 또다시 내빼는 것이었다. 도망치는 재간으로는 당할 사람이 없겠다고 혀를 차면서 얼마를 따라가니까, 앞에 적잖은 군대를 인솔한 장군이 한 사람 나타났다. 붉은 갑옷에 황금투구를 쓰고 손에는 쌍간(雙簡)을 들었는데, 진지 앞에 말을 세우고 외쳤다.

「거기 오는 것은 반적(叛賊)의 괴수 제만년이 아니냐. 여기에서 맹원수가 너를 기다리노니, 빨리 말에서 내려 사(邪)를 버리고 정(正)으로 돌아오너라. 망령되이 천병(天兵)에 항거하여 죄를 얻지 말라.」

「오, 네가 맹관이냐. 네놈을 만나고자 애태웠다. 조금이라도 사리를 알거든 항복하여 주처 꼴이 되지 마라.」

제만년은 이제야말로 맹관을 잡아야 되겠다고 생각하며 용기 백배하여 앞으로 나가려 했다. 그러나 이때 사수들이 일제히 활을 쏘아댔으므로 주춤할 수밖에 없었다.

맹관은 이렇게 시간을 끌며 기첨이 돌아오기를 기다리는 것이었다.

제9장. 거성(巨星)은 떨어져도

1. 제만년의 전사

본진을 지키고 있는 장빈과 제갈선우에게 보고가 올라왔다. 제만년은 복윤(伏胤)과 싸운 끝에 크게 이겨 도망하는 적군을 추격 중이라고. 이 소식을 들은 두 사람은 어안이 벙벙하여 한참을 서로 바라보고 있었다.

「큰일 났구려!」

이윽고 장빈이 한탄하듯 말했다.

「맹관의 지략이 예사가 아닌데, 제장군이 용맹만 믿고 추격해 가다가는 반드시 그 꾀에 빠지고야 말 것이오. 누가 나가서 이를 구하겠소?」

「제가 가오리다.」

유영이 곧 3천의 군사를 이끌고 나는 듯이 달려갔다. 양홍보도 나섰다.

「유장군께서 이미 떠나셨지만, 만일 길을 잃든가 적병의 방해를 만나 지연된다면 큰일이니, 소장에게도 3천만 떼어주십시오 다른 길로 달려가 보겠습니다.」

장빈이나 제갈선우에게 이의가 있을 턱이 없었다. 그도 곧 떠나갔다. 제갈선우가 말했다.

「제만년이 군령(軍令)을 받들지 않고 용맹만 믿어 적을 업신여기니, 거듭 장수를 보내 만류해 봄이 어떻겠소?」

「좋은 말씀이오.」

장빈은 곧 양경(良卿)·문한(文韓)에게 명령했다.

「두 분은 군대를 끌고 달려가서 제장군뿐 아니라, 유영·양홍보 두 장수까지 빨리 재촉하여 데리고 오시오. 절대로 적과 싸우지 말고 속히 돌아오라고 하시오.」

양경과 문한이 떠나가자, 장빈은 다시 황신과 조염에게도 5천의 병사를 주어 달려가도록 했다.

이때, 맹관은 기첨이 돌아오는 것을 기다리기 위해 시간을 벌 필요가 있었으므로 일제히 활을 쏘아 제만년의 걸음을 멈추게 한 다음 진두에 나서서 시비를 걸었다.

「제만년! 너는 바다를 본 적이 있느냐?」

「미친 놈 같으니!」

제만년이 비웃었다.

「죽게 되니까 머리까지 돌았느냐. 갑자기 바다는 무슨 놈의 바다냐. 못 보았다. 어쩔 테냐!」

그러나 맹관은 여전히 담담한 표정으로 물었다.

「그러면 낙양은 본 적이 있느냐? 바른 대로 말해 봐라.」

「이놈! 정신이 과연 제대로 붙어 있는 놈이냐? 낙양은 또 무슨 낙양이냐. 바른 대로 대라는 것은 또 무엇이고. 참 별놈 다 보겠네. 그러나 소원인 모양이니 말해 주마. 낙양도 못 봤다. 못 봤기에 지금부터 구경해 보려고 군대를 일으켜 너희를 토벌하는 것이 아니냐.」

「그럴 줄 알았다.」

맹관은 고개를 끄덕끄덕해 보였다.

「이놈! 알기는 무엇을 알았단 말이냐?」

제만년이 소리를 버럭 질렀다.

「그런 줄 알았어!」

맹관은 다시 한 번 같은 소리를 뇌까렸다.

「제만년! 바다는 이런 데 있는 냇물이나 강물과는 다르다. 저 하늘이나 마찬가지로 넓다. 아무리 바라보아야 눈이 모자라고, 얼마를 가도 끝이 안 난다. 이런 곳의 강물을 억 개 아니라 십억 개를 합쳐도 백분의 일도 따르지 못한다.」

제만년은 저놈이 무슨 소리를 하려고 저러나 생각하며 의아하기만 했다.

「제만년! 너는 또 낙양을 못 보았다고 했겠다. 하기는 오랑캐 땅에서 자란 놈이 언제 보았겠느냐만, 낙양이 얼마나 번화한지 상상도 못하리라. 인구 백만, 고루거각(高樓巨閣)이 하늘에 치솟고, 사람은 모두 비단을 휘감았는데 풍악소리는 밤낮으로 끊이지 않는 곳, 그곳이 낙양이다. 너희들 오랑캐의 마을이나 읍은 만 개를 포개고 10만 개를 합쳐도 발밑에나 갈 줄 아느냐.」

「이놈아, 그래서 어쨌다는 거냐?」

제만년이 듣다못해 소리를 질렀다.

「왜, 지루하냐. 간단히 말해주마. 냇물이 바다를 헤아릴 수 없고, 시골마을로 낙양을 상상할 수 없듯, 너처럼 오랑캐 땅에서 자란 놈이 대국의 인물을 따르려 언감생심 마음도 먹지 마라. 내가 손 하나만 까딱해도 너 같은 오랑캐는 단박에 피를 토하고 쓰러질 것이니, 분수를 알았거든 즉시 물러가거라.」

듣고 보니 맹랑했다. 기껏 농락만 당한 셈이었다.

「이놈! 네 혓바닥을 갈기갈기 찢어 놓고야 말겠다.」

제만년은 무섭게 화를 내며 달려가 단칼에 쳐 죽이려고 하였다. 그러나 그 순간, 적병이 일제히 화살을 쏘아대는 데는 어쩔 수가 없었다. 제만년이 망설이고 서 있는데, 말발굽 소리도 요란하게 한떼의 군사가 나타났다. 자세히 보니 앞에 선 것은 기첨이었다.

「제만년! 너 여기에 있었구나. 잘 만났다.」

기첨은 제만년을 보기가 무섭게 달려들었다.

「이놈! 그래도 또 덤벼!」

제만년은 기첨쯤 안중에 있을 턱이 없었다. 모든 것은 앞에서 싸웠을 때와 비슷한 경과를 더듬었다. 제법 힘차게 칼을 휘두른 것은 처음 몇 합뿐이었고, 이내 힘에 겨운 듯 허우적거리던 기첨은 10합이 넘지 못해서 말머리를 돌리고 말았던 것이다.

그 뒤를 쫓아가며 한칼로 목을 향해 내려치려는 순간, 이번에는 맹관이 뛰쳐나왔다.

「이놈! 원수의 검술 맛을 좀 보련?」

제만년은 본래부터 맹관을 노리던 터라 곧 기첨을 버리고 그에게로 향했다.

「그래, 원수의 검술을 구경 좀 하자꾸나.」

두 사람의 고함이 터지면서 칼과 칼은 허공에 맞부딪쳐 불꽃을 튀겼다. 치고 피해가며 서로 싸우는 모양은 번개 같고 바람 같았다. 제만년의 전법이 보다 적극성을 띠고 있는 데 비해 맹관의 그것은 비록 방어 위주이기는 했으나 적이 내려치는 무서운 칼날을 그때마다 날쌔게 피하면서 공격으로 생긴 허점을 교묘히 찔러오는 모습이 결코 범수(凡手)가 아니었다.

두 사람은 힘을 다해 30여 합을 싸웠다. 이때부터 차츰 힘의 평형이 깨지고 전세는 한쪽으로 기울기 시작했다. 맹관의 방어가 겨우 겨우 유지되는 형국이 되었다. 40합이 되자 형세는 결정적이었다. 제만년의 칼이 더욱 생기를 띠는 데 반해 맹관은 현저히 열세에 몰려 한 걸음 한 걸음 뒤로 물러났다. 제만년은 갑자기 전법을 바꾸었다. 맹관을 노려 바람을 일으키던 칼이 별안간 그의 말을 향해 번개같이 내려쳐진 것이다. 이 순간 맹관은 고삐를 낚아 말머리를 획 돌려 이를 피하는가 싶더니 그 자세로 그냥 달리기 시작했다.

「저놈 잡아라!」

제만년은 고함을 지르며 쫓아갔다. 원수가 도망하는 것을 본 진군은 물론 총퇴각이었다. 얼마를 쫓아가는데 양홍보가 따라오면서 외쳤다.

「제장군! 제장군! 잠시 말을 멈추십시오. 적의 꾀에 빠지지 마시오!」

그러나 아차 하는 순간에 적의 우두머리를 놓치고 난 제만년의 귀에 그런 소리가 들릴 리 없었다. 제만년은 전력을 다해 그대로 추격을 계속했다.

이때 맹관은 한시가 급했다. 투구까지 벗어던진 맨머리 바람으로 도망치고 있었다. 이를 본 편장(偏將) 임무(林茂)가 말했다.

「장군! 저놈이 투구까지 벗어던진 것을 보면 반드시 모략이 있습니다. 두 분 군사께서도 곧 회군하라고 장수들을 보내오시지 않았습니까. 어서 회정(回程)하시지요」

그러나 제만년은 고개를 가로저었다.

「조금만 있으면 맹관을 사로잡을 텐데 그게 무슨 말이오? 저놈만 잡으면 다른 장수들 열 명의 목을 벤 것보다 효과가 있을 것이오」

제만년은 더욱 맹관을 급히 쫓았다. 얼마쯤 가니까 복윤이 어디선지 뛰어나왔다.

「이놈! 아직도 죽지 않고 여기까지 기어왔구나. 좋다, 나는 지금 밥을 먹고 난 참이니 어디 한번 해보자. 네가 이번에 이기면 마땅히 땅을 떼어주고 너를 상장(上將)으로 삼아 내 휘하에 있게 하마. 그러나 만일 나에게 지거든 깨끗이 항복하여 소용없는 싸움을 그만두도록 하라.」

여전히 비위를 박박 긁는 소리였다.

「이놈! 만날 때마다 함부로 지껄이니, 내 너를 토막을 내지 않고는 물러서지 않겠다.」

제만년은 크게 노하여 칼을 휘둘렀다. 호언장담하는 분수로 봐서는 역시 복윤의 실력은 보잘것없었다. 겨우 10합을 버티더니 다시 도망치기 시작했다. 제만년은 그 뒤를 쫓았다. 어느덧 그는 맹관의 작전지역인 마파에 들어와 있었다. 그러나 그런 줄을 알 턱이 없는 제만년은 여전히 적의 뒤를 쫓았다. 얼마 안 가서 저쪽에 맹관이 서 있는 것이 보였다. 채찍을 들어 말을 갈기려는데 그의 팔을 잡는 사람이 있었다. 임무(林茂)였다.

「장군! 고정하십시오. 여기저기서 말울음 소리가 들리는 품이 아무래도 심상치 않습니다.」

제만년도 그제야 불길한 생각이 들어 멈추었다. 그리고 막 말머리를 돌려 사방을 둘러보려는 순간, 포성이 울리며 이조와 해계가 이끄는 복병이 밀려왔다. 제만년은 싸우기 위해 앞으로 말을 몰았다. 그러나 어찌 알았으랴! 그곳이 바로 함정일 줄이야! 제만년은 몇 걸음도 안 가서 말과 함께 함정 속으로 빠져들었다.

임무를 비롯하여 함께 달리던 10여 기(騎)도 함께 떨어졌다. 그것은 한 순간의 일이었다.

함성을 지르며 진병들이 와르르 몰려들었다. 그들은 손에 쇠갈고리를 들고 끌어올려서 잡으려 했다. 그러나 뒤에서는 한병(漢兵)

이 달려오고 있었다. 이를 보고 해계가 소리쳤다.

「쏴라! 막 쏴서 죽여라!」

아깝고 원통하구나. 한실 부흥의 큰 뜻을 품고 10여 성상(星霜)을 끝까지 최선봉에 서서 싸워온 경천(驚天)의 맹장이 좁은 함정 속에서 몸 한번 제대로 움직이지 못하고, 대도 한번 휘둘러도 못 보고 난전(亂箭) 하의 원혼(冤魂)이 되다니, 정녕 천명(天命)이 야 속하구나.

시인은 시를 읊어 그의 죽음을 못내 애석해 했다.

사납고 용맹스런 모든 영령이 공을 세우려 했건만,
하늘은 영웅을 돕지 않는구나!
난전이 일제히 나니, 만 개의 별이 흐르는 듯
마파의 함정 속 큰 군사를 쏘았구나.

悍勇永齡欲建功   한용영령욕건공
可憐天不助英雄   가련천부조영웅
亂箭齊飛萬點星   난전제비만점성
痲坡坑中射雄兵   마파갱중사웅병

양홍보가 달려왔을 때에는 이미 일이 끝나버린 뒤였다. 그는 눈 이 곤두서도록 노해서 철퇴로 함정 근처에 있는 진군을 마구 쳐 죽였다. 장수고 졸이고 간에 가리지 않았다. 말을 만나면 말을 죽 이고, 사람을 만나면 사람을 죽였다. 이를 본 진병은 모두 피하기 에 바빴으므로 그의 앞에는 저절로 길이 열렸다.

이조가 달려오면서 외쳤다.

「제만년의 꼴을 못 봤느냐, 속히 말에서 내려라!」

그러나 분기충천한 양홍보는 대답도 없이 철퇴를 내려쳤다. 이조는 재빨리 상반신을 틀어 피했으므로 철퇴는 그 대신 말머리를 부수어버렸다.

땅에 떨어진 이조 따위에게는 눈도 주지 않은 채 양흥보는 앞으로 앞으로 달렸다. 이번에는 복윤이 내달아 길을 막았다.

두 사람은 불꽃이 튀도록 싸웠다.

이때 서북쪽에서 함성이 들리더니 한 떼거리의 군마가 밀려왔다. 앞에 선 것은 유영이었다.

유영은 1장 8척의 사모(蛇矛)를 휘두르며 진병의 방어진을 돌파하고 앞으로 달려왔다.

이를 본 한병들이 환호성을 올리며 맞이했다.

「제장군은 어디 계시냐?」

유영이 급히 소리치자, 한 병사가 대답했다.

「돌아가셨습니다. 적이 파놓은 함정에 빠지셨습니다.」

「뭐라고, 함정에?」

상처받은 호랑이처럼 울부짖는 유영의 수염이 곤두섰다.

「이 원수 놈들!」

그의 호통과 함께 진병들은 비명도 지를 사이 없이 쓰러졌다. 유영은 닥치는 대로 찔렀다. 그의 창이 번뜩이는 곳에 그야말로 진병의 목숨이 추풍낙엽처럼 떨어졌다. 그는 미친 듯이 창을 휘둘렀고, 그에 따라 발 디딜 곳도 없게 사람이 죽어갔다. 마치 죽은 제만년의 원한이 창끝을 타고 이리저리 날뛰는 것 같았다.

이를 보고 복윤이 달려들었다. 적이 내려치는 철퇴를 멋지게 비키면서 유영은 그대로 다가서더니 복윤을 한 손에 잡아 말 아래로 던져버렸다. 이어서 유영의 창은 복윤의 가슴에 구멍을 내는 듯했으나, 말을 바꾸어 타고 나타난 이조가 재빨리 그 창을 가로막았다. 그 사이에 복윤은 구사일생으로 목숨을 건져서 도망할 수가 있었다.

이조는 유영의 용맹을 익히 알고 있었으므로 처음부터 힘을 다해 싸웠으나 형세는 남 보기에도 이롭지 못했다. 그대로 둘 수 없다고 판단한 해계가 달려와 이조를 도왔다. 유영은 적장 둘을 동시에 대항하면서도 여유 있게 싸웠다.

이때 함성이 나며 또 한떼의 군마가 밀려와 진병을 무찌르기 시작했다. 황신과 조염이 이끄는 부대였다. 황신·조염은 유영이 두 장수를 상대로 하여 싸우는 것을 보고 이조와 복윤에게 달려들었다. 유영 한 사람을 상대하기도 힘에 겨웠던 두 사람은 사세가 급박해진 것을 알고 말머리를 돌렸다.

총퇴각이었다. 진군은 너나없이 앞을 다투어 도망쳐갔다. 제만년을 죽인 공을 제 것으로 하기 위해 병사를 시켜 그 목을 베는 작업을 시키고 있던 기첨도 모처럼의 야심을 포기한 채 도망할 수밖에 없었다.

「저놈들을 추격하라! 한 놈도 남기지 마라! 제장군의 원수를 갚아야 한다!」

이렇게 외치면서 양홍보가 도망하는 진군을 쫓아가자 모든 한군이 그 뒤를 따랐다. 쏘고 치고 찌르고…… 진병의 시체는 산처럼 쌓이고 피는 흘러 내를 이루었다.

2. 진군의 패전

비록 진군(晉軍)을 패주하게는 했을망정 제만년을 잃었다는 것은 한나라 측에 적잖은 타격을 주었다. 장병들에 의해 운구되어 오는 그 시신을 보고 백성들까지 모두 한탄하기를 마지않았다.

「이제는 누굴 믿고 살지!」

「제장군이 돌아갔으니, 이젠 꼼짝없이 적군에게 짓밟힐 차례

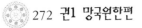

구려.」

별소리를 다했다.

하물며 고락을 같이 해오던 장수들의 슬픔이야 이를 것이 있겠는가. 얼마 동안은 진중에서 곡성이 끊이지 않았다.

제갈선우가 말했다.

「제만년 장군은 대사를 처음으로 일으켰던 장수요, 우리 상하가 오직 이 사람을 의지해 오던 터인데, 불행히도 이런 참변을 만나니 어찌 그 슬픔을 말로 다 하겠소? 그러나 지나간 일을 가지고 끝없이 애통해 하는 것은 부질없는 일이니 속히 대책을 세워야겠소. 지금 전하께서 경양(涇陽)에 계시고 군대의 예기도 약간 꺾인 감이 없지 않으니 즉시 성중으로 돌아가서 후일을 기약합시다.」

장빈도 이 말에 동의했다. 그들은 곧 진영을 거두어 경양성으로 돌아갔다. 유연(劉淵)은 관을 잡고 통곡했다.

「장군! 이것이 어찌 된 일이오? 우리의 장래가 장군의 어깨에 달려 있었는데, 어찌 이렇게 간단 말이오?」

이것을 보고 싸움터에서 돌아온 장병들까지 울었다. 장빈이 말했다.

「전하! 울음을 그치시오소서. 윗사람은 희로애락의 정을 너무 드러내서는 안되는 법입니다. 그렇지 않아도 모두들 낙담하고 있는 이 마당에 전하까지 이러시면 군민(軍民)의 마음을 어떻게 진정시키겠나이까.」

「그러나 이 일을 아니 슬퍼하고 무엇을 슬퍼한단 말이오?」

눈물을 거두지도 않은 채 유연이 말했다.

「나는 팔 하나를 잃은 듯하구려. 제만년의 용맹으로 이런 꼴을 당하니 이것이 어찌 운명이 아니겠소. 하늘은 아마도 한조(漢朝)의 부흥을 원하시지 않는 모양이오. 그렇지 않고서야 어찌 이런 변이 일어나겠소.」

제갈선우가 나서서 말했다.

「전하께서는 무슨 말씀을 그렇게 하시나이까. 제장군이 지금까지 나라 일에 애쓴 것은 누구나 아는 터이지만, 천하의 운명이 어떻게 한 사람에 의해 좌우되겠사옵니까. 제장군이 지금까지 세운 큰 공도 따지고 보면 여러 장수와 병사가 그와 한 몸이 되어 싸웠기 때문입니다. 더욱이 한실(漢室)을 다시 일으켜 백성을 도탄에서 구함은 하나의 대의(大義)입니다. 그것이 의로운 일이라면 혼자라 해도 오히려 피할 수 없거늘, 우리에게는 용맹한 장수가 구름처럼 많사옵니다. 이런 인재와 백성의 여망을 한 몸에 지니시고 지나치게 낙담하심은 도리가 아닙니다.」

그제야 유연도 울음을 그쳤다

「내가 좀 지나쳤던가 보오 훌륭한 대장을 갑자기 잃으니 애통했을 뿐이오 어찌 여러 장수를 소홀히 보아 그런 것이겠소? 모두들 오해는 마시오.」

장빈이 말했다.

「과거는 과거, 우리는 현재의 일을 논의하셔야 하옵니다. 지금까지 제장군이 군사를 주관해 왔으나, 이제부터는 전하께서 친히 통솔하시기 바랍니다. 그래야 아무도 장령(將令)을 어기지 못할 것입니다.」

여러 장수들도 그 밀에 찬성했다.

며칠이 지났다. 제만년의 장례도 끝나고 적이 쳐들어올 것이라 하여 여러 대비책이 강구되고 있었다.

그런 어느 날, 마침내 맹관이 대군을 이끌고 쳐들어오고 있다는 보고가 있었다.

「제가 나가서 적을 막겠습니다. 어찌 경내를 짓밟도록 할 수야

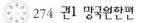

있겠습니까.」

유영이 자진해서 나서려 하는데, 포성이 가까운 곳에서 들리며 함성마저 일어나는 것이 아닌가. 뒤따라 보고가 들어왔다.

「적은 이미 성에서 5리쯤 떨어진 곳에 진을 쳤습니다.」

이렇게 되면 유영 혼자서 물리칠 수도 없는 노릇이었다.

장빈은 곧 요소요소에 병력을 배치하여 굳게 지키도록 했다. 곧 긴급회의가 열렸다. 유연이 말을 꺼냈다.

「반드시 오리라고 예상은 하고 있었소. 제만년이 죽은지라 백성들이 두려워하여 동요하고 있는 듯하오.」

장빈이 말했다.

「한 사람이 없어졌다 해서 백성이 공포에 떨어서야 되겠나이까. 내일은 군대를 내어 저들을 격멸함으로써 우리에게 사람이 있음을 알려줘야 하겠나이다.」

「옳은 말씀이오.」

교흔(喬昕)이 의견을 말했다.

「한판 싸움에 적군의 예기(銳氣)를 끊어야 하옵니다. 그러기 위해서는 무엇보다 필요한 것이 선봉의 문제입니다. 지금 제장군이 작고하셨으니, 마땅히 용맹한 장수를 가려 그 직책을 맡기시는 것이 좋을까 하옵니다.」

누가 생각해도 적절한 주장이었으나 뜻밖에 적잖은 물의를 일으키는 불씨가 되었다. 세 장수들이 제각기 선봉을 다투고 나섰기 때문이었다.

앞서 유영이 자원했다.

「저는 후군(後軍)을 맡아서 지금껏 제장군과 함께 싸워왔습니다. 재주는 없으나 허락하신다면 제가 맡겠사옵니다.」

그러자 양홍보가 나왔다.

「전일 겨뤄보았지만, 진나라 장수들이란 그리 대단하지는 않았습니다. 유장군도 물론 적임입니다만, 이렇게 하면 어떻겠나이까. 저와 둘이서 선봉이 되게 하시면.」

이때 호연유도 나섰다.

「저는 지금껏 적과 맞서보지 못했습니다. 이번 일만은 저에게 맡겨 주시면 감사하겠나이다. 바라는 것이 있어서가 아니라, 나라를 위해 미력이나마 바치기 위해 드리는 말씀입니다.」

제갈선우가 웃으며 말했다.

「장군들은 왜 이리 다투시오 세 분을 다 마음껏 싸우게 해드릴 테니, 그 조종은 저에게 맡기시오 우리 군대가 사기를 회복하고 못하고는 이번 싸움에 달렸으니, 장군들은 한 몸이 되어 움직일지언정 결코 공을 다투지 마시오 싸움이란 기선을 제압하는 쪽에 이(利)가 있으니, 호연유 장군은 북문으로 나가 적에게 싸움을 거시오 양국진(楊國珍) 장군은 2천의 병력으로 북문 안에 매복하고, 황신 형제는 서문 안에 매복하고, 조염 형제는 남문 안에 매복하시오 그리고 유장군은 3천을 인솔하고 적의 형세가 강하다 싶으면 가서 도우시오 이리하면 아마 실수는 없으리다.」

장빈이 말했다.

「그렇게 하면 승리를 거둘 것입니다. 그러나 내 생각 같아서는 유자통이 3천의 병력을 가지고 그 뒤를 받쳐주는 것이 좋을까 하오. 호연안 장군은 구응(救應)을 맡고, 호연유 장군이 잠깐 싸우고 있노라면, 포성을 신호로 하여 4문에 매복했던 군대는 일제히 일어나 적을 치시오 유영 장군은 다른 것은 돌보지 말고 바로 중군(中軍)에 뛰어들어 맹관을 잡으시오 비록 사로잡는 데 실패하는 경우에라도 크게 이길 것입니다.」

제갈선우도 그것이 좋겠다고 찬성했으므로 장수들은 각자 부서를 맡아가지고 물러섰다. 날이 밝았다. 장빈은 망루(望樓)에 올라가보았다. 진병은 3면에서 성을 포위했는데 그 형세는 매우 치열했다. 북문에만 적의 그림자가 보이지 않았다.

그들이 세운 기에는 장수들의 이름이 보였으므로 공격군의 대장도 손쉽게 알 수 있었다. 서문엔 기첨, 남문엔 복윤, 동문엔 평강장군 이조가 있었으나 북문만은 에워싸지 않았다. 이리로 한군이 나오기를 기다리는 증거였다. 아마 무슨 음모가 있는 것이리라.

장빈은 곧 장수들을 불러놓고 말했다.

「장군들이 큰 공을 세울 때가 왔소. 맹관이 비록 진평(陳平)의 지혜가 있다 하더라도 어찌 패하지 않겠소. 각자 풍우처럼 몰아나가시오. 갑자기 일어나는 뇌성벽력으로 인해 귀를 가릴 사이가 없으리다.」

한편 진군 측에서는 적이 쳐나오지 않음을 보고 제만년이 죽었기 때문에 성중의 장병이 의기소침해 있는 것이라 판단하여 이 틈에 성을 공격하려고 만반의 준비를 서두르는 참이었다. 갑자기 포성이 일어나는가 싶더니 북문이 활짝 열리면서 대장이 군사를 이끌고 나오는 것이 보였다.

장신거구(長身巨軀) 호항표형(虎項豹形 : 호랑이 목에 표범 같은 자태)에 얼굴은 불빛같이 붉은데 손에는 긴 창을 비껴들고 있었다. 유영이었다. 진군은 싸움에 지친 적병이 마지막으로 도망치기 위해 나오면 잡으려고 복윤이 이끄는 복병을 배치해 놓았던 것이다. 따라서 성에 대한 공격도 시작하지 않은 이 시각에 적의 주력부대의 공격을 받고 보니 도리어 낭패였다. 겨우겨우 가다듬어서 버티어 나갔다.

유영의 용전분투하는 모습은 악귀야차처럼 보였다. 그의 창은 경우에 따라 사람과 말을 함께 꿰뚫기도 하였다. 이를 보고 복윤이 달려와 맞섰다. 두 사람이 몇 합을 싸우는데 북문이 다시 열리며 또 한떼의 군대가 함성을 지르며 쳐나왔다. 복윤이 적정을 파악하기 위해 퍼뜩 그쪽으로 눈을 준 것이 실수였다. 그것은 번개 같은, 문자 그대로 일별(一瞥)이었으나, 그 사이에 유영의 창을 팔에 받아야 했던 것이다.

복윤이 허둥지둥 본진으로 도망하는 그 뒤를 호연안이 3천의 군사를 이끌고 바로 추격했다. 복윤은 본진에도 들어가지 못한 채 어디론가 내빼고, 거기에 있던 병사들은 모두 무참한 죽음을 당하고 말았다.

동문 밖에 있던 이조는 북문에서 싸운다는 보고를 받고 그쪽으로 달려갔다. 망루에서 이것을 본 장빈이 포를 울리자, 동문이 열리며 양홍보의 군대가 물밀듯이 밀려나갔다. 그뿐 아니라 이때에는 서문·남문에서도 황신 형제와 조염 형제가 공격해 나오고 있었다. 이리하여 동서남북의 성문 밖에서는 동시에 싸움이 벌어졌고 싸움은 어느 곳에서나 진군 측이 불리했다.

유영과 장경은 작전 지령에 따라 바로 적의 중군을 들이쳤다. 불의의 공격을 받고 우왕좌왕하는 진군을 쫓아 얼마쯤 가니까 대장의 기가 보였다. 유영은 곧장 그리로 향했다. 이를 본 진군의 부장(副將) 네 명이 길을 막았다가 몇 번 싸워 보지도 못한 채 죽어갔다. 다른 장수 몇 명도 장경의 창끝에 찔려 쓰러졌다. 그야말로 순식간의 일이었다.

맹관도 형세가 기운 것을 알고 말을 달려 도망했다.

「명색이 대장으로 도망만 치기냐」

유영은 그 뒤를 바짝 쫓으면서 활을 당겼다. 활시위 소리와 동시에 맹관이 납작 엎드리지 않았다면 그의 머리나 목에 정통으로 맞았을 것이다. 피했는데도 화살은 투구 끈을 끊어버렸다.

찔끔한 맹관은 제2 제3의 화살을 피할 자신이 없었으므로 말머리를 돌려 유영과 싸웠다. 유영이 창을 휘두르는 데 대해 그는 철편(鐵鞭)으로 맞섰다. 그들은 30합이 넘도록 싸웠다. 이때, 패전하고 도망치던 이조와 기첨이 원수가 위급하다는 소리를 듣고 나타나 싸움을 가로막았다. 유영은 두 장수를 상대하면서도 조금도 밀리지 않았다. 싸움이 3, 40합에 이르자 도리어 이조·기첨 쪽이 밀리기 시작했다.

「제만년이 죽더니 또 한 놈 나타났군. 정말 귀신같은 장수로구나!」

진나라 장병이 혀를 찼다.

맹관은 자기 장수가 실수할까 두려워서 병사들을 시켜 유영을 포위하고 일제히 활을 쏘게 했다. 화살이 비 오듯 날아왔다.

그러나 이것은 잘한 일이 아니었다. 왜냐하면 유영의 분노를 촉발시켰기 때문이다.

「이놈들!」

유영은 대갈일성(大喝一聲)하면서 말을 채찍질하여 활을 쏘고 있는 진병 속으로 뛰어들었다. 그는 미친 듯이 날뛰었다. 무수한 병사가 죽어갔다. 아무도 막고 나서지를 못하여 그가 향하는 곳에는 저절로 길이 훤하게 트였다. 맹관이 소리쳤다.

「후퇴하는 자는 참하리라. 저놈을 잡아라!」

그러나 유영이 향하는 방향에 따라 이리 밀리고 저리 밀리고 할 뿐이었다.

이때, 장경은 유영이 안 보이므로 찾아서 달려오다가 이 광경을 보았다. 그를 포위한 진군 속에 황금 투구를 쓰고 전군을 지휘하는 적장 하나가 보였다.

「옳지, 저것이 맹관인가 보구나.」

장경은 힘껏 활을 당겼다. 화살은 맹관의 왼쪽 팔꿈치에 꽂혔다. 맹관은 말에서 떨어질 듯하다가 겨우 자세를 바로잡더니 몸을 납작 안장에 엎드리고 도망했다.

　이때, 호연유·황신·조염 등도 달려왔다. 가뜩이나 원수 자신이 도망하는 판이라 진군은 산이 무너지듯 우르르 밀려갔다. 유영 등 한나라 장수들은 굳이 이를 쫓지 않았다.

3. 거듭되는 패전

　도망친 맹관은 경양성에서 50리나 떨어진 곳에 진을 치고 패잔병을 수습했다. 잃은 병사만 2만이 넘었다. 그 자신도 화살에 팔꿈치를 다쳤으므로 싸울 수 없는데다가 병사들의 사기란 말이 아니었다. 초조했지만 하는 수가 없었다.

　맹관이 제만년을 죽이고 나아가 경양을 포위했다는 소식을 듣고 양왕 사마동은 크게 기뻐하여 술과 안주를 사람에게 들려 보내 치하했는데, 돌아온 사자(使者)의 보고는 의외였다.

　「저번 싸움에 우리 군대는 도리어 패전하고 지금은 경양에서 50리나 되는 곳에 머물고 있었나이다.」

　「뭣이, 패했다고?」

　양왕의 볼에 가벼운 경련이 일었다.

　「그뿐 아니라 원수께서도 팔에 화살을 맞으셨다 하옵니다.」

　양왕은 기가 막혔다.

　「싸움이 있었던 것은 언제라더냐?」

　「보름쯤 전의 일입니다.」

　「보름?」

　양왕의 언성이 높아졌다.

　「보름이면 상처도 나았을 텐데, 여태껏 뭘 하고 있다더냐?」

그러나 애꿎은 사람을 탓해 보아야 소용없는 일이었다. 양왕은 마침내 맹관의 진영에 나타났다.

「원수가 저번에 제만년을 잡아 크게 위엄을 떨쳤을 때에는 참으로 기뻤소. 어찌 과인뿐이겠소? 모든 사람의 심정이 같았을 것이오. 그러나 왜 그 기세를 가지고 바로 경양을 토벌해서 도둑의 뿌리를 뽑지 못하고 이렇게 시일을 끄시오? 과인은 도무지 알 수가 없구려.」

「제가 다행히도 제만년을 잡기는 했으나 저번 싸움에서는 적의 꾀에 빠져 도리어 병사를 잃고 저 자신도 부상까지 당했사옵니다. 적장 중에는 유영이라는 자가 있어 용맹이 제만년 못지않을 뿐 아니라, 군대의 진퇴(進退)를 잘하며, 호연안·호연유 형제와 장실·황명 등도 모두 맹장이더이다. 그뿐 아니라, 장빈이라는 자는 깊이 병법에 통했는바, 이번 전략도 그에게서 나온 모양입니다. 이렇게 적을 얕볼 수 없는 형편이라서 신중을 기하고 있사옵니다.」

그러나 양왕은 이 말에 만족해하지 않았다.

「때에 따라 신중도 좋지만, 이렇게 신중만 기하고 있어서야 언제 도둑을 없앤단 말이오? 시일을 끄는 것은 우리의 소비를 증대시키는 데 그치는 것이 아니라 적의 형세를 길러주는 결과가 되리다. 오늘 어려운 싸움이 내일이라고 해서 쉬워질 까닭이 없고, 열흘 후에 싸울 수 있는 싸움이라면 오늘 싸워서 안될 까닭이 없을 것이오. 더구나 경양이 어떤 땅이오? 장군이 장수의 자리에 있으면서 언제까지 오랑캐의 손에 맡겨두려 하오?」

이런 책망까지 듣고는 싸우지 않겠노라고 할 처지가 못되었다.

「지당하신 말씀입니다. 내일은 꼭 도둑을 경양에서 쫓아내어 전하께서 마음 놓으시도록 해드리겠나이다.」

그는 곧 명령하여 싸울 준비를 시키고 다음날 아침 군사를 지휘하여 경양성으로 다가갔다.

이때 성중에서는 적군이 쳐들어온다는 정보를 듣고 곧 군사를 풀어 성문을 굳게 지키도록 했다. 그리고 유연은 장수들을 모아 전략회의를 열었다. 그러나 유연의 인사말이 채 끝나기도 전에 또 다른 정보가 들어왔다.

「군사 어른께 아뢰오 지금 북문 밖으로 대군이 밀려오고 있습니다. 먼지가 해를 가리고 기치창검이 숲과 같이 늘어서서 벌써 성문 가까이 다가왔습니다.」

장내에는 아연 긴장의 빛이 감돌았다. 유연이 당황한 듯 장빈을 쳐다봤다.

「옹주에서 오는 적병이라면 서남쪽으로부터 와야 할 터, 지금 북쪽에서 오는 것으로 보면 진주(秦州)에 무슨 일이 있는 것이 아닐까. 만일 유주(幽州) · 대주(代州)의 적병이 우리 진주를 빼앗고 여기까지 밀려왔다고 하면 이 일을 장차 어쩌랴.」

「잠깐 기다리시지요.」

장빈이 일어나 나갔다.

얼마 후 장빈은 희색이 만면해서 돌아왔다.

「전하, 기뻐하십시오 양용(楊龍)이 왔나이다. 곧 이곳으로 들어올 것입니다.」

「뭐, 양용이?」

유연뿐 아니라 모든 사람이 얼떨떨해 하였다. 유림천에 남아 있던 양용이 아닌가.

얼마 후 과연 양용이 요전 · 교희와 함께 나타났다. 오랜 시일 만에 서로 만나는 기쁨이니 이를 것이 없었다.

「저희들도 소식이야 늘 듣고 있었습니다. 이긴 얘기건 진 얘기건 소문은 아주 빠르니까요 그런데 얼마 전 듣자니 제장군이 전사하셨다 해서 얼마나 놀랐는지 모릅니다. 그래서 서로 상의한 끝에 군사 1만을 이끌고 달려온 것이옵니다.」

눈물이 글썽해진 채 양용이 하는 말이었다. 어쨌든 위급한 판국이라 일인즉 아주 잘된 일이었다.

유연도 기뻐했다.

「대적과 막 섭전하려는 이때 세 장수가 대군을 끌고 마침 와주었으니, 아마 하늘이 우리 일을 어여삐 여기시는 모양이오. 그것은 그렇고―, 적의 공격이 심한 모양이니 어서 전략부터 세우시오.」

제갈선우가 입을 열었다.

「적은 지금 옹주의 군사뿐 아니라 양왕의 병력까지 어울려 그 형세가 자못 왕성합니다. 제만년이 죽은 이 기회에 기필코 이 성을 빼앗으려는 배짱인 듯합니다. 만일 우리가 앉아서 지키기만 하면 적은 얕볼 것이고 우리 자체의 사기도 저하될 것이니, 마땅히 쳐나가서 적의 예기를 꺾어 놓을 필요가 있습니다. 그러나 너무 성급히 서두르다가는 실수할 것이니, 서서히 계략을 짠 다음에 싸워야 할 것으로 생각되옵니다.」

장빈이 웃었다.

「관계없을 것입니다. 첩자를 통해 얻은 정보에 의하건대, 맹관으로서는 원해서 나온 싸움이 아닙니다. 그로서는 저번 싸움에 패하고 부상까지 당했는지라 시일을 끌며 기회를 기다리려 한 것이 본의였던 모양입니다. 그런데 이번에도 양왕의 압력이 가해졌던 것입니다. 어째서 안 싸우느냐고 친히 찾아와 닦아세웠다는 것이지요. 꼭 전번의 주처 꼴이 된 것입니다. 이런 싸움은 해야 할 것입니다. 우선 군대를 내어 적을 격파해 놓고, 그 다음에 또 계략을 써도 좋을 것입니다.」

「그렇다면 해봐도 좋겠군요」

고개를 끄덕이며 제갈선우가 찬의를 표하자, 유영이 바로 일어나서 뛰어나갔다.

「제가 해치우고 오겠습니다.」

제갈선우는 낯을 찌푸렸다.

「부서도 정하기 전에 뛰어나가다니, 그게 무슨 짓이오. 속히 불러들이시오!」

장빈이 웃으며 말했다.

「군령(軍令)도 기다리지 않고 나간 것은 잘못이지만, 이왕 나간 사람을 어떻게 하겠소 뒤이어 군대를 파견해서 돕는다면 실수는 없으리다.」

그는 장수들을 둘러보았다.

「누가 나가서 유영을 돕겠는가?」

양용이 나섰다.

「그 동안 다른 분들은 모두 큰 공을 세우셨건만, 저는 강호에 있었기에 싸울 기회가 없었습니다. 나가서 유장군을 돕겠습니다.」

장빈은 기뻐하며 5천의 군사를 주었다.

이때 진군은 겨우 성을 포위하고 있는 중이었다. 갑자기 울리는 포성과 함께 서문이 열리며 유영이 군사를 끌고 달려 나오자 오히려 포위군 측에서 당황하는 꼴이 되었다.

장모(長矛)를 비껴들고 백마에 높이 앉은 유영이 호통을 쳤다.

「맹관은 어디 있느냐? 죽이려다 살려 주었으면 마땅히 물러나 상처나 치료할 것이지 무슨 미친 마음을 먹고 다시 사지(死地)를 찾아들었단 말이냐. 썩 나와 무릎을 꿇지 못할까.」

진군 쪽에서도 이조가 창을 휘두르며 말을 달려 나왔다.

「이놈! 원수께서 어찌 너 같은 조무래기 도둑을 상대하시겠느냐. 너도 제만년 꼴이 되기 전에 어서 성을 바치고 항복하라!」

그 이상의 문답은 필요하지 않았다. 두 사람은 바로 실력으로 대결했다. 제각기 용맹을 다해 20합을 싸우는데, 성중으로부터 또 하나의 대장이 달려 나와 철퇴를 마구 휘두르는 바람에 진군 측의 병사들이 적잖은 동요를 일으켰다. 양용이었다. 이를 본 복윤이 역시 철퇴를 휘두르며 나가 이와 맞서 싸웠다.

철퇴를 몽둥이처럼 가볍게 다루는 두 장수의 대결은 가관이었다. 철퇴와 철퇴가 맞부딪칠 때마다 요란한 소리와 함께 불꽃이 튀겼다. 20합이 지나자 두 장수의 실력 차이는 차차 드러나기 시작했다. 복윤은 양용에게 밀리고 있었던 것이다.

이런 판에 장실과 조개까지 달려들었다. 만일 잠깐만이라도 이 상태가 더 지속되었다면 아마 복윤은 무참한 죽음을 면치 못했을 것이었다.

그러나 기첨이 어디선지 나타나 장실과 조개를 맡고 나섰다.

이렇게 힘과 힘이 팽팽히 맞서고 있는 중인데 다시 포성이 사방에서 울려왔다. 그 순간 다른 성문들도 활짝 열리며 한군이 구름처럼 몰려나왔다. 동문에서 조염과 호연유, 남문으로부터 황명·호연안, 북문에서는 황신·장경이 군대를 인솔하고 나왔다.

이렇게 되면 대세는 이미 한군 쪽으로 기운 폭이었다. 양군은 잠시 불을 튀기며 싸웠으나 진군은 차츰 밀리기 시작했다. 조금만 더 있으면 총퇴각을 면할 수 없으리라 싶었다.

바로 그때, 북쪽으로부터 한떼의 대군이 밀어닥쳤다. 앞장선 대장은 장두호면(獐頭虎面 : 노루 머리와 범의 얼굴) 적목홍수(赤目紅鬚)! 황제의 명령으로 멀리 기북(冀北)에 가서 군대를 징발하여 구응사가 되어 달려온 주보(周輔) 그 사람이었다. 그 뒤에 따르는 것은 기홍(祁弘)·조천(刁闡) 등 기북의 장수들이었다.

적과 자기편을 구분하기도 어려울 정도의 대혼전이 벌어졌다. 주보는 장창을 비껴들고 장경과 맞붙고, 기홍과 조천은 황신과 싸우는 것을 호연안이 사이에 끼어들어 기홍을 떼어냈다. 기홍의 용맹은 대단했다.

호연안과 싸우면서 조금도 굴하는 바가 없었다. 이를 본 호연유가 행여 형에게 실수가 있을까 해서 달려와 편을 들었다.

혼전에 혼전이었다. 장경은 어느덧 주보 대신 조천을 상대로 싸우고 있었는데, 큰 철퇴를 내두르며 양홍보가 끼어들었다. 조천은 철퇴로부터 말을 구하려고 고삐를 낚아채려다가 장경의 칼에 옆구리를 찔리고 쓰러졌다.

「이놈!」

무서운 호령과 함께 주보가 장경을 향해 창으로 찌르는 순간이었다. 양홍보가 뒤에서 철퇴로 그의 머리를 사기그릇처럼 박살을 내고 있었다. 주보는 그 용맹에 비해 너무나 싱거운 최후였다.

이렇게 원군으로 달려온 두 장수가 거의 같은 시각에 죽자, 승리는 한군 측의 것이었다.

진병의 시체는 들에 수북이 쌓여갔다. 그러나 마침 날이 어두워졌으므로 진군은 겨우 대패는 면한 채 군사를 거둘 수 있었다.

양왕은 맹관에게 말했다.

「내 오늘 싸움을 관망하니 과연 도둑의 형세가 대단하였소. 원수는 무슨 수단으로 적을 깨뜨리려 하오?」

맹관은 면목이 없어서 고개부터 숙여 보였다.

「심려를 끼쳐드려 전하께 죄송하옵니다. 적장들의 용맹은 친히 보신 바와 같으니 힘으로는 꺾지 못하겠고 반드시 계략을 써야 되겠습니다. 내일은 일찍 성을 포위하고 성문마다 활 잘 쏘는 병사를 골라 수천 명씩 매복시켜 놓았다가 문을 열고 적이 나오려

할 때 일제히 화살을 비 오듯 퍼부어 못 나오도록 저지할까 합니다. 이렇게 해서 10여 일만 성중에 가두어 놓는다면 필연코 양식이 떨어져서 군민(軍民)이 함께 동요할 것입니다. 이런 기회를 타서 공격한다면 승리는 우리에게 돌아오고 적장도 사로잡히리라 생각하옵니다.」

양왕이라고 별다른 방법도 없는 터라 찬성하지 않을 수 없었다.

「그것 참 좋겠소. 신중히 해보시오.」

이에 따라 이튿날 진시(辰時) 쯤에는 벌써 성문을 중심으로 진병의 배치가 완료되어 있었다.

망루에 올라서서 이것을 바라보고 있던 제갈선우가 장빈을 돌아다보았다.

「장형! 저들의 배짱을 아시오?」

장빈이 빙그레 웃었다.

「어제 싸움에 그들은 패했을 뿐 아니라 장수 둘까지 잃었으니 반드시 양왕이 또 무어라고 했을 것이오. 맹관으로서는 승산이 없어서 싸우고 싶지 않으나 양왕의 비위를 맞추어야 되므로 저렇게 성문을 지키며 우리가 쳐나가지 못하도록 하고 있는 것이 아니겠소. 하여간 병법을 모르는 양왕 밑에서 일하자면 맹관도 고생이 막심하리다.」

그들은 손뼉을 치며 웃었다.

두 사람은 곧 망루에서 내려가 장수를 모았다. 제갈선우가 지시를 내렸다.

「진병이 지금 와서 성문을 포위한 것은 우리가 쳐나올 때를 기다려 활로 잡으려는 계책이오. 그런 줄 모르고 함부로 나가려 하다가는 공연히 병사만 적잖이 상할 것이니 절대로 명령 없이 움직이지는 마시오. 우리는 저들을 지치게 버려두었다가 점심이나 천천히 먹고 난 후에 적당한 기회를 보아 쳐나가면 쉽게 이기리다. 각자 정해진 부서에서 기다리다가 포성이 일어나거든 일제히 성문을 열고 출격하시오」

이런 줄도 모르는 진군 측에서는 아무리 기다려도 적병이 나오지 않으므로 초조해지지 않을 수 없었다. 기다리다 못해 양왕도 맹관에게 사람을 보냈다.

'아무리 에워싸고 있어도 적병이 나오지 않으니 이럴 바에는 공세를 취하라. 언제까지 기다리고만 있으랴'

맹관은 하는 수 없이 일제히 성을 기어오르라고 명령을 내렸다. 그러나 이것은 그가 예상했던 결과만 가져왔을 뿐이었던 것이다.

위에서 한병들이 던지는 돌에 맞아 병사들만 무수히 상하고 말았다. 맹관은 다시 병사를 원위치에 배치하고 여전히 성문이 열리기만 기다렸다.

어느덧 점심때였다. 진군은 기다림에 지친 데다가 배까지 고팠으므로 모두 긴장이 풀렸다.

「저놈들이 겁이 나서 못 나오는가 봐.」

「암, 제까짓 오랑캐들이 어떻게 나오겠어?」

병사들은 모두 투덜거리며 혹은 앉고 혹은 누웠다. 아무도 대오를 지키려고 하지 않았다.

이를 본 제갈선우가 말했다.

「저놈들이 우리를 못 나오게 해서 골탕을 먹이려 드는 판인데, 가만히 두면 그 언제 물러나겠소? 지금 사기가 해이해진 이 틈에 무찔러버립시다.」

이윽고 출격명령을 알리는 포성이 울렸다.

곧 성문이 일제히 열리고 병사들이 물밀 듯이 밀려나갔다.

동문에서는 유영이 군사를 이끌고 달려 나와 기홍의 진영을 쳤고, 이를 돕는 후속부대는 양홍보가 지휘했으며, 성문은 양용이 맡아서 지켰다.

북문에서는 장실이 내달아 이조의 진을 치고 조개가 그 뒤를 도왔으며, 황신이 머물러 성문을 맡았다.

서문에서는 호연유가 나와 복윤을 쳤다. 황명이 그 뒤를 잇고, 조염이 성문을 지켰다.

남문으로는 호연안이 나와 기첨의 진영을 공격하고, 요전이 후군을 지휘했다. 성문을 맡은 것은 호연호였다.

이밖에도 장경·교희·장개가 지휘하는 별도의 유격대가 있어서 정세에 따라 싸우도록 되어 있었다.

이렇게 빈틈없이 짜여진 공격을 미처 진세(陣勢)조차 갖추지 못한 진군이 견뎌낼 리 만무했다.

대세는 싸우기도 전에 결정이 나 있었다. 마치 사태라도 난 듯이 무너져가는 진군을 추격하여 한나라 측 장병들은 미친 듯이 치고 찔렀다.

들에는 쓰러진 진군들의 시체가 발 디딜 틈도 없이 깔렸다. 이를 본 제갈선우와 장빈은 종을 쳐서 군대를 거두어들였다.

제10장. 화전(和戰)

1. 양군의 화해

본영으로 돌아간 맹관은 인마(人馬)를 점검해 보았다. 완전히 병사의 수효가 반으로 줄어 있었다. 양왕도 이제는 큰소리를 칠 수만은 없었다.

「도둑의 형세가 저 같으니 무엇으로 대처해야 되겠소?」

패전한 책임을 추궁할 생각도 잊고 맹관을 보자 걱정이 앞섰다. 그럴수록 맹관으로서는 미안한 생각이 더했다.

「소장이 국가의 중임을 걸머지고 이 꼴이 되었사오니, 전하께서는 군법으로 다스리시어 후인의 경계를 삼으소서.」

「무슨 말이오」

양왕은 부복한 맹관을 도리어 붙잡아 일으켰다.

「책임을 따지자면 장군보다 과인이 규탄되어야 할 일! 그러나 이 일은 조정에 맡기기로 하고, 사태가 위급하니 대책부터 세웁시다.」

「황공하옵니다.」

맹관이 비로소 고개를 들고 의견을 진술했다.

「대저 강이융적(羌夷戎狄)의 만인(蠻人)은 예부터 중원의 우환이었습니다. 오직 이 무리들의 반란에 한정된 것은 아니옵니다. 그러므로 옛날의 명장들이 왕명을 받들어 변방을 진압시킬 수 있었던 것은 다 시기를 따르고 편의를 좇아 대책을 세웠던 것입니다. 즉, 힘으로 굴복시킬 만할 때는 이것을 치고 그렇지 않을 때는 은혜를 베풀어 그 마음을 달래 주었나이다. 그러기에 능히 공을 세워 꽃다운 이름을 후세에 남긴 것입니다. 지금 저 강호의 무리는 처음부터 위엄으로 제압할 상대가 아니며, 우리는 멀리 산을 넘고 물을 건너와서 생소한 이 땅에서 힘이 지쳐 있는 터입니다. 제 고장에서 편안한 몸으로 성을 지키는 적을 어찌 감당해낼 수 있겠나이까. 만일 무리하게 싸움만 일삼다가는 전군이 함몰하고, 더 많은 땅이 적에게 넘어갈까 염려되옵니다.」

「흐음, 과연 일리 있는 말이로다.」

이런 소리에 새삼 감탄하는 양왕이었다.

장사 부인이 나섰다.

「옛날을 상고하건대, 한나라 고조께서도 평성(平城)의 수모를 면치 못했사옵니다. 진(秦)을 멸하고 항우를 친 고조였건만, 장양(張良)·진평(陳平)의 지혜를 쓰셨고, 영포(英布)·팽월(彭越)·조참(曹參)·주발(周勃)·왕릉(王陵)·번쾌(樊噲)의 용맹을 총동원하시고도 오히려 흉노와 화친할 수밖에 없었나이다. 하물며 그 밖의 제왕으로서 아니 그러셨던 분이 어디 있었나이까. 장건(張騫)·소무(蘇武) 등이 만방(蠻邦)에 들어가 사신 노릇을 한 것도 다 그 때문이었습니다. 신의 어리석은 소견으로는 싸움에 호소하지 않고도 백성을 편안히 하는 길이 있는 줄 아옵니다.」

「그래, 그것이 뭐란 말이오?」

양왕의 귀가 바짝 당기는 모양이었다.

「옛날의 성왕(聖王)들께서 남긴 법을 따라 저들과 화친하는 길입니다.」

양왕도 속으로는 생각하고 있던 문제였다. 그래서 아랫사람이 명백히 주장하고 나선 것이 고맙기만 했다.

「대저 오랑캐란 금수와 같은 것입니다.」

다시 부인이 말을 꺼냈다.

「저 개를 보시오소서. 주인이 은혜를 베풀어 주면 꼬리를 치며 잘 따릅니다. 그러나 힘으로 위협하면 입을 벌리고 달려들어 사람을 무는 것이 개지요. 따라서 저 강호의 무리도 힘으로 제압하려 하는 한 언제까지나 항거를 계속할 것입니다. 옛사람도 말했지요. 힘으로 누르면 복종하는 경우에도 마음으로부터 복종하지는 않는다고요. 그러므로 덕화(德化)만이 오랑캐의 마음을 길이 잡을 수 있을 것입니다.」

「옳은 말이야. 그러면 누가 적진 속에 들어가 이 일을 성취시키겠는가?」

양왕의 말이 떨어지자 부인 자신이 맡고 나섰다.

「제가 재주는 없사오나 다녀오겠습니다. 적진에 들어가 그 동정을 살피는 한편 이해를 들어 설득하겠나이다. 형세에 따라 내조(來朝)케 할 수 있으면 내조케 하고, 그렇지 못할 때에는 관직을 내려 천조(天朝)의 울타리를 삼겠사옵니다. 이는 예전부터 모든 제왕께서 써오던 법식이었거니와, 우리 조정에서 의견이 어디로 돌아갈지 그것이 걱정입니다.」

양왕이 고개를 저었다.

「경의 말이 옳거니와, 이번 일에는 다른 사람을 보내도록 하지. 오랑캐의 마음이 흉측하니 어떤 사태가 벌어질지 예측할 수 없을 뿐 아니라, 경은 과인의 심복이라 하루라도 곁에서 떨어져서는 안되니, 어찌 친히 가겠는가.」

부인이 다시 고집했다.

「적진 속에 들어가 군명(君命)을 부끄럽지 않게 함은 쉬운 일이 아니니 꼭 신이 다녀와야 되겠습니다. 만일 아무나 보냈다가는 도리어 일을 그르칠 염려가 있나이다. 더욱이 저들 속에도 지혜가 뛰어난 사람이 한둘은 있을 것이니, 일이 틀어지는 경우에라도 반드시 예(禮)로써 대할 것이옵니다.」

양왕도 더 이상 말리지 않았다.

부인은 몇 명의 시종을 데리고 경양성으로 향했다. 부인이 왔다는 보고를 받고 성중에서는 모두 놀랐다. 유연은 제갈선우와 장빈을 불러 상의했다.

「지금 양왕은 우리와 원수의 사이거늘 까닭 없이 사람을 보내오지는 않았을 것이오 어쩐 까닭이겠소?」

제갈선우가 대답했다.

「이는 반드시 세객(說客)일 것입니다. 적국이 보냈어도 사신은 사신이니 반드시 예를 다하여 대할 것이며, 전하께서는 나오시지 마시고 저희들끼리 만나보게 하여 주십시오.」

곧 장수들에게 명령하여 융의(戎衣)를 갖추어 입고 늘어앉게 하니, 서른 네 명이 위용을 떨치고 앉은 모양은 볼 만하였다. 이어 성문을 크게 열고 부인을 맞이하여 들였다.

부인은 방에 들어서는 길로 도열한 장수들을 보고 위압감을 느꼈지만 내색은 하지 않았다.

장빈이 말했다.

「대부(大夫)께서 누지에 왕림하시니 어쩐 일이십니까? 장차 우리를 해하려 하심입니까, 아니면 이롭게 하려 하심입니까?」

부인이 웃으며 대답했다.

「어찌 해하려고 왔겠습니까. 군이 말한다면 얼마라도 이롭게 해드리고자 찾아왔습니다.」

「그러시다니 다행한 일입니다.」

장빈이 말을 이었다.

「어서 말씀해 보십시오.」

「장군께서도 세상 이치를 깊이 아실 것입니다.」

부인이 장빈을 쳐다봤다.

「듣건대 장군께서는 촉한 서향후(西鄕侯 : 장비의 봉작)의 직손으로서 능히 육도삼략, 천문지리에 형통한 분이라고 듣고 있소 그러니 장군께서는 싸우는 것과 간과(干戈)를 거두고 화평히 지내는 것 중 어느 것이 더 이롭다고 생각하십니까?」

제갈선우가 말을 받았다.

「병(兵)은 흉기(凶器)요 싸움은 위태로운 일이니, 우리라고 좋아서 하고 있는 것이 아니라, 불평의 장을 억누를 수 없고 사세(事勢) 또한 어쩔 수 없는 까닭입니다. 지금 편안히 앉아만 있어가지고는 평생을 가야 뜻이 펴질 날이 없을 것이므로 운명을 싸움에 걸고 천명의 돌아옴을 기다리는 것이니, 대부는 멀리 오시어서 *세 치 혀로(三寸之舌삼촌지설) 우리를 농락하시려는 것이나 아닌지 의문이올시다. 어찌 부득이하지 않은 싸움을 일으켰겠습니까.」

「그것은 이해하기 어려운 말씀입니다.」

부인이 반박하고 나섰다.

「우리 대진(大晉)에서는 장군들의 나라에 대해 일찍이 추호도 해를 끼친 기억이 없는 바입니다. 근자에 장군들이 우리 진경(秦涇) 두 고을을 침범하신 까닭에, 우리 황제 폐하께서 대군을 일으키신 것이니, 부득이하다는 말씀은 장군께서 하실 말씀이 아니라, 저희가 해야 될 말인가 합니다. 그러나 우리 양왕 전하께서는 만민이 도탄에 빠지고 병사의 시체가 산야에 가득하여 곡성이 끊이지 않음을 보시고 차마 그대로 넘길 수 없으셔서 여기에 저를 보내 장군들께 군사를 일으킨 연유를 여쭙게 하신 것입니다. 그 이유란 무엇입니까? 그 뜻에 노여워하는 바 있었던 것입니까, 또는 불평이 있었던 것입니까? 또는 억울한 일을 당해서 씻을 수 없는 원한이 있었던 것입니까? 아니면 누구에게 물리침을 받아 마음에 부족함이 있었던 것입니까? 청컨대, 조금도 감추지 마시고 말씀해 주십시오 그러면 제가 조정에 돌아가 장군들을 위해 이것을 명백히 주장하여 소원하시는 바를 풀어드릴까 합니다.」

사신을 자청하고 나선 그인 만큼 능변은 능변이었다. 그러나 장빈은 가볍게 받아넘겼다.

「그럼 우리의 억울함을 풀어 주시겠소? 우리들은 모두가 한(漢)나라 신하입니다. 우리 후주(後主)께서 서촉의 땅을 확보하사, 한의 왕통(王統)을 이어 종사(宗祀)를 받드시매 조금도 과실이 없으셨거늘, 진공(晋公) 사마소(司馬昭)는 위(魏)를 빼앗고 군대를 일으켜 우리 국토를 약탈했던 것입니다. 그러므로 우리는 우리 것을 되찾으면 될 뿐이니, 공은 우리의 고토(故土)를 돌려주시렵니까?」

상대의 목에 비수를 겨누는 것 같은 논리였다. 그러나 부인은 여유 있게 튕겼다.

「장군의 말씀에도 일리가 있습니다만, 자고로 망하지 않는 나라가 어디에 있었습니까. 우왕(禹王)·탕왕(湯王)이 시작하신 하(夏)와 은(殷)도 망했고, 주(周)와 진(秦)도 예외일 수 없었습니다. 고조가 풍패(豊沛)에서 일어나신 다음 한조(漢朝)가 대대로 그 덕을 이어왔으나, 환영(桓靈)에 이르자 크게 덕을 잃었기에 마침내는 위(魏)가 선양(禪讓)을 받았던 것입니다. 어찌 한조의 멸망이 사마씨의 책임이겠습니까.」

제갈선우가 반박했다.

「위(魏)가 한(漢)을 빼앗을 마음이 있었으나, 우리 선주(先主)께서 촉을 차지하시고 대의를 밝히시매 감히 넘겨다보는 뜻을 품지 못했던 것입니다. 사마씨 부자가 신하의 몸으로 이미 임금의 자리를 찬탈했으면 우리 한이나 강남의 오(吳)가 문죄하지 않는 것만도 다행으로 여겨야 할 처지임에도 불구하고 도리어 군사를 일으켜 우리 종사(宗社)를 전복함은 대체 그 어떤 심사입니까? 그러므로 우리로서는 씻을 수 없는 원한을 품은 터라 이에 황자(皇子) 전하를 업고 천하를 향해 그 곡직을 가리려는 것이며, 뜻인즉 고국을 회복하여 한조 24제(帝)와 우리 2주(主)로 하여 혈식(血食 : 국전國典으로 제사를 지냄)케 하는 데 있을 뿐이니, 대부는 이를 이해하시기 바랍니다.」

이해하라고 하지만 이해될 일이 아니었다.

「안락공(安樂公)께서 진(晋)에 계시어, 선군(先君) 두 분의 제사를 받들고 있는데, 어찌 혈식을 못 받으신다 하겠습니까.」

궁여 (窮餘)의 논리였다.

양용이 말을 했다.

「우리 후주께서 진에 계시지만 어찌 달가워 머무신다 하겠소 이야말로 부득이 잠깐 몸을 굽히고 계신 것뿐입니다. 하물며 그 받으시는 녹(祿)은 한 신하의 그것만도 못한 터이니, 우리는 이것을 심히 부끄러워합니다. 지금 우리 소주(小主)께서는 윤문윤무(允文允武 : 친자가 문무의 덕을 겸비하고 있음을 칭송해서 쓰는 말)하사 아득히 제업(帝業)을 이어 천하를 구하시기 위해 일어서셨으니, 사마씨로도 응당 생각하는 바를 고쳐야 되오리다.」

이렇게 되면 사뭇 위압적이었다. 부인이 물었다.

「소주라고 하시니 대체 누굴 가리킴이오?」

「후주의 황자이시니, 휘(諱)를 연(淵), 자(字)를 원해(元海)라 이르십니다.」

부인으로는 처음 듣는 소리였다.

「지금 어디 계십니까? 뵈옵고 갈 수는 없겠습니까?」

장빈이 대답했다.

「현재 진주에 계십니다.」

부인은 말이 막혔다. 그러나 용기를 내어 마지막 질문을 던져 보았다.

「그렇다면 한을 다시 일으켜 동쪽을 향해 천하를 다투어 보실 작정이신가요?」

「물론입니다.」

조염이 으쓱거리면서 소리치는 데는 기가 죽었다. 그렇다고 대국을 대표한 체면에 일어설 수도 없어서 말을 바꾸며 낯이나 세워야 되겠다고 생각했다.

「대저 대사를 이루기 위해서는 천(天)·인(人)·화(和) 세 가지가 구비되어야 한다고 들었습니다. 그러나 한조(漢朝)가 수백 년을 겪은 끝에 망하고, 그 계통을 이었다는 장군들의 촉한도 망한 지 얼마 되지 않습니다. 이는 한실의 천명이 다한 증좌이니 어찌 하늘이 도우신다 자처하시겠습니까. 이것이 불가한 것의 첫째입니다. 장군들이 그 동안 애쓰셨으나 얻은 것은 불과 두 고을에 지나지 않습니다. 하물며 학원탁이 죽었으매 강호(羌胡)의 도움도 크게는 기대하지 못하리다. 이로써 보면 천하의 민심을 얻었다고는 못할 것입니다. 이것이 불가한 둘째입니다. 이미 민심이 따르지 않으매 어찌 화목을 기대하겠습니까. 이것이 불가한 것의 셋째입니다. 이 셋 중에서 하나도 가지시지 못하고서 장군들이 의지하시는 바는 오직 대의일 따름이니, 대의를 위해 부디 노력하시어서 공명을 세워보십시오.」

부인이 일어서자 모든 장수들은 예를 갖추어 성문까지 나가서
전송했다.

이튿날 아침, 그는 다시 성중에 나타났다.

「내가 이렇게 연달아 찾아온 것은 별 뜻이 있어서가 아니라,
사실은 서로 화해하는 길을 트기 위해서입니다. 어제 들으니, 장
군들이 땅을 얻어 한나라의 제사를 받들고자 하시는 그 충절과 의
기에 대해서는 이 사람도 속으로 깊이 탄복하는 바입니다. 만일
그 뜻에 틀림이 없으시다면, 저는 돌아가 양왕께 말씀드려서 학
(郝)·마(馬)·노(盧) 3부(部)의 성을 떼어드리고 유연 공을 한공(漢
公)으로 봉하도록 진언하겠습니다. 그리하여 서로 침범하지 않는
속에, 본토로 돌아가 한실의 구업(舊業)을 이으신다면 이 또한 아
름답지 않겠습니까. 어떻게 생각하십니까?」

장빈이 얼른 대답했다.

「만일 그래 주신다면야 얼마나 감사하겠습니까. 폐한 것을 일
으키고 끊어진 것을 다시 잇게 하심은 자고로 제왕의 업적이셨습
니다. 말씀같이 된다면 삼가 대명(大命)을 받들겠습니다.」

부인은 자기가 던진 미끼에 이렇게도 쉽사리 장빈이 걸려들 줄
은 예기치 못한 바였다. 도리어 다른 사람 중에서 투덜대는 소리
가 들렸다.

유영이 말했다.

「대부께서 지금 내놓으신 땅은 다 우리가 본래부터 지녀오던
곳이요, 결코 귀국의 소유가 아닙니다. 그것을 우리에게 주겠다니
이것이 무슨 말입니까. 더욱이 제 것을 제가 받은 값으로 지금까
지 애써서 얻은 진주·경양을 내놓게 되니, 말의 농락이 심하십니
다. 대부는 다시 생각하십시오.」

부인이 일어서자, 제갈선우는 소매를 잡고 간곡히 말했다.

「옛날 제(齋)의 환공(桓公)께서는 형국(邢國)을 다시 일으키시고 위공(衛公)의 후손을 세우셨기에, 천년 뒤인 오늘에도 그 덕을 칭송하는 바입니다. 또 초(楚)의 평왕(平王)도 진(陳)의 임금을 복위시키고 채(蔡)의 후손을 세우셨으므로 만고에 그 이름을 빛내고 계십니다. 만일 이번 일이 이루어진다면 이는 모두 대부께서 주선하신 덕택이니 길이 그 은혜를 잊지 않겠습니다.」

부인은 돌아가는 길로 양왕을 찾아보았다.

「신이 적진 속에 가서 그 정세를 살피건대, 대사를 전단(專斷)함은 장빈·제갈선우 두 사람이었나이다. 이 자들은 인중(人中)의 영걸이라 결코 힘으로 꺾을 상대가 못되옵니다. 그 밖에도 용맹한 장수가 많았나이다. 제만년이 비록 죽었다고는 해도 유영·호연안·양홍보·장경 등은 모두 일기당천(一騎當千)의 용장이고, 장실·황신·호연유·조염 따위도 다 천군(千軍)의 장(將)이요, 오호(五虎)의 여열(餘烈)로 그 부조(父祖)로부터 기백과 용맹을 이어받은 사람들이라 보통내기들이 아니었습니다. 그 밖에도 강호로부터 따라온 호랑이 같고 용 같은 장수들이 많았사오니, 아직 힘으로 취하기는 어려운가 하나이다.」

「어찌도 그리 인재가 많단 말인가?」

양왕이 한숨을 쉬었다.

「그렇다면 무엇으로 제압하여야겠소?」

「그러하기에 땅을 떼어 봉작(封爵)을 내려주겠으니, 물러가 변방을 지키며 길이 천조(天朝)의 울이 되라 일렀나이다.」

「뭐라고?」

양왕이 놀랐다.

「토지와 백성은 다 천자께서 가지신 바이거늘, 과인이 어찌 마음대로 떼어줄 수 있겠소?」

그러자 부인은 웃었다.

「땅을 떼어준다고 해서 어찌 우리 것을 떼어주겠나이까. 지금 양주(涼州) 이서의 땅은 본래 우리 것이 아니옵니다. 학원탁이 차지하고 있다가 마읍(馬邑)의 싸움에서 죽었사오나 지금도 그 패거리들은 유연 밑에 모여 있나이다. 이곳으로 말하면 원래가 황량한 땅이라 봄이 와도 꽃을 볼 수 없다는 호지(胡地)입니다. 또 오랑캐들의 성질이란 반목이 무쌍하여 늘 왕화(王化)에 젖어도 내일이면 배반하는 것이 예사이오니 우리 중화로 볼 때, 그 땅과 그 백성이 아울러 무용지장물(無用之長物)일 따름입니다. 이제 유연을 달래어 그곳에 봉해 주고 군사를 돌이키게 하면 천조(天朝)로서 무슨 해가 있겠나이까.」

양왕도 어느 정도 납득이 가는 모양이었다.

「거기에 그친다면 좋지만, 그러나 저놈들이 다른 땅을 바라지는 않을까?」

「물론 그것으로 만족하지 않을 것입니다. 하오나 우리 중국의 내지(內地)를 주는 것이 아니라면 무슨 관계가 있겠습니까. 안문관(雁門關) 북쪽인 정주(定州)·양주(襄州)로 말하면 지금은 잠시 우리 경내에 들어와 있으나, 원래가 오랑캐의 땅이지요. 지금도 거기에 살고 있는 백성은 거의가 오랑캐들입니다. 이 무익한 땅을 저들에게 주고, 진주·경양을 그 대신 되찾는다면 그 무슨 불가함이 있겠습니까.」

부인은 다시 말을 계속했다.

「우리가 근자에 좌국성(左國城)을 손에 넣었습니다만, 좌현왕(左賢王)이 이미 죽었으므로 지금은 주인 없는 땅이 되어 있습니다. 유연 쪽에서 안문관 이북의 땅으로도 만족하지 않는다면 이 좌국성까지 그에게 주고 거짓 봉하여 한(漢)이라 하고, 그 제사를 받들게 할 수도 있는 문제입니다. 이렇게 되면 망한 것을 다시 살게 하고 끊어진 것을 잇게 한 인(仁)과, 먼 오랑캐를 어루만지고 백성을 도탄에서 구한 의(義)가 아울러 전하에게 돌아올 것입니다. 유연으로서도 전하의 은혜에 감복할 터이니 어찌 천조(天朝)에 충성을 다하지 않겠습니까.」

부인의 웅변에 걸리면 모든 것이 비단이요 주옥이었다. 양왕의 얼굴이 활짝 피었다.

어디로 보나 손해는 없는 흥정이라 생각되었다.

다음날, 부인은 다시 성중으로 제갈선우와 장빈을 방문했다.

「제가 돌아가 양왕을 뵙고 장군들과 주고받은 말을 자세히 여쭈었더니, 전하께서는 달갑지 않게 여기셨습니다.

『그들이 우리 장수를 죽이고 성을 빼앗고, 더욱이 무수한 병사를 해쳤거늘 그것이 무슨 말이냐. 지금 천자께서 그 죄를 물으시매, 유(幽)·연(燕)·기(冀)·대(代)·하간(河間)·장안 여섯 군데에서 대군이 구름같이 몰려오고 있는 것을 경도 알지 않는가. 하물며 조왕(趙王)은 한 싸움에 학원탁과 마난·노수를 베어 대공을 세운 데 비해 과인은 한 치의 공도 없이 군사를 거둔다면 조정의 책망을 깊이 받으리라. 어찌 용사(用事)의 경솔함이 이 같으냐!』

아, 이렇게 저를 책망하시지 않겠습니까. 그러시는 것을 제가 되풀이하여 장군들의 심중을 설명해 드렸더니 그제야 전하께서도 장군들의 충의에 감동하시고, 『아, 요즘 세상에도 그런 의사(義士)들이 있었더냐. 너희들도 마땅히 본받아라』 하시면서 조정에 표를 올려 유연 공을 한공(漢公)으로 봉하고, 학원탁의 고토를 모두 떼어주겠다고 하셨습니다. 장군들은 어떻게 생각하십니까?」

제갈선우나 장빈이 대답하기 전에 유영이 앞으로 나섰다.

「대부는 우리를 무엇으로 알고 오시었소? 크게 우리를 생각하여 천하의 인심을 모두 쓰는 듯하지만, 주신다는 그 땅은 본래 우리 것인데 누가 무엇을 우리에게 주신단 말씀입니까. 이는 허명(虛名)만을 크게 하여 우리를 우롱하는 것밖에는 안될 것입니다. 만일 정 화친을 바라신다면 어째서 경양·진주를 내놓지 않는단 말씀이오?」

이런 말이 꼭 나오리라 예측하고 있던 부인이었다. 그는 웃음을 머금고 대답했다.

「그렇게도 말씀하실 수 있을 것입니다. 그러나 화친이란 어떤 경로를 밟아 이루어지는지 생각해 보시기 바랍니다. 서로 촌토(寸土)도 양보함이 없다면 어찌 상호간에 화평이 보장되겠습니까. 더구나 우리로서는 여러 싸움을 통해 10만이 넘는 인명을 잃고 있는 터입니다. 장군의 말씀대로라면 양왕께서는 반드시 죄에 몰리실 것이고 화친도 오래 가지는 못할 것 아닙니까. 깊이 생각하시기 바랍니다.」

「물론 그렇겠지요」

호연안이 분연히 말했다.

「말씀대로 그 평화는 곧 깨지리다. 그러나 전쟁에 관한 한 그 승부는 미리 예상할 수 없을 것입니다. 예의에 어긋날지는 모르나, 귀국에서 백만 대군을 동원한다고 해도 호락호락 넘겨주리라고 생각하지는 않았으리라 믿습니다. 그러나 일단 얘기가 난 것이니 경양을 찾으시기로 하고 진주를 우리에게 주시지요. 우리도 당당한 중국사람, 어찌 호지(胡地)로만 몰아넣으려 하십니까. 화(華)를 이(夷)로 하심은 도리가 아닌 줄 믿습니다.」

이렇게 되면 속셈을 털어놓는 수밖에 없었다.

「너무 과격하게 생각하십니다. 제가 어찌 장군들을 오랑캐로 몰려 하겠습니까. 안문관 이북에 있는 정주·양주는 광대한 지역입니다. 그리고 좌국성이 지금 비어 있습니다. 여기를 아울러 차지하시고, 한조의 종사(宗社)를 받드시기 바랍니다. 이곳은 결코 호지가 아닙니다.」

「감사합니다.」

제갈선우가 얼른 그 말을 받았다.

「정말 대부께서 저희를 생각하심이 진정에서 우러나오신 줄 알겠습니다.」

그러나 장수들 중에는 여전히 툴툴거리는 사람이 많았다. 이대로 놓아두면 말을 매듭지을 수 없다고 생각한 장빈과 제갈선우가 장수들을 데리고 별실로 옮겼다.

제갈선우가 나무랐다.

「어찌 제각기 말을 내어 다 되어가는 대사를 방해하는 게요?」

「그것이 무슨 말씀입니까?」

호연안이 서운한 듯 말했다.

「그래, 우리가 애써 빼앗은 땅을 선선히 내주어야만 일이 된단 말씀인가요. 나는 두 분의 뜻을 이해할 수 없습니다.」

장빈이 말했다.

「이곳 두 고을을 우리가 차지한다 합시다. 그런다고 저들이 가만히 있을 줄 압니까. 진(晋)은 천하를 호령하는 처지에 있소 반드시 대군을 일으켜 쳐들어올 것이니, 기실 이곳을 지켜가기란 여간 힘든 것이 아니오 그러므로 우선 그들의 제의를 받아들여 후일을 도모하자는 것입니다.」

「이해가 안되는군요」

조염이 나섰다.

「이곳을 지키기 힘들다면 다른 곳이라고 해서 쉽겠습니까. 더구나 중원을 정복하려는 당초의 큰 뜻은 어디 가고, 벌써부터 수비만 생각하십니까?」

「정말로 모르는군요.」

제갈선우가 한탄하듯 말했다.

「우리가 언제 큰 뜻을 버렸소? 큰 뜻을 지녔기에, 때로는 몸을 굽힐 줄도 알아야 하는 것이오. 지금 우리의 힘은 아직도 천하를 상대해서 다툴 만하지는 못하오. 그러기에 먼 땅으로 가서 저들의 의심을 피하면서 힘을 기르자는 것 아니겠소. 고조(高祖)께서도 장양(張良)의 진언을 받아들여 촉에 가시어서 은인자중하신 일이 있지 않소이까. 우리의 흥망이 좌우되는 때이니 모두 말을 삼가도록 하시오.」

「그런 줄도 모르고 송구합니다.」

장수들은 새삼 두 사람을 우러러보며 지금까지의 얕은 자기 소견을 뉘우칠 수밖에 없었다.

그들은 다시 부인이 기다리는 방으로 돌아왔다.

「대부께서 몇 번이나 왕림하시어서 지극한 정을 보이셨건만, 무부(武夫)들이 예의를 모르고 함부로 말을 내니, 청컨대 흘려들으시기 바랍니다. 모든 것을 대부의 말씀에 따라 군사를 거두고 북쪽으로 가겠습니다. 일단 화친이 성립된다면 약정을 어기고 공격하는 일이 있어서는 안될 것입니다.」

제갈선우가 이렇게 전적으로 받아들일 뜻을 보이자, 부인도 맹세하듯 말했다.

「제 뜻을 알아주시니 다행입니다. 필부(匹夫)로도 한 마디 말을 무겁게 알거늘, 어찌 대조(大朝)의 친왕(親王)으로서 소인배의 흉내를 내시겠습니까. 그것은 조금도 걱정하지 마십시오.」

부인은 곧 돌아가 양왕에게 자초지종을 보고했다.

「그대 한 사람의 힘이 10만 대군보다도 낫도다!」

양왕은 크게 기뻐했다.

「제 생각은 좀 다릅니다.」

이때 맹관이 이의를 제기하고 나섰다.

「제가 보건대, 유연의 무리는 그 뜻이 여간 큰 것이 아니옵니다. 지금의 형세로 말씀하면 그들은 강하고 우리는 약합니다. 녹록한 사람들이라면 그 정도의 조건으로 싸움을 거두지는 않을 것입니다. 저들은 먼 변방의 땅을 손에 넣은 기회에 힘을 길러 중원을 석권할 작정이니, 그날이 되면 수십만의 군사로도 평정키 힘들 것입니다.」

그는 여기서 의기양양해 앉아 있는 부인 쪽을 힐끔 쳐다보고 나더니 다시 말을 이었다.

「그러하기에 제 생각 같아서는 이 기회에 적을 치는 것이 상책인가 합니다. 그들은 화친이 성립됐다고 해서 반드시 마음을 놓고 있을 것이므로 지금 친다면 그야말로 크게 깨뜨릴 수 있을 것입니다.」

그러나 양왕으로서는 지금까지의 싸움만 해도 실로 지긋지긋한 터였다.

「장래의 일을 누가 알겠소? 그때에 가서 설사 어떤 일이 일어난다고 해도 그때대로 무슨 대책이 생길 것이오. 더욱이 그들을 상대해서 화친을 일단 허락한 이 마당에 다시 이를 뒤집는다면, 어찌 신의를 가지고 인심을 복종케 할 수 있겠소? 이것은 결코 천조(天朝)에서 취할 태도가 못되는 줄 아오」

양왕은 여기에서 맹관을 꼼짝 못하게 눌러두어야겠다고 생각하고, 심술궂게도 한 마디를 덧붙였다.

「하물며 장군은 지금껏 패전만 거듭했던 터인데, 이번에 싸운 다고 해서 꼭 이기리라고 어찌 장담하겠소」

맹관은 낯을 붉히고 물러나는 수밖에 없었다.

양왕은 곧 표(表)를 지어서 부인을 시켜 조정에 바쳤다.

─신 양왕 사마동은 삼가 글월을 신문신무(神文神武)하신 성상(聖上) 폐하께 바치나이다.

신이 대명(大命)을 받아 서토(西土)로 달려온 이래 앉아도 자리가 편하지 못하고 누워도 잠을 이루지 못하며 오직 도둑 을 멸하여 성은에 보답하기만 기약하던 바, 날이 가고 달이 바뀜에 싸움은 일진일퇴를 거듭하여 지금껏 대세를 정하지 못했사오니, 백 번 죽어도 아까움이 없나이다.

전번에 부원수 맹관이 크게 위엄을 떨쳐 기계(奇計)로써 적장 제만년을 잡았으매 귀신과 사람이 함께 뛰며 기뻐하여 대사의 이루어짐이 가까우리라 헤아렸는데 의외로도 도둑의 형세 강성하여 몇 번의 싸움에 이(利)를 잃고 지금까지 대진 (對陣)을 계속하고 있는 중이옵니다.

엎드려 생각하건대, 오랑캐의 근심이 옛적부터 있었으되 지금까지 오랑캐가 없어지지 아니했음을 어찌 역조(歷朝)의 제왕이 부덕하시고 장수가 무능했던 탓으로 돌리오리까. 오 랑캐는 곧 금수라 힘으로 휘어잡기는 쉬운 일이 아니므로 덕 으로 어루만져 금일에 이른 것이로소이다.

이제 적괴(賊魁) 유연이 한실의 종사를 받듦을 명분으로 내세우니, 잠시 안문관 이북의 두 고을과 좌현왕의 고토(故 土)를 떼어 주시고 한공(漢公)의 작(爵)을 내리시어 그 뜻을 달래 천조의 울타리로 삼으소서. 적괴 유연은 경양·진주를

돌리고 3년에 한 번 조공을 드려 길이 충량한 신첩(臣妾)이
되겠다 맹세했나이다. 신은 성황성공하여 머리를 조아리고
삼가 조칙(詔勅)을 기다리겠나이다.

이 표(表)를 받은 진(晉)의 조정에서는 의견이 분분했다.

토벌군이 임무를 수행하지 못하고 함부로 적에게 땅을 떼어주
자는 것은 말이 안된다고 분개하는 사람도 있었고, 이것이 예가
되어 다른 오랑캐들도 준동하면 큰일이라고 장래를 걱정하는 의
견도 있었다.

혜제는 판단이 가지 않았다. 그는 군신(群臣)을 훑어보았다. 눈
이 양준에게 미치자, 역시 역대를 섬긴 노신(老臣)이니, 그의 말에
따르면 틀림없을 것이라는 생각이 들었다. 그렇게 생각하니 마음
이 놓였다.

「매우 중대한 일이니, 양태부가 말하시오」

양준으로서 할 수 있는 말이란 뻔했다. 먼 앞까지 내다볼 인물
이 아니었다.

「폐하, 자고로 오랑캐를 대하신 제왕들의 태도에는 두 가지가
있었나이다. 하나는 힘으로 누르는 길이었고, 또 하나는 덕으로
무마하는 방법이었습니다. 힘으로 누르는 일이 때로 성공하는 일
도 있기는 했사오나 불원 그들의 반항을 면치 못했나이다. 이에
비해 덕화(德化)의 길은 비교적 오래 지탱하는 힘을 지녔사옵니다.
한고조 같으신 분께서도 흉노와 화해하심은 다 깊이 헤아리는 바
가 계셨기 때문이옵니다. 지금 도둑의 형세가 강성하여 꺾기 어려
운 터에 저들이 경양·진주까지 돌리겠다 한다면, 어찌 관외(關外)
불모(不毛)의 땅을 아낄 것이 있사오리까. 불리한 싸움을 끌어서
땅을 더 빼앗기느니, 명분을 주고 실리를 차지함이 옳은가 생각하

나이다.」

　혜제는 곧 그 말에 따르기로 하고, 유연을 봉하여 좌현공(左賢公)으로 하는 고명(誥命)과 옥대(玉帶)·새수(璽綬)를 들려 부인을 돌려보냈다.

　한편 좌국성은 촉한과 일찍부터 인연이 깊은 곳이었다. 촉한 말기의 대장군 강유(姜維)는 양천후(陽泉侯) 유표(劉豹)를 이곳에 보내어 군사를 조발토록 했었다.

　유표가 이곳에 당도하여 군사를 조발하는 중인데, 그만 촉은 망하고 말았다.

　그러자 유표는 돌아갈 곳을 잃고 좌국성에 머물러 있게 되었다. 이때 이 지방을 다스리던 흉노 별부의 우왕(右王)은 스스로 한조의 후예이며 유선(劉宣)이라 하였다.

　호왕(胡王) 유선은 유표가 한의 후(侯)임을 알자 반기며 결의형제를 맺고, 유표를 좌국성주로 있게 하였던 것이다.

　진 혜제 즉위 초에 진조는 개국공신 양열장군, 서주자사 왕혼(王渾)의 조카인 왕준(王浚)을 보내어 이 지방을 평정시켰다.

　그러나 이때는 이미 유표와 유선 두 사람은 노쇠하여 겨우 잔명을 보존할 따름이었기 때문에 싸움 한 번 없이 강토를 고스란히 진조에 바치고 말았던 것이다.

　왕준이 대사마(大司馬)가 되어 조정에 들어가고 대장 기홍(祁弘) 등이 사마동을 돕기 위하여 차출되자, 다시 이 지방은 이렇다 할 진장(晉將)이 없이 다시 늙은 유선과 유표가 형식적인 지배를 하게 되었었다.

　이런 판국에, 유연이 진조에 의해 좌현왕으로 책봉되어 온다는 기별을 듣자 누구보다도 반가워한 것은 유표였다.

　유연은 좌국성에 이르자 곧 유표를 찾아 예를 닦았다. 유연은

유표가 숙항(叔行)이니 중부(仲父)의 칭을 하겠노라 하였다. 그러나 유표는,

「나는 본시 한조의 방계(傍系)이지 적손(嫡孫)이 아니니 그런 과분한 말씀은 거두시기 바라오. 오직 한실의 적손을 주공(主公)으로 모시게 된 것이 기쁠 따름입니다. 노신이 이젠 죽어도 한조(漢朝)의 귀신이 될 수 있으니 더 이상 바랄 것이 없습니다.」

유표의 주름잡힌 얼굴은 기쁨에 차서 한껏 펴지는 듯했다.

이튿날, 유연은 유선과 유표를 성중으로 청하여 성대히 잔치를 베풀었다. 유선은 유연을 대하자 크게 반기며 말했다.

「내 대왕의 용안을 살피니 필시 대업을 이룩할 상이시오 부디 유씨 가업을 부흥시켜 안민제세(安民濟世)하시기 바랍니다.」

모든 장수들은 유선의 말이 끝나자 일제히 수(壽)를 불러 한(漢)의 장래를 기약하였다.

때는 진 혜제 영강(永康) 가을 9월이었고, 촉한이 망한 지 37년 되는 해였다.

2. 이제야 찾아온 사람들

근거를 유림천에서 좌국성(左國城)으로 옮긴 유연의 한군은 진(晉)과 싸워 크게 이긴 뒤라 어느 층에나 생기가 감돌았다. 군사를 크게 모집하여 매일 훈련을 시키는가 하면, 한쪽에선 칼이나 창을 만드느라 망치소리가 끊이지 않았다. 궁궐과 관청에서도 보수공사가 시작되어 있었고, 그런가 하면 늘어만 가는 군사를 수용할 군영(軍營)의 신축도 서두르고 있었다.

먼 이역 땅이긴 했으나 그들에게는 큰 꿈이 있었고 젊은 힘이 있었다. 어떤 난관이 생겨도 이 꿈과 젊은 힘이 그것을 극복해 주었다. 어쨌든 무엇인가 싹터가고 무엇인가 이루어져가고 있었다.

언젠가는 거대한 덩어리가 되어 산이라도 무너뜨리고 바다라도 뒤집어 놓을 듯한 그런 힘이 이 일대에서부터 어린 싹을 키워가고 있는 것이었다.

지금 이 집단에 무엇보다도 아쉬운 것은 사람이었다. 돈도 물자도 넉넉한 것은 아니었으나 무엇보다 필요한 것은 사람이었다.

사람들은 여기저기서 몰려들었다. 그리고 그 중의 누구도 그냥 돌아가는 법이 없었다.

그들은 무엇엔가 소용이 닿았다. 힘깨나 쓰는 장정은 말할 것도 없고, 그렇지 않은 사람들―선비·목수·땜장이·막벌이꾼, 누구 하나 그대로 돌려보내지 않았다. 바다가 모든 물을 받아들이듯, 이 야심만만한 집단은 어떤 인물이라도 그 탐욕스러운 뱃속에 집어넣을 수 있었다.

이때, 관방(關防)·왕미(王彌) 일행은 아직도 공장(孔萇)의 집에 머물면서 매일을 술과 사냥으로 보내고 있었다. 그렇다고 해서 그들의 귀에 난리의 소식이 전해지지 않을 리 없었다.

처음에는 그저 강호의 침범으로만 여겼던 것이, 시일을 끌어감에 따라 그 주동인물들의 신분이 드러나기 시작했다. 제만년! 처음 이 이름을 들었을 때에는 혹시나 동명이인이 아닌가도 의심했다. 그러나 그가 내세우는 기치가 한나라의 부흥이라는 소리를 들었을 때는 모두 왈칵 울음을 터뜨렸다.

「기어코 일을 벌였구려. 일을 벌였어!」

어떤 사람은 껑충껑충 뛰기도 했다.

「어서 떠납시다. 남들은 대군을 모아 크게 싸움을 벌이고 있는데, 시골에 묻혀서 짐승이나 사냥하고 있으니, 이게 될 말이오?」

이처럼 자신에게 화를 내는 사람도 있었다.

공장은 곧 가사를 정리하고 노비를 마련했다. 그들 일행은 공장이 전부터 준비해 두었던 말을 타고 길을 떠났다.

우선 제만년이 있다는 경양으로 향했다. 그러나 거기에서 다시 좌국성으로 옮겼다는 데는 약간 실망이 되었다. 그러면서도 상세한 내막을 알 수 있었던 것은 큰 기쁨이 아닐 수 없었다. 주동인물이 유연이요, 유연이란 바로 유거라는 것을 알았을 때의 감격은 이루 말할 수 없는 것이었다.

「아, 전하께서!」

일행은 주야배도하여 며칠 만에 마침내 좌국성 밖 20리 지점까지 왔다. 마침 날이 저물자 밤을 그 곳에서 새우기로 하고 주막을 찾았다.

마을에는 주막이 눈에 띄지 않았다. 이규(李珪)가 간신히 허술한 주막 하나를 발견하여 일행을 인도하였다.

공장은 주막에 들어서자 주인에게 물었다.

「댁에 술이 있소?」

「보시다시피 워낙 가난하기 때문에 겨우 한 말 정도밖에는 없습니다. 그것을 팔고 나서 그 돈으로 다시 술을 빚곤 합니다.」

주인이 연신 머리를 조아리며 미안해하자, 공장은 품에서 은자(銀子) 몇 잎을 꺼내 주며,

「어디 다른 데 가서 술을 한 섬만 구해 오시오. 우리 일행이 열둘인데 저마다 한 말씩은 마시는 사람이오 그리고 고기와 면도 한 사람에게 너덧 근씩 준비해 주시오.」

주막 주인은 입이 딱 벌어져서 대꾸를 못했다. 자기가 30년 동안 주막을 경영하고 있으나, 이렇게 대식가들은 보지 못했기 때문이다.

「저, 대단히 죄송하오나 이 마을에서 그만한 주육(酒肉)을 일시에 내놓을 수 있는 집은 방대인(龐大人) 집밖에 없으니, 그 집엔

소인네 따위는 감히 문간에 들어서지도 못합니다. 이 일을 어찌하면 좋으리까.」

주인의 말이 끝나자 공장이 말했다.,

「그 집이 어디요? 내가 직접 가서 사정해 보리다.」

「안됩니다. 방대인에게는 아들 3형제가 있는데, 어찌나 난폭한지 인근에서는 아무도 그들과 어울리지 못합니다.」

잠자코 공장과 주인의 대화를 듣고 있던 도표는 슬그머니 주막을 빠져나왔다. 주막에서 너덧 집 건너에 큰 장원(莊園)이 보였다. 도표는 속으로,

'저 집이 방대인이란 자의 집이구나.'

생각하며 어정어정 걸어갔다.

장원에 이르자 도표는 불문곡절하고 대문 안으로 쑥 들어섰다. 그러자 어디에서 나탔는지 송아지만한 개 한 마리가 내달으며 도표를 향해 덮쳤다.

도표는 날쌔게 몸을 피하면서 주먹을 들어 개의 대가리를 후려쳤다. 개는 도표의 주먹 한 대에 그만 외마디 비명을 지르며 땅에 나가떨어졌다. 몇 번 네 발을 버둥거리다가 쭉 뻗고 말았다.

죽은 것이다.

개의 비명을 들었는지, 안에서 한 젊은이가 달려 나오다가 이 광경을 목격하였다. 젊은이는 분이 꼭뒤까지 올라서 소리쳤다.

「웬 놈이 남의 집에 무단침입을 하여 남의 개를 죽였느냐!」

외치는 소리가 미처 끝나기도 전에 안에서 다시 젊은 청년 두 사람이 달려 나오는데, 키가 7척이 넘는 훤훤 장부였다.

「웬 놈이냐!」

다짜고짜 놈자를 붙이자 도표는 화가 났다.

「개가 덤비기에 살짝 건드렸더니 죽었소. 미안하게 되었소만,

처음 보는 사람에게 젊은 사람들이 함부로 놈자를 붙여 대접하다
니 후레자식들이군.」

「뭐, 뭐라고! 이놈 봐라. 우리가 누군 줄 알고 함부로 주둥아리
를 놀리느냐. 어디 맛 좀 봐라!」

나중에 달려 나온 청년 하나가 도표에게 주먹질을 했다.

도표는 슬쩍 옆으로 몸을 피하면서 젊은이의 옆구리를 발로 걸
어찼다. 청년은 보기 좋게 땅에 나가 뒹굴었다.

그러자 다른 한 청년이 선뜻 허리에 찬 단도를 뽑아 들고 대들
었다. 도표는 왼손으로 칼 든 청년의 손목을 덥석 움켜잡았다. 청
년이 아무리 손을 빼려 해도 도표의 잡은 손은 철쇄처럼 꿈쩍을
않았다.

그때까지 잠자코 지켜보고 섰던 맨 먼저 나온 청년이 다시 칼
을 뽑아 들고 도표를 찌르자, 도표는 이번에는 오른손으로 그 자
의 칼 든 손목을 덥석 잡았다.

두 청년이 사력을 다하여 잡힌 손을 빼려고 하나 도표는 화석
처럼 그 자리에 꼿꼿이 서서 한 치도 움직이지 않았다.

한동안 비지땀을 흘리며 몸부림치던 두 청년은 그제야 겁이 더
럭 났다. 힘깨나 쓴다는 저희들 둘이 사력을 다해도 도표의 팔 하
나를 당하지 못함을 깨닫고 도표의 괴력(怪力)에 놀란 것이다.

「천하 호걸을 몰라 뵙고 죽을죄를 지었습니다. 한번만 용서해
주십시오.」

두 청년의 입에서 동시에 애원하는 말이 터져 나왔다.

먼저 도표에게 걸어차인 젊은이는 아직도 일어나지 못하고 땅
에 엎드려 끙끙 앓고 있었다.

밖이 소란하므로 방대인은 지팡이를 짚고 밖으로 나오니, 이런
꼴이다. 힘깨나 쓴다던 아들 셋이 한 사람을 당하지 못해 벌벌 기

는 꼴을 보니 어이가 없어 얼른 말문을 열 수가 없었다. 마침 이때 공장과 왕미가 도표의 행방을 찾아 주막 주인을 앞세우고 장원으로 들어섰다.

도표는 그제야 두 젊은이의 팔을 놓아 주며,

「하룻강아지 범 무서운 줄을 모르는 녀석들 같으니!」

하고 뇌까렸다.

두 청년은 땅에 무릎을 꿇고 앉아 연신 머리를 조아리며 빌었다. 도표에게 전말을 들은 공장은 떨고 서 있는 방대인에게 가서 정중히 사과를 했다.

「우제(愚弟)가 대인의 댁을 소란하게 하여 죄송합니다. 더욱 애견을 죽였으니 뭐라 사과를 드려야 할지 모르겠습니다. 약소하오나 이것을 개 값으로 받아 주십시오」

공장이 품에서 은자 열 잎을 내어놓자, 방대인은 손을 저으며 거절했다.

「아니오 모두 내 자식과 개의 불찰이지, 저 호걸의 잘못은 없소 누추하나 안으로 잠시 드셔서 우리 통성명이나 합시다.」

방대인은 공장 등에게 안으로 들기를 재삼 권했다.

그러자 공장은,

「대인의 후의는 감사합니다만, 우리 일행이 몇 몇 주막에 남아 있으니 우리만 들어갈 수가 없습니다.」

「그럼 하인을 시켜 그분들도 함께 모셔 오도록 할 테니 어서 드십시오」

공장은 마지못하여 일행을 데리고 방대인이 인도하는 안채로 들어갔다. 안채는 마치 대궐처럼 웅장했다.

방대인이 인도하는 방에 들어서자, 공장과 왕미는 깜짝 놀라 하마터면 소리를 칠 뻔하였다.

벽에 두 폭 초상화가 걸려 있는데, 하나는 촉한의 오호장 위후 마맹기(五虎將威侯馬孟起) 마초(馬超)의 초상이고, 또 하나는 한의 정서장군 마등(漢征西將軍馬騰)의 초상이었다.

공장과 왕미, 도표는 우선 초상 앞에 무릎 꿇고 네 번 절하였다.

이번에는 주인 방대인과 그 세 아들이 놀랐다. 방대인은 만면에 희색을 띠며 물었다.

「호걸들께서 어찌 우리의 옛 주인을 아시기에 절을 하시나요?」

공장은 역시 웃는 낯으로 되물었다.

「대인의 성씨가 방(龐)이신데, 어째서 저 두 분의 초상을 모십니까?」

「천천히 까닭을 말씀드리겠습니다.」

이때 주막에 남아 있던 관방, 이규 등이 하인에게 안내되어 방으로 들어왔다.

관방 등도 마초의 초상화를 보자 놀라며 절했다.

이윽고 주안상이 나오는데, 어느새 장만하였는지 큰 상 두 개에는 진수성찬이 가득하였다.

방대인은 아들들을 시켜 큰 잔으로 술을 권하도록 하면서, 천천히 자기 집 내력을 이야기하였다.

자기는, 처음에는 마맹기 장군의 부하로 있다가 나중에 위의 조조에게 변절해 간 방덕(龐德)의 아우로서, 형은 비록 절개를 굽혔으나 자기는 끝까지 충절을 지켜 이 곳에 은둔생활을 하고 있노라 했다.

공장은 차례로 일행을 소개한 다음,

「우리는 지금 좌현왕 유거(劉璩)를 찾아가는 길인데, 마침 이 곳까지 와서 날이 저물기에 하루 저녁 유하고자 주막을 찾은 것입니다.」

「이건 하늘이 도와 여러 영웅들을 제게 보내주신 거군요. 그렇잖아도 좌국성에 나가 왕을 찾아뵙고 인사를 드린 다음 세 자식을 부탁코자 하고 있었으나, 워낙 늙은 몸이라 출입이 여의치 않은 데다, 욕된 가문이라 좌현왕께서 용납해 주실지 의문스럽기도 해서 주저하고 있는 중입니다.」

방대인의 말을 듣자, 관방이 한 마디 했다.

「대인은 조금도 염려하지 마십시오. 저희들이 내일 성중에 들어가면 기꺼이 자제분을 우리 주공께 천거하겠습니다.」

방대인은 세 아들을 관방·이규 등에게 차례로 절하게 한 다음, 연신 술과 고기를 내오라 하였다. 공장 등은 뜻밖에 환대를 받아 실컷 먹고 마신 다음, 그 밤을 방대인의 장원에서 푹 쉬었다.

날이 밝자, 공장은 우선 하인을 먼저 성중으로 보내어 자기들이 이르렀음을 유연에게 알렸다. 전갈을 들은 좌현왕 유연은 크게 기뻐하여 곧 유선과 유화(劉和)를 보내어 그들을 영접해 오도록 하였다.

이윽고 공장과 관방 등이 입성하자, 유연은 친히 옹성(雍城)까지 나와 그들을 맞았다.

좌국성 중에는 이날 큰 잔치가 베풀어졌다. 제만년이 죽고 난 다음 처음 베풀어지는 성대한 축하연이었다.

일행을 맞이한 유연과 동지들의 기쁨은 이를 데가 없었다. 서로 손을 잡고 울었다. 관방은 공장과 도표를 소개했다.

「아, 공북해(孔北海) 장군의 손자로구려. 선조(先朝) 명현의 후손이 스스로 모여드는 것을 보니, 국가의 장래가 훤히 열리는 것 같소」

유연은 곧 공장과 도표에게 관군장군(冠軍將軍)의 직첩을 내려

환대의 뜻을 표했다.

유연은 각처에 사람을 보내어 흩어진 한조의 유신들을 찾아오게 했다. 몇 달이 지나지 않아 왕복도·지웅·기안·조억(曹嶷)·조응·근준 등이 찾아왔다. 또 달리 사람을 시켜 급상과 조늑의 소식을 탐문토록 하는 한편, 관하(關河)·관산(關山)·관심(關心)·왕통(王通)등과 여러 촉한의 유신들의 권속까지 찾도록 했다.

그로부터 수개월이 지나자 모든 촉한의 유신들이 좌국성으로 찾아들었다. 그러나 오직 소식이 없는 것은 진원달(陳元達)과 서광(徐光)뿐이었다.

그해 겨울, 유표는 노환으로 죽고 말았다. 흉노왕 유선은 곧 유연을 대선우(大單于)로 추대하니 대선우는 곧 호인들이 말하는 천자(天子)였다.

이로써 유연은 마읍·정주·양주 이서와 북부 강지 전역을 통치하게 되었고, 그 세는 일익 팽창해갔다.

3. 황후의 음모

화의가 성립되어 한군이 물러가자 양왕은 큰 공이나 세운 듯 당당히 군대를 돌이켜 낙양으로 돌아왔다. 조정에서는 말할 것도 없고 연도에 사는 백성들도 환영이 대단했다. 모두가 병화(兵禍)를 당장 면하게 된 것만도 다행스럽게 여기는 것이었다.

양왕에게는 새로 군읍(郡邑)이 증급(增給)되고, 황금 5백 근에 채단 1천 필이 하사되었다.

이번 화의에 있어 공로가 컸다 하여 부인에게는 관군장군(冠軍將軍)의 직첩이 내려졌다.

맹관에게는 식읍(食邑)이 주어지고, 시위호분대장군(侍衛虎賁大將軍)으로서 대궐을 경호하는 임무가 맡겨졌다. 이 밖에 복윤·

이조에게도 요직이 돌아가고, 전사자에 대해서도 고루고루 은혜가 미쳤다.

또 유연의 아들 유총(劉聰)이 인질로 와서 사이관(四夷館)에 머물게 되었으므로 그에게도 적노장군(積弩將軍)이라는 직함을 내렸다.

이렇게 논공행상은 비교적 고르게 행해졌다.

그러나 이런 일에는 으레 뒷말이 따르게 마련이다. 맹관은 그 중에서도 가장 두드러진 예였다.

「내가 원수의 중임을 띠고 적과 싸우기 수십 번, 제만년을 목베어 전공이 비길 데가 없거늘, 공후(公侯)가 되기는커녕 옛날 그대로 궁중호위나 맡게 됐으니, 그래 이런 법이 있는가.」

그는 이렇게 투덜거리며 모두가 양준 때문이라고 속으로 원망했다.

맹관의 일이 양준 때문이었는지는 모르겠으나, 그런 의심을 사는 것도 무리가 아니었다. 그만큼 그의 세력은 일세를 풍미했다.

양준은 선제(先帝)의 장인이요, 금상(今上)으로 볼 때는 외조부뻘이 되었다. 그의 권세는 무제 때부터의 일이었으나, 어리석은 혜제가 보위에 앉아 있는 지금에 와서는 더한층 두드러졌다.

그는 사사로이 보병 3천을 길러 자기를 호위하게 하고, 벼슬은 태부에 이르고 임진후(臨晉侯)에 봉해졌다. 천하의 형벌을 마음대로 할 수 있는 대권의 상징인 황월(黃鉞)까지 위로부터 받았다.

「무슨 공로가 있었기에 후(侯)가 되고 황월까지 하사받게 되었단 말인가? 더욱 임진후라는 것은 무엇이고? 임(臨)이란 위에서 아래를 굽어본다는 뜻이 아닌가. 나라를 굽어보다니 그 참람함이 어찌 이에서 더하겠소?」

식자 중에는 이렇게 말하며 낯을 찌푸리는 사람도 있었다.

어쨌든 그는 일당을 요소요소에 배치하고 거의 모든 것을 전단 (專斷)했다.

그러나 어떤 강자에게도 적수는 있게 마련이다. 그의 세력을 꺾기 위해 호시탐탐 기회를 엿보는 한 사람이 있었다. 그리고 그 사람은 양준으로서도 손을 대기 어려운 위치에 도사리고 있는 것이었다. 그것은 황후 가씨(賈氏)였다.

이 가후(賈后 : 황후 가씨를 이제부터 이렇게 부르기로 한다)의 성질이 보통 여자와 다름은 앞에서 보아왔다. 태자비이던 시절, 잉태한 시앗(남편의 첩. 곧 임금의 자식을 가진 후궁)까지 창으로 찔러 죽인 그녀였다. 황후가 되자 가만히 앉아 있을 까닭이 없었다. 혜제의 사람됨을 누구보다도 잘 알고 있는 그녀는 어느덧 황제 옆에 발을 드리우고 앉아서 국정 일체를 간섭하기 시작했다.

눈 위에 난 혹과도 같은 가후를 기어코 제거하리라 마음먹은 양준이 어느 날 일격을 가했다. 입조한 양준은 황제 앞에서 언성을 높였다.

「하늘에는 두 해가 없고, 백성에게는 두 임금이 없는 것이옵니다. 성상께서 유소(幼少)하실 때는 모후(母后)께서 수렴청정하시는 것이 고래의 법도이거니와, 지금 폐하께서는 춘추 방장하시고 성덕이 천연하신 터에 어찌 곤전(坤殿)께선 발을 드리우고 정사에 관여할 까닭이 있사오리까. 속히 발을 철거하시어 *빈계지신(牝鷄之晨)의 화가 미치지 않도록 하옵소서.」

이것은 황후에 대한 정면 도전이었다. 암탉이 울면 집안이 망한다는 속담까지 듣는 데는 가후로서 격노하지 않을 수 없었다.

'이놈! 내가 그래 암탉이란 말이냐?'

가후는 목까지 치밀어 올라오는 분노를 참느라 입술을 깨물었다. 거기에 더 앉아 있다가는 만조백관 앞에서 체모만 깎이리라 판단한 그녀는 아무 소리 않고 자리에서 일어났다.

후궁으로 돌아온 가후의 기색이 심상치 않음을 보고 황문상시(黃門常侍) 동맹(董猛)이 물었다.

「낭랑(娘娘)께서는 천하의 국모(國母)시거늘 무슨 일로 신색이 좋지 않으십니까?」

그러나 가후는 가쁜 숨을 몰아쉬면서 제 가슴만 미친 듯이 치기 시작했다. 신경질적인 그녀의 발작을 후궁에서는 누구나 알고 있는 터였다. 동맹은 두 손을 모으고 서서 진정되기를 기다렸다.

「이봐요, 동상시!」

한참만에야 가후는 매서운 눈으로 동맹을 바라봤다.

「네, 어서 말씀하십시오」

동맹이 한 걸음 앞으로 나서자 가후의 눈에서는 눈물이 주르륵 흘러내렸다. 그러나 가후는 외모와는 달리 이미 마음의 평정을 되찾고 있었다. 그녀는 비교적 찬찬히 양준의 말을 옮겼다.

「그놈이 신하의 몸으로 못할 소리가 없구려. 나를 암탉이라고? 죽일 놈 같으니!」

가후는 증오에 찬 욕설을 퍼붓고 나더니 아주 나직한 소리로 말했다.

「이것 보시오, 동상시는 어떻게 생각하오?」

충견(忠犬) 흉내를 내는 것은 내시들의 타고난 생태이다. 동맹의 눈에도 눈물이 흠뻑 맺혀 있었다.

「이런 수모가 어디 있사옵니까. 천지신명께 맹세하거니와, 신은 양준과 같은 하늘 밑에서는 절대로 살지 않겠나이다.」

주먹까지 불끈 쥐고 안타까워하는 동맹을 바라보는 가후는 입가에 만족한 미소를 띠었다.

「그러나 지금 조정은 양준의 세력으로 가득 찼단 말이오 더구나 심궁(深宮)에 앉아 있는 부녀자로서 무엇을 할 수 있겠소」

가후가 한숨을 쉬어보이자 동맹이 나섰다.

「낭랑! 좋은 수가 있사옵니다. 신이 한 사람을 천거해 올리겠나이다. 맹관에게 부탁하시옵소서.」

「맹관?」

가후로서도 알 수 있는 이름이었다.

「그러하옵니다. 맹관으로 말씀하면 저 제만년까지도 때려잡은 장수이옵니다. 지략과 용맹을 겸비하여 당세에는 둘도 없는 인물이옵니다.」

「맹관이라면 나도 짐작하오만, 그 사람이 내 청을 들어줄까?」

「꼭 들을 것입니다. 그 사람은 원래 충의심이 비길 데 없는 데다가, 이번에 모든 공을 혼자 세우고도 논공행상에서는 겨우 예전 벼슬로 복귀하는 데 그쳤나이다. 그것이 모두 양준의 시기에서 나온 것을 알므로 양태부를 깊이 미워하고 있을 것입니다. 이 사람에게 밀지(密旨)를 내리셔서 간곡한 뜻을 표하시고, 아울러 크게 쓰실 의향을 보이시기만 한다면, 흔희작약(欣喜雀躍)하여 뜻을 받들 것이옵니다.」

「오, 그렇다면!」

가후는 매우 기뻐하였다.

동맹은 곧 맹관을 찾아갔다.

동맹이 황금으로 만든 술잔 두 벌을 내놓는 것을 보고 맹관이 놀랐다.

「동상시, 이것이 무엇입니까?」

「사실은……」

동맹이 매우 엄숙한 표정으로 말을 꺼냈다.

「사실은 황후 낭랑의 어명을 받잡고 왔습니다. 이것도 낭랑께서 하사하시는 물품입니다.」

「네?」

너무나 뜻밖의 일이라 맹관은 백만 대군을 만난 것만큼이나 기뻐하며 눈이 둥그레졌다.

「장군이 변방에서 신고(辛苦)하시면서 개세(蓋世)의 공을 세웠건만 조정의 행상(行賞)이 공정을 잃었다고 개탄하시면서 작으나마 성의를 표시하는 것뿐이라고 저를 보내신 것입니다.」

「아, 황후 낭랑께서!」

맹관의 얼굴에 감격의 빛이 역력히 떠돌았다.

「낭랑께서 소신을 이렇게까지 생각해 주실 줄은 꿈에도 몰랐습니다. 이 은혜를 무엇으로 보답해야 하리까. 상시께서 환궁하시거든, 낭랑을 위해 분골쇄신하여 충성을 다하겠노라고 여쭈어주십시오.」

「그것은 좀 곤란합니다.」

동맹이 웃으면서 말했다.

「장군께서 직접 여쭈어 주십시오.」

「네?」

맹관은 또 한 번 눈이 둥그레질 수밖에 없었다. 오늘의 맹관은 놀라기만 하게 되어 있는 것 같았다.

「이것을 읽어 보십시오.」

동맹이 꺼내주는 편지를 읽으며, 맹관은 더욱 놀라서 손을 떨기까지 했다.

「아니, 황후 낭랑께서 어째서 소신을 부르십니까?」

「그야 저 같은 것이 어찌 알겠습니까.」

동맹은 정색을 해보였다. 그러나 자기의 은혜를 알려놓지 않으면 손해라고 생각한 그는 곧 태도가 누그러졌다.

「사실은 낭랑께서 조정에 나가 계시다가 양태부로부터 큰 모욕을 받으셨습니다. 암탉이 울면 집안이 망하니, 냉큼 들어가시라고 소리소리 질렀다 하더군요. 그래, 이것이 신자(臣子)로서의 도리입니까.」

가뜩이나 미워하던 양준이라 맹관이 고함을 질렀다.

「저런 죽일 놈!」

「쉬잇!」

동맹이 팔을 저었다.

「언성이 높으십니다. 낮말은 새가 듣고 밤말은 쥐가 듣는다고 하지 않습니까.」

그는 목소리를 낮추어 소곤대듯 말했다.

「그렇지 않아도 낭랑께서는 이 도둑을 없애서 국가의 화근을 뿌리 뽑으려던 참입니다. 그러나 조정 안이 모두 그 자의 패거리로 차 있지 않습니까. 그래서 고민하시는 모습을 보다 못해 제가 장군을 천거했습니다. 지혜나 용맹으로나 양준을 꺾을 수 있는 인물은 장군밖에 없다고 여쭈었습지요. 부디 도둑을 제거하고 주석지신(柱石之臣)이 되십시오.」

나중의 주석지신이 되라는 말은 의미심장한 암시였다. 맹관에게 딴 뜻이 있을 리 없었다.

맹관은 동맹의 안내로 남의 눈에 띄지 않는 후문을 통해서 궁중으로 들어갔다. 가후는 반갑게 맞아주었다.

「지금 태부 양준이 참람한 뜻을 가져 그 소행이 무소부지(無所不至)이구려. 이 도둑을 그대로 두었다가는 사직의 운명이 장차 어떻게 될지 모르겠소이다. 장군은 나라를 위해서 어떠한 대책이라도 가지고 있지 않을까 해서……」

역시 가후는 보통여자가 아니었다. 자기의 사사로운 원망은 젖

혀놓고 어디까지나 국가를 내세웠다.

「소신이 진작부터 이 난신적자(亂臣賊子)를 제거하여 조정을 청평(淸平)케 할 뜻이 있었사오나, 도처에 그의 도당이 깔려 있기에 지금껏 참고 있었나이다. 이제 낭랑의 하교(下敎)까지 받자오니, 어찌 간뇌도지(肝腦塗地 : 참살을 당하여 간과 뇌가 땅바닥에 으깨어졌다는 뜻. 나라 일에 목숨을 돌보지 않고 힘을 다함.)한들 충성을 다하지 않사오리까.」

「그것은 그렇고……」

가후가 다시 말했다.

「도둑의 일당이 조정을 메웠으니 어떻게 해야 되겠소? 장군은 깊이 생각하시오.」

맹관은 역시 군략에 통달한 사람이었다. 궁중에 들어오는 동안에 그의 머릿속에는 이미 계략이 마련되어 있었다.

「지금은 군권(軍權)이 모두 양준에게 있는 터라 함부로 건드릴 수 없사옵니다. 이번 일에는 반드시 외부에 계신 어느 친왕의 병력을 빌리지 않고는 성사가 어려울 것이옵니다. 친왕들을 뵈옵건대 초왕(楚王) 전하께서 아직 연소하신지라 비교적 움직이기 쉬우리라 믿사옵니다. 그러하오니 황제 폐하의 조칙(詔勅)이라 하고 곧 글월을 내리시어 군사를 이끌고 내조(來朝)토록 분부하시옵소서. 초왕께서는 세상의 경력이 적으신 터라 깊이 생각하시지 않고 반드시 상경할 것입니다. 그때에 신이 도중에서 영접하여 간곡히 말씀드린다면 십분 대사가 이루어지리라 봅니다.」

가후가 생각에 잠겼다가 고개를 들면서,

「초왕은 병사를 부려 싸워 본 경험이 없는 사람, 양준의 세력을 두려워하여 응낙하지 않을 수도 있지 않겠소 그때에는 어찌하려오?」

하고 물었다.

「그것은 걱정 마시옵소서.」

맹관이 가슴을 펴보였다.

「전하께서 군사를 이끌고 오시기만 한다면 나중 일은 제가 모두 책임지겠사옵니다.」

「오, 그렇다면 장군만 믿겠소」

가후는 비로소 안심하는 듯 웃었다.

제11장. 어지러운 기상도

1. 맹관의 암약(暗躍)

초왕(楚王) 사마위(司馬瑋)는 어느 날 뜻밖에도 황문상시 동맹의 방문을 받았다. 그는 황제의 칙서를 읽으면서도 자기를 불러주는 형에 대한 고마움 같은 것을 막연히 느낄 뿐이었다. 그가 산전수전을 다 겪어본 사람이었다면,

<근자에 도둑이 떼지어 일어나 세상이 소란할 뿐 아니라, 수도의 경호가 소홀한 점이 있으니, 그곳의 경비에 필요한 최소한의 인원 외의 모든 장병을 거느리고 상경해서 짐을 도우라.>

하는 따위의 문면을 보고는 응당 고개를 갸우뚱했을 것이다. 그러나 궁중에서 곱게 자란 이 소년 친왕은 그저 형을 만나러 가는 것만이 좋았고, 많은 군사를 거느리고 위세를 뽐낼 수 있게 된 점이 자랑스럽기만 했다.

그는 곧 7천 명의 병사를 이끌고 길을 떠났다. 며칠이 지나 낙양을 2, 30리 저편에 바라보이는 한 지점에 당도했을 때였다. 한 관원이 달려와 맹관이 영접차 나와 있다고 보고했다.

「뭐, 맹관이?」

초왕은 다소 놀랐으나 마차를 멈추게 했다.

곧 맹관이 앞으로 다가와 허리를 굽혔다.

「시위호분대장군 맹관이 문안 아뢰옵니다. 땅이 멀리 떨어져 있기에 오래도록 사후(伺候)하지 못했사온데, 신용을 우러러 뵘에 감축함을 이기지 못하겠나이다. 먼 행차에 신기 불편하시지나 않으신지요?」

아주 예와 정이 구비된 인사였다. 용명을 떨치는 그로부터 이런 대접을 받고 보니, 왕이라고는 하나 소년의 마음은 기쁘지 않을 수 없었다.

「장군이 이게 어인 일이시오? 먼 곳까지 나와 주시니 감사하오. 저번에는 오랑캐를 정벌하여 개세의 공을 세우신 것을 보고 한번 하례코자 하던 터에 이렇게 만나서 기쁘오」

「전하!」

맹관이 한 걸음 더 나와서 나직한 음성으로 말했다.

「잠깐 긴한 말씀을 여쭙고자 합니다만……」

곧 눈치를 알아차린 사마위는 좌우를 물리치고 마차 속에서 맹관과 만났다.

「전하께서 칙명을 받들어 입조하시는 바에는, 마땅히 간흉을 일소하여 사직을 바로잡으셔야 하옵니다.」

맹관의 말이 하도 의외여서 사마위는 어리둥절했다.

「뭐, 뭐라고 하셨소?」

「전하!」

맹관이 엄숙한 표정을 지어 보였다.

「까닭 없이 중병(重兵)을 인솔하고 입조하라는 어명을 내리시 겠나이까.」

딴은 그랬다. 지금까지 놀러나 가는 듯 단순히 생각한 것이 어리석었다 싶었다.

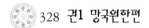

「그렇다면?」

그러나 거기에 대답하는 대신 맹관은 또 하나의 질문을 던졌다.

「양태부를 어찌 보시옵니까?」

이제는 사마위로서도 이해가 갔다. 그러면 자기에게 양준을 토벌하라는 것인가.

「전하!」

맹관이 다시 말을 이었다.

「양준은 나라의 권한을 한 손에 휘어잡고 못하는 짓이 없나이다. 자기 도당을 요직마다 들어앉히고, 조금이라도 눈에 벗어나는 자는 모두 죽이든가 내쫓든가 했지요. 그의 안중에는 황제 폐하도 없사옵니다. 하물며 친왕 전하들이 눈에 보이는 줄 아시옵니까. 선제께서 붕어하실 때만 해도 여남왕(汝南王)께 섭정의 유명(遺命)이 계셨다고 하옵니다. 이것은 누구나가 다 아는 사실이지요. 그러나 양준은 어찌했나이까. 도리어 선제의 분부라 하여 전하들을 지방으로 쫓아 보내지 않았나이까.

「그것은 나도 알고 있소」

사마위의 얼굴에 분노의 빛이 나타났다.

「이놈이 황실을 능멸하고 충량(忠良)을 해침이 이러하니, 내 입조하는 대로 곧 성상께 여쭈어서 파직시키도록 하리다.」

맹관은 어이가 없었다. 역시 소년 귀공자라 생각이 단순했다.

「그것이 무슨 말씀이십니까. 지금 천하의 권세가 그 한 손에 있는 줄 모르십니까. 만일 불쑥 말씀을 하셨다가는 반드시 화를 면치 못하십니다.」

사마위의 얼굴에 긴장의 빛이 떠돌았다.

「어찌 전하뿐이겠나이까. 성상 폐하께서도 양준을 벌하시기 어려운 판국입니다. 그러기에 폐하께서는 전하의 힘을 빌리시기 위해 입조케 하신 것이지요.」

폐하의 힘으로는 어림도 없다면서 내 힘을 빌려야 하다니, 사마위는 도무지 알 수가 없었다. 그러나 맹관은 초왕의 그런 생각엔 아랑곳없이 그대로 말을 계속했다.

「그러하오니, 전하께서는 우선 성 밖에 군대를 멈추시고 기다리시옵소서. 지금 동안왕(東安王)께서 우림군(羽林軍)을 통솔하고 계신 터이니까, 제가 곧 달려가 함께 상의하여 계략을 마련한 다음에 전하를 입조하시도록 해서 도둑을 잡을까 하옵니다.」

사마위는 이의가 없었다.

「그럼 빨리 가서 일을 주선하시오. 나는 장군만 믿겠소.」

맹관은 돌아오는 길에 가후를 찾아갔다.

「지금 초왕께서 군사를 거느리고 성 밖까지 와 계시옵니다. 낭랑께서는 속히 폐하께 말씀드려 일을 추진하시옵소서. 어려운 일이 있거든 소신에게 미루어 주시면 제가 폐하께 상주하겠사옵니다.」

가후는 기뻐하며 곧 혜제를 만나러 갔다. 모략이 있는 여성이라, 황제 앞에 나타났을 때에는 슬픔 때문에 걸음도 못 걷는 시늉을 했다.

「폐하! 이런 법이 어디 있사옵니까.」

가후의 예쁘지도 않은 두 볼에 눈물이 방울방울 흘러내렸다.

「아니, 어인 일이오?」

혜제의 눈이 둥그레졌다.

「폐하! 망극하옵니다. 제 몸이 죽는 것이야 무엇이 아까우리오마는 성상께 화가 미칠 것을 생각하니 가슴이 미어지나이다.」

「아니, 그게 무슨 말씀이오? 어서 자세히 이야기해 보시오.」

「아, 글쎄.」

여기에서 가후는 제 가슴을 힘껏 두드렸다.

「아 글쎄, 양태부 그놈이 반심을 품어, 폐하를 내쫓고 새 임금을 세우려 한다지 뭡니까!」

「무엇이?」

혜제의 얼굴이 파랗게 질렸다.

「양준은 천하 권세를 혼자 쥐고 있으면서도 폐하께서 천자(天資) 영명하사 뜻대로 움직여지지 않으므로 어린 황제를 세우려 한다 하더이다.」

「아니, 도대체 어찌 그럴 수가 있는가!」

황제는 자기 귀를 의심하는 모양이었다.

「폐하의 신임이 이러한데, 그 자가 도리어 하늘 높은 줄 모르고 발호함이 아니오니까!」

가후는 또 한 번 제 가슴을 쥐어박았다.

「폐하! 이 일은 누구나 알고 있다 하옵니다. 다만 양준의 세력이 하도 큰지라 아무도 입 밖에 내어 말하지 못하는 것뿐이지요. 양준은 사병(私兵)까지 3천을 두어 제 집을 지키고, 모든 요직에는 다 자기 일당을 배치하고 있사오니, 이것이 어찌 충성된 신하의 소행이겠나이까. 제가 듣기에 양준은 곧 거사할 것이라 하오니, 복원 폐하께서는 즉시로 조처하옵소서.」

그렇다면 어찌하나? 이런 때, 혜제의 머리는 재빨리 움직여주질 않았다.

「지금 조신(朝臣)이 다 그의 당이니, 이 일을 장차 어떻게 했으면 좋겠소?」

가후는 이때다 싶었다.

「그것은 조금도 걱정 마시옵소서. 폐하의 말씀대로 다 그의 일당이라 대의를 생각하는 사람이 아무도 없는 중 오직 맹관만이 충의를 지녀 흔들림이 없사오니 이 사람을 불러 분부를 내리옵소서. 또 하늘이 도우심인지 마침 초왕이 입조하기 위해 이미 성 밖에 당도해 있다 하옵고, 동안왕은 우림군을 관할하고 있는 터이니, 이 위급한 마당에 형제를 어찌 의지하지 않으시겠사옵니까. 이 세 사람의 힘이면 군흉(群凶)을 일소할 수 있을 것입니다.」

「뭐? 초왕이 오고 있어?」

혜제는 매우 반가워했다.

「그뿐 아니라, 군사도 대동하고 왔다 하오니 크게 도움이 될 것이라 믿나이다. 우선 맹관부터 만나 보시옵소서.」

「음, 그러지.」

황제는 곧 맹관을 불렀다.

「짐이 듣자니, 근자에 태부 양준이 불궤를 꾀하고 있다던데, 그것이 사실인가? 이 일은 조정이 모두 알고 있다고 한즉, 경도 응당 들은 바 있으리라. 주저 말고 이르라.」

「황공하옵니다.」

맹관이 부복해 아뢰었다.

「신이 진작 여쭙고자 하던 중에 선지(宣旨)를 받자오니 몸 둘 곳을 모르겠나이다. 양준이 참람한 뜻을 품어 폐하를 축출하려고 준동함은 온 천하가 다 알고 있나이다.」

혜제는 만족한 듯 고개를 끄덕였다.

「그러면 어떻게 해야 되겠소?」

「폐하! 이 천하가 누구의 것이옵니까? 다 폐하께서 다스리시는 땅이요, 백성이 아니옵니까. 폐하께서 뜻을 정하사 분부만 내리시옵소서. 그것으로 일은 끝나는 것이옵니다.」

「어찌 그리 쉽게 말을 하오?」

사실 황제로서는 맹관이 현실을 너무 무시하고 있는 것 같았다.

「지금 조정이 모두 그의 당파이거늘, 짐이 한 마디 한다고 해서 일이 쉽사리 이루어지겠소?」

맹관이 고개를 번쩍 들었다.

「그렇지 않사옵니다. 마침 초왕 전하께서 입조하신다 하옵고, 동안왕 전하께서는 우림군을 이끄시고 궁중에 계신 터에 무슨 어려움이 있겠나이까. 조서(詔書)를 소신에게 내려주시옵소서. 소신이 불민하오나 두 전하와 상의하여 반드시 도둑을 없애버리겠나이다.」

맹관의 자신에 찬 단언이 혜제에게는 더없이 믿음직했다. 혜제는 가후와 상의하여 곧 조서를 초했다.

2. 양준의 말로

궁중에서 나온 맹관은 곧 사람을 시켜 초왕에게 연락했다. 초왕은 마차를 멈추고 혜제가 내린 조서를 읽었다.

─역신 양준이 선제께서 내리신 고명의 무거움을 배반하고 짐의 기대는 바 성의를 생각지 아니하고, 일찍이 여남왕을 도읍으로부터 축출한 다음 권세를 전횡하고 있다. 근자에는 황후를 과인의 목전에서 질책했으니, 이는 실로 무엄을 극한 일이로다. 이제 그의 도당에 의해 사직이 위태로우며, 함부로 무위(武衛)를 사가에다 설치하여 들이고 내치는 위권(威權)을 함부로 행하니, 군주를 속인 죄가 여물고 법을 어긴 허물이 넘쳤도다.

이제 또 뜻을 망령되이 가져 사직을 뒤엎기를 꾀하고 신기(神器)를 훔치고자 생각하여, 장차는 짐마저 해하려 작정하니 천인이 함께 노할 바라. 초왕 위(瑋)·동안왕 요(繇)·호위장군 맹관에게 명하노니, 각기 본부(本府)와 우림(羽林)의 병마를 이끌고 이 반역의 무리를 치라. 그대들은 마땅히 종묘와 사직의 무거움을 생각하여, 제각기 충성을 나타내어 가국(家國)을 편안케 할지어다. 기꺼이 명을 받들고 행여 짐의 뜻에 어그러짐이 없게 하라.

사마위는 기뻐하며 곧 낙양으로 들어가 군대를 사마문(司馬門)에 주둔시켰다.

이에 호응하여 동안왕이 우림군 3천을 궁문 밖에 대기시키는가 하면, 맹관은 호위군을 풀고 궁문 안에 진을 쳤다.

이제는 양준을 불러들일 차례였다. 황문상시 동맹이 양준에게 어명을 전했다. 초왕이 입조했으니 경도 들어와 함께 국사를 의논하자는 취지였다. 이때 양준은 두 아우를 상대로 간밤의 꿈 이야기를 하고 있는 판이었다.

「아, 어쩌면 꿈이 그리도 무섭담!」

양준은 생각만 해도 몸서리가 쳐지는 듯 입맛을 쩝쩝 다셨다.

「원, 형님도」

양제가 못마땅하게 여겨 나무랐다.

「그까짓 꿈을 가지고 무얼 그러십니까. 꿈은 꿈입니다. 현실도 못 믿을 것이 허다한데, 하물며 꿈이야……」

그래도 양준은 고개를 저었다.

「이치는 그렇지만 생각해 봐! 다리가 무너지면서 강물로 거꾸로 떨어지다니, 그래 이것이 예사 꿈인가? 아우도 이런 꿈을 꾸었으면 아마 그런 소리는 하지 않을 게야.」

「꿈이라는 것은……」

형의 태도가 우스웠던지 양요(楊珧)가 혀를 차고 나서 이렇게 말을 꺼내려 할 때에 동맹이 나타난 것이었다.

꿈 타령만 하고 있을 수도 없어서 양준이 일어섰다.

「형님, 잠깐만 앉으시오」

양요가 손을 잡았다.

「전일에 가후를 비방하셨다는 말을 들었는데, 이번에 동맹이 사신으로 오다니 이상하군요. 왜 대전내시가 안 오고 중전내시가 옵니까?」

「아니, 그럴·수도 있지. 그것이 무어 그리 대단하단 말인가?」

「형님은 참 단순하시기도 합니다.」

양요가 경멸하는 눈초리를 보냈다.

「가후가 어떤 사람인지 생각해 보십시오. 그 성질에 가만히 있을 사람입니까. 궁중에 무슨 음모가 있을지도 모르니, 가지 마십시오. 변이 나는 날에는 우리 일족은 멸문(滅門)의 화를 면치 못하리다.」

「원, 아우는 겁도 많지!」

이번에는 양준이 경멸의 눈초리를 보낼 차례였다.

「동맹이 하나 다녀갔다고 왜 이리 야단인가. 더욱이 위에서 소명(召命)이 계신 터에 신자(臣子)로서 어찌 안한(安閑)하게 앉아 있을 수 있단 말인가.」

「그런데 제 말씀 좀 들어보시오」

양제가 입을 열었다.

「내가 듣자니 초왕이 군사를 이끌고 입경했다는군요. 까닭 없이 왜 군사를 이끌고 옵니까. 이는 반드시 가후의 책략일 것입니다. 더구나 맹관은 지금 호위영 군사를 이끌고 궁중에 있습니다. 이 사람이 형님 편이 아닌 것은 잘 알고 계시잖습니까. 형님이 일단 궁문에 발을 들여 놓으셨다가는 그들의 함정을 벗어나지 못할 것입니다.」

듣고 보니 그것도 그랬다. 양준은 가까운 일당을 불러 의견을 들었다.

주부(主薄) 주진(朱振)이 말했다.

「초왕은 7천이나 되는 대군을 이끌고 입조했습니다. 태평성세에 무엇 때문에 이런 대군이 필요합니까. 더욱이 맹관이 나가서 영접했다 하고, 동안왕도 입궐하는 둥 분위기가 사뭇 어수선한 점으로 보아 무슨 일이 있기는 분명히 있습니다.」

양준도 의심스러운 생각이 들었다.

「그러면, 어떻게 대처해야 되겠소?」

좌장군 양막(楊邈)이 계략을 바쳤다.

「앞서 동안왕과 맹관을 불러내어 그 병권(兵權)을 빼앗고, 그 다음에 입궐하십시오. 그러면 안전이 보장될 것입니다.」

「그게 무슨 말씀이오?」

주진이 반대했다.

「이 판국에 부른다고 해서 그들이 나오겠습니까? 또 초왕의 군사도 있다는 것을 잊지 말아야 할 것입니다. 제 소견 같아서는 모든 군사를 운룡문(雲龍門) 밖에 집결시키는 한편, 동궁(東宮)을 습격하여 황태자를 모셔오도록 하는 것이 좋겠습니다. 그런 다음 궁문에 불을 지르고 들이치면, 군사의 수효로 보아 우리가 이길 것이니 주동한 무리들을 처단하시고 황태자를 보위에 오르게 하사, 위공(魏公) 조조(曹操)의 예를 따르십시오. 이렇게 되면 화를 면할 뿐 아니라 위엄을 사해에 떨쳐 길이 영화를 보존하오리다.」

그러나 우유부단한 양준에게는 그런 결단이 서지 않았다.

「이 궁문들은 위(魏)의 명제(明帝)께서 만드신 바로 여간 공이 든 것이 아니거늘 어찌 함부로 태우겠는가. 하물며 모든 것이 아직 추측의 단계를 벗어나지 못함에 있어서랴. 또 궁을 들이친다 하면 이는 반역하는 것이 되지 않으랴.」

이때 시중 부기(傅祇)가 달려왔다.

「일이 벌어졌으니 어서 군대를 움직이십시오. 이러고 있을 때가 아닙니다!」

그는 극구 권고해 보았으나 양준은 듣지 않았다.

「만일 일을 경솔히 했다가는 도리어 역신(逆臣)이라는 오명만 후세에 남길 것이오」

그 뜻을 돌이킬 수 없음을 알자 부기는 탄식하며 물러갔다. 이럴 무렵, 궁중에서는 작은 사건이 일어나 사태를 급속히 추진시키는 계기가 됐다. 서궁에 있던 양태후(楊太后)가 일이 터진 것을 알고 놀라서 본가에 기별한답시고 편지를 보냈는데, 그것을 그만 맹관의 병사에게 압수당한 것이었다.

맹관은 곧 가후에게 달려가 이를 보이고 말했다.

「기밀이 새는 것을 막으려면 빨리 일을 일으켜야 하나이다. 싸움이란 선수를 쓰는 쪽에 이익이 있사옵니다. 양준이 알고 대병을 모아 쳐오게 되면 대사를 그르칠까 두렵사옵니다.」

가후는 곧 명령을 발하여 양준과 그 일당을 잡아 죽이게 했다.

맹관이 막 물러나려고 하는데 단광(段廣)이 들어왔다. 그는 사태가 급한 것을 눈치 채고 바로 혜제 앞에 엎드려 양준을 위해 진정했다.

「태부 양준으로 말씀하오면, 국척으로 오래 선제(先帝)를 섬기며 충성을 다했기에, 선제께서도 그 충직함을 인정하사 유명(遺命)까지 계셨던 터이옵니다. 대개 높은 가지는 바람을 많이 타는 법인지라, 그의 권세를 시기하여 모함이 생길 수도 있는 일이오니, 다른 것은 모르되 무엇이 부족하여 역심을 품겠나이까. 더욱이 폐하께서 사사로이 보실 때에는 외조부가 되지 않사옵니까. 태후 낭랑을 생각하시어도 어찌 관대하심이 없으실 수 있겠사옵니까.」

두뇌가 명석치 못하면 무슨 말이든 어떤 소리나 일리가 있어 보이는 법이다. 혜제는 그렇겠다 싶어 좌우를 돌아보았다. 그러나 옆에 있던 가후가 용서치 않았다.

「이놈! 충심이 있어서 사병(私兵)을 기르며, 충심이 있어서 일국의 황후도 안중에 없다는 말이냐. 저놈을 끌어내라!」

병사들이 어디선지 나타나 단광을 묶어버렸다.

맹관은 곧 군사를 이끌고 달려가 양준의 집을 포위했다.

맹관은 마치 제만년이나 상대하는 듯 앞에 나서서 외쳤다.

「역신 양준은 듣거라! 호위장군 맹관이 어명을 받들고 여기에 왔으니, 너는 속히 문을 열고 칙명을 받아라.」

안에서 아무 대꾸가 없자 맹관은 주저하지 않았다.

「문마다 불을 질러라!」

양준의 주저로 궁문이 타지 않은 대신 그의 집 네 개의 대문에 불이 붙었다. 불꽃은 삽시간에 문짝을 삼켜버렸다. 안에서는 사람들의 아우성소리가 들려왔다.

군사들은 집에 들어서는 길로 사람을 만나면 칼로 치고 재물을 만나면 품속에 넣었다.

양준은 마구간에 숨어 있다가 끌려나왔다.

「이놈! 분수를 모르고 역심을 품어?」

맹관의 칼날이 번쩍이는 듯하자 양준의 목은 땅에 굴렀다.

양요와 양제도 잡혀왔다. 그들은 양준의 형제이기는 했으나, 형과는 달리 어진 사람들이었다. 형에게 간해도 듣지 않았으므로 벼슬을 내놓고 물러나 있었던 터이건만, 양준의 아우라는 이유로 체포된 것이었다. 따라서 두 형제의 일을 애석히 알아 변명을 하고 나선 사람도 있었다. 그러나 가후는 고개를 가로저었다.

「삼밭에서 삼이 나지, 무엇이 나겠소?」

이것이 가후의 말이었다.

이리하여 양준의 일가는 노소를 가릴 것 없이 모두 죽었다. 또 그의 일당이던 장소(張邵)·단광(段廣) 등의 10여 집도 결딴이 났다. 좌장군 양박, 우장군 유예(劉豫), 하남윤(河南尹) 이빈(李斌), 중서(中書) 장준(蔣俊), 동위(東尉) 문숙(文淑), 상서령 무무(武茂) 등 그의 심복은 하나도 살아남지 못했다.

양준은 비록 대신감은 못되었으나 그가 남기고 간 암탉 운운의 말만은 명언이었다.

궁중에서는 곧 두 마리의 암탉이 싸움을 벌였으니까 말이다.

멸족의 화를 만난 양태후가 가만히 있을 리 없었다. 파랗게 질려서 나타난 양태후는 가후를 보자마자 욕부터 했다.

「옛날 선제께서 중전을 태자비로 간택하는 것을 반대하셨을 때 내가 적극 천거하여 오늘날이 있거늘, 그래 중전은 은혜를 원수로 갚는단 말이오? 내 종족(宗族)에게 중전이 무슨 원한이 있단 말이오」

이런 점에서야 남에게 뒤질 가후가 아니었다.

「진조(晉祖)는 그 절반이 나의 아버지 힘에 의해 이룩된 것을 모르시는군요 양씨 가문에서는 단지 태후가 계심을 핑계로 조정의 권세를 농하고 작당하여 천자의 위(威)까지 예사로 범하고 있으니, 어찌 묵과할 수 있는 일입니까.」

혜제는 태후와 왕비의 틈바구니에 끼어 입장이 심히 난처했다. 그는 우선 두 여자를 떼어놓는 것이 괴로운 입장을 면하는 방법이라는 생각이 들었다.

「선처하겠사오니 어마마마께서는 심려 마시고 돌아가옵소서.」

그리고 비빈과 내시들이 나서서 태후를 서궁으로 돌려보냈다. 그러나 이것으로 싸움을 끝낼 가후가 아니었다. 두 마리 중 젊은 암탉이 아무래도 힘이 세게 마련이었다. 며칠 후 가후는 맹관·동맹을 불러놓고 말했다.

「지금 태후가 서궁에 계신데, 전일의 언동으로 보건대, 깊이 이 몸을 원망하는 눈치였소. 그런데 지방에는 아직도 양씨네 세력이 도사리고 있으니 반드시 일을 일으키고야 말 것이오. 어떻게 했으면 좋겠소?」

맹관이 대수롭지 않은 듯 받았다.

「모든 권한이 낭랑의 손에 돌아온 지금, 그만한 일을 어찌 걱정하십니까. 동맹에게 분부하사 조칙을 짓도록 하신 다음 태후를 서궁에서 금용성(金墉城)으로 옮기게 하심이 좋겠나이다.」

가후는 곧 조서를 만들게 하여 동맹을 서궁으로 보냈다.

태후는 동맹을 보자 의아해 했다.

「이 몸이 부르지도 않았거늘, 너는 어이해서 왔느냐?」

동맹으로서도 잘 안 나오는 말이었으나 하는 수 없었다.

「황공하옵니다. 폐하의 어명을 받잡고 왔나이다.」

「어명이라고?」

「그러하옵니다. 여기에 조서가 있나이다.」

어리둥절해 하는 양태후 앞에서 동맹은 떨리는 음성으로 조서를 들려주었다.

―오호라, 시운이 불리하여 흉간(凶奸)이 국사를 그르치고, 파당을 이루어 마침내는 찬역의 뜻을 품기에 이르니, 하늘이 도우시고 충의의 사(士)가 갈력(竭力)함이 없었던들, 일이 장차 어디에 이르렀으랴. 역당의 일족은 남김없이 쓸어버

림이 조종(祖宗)의 유법(遺法)이로되, 인륜에 모자의 의(義)가
무거운지라, 짐은 태후를 금용성에 모시어 효양(孝養)의 정
성을 다하려 하노라. 너희 군신백료(君臣百僚)는 짐의 뜻을
저버리지 말고 태후를 받듦에 추호도 소홀함이 없을지어다.

문면은 효도를 내세웠으나 허울 좋은 말이고 실은 추방령이었
다. 양태후의 입에서는 욕부터 나왔다.

「이놈! 네놈들이 궁중의 불여우와 작당하여 일을 꾸며놓고, 어
명이라고! 어디 두고 보자. 내 폐하와 만나 사리를 따지리라. 어느
나라 법에 모후를 폐하는 황제가 있었단 말이냐. 네놈도 목이 성
할 줄 아느냐. 이놈, 속히 물러가지 못하겠느냐!」

양태후가 발을 구르며 악을 쓰는 바람에 동맹은 무수히 '황공하
오이다.'만 되풀이하다가 쫓겨나왔다.

가후는 태후가 황제를 만나서 따지겠다는 소리를 동맹에게서
듣고 가슴이 뜨끔했다. 어리석은 혜제라지만 가만히 있을 턱이 없
는 일이었다.

가후는 맹관에게 2백 금위군을 보내 양태후를 금용성으로 압송
토록 했다.

혜제는 가후의 처사에 시종 맹종할 따름으로 스스로의 의견은
한마디도 말하지 않았다. 실로 용렬한 암군(暗君)이었다.

이로써 진조의 모든 권력은 양준에게서 일단 가후에게 돌아왔
다. 가후는 맹관에게 황금 3천 냥, 채단 5백 필을 하사하고 다시
제만년을 죽여 오랑캐를 평정한 공이 있다 하여 상곡군공(上谷郡
公)의 봉작을 내렸다. 이조(李肇)도 금위대장군(禁衛大將軍)이 되
었다.

3. 골육상잔

그러나 이런 일은 당연하다면 당연한 일이었으나, 세상의 이목을 끈 것은 가씨네의 등용이었다. 암탉이 홰를 치며 우는 바람에 친정붙이들이 제 세상을 만난 것이다.

우선 덩굴째 굴러들어온 호박을 안은 것은 한밀(韓謐)이라는 인물—그는 가후의 여동생의 아들이었다. 가후는 이 조카의 성을 가씨로 고치고, 평양군공(平陽郡公)을 삼아 자기 아버지 가충(賈充)의 봉작을 잇게 했다. 식읍(食邑)은 8천 호였다.

또 사촌동생 뻘이 되는 가모(賈模)에게는 중서령의 벼슬이 주어졌다. 그 밖의 가씨네들도 다 감투를 얻어가졌다. 운명의 여신은 가씨의 가문에 미소를 던지는 듯싶었다.

그 중에서 다소라도 식견이 있는 것은 가모였다. 그는 어느 날 가후를 찾아가서 말했다.

「낭랑의 은덕이 우리 가씨 일문에 미쳐 저 같은 것까지 거두어 주시니 황공하옵니다. 그러나 직위란 그 사람에게 어울려야 하는 것이니, 한 치의 공도 없이 가씨라는 이유만으로 많은 사람이 등용된다면 지난날의 양씨네와 무엇이 다르겠습니까. *앞 수레의 엎어짐을 이미 보았으니, 그 뒤를 따르는 수레로서는 응당 경계함이 옳을 것입니다(前車覆轍전거복철). 저야 처음부터 이를 것이 못 되오나, 가밀로 말씀드리면 아직 나이 어리고 덕이 부족하거늘, 어찌 대신의 자리를 차지할 인물이라 하오리까. 이래서는 천하의 민심이 따르지 않사옵니다.」

듣고 보니 가후의 생각에도 그렇겠다 싶었다.

「그대의 말에도 일리가 있군. 그렇다면 어떻게 해야 되겠소?」

「천하에 큰 것이 바다 같음이 없사오나, 바다가 어찌 스스로

커졌겠나이까. 이는 세상의 물이란 물을 제 품속에 받아들였기 때문입니다. 그러므로 천하를 태평히 하여 큰 공을 세우려는 이는, 앞서 어진 이를 가려 국정을 보좌하게 하는 것입니다. 그렇게 하시면 그들이 애쓴 공로가 다 낭랑에게 돌아올 것입니다.」

「오, 착한 말씀이오.」

가후는 다른 사람에게서 이런 말을 들었다면 화라도 내었을 인물이지만, 상대가 자기 아우라 자랑스럽기조차 했다. 우리 일문에도 이런 사람이 있었구나 싶었다.

「참 좋은 말이오. 그러나 아우도 알다시피 심궁(深宮)에 앉아 있는 몸이고 보니, 내가 어디 사람을 알겠소. 그래, 그대가 보기에 어진 이가 있던가요?」

칭찬을 듣고 나니 기분 나쁠 까닭이 없었다. 가모 자신은 어진 사람이 다 된 듯 만족하기만 했다.

「왜 없겠나이까. 여남왕 사마양(司馬亮)은 선제의 아드님이요, 금상의 황숙으로, 천자 영매하사 일세의 여망을 지고 계신 터입니다. 선제께서 붕어하시면서 고명까지 계셨던 바이건만, 양준의 음해로 뜻을 얻지 못하셨습니다. 만약 이분을 불러올리시어 대정(大政)을 맡기신다면 조정이 모두 낭랑께서 인재를 아신다 일컬을 것이고, 사사로운 은혜를 베푸신다는 비방이 없어지오리다.」

가후는 고개를 끄덕였다. 양준에게 박해를 받았다고 듣자, 자기에게 무척이나 가까운 사람처럼 느껴졌다. 여자의 편벽된 마음의 소치였다.

가모는 말을 계속했다.

「상서 위관(衛瓘)은 촉을 평정하고 오(吳)를 쳐서 큰 공훈을 세운 사람입니다. 나아가 유주·기주에서 일했을 적에도 오랑캐들이 그 덕에 감화되어 조공을 바치고 배반함이 없었나이다. 그 사람됨을 생각할 만합니다. 또 중서감(中書監) 장화(張華)는 식견이 고매하고 지덕을 겸비하여 깊이 민정(民情)을 아는 사람입니다. 이 세 사람은 다 나라의 원로요 일대의 영걸이오니, 천하를 다스리고자 하시거든 이 사람들을 쓰시옵소서.」

가후는 곧 위관과 장화를 만나 은근한 뜻을 표하고, 여남왕을 부르도록 황제에게 진언했다. 이리하여 여남왕에게는 태보(太保)의 벼슬이 돌아가고 장화는 소부(小簿)에 임명되었다.

여남왕 사마양은 집정하게 되자 자못 방자하게 굴었다. 이를 보고 간하는 사람도 더러 있었으나, 도리어 꾸짖어 물리쳤다.

「이 몸은 제실(帝室)의 연지(連枝)요 금상의 황숙이니, 어찌 다른 대신과 같을 손가. 사직의 일은 곧 내 집의 일이거늘, 어느 누가 감히 용훼(容喙)한단 말이냐.」

이것이 그의 논법이었다. 위관도 간하다가 퇴짜를 맞은 사람 중의 하나였다. 장화는 말해 보아야 소용이 없음을 알았으므로 아예 입을 다물고 지냈다.

권력을 유지해가기 위해서는 적대할 가능성이 있는 세력의 제거가 불가피하다. 여남왕은 귀에 거슬리는 말을 하는 사람이 있으면 이를 바로 적대행위라 생각하여 하나하나 치워버렸다.

그의 이런 제초작업은 드디어 동안왕에게까지 미치기에 이르렀다. 그가 병권(兵權)을 장악하여 궁중에 도사리고 있는 데에 대한 경계였다. 어느 날 그는 가후에게 말했다.

「동안왕은 병권을 쥐고 있기에 위엄이 무겁고 그 당파의 형세가 자못 강하나이다. 그가 딴 마음을 품는 날이면 사직에 큰 환난이 되오리다. 설사 그렇지 않다 하더라도 군사를 한 손에만 오래 맡겨두는 것은 좋지 않사옵니다.」

남을 해치는 일이라면 신명이 나는 가후였다. 금시에 귀가 솔깃

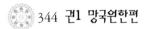

해졌다.

「그것도 그렇군요. 그럼 어떻게 해야 좋겠습니까?」

사마양은 미리 생각해 두었던 계략을 펴 보였다.

「그를 행군사마(行軍司馬)로 옮겨 앉게 하고 초왕 위에게 육군(六軍)의 관장을 맡기시면 중인의 이의(異議)가 없을 것으로 아옵니다.」

가후는 사마양의 의견을 좇아 곧 조칙을 내려 초왕 사마위를 동안왕 사마요와 교체토록 하였다. 사마요는 이미 이런 곡절이 사마양의 모략에서 나온 것임을 알았으나, 순순히 응낙하여 자리를 사마위에게 내어주고 향제(鄕第)로 돌아왔다. 그는 천성이 온화한 사람이었기 때문에 권세를 위한 아귀다툼을 평소부터 싫어하였다. 사실 그의 그런 몸가짐이 곧 뒤이어 일어난 사마씨 간의 몸서리치는 골육상쟁에서 몸을 보호해 주었던 것이다.

사마요를 대신하여 병권을 잡은 초왕 사마위는 나이도 어린 데다 그 성품이 몹시 경박하였다. 매사에 깊은 사려도 없이 오직 자기의 위세만 앞세웠다. 그래서 노소 신하들은 누구 한 사람 그의 경거망동에 이맛살을 찌푸리지 않는 이가 없게 되었다. 막상 그가 병권을 잡자, 이제는 여남왕 사마양에게까지 때때로 항거하니, 사마양으로서는 완전히 제가 키운 개에게 물린 격이 되고 말았다.

그뿐이 아니었다. 천자의 친제(親弟)란 자격은, 황숙(皇叔)인 자기보다 훨씬 가후와 천자에게 가깝고, 또 가후는 그의 힘을 입어 양준 도당을 제거하였기 때문에 항상 각별한 대우를 하고 있었으니, 사마양으로서는 벙어리 냉가슴만 앓는 도리밖에 없었다.

사마위가 병권을 잡은 지 4개월이 지난 어느 날, 참다못한 사마양은 은밀히 태보 위관을 찾아 상의하였다.

「초왕 위가 그 직분을 넘어 조정의 법전(法典)을 천단(擅斷)하니 심히 조심스럽소 어찌하면 좋으리까?」

위관은 한참 생각한 연후에 겨우 한 마디 했다.

「천자의 친제이시고 아직 연소하셔서 그러니, 시일이 가면 낫지 않겠습니까. 좀더 두고 보도록 합시다.」

「아니오 일이 커지기 전에 천자께 주달하여 그의 병권을 깎는 것이 좋을 것 같소 그러나 아무리 생각해도 적당한 구실이 없기에 특별히 태보께 상의를 드리는 것이오.」

위관은 오랫동안 묵묵부답이었다. 그러나 이미 사마양의 결심이 저러하니 조만간 무슨 방법을 쓰지 않으면 큰 변괴가 생길 것만 같았다. 이윽고 위관은 조용히 입을 열었다.

「초왕은 가후와 천자의 신임이 두텁고 또한 인심을 잃지 않았습니다. 그를 기어이 내치시겠다면, 우선 천자께 아뢰어 그의 작록(爵祿)을 높여서 서북방의 자칭 한적(漢賊)을 제어토록 하시는 길밖에 없는 줄 아옵니다. 초왕은 혈기에 차고 깊은 생각이 없기 때문에 봉작이 높아지고 녹이 많아지면 오히려 황은(皇恩)에 감격할 것입니다.」

사마양은 위관의 말을 듣자 크게 기뻐하였다. 그래서 사마양은 그만 자청하여 술을 과음까지 하였다. 사마양은 이날 위관의 집에서 대취하여 날이 어두운 후에야 자리를 떴다.

마침 대보 부중에 수반(隨班)으로 있는 호우아(胡牛兒)는 협실에 있다가 위관과 사마양이 수작하는 것을 수상쩍게 여겼다. 그는 온 신경을 경주하여 두 사람의 대화를 엿들었다. 똑똑히 알아들을 수는 없었으나, 초왕을 외지로 내치려는 음모임을 알 수가 있었다.

그는 평소에 사마양의 오만한 태도에 반감을 가지고 있는 자였다. 그러나 사마양의 수작이 비위에 거슬렸으나, 한편 자기가 모시고 있는 태보 위관을 생각하니 그냥 못 들은 체할 수밖에 도리가 없는 일이었다.

며칠이 지났다. 그날은 마침 중추절(仲秋節)로서 온 장안이 축제에 들떠 있었다. 호우아의 젊은 아내는 저녁때가 되자 종자 하나를 데리고 동산으로 달맞이를 나섰다. 동산에는 이미 많은 남녀들이 나와서 중추절을 즐기고 있는데, 군데군데 장막을 치고 술자리를 벌이고 있는 벼슬아치들도 여러 패 눈에 띄었다.

호우아의 젊은 아내 취련(翠蓮)은 조심조심 달구경할 장소를 찾아 걸음을 옮겼다. 그녀가 막 한 장막 친 곳을 지나치려는데, 별안간 한 사내가 덥석 손을 잡아끌며 희롱을 하는 것이었다.

「여보 낭자, 이리 와서 술 한잔 따라 주시구려. 중추가절 달맞이 놀이에 가인(佳人)이 없으니 도무지 술맛이 나지 않는구려. 하하하!」

취련은 깜짝 놀라 손을 빼치려 하였으나, 연약한 아녀자의 힘으로는 불가능하였다. 바동거리며 장막 안으로 질질 끌려들어가고 말았다.

장막 안에 앉았던 네댓 명의 사내들이 손뼉을 치며 웃어대었다. 한 사내가 농지거리를 꺼냈다.

「허어, 절세가인인데. 어느 사내인지 몰라도 저런 계집을 데리고 살자면 돈푼깨나 쓰겠는데.」

「과연 아문장(衙門將) 나리의 솜씨는 대단하단 말이야. 저런 미인을 약속대로 모셔왔으니……」

「자, 먼저 저 어른께 술 한잔 따르시오 낭자를 모셔온 저 어른은 바로 태재……」

「쉿!」

취련을 끌고 들어온 사내는 얼른 손짓으로 그 사내의 말문을 막았다. 금시 굳은 표정으로 변하더니, 동료를 눈으로 힐책하는 것이었다.

　바로 이 틈에 취련은 날쌔게 몸을 빼쳐 장막 밖으로 나와서는 무작정 사람들이 많이 모인 데로 달아났다. 그러나 사내들은 멀거니 바라볼 뿐 달아나는 취련을 쫓지는 않았다. 모두들 취흥이 깨진 표정들이었다.

　취련을 끌어들인 사내는 태재 사마양 부중의 아문장 이용(李龍)이란 자였다. 그는 몇몇 동료와 부하들을 데리고 평복으로 동산에 나와 달맞이 술추렴을 하고 있었는데, 석상에서 명월(明月)에는 미인이 따르는 법이라는 화제가 나오자, 자기가 구해 오겠다고 장담해 나섰던 것이다.

　어디까지나 취흥에서 한 짓이나, 한편 자기들의 신분을 평복으로 감추었다는 안도감도 있었던 것인데, 막상 그 신분이 밝혀지는 날이면 결코 좋은 결과는 되지 않을 것이 명확한 일이다. 아문장 이용은 더 이상 기분이 내키지 않아 동료를 재촉하여 술자리를 걷고 말았다.

　한편 호우아의 아내 취련은 허겁지겁 집까지 도망쳐 왔다. 집에 무사히 닿고 보니 긴장이 일시에 풀려 그만 대문 안에 쓰러지고 말았다. 데리고 나갔던 종년의 기별을 듣고 막 달려 나가려던 하인 두 사람이 대문간에서 안주인을 부축하여 안으로 모셔 들였다. 그들은 모두 안주인이 무사함을 기뻐했다.

　간신히 정신을 차린 취련은, 하인이 태보 부중의 호우아에게 기별하러 떠나려는 것을 만류했다. 그리고는 혼자 조용히 보료 위에 몸을 뉘었다.

　곰곰이 생각하니 분하디 분한 일이었다. 양가집 주부가 외간 남자에게 손목을 잡혔고, 잠시나마 여러 사내들의 희롱을 받았으니 이에 더한 수치가 어디 있겠느냐. 생각이 이에 미치자 취련은 조용히 일어나 지필묵을 꺼냈다. 취련은 간단히 남편에게 유서를 적은 다음 장롱 밑에서 비상을 꺼냈다.

이튿날 아침, 호우아가 위관의 부중에서 돌아왔을 때는 이미 그의 아내 취련은 싸늘한 시체로 화해 있었다.

호우아는 이를 바드득 갈았다. 그러나 막연히 태재 부중의 아문장이라고만 유서에 적혀 있으니 누군지 알 수가 없는 일이었다. 태재 부중에 아문장이 열 명도 넘는데, 그 중 누구란 말이냐? 그렇다고 공개해서 물어볼 수도 없다.

전전 번민하던 호우아의 뇌리에 불현듯 한 가지 생각이 떠올랐다. 일전 사마양이 위관과 수작하였던 일이다. 호우아는 더 이상 생각하지도 않고 총총히 발길을 초왕 사마위가 있는 금위부로 옮겼다.

사마위는 호우아의 전하는 말을 듣자 발연대로했다.

「노회(老獪)한 도적이 투심(妬心)이 심하구나. 내 근자에 듣자니 동안왕도 죄 없이 그들에게 내침을 당했다더니, 이제 나를 또 해치려는구나. 어디 두고 보자.」

사마위는 호우아에게 후히 상금을 내리고 그의 아내의 장사를 잘 지내 주도록 일렀다. 그리고는 그 밤으로 동안왕 사마요의 사저(私邸)를 찾았다.

두 사람은 서로 반갑게 손을 잡으며 인사를 나눈 다음, 잡인을 물리고 은밀히 대좌했다. 먼저 사마위가 말문을 열었다.

「우리가 함께 양준 도당을 제거한 뒤 형님께서 육위(六衛)를 관장하심으로써 사직의 무사함을 안심하였더니, 불과 수삭(數朔)에 다시 제게 옮겨 맡기기에 의아하게 생각하였습니다. 아니나 다를까, 알고 보니 모두 여남왕과 위관의 농간이 아닙니까. 그랬던 것을 이번에는 다시 간계를 꾸며 저도 외직으로 쫓아내려 하고 있습니다. 생각할수록 괘씸하나 제 어린 나이로는 대처할 방책이 생각나지 않습니다. 부디 묘책을 가르쳐 주십시오. 형님의 원한까지 제가 설분해 드리겠습니다.」

사마요도 처음에는, 자기가 죄가 없이 전보(轉補)됨을 불쾌하게 여겼던 것이나, 성품이 온화하였기 때문에 잠자코 있었는데 막상 초왕의 말을 듣고 보니 새삼 분개심이 솟아올랐다. 더구나 자기는 천자의 사촌이지만 초왕은 천자의 친동생이니 처지가 다르다.

사마요는 심사숙고 끝에 조용히 한 가지 계책을 일렀다.

「기선을 제압하도록 하오. 먼저 가후에게, 여남왕이 작당하여 황후의 추행(醜行)을 비방하면서, 아무래도 스스로 상(商)의 이윤(李尹)이나 한(漢)의 곽광(藿光)이 되어 암군(暗君)과 음탕한 황후를 갈아치워야 되겠다는 말을 하고 있다 아뢰시오. 가후는 지난날 자기가 한 일이 켕겨서 당장에 곧이들을 것이오. 그래서 명이 떨어지면 병권이 초왕에게 있으니 시각을 지체치 말고 여남왕과 위관을 주륙하면 일은 간단히 끝날 거요.」

사마위는 금시 기쁜 낯으로 변했다. 그는 동안왕을 작별하고 돌아오자, 야심한데도 불구하고 입궐하여 가후에게 면회를 요청했다.

가후는 이날 밤 마침 혜제가 침실로 거둥해 와서 오랜만에 부부 동침을 하게 되었다. 그러나 혜제의 정력은 여전히 가후에게는 미적지근할 따름이었다.

혜제의 정력이 약한 것이 아니었다. 보양(補陽) 보신의 천하 영약을 입에 달고 있는 40의 사내, 후궁이라곤 단 한 사람밖에 거느리지 않았고, 궁녀를 가까이 하는 날도 극히 드문 혜제인데 어찌 양기가 없겠는가마는, 가후가 보통을 훨씬 넘는 색골이었던 것이다.

가후는 혼자서 만족을 채우고 벌써 옆에서 잠에 떨어진 혜제가 몹시 원망스러웠다. 이번이 처음은 아니다. 번번이 그런 것이 못

마땅하여 한때는 황후의 체면을 무릅쓰고 사음(邪淫)을 탐하기까지 했던 것이 아닌가. 그러나 그것도 꼬리가 길어서 밟힐 뻔했기에 단념했던 일이다. 그 후 가후는 규방에서 쏟지 못한 정력을 수렴청정으로 소모했었다.

그러다가도 어쩌다가 밤에 육체에 불이 붙게 되면, 오늘 이 밤처럼 미지근한 불쾌감을 느끼곤 하는 것이다. 가후는 단 한 번이라도 좋으니 자기의 육체에 불을 붙이면 끝까지 태워 보고 싶었다.

'아아, 나에게 충분한 희열을 줄 사내는 없단 말인가!'

괴로운 가슴을 쓸어안고 전전하는 가후의 귀에 궁녀의 아뢰는 소리가 들려왔다.

「황급한 일이라면서, 초왕께서 마마를 뵙자고 하십니다. 지금 내전 밖에 대기하고 계십니다.」

가후는 초왕이라는 말에 빙긋이 입가에 웃음을 지었다.

젊은 사내, 씩씩한 장군—생각이 이에 미치자 가후는 벌떡 자리에서 일어나 앉았다. 그리고는 자리옷 위에다 가벼운 겉옷만을 훌쩍 걸치고는 미닫이를 열고 밖으로 나섰다.

가후는 곧 초왕을 내전 마루로 불러들였다. 가후의 입가에는 요염한 미소가 서려 있었다.

사마위는 한 번 머리를 조아린 다음 말문을 열었다.

「야심한데 내전까지 들어와서 황공하옵니다. 다급히 아뢸 말씀이 있기에 시각을 지체할 수가 없었습니다. 황송하오나 잡인을 잠시 물려주옵소서.」

가후는 시립한 궁녀를 물러가게 하였다. 시녀가 물러나자 사마위는 동안왕이 들려준 말을 그대로 가후에게 전하였다. 가후의 얼굴에는 어느새 요염한 미소 대신 표독한 서릿발이 서렸다.

「내 진심으로 저희들에게 대권을 맡겨 은혜를 베풀었거늘, 두 노적(老賊)이 그 갚음을 원수로 한단 말인가. 괘씸한지고.」

가후는 분을 못 참아 오들오들 몸을 떨었다. 가끔 가벼운 옷자락이 헤쳐지면서 백옥 같은 알몸이 드러났다.

「그게 사실이라면 그냥 둘 수가 없지 않소 초왕에게 무슨 방책이 있소? 어서 말해 보오」

「감히 어느 존전인데 거짓을 아뢰오리까. 일을 당하기 전에 먼저 손을 쓰는 것이 상책이옵니다. 속히 조칙을 내리시면, 신이 이밤 안으로 두 노적을 소멸하여 후환을 없애겠습니다.」

가후는 조칙을 내린 것으로 하고, 모든 일을 초왕의 자유재량으로 처결토록 하였다. 자기의 추행을 들추고 있다니, 도저히 용서할 수 없는 일이었다. 실제로 자기가 음탕하였기 때문에 더욱 격하는 것이다. 도둑 보고 도둑이라면 노하는 이치이다. 동안왕 사마요의 계책은 간단히 적중하였다. 남은 것은 행동뿐이었다.

초왕 사마위는 금위부로 돌아오자 곧 수하 장졸을 불러 모았다.

「금위대장군 이조는 일지 군사를 휘동하여 태보부(太保府)로 가서 위관과 그 권솔 및 도당을 한 사람 빠짐없이 잡아 오라. 그리고 부장 성기(盛岐)와 공손굉(公孫宏)은 나와 함께 태재부로 가서 여남왕을 구인한다. 두 사람은 찬역을 도모한 역도이다. 여기 황제의 칙서가 있으니 모두들 지체 말고 행동하라.」

일은 전광석화처럼 추진되었다. 여남왕 사마양과 위관 등은 그밤이 새기 전에 모두 금위부에 구금되고 말았다. 모두 자다가 당한 변이었다.

이튿날, 날이 밝자 온 조정은 발칵 뒤집혔다.

여러 중신들은 혜제를 만나고자 서둘러 입궐하였다.

그러나 그들이 혜제를 만나기 전에 초왕은 이미 여남왕과 위관을 형장에 끌어내어 참하고 말았다.

위관의 작은 아들 위조와 위개만이 그의 어머니와 함께 여러 날 전에 외가에 가 있었기 때문에 다행히 주륙을 면하였을 뿐, 이 날 아침에 주륙된 사람은 모두 60여 명이나 되었다.

초왕 사마위는 집형(執刑)이 끝나자 이조와 공손굉을 대신 입궐시켜 가후에게 경과를 알리도록 하였다.

이보다 한 걸음 앞서 입궐한 장화는 가후에게 울며 주달하였다.

「마마 통촉하옵소서. 여남왕과 위관은 소신과 함께 폐하로부터 중임을 맡아 오직 이 나라에 충성된 일만 하였사옵니다. 두 사람은 추호도 다른 마음을 갖지 않았음을 하늘이 아실 것입니다. 부디 무고한 두 사람을 풀어 주옵소서.」

가후는 노신 장화가 눈물로 호소함을 보자 적이 측은한 생각이 들었다. 사실 지난 밤 불쑥 초왕이 하는 말을 듣고 순간적인 감정에서 명을 내렸던 것인데, 아무래도 자기가 경솔했던 것 같았다.

여남왕과 위관은 둘 다 진조의 초석지신(礎石之臣)이며 개국공신이 아닌가. 그런 노 재상을 단지 한 사람의 말만 듣고 잡아 가두게 했다니, 경박했던 자기 자신이 뉘우쳐졌다.

가후는 조용히 입을 뗐다.

「찬역의 혐의를 받은 사람들이니 일단 그 인수(印綬)만을 거두었다가 진상을 알아본 뒤에 다시 선처토록 하오. 경이 몸소 초왕에게 내 뜻을 전하시오.」

가후는 곧 친서를 닦아 장화에게 내주었다. 막 장화가 물러나려는데, 이조와 공손굉이 숨을 헐떡이며 들어와서 부복했다.

「아뢰오. 황후마마의 분부대로 여남왕과 위관과 그 도당을 모조리 잡아다가 주륙하였습니다. 초왕께서 우선 소신들이 먼저 가서 주달토록 하셨습니다.」

「뭐라구!」

「아니, 저런!」

가후와 장화 두 사람의 입에서 동시에 놀라는 소리가 튀어나왔다.

「예, 모두 목을 쳐 죽였사옵니다.」

이조는 자랑이라도 하듯이 다시 한번 아뢰었다.

가후는 장화를 바라보고 장화는 가후를 쳐다보았다. 그러나 두 사람은 서로 할 말이 없었다.

잠시 후, 가후는 떨리는 목소리로 물었다.

「그래, 그대들 눈으로 참형하는 것을 똑똑히 보았느냐?」

「예, 소신이 도부수를 지휘하여 형을 집행하였나이다.」

공손굉은 상이라도 받을 듯이 대답했다.

「그래, 그들이 죽어가며 남기는 말이 없더냐?」

이조가 머리를 한 번 조아린 다음 아뢰었다.

「태보는 처음부터 웃으면서 포승을 받았습니다. 목이 달아나기 직전에는 대궐을 향하여 네 번 절한 다음, 『내 여기서 죽어도 한은 없으나, 단지 폐하와 황후를 마지막으로 뵙지 못하는 것이 서운하구나. 한 번 뵙고 지우(知遇)의 은혜를 감사드리고 싶을 따름이다』 하셨습니다.」

「여남왕은 남기는 말이 없더냐?」

이번에는 공손굉이 아뢰었다.

「나의 충심은 천일(天日)에 비추어도 변함이 없도다. 내 죽는 것은 원통치 않으나 이 나라 사직이 위태롭구나, 하셨습니다.」

어느새 가후의 눈에는 이슬이 맺혀 앞이 몽롱하였다. 가후가 눈물을 머금고 말문을 열지 못함을 본 장화는 독단적으로 이조와 공손굉을 물러가게 하였다.

그리고는 땅에 엎드려 하염없이 눈물을 흘렸다.

4. 추우(騶虞)의 기(旗)

이조와 공손굉이 물러가자 가모(賈模)가 들어왔다. 가후는 내색은 하지 않았으나 속으로는 이 사촌동생이 무척 반가웠다. 혼자서는 감당하기 어려운 가책을 마음 놓고 털어놓을 수 있는 상대가 나타났기 때문이다.

「이봐요, 아우. 조금도 꺼리지 말고 말해 보시오. 여남왕이 역심을 품었다는 것이 사실일까?」

가모는 측은한 듯이 누이를 바라보았다.

「낭랑! 권세를 좀 남용했는지 그것은 모르겠사옵니다. 무엇이 성에 차지 않아 역모를 했겠습니까. 또 역모를 했다면 왜 다른 사람의 눈에는 띄지 않았겠사옵니까.」

이제는 더 의심할 여지가 없었다. 가후는 감정이 격했을 때면 언제나 하는 버릇 그대로 주먹을 들어 제 가슴을 쳤다.

「음, 초왕, 이 나쁜 놈! 네가 모함으로 충량(忠良)을 죽이게 했구나. 충량을 죽이게 했어! 아, 이놈을 어찌할까?」

이때 황제가 나타나지 않았던들 가후의 발작은 얼마를 더 계속했을 것이다.

「왜 그러시오?」

황제는 가후의 얼굴을 유심히 바라보았다.

「초왕이 이르기를, 여남왕이 역모를 꾀한다 하여서 감쪽같이 속았나이다. 성상을 폐위시킨다 하니, 마음이 놀라서 미처 모함임을 생각지 못했사옵니다. 공연히 충량을 죽였으니, 이 일을 어찌하오리까.」

「모든 것이 운수요. 과히 심려 마오.」

호인인 혜제는 도리어 아내를 위로했다.

「짐이 초왕을 처단할 것이니 마음을 놓으시오.」

옆에 있던 가모가 아뢰었다.

「폐하! 일이 그리 간단하지 못하오리다. 지금 초왕이 병권을 장악하고 조정에는 그의 당이 적지 않사오니 십분 신중히 하지 않으시면 도리어 화가 미칠까 두렵사옵니다. 소신의 생각으로는 장화(張華)를 불러 하문하심이 어떠실는지요? 장화는 충심이 있고 지혜가 놀라운 사람이옵니다.」

황제는 곧 장화를 불러들였다.

「초왕의 모함으로 충량을 죽이니 뉘우침이 많도다. 경을 대하매 부끄러움이 더하노라.」

부복한 늙은 신하의 눈에는 눈물이 괴어 있었다.

「황공하옵니다. 이는 성덕을 보필할 신 등의 책임일 뿐이오니, 심기를 편히 가지시어 용체(龍體)를 돌보시옵소서.」

가후도 사람이었다. 죄 없는 황제와 대신이 서로 책임을 지려고 하는 것을 보자 가만히 있을 수 없었다.

「모든 것은 이 몸의 그릇된 판단에서 나온 것이니, 천하의 공론은 제가 듣겠습니다.」

그녀는 시선을 장화에게 돌리며 말했다.

「오늘의 일에 대해서는 후일에 말하기로 하고, 시급한 것이 초왕의 문제요. 그의 권세가 매우 무겁기에 손대기 어려우니, 경은 무슨 대책으로 성은에 보답하겠소? 경은 국가의 원로이니 반드시 진충갈력하여 사직을 구해주시오.」

장화는 한참을 생각에 잠겼다가 이윽고 고개를 들었다.

「신이 오늘의 일을 막지 못했사오니, 한 수습책을 바쳐 백분의 일이라도 속죄코자 하나이다. 상고(上古)의 제도에 추우(騶虞 : 시경詩經에 같은 이름의 시가 나온다. 정현鄭玄의 주註에 의하면 '백호와 같

은데 검은 무늬가 있고 생물을 먹지 않는다. 치자治者에 지신至信의 덕이
있으면 이에 응해 나타난다'고 했다)의 번(旛 : 깃발)이라는 것이 있사
옵니다.」

「뭐라, 추우의 번?」

사실 황제도 금시초문이었다.

「그러하옵니다. 추우의 번이라 함은, 대사에 임하여 천자께서
신(信)을 사해(四海)에 보이시는 표적이옵니다. 매우 중대한 처사
가 있을 경우, 그것이 과연 성지(聖旨)에서 나온 것인지, 또는 누
구의 모략인지 분간하기 힘든 수가 있사옵니다. 추우의 번은 이
러한 때에 어명에서 나온 것임을 밝히는 증거가 되나이다. 그러
므로 이 기를 한번 내걸어 놓으시면 어떤 귀인이라도 처단되는
것이옵니다.」

「음, 그런 것이 있었나?」

혜제는 크게 감탄한 듯 중얼거렸다. 듣고 보니 어마어마한 물건
이었다.

「그래, 그 기가 국조(國朝)에도 있었던가?」

「물론이옵니다. 별로 쓰인 일이 없었기에 아는 이가 드문 것뿐
이지요. 지금도 무고(武庫)에 간직돼 있사옵니다.」

여성이란 호기심이 많다. 가후가 눈을 반짝이며 참견을 했다.

「그래, 그 기로 어쩌자는 게요?」

「추우기를 꺼내다 걸어 놓으시고……」

장화가 설명을 시작했다.

「사람을 시켜 초왕을 부르시면, 초왕은 어느 대신을 처벌하라
는 뜻으로 알고 반드시 기뻐하며 패초(牌招)에 응하오리다. 그때
문에서 이 기를 흔들어 호위하는 군사를 따돌리고 단신으로 입궐
케 하시면 그를 사로잡기는 아주 쉬운 일이옵니다.」

황제는 곧 밀조(密詔)를 초하게 하여 좌장군 방욱수(方郁修)를 시켜 초왕 위에게 전하도록 했다. 여남왕을 제거하는 데 성공하여 의기가 자못 양양해 있던 사마위는 밀조를 받자 더욱 우쭐했다.

—오호라, 시운(時運)이 불탄(不坦)하여 난신이 안으로 일어나매 화가 장차 어디에 미칠지 헤아리기 어렵더니, 경이 분연기의(奮然起義 : 의를 위해 분발하여 떨쳐 일어남)하여 요운(妖雲)을 일조에 쓸어버려 넘어지는 기강을 붙잡고, 위태롭던 사직을 바로 한 그 공훈은 가히 일월과 빛을 다투리로다. 그러나 아직도 도둑의 뿌리가 다 뽑히지 아니할세, 조종(祖宗)의 법을 좇아 이에 추우의 번을 묘당(廟堂)에 세우고 경과 함께 죄인을 크게 다스리고자 하노라. 경은 모름지기 짐의 뜻을 저버림이 없도록 하라.

문면(文面)이 이렇고 보니 좋아하는 것도 무리가 아니었다.
사마위는 곧 입궐하기 위해 방욱수를 따라나섰다. 궁문을 들어서자 방욱수가 말했다.
「폐하께서는 여러 공경대부를 편전으로 들라 하셔습니다. 추우의 번(旛)을 놓고 토의하시는 데는 내시조차 출입을 못하는 법이오니, 대왕께서는 군사를 이곳에 두고 혼자 참여하시기 바랍니다.」
초왕 사마위도 뭐라고 할 말이 없어 그대로 편전으로 들어갔다.
그가 편전 어귀에 이르자 상곡군공(上谷郡公) 맹관과 태부부중도위 왕궁(王宮)이 편전에서 나왔다. 또 그 뒤를 가중서(賈中書)와 상서 유송(劉頌)이 따라 나왔다.
먼저 상서 유송이 입을 뗐다.
「성상께서 전하의 참유(讒諛)와 국가 초석의 충신을 함부로 주륙한 죄를 물으시어 추우의 번을 돌리셨습니다. 그리하여 신에게 하명하시기를, 전하를 정위청(廷尉廳)에 구금하라 하셨으니, 순순히 포박을 받으시오」

사마위는 깜짝 놀라 사방을 둘러보았다. 도위 왕궁의 손에는 어느새 오랏줄이 들려 있었다. 그러나 그는 꺾이지 않았다.

「그대들은 고(孤)가 폐하의 친제임을 모르느냐. 내 친히 폐하를 뵙고 사리를 밝히겠다.」

중서 가모가 한마디 했다.

「비록 왕이라 하더라도 범법하면 다른 신자(臣者)와 동죄이오 추우의 번은 막중 유사시에만 쓰는 것이오 대왕께서 이미 사직에 죄를 얻으신 바엔 서민이나 조금도 다를 바 없습니다. 어명이 일단 내리신 이상 어찌 성상을 뵈올 수 있겠습니까.」

사마위는 가모의 말을 끝까지 듣지 않았다. 선뜻 허리에 찬 보검을 뽑아들었다.

그러나 그의 칼이 채 칼집에서 완전히 뽑히기 전에 맹관과 왕궁이 동시에 뽑아든 칼날은 그의 목과 등을 동시에 후려쳤다.

초왕 사마위는 허무하게도 외마디소리조차 질러보지 못하고 그 자리에 쓰러져 죽고 말았다. 실로 그의 나이 불과 21세의 젊음이었던 것이다.

사마위를 주한 뒤 장화는 곧 사람을 금위부로 보내 이조와 공손굉 등 초왕의 심복 장수들을 대궐로 불러들였다. 물론 초왕이 부르는 것처럼 거짓을 꾸몄으니, 이조 등은 고스란히 믿고 달려왔다.

상서 유송은 이들을 체포하여 즉시 도부수를 시켜 참형에 처했다. 그러자 마지막 차례로 참수를 당할 성기가 한마디 중얼거렸다.

「이건 태산명동에 서일필(泰山鳴動鼠-四)이 아니라, 서일필이 태산을 명동시켰구나……」

문득 이 말을 들은 유송은 잠시 도부수를 멈추게 하고, 그 말이 무슨 뜻이냐고 물었다. 성기는 태부 부중의 수반 호우아로 인한 자초지종을 낱낱이 이야기했다.

유송은 성기의 형 집행을 중단시키고 그를 데리고 입궐하여 가후에게 다시 주달하였다.

가후와 가모, 장화 등이 경악함은 말할 나위도 없었다. 끔찍스런 그 살육이 겨우 한 계집의 원수를 갚겠다는 미미한 한 사내의 고자질에서 비롯되었다니 실로 어처구니가 없는 일이었다.

가후는 호우아를 능지처참하여 그의 목을 백일 동안 저자거리에 효수토록 하고 그의 9족을 씨도 남기지 말고 주륙하라 했다.

그런 가운데 한 사람 이상하게 목숨을 건진 사람이 있으니, 그는 이 사실을 알려준 성기였음은 두 말할 필요도 없다. 그는 죽지 않고 멀리 귀양을 갔으니, 신세타령의 덕이라고나 할까.

혜제는 죽은 여남왕에게는 충순왕(忠順王)을 시호하고, 위관에게는 태위(太尉) 난릉공(蘭陵公)의 추증(追贈)이 있었다.

제12장. 또 하나의 불씨

1. 유랑민

이야기는 조금 거슬러 올라가 진(晉)의 혜제가 갓 즉위했던 영강(永康) 원년의 일이다. 이때 가뭄이 오래 계속돼서 관중(關中) 내외 만 리나 되는 지역에 흉년이 들었다. 초근목피로 끼니를 잇다 못해 정든 고향을 버리고 유랑하는 사람이 많이 생겨서 마침내는 마을마다 호수(戶數)가 반으로 줄어들기에 이르렀다.

그러나 촉지(蜀地)만은 유달리 풍년이었다. 이 소문을 듣고 많은 유랑민이 천중(川中)으로 몰렸다. 그래서 천중은 촉한이 망한 이후 처음으로 번잡을 이루고 활기를 띠게 되었다.

이때 그 지방에는 이특(李特)이라는 부호가 살고 있어서, 유랑민들은 그의 덕을 톡톡히 보았다.

이특은 그 일대에서 으뜸가는 부자로 의협심이 강한 인물이었다. 그는 창고를 개방하고 기근으로 흘러온 사람들을 따뜻이 대해 주었다. 그러므로 그가 꾸어주는 양식으로 연명한 사람의 수효는 헤아리기 어려웠다.

그의 주위에는 자연히 하나의 거대한 집단이 생겼다. 유랑민들은 그를 신처럼 받들면서 무엇이나 그의 결정에 따랐다. 자기네끼

리 분쟁이 일어나도 으레 그에게로 왔다. 그의 판결은 곧 무상의
권위를 지닌 법률 그것이었다.

해가 몇 번을 바뀌어도 그들은 돌아가려 하지 않았다. 이특의
도움으로 그럭저럭 생활의 기반을 잡고 있었으므로 그것을 버리
고 가려는 사람은 없었다. 또 그들의 말을 빌리자면, 다시없는 대
인물인 이특의 곁을 떠나고 싶지 않은 것이었다. 드디어 유랑민으
로 구성된 촌락은 1백여 리나 뻗게 되었다. 하나의 조그마한 왕국
이 된 것이었다.

관청에서는 골머리를 앓았다. 마침내는 조정에까지 보고되어
모두 해산시키라는 명령이 내려졌다. 흉년이 끝난 지 오래니 각자
고향으로 갈 것이며, 이특도 지방을 소란케 한 책임이 있으니 다
른 데로 떠나라는 것이다. 그래도 응하는 기색이 없자 이특과 유
민들을 잡아 죽이겠다고까지 했다.

이때 이특의 밑에는 싸울 수 있는 장정만 하여도 몇 만이나 되
었고, 그 중에는 어디다 내놓아도 빠지지 않을 용사가 쉰 명도 넘
게 있었다.

이런 세력이라 관가에서도 쉽게는 손을 쓰지 못했다.

이특의 아버지는 이모(李慕)라 하여 본래 동강(東羌)을 섬긴 장
수였다. 또한 이특은 말타기, 활쏘기에 능할 뿐 아니라 용감하고
호방했다.

8척이나 되는 키에 큰 귀와 긴 수염, 음성은 인경소리같이 울렸
다. 그에게는 이유(李流)·이상(李庠) 두 아우가 있었다. 모두 용사
였고, 특히 이상에게는 영웅다운 호방한 기상이 있어서 많은 사람
의 존경을 샀다.

조정에서는 또다시 논의가 벌어졌다. 관부(官府)에서 위협해도
흩어지지 않는다니 큰일이었다.

장화가 출반하여 아뢰었다.

「지금 유민들이 촉천에서 작당을 하여 관명을 거역하고 흩어
지려 아니한다 하오니 참으로 한심하오이다. 어떤 이는 이르되 병
사를 움직여 치자 하오나, 신의 뜻으로는 결코 상책이 아닌가 하
나이다. 저들의 수효 기만에 이르렀사오니 개중에 어찌 용맹한 자
없사오리까. 이는 도리어 작은 일을 크게 키워 천하를 어지럽힐
염려가 있사옵니다. 더욱이 그들 중에 꾀하는 자가 있어서 힘으로
검관(劍關)을 밀고 들어가면, 서촉은 천험의 땅이라 일조에 난을
일으킬 때, 베풀 바 방책이 없사오리다. 그러므로 우선 관원을 파
견하사 효유(曉諭)하시고 그들로 하여금 각기 고향으로 돌아가도
록 하여 다시는 검관을 통과하지 못하게 하옵소서.」

이에 혜제는 이필(李苾)을 지절순무사(持節巡撫使)로 임명하여
한중으로 보냈다. 한중에 당도한 이필은 곧 방을 써서 마을마다
붙이게 했다.

　　<칙명을 받들어 순안사(巡按使) 동천 도감찰어사(東川道監
　察御史) 이필은 관외 여섯 고을에서 취식하는 백성들에게 효유
　하노라. 너희들의 본고장이 비록 흉년을 만났다 하나 이는 불과
　천도(天道)가 한때 변한 것뿐이니, 어찌 언제까지나 그러하랴.
　즐거움이 지극하매 슬픔이 생기고, 어려움 끝에 태평이 옴은 만
　고에 변함이 없는 이치니, 너희들이 조그만 간난(艱難)을 만나
　일조에 조상의 구기(舊基)를 버리고 먼 외지에 흘러옴을 나는
　헤아리기 어렵노라. 하물며 토지는 각자 주인이 있나니 남의 땅
　에 힘입어 살아감이 도리에 옳으랴. 관중에 풍년이 계속하여 배
　를 두드려 노래하는 소리 길에 찼거늘, 관가의 명을 어기고 궁
　벽한 땅에 애써 주저앉고자 함은 무슨 까닭인고.

내 성지(聖旨)를 받들어 타이르노니, 각자 고향으로 돌아
가되, 지체치 마라. 내 또한 입조하여 크게 양식을 풀어 너희
의 행자(行資)를 돕도록 주선하리니, 삼가 조정의 명을 받들
지니라. 만일 법을 따르지 않는 자는 마땅히 주(誅)하리라.>

이를 보고 놀란 유민들이 이특의 집에 모여들었다.
「모처럼 안정을 얻은 터에, 이곳을 버리고 어디로 가야 한단
말이오?」
「그러게 말이야. 조정에서 양식을 주겠다지만 그것을 어떻게
믿소 고향에 닿기도 전에 굶어 죽을 것이오」
「우리는 백성이 아니란 말인가. 어디서 살든 무슨 상관이람.」
사람들은 별의별 소리를 다 하며 투덜거렸다.
그런 중에 한 장정이 일어서며 주먹을 내둘렀다.
「싸웁시다. 이래도 죽고 저래도 죽을 바엔 싸웁시다. 우리도
무기를 들고 나서면 대군이 될 것이니, 관군(官軍)이라고 어찌 겁
날 게 있겠습니까?」
아연 장내에는 살벌한 분위기가 감돌았다.
「옳소, 싸웁시다!」
여기저기서 고함이 터졌다. 절박한 처지에 놓인 군중의 심리는
격해지기 쉬운 법이다.
「조용히들 하시오!」
이유가 일어나 손을 저었다.
「싸우는 것도 좋으나 승산이 있을 때에 싸우는 것입니다. 우리
는 수효야 몇 만이라 하지만, 무기가 갖추어지지 않았고 훈련이
안돼 있습니다. 대군이 밀려오면 어떻게 대항하겠습니까!」
군중은 어린애와 같은 것, 이 말을 듣자 이내 기가 푹 죽었다.

「살 길은 하나 있습니다. 서촉으로 들어가는 것입니다. 거기는 땅이 넓고 기름지며 사람은 적으니 우리가 충분히 살아갈 수 있습니다. 더욱이 검관의 험한 산이 막고 있어서 길목만 지키면 한 장수만으로도 백만의 적을 막을 수 있을 것입니다. 여기에 일단 발을 붙이기만 하면 우리의 앞길은 훤히 트이리다.」

군중 사이에서 환성이 올랐다. 이제는 살아났다는 듯 모두가 웃음에 넘치는 얼굴이었다.

그러나 이특만은 심각한 표정을 하고 있었다.

「좋기는 좋은 생각이야. 그러나 관가에서는 검관을 통과시키지 않을 텐데, 이 일을 어찌하지?」

「걱정 마십시오」

이상이 나섰다.

「내가 알아봤더니, 이번에 온 이필이란 사람은 재물에 대한 탐욕이 굉장하다더군요. 아마 본부에서도 어지간히 뜯기고 있는 모양입니다. 그러니 각자 귀중품을 지닌 것이 있거든 모두 가져오시오. 호피(虎皮)·호구(狐裘)·산호·금·은……, 무엇이나 좋소. 그 중에서 좋은 것으로 골라 가져다주고 서촉으로 가게 해달라고 청원을 해봅시다. 반드시 무슨 길이 트일 것이오」

모두 이의가 없었다.

군중들은 각기 무엇인가 들고 왔다. 그 중에는 꽤 귀중한 것도 적지 않았다. 이특은 적당한 양의 물품을 고르고, 거기에 자기 돈 1백 냥까지 보태서 들고 이필을 찾았다.

「노야(老爺)께서 멀리 행차하셨건만, 저희들이 미처 모르고 있다가 영접도 못 나갔사오니 죄가 큽니다. 워낙 땅이 박하고 나는 것이 적어서 예의를 깍듯이 갖추지 못하였사오니 용서하시기 바랍니다. 이것은 변변치 못한 것이나 노야께 대한 성의의 표시일

뿐이오니, 거두어주십시오」

이필은 많은 귀중품을 보자 입이 딱 벌어졌다.

「아, 이런 것을 뭘……, 하여간 이리 앉으시오」

「노야께 여쭙니다.」

이특이 계속 말했다.

「이곳에 살고 있는 유민들로 말하자면, 흉년으로 못 먹어서 흘러온 양민들입니다. 또 그 중에서는 제만년이 난을 일으켰을 때, 도둑의 군대에 징발되는 것을 피하기 위해 이곳을 찾아온 사람도 많이 있습니다. 그렇다면 이들이 어찌 난민(亂民)이겠습니까? 굳이 말한다면 충성된 백성이라 할 것입니다.」

「그도 그렇군.」

재물에 마음이 팔려 있는 이필은 적당히 고개를 끄덕였다.

「조종에서는 고향으로 돌아가라는 분부를 내리셨습니다. 물론 조상의 뼈가 묻힌 고장에 돌아가기 싫은 사람이 누가 있겠습니까. 안 돌아가는 것이 아니라 기실은 못 돌아가는 것입니다. 겨우 끼니를 이어가는 사람들이 무슨 힘으로 수천 리 길을 갑니까. 가본들 무엇으로 양식을 장만하여 농사를 짓습니까. 거기서도 못 배겨 다시 얻어먹으러 나서야 될 것은 뻔합니다.」

「그렇다면 관명(官命)을 따를 수 없다는 말인가?」

이필이 언성을 약간 높였다. 아무리 뇌물을 먹어도 관리는 관리였다. 위신을 찾는 일만은 잊지 않았다.

「아니옵니다. 백성 된 도리에 어찌 관명을 거역하오리까. 언감생심 그런 뜻은 추호도 없사옵니다.」

「그렇다면?」

「그러하오니, 서촉으로 들어가 한 해만 나게 해주옵소서. 한 해도 다 걸리지 않습니다. 곧 봄이니까, 거기 서산(西山) 밑에 있는 넓은 공지를 갈아 농사를 짓고, 가을이 되면 곡식을 거두어 곧 고향으로 돌아가겠습니다. 이렇게 하여주신다면, 저희들이 관명을 거역하는 허물도 안 생길 뿐 아니라 조정의 은혜가 궁민(窮民)를 건져주시는 것이니, 노야께서는 부디 가긍한 사정을 굽어 살피시기 바랍니다. 저희인들 목석이 아닌 바에야 어찌 가만히 있겠습니까. 반드시 미력이나마 노야의 주선에 꼭 보답하오리다.」

들고 보니 그럴 듯한 말이었다. 특히 가만히 안 있겠다는 마지막 말이 마음을 끌었다.

지금도 이렇게 많은 재물을 가져왔으니, 그때에야 더구나 이를 데가 있으랴 싶었다.

「잘 알겠소 들고 보니 십분 수긍이 가니, 내 조정에 곧 상주하여 주선하겠소 가을이 끝나면 약정을 어기지 마시오」

「이르다 뿐입니까! 만일의 경우에는 제가 죄를 받자오리다.」

이특은 굳게 다짐을 두고 물러났다.

이필은 곧 사람을 보내 조정에다 장계를 바쳤다. 그 요점은 이러했다.

─신 이필은 유민을 흩어 고향으로 돌려보내고자 했으나, 모두 주린 백성들이라 도중에서 쓰러질까 두렵습니다. 하물며 그들은 제만년의 난을 피해 온 자들이 많으며 법을 지키고 나라를 받듦이 지극한 자들입니다. 그렇다고 10만이 넘는 사람들을 한중(漢中)에 그대로 두어서는 그들이 괴로움을 당할 뿐 아니라 본고장 백성들도 피해를 면하지 못할 것입니다. 다행히 서촉은 땅이 넓어 공지가 많으니 우선 들어가 농사짓게 해주심이 어떠하오리까. 명년에 곡식이 익으면 모두 돌아가겠다고 맹세했으니, 망극하신 천은(天恩)이 궁민에게

미치시어 그들로 하여금 성덕을 흠모케 하옵소서.

조정에서는 여러 가지 논의가 있었으나, 결국은 이필의 건의를 받아들이기로 낙착을 보았다.

이리하여 이특과 그의 지지자들 10여만 명은 대이동을 개시하여 검관을 지나 촉으로 들어갔다.

2. 저놈을 죽여라!

이필의 장계(狀啓)가 올라왔을 때, 장화는 노환으로 한 달이나 누워 있었으므로 회의에 참석하지 못했다가 후에야 조정의 결정을 듣고는 매우 놀랐다. 그는 곧 혜제에게 상주했다.

—이미 관명을 거역한 일이 있는 유민(流民)을 놓고, 이필은 충성된 백성이라 감싸고 있으니 그 뜻을 헤아릴 수 없나이다. 고향에 돌아갈 능력이 그들에게 없다고 하는데, 그렇다면 어찌 서촉에 들어가 농사지을 능력은 있겠나이까. 이는 분명히 이필이 유민에게 속고 있는 것입니다. 더욱이 검관의 요해(要害)는 나는 새도 못 넘는다는 험지이니, 그들이 이심(異心)을 품고 반란을 일으킨다면 무엇으로 이를 제압하오리까. 속히 서촉의 태수에게 하명하사 즉각 유민들을 쫓도록 하옵소서.

혜제는 누구의 말이나 듣고 나면 그럴싸하게 여기는 사람이다. 이번에도 들어보니 딴은 잘못된 처사였다.

「과연 옳은 말이오. 경이 하루만 없어도 조정의 일이 이리도 뒤틀리는구려.」

황제의 명령으로 곧 공문이 현지에 하달됐다.

이때, 서촉에 들어온 이특은 대(隊)를 나누어 20여 명의 두목을 배치하고, 파주(巴州)·계주(皆州)·문주(文州)·익주(益州)의 각지에 유민을 분산하여 살도록 하고 있었다. 그리고 그의 형제와 친척 대여섯 명이 각 주에 주둔하여 두목을 감독했고, 물론 최고 지휘권은 이특 자신이 장악하고 있었다. 중앙집권적인 일종의 군대 조직이었다.

한편 정부의 명령을 받은 각주의 태수는 군(郡)마다 통첩하여 방방곡곡에 유민을 쫓는 방(榜)을 붙이게 했다. 이를 본 유민들은 크게 동요하여 이특의 집에 몰려들었다.

「쫓으려면 진작 쫓을 일이지 이제 와서 이것이 무엇이오? 조변석개(朝變夕改)도 유만부동이지, 조정의 처사가 이럴 수 있소? 누구를 놀리는 것이오?」

이렇게 분개하는 사람도 있었고,

「여기까지 왔다가 어떻게 돌아가겠습니까? 돌아간다 해도 무슨 힘으로 농사를 짓겠습니까. 우리는 공만을 기대고 있는 터이니, 결단을 내리시기 바랍니다.」

하는 말로 이특에게 은근히 반란을 일으키자고 제의하는 측도 있었다.

「그렇다고 조정에 반하여 어찌 역적의 누명을 쓰겠소? 죽으라는 법은 없을 터이니 조금만 더 기다려봅시다.」

이특은 군중을 무마하느라 진땀을 뺐다.

이럴 즈음, 마침 이필이 다시 어사(御史)가 되어 도임한다는 정보가 들어왔다. 이특으로서는 낯선 사람이 오는 것보다는 반가웠다. 전일에 접촉해 본 경험이 있는 터라, 이번에도 두둑이 재물을 마련하여 조카 이양(李讓)을 시켜 도중에서 영접하도록 했다.

이양은 교외에서 기다리다가 정중히 맞으며 인사했다. 그의 뒤에서는 많은 유민들이 지켜보고 있었다.

「전날 곤경에 빠져 있던 저희를 건져 주셨으니, 노야께서는 저희들의 부모나 다를 바 없습니다. 오신다는 말씀을 듣고 백부께서 직접 영접할 것이로되, 마침 병으로 못 오고 제가 대신 노야께 예를 드립니다. 이는 변변치 못하나 노야께 바치는 정성의 표시일 따름이오니 거두어 주옵소서.」

이필은 전보다도 곱절은 많아 뵈는 뇌물에 자못 흡족했으나, 여러 사람들 앞이라 체면을 유지하기 위해 딴소리를 했다.

「전일에는 내 너희들에게 인정을 베풀었다만, 조정의 결정이니 곧 고향으로 돌아가 양민이 되도록 하라. 분부를 거역하면 법으로 다스리겠다.」

그의 마차가 떠나자, 이양을 따라왔던 건석(騫碩)이라는 유민의 두목이 큰 소리로 외쳤다.

「제기랄! 그렇다면 예물은 왜 받아?」

「버릇없이 무는 소리냐?」

이양이 꾸짖었다.

물론 이런 소리를 듣고 이필이 화가 나지 않았을 턱이 없었다. 그러나 내놓고 야단을 치다가는 소문이 나쁘게 날 것이므로 모르는 체하고 가버렸다. 이런 일을 이양에게서 보고받은 이특은 깜짝 놀랐다.

「그게 무슨 소린가. 예로부터 집안을 결딴내는 자는 현령, 가문을 망하게 하는 자는 자사라 일러오는 터인데, 우리의 운명이야 더욱 그들에게 달려 있는 이때가 아닌가.」

건석이 머리를 긁었다.

「죄송하게 됐습니다. 하도 괘씸한 놈이기에 좀 지나쳤습니다.」

그러나 이특의 앞이니까 이럴 뿐, 기실은 그렇게 뉘우치는 것 같지도 않았다. 이쪽에서도 더 책해 봐야 소용없는 일이었다.

이특은 이필을 찾아가 사과했다.

「노야께서 저희들을 거둬주신 은혜가 하해 같은데, 못 잊고 있었더니 이제 다시 뵙게 되어 기쁨을 측량키 어렵습니다. 그러나 영접하는 자리에서 있은 광노(狂奴)의 망언을 나중에야 듣고 가슴이 뻐개지고 말이 막혔나이다. 그놈에 대하여는 중인(衆人)이 함께 분노하여 이미 추방했사오니, 노야께서는 저희들의 허물을 용서해주시기 바랍니다.」

이필로서는 뇌물을 받은 과오가 있는지라, 강하게만 나올 수도 없었다. 더욱이 사실이든 아니든 추방했다고 하지 않는가.

「그놈을 엄히 치죄(治罪)하려 했으나 이미 조치했다고 한즉, 내 더 말하지는 않겠소」

이때 익주의 부판관 심기(沈璣)가 옆에 있다가 꾸짖었다.

「이놈! 너희가 유랑의 망민(亡民)으로 누차 조명(朝命)을 어긴 것만도 죽어 마땅하거든, 이제 또 대관을 모욕한 죄 개나 돼지만도 못하다. 노야께서는 하해 같은 마음으로 너희를 대하신다 해도 내가 용서치 않으리라. 내일로 당장 이곳을 떠나지 않는다면 남김없이 목을 베리라.」

주인보다 종이 더 거들먹거리는 격이었다. 이특은 창피만 톡톡히 당하고 쫓기듯 물러나올 수밖에 없었다.

이특은 유민의 우두머리인 상관정(上官晶)·염식(閻式)·양포(楊褒)·임장(任牆)·임회(任回)·건석 등을 불러 상의했다. 이렇게 되면 이제 싸우는 수밖에 없다는 것이 모든 사람들의 일치된 주장이었다.

「일단 이곳에서 쫓겨나 대중이 흩어지고 나면 후회막급일 겁니다. 지금이 시기입니다.」

「한(漢)나라 잔당이 준동하는 때이니까, 조정도 냉큼 대군을 움직이지는 못하리다. 설사 쳐들어온다 해도 검관의 험지를 굳게 지킨다면, 무슨 두려움이 있겠습니까.」

이런 말도 나왔다.

「그런데 좋은 수가 있어요. 내일 이필이 돌아간다는군요. 심기도 아마 전송을 나갈 것이니, 그 돌아오는 길목을 지키고 있다가 우선 이놈부터 해치웁시다.」

염식의 의견이었다. 이특도 이제는 구태여 말리고 싶지 않았다. 이튿날 이필은 떠났다. 여러 관원들은 30리 밖까지 나가 그를 전송했다. 물론 심기도 그 속에 끼여 있었다. 이필을 보내고 관원들이 어느 고갯마루까지 왔을 때였다. 숲으로부터 비적 떼로 보이는 험상궂은 사나이들이 우르르 달려 나와 길을 막았다. 앞장선 한 놈이 외쳤다.

「목숨이 아깝거든 돈과 말을 놓고 가라!」

심기가 칼을 뽑았다.

「이놈들! 관(官)을 몰라보고 어디라고 나서느냐. 한 놈도 살려 둘 수 없다.」

그러나 칼을 쓰고 말고 할 틈도 없었다. 염식이 던진 창에 등을 맞은 심기는 단숨에 말에서 굴러 떨어지고 말았다. 그 밖의 관원과 이졸(吏卒)도 태반이 죽었고, 나머지는 뿔뿔이 도망치기에 바빴다.

그 길로 이양이 지휘하는 1백여 명은 성중으로 쳐들어갔다. 불의의 습격을 받은 이졸들이 변변히 대항도 하지 못하고 흩어졌으므로 그들은 창고에 있는 전량(錢糧)을 마음껏 약탈해 돌아왔다.

「심기나 죽였으면 되었지, 어째서 성까지 털었느냐?」

이특은 나무랐다. 그러나 엎질러진 물이었다. 관병이 쳐들어오면 막을 궁리나 하는 수밖에 없었다.

서촉의 준엄한 지리와 촉중의 광활한 전야를 대한 이특의 가슴에는 이때부터 야망이 움트기 시작했다.

그는 유랑민 가운데서 지용을 겸전한 20여 명을 골라 각각 수장(首長)으로 임명한 다음 파주·익주 계주·문주 등 제주(諸州)에 분산하여 각각 동지를 규합토록 하고, 두 동생과 다섯 숙질을 역시 각 주의 총령으로 보내 수장들이 천거하는 여러 호걸들을 맞이하도록 했다.

이리하여 진조의 성도자사(成都刺史)와 한중태수가 모르는 가운데 커다란 한 세력이 이특 형제를 중심으로 점차 형성되어가고 있었던 것이다.

3. 꽃을 좀먹는 벌레들

이때, 진(晉)의 조정에서는 태부 장화가 널리 어진 사람을 혜제에게 천거하였다. 그는 우선 배외(裵頠)를 태보(太保)로 천거하여 함께 조정 일을 맡아보도록 하는 한편 지난 날 오(吳)의 장군 육항의 아들 육궤(陸机)와 육운(陸雲) 형제나 돈황(燉煌) 땅의 삭정(索靖) 같은 사람을 혜제에게 천거했다. 그러나 장화의 성의에 움직였던 이 사람들도 가후의 소행을 보고는 이내 벼슬을 던져버렸다.

특히 삭정은 궁문을 나서다가 동타(銅駝 : 한漢나라 때 구리로 낙타 상像 세 개를 만들어 궁궐의 서쪽 네거리에 마주보게 세워 놓았다.)를 가리키며 울었다.

「아, 얼마 안 가서 가시덤불 속에 서 있는 너를 보겠구나.」

다만 가모(賈模)만은 어진 사람이었으므로 가후의 친척이면서도 장화와 배외를 존경하고 협력함이 많았다.

한번은 가모가 두 대신에게 말했다.

「지금 나라가 바로잡히지 않는 것은 황후께서 정도(政道)에 참여하시기 때문입니다. 제 생각 같아서는 이를 못하시게 막고, 총명하신 태자 전하로 대정(大政)을 보살피시게 하면 어떨까 생각합니다.」

장화와 배외는 가모의 속뜻을 헤아리지 못해 아무 대꾸도 하지 않았다. 그러나 이 말은 내시를 통해 가후에게 들어가고 말았다. 마침 옆에 있던 어린 내시가 자기 우두머리인 이기(李己)에게 일러바친 것이었다.

가후는 이기에게서 이 말을 듣자 화를 냈다. 믿는 도끼에 발등이 찍힌 것도 분했지만, 생각해 볼수록 모든 원인이 된 것은 태자였다. 적어도 가후에게는 그렇게만 여겨졌다.

태자가 영특하다고 해서 황제나 대신이나 그를 끔찍이 아는 것이 못마땅했다. 자기 사촌까지 그렇다면 더 할 말이 없었다. 제 소출이 아니라고 해서 가뜩이나 싫어하던 태자였다. 이런 말까지 듣고 보니 어떻게든 제거할 필요가 있었다. 그것도 될 수 있으면 빨리.

어느 날, 가후는 심복 내시인 이기와 유재(劉才)를 불러 속을 털어놓았다.

「황태자 광릉왕(廣陵王)이 약삭빠른 것을 보고 대신들은 지혜가 있는 듯 오해하여 그를 세우고 나를 물리치려 한다는구나. 괘씸한지고!」

이기가 아뢰었다.

「따지고 보면 모두가 겉으로 점잖은 척 꾸미시는 태자 전하에게 책임이 있사옵니다. 무엇을 걱정하시나이까. 어서 폐위시켜 버리시옵소서.」

「안될 말!」

유재가 고개를 흔들었다.

「지금 태자 저하는 온 신민의 여망을 한 몸에 받으시고, 좌우에는 지혜 있는 사람이 많이 있어서 보필하고 있나이다. 급히 서두르다가는 도리어 일을 그르칠까 두렵습니다. 이렇게 하시옵소서. 태자의 명예가 스스로 손상되게 하는 것입니다. 그렇게 하면 나중 일은 저절로 해결될 것이 아니옵니까.」

가후는 눈치가 빠른 여자였다.

「오, 그것 참 좋은 말이오 둘이서 힘을 좀 써주오.」

음모와 숙명적인 인연이 있는 가후는 이리하여 태자를 잡을 그물을 쳤다.

이기와 유재는 매일같이 금은보화와 화려한 물품을 태자에게 가져다 바쳤다. 말할 것도 없이 가후에게서 나온 것들이었다. 처음에는 못마땅하게 여기던 태자도 공세가 계속되자 사정이 달라져갔다.

「저하의 귀하신 신분으로 이까짓 것이 무어 대단하다고 그러십니까. 소인네나 보배로 여기지, 저하에게야 돌멩이, 기왓장이나 무엇이 다르오리까. 다만 저하를 위하는 충성을 나타내는 것뿐이오니, 귀찮으셔도 옆에다 놓아두시기 바라나이다.」

*교언영색(巧言令色)은 태자를 좀먹어 들어갔다. 마침내 태자는 이런 보물에 마음이 끌리게 되었다.

「그 옥돌의 빛깔은 참 곱기도 하다. 이것도 형산(衡山)에서 캔 것이냐?」

이렇게 적극적인 관심까지 보이니 일은 다 된 것이었다. 이제부터는 제 2단계의 공작이다. 두 명의 내시는 자꾸 주색을 권했다.

「저하께서는 장차 사해(四海)의 주인이 되실 몸입니다. 지금 성상께서 총애하심이 각별하시고 대신 이하 온 관민이 함께 우러러 받들고 있사오니 그 아니 경축할 일이옵니까. 천한 소인네와는 달라 무슨 일이든 뜻같이 되시지 않을 일이 어디 있겠사옵니까. 지금 보령(寶齡)이 방장(方壯)하시니, 이때에 아니 노시면 언제 즐기시리까. 고루거각에서 풍악을 울리고 미녀를 희롱함이 본시 영웅호걸의 본색입니다. 시호시호부재래(時乎時乎不再來 : 한번 지난 좋은 시기는 두 번 다시 오지 아니함)라 고인도 이르지 않았사옵니까. 만약 보위에 오르시게 되어 정무에 시달리시면 노시고자 하신들 어찌 시간을 쪼개리까.」

「그렇기는 하다만……」

태자는 고개를 갸우뚱해 보였다.

「그러면 되었지, 또 무엇을 주저하시옵니까.」

「폐하와 낭랑께서 아시면 어쩌게?」

「원, 별것을 다 가지시고 그러시옵니다.」

유재가 어이없다는 듯 웃었다.

「아, 이 심궁에서 어떻게 아시겠습니까. 또 아신다 해도 도리어 기뻐하실 것이옵니다.」

「뭐, 기뻐하셔?」

「그러하나이다. 폐하와 낭랑께서는 저하께서 너무 공부만 하시어 행여 활달하신 기상이 모자라지 않을까 걱정하고 계시옵니다. 크게 놀수록 대견히 아실 것이옵니다.」

태자는 자기를 잡으려는 음모인 줄도 모르고 유재가 권하는 대로 놀기 시작했다.

동궁에는 매일 연회가 벌어지고 음악소리가 밖에까지 새어나왔다. 수절하던 과부가 바람난 격으로, 한번 놀아보니 태자의 마음은 절제를 몰랐다. 처음에는 대수롭지 않게 여기던 조신(朝臣) 중에도 이제는 노골적으로 낯을 찌푸리는 사람이 늘어났다.

이것만이라면 모르겠는데 새로이 또 하나의 악행을 저질러 신망을 결정적으로 잃어갔다. 이기의 권유를 받아 장사를 시작한 것이었다.

태자는 남에게서 받은 보석·비단 따위를 상인을 불러들여 사가게 했다. 비단 같은 것은 재보지 않고도 필수를 알아맞히는 데는 상인들도 혀를 찼다.

이기와 유재는 태자가 번 돈으로 자꾸 물건을 사다 바쳤다. 물론 그때마다 가후의 돈이 보태졌지만, 태자는 그것도 모르고 싸게 사왔다며 그들을 칭찬하였다.

「장사를 해서까지 이를 취하시다니 정말 망조가 들었군.」

「저래서야 어디 천자가 되실 덕이 있다 하겠는가. 어림도 없는 소리야.」

모르는 백성까지 이렇게 탄식하게끔 되었다.

물론 간하는 신하가 없는 것도 아니었다. 세마(洗馬)로 있는 강통(江通)이 그랬고, 또 동궁사인(東宮舍人) 두석(杜錫)이 그랬다. 그러나 아무리 간해도 태자의 마음은 움직이지 않았다. 도리어 두 사람을 미워했다.

한번은 두석이 혼이 났다.

어느 날처럼 태자 앞에 나타난 두석은 의자에 앉다가 하마터면 소리를 지를 뻔했다. 그도 무리가 아닌 것이 앉는 순간 바늘이 궁둥이에 폭 박힌 것이다. 그는 태자 앞이라 엄살도 못 부리고 식은 땀만 흘리고 앉았다가 물러갔다.

그 후부터는 아무도 간하는 사람이 없었다.

4. 태자의 죽음

2단계에 걸친 태자에 대한 공격을 성공리에 끝낸 가후는 마지막 일격을 가하기 위해 때를 기다렸다.

그러나 기회는 의외에도 빨리 다가왔다. 문제의 발단은 태자의 혼사에 있었다. 결국은 왕연(王衍)의 둘째딸로 결정되었지만, 처음에는 가후의 여동생인 가오(賈午)의 딸이 물망에 올랐었다.

이에 대하여는 가오도 탐탁지 않게 여겼으나, 누구보다도 반대하고 나선 것이 가후였다.

「어디 줄 곳이 없어서 태자비를 삼아?」

이 말을 전해들은 태자가 분해 했다.

「아무리 가씨들이기로서니 이럴 수가 있는가.」

다시 이 말은 가밀(賈謐)을 통해 가후에게 알려졌다.

「태자가 낭랑과 우리 일문을 원망함이 이 같은즉, 후일에 즉위하면 반드시 큰 화를 면치 못하오리다.」

가후로서야 그렇지 않아도 해치우려던 판이었다.

「네 말이 옳다. 그러나 경솔히 할 수 없으니 우선 네 모친을 들여보내라.」

가밀은 가오의 아들이다. 가오는 들어와서 자기 언니의 귀에다 무엇이라고 속삭이다가 나갔다.

가후가 임신했노라고 자리에 누운 것은 그로부터 며칠 뒤의 일이었다. 이 소문은 그녀의 심복인 몇몇 궁녀와 내시에 의해 전파되었다. 밖에서는 가밀이 큰일이나 난 듯이 퍼뜨리고 다녔다.

「오, 경사로다!」

혜제는 멋도 모르고 좋아했다.

「모든 것은 폐하의 홍복이옵니다.」

가후는 수척하지도 않은 얼굴에 의미 있는 웃음을 띠어 보였다.

마침내 곽장(郭章)과 가밀은 대신들에게 하례를 드리자고 주장하기에 이르렀다.

그렇다고 모든 사람이 이 소문을 곧이듣고 있었던 것은 아니다. 장화와 배외가 신중론을 폈다.

「나도 기뻐하고 있소만 출산을 기다려 하례를 드리는 것이 법도에 맞을 것이오」

좌장군 유변(劉卞) 같은 사람은 한 걸음 더 나아가 불신의 태도를 노골적으로 보였다.

「쉰 살 노령에 잉태하시다니 참 회귀한 일이오 여러분은 그런 예를 더러 보시었소?」

이렇게 돼서 하례의 건은 좌절됐다.

유변은 따로 장화와 배외를 승상부로 찾아가 말했다.

「지금 황후께서 임신하셨다는 풍문은 아마도 태자를 폐위시키려는 음모에서 나왔을 것입니다. 이는 궁중 내외에서 모두 그렇게 말하고 있으니, 여러 사람이 보는 바가 옳을까 합니다. 태자는 나라의 근본이십니다. 근본이 한번 흔들리면 천하의 난이 싹트는 법입니다. 두 분은 주석지신(柱石之臣)으로 상하의 여망을 걸머지고 계신 터에 장차 어쩌려고 그러십니까?」

「장군의 말씀이 맞소이다. 그러나 형적이 아직 드러나지 않았으니 어떻게 하겠소?」

「왜 형적이 없습니까?」

유변이 계속했다.

「평소부터 황후께서 태자를 싫어하신 것은 천하가 다 아는 일입니다. 쉰 살이 넘은 처지에 임신이라는 소문을 퍼뜨림은 또 무엇입니까. 그뿐인 줄 아십니까. 요즘 가밀 모자가 뻔질나게 후궁에 드나들고 있습니다. 이 이상 무슨 형적을 기다리겠습니까.」

그는 격해오는 감정을 억제하는 듯 침을 한번 삼키고 나서 다시 말을 이었다.

「태자께서 폐출되어 보십시오. 세상이 어찌 되겠나? 누가 그들의 발호를 막겠습니까. 황송한 말씀이지만 폐하께서 막으실 수 있을 것 같습니까? 이 일은 사공(司空) 어른께서 처리하셔야 합니다. 동궁의 병사와 대감의 영(令)을 받들 군대를 모두 합치면 1만이야 안되겠습니까. 이를 즉각 움직이시어 가후를 금루성(金漏城)에 옮기시고 태자께서 대정(大政)을 맡으시도록 종용하십시오. 이렇게 하시면 그 공훈이 길이 후세까지에도 빛나오리다.」

그러나 장화는 고개를 외로 틀었다.

「신자(臣子) 된 도리에 어찌 군명(君命) 없이 병사를 움직인단 말이오? 더욱이 황실의 일에 간섭할 수는 없지 않소?」

유변은 밖에 나와 탄식했다.

「장화는 지혜 있는 사람이지만 지혜를 쓸 줄 모르는구나. 그런 인물에게 대사를 기대했던 내가 잘못이다.」

남의 말을 엿듣는 쥐와 새는 언제라도 있는 법이다. 정보는 곧 가후의 귀에 들어갔다.

「저런 놈 봤나! 당장에 죽여 버려야지.」

가후는 분해서 씨근덕거렸다.

「그러지는 마세요. 」

이때 가오가 옆에 있다가 참견했다.

「유변은 충직하다고 알려진 사람이니 죽인다면 세상의 비방이 돌아올 것입니다. 지방관을 만들어서 멀리 쫓아버리시면 그만 아니겠습니까.」

가후는 곧 혜제에게 상주하여 유변을 진주(秦州) 자사로 임명하게 했다. 진주는 강호(羌胡)와 가까우니 훌륭한 장수를 보내야 한다는 것이 표면상의 명분이었다.

그러나 유변은 허무하게도 죽었다. 어명을 받들고 사신이 왔다

는 소리를 듣자, 가후의 음모로 죽게 되었다고 지레 짐작하고는
약을 마신 것이었다. 가후의 악랄한 수법을 너무나 잘 알고 있는
것이 그를 죽음으로 몰아넣었다고도 하겠다.

가후는 이제 태자를 결정적으로 잡아 칠 궁리를 했다. 여기서도
그녀의 하나뿐인 여동생 가오가 음모에 참가했다. 보통사람도 셋
이 얼굴을 맞대면 문수보살의 지혜에 필적할 수 있다고 하는데,
희대의 악녀가 둘이 모인 곳에 악착스런 음모가 생겨나지 않는다
면 도리어 이상할 것이다.

어느 날, 가후는 심복인 내시 손여(孫慮)를 동궁에 보내어 황제
의 어명이라 속이고 태자를 불렀다. 황제가 갑자기 무서운 병에
걸려서 꼭 보고 싶어 한다는 전갈을 받고 태자는 경황없이 궁궐로
달려갔다.

후궁에서는 진무아(陳舞兒)라는 궁녀가 나와 맞이했다.

「저하! 얼마나 놀라셨나이까? 성상께서는 신열이 있으셔서 거
의 인사불성에 빠지셨다가 조금 전에야 잠이 드셨사옵니다. 그러
하오니 깨실 때까지 잠시 동안 기다리시는 수밖에 없겠나이다.」

태자는 안내된 어느 방에서 기다렸다. 그러나 시간이 많이 지나
도 기별이 없었다.

'잠에서 아직도 안 깨신 모양이군.'

태자는 지루함을 스스로 달래면서 기다렸다.

저녁때가 다 되어서야 진무아가 나타났다.

그녀는 술과 간단한 안주를 담은 소반을 들고 있었다.

「아직도 성상께서는 깨시지 않으셨사옵니다. 조금 전 낭랑께
서는 저하께 무엇이라도 잡숫게 해드렸느냐고 물으시기에, 아직
진상하지 못했다 했더니 어찌나 꾸중을 하시는지요. 소인이 아주
혼이 났사옵니다. 곧 저녁 진지가 되겠지만 시장하실 듯하오니 이

것이라도 가져다 드리고 우선 요기하시게 하라는 지엄하신 분부가 계셨나이다.」

진무아는 꾀꼬리 같은 음성으로 혼자 지껄이면서 술을 잔에 따라 태자에게 바쳤다.

「별로 먹고 싶지 않다.」

태자는 잔을 받아든 채 머뭇거렸다. 가후가 준 것이라고 생각하니 왠지 꺼림칙했다.

「아무리 그러시기로니 모후(母后) 낭랑께서 내리시는 것을 어찌 입에도 안 대신단 말씀이옵니까. 낭랑께서 들으시면 서운해 하실 것이니, 어서 드시옵소서.」

사세가 그야말로 부득이했다. 태자는 조금 마시는 체하고 잔을 놓았다. 진무아만 보고 있지 않았다면 쏟아버리고 싶었으나 그럴 처지도 못됐다. 그러나 술맛은 향긋했다.

「호호호호, 참 저하도!」

진무아는 갑자기 간드러지게 웃어댔다.

「조심이 되셔서 그러시나요? 그러시다면 소인에게도 한 잔만 내리시와요. 상감께서나 드시는 특주이온데 어디 그럴 리가 있겠사옵니까.」

그리고는 대답도 기다리지 않고 술을 따라 쪽 마셔버렸다. 약간 상기된 듯한 두 볼이 아름다워 보였다. 이렇게 되면 여태껏 주색에 묻혀 지내던 태자였던지라 춘정(春情)이 움직이지 않을 리 없었다.

「고것 참!」

태자의 손은 저도 모르게 진무아의 손을 쓰다듬었다.

「아이, 왜 이러시와요.」

말은 토라지는 듯했으나 게슴츠레한 눈매는 태자의 얼굴을 핥는 듯 더듬고 있었다.

「그래, 어디 따라 봐라.」

태자는 연거푸 잔을 기울였다.

얼마 후, 가후는 진무아로부터 보고를 받았다. 수면제를 탄 술을 한 병 다 마시고 지금 정신없이 자고 있다는 것이었다.

「흥, 먹성도 좋아.」

가후는 만족하게 웃었다. 그리고 번악(潘岳)을 불렀다. 번악은 드물게 보는 미남이어서 음란한 가후가 가끔 불러들이는 상대자였다. 이때 그는 문하사인(門下舍人)의 벼슬을 하고 있었다.

가후는 나이 어린 애인을 음탕한 눈초리로 바라보면서 명령했다.

「이것 봐, 태자가 반역을 꾀하는 편지를 한 장 쓰게. 폐하와 나를 쫓아내고 자기가 보위에 오르려고 하는 내용으로……. 상대는 누구로 할까. 그렇지, 그 이름은 쓰지 말고 그대로 둬!」

미남들이 흔히 그렇지만 번악도 배짱이 실하지 못했다. 금방 울상이 됐다.

「소신이 어찌 그런 글을 쓰오리까. 낭랑! 제발 그, 그 명령만은 거두시옵소서.」

「무엇이?」

금세 가후의 이마에 힘줄이 곤두섰다.

「그래, 너는 못 쓰겠다는 것이냐. 아주 충직한 체하는구나. 뒷구멍으로 호박씨는 혼자서 다 까는 놈이 이것은 못하겠다고? 어디 두고 보자.」

가후는 지독한 여자였다. 자기가 들어서 호박씨를 까게 해놓고는 도리어 그것으로 위협하고 나섰다.

번악은 금세 사색이 되어 벌벌 떨었다.

「신이 어찌 낭랑의 분부를 거역하겠사옵니까. 그게 아니옵고……」

가후는 애인의 당황해 하는 꼴이 우스워 미소 지으며 말했다.

「물론 그럴 테지. 그런 줄 아니까 부른 것 아닌가. 어서 쓰게.」

번악이 써 바친 편지는 곧 진무아의 손으로 넘어갔다.

진무아가 내시 이기와 함께 나타났을 때에도 태자는 정신없이 코를 골고 있었다.

「전하, 전하! 일어나십시오. 어서 일어나시라니까요」

이기가 잡아 일으켜 앉혔다. 태자는 어렴풋이 눈을 떴으나 정신은 여전히 몽롱한 듯했다.

「술, 술! 그 채단은 누가 가져온 것이냐?」

알 수 없는 잠꼬대를 했다.

「정신이 나가셨군.」

진무아가 중얼거리며 붓을 손에 쥐어주었다. 물론 자기 말마따나 정신 나간 사람이 쥐고 있을 턱이 없었다. 붓은 이내 땅바닥에 떨어졌다. 진무아는 다시 쥐어주고는 못 떨어뜨리게 그 손을 움켜잡았다. 그리고는 희한한 장면이 벌어졌다.

「저하, 저하! 정신 좀 차리세요. 어서요. 저하께서는 편지를 쓰셔야 해요. 아시겠죠? 오호(嗚呼)라고 쓰세요, 오호요. 자, 그럼 시운(時運)이라고 또 쓰세요. 때라는 시(時)요, 때 말이에요, 어서요……」

태자는 한 자 쓰고는 꾸벅 고개를 떨구고 다시 한 자 쓰고는 고개를 떨구곤 하였다. 그러나 진무아는 그때마다 흔들어서 못 자게 하고는 번악이 써 놓은 원고대로 한 자씩 쓰게 했다. 그것은 대단히 힘드는 작업이었다. 몽롱한 정신 속에서 태자는 혼이 났지만, 진무아와 이기의 이마에도 구슬땀이 송골송골 배어나왔다.

이렇게 해서 이루어진 편지 사연은 다음과 같은 것이었다.

<오호라, 시운이 불행해서 국정이 날로 기울어져가니, 내 어찌 좌시만 하고 있으랴. 경은 전일의 언약대로 군사를 움직여 나를 돕도록 하라. 대위에 오른 뒤에는 반드시 크게 보답함이 있으리라.>

태자는 마차에 실려서 동궁으로 보내지고, 가후는 이 엉터리 편지를 받아들고 좋아라 했다.

이튿날, 가후는 황제에게 편지를 보였다.

「폐하! 이럴 수가 있나이까? 하느님 맙소사. 도대체 이럴 수가 있나이까.」

머리까지 흐트러뜨린 채 달려와 수선을 피우자 황제는 당황해서 소리쳤다.

「아, 왜 이러시오? 왜 이래?」

가후의 눈에서는 눈물이 흘러내렸다.

「폐하! 이럴 수가 있나이까. 누구를 믿겠사옵니까. 제 자식도 못 믿을 세상이옵니다. 제 자식도……」

「아니 그게 무슨 소리요? 제 자식이라니……」

「폐하! 이것을 좀 보소서. 태자가 소매에서 떨어뜨린 것이옵니다. 이것이 태자의 필적이 아니라 하시겠사옵니까. 정말 원통하오이다. 원통하오이다.」

편지를 읽어가는 혜제의 손이 떨렸다.

「원, 이럴 수가?」

「그러게 말이옵니다. 태자가 이럴 줄은 몰랐나이다.」

혜제는 크게 노하여 신하들을 소집했다.

「태자가 성품이 간악해서 짐을 내치고 자립하려 꾀하니, 이럴

수가 있는가? 경 등은 사사로운 정에 구애되지 말고 나라의 기강을 바로잡으라.」

혜제는 편지까지 돌려보게 했다.

사공(司空) 장화가 반열로부터 나와 아뢰었다.

「황공하오나 신에게는 믿기지 않사옵니다. 태자께서는 가만히 계셔도 보위를 이으실 신분이시거늘, 무엇이 안타까워 역심을 품겠사옵니까. 이것은 도리로 보나 태자 전하의 효심으로 보나 있을 수 없는 일인가 하나이다. 또 태자께서 그런 일을 꾀하셨다 하오면, 어찌 듣고 본 사람이 하나도 나타나지 않사오리까? 태자는 나라의 기둥이시며 사직의 장래를 걸머지고 있는 몸이십니다. 확실한 증거도 없이 어찌 죄를 논하오리까. 이는 크게 부당한 일이오이다. 성상께서는 굽어 통촉하시기 바라나이다.」

「뭐, 증거가 없다고?」

혜제가 발을 굴렀다.

「이 편지가 태자의 필적임이 분명하거늘, 이 이상 어떤 증거가 있어야 한단 말인가!」

배외가 아뢰었다.

「필적을 말씀하시오나, 세상에는 비슷한 글씨가 적잖이 있사온즉 그것만이 증거가 될 수는 없는가 하옵니다. 더구나 동궁에 거처하시는 전하의 필적이 어떤 경로를 통해 새어나왔는지, 반드시 그 경위를 규명해야 하오리다. 이는 사직(司直)에 하명하시면 용이한 문제이옵고, 태자 저하도 부르시어 말씀을 들어보시옵소서. 필부(匹夫)도 원억함이 있어서는 안되겠거늘, 하물며 지존하신 저하의 경우이오리까.」

이렇게 되자 발 속에 앉아 있던 가후는 안절부절 못했다. 혹시 황제가 그 말을 받아들여 태자를 부를까봐 겁이 났다. 그녀는 체면불구하고 발을 걷어 올렸다.

「태자가 어질지 못하여 이런 마당에까지 논란을 들으니 내 마음이 아프오. 비록 죄는 무겁다 하나 정리가 그렇지 않으니, 서인을 만들어 동궁에서 거처하지 못하도록만 하면 어떻겠소?」

그러나 이 말도 받아들여지지 않았다. 누구보다도 자기 동생 가모가 반대했다.

「한 관원을 파직시키는 것도 함부로는 못 다룰 일인데 항차 황태자 저하가 아니옵니까. 이미 혐의가 박약하면 그것으로 끝나는 것이지, 어떻게 폐출을 하시려 하옵니까?」

이러다가는 정말 큰일 나겠다 싶어 가후가 또 나섰다.

「태자는 이 몸의 아들이오. 그가 무도하매 법대로 하면 응당 죽어야 할 것이로되 특히 인정만은 끊지 않으려는 것인데, 그런 줄도 모르고 대신들은 딴 말만 하고 있으니 답답하오. 오늘은 이 것으로 물러가고 내일 다시 논의하기로 합시다. 태자에게 죄가 없다면 스스로 드러날 것이니 걱정들 마시오.」

이렇게 되면 신하들로서는 물러나는 수밖에 없었다.

「고약한 것들이……」

가후는 자기 처소에 돌아와서도 분이 안 풀렸다. 너무 애를 먹었던 탓인지 어깨까지 뻐근했다. 그러나 이대로 주저앉았다가는 정말로 큰일 날 판이었다.

그녀는 곧 손여를 시켜 어명을 사칭하고 태자와 비를 금용성으로 옮겨가게 했다. 그리고는 남몰래 재인(才人) 사씨(謝氏)의 목을 졸라 죽이게 했다. 태자의 생모였다.

많은 사람들은 태자와 그의 어머니를 위해 눈물을 흘렸다. 그러나 사람의 마음이란 그처럼 순박한 면만 있는 것도 아니었다. 태자비의 생부인 왕연(王衍)은 이혼시키겠다는 상소를 올렸다. 역신

(逆臣)에게 차마 딸을 주고 있을 수 없다는 것이었다. 명목은 그랬지만 실은 화가 자기에게도 미칠까봐 피했던 것이다.

그러나 그의 딸은 움직이지 않았다.

「여염집 여자들도 절개를 지키는데 이 몸이 죽으면 죽었지 그 짓은 못하겠습니다.」

딸은 아버지를 싸늘한 눈초리로 바라보며 매섭게 쏘아붙였다.

마침내 가후는 태자를 죽이기로 했다. 손여가 사약을 가지고 금용성으로 갔다. 태자는 항거했다.

「내가 무슨 죄가 있기에 죽는단 말이냐. 만일 죄가 있다면 왜 나를 조정에 불러 정식으로 규문하지 못한다더냐. 어머니로서 자식을 미워하여 이렇게 하시니 죽어도 눈을 못 감겠다.」

손여가 채근했다.

「저야 무엇을 아옵니까. 말씀해야 소용없으시니, 어서 잡숫기나 하십시오.」

손여의 차가운 태도가 태자의 분노를 촉발했다.

「이놈! 무엇이라고? 무엇을 아옵니까? 모르는 놈이 여기는 어째서 왔느냐. 내 순순히 죽으려 했건만 이제는 못하겠다. 입궐해서 폐하께 상주하여 흑백을 가리련다.」

태자가 밖을 향해 내닫자 놀란 것은 손여였다. 그는 소매 속에 지니고 왔던 약 찧는 공이를 꺼내어 뒤를 쫓아가서 태자의 머리를 내려쳤다. 태자는 그 자리에 푹 쓰러졌다. 손여는 사약을 가져다가 헐떡이는 태자의 입을 벌리고 흘려 넣었다.

제13장. 잇따른 죽음

1. 암탉의 말로

진(晋)의 조정에서는 암탉이 너무 판을 친 결과 마침내는 태자마저 죽게 되니 하늘도 무심치 못했던지 천변지이(天變地異)가 꼬리를 물고 일어났다.

장화의 아들 장위(張韙)는 어느 날 밤 무심코 하늘을 쳐다보다가 깜짝 놀랐다. 별 하나가 흔들흔들 움직이는 품이 금세라도 떨어질 것만 같았다. 빛깔도 거의 꺼져가는 듯했다.

아무리 보아도 중대성(中台星)이었다. 그는 새벽에 일어나 다시 쳐다보았다. 별은 이미 자취를 감춘 뒤였다.

「아버지!」

그는 입조하려는 부친을 뵈었다.

「하늘이 자주 변괴를 보이심은 장차 세상이 크게 어지러워질 조짐이 아니겠습니까. 부모와 자식이 서로 죽이는 세상입니다. 어찌 이대로 가오리까. 어제 저녁 천문을 살피오니 중태성이 빛을 잃고 떨어졌습니다. 이 별은 자고로 삼공(三公)에 응하는 것으로 쳐오지 않았습니까. 아무래도 상서롭지 못한 일입니다. 아버님께서는 사공(司空)의 자리에 계시면서 세상을 바로잡을 수 없으시다

면 왜 그 자리를 안 내놓으십니까. 깨끗한 이름을 남기려면 물러
나 집안을 보존하시는 편이 좋지 않겠습니까.」

장화도 아들의 말을 듣고는 깊이 탄식했다.

「천도(天道)야 유현(幽玄)하니 우리가 어찌 짐작하랴만, 네 말
에도 일리가 있다. 내 충성을 다해 애써 보려고 했지만, 가후께서
일일이 간섭하시니 어쩌겠느냐.」

입조하자 장화는 노병을 핑계삼아 고향으로 돌아가겠다고 상
주했다. 그러나 혜제는 듣지 않았다.

「그 심정도 알겠소만, 경이 없으면 조정 일을 누가 처리하겠
소 정 그렇다면 벼슬에 있으면서 쉬시오 큰일이 있을 때만 출사
(出仕)해도 좋으니 아예 돌아갈 생각은 마시오」

이 점에서는 가후도 마찬가지였다. 가후로서는 장화 같은 대신
이 있어주는 편이 좋았다.

처음부터 자기편은 아니지만, 그렇다고 자기 세력에 대한 위협
도 되지 않으면서 장화에게는 인망이 있었다. 그 점이 가씨에 대
한 백성의 원성을 어느 정도 감쇠시키는 효과가 있다고 믿었기 때
문이다. 강한 성격이 못되는 장화는 그대로 주저앉고 말았다.

혜제는 장화가 노병으로 출사할 수 없는 경우를 고려하여 상
서복야(尙書僕射) 왕융(王戎)을 사도(司徒)로 발탁했다. 그 아우
왕연(王衍)도 상서령이 됐다. 태자의 장인으로 딸을 이혼시키려
던 충신이었다. 왕융의 천거로 완첨(阮瞻)이 중서사인(中書舍人)
이 되었다.

그밖에 악광(樂廣)·호보모(胡輔母)·사곤(謝鯤)·필탁(畢卓)·
완적(阮籍)·완함(阮咸)·완수(阮修) 등이 벼슬길에 올랐다. 역시
왕융의 추천이었다.

왕융을 포함하여 이 사람들의 공통된 특성은 그들이 *청담(淸

談)을 일삼는 패거리라는 점이었다. 청담이 그들에게서 생겨났으니까 청담의 시조들인 것이다. 모두 시국에 관한 이야기는 속되다 하여 외면하고 한적한 곳을 찾아 한담과 시부(詩賦)로 나날을 보냈다.

이런 경향을 세상에서는 무슨 고상한 일이나 되는 듯 오해하고 있었다. 그 중에서 두드러진 것이 유영(劉伶)·완적 등의 일당이었다.

그들에게는 죽림칠현(竹林七賢)이라는 이름이 붙어 지금껏 시와 그림의 소재가 되고 있는 터이다.

왕융과 그 도당들은 태자가 죽고 가씨의 횡포가 날로 심해 갔으나, 그것을 외면하고 향락만 좇았다. 한심스러운 일이었다. 도리어 세상일에 비분강개하고 있는 것은 벼슬도 안하고 있던 사마아(司馬雅)·사의(士猗) 두 사람이었다.

기억력 좋은 독자들은 그들이 조왕(趙王) 사마윤의 낭장(郎將)으로 강호 정벌에 적잖은 공로가 있었던 것을 기억하고 있으려니와, 이때 두 사람은 다 한가한 몸이었다.

가후를 제거하기 위하여 조왕을 움직이기로 작정한 그들은 애쓴 보람이 있어서 우선 조왕의 심복인 손수(孫秀)를 끌어들이는 데 성공했다.

어느 날, 손수는 조왕을 설득했다.

「큰 공을 세우려는 사람은 모름지기 기틀을 보는 데 밝아야 합니다. 전하께서는 이 시국을 어떻게 보시나이까?」

「대체 무슨 소리요?」

말뜻을 몰라서 사마윤은 어리둥절해 했다.

「지금 천변지이가 잇달아 일어나고 민심이 흉흉합니다. 삭정(索靖)은 벼슬을 그만두고 가는 길에 동타(銅駝)를 바라보면서,

『너를 곧 형극(荊棘) 속에서 보겠구나』하고 울었다 하옵니다. 삭정은 일개 선비니까 떠나면 그만이지만, 전하께서는 금지옥엽(金枝玉葉)의 몸으로 어찌 피하시겠습니까. 반드시 나라를 바로잡으셔야 될 것이옵니다.」

조왕은 고개를 끄덕였다.

「전하! 천하 정세란 그리 복잡하지 않습니다. 그 근본 되는 원인을 알아 이것을 제거하면 되는 것뿐이지요. 지금 나라가 어지러운 원인이 어디에 있다고 보시나이까. 말은 못하지만 세상이 다 알고 있습니다. 오직 황후께서 월권을 일삼기 때문입니다. 그 동안 황후로 인하여 해를 입은 이가 얼마나 많습니까. 양준(楊駿)에서 시작하여 여남왕이 그러했고, 초왕이 그러하셨나이다. 이번에는 어진 황태자 저하마저 해를 입으셨습니다. 황후께서는 조금만 두드러지면 누구나 죽이십니다. 이대로 간다면 전하라고 안전이 꼭 보장되시겠나이까?」

나중 말은 특히 사마윤의 가슴을 찔렀다.

사마윤의 눈이 번쩍 빛났다.

「고대의 성왕들은 백성과 언제나 귀추를 같이하셨습니다. 백성이 모두 칭찬하는 사람을 높은 자리에 올리셨으므로 원망이 없었고, 천하가 다 미워하는 자를 치셨기에 모두가 기뻐하여 복종했던 것이지요. 지금 가후로 말하자면 죄가 겹겹이 쌓여 천인(天人)이 함께 노하는 바인데, 이를 치신다면 누가 전하를 따르지 않으리까. 사직을 건진 대공이 청사에 길이 빛나오리다.」

야심만만한 사마윤이었다. 손수가 추켜세우자 이내 결단을 내렸다.

「좋소 해봅시다. 남아가 이때 일어나지 못하고 어느 때를 기다리겠소? 반드시 후궁의 암탉을 잡아 목을 비틀어 놓으리다.」

조왕 사마윤은 곧 심복 장수들을 소집했다. 아무도 이의가 없었다. 장임(張林)이 의견을 냈다.

　「가후를 처치하는 일은 전하의 휘하만으로도 넉넉하나, 다른 대왕들께서 행여 반발하실까 두려운즉, 될 수 있는 대로 협력을 얻어 함께 거사하심이 좋겠사옵니다.」

　조왕은 고개를 끄덕였다.

　「그것도 그렇군. 어떻게 해야 다른 왕의 힘을 빌릴까?」

　「마침 좋은 수가 있나이다.」

　이때, 여화(閭和)가 나섰다.

　「지금 회남왕 전하께서 돌아가신 태자를 위해 변백(辯白)하시려고 상경하셨으나, 가후가 어명이라 속이고 본진으로 돌려보내려 했기 때문에 우선 성 밖에 머물고 계십니다. 군사도 많이 이끌고 오셨다 하니, 전별의 뜻을 표하겠다고 청하셔서 함께 대사를 상의하십시오. 또 제왕(齋王) 사마경(司馬冏) 전하께서는 서울에서 닷새면 갈 수 있는 거리에 계시니까, 얼른 사람을 보내셔서 함께 황태손(皇太孫)을 세우는 일을 주청하자고 하시면 반드시 기뻐 달려오실 것입니다. 이 두 분의 협력만 얻으신다면 다른 전하들의 시기와 천하의 공론을 막고도 남을 것이옵니다.」

　사마윤은 크게 기뻐하여 우리 집의 장자방(張子房)이라 칭찬하였다. 또 곧 여화를 제왕에게 보내고 유호(游顥)를 회남왕에게 파견했다.

　이튿날, 사마윤은 가후의 의심을 풀기 위해 만나서 말했다.

　「지금 제왕과 회남왕이 태자와 비께서 억울하게 돌아가셨다고, 그 장사를 치르는 문제에 대해서 주청(奏請)하기 위해 입조한다는 통지가 왔사옵니다. 곧 오실 것이니 낭랑께서는 좋은 말로 무마하시옵소서. 죄가 있든 없든 죽은 사람은 죽은 사람이고, 이제 와서 구태여 다투어보셔야 두 왕의 반발만 사실 것인즉 무사하게 처리하심이 좋겠사옵니다.」

「그야 그렇지요. 이제 와서까지 태자의 죄를 성토하고 나설 필요야 있겠습니까. 장사도 후하게 치르도록 하리다.」

운명이 다했음인지 가후는 감쪽같이 속아 넘어갔다.

며칠 후 두 왕이 도착했다.

사마윤은 그들을 위해 크게 잔치를 베풀었다. 술이 몇 순배 돌아 자리가 부드러워지기를 기다렸다가 말을 꺼냈다.

「그런데 대왕들 앞이니 기탄없이 하는 말씀이오만, 세상이 이래서야 어디 쓰겠습니까. 두고 보자니 황후의 행패는 날로 심해져 가는구려. 생각해 보십시오, 얼마나 많은 사람이 죽었는지를. 여남왕·초왕께서 돌아가고 대신들이 죽고 아, 거기에다 황태후 마마와 태자께서도 화를 면치 못하셨으니, 따지고 보면 우리네들이라고 언제 어찌 될지 누가 알겠습니까.」

제왕 사마경이 말을 받았다.

「정말 큰일이오이다. 허나 이쪽의 힘이 약하니, 어떻게 해볼 도리가 없지 않소이까.」

「원, 무슨 말씀을!」

회남왕 사마윤(司馬允)이 언성을 높이며 손을 저었다.

「우리들 셋이 여기 모이지 않았습니까. 우리만 합심한다면 무슨 일인들 못하겠소이까.」

호흡은 의외로 금세 맞아들었다. 가후를 친다는 원칙에는 이의가 없었으나, 곽장(郭章)이 병권을 쥐고 있는 터에 반항한다면 어떻게 되겠느냐 하는 것이 문제로 제기되었다. 그러나 조왕 사마윤의 의견이 채택되었고, 장화에게 교섭하여 황제의 칙령을 얻어내도록 힘쓰기로 했다. 장화와의 교섭은 사마이에게 맡겨졌다.

여화가 나중에 왔다가 이 말을 듣고 고개를 흔들었다.

「어려울 것입니다. 장화는 그런 큰일을 주선할 인물이 못됩니다. 이렇게 하십시오.」

그는 사마윤을 바라보며 말했다.

「대왕께서는 내일 입궐하셔서 가후에게 이런 뜻을 말씀하시기 바랍니다. 전부터 동안왕(東安王)은 병권을 빼앗겨 가후를 미워하던 터인데, 황태자께서 억울하게 돌아가신 것을 빌미로 하여 전날의 부하와 죽은 초왕의 휘하였던 병사들을 합해가지고 가후를 죽여 원한을 풀려 하고 있다고 말입니다. 또 동궁에 있는 장병들도 함께 움직인다고도 하십시오. 그러면 가후가 놀라서 대책을 물을 것이니, 그때에 제왕 전하와 회남왕 전하를 천거하는 것이옵니다.」

세 왕들이 손뼉을 쳤다.

「그것 참 기계(奇計)요. 아주 좋은 생각이오!」

이튿날, 사마윤은 가후를 만나 여화가 시키는 대로 동안왕이 모반한다고 일러바쳤다.

「아니, 저런!」

아닌 게 아니라 가후가 펄쩍 뛰었다.

「이 일을 장차 어찌한단 말이오. 그렇지 않아도 꺼림칙하더니 기어코……」

「너무 걱정하지 마십시오.」

사마윤이 말했다.

「지금 태자의 장례식 문제로 마침 제왕과 회남왕이 입조해 있습니다. 두 왕이 다 적잖은 군사를 이끌고 왔으나 황공해서 성외에 주둔시키고 있으니, 그것을 이용하시오소서. 두 왕의 군사만 궁중으로 불러들이면 동안왕의 오합지졸쯤이야 무슨 힘을 쓰겠나이까.」

「아, 이렇게 고마울 데가!」

천우신조를 만난 듯 기뻐한 가후는 곧 두 왕에게 내리는 조서를 만들어 주었다.

한편 사마아는 장화를 찾았다. 삼왕(三王)이 거사하는 이야기를 하고 나서 황제의 밀조를 얻어내도록 부탁해 보았다. 그러나 장화는 펄쩍 뛰었다.

「지금 천하가 태평한 터에 그게 무슨 말이오. 황후께서 대정(大政)에 관여하시지만 가밀과 가모가 어질어서 별일이 없는데, 무슨 이유로 거병한단 말이오?」

사마아로부터 보고를 받은 사마윤은 장화 때문에 기밀이 샐 것을 걱정하여 곧 행동을 개시했다.

제왕의 군대는 운룡문(雲龍門)에 진을 쳐 반대파의 병력을 막기로 하고, 허초(許超) · 사마아 · 사의 · 여화 등의 장수가 여기에 배치됐다.

장홍(張泓) · 맹평(孟平) 등은 회남왕의 군사를 이끌고 바로 궁중으로 들어갔다.

「이제 성상 폐하의 밀지를 받들어 황후 가씨를 문죄하는 것이니, 모두 칙명을 받들어라. 조왕 · 제왕 · 회남왕의 대군이 출동했으니, 분부를 거역하는 자는 귀천을 가리지 않고 목을 베리라.」

장홍의 호령이 떨어지자 내심으로는 모두 가후를 미워하던 판이라 궁중에 있던 군사들은 대궐문을 활짝 열고 회남왕의 군사를 끌어들였다.

군사들은 조수가 밀려들 듯이 안으로 밀고 들어갔다.

상서랑 사경(師景)이 사마윤의 말머리를 막았다.

「전하! 이것이 어인 일이옵니까? 여기가 어디라고 군사를 끌고 들어오십니까?」

「무엇이?」

사마윤의 눈이 확 빛을 뿜었다.

「이놈을 참하라!」

말이 떨어지기가 무섭게 사마윤의 뒤를 따르던 장홍이 칼을 번쩍 들었다. 사경이 피를 흘리며 쓰러졌다. 이것을 보고 겁이 났는지 아무도 나서서 얼씬거리는 사람이 없었다. 군대는 후궁으로 밀려들어갔다.

내전에서 변보(變報)를 접한 가후는 급히 금위병을 불렀으나, 이미 궁궐은 조왕과 회남왕의 군사에게 장악된 뒤였으니, 가후의 영에 의하여 움직이는 군사는 한 사람도 없었다.

가후는 급히 혜제가 있는 금란전(金鑾殿)으로 가고자 했다. 그러나 군데군데 군사들이 몰려 있어 뜻을 이루지 못했다.

가후는 금란전 옆 경루각(景樓閣)으로 올라갔다. 그리고는 금란전을 향하여 소리쳤다.

「황제는 속히 나와 중궁을 구하소서. 오늘 나를 구하지 않는다면 그 화는 불원간 상감께 미치리다!」

조왕 사마윤은 장홍과 장임을 대동하여 사방으로 가후를 찾았으나 보이지 않았다.

마침 경루각 근처에 이르니 높은 곳에서 카랑카랑한 여자 목소리가 들려왔다. 사마윤은 즉시 장홍에게 명하여 다락에 올라가 끌어내리도록 했다.

그러나 장홍은 다락 위의 여인이 가후임을 알자 감히 올라가지 못했다. 이때 회남왕이 당도하였다. 그는 가후가 누각 위에 있음을 알자 성큼성큼 다락 위로 올라갔다.

가후는 회남왕을 보고 호통을 쳤다.

「무엄한 놈들, 썩 물러가지 못하겠느냐!」

회남왕은 거침없이 대꾸했다.

「황후의 위에 있으면서 무엇이 부족하여 태후를 해하고. 태자가 무슨 죄가 있기에 죽였으며, 붕당(朋黨)을 모아 충량(忠良)을 무수히 해하고 음란으로 조정을 더럽혔으매, 오늘 우리는 폐하의 밀조를 받아 그대와 그대의 도당을 소탕하여 진조의 사직을 바로잡고자 하는 것이니, 속히 내려와 복죄하시오. 그대가 폐하와 육례(六禮)를 갖추었으니, 차마 죽일 수는 없고 다만 폐하여 서인을 만드노니, 곧 금용성으로 나가 대죄하시오!」

가후는 더 이상 대꾸할 수가 없었다.

인과응보라고나 할까. 가후는 옛날에 양태후가 당하던 꼴을 그대로 당했다.

세 명의 왕은 곧 황제를 정전으로 나오도록 청했다. 그리고 조왕 사마윤이 부복해 아뢰었다.

「황후께서 무도포학하사 부덕을 잃었을 뿐 아니라, 국정에 간섭하여 장차 국기를 기울이겠기에 신 등이 사직을 보전키 위해서 일어났나이다. 양태부를 비롯하여 죄 없는 대신을 죽인 것은 거론할 것도 없고, 태후마마를 축출하고 태자마저 해하기에 이르니, 천하에 이런 법이 어디 있나이까. 지금 가씨의 당파가 조정에 가득하온즉, 이를 색출 처단하여 기강을 세우시오소서.」

가후가 잡혀갔다는 말을 듣고 넋이 나가 있던 혜제로서는 자기를 내쫓지 않겠다는 것만도 고마웠다.

「그대 세 사람은 황실의 지친(至親)이요 짐과는 이신동체니, 이제 대의를 밝혀 나라를 바로잡음에 있어 일일이 짐에게 주청할 것이 무엇이오. 무엇이든 알아서 처리하라.」

이에 조왕은 군사를 호령하여 가씨 일당을 모두 잡아 죽였다. 가밀·가모·가오는 말할 것도 없고, 한간·동맹·곽장·징거·손

여·조찬·해결·곽겸 등이 모두 화를 당했다.

장임(張林)은 장화를 붙들러 갔다.

「대감, 어명이니 용서하십시오」

장임이 묶으려 달려들자 장화는 흰 수염을 흩날리며 호령했다.

「내게 무슨 죄가 있기에 이러느냐? 무엄하구나. 씩 물러가거라!」

그러나 장임은 유들유들 웃어 보였다.

「죄가 없다고요? 여보시오, 대감. 과거에 충신들이 무수히 죽어갈 때 손 하나 까딱 안하고 있던 것은 누구요. 태자께서 돌아가실 때만 해도 대감이 무엇을 하셨소. 그것이 그래 대신의 도리란 말이오? 가후에게 아첨하여 *시위소찬(尸位素餐)하고 앉아 있다가 죄 없다는 말이 어디 가당하기나 한 소리요?」

장화는 낯을 붉히고 결박을 당했다.

「아, 네 말을 진작 들을 것을!」

눈물로 지켜보는 아들을 돌아다보며 늙은 대신이 마지막으로 남긴 말이었다.

가후의 일당은 당사자만 죽은 것이 아니었다. 그 가족은 물론 일가붙이까지 벼락을 맞았다. 이때, 장위(張韙)의 큰아들 장여(張輿)만은 시골에 약초를 캐러 갔다가 죽음을 면했다.

이 자만이 유일한 생존자였다.

배외는 큰 과실이 없으니 살려주자는 의견이 많았다. 사마윤이나 손수로서도 이렇다 할 원한이 없는 터였으므로 제외되었다.

옹주자사 해계는 해결의 아우였으므로 역시 사형을 당했다. 해계와는 전쟁 때에 관계가 깊었던 양왕(梁王) 사마동이 구명운동에 나서 보았으나 소용이 없었다.

「말씀대로 그에게 직접 죄가 있는 것은 아니지만 형이 죽었으니까 원심을 품고 변방에서 무슨 짓을 할지 압니까.」

사마윤은 표면상 이런 이유를 내세웠으나 실은 원수로서 제만
년과 싸우던 시절에 자기에 대해 나쁜 말로 조정에다 보고한 원한
을 지금껏 잊지 않고 있었던 것이다.

가후가 쫓겨나고 보니 이제부터는 조왕 사마윤의 세상이었다.
돌아간 태후와 태자가 복위되고, 황손 사마장(司馬臧)이 임회왕(臨
淮王)의 봉작을 받았다. 또 죽은 초왕의 아들 사마범(司馬範)도 양
양왕(襄陽王)이 되었다.

이렇게 하여 명분을 세워 놓은 다음 사마윤 자신은 태재(太宰)
가 되어 국정을 잡고, 도독중외제군사사(都督中外諸軍司事)로서
일체의 병권까지 장악해 버렸다.

그의 심복인 손수를 시중 겸 중서령에 앉히고, 허초 이하 10여
명의 장수들은 모두 장군으로 발탁했다.

또 제왕 사마경에게는 표기대장군(驃騎大將軍)에 사도(司徒)를
겸하도록 하고, 회남왕 사마윤에게는 역시 표기대장군에 사구(司
寇)를 겸하게 했다.

사마윤은 손수와 상의해서 조신(朝臣)들의 작을 크게 올리고 녹
봉을 늘여주었다. 가씨 일당을 치는 데 공이 있었다 하여 그 혜택
을 입은 자의 수효가 7백 명이나 되었다. 모두 환심을 사두자는 계
략에서였다.

사마윤은 다시 자기의 세자 과(夸)를 복야(僕射)에 임명하고, 상
부(相府)를 크게 열어 명사들을 불러 막하에 썼다. 다시 말해서 왕
감(王堪)·유모(劉模)를 좌우의 사마(司馬)로, 속석(束晳)을 기실(記
室)에 임명하고, 순송 등 10명을 중랑(中郎)에, 육기(陸機) 등 10명
을 참군으로 했으며, 채황(蔡璜) 등 20명을 연부(椽簿)로 삼았다.

조왕의 상부를 지키는 군사만 해도 1만 명이 넘어서 장홍이 이

를 관장했다. 세상은 완전히 그의 것이 되었다.

하루는 손수의 권고에 따라 가후를 죽이자고 상주했다. 사마윤의 위세에 압도되어 있는 혜제로서는 두 말이 있을 턱이 없었다.

「폐후(廢后) 가씨의 실덕은 만인이 아는 바니, 알아서 하라.」

조서는 번악(潘岳)이 썼다. 가후의 정부 노릇을 해서 출세한 그가 이제는 가후를 죽이는 조서를 기초하게 되다니, 운명이란 참 얄궂은 것이었다.

2. 사마윤의 전횡

사마윤은 마음대로 권력을 휘둘렀다. 황제를 비롯해서 누구 하나 그의 뜻을 거스르지 못했다.

그러나 세상일을 누가 알랴. 변천하는 권력의 기상도를 너무나 많이 목격해 온 사마윤으로서는 아무래도 불안했다.

그는 어느 날 손수와 상의했다.

「지금은 정국이 안정된 듯하지만, 위에 암군(暗君)이 계시는 한 또 누가 이를 업고 난을 일으킬지 어찌 알리요 과인 생각 같아서는 황태손이 나이 어리시되 총명하시니, 보위에 오르시도록 하면 어떨는지?」

어리석어도 황제는 황제다. 그가 사마윤을 좋게 생각하고 있을 까닭이 없은즉, 어떤 야심가가 황제를 끼고 조왕을 꺾으려 들지도 모르는 일이다. 그러기에 어린 임금으로 갈아치워 놓고 영구 집권의 태세를 더욱 견고히 함이 안전하겠다고 생각했던 것이다.

「좋으신 말씀이옵니다.」

조왕의 책사는 우선 원칙에는 이의 없음을 보였다.

「그러나 아직 그럴 때가 못되옵니다. 회남왕이 계신 것을 잊으셨나이까?」

듣고 보니 딴은 그랬다. 회남왕이 녹록치 않은 사람임은 조왕도 잘 알고 있었다. 더욱이 그는 황제의 형제가 아닌가. 결코 가만히 있을 턱이 없었다.

사마윤이 걱정하는 빛으로 물었다.

「그러면 어떻게 한다?」

그러나 손수는 간단히 말했다.

「쉬운 문제이옵니다.」

그는 상대의 의표를 찌르는 화술에 그 어떤 쾌감을 느끼고 있는지도 몰랐다. 책사란 대개 이런 부류의 인간이니까 말이다.

예상대로 사마윤의 눈이 둥그레지자, 그는 만족한 듯 미소를 띠며 말을 이었다.

「방해되는 것이 있으면 그것을 제거하는 수밖에 더 있겠습니까. 신에게 방책이 하나 있습니다. 내일은 입조하는 길로 상주하시되, 회남왕의 공에 비겨 그 직책이 너무 가볍다 하시고, 태위(太尉)로 임명하도록 청하시오소서. 태위는 아무리 높아도 문관이니까, 그에게서 병권을 박탈할 수 있지 않겠나이까. 이것이 겉으로 은혜를 베풀고 속으로는 권세를 깎는 길이지요 일단 병권을 내놓기만 하면 제아무리 지략이 있고 용맹이 있은들 무슨 소용이 있사오리까.」

크게 기뻐한 사마윤은 이튿날 혜제에게 청하여 회남왕을 태위로 임명했다. 어명을 받은 회남왕은 장사(長史) 진휘, 대장 맹평을 불러 상의했다.

「조정에서 갑자기 과인을 태위로 삼으신 이유가 무엇이겠는가? 아무리 태위가 고관이기로니, 친왕의 신분으로 어찌 신하들과 동렬(同列)에 서랴.」

진휘가 말했다.

「그야 전하로 하여금 병권에서 손을 떼게 하려면 그 수밖에 더 있겠나이까. 표면으로는 우대하는 척하면서 기실 권세를 빼앗으려는 수작이지요.」

「옳은 말씀이오.」

맹평도 동의했다.

「이는 폐하의 뜻에서 나온 것이 결코 아니옵니다. 올리고 내리는 것이 모두 조왕의 손에 있으니까 필연 손수가 잔꾀를 부렸을 것이옵니다.」

「흐음, 고약한 것들!」

크게 성이 난 회남왕은 어명을 전하러 왔다가 회답을 별실에서 기다리고 있는 시어사(侍御史) 은혼(殷渾)을 불러 화풀이를 했다.

「이 간사한 놈들! 과인에게서 병권을 빼앗는 것이 그리도 소원이더란 말이냐! 어느 놈의 음모냐? 바른 대로 대라!」

「전하, 신은 정말 모르나이다.」

은혼이 울상이 되었다.

「무어, 모른다고? 여봐라, 누가 없느냐! 저놈을 살살 쳐라. 행여 다칠라!」

은혼만 죽도록 맞은 끝에 감금되었다.

불같은 성미인 회남왕은 곧 정병(精兵) 7천에 맹평을 대장으로 하여 사마윤의 상부(相府)로 쳐들어갔다.

이에 놀란 사마윤은 둘째아들 사마건(司馬虔)과 장홍을 시켜 나가서 싸우게 했다.

회남왕은 친히 진두에 나서서 외쳤다.

「조왕이 손수와 작당하여 죄 없는 장화를 죽이고 이제 다시 과인까지 해치려 하니 가씨보다 나은 것이 무엇이냐? 위로는 성상을 두려워함이 없고, 아래로는 충량(忠良)을 없애서 나라를 기울이려 드니, 천인이 함께 용서 못할 바이다. 너희들은 당당한 금위병(禁衛兵)으로서 어찌 역당(逆黨)을 도와 난을 일삼는단 말이냐? 마땅히 충의로써 맹세하고 과인을 따라 일어나 대공을 세워라.」

가뜩이나 회남왕의 용맹을 두려워하던 조왕의 군사들은 이 말을 듣자 흐지부지 태반이 흩어지고 회남왕의 진영으로 돌아 붙는 사람도 적지 않았다.

이렇게 되니 대세는 결정적이었다. 더구나 회남왕의 군사들은 강회(江淮)에서 뽑힌 일기당천의 용사들이었다. 조왕의 군사들은 부중(府中)으로 도망쳐 들어가서 대문의 수비에 전력을 기울이는 것이 고작이었다.

회남왕의 군사는 상부를 완전히 포위하고 활을 비 오듯 쏘아댔다. 사마윤이 앉아 있는 근방에까지 화살이 날아와 떨어졌다.

그러나 사마윤도 물론 가만히 있지만은 않았다. 친히 화살 속을 헤치고 다니면서 군사들을 독려했다. 조병들은 높은 다락에 올라가서 화살을 있는 대로 퍼붓고, 담을 기어오르려는 적병에게는 뜨거운 물을 끼얹었다.

싸움은 사마윤에게 불리했지만 사흘까지 거뜬히 버텨내자, 회남왕도 약간 거리를 두고 진을 벌인 채 쳐들어오지 못했다.

이때 중서감 진회는 자기 동생 진휘가 회남왕에게 가담해 있었으므로, 우선 싸움을 중지시킨 다음에 손수를 잡아 죽이려 생각하고 혜제에게 청했다.

「지금 조왕과 회남왕께서 서로 대군을 휘동해 싸우시니 민심이 매우 흉흉하옵니다. 그렇다고 시비곡직이 분명한 싸움도 아니오라 더욱 난처하나이다. 원컨대 성상께서는 신에게 금위병을 지휘케 허락하시고, 추우기(騶虞旗)를 아울러 내리신다면 신이 나가 양군을 화해시키겠나이다.」

「일리가 있는 말이야.」

혜제는 고개를 끄덕였으나 들어주지는 않았다.

「그러나 그대는 문관이니 어찌 장수 노릇을 하겠느뇨 복윤(伏胤)을 불러라. 그는 양왕(梁王)을 도와 오랑캐 토벌에서 공을 세운 대장인즉, 그를 시키겠노라.」

일은 엉뚱하게 되어 복윤이 가게 됐다.

조정의 이런 기밀을 재빨리 탐지한 손수는 조왕과 상의하여 복윤에게 큼직한 약속을 했다. 원래 복윤은 손수와 가까운 사이였는지라 그러지 않아도 조왕을 돕고 회남왕을 꺾을 생각을 했었는데, 손수로부터 큼직한 벼슬자리까지 약속을 받고 보니 불감청이언정 고소원(不敢請固所願)이었다.

이튿날 아침, 복윤은 3백의 금병을 태재부 정문 앞에 벌여 세운 다음 추우기를 펄럭이며 외쳤다.

「황제의 칙명이다. 양군은 즉각 싸움을 멈추고 군사를 거두어라! 여기 추우기가 보이지 않느냐!」

회남왕도 추우의 번(旛)을 보자 그만 기가 꺾이고 말았다.

조왕은 부중에서 희색이 만면하여 안도의 숨을 내쉬었다.

복윤은 마상에서 다시 소리쳤다.

「회남왕은 속히 나와 황제의 칙서를 받으시오」

맹평이 말했다.

「혹시 무슨 흉계가 있을지 모르니 대왕은 나가지 마십시오 신이 대신 나가 칙서를 받겠습니다.」

「아니다. 지친(至親)인 고(孤)가 받지 않으면 폐하에게 불경이 된다.」

회남왕은 말에서 내려 뚜벅뚜벅 복윤에게로 다가갔다.

맹평은 어쩐지 가슴이 설레었다. 그도 몇 걸음 뒤쳐져서 회남왕의 뒤를 따랐다.

회남왕이 다가오자 복윤은 말에서 내려 짐짓 의연한 태도로 기다렸다.

회남왕이 그의 앞에 이르러 한쪽 무릎을 꿇고 두 손을 들어 칙서를 받으려는 순간이었다. 복윤은 날쌔게 칼을 뽑아 약간 수그린 회남왕의 목덜미를 후려치는 것이 아닌가. 회남왕은 그만 외마디 신음소리와 함께 땅에 쓰러지고 말았다.

맹평이 급히 달려들어 복윤을 취하였으나, 워낙 다급하여 정신이 통일되지 않았기 때문에 칼은 빗나가 복윤의 허벅지를 건드렸을 뿐, 오히려 복윤의 칼을 정면으로 받고 쓰러졌다.

병사들이 동요하는 것을 본 복윤은 승화문 문루에 올라가 큰 소리로 외쳤다.

「모두 듣거라! 두 왕이 서로 권세를 탐내어 싸움을 벌이니 제경(帝京)을 어지럽힌 죄가 반역과 같은 것이다. 그러므로 성상께서 두 왕을 함께 주(誅)하라 하시매 조왕은 이미 왕우(王祐)에 의해 목을 바친 바이다. 너희들의 죄는 불문에 붙일 것인즉, 어서 영내로 돌아가 근신해라. 이 추우기가 안 보이느냐. 만일 이 뜻을 받들지 않다가는 삼족(三族)에까지 화가 미치리라!」

가뜩이나 왕과 장수를 함께 잃은 군사였다.

추우기가 갖는 권위 앞에서 항거할 수 있는 일이 아니었다. 군사들은 뿔뿔이 흩어지고 말았다.

기뻐한 조왕은 곧 입궐하여 상주했다.

「회남왕 사마윤(司馬允)이 용맹을 믿어 맹평 등과 꾀하고 대역(大逆)의 뜻을 일으켜 망동하기에 부득이 이에 목을 베어 그 뜻을 아뢰나이다.」

아무리 어리석다고 해도 동기가 죽은 것을 좋다고 할 까닭이 없었다. 혜제는 뜻밖에도 불쾌한 표정으로 복윤에게 물었다.

「짐이 경에게 추우의 번을 주어 가게 한 것은, 조왕과 회남왕의 싸움을 말리라는 뜻이지, 어느 일방을 주하라고 하지는 않았을 텐데, 어인 일이오?」

복윤은 머리를 조아린 다음 슬쩍 동여맨 허벅다리를 내밀어 보이며 아뢰었다.

「아뢰옵기 황공하오나, 회남왕은 추우의 번을 대하고도 믿지 않고 오히려 소신에게 칼을 들이대었기에 그만……」

사마윤은 복윤이 말끝을 맺지 못하자 그 말을 받고 나섰다.

「추우의 번을 대하고도 칼을 휘두르는 것은 분명 역심을 품었던 증좌이온 줄 아나이다. 회남왕은 그의 일당과 모든 준비를 갖추고 있었사옵니다. 폐하께서도 화를 당해 보셨어야 그의 소행을 아시겠다는 것이옵니까?」

노골적인 협박이었다. 자기의 세력을 갖지 못한 황제는 약했다.

「아니, 그런 것이 아니고 하도 놀라워 한 말이오 잘 알았소 사직을 위해 언제나 진충갈력하니 고맙소」

이것으로 물러날 사마윤이 아니었다.

「황공하오이다. 역신이 복주(伏誅)했사온즉 조칙을 내리시어 신민들로 하여금 성지(聖旨)를 알게 하심이 옳을까 하나이다.」

황제로서야 반대하고 나설 명분이 없었다.

손수가 기초한 조칙이 곧 내외에 반포되었다.

물론 회남왕의 반역을 토벌한 조왕의 공을 극구 칭찬하여 주공(周公)·소공(김公)에 비유한 내용이었다.

사마윤은 회남왕의 가족을 모두 죽이려 했으나 제왕의 반대로 보류되고, 맹평의 식구는 하나 안 남기고 참형에 처했다.

전날 제만년을 죽여서 큰 공을 세우고, 또 가후를 도와 양준 도당을 제거하는 데 결정적인 역할을 하여 그 작록이 상곡군공(上谷郡公)에 이르러 영지(領地)에 나가 있던 맹관은 바로 맹평의 친형이었다.

손수는 곧 진경주(秦涇州) 총관 동기(桐機)에게 황제의 밀조를 보내어 맹관의 수급을 베어 바치도록 하였다.

동기는 본래 조왕 사마윤의 입김으로 사공(司空)의 벼슬까지 한 위인이었기 때문에 그의 뜻을 좇을 생각은 간절하나, 맹관의 용맹이 두려워서 감히 하수를 못했다. 그는 꼬박 하룻밤을 궁리한 끝에 이튿날 잔치를 베풀고 맹관을 청했다. 명목은 자기의 생일잔치라고 했다.

맹관은 동기의 초대를 받자 쾌히 응낙하고 불과 수명의 군사를 휘동하여 총관의 관저로 갔다. 그러나 맹관은 그곳에서 꼭 한 잔의 술을 마신 것이 이승에서의 마지막 잔이 되고 말았다.

동기는 술에 마취약을 타서 맹관에게 먹였고, 그 한 잔 술을 받아 마신 맹관은 의식을 잃고 목을 잘리고 말았으니, 진조(晉朝) 제일의 영용한 장수의 말로 치고는 실로 어이없는 일이었다.

이 밖에도 회남왕을 추종하던 장졸과 문무관원 가운데서 억울하게 주륙을 당한 인원이 백여 명을 헤아렸으니, 그 참혹함과 잔인함은 여기에 일구난설(一口難說)이다.

3. 녹주(綠珠)

눈물짓는 사람이 있으면 웃는 사람이 있다.

때를 만난 것은 복윤과 손수(孫秀)였다. 복윤은 회남왕을 속여서 죽인 공으로 표기대장군이 되었다. 회남왕이 가지고 있던 벼슬이다.

손수의 발호는 더욱 심했다.

이번 일의 성공이 자기에게 있었다고 믿는 그는 조왕을 등에 업고 *호가호위(狐假虎威)하면서 무슨 짓을 하던 거리낌이 없었다. 그의 눈짓 하나, 말 한 마디가 벼슬을 올리고 내렸다. 그의 집에는 이권을 찾는 무리들이 파리 떼처럼 모여들었다. 이런 부류들이 바치는 뇌물에 맛을 들인 손수는 드디어 적극적으로 떨쳐나서기에 이르렀다. 관리든 상인이든 짭짤한 물품을 가지고 있다고만 들으면 사람을 보내 빼앗아왔다.

「댁에 좋은 산호가 있다니 좀 빌려주십시오 손수 대감께서 보시고 돌려드리겠다 하십니다.」

이렇게 되면 다였다. 가져간 물건이 돌아올 리 없었고 만일 거절이라도 했다가는 오래지 않아 누명을 쓰고 죽어야 했다.

오늘날에도 부자라면 석숭(石崇)을 예로 들거니와, 그는 바로 이 시대의 사람이었다. 중국 제일의 부호로 귀중한 보물을 천자보다도 많이 가지고 있다는 석숭은 당시 산기상시(散騎常侍)라는 벼슬에 있었다.

그 당시 사람들은 부자라면 석숭과 왕개(王愷)를 들었다. 왕개는 왕태후의 동생으로 부귀함이 비길 데 없었건만, 그도 석숭에 견주면 그 반도 못 미치는 터였다.

석숭에게는 녹주(綠珠)라는 미인 첩이 있었다. 6곡(斛 : 1곡은 열 말)의 구슬을 퍼주고 사왔다 하여 이름이 녹주였다. 그만큼 예뻤고 음률(音律)·무용·서화에 이르기까지 놀라운 재간이 있었다. 석숭이 더없이 사랑하는 것도 무리가 아니었다. 그가 집에 있을 때는 잠시도 녹주를 곁에서 떠나지 못하게 하였다.

녹주도 석숭의 극진한 사랑에 감복하여 정성껏 그를 섬겼다.

어느 날, 석숭은 손수의 초대를 받아 그의 집으로 갔다.

몇 순배 술잔이 오간 다음 손수는 간악한 웃음을 입가에 띠면서 석숭에게 난제(難題)를 걸어왔다.

「석 대인, 제게 꼭 한 가지 청이 있는데 들어주지 않겠습니까?」

「시중(侍中)의 한 가지 청이 무엇인지 제 힘으로 가능하면 들어 드려야죠.」

「가능하고말고요.」

「어서 말씀해 보시오.」

「대인께서 데리고 있는 녹주라는 계집을 제게 주십시오. 값은 대인이 요구하시는 대로 드리겠습니다.」

「아니, 그것만은 곤란합니다. 모처럼 시중께서 말씀하시지만……」

「뭘 그러시오? 그까짓 한낱 계집 가지고 주시겠지요? 하하하!」

「아무래도 그것만은……」

「대인이 그 계집을 구슬 여섯 곡으로 사셨다니, 나는 그 갑절을 드리리다.」

「값이 문제가 아니라……」

「며칠 말미를 드릴 테니 잘 생각해 보시오.」

총총히 손수의 집을 나서 집으로 돌아오는 석숭의 얼굴에는 근심이 가득하였다.

'그놈이 기어이 나에게까지 올가미를 씌우는구나. 이 일을 어떻게 모면한단 말이냐!'

석숭의 입에서는 절로 긴 한숨이 새어나왔다.

이윽고 집에 당도하자, 여느 때처럼 녹주가 제일 먼저 달려 나와 그를 맞았다.

녹주는 문득 석숭의 얼굴빛이 좋지 않음을 보고 놀라 물었다.

「어디 불편하신 데라도 있사온지? 나리의 신관이 좋지 않사옵니다.」

「아니다. 고약한 술을 좀 먹었더니 그런가 보다. 네 손으로 다시 따뜻한 술상을 차려오너라. 녹주의 술 한 잔만 마시면 거뜬해지겠지, 허 허 허!」

녹주는 살짝 귀엽게 눈을 한 번 흘기고는 곧 종종걸음으로 안으로 들어갔다.

잠시 후 녹주는 조촐한 술상을 손수 들고 들어왔다.

「자아, 우리 녹주 아씨의 술을 한 잔 마셔 보자.」

녹주는 생긋 웃으며 하얀 백옥 잔에 노르께한 동정춘주(洞庭春酒)를 찰찰 넘치도록 따라, 잔을 두 손으로 받쳐 들고 석숭의 입에 대어 주었다.

「허허, 네가 입에 넣어주니, 오늘은 술맛이 더욱 좋겠구나.」

석숭이 백옥 잔에 입을 대니 그의 탐스러운 콧수염이 술에 잠겼다. 녹주는 얼른 잔을 들었던 한 손을 빼어 그의 수염을 헤쳐준다. 정말 하나에서 열까지 민첩하게 머리를 쓰는 여인이다.

'요렇게 살뜰하고 귀여운 녹주를 그놈이 달라하니.'

석숭의 입에서는 불현듯 다시 한숨이 흘러 나왔다.

녹주는 아무래도 오늘따라 석숭의 태도가 이상한지라 다시 물었다.

「나리, 오늘 조정에서 무슨 일이 있으셨나이까?」

「아 아니, 별일 없었다.」

「그럼 왜 지금 한숨을 쉬셨어요?」

「그랬나? 실은 오늘 손 시중이 내게 어려운 청을 강요하더구나……」

「무슨 청이었나요?」

「네가 알 것은 아니다.」

「듣건대, 손 시중은 재물에 탐욕이 이만저만이 아니라 하는데,

혹시 나리에게 무슨 보물이라도 청했는지?」

「허허, 녹주 네가 알 것은 아니라 해도」

「아이, 나리도 나리의 근심은 곧 소첩의 근심이 아니오이까. 어서 말씀해 주시와요」

녹주는 석숭에게 바싹 다가앉으며 그 보드라운 손으로 석숭의 무릎을 흔들며 졸랐다.

「그래 보물이다. 내게는 그 무엇과도 바꿀 수 없는 귀여운 보물이지.」

석숭은 녹주의 등을 어루만지며 혼잣말처럼 중얼거리다가, 문득 자기 말에 놀라 입을 꽉 다물고 말았다.

그러나 영리한 녹주는 석숭의 그 말뜻을 재빨리 알아차렸다. 녹주는 깜짝 놀라 눈을 초롱초롱하게 뜨고 석숭을 쳐다보았다.

「애, 녹주야. 오늘은 네 생황(笙簧) 소리를 한번 들어 보자꾸나. 어서 한 곡 켜다오」

석숭은 짐짓 딴전을 부렸다. 녹주의 신경을 다른 데로 돌릴 심산이었다. 녹주는 말없이 일어나 대청에 놓아둔 생황이 놓인 데로 갔다. 퉁, 퉁, 퉁 몇 번 가락을 고르더니 이윽고 비창한 음률이 고요한 밤의 넓은 저택 구석구석까지 울려 퍼졌다. 녹주의 입에서는 생황의 가락에 맞춰 한 가닥 노래가 흘러 나왔다.

앵두알 같은 새빨간 입술이 붉은 점을 찍었구나.
높고 낮은 두 가닥 노래가 구슬을 깨어 봄을 뿜는다.
향기로운 혀가 무쇠 검을 뺄어서
나라 망치는 간신을 베려 한다.

一點櫻桃啓絳脣 일점앵도계강순
兩行碎玉噴陽春 양행쇄옥분양춘

丁香舌吐衡鋼劍　정향설토형강검
要斬姦邪亂國臣　요참간사난국신

에는 듯 찌르는 듯, 높았다가 자지러지고 낮았다가 까무러지는 녹주의 노래와 생황의 음률은 듣는 이의 심금을 한껏 울려놓았다.

생황의 여운이 가시자 석숭은 나직이 녹주를 불렀다.

「애, 녹주야. 너 그 노래를 언제 배웠느냐? 그것은 옛날 초선(貂蟬)이 동탁(董卓) 앞에서 부른 노래가 아니냐?」

「예, 그러하옵니다.」

간신히 대답을 마친 녹주는 달려와 와락 석숭의 품에 안기며 흐느껴 울기 시작했다.

「나리, 소첩은, 소첩은, 결코 초선이 되지는 않겠나이다. 죽어도 그럴 수는 없나이다.」

「녹주야 울지 마라. 나도 너를 초선이가 되어 달라고는 하지 않겠다.」

녹주는 계속 흐느끼며 말한다.

「나리, 소첩이 비록 천한 몸이오나 어찌 두 지아비를 섬기오리까. 죽어도 그러지는 못하겠나이다.」

그로부터 열흘이 지났다.

손수는 다시 석숭을 불러 재촉했다. 그러나 석숭의 대답은 여전히 분명치가 않았다. 손수는 이에 한 가지 궤계(詭計)를 생각해 냈다. 그는 곧 사마윤에게 아뢰기를,

「이제 조정이 어지간히 안돈되었사오니, 대왕은 천자께 주달하여 한번 크게 수렵연(狩獵宴)을 갖도록 하십시오. 만백성들에게 대왕의 위엄을 한번 보일 필요가 있는 것으로 아옵니다.」

「그것 참 좋은 의견이오. 마침 때도 가을이니 잘 됐구려.」

사마윤은 이튿날 혜제를 알현하고 함께 사냥 나갈 일을 말하였다. 허수아비에 지나지 않는 혜제는 반대하지도 않았다. 그 날로 사마윤은 모든 조정의 문무관원에게 수렵연을 통고하여 준비를 시켰다.

10월 초의 인일(寅日)을 택하여 마침내 거창한 황제의 수렵이 실현되었다. 엽지(獵地)는 낙양 성 밖 50리 허에 있는 구릉이었다.

이날 연도에는 남녀노소 할 것 없이 백성들이 구름처럼 모여들어 보기 드문 천자의 행차를 구경하였다. 황제의 연 바로 뒤에는 찬란한 일산(日傘)을 높이 받쳐 들고 백마 위 황금안장에 높다랗게 앉은 조왕 사마윤이 따랐다.

백성들은 황제의 연보다도 삼엄하게 철갑병에 앞뒤를 호위 당한 조왕의 위세를 보고 모두들 놀란 눈을 치떴다. 조왕의 뒤를 시중 손수와 표기대장군 복윤이 나란히 따르고, 그 뒤를 문무백관이 따르는데, 거창하고 장엄한 행렬은 10리에 뻗쳤다.

행렬이 사냥터에 이르자, 사마윤은 혜제에게 연을 내려 말에 옮겨 타도록 종용했다, 그러나 혜제는 본시 나약한 위인이라 기마에 서툴렀다.

「짐은 구경만 할 터이니 태재가 앞장서시오」

사마윤은 그럴 줄 알았다는 듯이 가볍게 머리를 한 번 조아린 다음 혜제 앞을 물러났다.

드디어 몰이가 시작되었다. 고요하던 숲과 언덕에 별안간 바라 소리와 징소리, 그리고 군사들의 고함소리가 요란하게 울려퍼졌다.

석숭은 이날 다른 사람보다 두드러진 사냥차림을 하고 있었다. 그가 탄 말에서부터 몸에 지닌 일체의 장구가 값진 것이었다.

마침 그의 앞을 한 마리의 사슴이 뛰어 달아났다. 석숭은 활시위를 당기며 말을 몰았다. 씽 하고 화살이 날았다. 그러나 맞지 않았다. 사슴은 가까이 떨어지는 화살에 놀라 뛰는 방향을 바꾸어 달아났다. 석숭은 말을 채찍질했다. 두 번째 화살을 날렸다. 또 맞지 않았다. 사슴은 어느덧 언덕 위에 있었다. 흘낏 한번 뒤를 돌아본 사슴은 그만 언덕 너머로 자취를 감추어버렸다.

석숭은 정신없이 말을 몰아 언덕배기에 당도했다. 고개 아래는 숲이었다. 놓친 사슴이 보일락 말락 나무 사이를 뛰고 있었다. 석숭은 힘껏 말 옆구리를 걷어차며 숲 속으로 말을 몰았다.

아직 숲까지 당도한 사냥꾼은 아무도 없는 것 같다.

바로 이때, 난데없이 한 마리의 멧돼지가 덩굴 그늘에서 후다닥 튀어나오더니, 이놈은 영문도 모르고 거꾸로 언덕배기를 향하여 쏜살같이 내달았다. 덩치가 송아지만큼이나 큰 놈이었다.

석숭은 사슴을 버리고 얼른 말머리를 돌려 이번에는 멧돼지를 쫓았다. 그제야 언덕 위와 숲 어귀에는 수렵 기마들이 삼삼오오 떼를 지어 나타났다.

모두들 멧돼지를 향하여 말을 몰며 화살을 겨누고 있었다.

석숭이 막 숲을 벗어나 힘껏 활시위를 당겼을 때다. 홀연 앞에서 쌩 하고 화살 한 개가 날아오더니 석숭의 가슴에 탁 꽂히는 것이 아닌가.

석숭은 외마디 신음소리와 함께 말 아래 떨어지고 말았다. 가까이 있던 수렵꾼이 달려왔을 때는 이미 석숭의 숨결은 실낱같았다.

산기상시 석숭이 빗나간 화살을 맞고 죽었다는 기별은 곧 사마윤과 손수에게 알려졌다. 손수는 내심 쾌재를 불렀다. 계획대로 들어맞은 것이다.

그러나 대부분의 문무백관들은 석숭의 죽음을 우연한 사고로 알고 애도의 뜻을 표했다.

뜻밖에 석숭이 사냥터에서 횡사했다는 기별을 받자, 석숭의 집안은 온통 비탄에 잠겨버렸다. 녹주는 누구보다도 석숭의 죽음을 서러워했다. 그녀의 생각으로는, 아무래도 석숭의 죽음이 손수의 궤계인 듯하였다.

꼬박 눈물로 한밤을 지새운 녹주는 첫닭이 울자 자리에서 일어나 몸단장을 고쳤다. 그리고는 장롱 밑바닥에서 조그만 종이봉지를 꺼내 봉지 속에 든 것을 찻잔에 털어 넣었다.

날이 밝은 다음, 시녀가 녹주의 방문을 열었을 때는, 그녀는 입에서 한 줄기 피를 토하고 방바닥에 쓰러져 죽어 있었다. 머리맡에는 유서 한 통이 남아 있었다.

<나리, 이렇게 될 줄 알았으면 차라리 소첩이 초선이나 될 것을, 실로 원통하옵니다. 이제 소첩도 나리의 뒤를 따르오나, 죽더라도 기어이 원귀(寃鬼)가 되어 손가(孫家)에게 원수를 갚겠나이다.>

4. 조왕은 제왕까지 내치고

손수의 횡포가 이러하니 사마윤의 권세야 가히 짐작할 일이었다. 그가 마침내 괴뢰에 불과한 황제를 내쫓고 스스로 용상에 오를 것을 꿈꾸기에 이른 것도 당연하다면 당연한 일이었다.

하루는 장형(張衡)이 사마윤에게 아첨했다.

「우매한 황제를 폐하시고, 이제 대왕께서 천자의 위에 오르실 때가 된 줄로 아옵니다.」

사마윤은 회심의 미소를 지으며 손수를 불러 상의했다.

손수가 말했다.

「아직 시기상조인가 하옵니다. 지금 제왕(齋王)이 거기장군(車騎將軍)으로 계셔 그 위엄과 명성이 매우 무겁습니다. 하물며 대왕과 동렬에 있다가 갑자기 신사(臣事)하려 하겠나이까. 큰 뜻을 펴시기에 앞서 제왕을 제거하십시오.」

사마윤이 듣고 말했다.

「이번 회남왕의 일로도 하마터면 실패하여 도리어 화를 당할 뻔했는데, 이제 또 제왕을 무슨 수로 제거한단 말이오?」

손수가 책사다운 면목을 발휘했다.

「신에게 계책이 있사옵니다. 내일 조정에 나가셔서 상주하시기를, 제왕은 국가에 대공이 있으니 평천장군(平泉將軍)에 봉하고 황월(黃鉞)을 하사하시어 위(魏)의 옛 도읍인 허도에 주둔하여 북국 일대의 일을 전단(專斷)토록 하시라 하소서. 이것은 회남왕의 경우처럼 군권을 빼앗는 것이 아니고 도리어 큰 권한을 부여하는 것이니 어쩌면 기뻐할지 모릅니다. 이렇게 해서 쫓아내신 다음에 황태손을 세우시든 자립하시든 뜻대로 하시옵소서.」

이튿날, 사마윤은 그대로 일을 추진시켰다. 처음 이 소식을 들었을 때 제왕은 손수의 예상과는 달리 노발대발했다.

「이놈이 회남왕을 죽이더니 이번에는 과인 차례냐? 가후를 축출할 때 우리 둘이 협력했기에 대사를 이루었던 것인데, 이리도 배은망덕하단 말이냐. 그래, 나를 외지로 내몰고 나서 무엇을 하겠다는 게야?」

어찌나 화를 냈던지 주먹으로 탁자를 치는 바람에 탁자 다리가 뚝 부러져나갔다. 이때, 장사(長史) 손순(孫洵)이 간했다.

「전하! 고정하시옵소서. 대왕께서는 조왕과 장단강약을 겨루어 보시려 하시나이까? 이는 섶을 안고 불에 뛰어드는 격이니, 필부의 소행입니다. 지금 조정에 가득한 것이 조왕의 파당이고, 손수가 간사하여 못하는 짓이 없습니다. 전일에 회남왕이 당한 꼴을 목격하지 않으셨나이까?」

「나라고 조왕의 권세가 어떤지 모르기야 하겠나. 그렇지만 참는 것도 유분수지, 이것이야 어찌 간과한단 말인가!」

제왕 사마경의 노여움은 좀처럼 풀리지 않았다.

「전하!」

손순이 한 걸음 앞으로 다가섰다.

「마침 일이 잘되었는데, 왜 이리 역정을 내시나이까?」

「뭣이? 잘됐다고?」

사마경이 언성을 높였다.

「그렇습니다. 잘 생각해 보시오소서.」

손순은 어디까지나 침착하게 말했다.

「전하께서 이대로 여기에 머무르시는 것을 영광으로 여기시나이까? 신이 생각하기에는, 조왕 곁에 있음은 마치 호랑이와 한 방에 거처하는 것이나 다름없는가 하나이다. 언제 그의 모략으로 무슨 일을 당하실지 모르는 일이 아니오니까?」

이 말에는 사마경도 짚이는 데가 있는지 관심을 보였다.

「하기는 그도 그렇구먼!」

손순이 다시 말을 이었다.

「옛날 춘추(春秋) 말엽에 조(趙)의 양자(襄子)는 진(晋)의 지백(知伯)이 위(魏)·한(韓)을 교묘히 이용하여 함께 진양(晋陽 : 조趙의 본거지)을 3년 동안이나 포위하여 수공(水攻)을 하는 것을 참고 견디다가 마침내는 위와 한을 거꾸로 조 편으로 끌어들여 지백을 멸망시켜서 그의 해골을 변기(便器)로 사용했다 합니다. 그때 세상 사람들은 모두 지백이 천하를 제패할 것으로 믿었던 것입니다. 지금 대왕께서 조왕과 손수의 계책을 짐짓 받아들여 허창에 나가셔서 은밀히 병사를 기르고 여러 친왕들과 내통하셨다가 조왕이 역심을 표면에 드러낼 때 결연히 궐기하신다면, 북 한 번 쳐서 천하는 대왕에게 합세할 것이며, 간적은 쉬 토멸될 것입니다. 이는 곧 조양자가 지백을 쓰러뜨린 술책과 같은 것이니, 대왕은 조금도 싫은 표정을 짓지 마십시오」 (*漆身呑炭칠신탄탄)

「아, 옳거니!」

사마경은 크게 기뻐하여 이튿날로 태재부에 나가 사마윤에게 인사를 차렸다.

「불민한 저를 무거운 자리에 써주시니 무엇이라고 감사의 말씀을 올려야 할지 모르겠습니다. 처음 듣고는 너무나 감격에 벅차 어리둥절했습니다. 이렇게까지 대왕의 은공을 받았으매 무엇이든 분부만 하십시오. 견마지로(犬馬之勞)를 사양치 않으리다.」

이 소리를 들은 사마윤은 입이 딱 벌어졌다.

「원 별말씀을 다 하십니다. 조카님께서 쾌히 응낙해 주시니 나의 근심이 적이 놓이는구려. 다 폐하의 성은이지요. 그러나 지금 세상이 어지러운 터이니까, 대왕의 위엄이 아닌들 어찌 지방을 진무(鎭撫)하리까. 황월을 받으신 바엔 누구라도 무도한 자 있거든 뜻대로 정벌하십시오. 조정의 결정을 기다릴 것도 없습니다. 과인은 조카님만 믿을 것이니 힘을 합해서 잘해보십시다.」

기분이 어지간히 좋았든지 '조카님' 소리까지 나왔다. 사마경은 허도로 떠났다.

사흘 후, 사마경은 조왕과 손수, 그리고 만조백관의 전송을 받으며 낙양을 떠나 허창으로 향했다. 그가 영솔하고 가는 인마는 도합 5만이었다.

제14장. 지방의 반란

1. 조흠과 강발

제왕(齋王)이 순순히 떠나자 조왕 사마윤은 마음을 놓았다. 그는 손수를 불러 말을 꺼냈다.

「이제는 나도 안심했네. 그대의 꾀가 묘했어!」

「그러나 아직 이릅니다.」

손수가 말했다.

「제왕이 떠났으니 도읍에서야 문제가 없습니다만 지방 일이 걱정입니다.」

「지방 일?」

조왕으로서는 알 수 없는 소리였다.

「그러하옵니다. 지금 조흠(趙歆)이라는 자가 서촉(西蜀)의 병권을 모두 쥐고 있습니다. 잊으셨는지 모르겠사오나 그 사람은 가후(賈后)의 인척인 까닭에 반드시 불평을 품고 있을 것입니다. 지금은 은인자중하고 있기는 하나 명분만 생기면 어찌 가만히 있겠나이까. 그런즉 앞서 조흠을 제거해야 됩니다. 그렇다고 그대로 불러서는 의심하여 오지 않을 것이니 조칙을 내리도록 해서, 나라를 지키고 서촉을 다스린 공이 큰지라 대장군에 봉해 맹관이 관장하던 직책을 맡기겠으니 입조하여 대명을 받으라고 하옵소서. 이렇게 하면 기뻐하여 달려올 것입니다.」

기뻐한 사마윤은 곧 심복인 원총(袁寵)에게 조칙을 들려 서촉으로 보냈다. 또 조흠이 의심하여 오지 않을 경우를 생각하여 문산(汶山)의 태수 경등(耿藤)을 성도자사로 임명하여 곧 부임하도록 명령했다.

그러나 조흠도 그렇게 호락호락한 사람은 아니었다. 가후가 거세된 이래 가뜩이나 겁을 먹고 있던 차에 도리어 승진시키겠다고 입조하라는 것이 수상쩍었다.

그는 곧 휘하의 장수 두숙(杜淑)·장찬(張燦)·상준(常俊)·비원(費遠)·허암(許晻)·위옥(衛玉) 등을 소집했다.

두숙이 말했다.

「장군께서는 돌아가신 황후 낭랑의 인척이 아니십니까. 지금 황후와 조금이라도 관계있는 사람은 모조리 죽이는 세상입니다. 저 맹관까지 화를 입었다 하지 않습니까. 실례가 되는 말씀인지 모르겠으나, 장군께서 지금껏 무사하실 수 있었던 것도 먼 고장에 떨어져 계셨기 때문입니다. 그런데도 불구하고 높은 관직까지 주어 부른다는 것이 될 말입니까. 결코 가지 마십시오. 가셨다가는 함정에 빠질 것입니다.」

장찬이 의견을 말했다.

「일이 뜻대로 되면 왕(王)이 되고, 실패하면 역적으로 몰리는 것(成則君王성즉군왕이요 敗則逆賊패즉역적)이 아니겠습니까. 대장부로 태어나매 마땅히 뜻을 펴볼 것입니다. 어찌 알면서 목숨을 내놓아 소인배의 세력을 도와주시겠습니까. 다행히 여기는 천험의 땅입니다. 이곳에서 검문(劍門)을 굳게 지키며 천하대세를 관망만 하십시오. 일의 성패는 결정된 것이 결코 아닙니다.」

장수들은 모두 이 말에 찬성했다. 장내에는 제법 살기가 떠돌고 있었다.

　한참 생각에 잠겨 있던 조흠이 고개를 들었다.

　「모두 감사하오. 이 어려운 시기에 나를 버리지 않는 우의를 길이 잊지 않으리다. 그러나 천하의 군세와 맞서기 위해서는 너무나 내 힘이 약하구려.」

　이 소리를 듣자 장수들이 다시 말을 꺼냈다.

　「장군께서는 걱정 마십시오. 제가 두 사람을 천거하오리다. 이 사람들의 도움만 받으신다면 어찌 조왕쯤 겁낼 것이 있겠습니까.」

　방안의 시선은 일제히 장찬에게 쏠렸다.

　「장군께서도 강유(姜維)를 아시겠지요?」

　「강유라니, 저 촉한의 대장군이던……」

　「그렇사옵니다.」

　장찬은 미소를 머금었다.

　「그 강유의 아들이 지금 이곳에 난을 피해 와 있습니다. 이름을 강발(姜發)이라 하옵고, 그 아우는 강비(姜飛)라 합니다.」

　「아, 그래?」

　조흠뿐이 아니었다. 모두 놀라는 기색이 완연했다. 강유라면 제갈공명의 인정을 받던 명장이며, 그가 죽자 뒤를 이어 촉한의 전군을 지휘했고 적진에서 신출귀몰하여 천하를 놀라게 했던 사람이 아닌가. 그 사람의 아들이 여기에 와 있다니! 모두가 놀란 것도 무리가 아니었다.

　「강발로 말하면 그 부친의 병법을 그대로 전수한 인물입니다. 따지고 보면 제갈공명의 계통을 바로 이은 폭이지요. 그러므로 이 사람의 지략은 당대에 견줄 데가 없습니다. 결코 주처(周處)나 맹관(猛觀) 따위에 비할 바가 아닙니다.」

조흠은 말없이 고개를 끄덕였다. 강유와 제갈공명! 이름만 들어도 어마어마했다.

장찬은 자기 자랑이나 하듯 신이 나서 말을 이었다.

「또 그 아우 강비로 말씀드리면 용맹이 무쌍합니다. 능히 만인을 대적할 만한 호걸이지요. 촉한이 망하자 이 형제들은 청성산(靑城山) 속에 몸을 숨기고 살아가고 있습니다. 이들을 쓰시기만 하면 이곳을 수비하는 것은 문제가 아닙니다. 가히 천하도 도모하오리다.」

「아, 호한(好漢)이 여기에 있었구나!」

조흠이 감탄을 했다.

「그러나 그런 인물들이 내가 부른다고 응하겠소? 반드시 한조(漢朝)에 대한 절개를 굽히려 하지 않을 것이오.」

「이렇게 하시지요.」

두숙이 나섰다.

「절개도 절개지만 원래 부른다고 올 인물이 아닐 것 같으니, 장군께서 친히 찾아가십시오. 촉의 선주(先主)도 제갈공명에 대해 삼고초려를 하지 않았습니까.」

일은 더욱 어마어마해졌다. 삼고초려까지 나오고 보니 임금이 다 된 듯한 생각이 들었다.

「그리하여 사정을 설명하시고 부탁하십시오. 이 곤경만 모면하면 반드시 유씨(劉氏)의 후손을 찾아 이 땅의 왕으로 삼겠다고 하면 반드시 장군을 도울 것입니다.」

크게 기뻐한 조흠은 성대히 예물을 갖추어 두 명의 하인에게 들리고, 두숙을 앞장세워 강씨 형제를 찾아 길을 떠났다.

유비(劉備)가 다 된 듯한 기분이 들어 마음이 유쾌했다. 청성산까지는 한나절이 걸렸다.

바위로 된 봉우리는 깎아 놓은 듯 하늘에 치솟았는데 수목이 울창하여 가히 별유천지였다. 그럴수록 강발에 대한 신비감도 더해갔다.

이윽고 저만치 양지바른 임간(林間)에 두 채의 모옥(茅屋)이 눈에 들어왔다. 조흠이 두숙에게 물었다.

「저게 강발 형제가 사는 집이오?」

「아닙니다. 저 모옥은 그들의 어머니가 두 사람 종을 데리고 사는 집이고, 형제는 청성산 꼭대기 가까이에 따로 암자를 짓고 기거하며 심신을 단련하고 무예를 익히고 있는데, 한 달에 한 번 아래로 내려와서 노모에게 문후를 드린다고 합니다.」

「그럼 우리가 지금 가도 만나지 못하겠군.」

「우선 그들 노모의 환심을 산 연후에 형제를 만나는 것이 좋을 것 같습니다.」

이때, 강발 형제는 마침 한 달에 한 번씩 노모에게 문후를 드리기 위해 산을 내려가는 날이었다. 두 형제가 노모를 모시고 담반소찬(淡飯素饌)을 가운데 놓고 담소하고 있는데, 갑자기 까치소리가 들려왔다.

「웬 반가운 손님이라도 오려나, 까치가 울게?」

강발이 밖을 내다보며 지껄이자,

「너희 형제가 왔잖니. 내게는 니희들보다 더 반가운 사람이 어디 있나.」

노모가 웃으며 대꾸했다.

이때 밖에서 박탁(剝啄 : 문을 열라고 두드림)소리가 났다.

「네가 나가 보고 오너라.」

강발이 동자를 시켰다. 만나서 안될 사람이라면 미리 피하자는 생각에서였다. 강비는 동정을 엿보기 위해 뒤꼍으로 돌아갔다. 이 윽고 동자가 돌아왔다.

「벼슬하는 분인 것 같습니다. 두 분이신데, 지금 문 밖에서 공수(拱手)하고 서 계시며 그 뒤에는 하인이 무엇을 받들어 들고 있습니다.」

별로 해가 될 인물 같지도 않았으므로 강발은 의관을 정제하고 밖으로 나갔다.

「어떤 손이신데 이렇게 왕림하셨습니까?」

강발이 말을 걸자 조흠이 공손히 허리를 굽혔다.

「이 사람은 성도자사 조흠입니다. 선생의 고명(高名)을 듣고 흠모하여 뵈러 왔습니다만, 행여 예에 어긋났을까 저어됩니다.」

상대가 태수라니 모른 체할 수도 없었다.

「황감합니다. 어서 들어오십시오.」

강발은 공손히 초당으로 안내했다.

조흠은 아무리 권해도 상석을 피해 앉았다.

강발로서는 더욱 알 수 없는 일이었다.

「군후께서 친히 모옥을 찾으시니 어찌 된 일입니까. 저는 심산 궁곡에 들어와 고비를 캐먹고 지내는 사람, 조금도 법을 어긴 일이 없거니와, 그 무슨 질책이라도 내리실 일이 있으신지요?」

「원 천만의 말씀!」

조흠이 펄쩍 뛰었다.

「어찌 선생에 대해 추호라도 다른 뜻을 지녔겠습니까.」

그는 밖에서 기다리는 하인을 부르더니 예물 보따리를 강발 앞에 내놓았다.

「이게 무슨 일이십니까?」

강발이 되풀이하여 사양해도 한사코 떠맡겼다.

「어진 이를 찾아뵙는 성의의 표시일 따름입니다. 도로 가져가라 하심은 이 사람을 욕되게 하는 것입니다.」

이런 말까지 해가며 밀어 놓고는 말을 시작했다.

「제가 찾아온 것은 다름이 아닙니다. 저에게는 지금 작은 사건이 하나 생겨서 다소 난처한 처지에 있습니다. 듣자하니 선생께서는 천지의 조화를 가슴에 감추셨다 하매, 제 마음에 어찌 흠모함이 없겠습니까. 그렇다고 대현을 앉아서 부르는 예가 어디 있겠소이까. 그러기에 노부가 친히 찾아온 것이니, 부디 부중(府中)으로 함께 가셔서 제 소원을 풀어 주시기 바랍니다. 또 선생께서 이런 산중에 숨어 계시니 구슬이 진흙에 묻힌 것 같아 애석하기 짝이 없습니다. 원컨대 사양하시지 마십시오」

이 소리를 듣자 강발이 다소 냉랭하게 대답했다.

「제가 보잘것없는 사람이오나, 선친께서 충성으로 입절(立節)하셨고, 또 노모의 엄하신 가훈이 계시기 때문에 수양(首陽)의 자취를 좇을망정 주실(周室)의 영화를 탐내지는 않습니다. 모처럼의 말씀이시나 사양하겠습니다.」

그러나 이쪽에서 물러날 조흠이 아니었다.

「입신양명하여 부모를 드러냄이 효성의 으뜸이라고 성인께서도 말씀하셨습니다. 희세(稀世)의 재주를 썩히는 것이 어찌 선친을 위하시는 길이겠습니까. 더군다나 충을 말씀하시지만, 한실(漢室)이 무너졌다고는 해도 고왕(故王)의 자손이 엄연히 계신 터입니다. 어째서 이를 찾아내어 받드실 생각은 않으십니까. 저는 불민하지만, 선생을 위해 이를 취하지 않는 바입니다.」

아무리 강발이라도 나중 말에 대하여는 자기 귀를 의심했다. 이 사람은 진(晉)의 녹을 먹는 사람이 아닌가?.

조흠은 아랑곳없이 말을 계속했다.

「지금 천하가 진나라에 의해 통일되었다고는 해도 극도로 소란합니다. 선생께서야 한운야학(閑雲野鶴)을 벗 삼으시니, 속세의 돌아가는 모습을 모르실지 모릅니다. 지금 낙양에서는 권력을 에워싸고 골육상쟁이 끊일 날이 없는 형편입니다. 양준·장화가 죽었고, 초왕·회남왕이 억울한 꼴을 당했습니다. 그뿐입니까. 양태후가 폐출되고, 가후도 사약을 받으셨으며, 어진 태자마저 모략에 돌아가셨습니다. 흑백이 섞이고 정사(正邪)가 뒤범벅이 되니, *누가 까마귀의 자웅을 구별하겠습니까(誰知烏之雌雄수지오지자웅). 지금 천자께서는 자리를 지키실 따름이요, 모든 권세는 조왕에게 있는바, 간신 손수(孫秀)의 중상으로 저까지 해치기 위해 어명이라 속이고 입조를 명령해 왔습니다. 제가 만일 말을 따랐다가는 함정으로 뛰어드는 짐승이나 무엇이 다르겠습니까. 그러므로 선생을 찾아뵙고 충정을 쏟아 놓는 바이니, 다행히 선생의 지도를 힘입어 이 가시밭에서 헤어나기만 한다면 반드시 선생을 저버림이 없겠습니다. 듣자니, 소열황제(昭烈皇帝 : 유비劉備)의 자손이 농중(隴中)에서 유락(流落)하고 계시다 하온즉, 널리 찾아내어 선생과 함께 받들까 합니다. 이는 나의 진심이니 하늘을 두고 맹세하리다.」

한실을 다시 일으키자는 말에는 강발로서도 매력적이지 않을 수 없었다.

「높으신 뜻을 잘 알겠습니다. 지금 곤경에 계시다 하나 이곳을 굳게 지키고 움직이지 않는다면 낙양에선들 어찌하겠습니까. 큰 염려는 없는 듯하오니, 제가 나갈 것도 없겠습니다.」

「그것이, 그렇지가 않습니다.」

강발의 반응이 나쁘지 않은 것을 보고 힘을 얻은 조흠은 마지막 안간힘을 썼다.

「조정에서는 문산태수 경등을 이곳의 자사로 임명해 지금 부임해 오고 있는 중입니다. 그러기에 저의 처지는 매우 급박합니다. 선생께서는 수고스러우셔도 성도에 같이 가셔서 우선 경등을 물리쳐 주십시오 그 다음에 유씨를 찾아내어 한실의 부흥을 꾀하면 그 아니 좋겠습니까.」

강발로서는 성도에 나가 벼슬할 생각은 추호도 없었으나, 한실을 다시 세울 기회가 될지도 모르겠다 생각할 때 가만히 있기도 어려웠다.

「만약 명공께서 다시 유씨의 종묘사직을 잇도록 해주신다면 우리 형제는 미력이나마 장군을 돕겠습니다. 부디 명공께서는 *식언(食言) 되심이 없으시도록 각별히 명심해 주십시오」

이 말이 떨어지자 조흠은 크게 기뻐하며 종자에게 화살을 하나 받아 그 가운데를 분질러 다짐했다.

「여부가 있겠습니까. 천지신명께 맹세합니다.」

이에 강발은 아우를 불러 인사시켰다. 8척 5촌이나 되는 후리후리한 키에 호랑이 같은 눈, 떡 벌어진 어깨, 강비는 보기만 해도 위풍이 늠름했다.

「두 분께서 도와주신다면야 경등 같은 것이 무엇이겠습니까.」

두숙도 감탄해 마지않았다.

강발 형제는 어머니에게 하직하고 곧 성도로 향했다. 기별이 미리 되어 있었던 탓으로 조흠의 부장 상준(常俊)은 1백여 기를 이끌고 도중에 나와 영접하고 마차에 모셔 앞뒤를 호위했다. 어디로 보나 어진 이를 맞이하는 예의에 조금도 소홀함이 없는 셈이었다. 강발도 속으로 만족해 했다.

성중에서는 더 어마어마한 환영 절차가 기다리고 있었다. 조흠은 아들 조영(趙瑛)을 위시해서 모든 장수와 벼슬아치가 스승에 대한 예로 두 사람에게 인사를 드렸다.

두 사람을 위한 잔치는 오래도록 계속되었다.

조영 이하 모든 사람이 진정으로 기뻐하는 빛이 역력했다.

이튿날, 조흠은 장수들을 모아 놓고 말했다.

「여러분이 나를 버리지 않은 까닭에 지금으로서는 이곳을 떠날 생각이 없소. 그러나 새로 부임하는 경등의 행차가 내일은 여기에 닿을 것이라 하는구려. 어떤 대책으로 임해야 되겠는지 각자 소견을 말씀하시오.」

두숙이 말했다.

「벌레도 밟으면 꿈틀하는 법입니다. 어찌 앉아서 죽음을 기다리겠습니까. 간신이 득세하여 우리를 해치려고 한다면 우리도 거기에 따른 방책을 강구해야 합니다. 그 실제의 방책에 대해서는, 마침 강발 선생께서 와 계시매 선생에게 일임하면 되는 줄 압니다. 선생은 부디 수고를 아끼지 마시고 저희들에게 분부를 내리십시오.」

조흠 자신도 그 말에 찬성했다.

「옳은 말이오 우리가 왈가왈부할 것이 못됩니다. 선생의 고견에 따르고자 합니다.」

만좌의 시선을 받으면서 강발이 말했다.

「그리 어려운 일도 아닌가 합니다. 요는 경등으로 하여금 이곳으로 오게 하는 데 있습니다. 만일 군사를 내어 이와 싸운다면 그 승부를 헤아리기 어려우니 장군께서는 사람을 보내 도중에서 영접하도록 조처하십시오 이쪽에서 간곡한 뜻을 보이면 의심하지 않고 올 것이니 그 후의 일은 저절로 대책이 있습니다.」

그는 곧 장수들에게 부서를 배치하고 구체적인 작전을 지시했다. 이때, 경등은 성도의 속읍인 소성(小城)에까지 와 있었다. 그는 부장 진순에게 말했다.

「새로 태수가 도임할 때에는 본부의 관리가 영접하는 것이 조정의 법식인데, 어째서 아무도 나오는 사람이 없을까?」

진순이 대답했다.

「대개 관례로는 구관이 떠나고 난 후에 신관이 도임하게 되어 있습니다. 이번에는 조공께서 아직도 임지에 계시니까, 그가 좋아하지 않는다면 아랫사람들로서는 영접하려야 할 수가 없을 것입니다.」

그의 말이 채 끝나지도 않았는데 본부로부터 아전이 영접차 나왔다는 보고가 들어왔다.

만족히 여긴 경등이 곧 떠나려 했다.

「잠깐 계십시오」

소성의 수장 진순이 붙잡았다.

「조공은 가후의 인척입니다. 이번에 교관으로 발탁되었다 해도 속으로는 반드시 의심하고 있을 것입니다. 그렇다면 무슨 해를 입을지도 모르는 일이니 가시지 마십시오 우선 여기에 머물러 계시다가, 조공이 떠나는 것을 기다려 입성하시는 것이 만전지책이겠습니다.」

「왜 그렇게 겁을 먹소?」

경등이 웃으며 말했다.

「그가 가후의 당이라고는 하나 이만저만한 자리로 영전하는 것이 아닌 터에 무슨 의구심을 품겠소? 또 내가 도임도 못한다면 세상에서는 무엇이라 하겠소? 설사 무슨 일이 있다고 해도 나에게는 5천이나 되는 군사가 있는 터이니 조금도 걱정할 것이 없다고 생각하오」

진순이 거듭 말렸다.

「장군은 잘 생각하십시오 조흠은 예사내기가 아닙니다. 반란을 일으킨 이특(李特)도 그를 꺼려 감히 성도를 엿보지 못하고 있습니다. 그만큼 지략을 갖춘 사람이니 무슨 음모가 있는지 어찌 아시겠습니까. 조금만 더 여기 머무시면서 사람을 보내어 성도의 허실을 알아보고 난 다음에 천천히 부임하신들 무슨 관계가 있습니까.」

경등은 더욱 화를 냈다.

「어찌 그렇게도 조흠을 추켜세워 말끝마다 나를 모멸하기까지 한단 말인가?」

그는 진순을 더 이상 상대하려 하지 않았다.

의기양양한 경등의 일행이 어느 골짜기에 이르렀을 때였다. 수목이 울창한 것을 보고 경등은 척후를 보내어 정찰하도록 했다.

「개미새끼 하나 찾아볼 수 없나이다.」

무슨 변이 일어난다면 이곳을 빼놓고는 있을 수 없을 것 같았다. 이미 이곳이 무사하다면 어찌 꺼릴 것이 있으랴. 고집을 세운 끝에 기어코 따라나서지 않은 진순의 일이 우스웠다. 그는 다시 말을 달렸다.

골짜기를 몇 리나 갔을 때였다.

갑자기 산마루에서 징소리가 울리며 복병이 일어나 앞을 막았다. 경등은 놀랐으나 곧 대오를 정비하여 이와 맞섰다.

「웬 놈들이냐? 칙명을 받들어 도임하는 나를 위협하다니, 너희들은 역적의 누명도 두렵지 않느냐?」

그러나 대꾸도 없이 한 장수가 창을 비껴 달려들었다. 허암이었다. 두 사람은 용맹을 다해 싸웠다. 그러나 처음부터 허암은 경등의 적수가 되지 못했다. 그가 뒷걸음질치며 밀리는 것을 보고 있던 상준(常俊)이 내달았다. 경등은 두 장수를 상대하면서도 오히려 여유가 만만해 보였다.

이때 또 한 장수가 달려 나오면서 외쳤다.

「두 형은 잠깐 물러나 쉬시오. 그놈은 내가 상대하리다.」

이 소리를 듣자 허암과 상준이 자리를 비켰다. 경등은 고개를 들었다. 마치 야차처럼 생긴 장수가 무서운 형세로 다가오는 것이 보였다. 그는 겁을 먹고 피하려 했으나 그럴 틈이 없었다.

두 사람은 10합쯤을 싸웠다. 이때 강비(姜飛)는 첫 출전이었기 때문에 용맹을 보여서 자기편 장수들의 간담을 서늘하게 하리라 마음먹고 경등이 자기 창을 못 받아 자세가 흐트러지는 것을 보자 바짝 다가가서 경등의 허리띠를 잡아 생포해 버렸다.

마치 독수리가 병아리를 덮치는 것 같았다.

그는 경등을 말 위에서 높이 쳐들어 보이며 외쳤다.

「너희들 병사들에게는 죄가 없다. 빨리 무기를 거두어 죽음을 면하라!」

이를 보자 모든 병사가 무릎을 꿇고 항복했다.

조흠은 성 밖까지 나와 강비를 맞으며 기뻐했다.

「장군 형제의 지략과 용맹이 이 같으시니 내 앞으로 무엇을 걱정하겠소」

그는 경등의 목을 베고 잔치를 베풀어 장병들의 노고를 치하했다. 한편 소성(小城)에 남아 있던 진순은 아무래도 경등이 위태로울 것 같아 휘하의 병사를 끌고 가 도우려 하고 있었다. 이럴 무렵에 성도로부터 조흠이 보냈다는 사나이가 나타나서 말했다.

「지금 도임하시던 경노야(耿老爺)께서 산적 떼의 습격을 받아 돌아가셨습니다. 조노야께서는 곧 군대를 내어 도둑을 치고 계시나 병력이 모자라 고전하고 계십니다. 속히 군사를 이끌고 와 도와주십시오.」

그러나 이런 정도의 꾀에 넘어갈 진순이 아니었다.

「이놈! 여기가 어디라고 감히 나를 희롱하려 드느냐. 대군을 이끌고 가신 경장군이 어찌 도둑에게 돌아가시랴. 이는 필시 조흠이 간교한 꾀를 쓴 것이렷다. 내 너를 살려주리니 돌아가거든 조가 놈에게 일러라, 어찌 조정을 배반하고 동료를 죽이느냐고 그리고 빨리 자수하여 법의 심판을 받으라고 말이다. 네놈도 살려는 준다만 나를 속이려 한 죄가 있은즉 그대로는 못 보내겠다.」

그는 곧 군사를 시켜 그 사나이의 귀를 자르게 했다. 사나이는 피투성이가 되어 쫓겨 갔다.

진순은 곧 조정에 사태를 보고하는 한편, 서촉 안에 있는 각 부(府)와 현에 공문을 보내어 군사를 파견해 줄 것을 요청했다. 며칠이 가지 않아 모여든 수효는 1만이나 됐다.

2. 강발의 지략

이때, 서이교위(西夷校尉)로 진총(陳摠)이라는 사람이 있었다. 일찍이 오(吳)를 치는 데 큰 공이 있었던 백전의 노장이었다. 그 막하에는 3만이나 되는 정병이 있었을 뿐 아니라, 참모인 조모(趙模)는 군략에 뛰어나 그를 잘 보좌했으므로 세력은 만만치 않은 터였다.

그는 진순이 보낸 통문(通文)을 보자 크게 노하여 며칠에 걸쳐 만반의 준비를 갖춘 다음 곧 성도를 향해 떠났다.

「조정에서 보낸 신임(新任)을 죽이다니, 어찌도 이리 무엄한가! 내 조흠의 목을 베어 난신적자들에게 본을 보여주겠다.」

진총의 의기는 자못 드높았다.

각처에 파견해 놓은 첩자의 활약으로 이 소문은 곧 성도에 알려졌다. 조흠은 곧 장수들을 모아 놓고 말했다.

「지금 들어온 정보에 의하건대, 서이교위 신총이 3만이나 되는 대군을 이끌고 쳐들어오고 있다 하오. 그는 용맹과 지략이 뛰어날 뿐 아니라 군사 또한 저렇듯 강성하니, 이를 장차 어찌해야 되겠소?」

모든 사람의 시선이 강발에게 쏠렸다.

「그가 여기에 나타나기를 기다려 싸운다면 승패를 예측하기 어렵겠습니다. 문제는 기선을 제(制)하는 데 있을 뿐이니, 결코 우리 경내에 발을 들여놓게 해서는 안됩니다. 내일 용감한 병사들을 가려서 요해처(要害處)에 매복시켰다가 한 싸움에 진총을 사로잡아야 되겠습니다. 그만 잡는다면 다른 장수들은 겁을 먹고 쳐들어오지 못하리다.」

강발은 곧 정병 1만을 뽑아 강비를 선봉장으로 하고 허암·비원을 부장으로 임명하여 작전을 지시했다.

「50리 밖에 상릉곡(上陵谷)이라는 골짜기가 있으니 그 양쪽 산에 매복할 것이며, 적병이 절반쯤 통과하기를 기다려 엄습하시오. 결코 경등 정도로 알아 얕보지 말고 신중히 하시오. 나도 따로 싸움을 돕겠소이다.」

이튿날 새벽에 떠난 군사들은 예정대로 상릉곡에 매복하여 적병이 오기를 기다렸다.

점심때가 지나서야 진총의 대군이 나타났다. 군기가 햇빛을 가리고 말울음 소리가 골짜기에 가득했다. 그 형세는 마치 큰물이 밀려드는 것 같았다.

진총의 군사가 반 이상 통과한 것을 확인하자, 강비는 포성을 신호로 하여 복병을 이끌고 달려 나갔다.

놀란 것은 진총이었다.

그러나 그는 당황망조하여 어찌할 바를 모르는 병사들을 위해서도 여유 있는 태도를 보여야 했다.

앞으로 말을 달려 나가며 크게 외쳤다.

「이놈들아! 누구 앞이라고 감히 길을 막느냐. 지금 조흠이 포학무도해서 함부로 조관(朝官)을 죽이고 불궤를 꿈꾸므로, 이에 그 죄를 묻기 위해 여기에 이른 것이다. 너희들도 다 조정의 녹을 먹는 놈들이 아니냐. 어찌하여 감히 도둑 편을 드느냐!」

이때 성도 측에서도 한 장수가 내달으며 맞섰다. 강비였다.

「큰소리치는 것은 어떤 놈이냐? 들어라! 진이 무도하여 까닭 없이 남의 나라를 없애고, 이제 와서는 담 안에서 서로 싸워 형이 아우를 죽이고 며느리가 시어미를 독살하기에 이르니, 그 소행이 금수만도 못하다. 간신배가 득세하므로 날로 민심이 이반되어 지금 하늘이 진실을 가리려 하시는 이 마당에 천명을 외면하고 망령되이 날뛰지 마라. 말에서 내려 무릎을 꿇는다면 목숨만은 살려주겠다.」

진총은 머리끝까지 성이 나서 칼을 뽑아 달려들었다.

「아, 이놈이 감히!」

강비도 창을 비껴들고 이에 대항했다. 두 사람은 한동안 싸웠다. 한쪽을 용이라면 한쪽은 호랑이! 말발굽이 일으키는 뽀얀 먼지 속에서 두 장수의 창과 칼이 번갯불을 일으켰다.

승부가 좀처럼 나지 않는데, 고함소리와 함께 다시 한떼의 군마가 밀어닥쳤다. 장찬과 상준이 이끄는 조흠 측의 후속부대였다.

사세가 불리함을 깨달은 진총이 말을 돌리자 가뜩이나 넋이 빠져 있던 그의 병사들은 마치 눈사태가 난 듯 도망치기에 바빴다.

워낙 큰 개울과 접해 있는 좁은 길이었다.

진총의 부하들은 서로 밀고 밀리다가 개울에 떨어지기도 하고 동료의 발에 밟혀서 죽기도 하였다.

길과 개울에는 겹겹이 시체가 깔리고 사태는 어떻게 收拾할 수 없었다. 그러나 아주 죽으라는 법은 없는지, 진총의 참모 조모(趙模)가 뒤떨어져 오다가 소식을 듣고 달려와 수레를 수없이 포개어 길목을 막아버렸다.

이렇게 되면 더 추격하기도 어려워서 강비가 다른 장수들과 회군할 것을 상의하고 있는 순간이었다. 말발굽 소리가 요란히 들리더니 조영과 두숙이 3백의 군사를 이끌고 달려왔다.

「군사(軍師)의 명령이니, 빨리 샛길로 해서 앞질러 나가 있다가, 후퇴하는 적군을 섬멸하십시오. 그들을 놓치고 나면 다시 쳐들어올 것인 바, 그때에는 이기기 힘들다는 분부십니다. 시간이 없으니 속히 나아가십시오」

하기는 그랬다. 이에 장찬과 상준이 군사를 끌고 산길을 기어올랐다. 조영도 따라나섰다.

수레로 길을 차단하자 따라오는 적병도 없었으므로 진총은 비로소 마음을 놓았다. 그는 뒤따르는 조모를 돌아보며 한탄했다.

「신중을 기할 것을 얕보았다가 도리어 군사만 상했구려. 창피한 일이오」

조모가 말했다.

「후회하시면 무슨 소용이 있습니까. 여기는 아직 조흠의 경내인즉, 빨리 이곳을 벗어나야 합니다. 간사한 놈이라 무슨 짓을 할지 압니까.」

그도 그렇다고 생각한 진총은 곧 명령을 내려 급히 달려갔다. 한 10리쯤 왔을 때였다. 어디선지 한 방의 포성이 일어났다. 미처 놀랄 사이조차 없었다. 한떼의 군사들이 숲에서 달려 나와 앞을 막는 것이 보였다.

「아, 저놈들이 또 나올 줄이야! 이를 어쩐단 말인가!」

진총의 입에서는 저도 모르게 한탄이 나왔다.

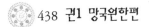

조모가 말했다.

「너무 걱정 마십시오. 아까 만난 것이 주력부대니까, 여기에는 그리 병력이 많지는 못하리다. 장군은 여기에 남아 추격해 오는 적병이 있으면 막으십시오. 저는 앞으로 나가서 길을 뚫겠습니다.」

그러나 진총은 고개를 저었다.

「그렇지 않소. 아까 복병을 만난 군사들이 다시 간담이 서늘해 있는 터에 어찌 싸워서 길을 뚫는단 말이오? 다행히 해가 졌으니 산 위로 올라갑시다. 어두워오면 적병도 할 수 없이 물러날 것 아니겠소.」

「무슨 말씀이십니까?」

조모가 안타까운 듯 언성을 높였다.

「여기에서 대기하고 있던 군사가 밤이라고 그대로 물러날 줄 아십니까. 만일 산을 포위하고 며칠이라도 끈다면 우리는 양식이 없어서 굶어 죽어야 할 것입니다. 죽을힘을 다해서 적진을 격파하는 것만이 지금으로서는 상책이올시다.」

그러나 전의를 잃어버린 장수는 자기주장만 고집했다.

「날이 어두워 오는데 적의 다과(多寡)도 모르고 어찌 싸운단 말이오? 병법에도 상대를 알아야 이긴다 하지 않았소?」

그는 곧 병사를 이끌고 산으로 기어 올라갔다.

산세는 험했다. 몇 개의 길목만 지키면 적의 습격을 받을 염려는 없어 보였다. 진총은 안심하며 산상에 임시로 막을 치고 군사를 쉬게 했다. 산 아래 있는 장수들도 구태여 공격하려고는 하지 않았다. 이때쯤에는 강비도 군사를 끌고 도착해 있었으므로 상의한 결과 본부로 사람을 보내어 정세를 알렸다.

강발이 곧 달려왔다. 그는 산 주위를 두루 답사하고 나디니 산에서 내려오는 길목마다 군대를 배치하여 굳게 지키도록 했다.

「한 놈도 도망치지 못하게 지키기만 하오. 며칠만 끌면 모두 굶어 죽을 것이니 아예 싸울 생각은 마시오.」

이것이 장수들에게 내린 그의 지시였다.

진총은 산에서 하룻밤을 지낸 후 날이 밝기를 기다려 조모와 상의했다.

「언제까지나 이렇게만 하고 있을 수 없은즉 산에서 내려가 적진을 뚫으려 하오. 그대는 뒤에서 추격해오는 군사를 막으시오. 내가 앞장서서 싸우리다.」

조모가 반대했다.

「적군의 형세는 어제보다도 강성합니다. 지금 그것을 돌파한다는 것은 절대로 불가능한 일입니다.」

묘하게도 하룻밤 사이에 두 사람의 의견은 서로 뒤바뀐 셈이었다. 어제 싸우자던 사람이 싸우지 말자고 나왔고, 싸움을 피하자던 측에서는 일전을 주장하고 나선 것이었다.

「이렇게 하십시오.」

조모가 다시 말을 이었다.

「밤이 되기를 기다렸다가 진순에게 사람을 보내는 것입니다. 그의 군사를 서남쪽 방향으로 오게 한 다음 우리도 쳐내려가서 협공한다면 저절로 길이 트일 것입니다. 아직 몇 끼는 견딜 양식도 있으니까 이렇게 하시는 것이 만전지책(萬全之策)인 줄 압니다.」

그러나 한번 결정하면 뜻을 굽힐 줄 모르는 진총은 고개를 가로저었다.

「저놈들이 에워싸고 있는 판국에 사람을 보낸다고 될 일이 아니오. 또 된다고 합시다. 진순이 가진 병력이라야 몇 천에 지나지 않는데, 경장군이 죽은 데다가 내가 또 패했다고 들으면 잘도 오겠소 병법에 이르기를 죽으려 해야 산다고 하지 않았소 힘을 다해 내려친다면 다 되는 수가 있을 것이오」

조모는 거듭 말려 보았으나 소용이 없었다.

다시 하루가 가고 밤이 되자, 진총은 병사들에게 명령하여 삼경에 일어나 밥을 짓게 했다. 배불리 먹여가지고 새벽에 쳐들어가려는 속셈이었다.

3. 진총의 죽음

산 위에서 밥을 짓기 위해 피우는 불빛을 앞서 발견한 것은 장찬이었다. 한참을 보고 서 있던 그는 곧 장막으로 달려가 강발을 깨웠다.

곧 장수들이 소집됐다. 강발이 말했다.

「내 생각으로는 오늘 새벽을 기해 진총이 빠져나가려는 모양이오 양식이 딸리니 얼마나 배길 수 있겠소? 아마 병사들을 배불리 먹여 쳐 내려오리다. 만일 이번 싸움에서 그를 놓치고 나면 다시는 잡기 어려울 것이니 모두 조심하시오 각자 맡은 곳을 굳게만 지키시오 그를 벗어나지 못하게만 하면 되니까 애써 싸울 생각은 하지 마시오」

그는 다시 자기 아우 강비에게 말했다.

「아우는 1천 명만 데리고 이리저리 옮겨 다니면서 진총을 괴롭혀라. 그가 동쪽으로 나오면 동쪽으로 가고, 서쪽에 보이면 서쪽에 나타나서, 벗어날 수 없도록만 해라. 하루만 그렇게 하면 자연 힘이 빠져서도 사로잡히리라.」

이에 장수들은 각자 부서에 따라 흩어졌다. 비원·상준은 동남쪽의 길을 맡고, 장찬·위옥은 서북쪽으로 나갔다. 서남쪽을 가장 요해지라 하여 나무를 베어 가로 뉘어서 길을 막고 조영이 궁수

5백을 데리고 대기했다. 서쪽으로 난 길목에는 본부의 진영이 있었으므로 두세량(杜世良)을 데리고 강발 자신이 지켰다. 허암에게는 구응사(救應使)의 직책이 주어졌다. 정세에 따라 아군을 돕는 직책이었다.

강비는 서남쪽으로 가서 적군이 내려오기를 기다리고 있었다.

오경(五更)이나 되었을까 훤하게 동이 트려 할 무렵, 진총이 소리를 죽이고 산에서 내려오는 것이 보였다.

강비는 앞으로 나서며 외쳤다.

「거기 오는 것은 진총이 아니냐? 내 여기서 너를 기다린 지 오래다.」

진총은 깜짝 놀랐으나 어느 정도는 각오한 일이었다.

「이놈! 이미 나를 알아본다면 빨리 피해 죽음을 면하라.」

강비가 다시 소리를 질렀다.

「내 늙은 네가 불쌍해 죽이기까지는 못하겠으니, 빨리 말에서 내려 오라를 받아라!」

진총은 노하여 바로 달려들었다. 두 사람이 10여 합을 싸우는데 조모가 군사를 끌고 달려왔다. 이를 보자 진총은 조모와 함께 길을 뚫고 도망하려 했다. 그러나 강비는 구태여 추격하지 않았다.

안심한 진총은 얼마 동안 말을 달렸다. 그러나 동구에 이르러 나무로 길이 막혀 있는 것을 보고는 적잖이 낙담이 됐다. 나무로 막았다 해도 이만저만 막아 놓은 것이 아니었다. 마치 조그만 집채 같았던 것이다.

그가 어떻게 할까 하고 서 있노라니까 포성이 들렸다. 포성만 나면 혼이 났던 경험이 있는지라 주춤하여 물러서려는데 화살이 비 오듯 날아왔다.

이때 되돌아서려는 진총의 말머리를 조모가 막았다.

「여기는 나무로 막았기 때문에 도리어 병력이 적은 듯합니다. 나무를 치워버리고 나갑시다. 돌아선들 어디로 가겠습니까?」

진총도 이번에는 순순히 그 말에 응했다.

그는 곧 날아오는 화살을 무릅쓰고 병사를 지휘하여 방해물을 제거하기 시작했다. 조모는 자기 병력으로 화살을 퍼붓는 적을 막아 작업을 도왔다.

이 긴급한 일이 반쯤이나 진행되었을 무렵이었다. 뒤에서 함성이 들리더니 허암이 한떼의 병사를 이끌고 달려들었다.

진총은 급한 김에 돌아서서 허암과 싸웠다.

이쪽은 궁지에 빠져 있는 터라 기백이 대단했다. 얼마 후 허암은 못 견디겠는지 후퇴하고 말았다.

이를 본 진총의 군사들은 사기가 올랐다.

크게 고함을 지르며 용기백배한 그들은 다시 작업을 시작했다. 그러나 얼마 안 가서 다시 일진의 인마가 밀려드는 것이 아닌가.

이번에는 강비의 부대였다. 진총은 마지못해 싸우면서도 흥이 나지 않았다. 이곳도 이렇다면 탈출은 불가능한 노릇이다. 어디 다른 데로 가보자. 진총은 동쪽으로 달려갔다.

한 10리나 갔을까, 동구가 가까워 왔을 때였다. 포성이 울리는가 싶더니 비원이 이끄는 군사들이 뛰쳐나왔다. 진총은 부하들의 대오를 정비하여 일제히 돌격을 개시했다.

1백 보쯤 적진을 헤치고 나가니까 고함소리와 함께 상준의 부대가 또 끼어들었다.

진총은 화가 났다.

「내, 이놈들을 모두 죽이지 않고는 물러서지 않으리라!」

그는 짐승처럼 외치면서 칼을 휘둘러댔다.

그 형세는 악귀야차 같았고 칼에서는 매서운 바람이 일었다.

겨우 포위망을 뚫었다 싶었을 때, 이번에는 허암이 달려들었다. 진총은 기가 찼다.

'이놈들이 이렇게나 악착 같으니 여기도 안되겠다.'

이렇게 생각한 진총은 서쪽으로 말머리를 돌렸다.

조모가 따라오며 말렸다.

「왔던 방향으로 되돌아서면 어찌합니까? 북쪽 길로 가시지요. 그리하여 소성으로 나가는 편이 나을 것입니다.」

진총은 듣는 것도 귀찮다는 듯 그대로 말을 달렸다.

2리나 왔을까 할 무렵, 한 장수가 앞을 막았다.

「이놈! 네가 어디로 가겠다는 것이냐?」

두숙이었다. 진총은 대꾸도 않은 채 그대로 칼을 뽑아 그에게 달려들었다.

여기는 마침 강발이 지키는 본부가 있는 곳이었다. 장막으로부터는 성원을 보내느라고 고함소리와 포성이 천지를 진동했다. 크게 후회한 진총은 북으로 도망했다.

벌써 미시(未時)가 지나 있었다. 새벽부터 시달리기만 해서 사람이나 말은 지칠 대로 지쳐 있었다.

'이런 식으로 언제까지나 견딜 것인가?'

진총의 머리에 한 가닥 불안이 스치고 지나갔다. 그가 고개를 돌려 조모를 부르려는 순간이었다. 또다시 장찬과 위옥이 인솔하는 복병이 벌떼처럼 일어나 길을 막는 것이 아닌가.

아무리 해보아야 끝도 없는 싸움이 다시 시작됐다.

이때 북쪽으로 도망하는 진총의 뒷모습을 바라보고 있던 강발은 두숙을 불러 지시를 내렸다.

「진총의 용맹이 아직도 그대로니, 장군은 곧 소성으로 가는 길목에 나가 있다가 그놈을 막으시오.」

또 서남쪽에 배치되어 있는 강비에게도 명령이 전달되었다.

「장찬·위옥만으로는 진총을 당해내지 못할 것이다. 너는 북쪽으로 달려가 진총을 잡아라.」

한편, 북쪽 골짜기에서는 진총이 장찬을 상대로 하여 싸우고 있었고, 조모는 위옥과 맞붙는 중이었다. 비록 지쳐 있다고는 해도 이곳에서마저 되돌아서야 한다면 어디로 간다는 것인가. 진총과 조모는 눈에 쌍심지를 켜고 달려들었다.

싸움을 오래 끌자 장찬·위옥 편이 밀리기 시작했다.

「죽는다고 생각하고 싸워라. 여기를 못 벗어나면 우리는 죽는다. 죽을 바엔 원수 놈들을 하나라도 더 죽이고 죽자.」

진총은 병사들을 격려했다. 과연 그들에게는 활기가 소생하는 듯하더니 포위망은 무너져버렸다. 진총은 기뻐하며 앞으로 앞으로 말을 달렸다.

그러나 그것도 허락되지 않는 꿈이었다.

3, 4리나 갔을까 했을 때 다시 뒤에서 고함소리가 나며 급히 추격해오는 말발굽 소리가 들렸다.

「이 악착같은 놈들이!」

할 수 없이 진총은 말머리를 돌렸다. 쫓아오던 강비가 말을 세우고 외쳤다.

「교위(校尉) 어른!」

의외에도 경어였다.

「교위 어른께서는 백전노장의 선배이시니, 깊이 이해에 통하시고 시세를 아시리라 믿습니다. 싸움에는 대세가 있는 것이 아니옵니까? 어른께서는 지금 궁지에 빠지셨습니다. 날개가 있어도 못 벗어날 이 마당에서 어찌 싸우려고만 하시어 스스로 위신을 잃으십니까. 빨리 병사를 거두고 소장의 안타까운 만류를 들어주십시오 저희는 무도한 진(晋)을 쳐서 세상을 바로하려는 것이니 어른께서도 같이 힘쓰시어 꽃다운 이름을 청사에 전하시기 바랍니다.」

결국은 항복하라는 소리였다. 그 말씨가 점잖은 만큼 진총의 노여움은 컸다.

「이 죽일 놈아! 뭐라고? 대가리에 피도 안 마른 놈이 누구 앞이라고 함부로 주둥이를 놀리느냐. 내 일찍이 오(吳)와 한(漢)을 평정하고 서북의 오랑캐를 칠 때, 손수 죽인 상장(上將)만 해도 헤아릴 수 없거늘, 네가 어찌 나를 이리도 희롱한단 말이냐. 어서 말에서 내려 반역을 꾀한 죗값을 받아라.」

이번에는 강비의 입에서도 욕이 나왔다.

「이 늙은 녀석아! 아가리 닥치지 못할까. 네가 하도 늙었기에 가엾이 여겼더니 입만은 살았구나. 그 흰 머리를 가지고 누구 앞에 대항하겠다는 것이냐!」

「내가 늙었기로 너 같은 쥐새끼쯤이야 무엇을 꺼리랴.」

화가 오를 대로 오른 진총은 곧장 칼을 휘두르며 달려갔다.

강비는 싸우면서도 자꾸 약을 올렸다.

「이 늙은 놈아. 저승길이 눈앞에 있는 녀석이 의기만은 제법 씩씩하구나. 어디 나하고 1백 합쯤 싸워보련?」

「이놈아! 1백 합 아니라 3백 합은 못 싸울 줄 아느냐? 네놈의 모가지를 잘라 놓고야 말리라.」

진총은 더욱 노하여 칼을 휘둘렀다. 두 사람은 한식경이나 싸웠다. 일세의 맹장들이라 칼과 창이 부딪칠 때마다 요란한 소리와 함께 번개가 일었다.

싸움이 한창 무르익어 갈 무렵, 장찬·허암·위옥 세 장수가 제각기 군사를 이끌고 달려들었다. 불리함을 깨달은 진총은 강비를 내버려둔 채 앞을 향해 말을 달렸다. 그가 향하는 곳에서는 무수한 병사들이 흩어지며 한 줄기 길이 열렸다. 조모도 병사를 이끌고 그 뒤를 따랐다.

강비의 요격을 벗어난 진총은 그제야 숨을 돌리며 마음을 놓았다. 이 길을 가면 소성(少城)이 아닌가. 빨리 거기 가서 진순과 합세하자. 그는 채찍을 들어 말을 내려쳤다.

그러나 악운은 아직도 가신 것이 아니었다.

어느 언덕 밑을 돌아서려는 순간, 상준·비원·두숙이 지휘하는 복병이 일어나 길을 막았다.

이제는 화를 낼 기력조차 없었다. 마지못해 이들과 싸우는데, 이윽고 추격해오던 강비까지 싸움에 끼어들었다.

진총은 다시 혈로를 뚫고 도망치기 시작했다. 그러나 강비 등이 놓치려고 할 까닭이 없었다. 쫓기고 쫓는 숨막히는 시간이 흘렀다.

도망치던 진총은 새삼 화가 났다.

「오(吳)와 한(漢)을 상대해서도 이런 꼴은 안 당했는데, 이놈들이 정말 너무하는구나. 강비인가 뭔가 하는 녀석을 죽이지 않고는 못 떠나겠다!」

그는 다시 말머리를 돌렸다.

그러나 이것은 중대한 과오였다. 새벽부터 시달리기만 한 몸이 생각대로 움직여질 리가 없었다. 그는 5합도 못 끌고 강비의 창에 찔려 말 아래로 떨어졌다.

조모가 이것을 보고 달려와 구하려 했으나 강비가 내두르는 창날은 너무나 서슬이 시퍼랬다. 그는 자기를 노리는 창끝을 간신히 피해 허둥지둥 도망쳐야 했다.

진총을 잡아 기세가 더욱 등등해진 성도 측 장수들은 일제히 그 뒤를 추격했다.

「이놈!」

뒤를 쫓아가던 두숙이 창을 휙 던졌다. 그 순간 조모는 등에 창이 꽂힌 채 말 아래로 굴렀다.

4. 진순의 최후

소성(少城)을 지키던 진순은 지혜가 있는 사람이었다. 진총이 패했다는 소식을 듣자 적이 반드시 쳐들어올 것이라 믿고 곧 수비할 대책을 서둘렀다.

근방에 사는 백성들을 성 안으로 끌어들이는 일부터 착수했다. 양식과 재물을 적에게 하나라도 주지 않겠다는 이유 외에도 그들을 싸움에 이용할 계략이었다. 그는 병졸과 백성을 동원하여 성을 수리하는 한편, 각처에서 돌을 주워오게 했다. 돌은 성의 둘레를 따라 산 같은 무더기를 이루었다.

그리고는 장정을 뽑아 군사를 보충하여 적이 쳐들어오기를 기다리고 있었다.

한편, 조흠은 성도에 있으면서 진총과의 싸움이 어떻게 되었는지 몰라 애를 태우다가 크게 이겼다는 소식을 듣고는 기뻐서 어쩔 줄을 몰라 했다.

그는 5리 밖까지 나가서 개선군을 맞이했다.

「모든 것이 선생 형제의 덕택이구려. 이 은혜를 무엇으로 갚을 수 있겠소」

그는 강발과 강비의 손을 잡고 기뻐했다.

성중에서는 잔치가 열렸다.

술이 얼큰히 돌았을 때 조흠이 입을 열었다.

「여러분들이 애써 주신 덕분에 원수를 제거하고 몸에 닥치는 화를 우선 모면하였소 이 은혜는 죽어도 못 잊겠거니와 앞일이 걱정이구려. 내가 조정에 반항한 소문이 나기만 하면 각처 태수의 병력들이 밀려들 것 아니겠소 우리의 얼마 안되는 인원으로 어떻게 천하의 대군을 상대해낼 것인지 사태는 매우 심각한 것 같은데, 선생은 다시 무슨 계책이 없으십니까?」

조흠이 자기를 보고 하는 말임을 알자 강발이 말했다.

「*도척(盜跖 : 중국의 유명한 도적. 9천 명의 부하를 거느리고 천하를 횡행했다고 함)의 개는 요(堯)임금을 보고도 짖는다 했습니다(桀犬吠堯걸견폐요). 개가 도척을 공경하고 요임금을 적대해서 짖는 것이 아니라, 개라는 짐승은 그 주인을 위해 일단 짖는 것입니다. 진순은 바로 이런 부류의 인간입니다. 그러나 지체하지 말고 소성을 쳐서 다시는 짖지 못하게 할 필요는 있습니다. 이때를 타서 *파죽지세(破竹之勢)로 병사를 휘몰아 소성을 빼앗고 진순을 잡아야 됩니다. 이리하여 첫째로는 경등의 잔당을 일소하고, 둘째로는 일군(一郡)의 전량(錢糧)을 얻으며, 셋째로는 서촉의 인후(咽喉)인 요해를 손아귀에 넣는다면 중원의 병력도 어쩌지 못할 것입니다.」

조흠은 기뻐하며 곧 군사를 일으켜 소성을 공격했다.

그러나 싸움은 그리 간단치가 않았다. 3면으로 포위하고 숨도 쉴 틈 없이 공격을 가했지만 진순의 방어가 워낙 물샐틈없었다. 도리어 성중에서 던지는 돌에 얻어맞아 부상자만 속출할 따름이었다.

이런 싸움을 열흘이나 끌었다. 그러나 결과에는 아무런 변동도 없었다. 이제는 부상자의 수효도 천으로 늘어났다.

조흠은 장수들을 불러 꾸짖었다.

「내 그대들과 뜻을 합하여 대사를 이루어보려 했으나, 1만 명의 병력으로 이런 작은 성을 치는 데 열흘이 걸려도 성공치 못하니, 이럴 수가 있겠는가? 더구나 저 부상자들을 보라!」

그러나 결과는 더 나빴다.

조흠에게서 꾸지람을 들은 장수들이 힘을 다해 성을 공격했다. 진순도 이에 대비하여 전력을 기울였다. 성을 기어오르는 군사가 개미떼 같다면 위에서 퍼붓는 돌멩이는 우박이 내리는 듯했다. 손해가 어느 쪽에 많은지는 자명한 일이었다. 종일의 싸움에서 다시 1천 명이나 부상자가 생겼다. 조흠은 또 장수들을 꾸짖었다.

두 번이나 질책을 들은 장수들은 강발에게 하소연했다.

「우리들은 죽을힘을 다해서 공격했지만, 워낙 수비가 튼튼하여 공을 이루지 못했습니다. 그러나 조장군은 우리만 책하시니, 어떻게 해야 좋겠습니까. 날개도 돋치지 않은 몸이 어떻게 성중으로 뛰어듭니까. 정말 딱합니다. 선생께서 좀 말씀해 주십시오」

강발은 조흠을 찾아가 말했다.

「듣자하니 장군께서는 여러 사람을 책망하셨다 하는데, 결코 그들의 죄가 아닙니다. 옛날 악의(樂毅)는 어떠한 장수였습니까. 제(齊)를 쳐 한 달도 못되는 사이에 70여 개의 성을 항복받았던 사람입니다. 그러나 뒷날 거(莒)를 공격했을 때에는 3년이나 걸려도 이 성 하나를 못 빼앗았습니다. 악의의 지혜가 전에는 현저히 발휘되고 후일에 와서는 무디어진 것이 결코 아닙니다. 거기에는 전단(田單)이 있어서 잘 막아냈기 때문입니다. 병법에 이르기를, 열 배가 돼야 포위한다 했습니다. 우리는 지금 다섯 배밖에 안되는 군사로 에워쌌습니다. 어떻게 갑자기 이기겠습니까. 서두를수록 병졸만 상할 것입니다.」

「옳은 말씀입니다.」

조흠이 말했다.

「그러나 여기서 이렇게 시일을 끄는 사이에 다른 곳의 원병이 나타난다면 어찌하겠습니까. 내가 걱정하는 까닭이 거기에 있습니다.」

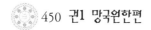

강발이 말했다.

「정세를 보아가며 계략을 써야 합니다. 될수록 단시일 안에 일을 끝내겠으니, 잠깐만 기다려 주십시오.」

마침 일이 되려고 그랬는지 진순의 병사가 빠져나오다가 체포되어왔다. 그의 몸에서는 자동태수 신염(辛冉)에게 원병을 청하는 밀서가 나왔다.

강발은 크게 기뻐하여 조흠에게 알리고, 강비·사청(社淸)·비원·상준 등에게 각각 5천의 군사를 주어 어디론가 비밀리에 떠나보내고 나서 곧 전군을 움직여 성을 공격했다.

두숙·완망(阮邙)·위옥·장찬은 각기 성문을 하나씩 맡아 공격하고 조영·허암이 그 사이를 오고가면서 이를 도와 그 형세는 매우 사나웠다.

맹렬한 공격에 겁을 먹은 병사와 백성들을 진순이 격려했다.

「겁들 내지 말고 조금만 더 버텨라. 오늘 내일 사이에는 반드시 원병이 도착할 것이다.」

이 말에 힘을 얻은 병사와 백성들은 어느 때보다도 용감히 싸웠다. 공격하는 쪽에 또 수많은 부상자가 났다.

이때 조흠이 전선을 돌아다니면서 외쳤다.

「모두 후퇴하라. 이렇게 사상자가 나서야 어찌 싸우겠는가? 내일 다시 공격하겠으니 오늘은 다 돌아가라.」

이리하여 공격하던 군사가 일시에 물러나자 성중에서는 환호성이 올랐다. 그러나 진순은 아직도 마음을 놓지 않고 문루에 올라가 멀리 사라져가는 적병을 바라보았다.

「장군! 저것 좀 보십시오」

그때 누군가가 외쳤다. 진순이 고개를 돌렸다. 동쪽 방향에서 황망히 달려오는 병사가 있었다. 온몸이 피투성이인 그 병사는 바로 성문으로 다가오면서 외쳤다.

「문을 여시오. 속히 나를 살려주시오!」

진순은 곧 그를 불러들였다. 이마가 깨지고 발을 절룩이는 병사는 진순 앞에 나서자 가쁜 숨을 쉬며 말도 제대로 하지 못했다.

「노야께서, 저 우리 신(辛) 노야께서……」

그는 헐떡이며 품속으로부터 한 장의 편지를 꺼내 바쳤다.

편지는 피로 얼룩이 져서 글자가 잘 보이지 않았으나, '신염(辛冉)'이라는 이름이 틀림없었다. 진순은 떠듬떠듬 읽어 내려갔다.

<급하기에 안부는 약합니다. 편지를 받고 곧 군사를 휘동하여 정도(征途)에 올랐으나, 뉘 알았겠습니까. 도둑이 중간에서 막을 줄이야! 다행히 한 장수를 목 베기는 했으나 아직도 적의 형세는 자못 강성합니다. 짐작에 단숨에 이기기는 어려운 듯하나, 천행으로 승리를 거둔다면 내일 진시(辰時)나 사시(巳時)쯤에는 그곳에 도착하지 않을까 합니다. 만일 그 시각이 지나도 이르지 않을 때에는 우리 쪽이 불리한 줄 짐작하시고 공(公)께서도 나와서 도둑을 쳐주십시오. 양쪽에서 협공하여 도둑을 깨고 같이 자동으로 가시는 것도 좋으리라 믿습니다. 그곳을 근거로 하여 다시 도둑을 토벌하는 것도 좋지 않겠습니까.>

진순은 곧 장수들을 불러 상의했다.

「지금 신장군께서 도중에 적을 만나셨다면 필연코 고전을 면치 못하실 것입니다. 이곳도 고전하고 있는 마당에 그쪽까지 패전한다면 돌이킬 수 없는 사태가 올지 모르지 않습니까. 우리도 이 성에서 언제까지나 버틸 수도 없을 것인즉, 이 기회에 성을 나가 협공하여 도둑을 물리치고 자동으로 가는 것이 상책이겠습니다. 도둑만 깬다면 그쪽 군사와 합세하여 성도도 칠 수 있지 않겠습니까. 지금은 이 작은 성이 문제가 아닙니다.」

적호산(狄虎山)의 이 주장에 모두가 동조했다. 진순도 반대할 아무런 이유가 없었다.

이튿날, 진순은 이른 아침부터 망루에 올라가 행여나 하고 기다렸다. 그러나 진시가 넘고 사시가 지나도 원병은 나타나지 않았다.

실망한 그는 망루에서 내려가려다가 우연히 동쪽을 바라보았다. 그리고는 저도 모르게 놀랐다. 먼지가 뿌옇게 일어나고 있는 품이 아무래도 전쟁이었다. 조금 있으니까 포성까지 연달아 들려왔다.

그는 곧 장병들을 소집했다. 어제의 공격에서 질렸는지 그나마 적병의 쳐들어오는 기색이 보이지 않아 천만다행이었다.

군대는 동문을 가만히 열고 곧 출발했다.

얼마를 안 가서 말을 채찍질하여 달려오던 두 명의 병사가 진순에게 외쳤다.

「지금 30리 밖에서 고전하고 있으니 얼른 구해주십시오 그 동안에도 어떻게 됐는지 모르겠습니다.」

진순은 곧 병사들을 재촉하여 앞으로 달려갔다.

겨우 몇 리를 달려가서 산모퉁이를 지나려는 참이었다. 갑자기 포성이 울리는가 싶더니 복병이 일어나 앞을 막았다.

「아차!」

진순이 적의 꾀에 빠진 줄 알고 뉘우쳤으나 어쩔 도리가 없었다. 이때 강비가 말을 달려오며 외쳤다.

「빨리 말에서 내려 항복하라. 무도한 진(晉)을 버리고 한실(漢室)을 다시 세우는 데 협력하면 그 아니 아름다우랴. 반드시 그대를 크게 쓰련다.」

진순은 매우 노하여 병사들을 이끌고 적진 속에 뛰어들었다. 그러나 이미 기세가 꺾인 군사였다. 변변히 싸우지도 못하고 죽어가는 사람이 많았다.

이러고 있는 판에 고함소리를 요란히 내며 다가오는 한떼의 인마가 보였다. 분명히 신염의 깃발이었다.

지옥에서 부처님을 만난 듯 기뻐하며 진순이 소리를 질렀다.

「신장군! 어서 와서 나를 도와주시오.」

앞에 오던 장수가 외쳤다.

「진순아! 진짜 신장군을 보고 싶으냐? 눈을 똑바로 뜨고 나를 봐라!」

그것은 신염이 아니라 상준이었다.

이렇게 되자 진순도 기가 죽었다. 마지못해 상준을 상대해 싸우는데, 비원까지 달려들었다. 조금 있으니까 허암과 완망마저 한몫 끼었다.

더 생각할 필요도 없이 포위를 뚫고 도망하려는데 앞에서 강비가 길을 막았다.

「아, 끝장이로다. 이제 더 살아 무엇 하랴!」

그는 그대로 난군 속에 뛰어들어 무참히 죽고 말았다.

강비는 군사를 이끌고 소성으로 들어갔다. 백성들은 두말할 것도 없이 곧 성문을 열고 맞아들였다.

조흠은 기뻐하며 상준에게 소성을 맡긴 후 강발에게 광한(廣漢) 태수의 직책을 주고, 강비는 서이교위(西夷校尉)로 임명하려 했다.

두 사람은 받지 않고 약속대로 촉한의 후예를 찾아 받들기를 요구했다. 그러나 조흠은 어물어물하고 미루었다.

「어디 계신지 모실 날이 오면 어련하겠소이까. 지금은 아직 정세가 안정되지 않았은즉 조금만 더 기다려봅시다.」

두 달이 지났다. 조흠은 여전히 이 핑계 저 핑계를 대어 강발의

청에 성의를 표시하지 않았다. 그제야 강발은 후회하고, 한 수의
시를 지어 남긴 다음 동생과 함께 훌쩍 성도를 떠나고 말았다.
　이때, 강발이 읊었다는 시다.

　　청성산 깊은 골에 종적을 감췄더니
　　의(義)로써 꾀어오매 속아 나옴 분하여라.
　　장양은 본시 한(韓)의 원수를 위해 나섰건만,
　　어찌 간사한 인간은 맹서를 흐리게 한단 말인가.

　　數年隱跡匿靑域　　수년은적익청역
　　被餌呑鉤悞致身　　피이탄구오치신
　　張良本爲韓仇出　　장양본위한구출
　　河事奸人昧誓心　　하사간인매서심

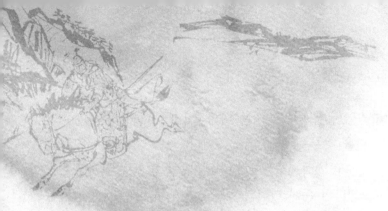

제15장. 끝 모르는 야심

1. 사마윤의 찬탈

영녕(永寧) 원년(元年) 신유(辛酉), 촉한의 조흠이 반란을 꾀하여 이웃고을을 아우르고 유적(流賊) 이특(李特)과 결탁해서 세력을 떨치고 있다는 보고가 지방에서 빗발치듯 들어왔다.

그러나 조왕 사마윤이나 손수(孫秀)는 딴 뜻을 품고 있는 판이라 그 일이 급할 리 없었다. 지방의 반란쯤 어느 때에는 없었는가. 그것보다 시급하고 탐나는 것이 그들에게는 따로 있었다.

다른 관리들은 다 조왕의 눈치만 살폈다. 왠지는 모르지만 그가 입에 올리기를 꺼리는 문제에 대해서 그들이라고 아는 체하여 비위를 거스르고 싶지는 않았다.

이부시랑(吏部侍郎) 유송(劉頌)만이 예외라면 예외였다. 그는 참다못해 혜제에게 상주했다.

「지금 서촉의 조흠이 모반하여 함부로 조신(朝臣)을 죽이고 이웃고을을 병합하는 등 그 행패 자못 흉험하옵니다. 그곳은 천하제일의 천험(天險)이오니, 이를 그대로 두었다가는 장차 큰 화가 미칠 것이옵니다. 그럼에도 불구하고 안으로 국정을 맡은 대신들이 한 사람도 이에 대한 대책을 세우는 이 없고, 강 건너 불 보듯 수

수방관하고 앉았음은 어인 일이옵니까? 대저 나라의 정사(政事)란 물 담은 그릇을 다루듯 하여야 되나이다. 한번 기울면 바로잡기 어려운 것이오니, 폐하께서는 대정(大政)을 친히 보살피시옵소서. 모든 폐해가 신하의 손에 쥐어져 있는 정권에서 비롯되는 것이 아닌가 하나이다.」

혜제는 그 말에 백번 공명하면서도 겉으로는 드러내놓고 찬의를 표시할 처지가 아니었다.

「짐이 조왕과 상의할 것인즉 물러가 있으라.」

유송은 어전임도 잊고 깊이 한숨을 쉬었다.

사마윤 일파가 노리는 것은 어디까지나 용상이었다. 마침내 손수는 조왕에게 구석(九錫)을 내리자고 공식회의에 붙이기에 이르렀다.

부함(傅咸)과 유송만이 반대했다.

앞서 부함이 원칙론을 들고 나왔다.

「천하는 질서로써 유지됩니다. 만물이 다 그곳을 얻을 때 세상은 조화되는 것이지요. 이 질서가 한번 깨진다면 그 혼돈이 무엇을 가져오겠는가 생각해 보시오. 나라에는 나라대로 질서가 서야 하는 것이니, 임금은 임금이요, 신하는 어디까지나 신하입니다. 어떠한 구실로든 이 경계가 흐려질 때 나라의 기강은 무너지고야 말 것입니다.」

손수가 낯을 찌푸리고 노려보았으나, 그런 것에는 아랑곳없이 유송은 이 일을 구체적으로 부연했다.

「예전에 한(漢)이 위공(魏公)에게 구석을 내린 일이 있었습니다. 그로부터 얼마 가지 않아 한이 망한 것은 여러분이 다 아실 것입니다. 위(魏)에서도 나라가 망하려 함에 이르러 우리 선제(宣帝) 폐하께 구석을 내렸던 것 아니었습니까. 그러므로 구석의 예는 군신의

의(義)를 깨고 나라를 기울이는 제도임을 알 수 있습니다. 주발(周勃)이 여씨(呂氏)의 난을 평정했고, 곽광(霍光)이 선제(宣帝)를 세워 그 공이 일세를 뒤덮었지만, 일찍이 그들에게 구석을 내렸다는 말을 듣지 못했습니다. 더욱이 태평한 시대에 앉아 어찌 이것이 문제될 수 있겠습니까. 이 일은 절대로 불가합니다.」

「말이라고 어찌 함부로 하오?」

장임(張林)이 성을 버럭 냈다.

「조왕께서 사직을 위해 애쓰신 것이 무슨 다른 뜻이 있어서 그랬다는 게요?」

손수가 장임의 소매를 끌며 속삭였다.

「참으시오. 저 둘은 마음 곧기로 이름난 사람들이오. 그런 사람에게는 그런 소리를 하고 있게 내버려두시오. 그렇다고 저희가 대세를 좌우하지도 못하리다. 도리어 벌을 주었다가는 백성들의 반발을 만날지도 모르지 않소. 대사를 앞둔 이때 우선 참기로 합시다.」

이리하여 일단 그대로 넘어갔으나 얼마 안 가서 두 사람은 지방관으로 쫓겨나고 말았다.

그 후로는 그나마 말할 사람도 없었으므로 손수는 백관을 거느리고 혜제에게 청했다.

「신 등 문무백관은 거듭 논의한 결과 폐하께 아뢰나이다. 조왕은 나라를 바로잡으신 공로가 지대하옵니다. 앞서 국운이 불행하여 역도가 보위(寶位)를 엿볼 때 조왕이 아니었던들 누가 그들을 일소할 수 있었겠사옵니까. 그 후로 어명을 받들어 국정을 담당하매 사(私)를 버리고 공의(公義)를 무겁게 알며, 어진 이를 천거하고 백성을 편안케 함을 자기 임무로 알아, 일찍 일어나고 늦게 자면서 오직 나라를 위해 애써왔음은 폐하께서도 익히 아시는 바이옵

니다. 대저 공로가 있으면 상을 내리심이 성조(聖朝)의 성사(盛事)
시나, 조왕의 공훈은 가히 주공(周公)에 비할 것이온즉, 마땅히 구
석을 가하여 포상하심이 옳을까 하나이다.」

「누구든 의견이 있으면 말하오」

혜제는 군신들을 훑어보았다. 어떻게 구석까지 허락할 수 있을
것인가. 혜제는 반대의견이 나오기를 은근히 기대했다.

그러나 모두가 고개를 숙인 채 말하는 사람이 없는 중, 손수가
혜제를 사뭇 흘겨보며 언성을 높였다.

「폐하께서는 어떤 말이 나오기를 기다리시나이까. 신들이 충
분히 논의했다고 상주하지 않았사옵니까. 이 이상 아무도 올릴 말
씀이 없을 것이온즉 폐하께서 결정을 내리소서.」

혜제는 약했다.

「아니오. 내가 물은 것은 관례를 따라 말을 한 것뿐이오 조왕
의 대공은 짐이 익히 아는 바이오. 그에게 구석을 내리도록 조처
하시오」

구석이란 신하에게 내리는 아홉 가지 특전이다. 그리고 그 대부
분은 임금만이 가질 수 있는 권한에 속하는 것이다.

첫째는 태로(太輅)와 융로(戎輅)를 내리는 일이다. 이것은 황제
의 전용차다.

둘째는 의복에 관한 것이니, 곤룡포(袞龍袍)·면류관(冕旒冠)에
적석(赤鳥)을 신는 일이다. 적석이란 붉은 장식이 달린 신이다. 이
세 가지가 천자의 의복임은 말할 것도 없다.

셋째는 악현(樂弦)이니, 황제의 악기다.

넷째는 주호(朱戶)니, 대문을 붉은색으로 칠하는 특권이다.

다섯째는 납폐(納陛)다. 정전(正殿)에 오르는 계단 셋 중에서 신
하는 양쪽 길로 오르내리며, 가운데 계단은 황제의 전용인 바 이

길로 왕래할 수 있는 특권이다.

여섯째는 호분(虎賁). 즉 금위병(禁衛兵) 1백 명의 호위를 받는 특권이다.

일곱째는 부월(斧鉞)이니, 이것만은 대장군에게 정벌을 마음대로 하라는 신임의 표시로 가끔 하사하는 예가 있다.

여덟째는 궁시(弓矢)니, 붉은 활이다. 이것은 천자 전용으로 동궁(彤弓)이라 한다.

아홉째는 거창(秬鬯)과 규찬(圭瓚)이다. 거창이란 울창주(鬱鬯酒)니 종묘 제사에 쓰는 술이요, 규찬은 그 제기(祭器)다.

이런 특권들이고 보니, 부함과 유송 두 사람이 군신의 질서를 문란케 한다 하여 반대한 것도 무리가 아니었다.

조칙이 내리자 조왕은 체면상 사양하는 체하다가 받았다.

「성은이 망극하옵니다. 더욱 분골쇄신하여 복원 성상을 보필하오리다.」

그는 일단 구석을 받아놓고 나서 엉뚱한 요청을 들고 나왔다.

「손수로 말씀하오면 사직에 공이 크오이다. 그의 아들 회(會)와 하동공주(河東公主)를 혼인하게 허락하신다면 국가의 경사가 되오리다.」

하동공주란 혜제의 딸이었다. 자기 심복에게 영광을 돌려 그 동안의 노고를 치하하려는 속셈이었다.

「그것 참 좋은 생각이오」

이왕 내친걸음이었다. 구석까지 내린 바에 딸 하나쯤 못 주랴. 혜제는 무엇이나 찬성만 하고 앉았으면 되는 것이었다.

다시 손수가 아뢰었다.

「천은이 우악(優渥)하시니 황공하옵니다.」

그는 한 마디로 사의를 표한 다음 미리 짜놓은 또 하나의 제의를 들고 나왔다.

「지금 나라에는 국모가 안 계십니다. 하늘에 해가 있는데 달이 없어서야 되오리까. 곤전의 자리는 하루라도 비워 둘 수 없사오니, 성상께서는 어진 후비(后妃)를 택하시어 관저(關雎)의 화를 널리 미치시옵소서.」

황제더러 장가를 들라는 것이었다. 자기들이 큰 떡을 하나씩 차지했으니 혜제에 대해 미안한 생각이 든 것인지도 몰랐다.

「짐은 연로한 데다 또 별 뜻도 없소. 나라의 체모로 보아 꼭 필요하다면 더 생각해 보겠소」

사실 황제로서는 마음이 내키지 않았다.

「폐하! 무슨 말씀이옵니까.」

장임이 무척 황제를 생각해 주는 듯 우겼다.

「나라에 후비가 안 계셔서야 되오리까. 억조창생(億兆蒼生)으로 하여금 어미 없는 자식을 만들지 마옵소서.」

황제는 기가 막혀 대답을 못하고 있는데 조왕이 아뢰었다.

「이렇게 하옵소서. 상서랑 양현(羊玄)의 딸이 현숙하여 꽃다운 이름이 널리 들리고 있사온즉, 곧 후비로 책봉하심이 가한가 하나이다.」

장가를 가겠느냐 안 가겠느냐 하고 묻는 것이 아니었다. 갈 것은 기정사실로 돌리고 색싯감을 지명하고 나선 것이었다.

「알아서 좋도록 하오」

조왕을 두려워하는 혜제는 그의 말에까지 반대할 용기가 없었다. 새로 국구(國舅)가 된 양현도 조왕의 일당임은 말할 것도 없다.

이때, 제왕 사마경은 허도에서 우울한 나날을 보내고 있었다. 조왕이 구석을 받았다는 소문이 들리자, 곧 신하들을 모아놓고 말을 꺼냈다.

「조왕은 선제(宣帝)의 서족(庶族)의 자손이거늘, 마음대로 대정(大政)을 주무를 뿐 아니라 이제는 구석까지 받았다니 기가 막히지 않은가. 폐하의 친형제인 과인이 도리어 이곳에서 썩어야 하다니, 도대체 이럴 수는 없을 것이오. 어떻게 해야 되겠소?」

손순(孫洵)이 반열로부터 나와 아뢰었다.

「전하를 위해 경하할 일이옵니다.」

「무엇이?」

제왕의 양미간에 굵은 홈이 패었다.

「전하! 고정하시옵소서. 지금 우리가 기다리는 것은 조왕이 더욱 방자하게 되는 것밖에 무엇이 있나이까. 지금 전하께서 아무 소리 없이 이곳에 나와 계시자 조왕의 일당은 더욱 방약무인하게 굴던 중 마침내는 구석까지 받기에 이르렀나이다. 이것은 제위(帝位)를 찬탈하기 위해 공을 서둔 것이 아니고 무엇이겠습니까. 옛말에 빼앗으려면 앞서 주라고 했나이다. 전하께서는 속히 사신을 보내시어 아름다운 말로 조왕에게 치하를 드리십시오. 그러면 그의 뜻이 더욱 방자해져서 불원 용상에 오르려 할 것이오니, 민심이 크게 분격하는 시기를 타서 다른 전하들과 협력하여 그 죄를 천하에 물으신다면 한 싸움에 대세를 결정할 수 있을 것입니다.」

제왕은 크게 기뻐하여 미사여구로 된 편지와 융숭한 예물을 갖추어 갈여(葛旟)를 낙양으로 파견했다.

〈어리석은 조카 제왕 사마경은 삼가 글월을 조왕 전하께 드리나이다. 무거운 임무를 띠고 먼 지방에 있사와 항상 전하의 안부를 걱정하온 바, 이제 구석의 영전을 받으셨다 하니 흔희작약하와 어찌할 바를 모르겠나이다. 일찍이 역당(逆黨)을 주(誅)하고 나라를 위기에서 건지셨으며, 대정을 보필하와 천하를 태평으로 이끄셨으니, 어찌 이윤(伊尹)·주공(周公)인들 전하에 미치오리까. 저는 구석도 그 공에 비해 너무나 작다고 생각하나이다. 공이 너무 크시오매 더 이상 받으실 것 없음이 유감이오이다. 이에 기쁨을 못 이겨 천하 만민과 더불어 하례를 올리는 바이옵니다.>

「아, 어질도다 제왕이여!」

사마윤은 찬탄해 마지않았다. 그가 제왕에게 보낸 예물은 이쪽에서 바친 것보다 곱은 더 되었다. 그의 기쁨은 가히 알 만한 일이었다.

하루는 사마윤이 손수에게 말했다.

「내가 두려워한 것이 제왕인데, 그가 저렇게 순종하는 바에는 다시 걱정이 없을 듯하구먼!」

이제야말로 대사를 저지르자는 암시였다.

손수도 찬성이었다.

사마윤은 크게 연석을 베풀고 대신 이하 문무백관을 조왕 부중으로 초대했다. 그의 권세를 두려워하여 안 모인 사람이 없었다. 이 날 손수는 3천 무사에게 병장기를 들려 태재부 안팎을 삼엄하게 경계시켰다.

술이 몇 순배 돌자 사마윤은 손수의 눈짓에 따라 천천히 자리에서 일어나 만좌의 공경대부를 굽어보며 입을 열었다.

「오늘 여러분을 왕림하시게 한 것은 다름이 아니라 국가의 대사를 의논코자 한 것이오.」

상좌에 앉아 있던 대신들이 아무도 대꾸를 못하는데, 악광(樂廣)이 말했다.

「어떤 대사인지 말씀하시옵소서. 그런 일이 있으면 왜 묘당(廟

堂)에서 논의하지 않으시나이까?」

「그럴 사정이 있었던 것이오.」

사마윤이 다시 말을 계속했다.

「천자는 억조창생의 주인이십니다. 그러므로 덕과 위엄을 구비하여야만 능히 나라를 다스리고 백성을 편히 할 수 있는 것 아니겠소. 그렇건만 금상께서는 밝지 못하셔서 자주 국사를 그르치시니, 신자 된 도리에 말하기 황공하나, 어찌 이대로만 보고 있겠소이까. 그 어른 한 몸이 중한 것이 아니라, 나라와 백성을 앞서 생각해야 되리니, 여러분은 어떻게 생각하시오?」

그는 위엄 있는 눈으로 만좌를 둘러보고는 다시 말을 이었다.

「선제(先帝)께서도 재위하셨을 적에 몇 번인가 태자를 바꾸시려 했던 것입니다. 그러나 황손(皇孫)이 현명했기 때문에, 이를 믿으사 중지하셨던 것은 여러분이 다 아시는 바요. 허나 그 후에 어찌 되었습니까. 황손은 억울하게 돌아갔고 금상은 어질지 못하여 크게 국사를 그르치셨습니다. 모후(母后)께서 축출되어 굶주려 돌아가셔도 손 하나 까딱하지 못했고, 여남왕·위관 등의 충신이 모함을 만나도 수수방관하지 않았습니까? 궁중 안에서 일어나는 일마저 이렇거늘 어찌 천하 구석구석에서 일어나는 일에 눈이 미치실 수 있겠나 생각들 좀 해보시오.」

여기까지 듣고 나니 그의 뱃속이 훤히 들여다보였다. 악광이 분연히 일어나 항의했다.

「성상께서 덕을 손상하신 일이 없지 않았사옵니다만, 그 모두가 어질지 못한 후비와 간악한 신하들의 소행이었나이다. 어찌 폐하의 본심에서 나온 일이겠사옵니까. 더구나 지금은 대왕께서 친히 보필하는 자리에 계시지 않사옵니까. 천하만사를 모두가 전하 뜻대로 요리하시고 폐하께서는 정사에 일체 관여하시지도 않는 이 마당에 설사 폐하께서 총명하지 못하시다 한들 무슨 관계가 있겠사옵니까. 저는 전하의 말뜻을 이해하기가 어렵나이다.」

사마윤으로서는 아픈 소리였다.

손수가 나섰다.

「그것이 무슨 말씀이십니까? 전하께서 만사를 마음대로 처리하셨다는 말씀이신가요? 여기 문무백관이 모두 모여 계십니다. 조왕 전하께서는 만사를 오직 삼가서, 어느 조그만 일 하나라도 성상께 상주하지 않고 처리하는 예는 없으셨던 것입니다. 본래 충신은 모함을 받는 법이지만, 그래 전하께마저 오명(汚名)을 씌우려 하시는 것입니까?」

말처럼 요술쟁이는 없었다. 조왕은 충신이요, 악광은 모함이나 하는 소인이 되고 말았다.

「그렇게 격하지 마오.」

자기 부하를 점잖게 말리고 나서 사마윤은 다시 말을 시작했다.

「두 분이 다 나라를 사랑하여 하는 말씀이니 서로 노여워 마시오. 이 몸이 지금껏 진충갈력했음은 천지신명이 아시거니와, 내가 오늘 말을 꺼낸 데는 조금도 딴 뜻은 없소이다. 선제께서도 유조(遺詔)가 계셔서, 이후 태자가 즉위하여 천하를 다스리지 못하는 경우가 생기면 현명한 이를 세워 마땅히 사직을 보존하라고 하셨던 바입니다. 과인은 오직 이러한 선제의 성지(聖旨)를 받들어 금상께서는 물러나 한가히 여생을 즐기게 해드리고, 유덕한 이를 가려 대위(大位)에 오르시게 하고자 하는 것뿐입니다. 오직 이윤·곽광의 고사를 따를 뿐 조금도 딴 뜻은 없거니와, 어떻게들 생각하시는지요?」

상서랑 속석(束皙)이 말했다.

「대왕께서 보시는 바가 크게 잘못된 줄 아옵니다. 옛날에 태갑

(太甲)이 불명하여 전례(典禮)를 돌보지 않았기 때문에 이윤은 이를 동궁(桐宮)에 내쳐서 스스로 회개하게 했던 것입니다. 또 곽광으로 말하면, 창읍왕(昌邑王)이 즉위하여 27일 동안에 과실을 범한 것이 3천 가지나 됐기 때문에 태묘(太廟)에 고하고 이를 폐했나이다. 금상폐하께서는 비록 총명이 못 미치시는 바 있다 해도 저 태갑·창읍왕 같은 허물은 범하지 않으셨사옵니다. 만일 전하의 뜻대로 폐위한다 하오면 아마 백성들의 비난을 사고 여러 제후의 분격을 사오리다. 그리하여 여러 왕들의 군사가 입조하는 경우에는 그 화가 종묘로부터 백관에게까지 미칠 것이니 다시 생각하시기 바랍니다.」

그 밖에, 위위(衛尉)·순조(苟組)와 원외랑(員外郞) 왕감(王堪)도 비슷한 말을 했다.

지금껏 관후한 인자(仁者)인 척하던 사마윤도 본색을 드러냈다. 그는 발연대로하여 언성을 높였다.

「금상께 어찌 허물이 없다고 할 수 있겠는가? 어머니를 내쫓고 자식을 죽이고, 숙부를 멸족시키고 아우까지 주(誅)했다. 이것도 죄가 안된다면 천하에 또 무슨 죄가 있으랴. 이 천하는 누구 것인가. 우리 사마씨(司馬氏)의 천하다. 그대들 *시위소찬(尸位素餐)하는 무리가 위로는 임금을 바로잡아 나라를 구할 능력이 없고, 아래보는 난을 진정하며 백성을 편히 하는 재주가 없거늘, 이제 와서 무슨 말이 그리 많은가. 전에도 내기 힘을 쓰지 않았던들, 지금 나라꼴이 어느 지경에 이르렀겠는가?」

조왕이 꾸짖자, 호랑이의 위엄을 빌리는 그 일당들은 모두 어깨에 힘을 주고 눈을 부릅떴다.

조왕의 눈짓 하나면 피바다가 될 판이었다.

왕융(王戎)이 떨리는 음성으로 말했다.

「신자(臣子) 된 몸으로 군부(君父)의 과실을 어찌 논하겠사옵니까? 대왕께서 적절히 처결하시오소서.」

그가 일어나자 모두 따라나섰다.

이튿날, 조왕은 장홍·허초·사의를 시켜 병사를 궁문마다 삼엄히 늘어세워 놓고 친히 3백의 호위병을 거느린 채 궁중으로 들어갔다.

영(令)을 내려 만조백관을 부르되, 한 사람이라도 참석하지 않는 자는 죽이겠다고 엄포를 놓았으므로 한 사람도 빠짐없이 곧 모여들었다.

혜제도 나와 앉아서 떨고 있었다.

이윽고 사마윤은 칼자루를 손에 잡은 채 전상(殿上)으로 올라가 큰 소리로 외쳤다.

「폐하께서 혼용(昏庸)하사 대위를 감당치 못하시매, 이에 선제의 유조를 받들어 태상황(太上皇)으로 봉하고 서궁(西宮)에서 한일월(閑日月)을 즐기시게 하는 바이니, 그리 아옵소서.」

혜제는 말도 못하고 그저 떨기만 했다.

손수가 고천문을 낭랑한 목소리로 읽어 내려갔다

「영녕(永寧) 원년 신유(辛酉) 11월 길일(吉日)에 조왕 사마윤 등 백관은 황천(皇天)에 고하나이다. 황제 사마충(司馬衷)이 덕이 없고 총명치 못하여 그 모후를 내쫓고 자식을 죽이며, 간악한 무리에 속아 역신(逆臣)을 크게 쓰고 어진 이를 물리쳐 종묘와 사직에 득죄함이 크오이다. 오호라, 시(詩 : 《시경》)에 이르기를, 천명(天命)이 일정한 바 없다 했거늘, 그 덕이 모자라기 저와 같으니, 어찌 오래 대위에 머물러 하늘의 뜻을 거역하오리까. 이에 만조신료와 억조창생이 한가지로 꾀하여 사마충을 폐위하고 그 뜻을 아뢰나이다. 명명한 상천은 굽어 살피옵소서.」

하늘에 고한다 했으나 먹구름이 잔뜩 낀 하늘은 낯을 찌푸린 채 말이 없었다.

조왕이 눈짓을 하자 허초와 사의가 전상에 올라와 혜제를 용상에서 일으켜 세우더니 면류관과 곤룡포를 벗겼다. 혜제는 꼼짝도 못한 채 하는 대로 내버려두었다. 그러나 그의 눈에서는 하염없이 뜨거운 눈물이 흘러내리고 있었다.

「어서 모셔라.」

사마윤의 말이 떨어지자, 두 장수는 양쪽에서 부축하여 대기시켜 놓았던 연(輦)에 태웠다. 황후가 된 지 얼마 안되는 양씨(羊氏)도 끌려나왔다.

신하들은 고개를 숙인 채 아무도 바라보지 못했다. 아무리 그들이라도 무심할 수 없었다.

여기저기서 흐느끼는 소리가 새어나왔다.

장형(張衡)이 호위하는 가운데 연은 서서히 움직이기 시작했다. 참을 수 없었든지 상서 화욱(和郁), 낭야왕 사마예(司馬睿), 시랑 육궤(陸机)가 통곡하며 그 뒤를 따랐다. 사마윤은 세 사람의 뒷모습을 노려보았지만 아무 말도 하지 않았다.

「모두 정신 차리시오!」

손수가 고함을 질렀다. 그 바람에 아닌 게 아니라 정신을 차렸다. 어떤 판국이냐. 정신을 안 차리다가는 목숨이 열이라도 모자랄 것이 아닌가.

손수는 백관들을 훑어보며 말했다.

「용상은 하루도 비워 놓을 수 없는 터입니다. 여러분들은 어서 상의하셔서 덕이 높으신 어른을 천거하시기 바랍니다.」

아무도 입을 못 떼고 있는 중에 황문시랑(黃門侍郞) 부기(傳祇)가 말했다.

「말씀대로 어찌 천하에 하루라도 군주가 아니 계실 수 있겠습니까. 이미 폐하를 물러가시게 하였은즉, 반드시 영명한 종친을 뽑아놓고 계실 것입니다. 어떻게 창졸간에 저희들을 보고 고르라 하십니까?」

손수가 버럭 화를 냈다.

「이는 국가의 대사요. 어찌 미리 뽑아놓는 법이 있겠습니까. 말씀을 삼가시오!」

「하려면 마음대로 하는 것뿐이지, 이 마당에 와서까지 말을 꾸미신단 말씀이오?」

부기도 언성을 높이고 물러갔다.

손수는 다시 재촉했다.

「어서들 말씀하시기 바랍니다. 사양만 하고 있을 때가 아니지 않습니까.」

왕융은 상석에 앉은 죄로 안 나오는 소리를 해야 했다.

「조왕 전하께서는 황실의 지친(至親)이시며 일세의 여망을 걸머지고 계신 터입니다. 이런 중대사는 전하의 결정을 따르는 것뿐이니 저희가 어찌 감히 입을 벌리겠습니까.」

말인즉 조왕을 위하는 듯하면서도 조왕을 궁지에 몰아넣는 말이었다. 어찌 자기가 자기를 천거하랴.

사마윤의 심복인 장임(張林)이 말했다.

「만일 공로나 덕망으로 논한다면, 대왕들 중에서 조왕 전하를 젖혀놓고 누가 있겠습니까?」

그러나 이 말에 냉큼 맞장구를 쳐주는 사람은 아무도 없었다. 손수가 재빠르게 나섰다.

「지당한 말씀이오. 모두 찬성인 듯하니 그렇게 하겠습니다.」

그는 사마윤을 부축해서 전상(殿上)에 올리려고 했다.

사마윤은 짐짓 그 손을 뿌리치고 호통을 쳤다.

「내 황숙으로 구석(九錫)까지 받았으면 그만이지, 무엇이 부족하여 딴 뜻을 갖겠는가. 이리하여 나를 불의한 사람으로 만들지 마라.」

그러나 손수는 물러서지 않았다.

「천하에 어찌 하루인들 대위를 비워두겠습니까. 만일 군주가 안 계시면 반드시 변이 생길 것입니다. 대왕께서는 우선 보위에 오르시어 천하를 안정케 하옵소서. 차후에 유덕한 이가 나타나면 그때에 가서 사양하신들 무슨 불가함이 있겠나이까.」

그래도 사마윤은 어린애같이 고개를 흔들었으나 그 일당들이 몰려가 용상에 앉혔다.

조왕은 조금 전의 언동과는 달리 매우 만족한 듯 용상의 가장자리를 손으로 쓸어보기까지 했다. 일동의 절을 받고 나서 정중한 한 마디가 없을 수 없었다. 그는 서슴지 않고 스스로를 짐(朕)이라고 불렀다.

「짐이 불민하여 제위(帝位)를 어찌 감당하랴만, 경들이 일치하여 밀어주니 사양하지 못하겠소 부디 경들은 진충보국하여 태평의 치적을 올려주기 바라오」

신하들은 손수의 선창으로 만세까지 불러야 했다.

세상은 바뀌었다.

전에도 그의 뜻대로 못한 일은 일찍이 없었지만, 황제가 위에 있기 때문에 남의 이목이 꺼려졌었다. 그러나 이제부터는 명실상부한 사마윤의 세상이었다. 또 제 세상을 만난 것은 역시 손수였다. 그는 사마윤이 전에 차지했던 태재(太宰)가 됐다.

이로부터 사마윤과 손수의 행패는 더욱 심해졌다. 모두가 입을 봉하고 있었다. 자칫하면 어느 귀신에게 잡혀갈지 모르는 무서

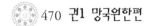

운 세태였다.

나라가 어지러워진 때문인지 천변(天變)이 잦았다.

황하 물이 가을이 되자 말라붙어서 배도 띄울 수 없게 됐다. 일찍이 들어본 적도 없는 괴변이라고 백성들은 낯을 찌푸렸다.

혜성(彗星)이 나타난 것은 또 그렇다 치고, 메뚜기 떼가 전국을 휩쓸었다. 그들이 이동하는 모습은 산이 움직이는 것 같았다. 지나가고 난 자리는 곡식은커녕 풀 한 포기 남아나지 않았다.

한번은 장끼가 궁문으로 날아들더니, 태극전(太極殿)을 거쳐 바로 정전(正殿)으로 기어올랐다. 병사들이 놀라서 뒤를 쫓았는데 전각을 서쪽으로 도는 듯하다가 자취를 감추었다.

두루 궁 안을 뒤져 보았으나 끝내 나타나지 않았다.

며칠 후 한 병사가 전상(殿上)에서 수상한 새를 붙들었다. 머리가 빨갛고 몸뚱이는 까만 새였다. 사마윤은 무슨 새냐고 물어보았으나, 아무도 아는 사람이 없었다. 며칠을 매어두었다.

하루는 어디서 나타났는지 흰 옷을 입은 동자가 궁중에 들어와 새를 가리키며 외쳤다.

「복유조(服劉鳥) 봐라. 복유조 봐라!」

사마윤은 괴이쩍게 여겨 새와 동자를 밀실에 가두고 보초를 세웠다. 그러나 다음날 방문을 열었을 때에는 동자도 새도 온데간데 없이 사라져버렸다. 후일 낙양이 한(漢)의 유총(劉聰)에게 함락되고 진제(晉帝)가 그의 앞에 항복을 드리자, 사람들은 비로소 이 복유조라는 이상한 새가 나타났던 까닭을 알았다.

오늘날 복류조(鵩鵩鳥)라는 이름은 바로 이에서 비롯된 것이다.

2. 반격은 서서히

사마윤이 대위를 찬탈했다.

허도(許都)에 앉아서 이 소식을 들은 제왕 사마경은 매우 분개했다. 더구나 쫓겨난 혜제는 서궁에 유폐되어 꼼짝도 못한다지 않는가! 사마경은 홧김에 벌떡 일어나서 앞에 놓인 탁자를 발길로 걷어찼다.

「아, 그놈이 어찌 이리도 무도하단 말이냐! 그 동안에도 별꼴을 다 겪어야 했지만, 이것까지 참는다면 어찌 사나이라 할 수 있겠는가?」

그의 눈에서는 눈물이 주르륵 흘러내렸다.

충성에선지 분개해선지 그것은 몰랐다. 어쨌든 실컷 울기라도 한다든가, 마음껏 화풀이라도 어디에다가 하지 않고는 미칠 것 같은 심정이었다.

손순·동애·갈여가 불려왔다.

「모두들 들었나? 그 도둑놈 사마윤이 성상을 폐위하여 서궁에 감금하고, 자기가 용상에 올라앉았다는구나! 아, 제까짓 게 뭔데? 일개 서족 출신의 비렁뱅이가 아니냔 말이야. 이놈이 우리 친왕(親王) 보기를 장승처럼도 안 여기니, 원 이럴 수가 있겠나? 이럴 수가 있겠어?」

마치 세 신하가 사마윤의 패거리나 되는 듯 삿대질을 해댔다.

「전하, 고정하시옵소서.」

동애가 입을 떼었다.

「조왕은 이미 자기가 파놓은 함정에 스스로 뛰어든 폭이 됐나이다. 그를 잡을 시기가 온 것입니다. 그 동안 전하께서는 참기 어려운 여러 가지를 잘 참으셨사옵니다. 그러나 지금은 더 이상 참아서는 안될 시기입니다.」

그의 말에도 마디마디 비분강개의 뜻이 서려 있었다. 그는 말을 계속했다.

「그러나 너무 역정을 내지는 마옵소서. 흥분은 대사를 추진하는 데 해롭습니다. 지금 할 일은 속히 사람을 여러 왕들에게 파견하여 그의 죄상을 밝히고 병사를 일으키게 하는 일이옵니다. 천하가 다 이를 가는 이때, 순(順)으로써 역(逆)을 친다면 어찌 대사의 성패를 걱정하실 것이 있겠나이까.」

이제는 사마경의 가슴도 조금은 후련해진 것 같았다.

「좋은 말이오 여러 제후들이 많거니와 누구와 일을 꾀해야 하겠는가?」

손순이 아뢰었다.

「어느 대왕께선들 분격하지 않으시겠나이까. 그러나 우선 하간(河間)·성도·동해·낭야의 네 분 대왕에게 뜻을 통해 보시옵소서.」

이에 크게 기뻐한 사마경은 격문을 써서 네 명의 사신에게 들려 각처로 보냈다.

성도왕 사마영(司馬穎)은 안성(案城)에서 사신을 맞았다.

제왕의 친서가 있었다.

<제왕 사마경은 피를 토하고 통곡하면서 글을 성도왕 전하께 드립니다. 오호라, 사직이 기울어 위태로움이 어찌 오늘에 이르렀나이까. 역도(逆徒) 조왕이 일찍부터 정권을 농단하여 행패하지 못하는 것이 없더니, 구석(九錫)으로도 족함을 모르고 황공하옵게도 대위를 찬탈함에 이르렀습니다. 친인이 공노할 이 소행을 목격하면서 어찌 태연히 앉아 있을 수만 있겠습니까.

대저 국가 명맥은 의에 달려있는 것입니다. 의가 살면 나라가 살고 의가 죽는 곳에 나라가 망하는 것입니다. 과인이 비록 불민하나, 금상폐하의 연지(連枝)요 절(節)을 지방에 받드는 후

백(侯伯)의 자리에 있습니다. 조왕의 대역을 성토하여 그 죄를 천하에 밝히고, 성상 폐하를 모셔내어 천일(天日)을 다시 빛나게 못한다면, 명명(冥冥)한 중에 계신 조종(祖宗)을 다음날 무슨 낯으로 뵈오리까.

의로울진대 비록 천만인 속이라도 내 가겠노라고 성인께서도 말씀하셨습니다. 저는 미력하나마 단신으로라도 이 역적을 토멸할 것을 주저치 않겠습니다.

그러나 이를 갈고 팔을 휘둘러 분개하는 사람이 어디 저뿐이겠습니까. 촌락의 초부목동(樵夫牧童)이라도 가만히 있기를 원치 않는 이때입니다. 반드시 대왕께서 사직을 바로 하실 높은 뜻을 지니신 줄 믿기에 이에 글월을 드려 도둑을 치는 일에 앞서 함께 기약하고자 하옵나니, 원컨대 부디 과인의 미충(微衷)을 알아주셨으면 하옵니다.>

성도왕 사마영은 곧 신하들을 모아놓고, 장사(長史) 벼슬에 있는 노지(盧志)로 하여금 제왕의 친서를 읽게 했다. 귀를 기울이던 장수들의 얼굴에는 분명 감동의 빛이 떠돌았다.

이윽고 사마영이 말을 꺼냈다.

「모두 들었으니 알려니와, 이는 대의로 보아 십분 공명할 수 있는 일인가 하오. 조왕의 죄가 하늘에 사무쳤으니 이 역적을 치는 데 무슨 불가함이 있으랴. 다만 걱정인 것은 우리 병력이 약해서 일의 성부(成否)를 헤아리기 어려운 점이오. 기탄없이 소견을 밝혀 보시오」

노지가 나서서 아뢰었다.

「대왕께서 대의를 밝히시고 역신(逆臣)을 치시는 터에 어찌 병력의 다과에 구애되겠나이까. 제왕뿐 아니라, 여러 대왕께서도 함께 일어나실 것이옵니다. 또 격문을 써서 방방곡곡에 내거신다면 충성스런 용사들이 구름처럼 모여들 것이오니, 조금도 심려치 마옵소서.」

매우 기뻐한 사마영은 곧 장수들을 각지에 파견하여 방을 붙여 병사를 모집하게 했다.

결과는 매우 흡족했다. 열흘도 못되는 사이에 3만이 모였다. 전부터 있던 군대와 합치면 6만이나 되었으므로 사마영은 마음 놓고 전쟁준비를 서둘렀다.

한편 하간왕 사마옹(司馬顒) 쪽에서는 사정이 좀 복잡했다.

제왕의 친서를 읽은 사마옹은 측근들을 불러놓고 상의했다.

「지금 제왕으로부터 함께 조왕의 죄를 묻자는 사신이 왔소 의(義)로 볼 때 그 말에 일리가 없다고 못할 것이오. 그러나 조왕이 새로 대위에 올라 위엄이 일세를 덮었을 뿐 아니라, 군사가 많고 전량이 풍족하니 어찌 일이 쉽겠소? 또 조왕은 과인에게 특별한 호의를 보여 오는 바이오. 저번에도 편지가 왔는데 과인을 태제(太弟)로 봉하겠으니 입조하라는 것이었소 양단간에 결정키 어려우니 그대들의 의견은 어떠하오?」

장방(張方)이 아뢰었다.

「이미 조왕께서 태제로 봉하신다고 하셨다면야 무엇 때문에 제왕 편을 드시겠사옵니까. 어서 입조하사 조왕을 도와 제왕의 군사를 물리치시기 바랍니다. 천하가 대왕의 손에 들어올 것 아니오니까.」

사마옹이 맞장구를 쳤다.

「그대의 말이 옳도다. 태제가 되는 마당에 위태로운 씨름을 어째서 하랴.」

그는 노골적인 반감을 보이면서 말했다.

「제왕은 거만하단 말이야! 황제의 아우라는 것을 내세워 과인을 업신여긴 적이 한두 번이 아니오. 정말로 그의 편을 들고 싶지는 않소.」

왕 자신이 이렇게 나오니 사태는 결정이 난 것이나 다름없었다. 이때 이함(李含)이 반열로부터 뛰어나왔다.

「전하, 그것은 크게 잘못된 생각입니다!」

그는 소리부터 질렀다. 모든 시선을 받으며 이함이 말했다.

「조왕이 태제로 봉한다는 말을 곧이들으십니까? 대왕을 해하기 위해 미끼를 던진 것뿐입니다. 그에게는 아드님도 있는데 어찌 전하를 태제로 봉하겠습니까? 듣자니, 이미 사마과(司馬夸)를 태자로 책봉했다 합니다. 속지 마시오소서.」

듣고 보니 그도 그랬다. 사마옹의 마음이 흔들리기 시작했다.

「흐음! 그렇다면 어찌한다?」

「지금 조왕의 소행에 대해서는 온 백성이 이를 가는 판국입니다. 제후들이 벌떼처럼 일어나 문죄(問罪)의 군사를 일으킨다면 천하는 명석같이 말릴 것입니다. 더구나 사적인 감정으로 공의(公義)를 그르치시겠나이까. 만일 제왕 편에 가담하지 않으시다가는 반드시 후환이 있을 것입니다.」

사마옹이 결단을 내리지 못하자 장우(張友)가 의견을 냈다.

「조왕을 못 믿을 것은 사실입니다. 회남왕께서 조왕의 편을 들지 않아서 돌아가셨나이다. 이용할 때는 이용하고 거추장스러우면 죽이는 것이 조왕의 수법이지요. 그러나 제왕도 달갑지 않으시다면 이렇게 하시옵소서. 우선 군대를 내어 그 편을 드는 척하면서, 천천히 나아가는 것입니다. 그리하여 관망하시는 것이 좋겠나이다.」

사마옹은 그 말을 옳게 여겨 장방을 대장으로 하고 여낭·조묵을 중군, 마첨·곽위를 후군으로 임명해서 3만의 군사를 출동시켜 양군의 승부를 살피게 했다.

역시 사마경의 친서를 받은 사람 중에 장사왕과 동해왕이 있었다. 그들은 원래 조왕을 괘씸하게 알고 있었던 터라 곧 승낙했다.

사마경은 대군을 인솔하고 영음(穎陰)으로 가서 원군을 기다리고 있었다. 앞서 나타난 것은 신야공(新野公) 사마흠(司馬歆)이었다. 사마경은 크게 기뻐하여 맞아들였다. 며칠이 안 가서 동해왕과 남양왕도 각기 많은 군사를 끌고 영음에 나타났다.

이때 사마옹은 정세를 관망하다가 제후들이 모여든다는 말을 듣고 후회했다.

「정세를 알아봤더니, 동해왕·낭야왕은 말할 것 없고, 신야공까지 군사를 내어 회동했다는구려. 만일 이번 일에 참가하지 않았다가는 차후에 책임추궁을 당할까 두렵소」

이함이 말했다.

「아직 늦지 않았나이다. 지방에 멀리 떨어져 있으므로 부재중 주액의 변(肘腋之變 : 주액은 팔꿈치와 겨드랑이. 곧 가까이 있는 적의 공격을 받음)이 두려워 즉시 떠나지 못하고, 앞서 신 등을 보낸다 하면 곧이들을 것입니다. 어서 분부를 내려주시옵소서.」

「주액의 변이라, 그 참 그럴싸한 구실이군. 과연 이 장사(長史)는 고의 지낭(智囊)인지고」

사마옹은 즉시 서장을 닦아 제왕에게 사자를 보냈다.

제왕 사마경은 사마옹의 서장을 받자, 곧 성도왕 사마영에게 사자를 보내 삼로에서 일제히 낙양으로 쳐들어갈 것을 약정하였다.

1권 끝

속 三國志 참고연표

〈三國時代〉

위魏 曹씨

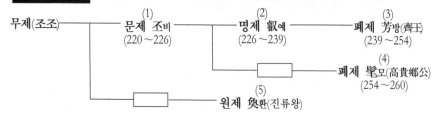

무제(조조) ─┬─ 문제 조비 (1)(220~226) ─┬─ 명제 叡예 (2)(226~239) ─── 폐제 芳방(齊王) (3)(239~254)
                                         └─ ☐ ─── 폐제 髦모(高貴鄕公) (4)(254~260)
           └─ ☐ ─── 원제 奐환(진류왕) (5)

촉한蜀漢 劉씨

선주 備비(소열제) (1)(221~223) ─────────── 후주 유선 (2)(223~263)

오吳 孫씨

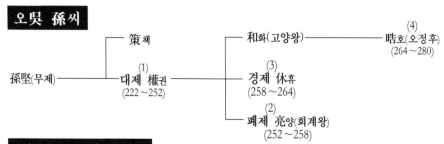

孫堅(무제) ─┬─ 策책
            └─ 대제 權권 (1)(222~252) ─┬─ 和화(고양왕) ─── 晧호(오정후) (4)(264~280)
                                        ├─ 경제 休휴 (3)(258~264)
                                        └─ 폐제 亮양(회계왕) (2)(252~258)

晋(西晋·東晋) 司馬씨

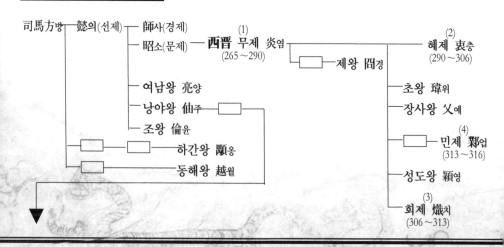

司馬方방 ─┬─ 懿의(선제) ─┬─ 師사(경제)
          │   └─ 昭소(문제) ── 西晋 무제 炎염 (1)(265~290) ─┬─ ☐ ── 제왕 冏경
          │   └─ 혜제 衷충 (2)(290~306)
          ├─ 여남왕 亮양
          ├─ 낭야왕 仙주 ── ☐
          ├─ 조왕 倫윤
          ├─ ☐ ── ☐ ── 하간왕 顒옹
          └─ ☐ ── 동해왕 越월

초왕 瑋위
장사왕 乂예
☐ ── 민제 鄴업 (4)(313~316)
성도왕 穎영
회제 熾치 (3)(306~313)

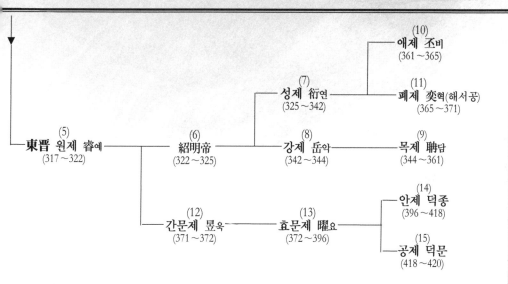

東晉 원제 睿예 (5) (317~322)

紹明帝 (6) (322~325)

성제 衍연 (7) (325~342)

애제 丕비 (10) (361~365)

폐제 奕혁(해서공) (11) (365~371)

강제 岳악 (8) (342~344)

목제 聃담 (9) (344~361)

간문제 昱욱 (12) (371~372)

효문제 曜요 (13) (372~396)

안제 덕종 (14) (396~418)

공제 덕문 (15) (418~420)

<五胡十六國>

漢·前趙(劉씨 흉노)

광문제 유연(高祖) (1) (304~310)

和화 (2) (310)

소무제 聰총 (3) (310~318)

은제 粲찬 (4) (318)

前趙 曜요 (5) (318~328)

熙희 (6) (328~329)

後趙(石씨氏羯저갈)

명제 석늑(高祖) (1) (319~333)

弘흥 (2) (333~334)

무제 虎호(太祖) (3) (334~349)

鑒감 (6) (349~350)

遵준 (5) (349)

祗저 (7) (350~351)

世세 (4) (349)

魏 冉閔염민 (350~352)

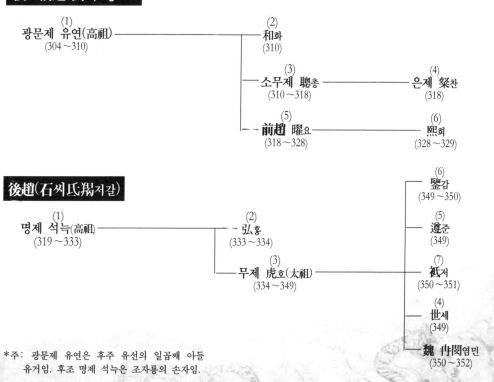

*주: 광문제 유연은 후주 유선의 일곱째 아들 유거임. 후조 명제 석늑은 조자룡의 손자임.

◀주요 등장인물▶

■ 한(漢)

유연(劉淵) : 광문황제. 자는 원해(元海). 본명은 유거. 선주 유비의 셋째아들인 양왕 유이의 아들. 한을 중흥하여 황제가 됨. 재위 6년.

유총(劉聰) : 소무황제. 자는 현명(玄明) 광문황제의 넷째아들. 재위 9년.

유찬(劉粲) : 소무제가 죽자 뒤를 이어 즉위함. 성정이 잔인무도하여 많은 폭정을 자행하여 아버지 유총의 비(妃)였던 근준의 딸 월화를 간음할 정도의 패륜아. 결국 그런 황음무도함으로 인해서 근준과 그의 아우 근술·근명 등에 의해 즉위한 지한 달 만에 살해됨.

유요(劉曜) : 광문황제의 조카. 일세의 용장으로 소년시절 이미 대도독이 되어 무수한 전공을 세웠으며, 진의 장안과 낙양을 함락시키고 진 황제를 사로잡음. 스스로 전조의 황제가 됨.

석늑(石勒) : 자는 세룡(世龍). 촉한의 5호장 조자룡의 손자로 조개·조염의 동생. 촉한이 망한 후 급상의 등에 업혀 망명. 도중에 형들과 헤어져 상당 석현(石莧)의 양자가 되어 성을 석(石)씨로 고침. 소년시절 유요와 함께 이미 한의 대도독으로 무수한 전공을 세웠으나 마침내 유요와의 불화로 한을 떠나 자립하여 후조(後趙)의 황제가 됨.

석호(石虎) : 석늑의 아들. 자는 계룡(季龍). 15세 때부터 아버지를 따라 출전하여 많은 공을 세웠음. 행군초토 진위장군으

로 늘 선봉을 맡음. 후일 후조의 2대 왕인 형 석홍을 죽이
고 스스로 왕이 되었음.

제갈선우(諸葛宣宇) : 자는 수지(修之). 제갈공명의 손자이며, 제갈
첨의 작은아들. 형 상(尙)은 열아홉에 아버지와 함께 위(魏)의
등애(鄧艾)의 군사를 막으려 선봉이 되어 나갔다가 아버지 제
갈양과 함께 장렬히 전사함. 제갈공명의 비전을 터득하고 육
도삼략, 천문지리에 형통하였음. 한나라 최고의 중신으로 한
의 중흥은 오로지 그와 장빈의 지모와 경륜에 의함. 벼슬은 우
승상.

장빈(張賓) : 자는 맹손(孟孫). 촉한 장비의 손자이고 장포(張苞)의
소실 이씨의 소생. 장실·장경의 배다른 형. 천부의 뛰어난 재
질로 육도삼략과 천문지리에 형통하여 한의 군사(軍師)가 되
어 유연을 도와 한을 중흥시킴. 후일 석늑이 자립하자 석늑을
도와 후조(後趙)를 세움. 벼슬은 우후(右侯).

진원달(陳元達) : 서봉강에 은둔하고 있는 그를 맞이하기 위해 장
빈이 한왕 유연의 친서를 가지고 방문하여 안거포륜(安車蒲
輪)에 몸을 싣고 평양에 도착하니, 평양성 20리 밖까지 황제가
장수들을 거느리고 친히 나와 맞이한 것으로 유명함. 한황 유
총이 황음무도하자, 황제에게 바치는 유소(遺疏)를 남기고 자
결함. 벼슬은 승상.

강발(姜發) : 자는 존충(存忠). 제갈공명의 후계자로서 촉한과 함께
분사한 대장군 강유(姜維)의 큰아들. 한때 성도자사 조흠을 잠
시 돕다 한이 국호를 세우자 평양으로 와서 유연을 도와 제갈
선우·장빈과 함께 군사(軍師)로서 수많은 공을 세움. 벼슬은
승상.

장실(張實) : 자는 중손(仲孫). 장비의 손자. 장포의 정실 소생으로

장경의 형. 유연을 도와 무수한 전공을 세움. 후일 한을 떠나 석늑을 섬김. 맹장으로 벼슬은 용양대장군(龍驤大將軍).

장경(張敬) : 자는 계손(季孫). 장비의 손자이며 장포의 정실 소생. 할아버지를 닮아 장팔사모를 잘 썼으며 영용이 절륜하였음. 후일 석늑 휘하에서 원수가 되어 크게 활약함. 벼슬은 효기대장군(驍騎大將軍).

관방(關防) : 자는 계웅(繼雄). 한수정후 관운장의 손자이고 관흥(關興)의 맏아들. 유영·왕미와 함께 한의 으뜸가는 장군으로 무수한 전공을 세움. 벼슬은 우대사마(右大司馬). 한황 유연이 죽자 슬픈 나머지 병을 얻어 죽음. 소무황제 유총은 그에게 충렬왕을 추증하고 왕의 예로 선제 광문황제의 무덤 옆에 장사지냄.

관근(關謹) : 자는 계무(繼武). 관방의 동생. 거록성 공략 때 위(魏)의 호치(虎痴) 허저의 손자인 진의 효장 허술을 사로잡은 것으로 유명. 벼슬은 우익장군(羽翼將軍). 충순왕에 추증.

관산(關山) : 자는 계안(繼安). 관우의 손자이며 관흥의 동생인 정남장군 관색(關索)의 아들. 관방·관근의 사촌. 후일 근준의 찬역을 독단적으로 주하려다가 실패하고 참살당함. 벼슬은 호군장군(護軍將軍).

관심(關心) : 자는 계충(繼忠). 관산의 동생. 청성산에 은거해 있는 강발·강비 형제를 찾아서 유연에게 데려감. 유요의 부장으로 많은 전공을 세움.

관하(關河) : 자는 계원(繼遠). 관방의 아들. 어린 나이에 출전하여 진의 용장 진무장군 여율(呂律)을 항복시킴. 벼슬은 건위장군(健威將軍).

조개(趙槩) : 자는 총한(總翰). 상산 조자룡의 손자이며 조통(趙統)의 맏아들. 장빈과 함께 서봉강에서 망명생활을 하다가 유연이 유림천에서 거병하자 참여했음. 후일 막내동생 석늑이 자립하자 동생 조염과 함께 그를 도움. 용장으로 벼슬은 건위장군.

조염(趙染) : 자는 문한(文翰). 조개의 동생. 삼형제 가운데 가장 무예가 뛰어났음. 무수한 전공을 세움. 벼슬은 거기대장군.

조번(趙藩) : 자는 문집(文集). 조개·조염의 동생. 유총과 장빈이 장하를 건너서 위군으로 후퇴할 때 남아서 뒤를 끊다가 전사함. 용장으로 벼슬은 양위장군(揚威將軍).

황신(黃臣) : 자는 양경(良卿). 촉한의 오호장 황충의 손자. 유연을 도와 무수한 전공을 세움. 후일 근준의 찬역으로 유씨 일족의 무덤이 파헤쳐졌을 때 홀로 남아 뼈를 수습하여 나중에 유요가 평양 탈환 후 장사지내줌. 벼슬은 보한대장군(輔漢大將軍).

황명(黃命) : 자는 석경(錫卿). 황신의 동생. 용장으로 벼슬은 건위장군.

호연안(胡延晏) : 자는 백녕(伯寧). 촉한의 대장군 위연(魏延)의 큰아들. 제갈공명의 사후 위연이 촉한에 모반한 사실을 부끄럽게 여겨 성을 호연으로 고쳤음. 누이가 한황 유연의 비가 됨. 용장으로 벼슬은 호위보가사(護衛保駕使).

호연유(胡延攸) : 자는 숙달(叔達). 호연안의 둘째동생. 효용이 절륜하였음. 한황 유연의 꿈에 호연씨를 선봉으로 쓰면 낙양을 깨뜨릴 수 있다는 가르침을 좇아 유요를 도와 낙양을 치게 함으로써 낙양을 함락하고 회제를 사로잡음. 벼슬은 거기대장군.

호연호(胡延顥) : 자는 계순(季淳). 호연안의 셋째동생. 진위장군.

강비(姜飛) : 자는 존의(存義). 강발의 아우. 일대의 용장으로 서평후에 책봉됨.

제만년(齋萬年) : 자는 영령(永齡). 제(齋)의 명재상 전단(田單)의 자손으로 촉한의 호위친병총령으로 있다가 유연과 함께 망명했음. 80근 대도와 장정 둘이 겨우 당길 수 있는 경궁(硬弓)의 의 신기를 지녔음. 유림천에서 기병하여 선봉이 되어 순식간에 진주와 경양을 공략하고 옹주까지 진출하였음. 그러나 옹주공략 때 진장 맹관의 궤계에 떨어져 애석하게 전사함. 유연이 한황에 즉위하자 농서후에 추증하였음.

급상(汲桑) : 자는 민덕(民德). 한(漢)의 급장유의 자손. 촉한의 성도에서 조자룡과 그 아들 조통의 집에 목마사(牧馬師)로 있었음. 효용이 절륜하여 특히 도끼를 잘 썼음. 어린 조늑(석늑)을 업고 망명길에 올랐다가 우연히 석현(石莧)에게 도움을 받아 조늑이 석가(石家)의 양자로 들어가자 계속 그를 보호하여 끝까지 충성을 다했음. 석늑을 따라 무수한 전공을 세웠으나 진장 구희의 계책에 떨어져 죽음.

유영(劉靈) : 자는 자통(子通). 유비의 양자 유봉(劉封)의 손자로서 유연과 함께 서촉을 탈출한 후 줄곧 그를 받들어 무수한 전공을 세움. 왕미와 함께 한의 으뜸가는 효장으로 용맹을 떨쳤음. 하북초토사가 되어 유주의 왕준을 치다가 궤계에 떨어져 진의 맹장 기홍과 함께 장렬하게 전사함. 벼슬은 관군대장군.

왕미(王彌) : 자는 비표(飛豹). 촉한의 진북대장군 왕평의 아들. 만부부당의 용장으로 유영과 함께 한의 으뜸가는 장수. 후일 유요와 불화했고, 석늑과 맞섰음. 자립을 꾀하여 석늑을 꺾으려다 오히려 장빈의 계책에 떨어져 살해됨. 벼슬은 관군대장군.

서광(徐光) : 자는 보명(普明). 주천 땅에 은둔생활을 하다가 제갈선우의 천거로 한왕 유연의 초빙을 받아 자정대부가 되었음. 유연의 중원 진출의 방향을 제시했음.

정하(程遐) : 제갈선우의 천거로 서광과 함께 주천군에서 나와 한왕 유연을 도왔음. 식견이 넓고 도량이 깊었으며 성품이 온후하였음. 벼슬은 광록대부. 장빈이 죽자 그의 뒤를 이어 조왕 석늑의 모사가 됨. 조에서의 벼슬은 상서사 승상.

유광원(游光遠) : 온후한 성품과 해박한 지식으로 한왕 유연을 충실히 보필함. 벼슬은 어사대부.

공장(孔萇) : 자는 세로(世魯). 후한 말 북해태수 공융의 손자. 공융이 조조에게 시해될 때 그의 충복이 공장의 아버지인 어린 공화를 업고 도망쳐서 하서의 마읍에 숨었는데, 공장이 좌국성에 오기 전 마읍의 야서산에서 천산야차를 퇴치한 것은 유명함. 벼슬은 진무장군.

도표(桃豹) : 자는 무화(霧化). 무위군 사람. 일찍이 공장과 의형제를 맺고 그의 동생 양위장군 도호·도표(桃彪)와 함께 용맹을 떨쳤음. 벼슬은 건무장군. 후에 조(趙)의 대사마.

기안(夔安) : 별명은 벽안표(碧眼彪). 큰 도끼를 잘 쓰고 보전(步戰)에 능함. 벼슬은 건무장군. 청주총독이 됨.

양흥보(楊興寶) : 자는 국진(國珍). 촉한의 후군사 양의의 예하 가장(家將)으로 있다가 양용과 함께 망명했음. 철추를 잘 쓰고 보전에 능했음. 벼슬은 호군도위.

학원탁(郝元度) : 강지(羌地)의 주수로서 촉한의 유신 유연·제만년 등에게 군사와 땅을 주어 한의 부흥을 적극 도왔음. 유연과 제만년의 기병을 도와 출전하였다가 조왕 사마윤 휘하의 모사 손수의 계책에 떨어져 전사함.

■ 진(晉)

혜제(惠帝) : 무제의 차남. 재위 16년. 암우하여 국정이 어지러워

486

짐.

회제(懷帝) : 무제의 스물 다섯째아들. 한군에 의해 낙양이 함락되
자 사로잡혀 평양으로 끌려가 죽음. 재위 6년.

민제(愍帝) : 회제의 손자. 회제의 뒤를 이어 장안에서 즉위. 한군
에 사로잡혀 죽음을 당함. 재위 5년.

가후(賈后) : 이름은 남풍(南風). 가충의 딸로서 사마충(司馬衷)이
태자일 때 태자비로 들어갔다가 충이 혜제가 되자 황후가
됨. 성정이 포악하고 음탕하였음. 혜제가 암우했기 때문에
가후가 정사를 전횡하다가 조왕 사마윤에 의해 폐위되었다
가 살해됨.

사마경(司馬冏) : 혜제의 동생 제왕 사마유의 아들로 아버지의
작후를 그대로 물려받았음. 성도왕 사마영과 함께 조왕 사
마윤을 주하고, 사마윤 대신 조정의 권세를 전횡하다가 장
사왕 사마예와 성도왕 사마영, 하간왕 사마옹에게 살해됨.

사마동(司馬肜) : 사마의의 아들로 장부인(張夫人) 소생. 양왕에
책봉됨. 옹주에 나가 한의 제만년을 꺾고 일시 한과 화의를
맺었음. 복윤·허사·허갱·전승 등이 모두 그의 수하 장수.

사마영(司馬穎) : 무제의 열여섯째 아들. 성도왕으로 업성에 진
수함. 정한총병도독으로 제왕과 14로 제후의 군마를 총수하
였고, 제왕 사마경의 전횡을 꺾었음. 현신 노지의 충간을 들
어 무난하게 처신을 하다 기어이 동해왕 사마월, 범양왕 사
마효에 의해 28세를 생애로 죽음을 당함.

사마예(司馬乂) : 무제의 여섯째아들. 장사왕. 제왕 사마경과 간
신 갈여·동예 등을 주하고 충성을 다하여 혜제를 보필하였
으나, 동해왕 사마월의 모함에 떨어져 성도왕 사마영과 하
간왕 사마옹 휘하의 용장 장방·조묵 등에 의해 원통하게

죽음을 강요당함. 이 때 그의 나이 28세.

사마옹(司馬顒) : 혜제의 동생인 사마부의 아들. 하간왕으로 연계와 관북 내외를 도독하였음. 휘하에 장방·조묵·질보 등의 명장과 모사 이함을 거느려 제친왕 가운데서 가장 세력이 강성했음. 사마경을 도와 사마윤을 주하고 또 사마예를 도와 사마경을 주하고, 다시 성도왕을 교사하여 사마예를 꺾었음. 그러나 결국 남양왕 사마모에 의해 살해됨.

사마월(司馬越) : 무제의 여덟째아들. 동해왕. 성도왕 사마영과 장사왕 사마예를 꺾고 조정의 권세를 전횡하다가 마침내 간신 유여의 사주를 받아 혜제를 독살하고 막내동생 치(熾 : 무제의 스물 다섯째아들)를 세워 회제라 함.

사마위(司馬瑋) : 무제의 셋째아들. 초왕. 여남왕 사마양과 개국공신 태보 위관을 부당하게 주륙하고 권세를 농단하다가 장화의 진언에 의해 혜제는 추우의 번을 내세워 그를 주하였음. 이때 사마위의 나이 약관 21세였음.

사마윤(司馬倫) : 사마의의 장부인 소생. 조왕. 발해에 진수하여 한단 일대의 군마를 총독했음. 휘하에 모사 손수와 사마아·장홍·사의·허초 등의 장수가 있었음. 가후를 폐하고 장화·배외 등 노 재상을 죽이고, 또 함께 일을 한 회남왕 사마윤(允)까지 제거한 다음 정권을 잡았다가 마침내 영신 손수의 교사를 받아 혜제를 내치고 찬탈했음. 그러나 불과 3개월 만에 제왕 사마경과 성도왕 사마영, 하간왕 사마옹의 연합군에 의해 주륙됨.

육기(陸機) : 자는 사형(士衡). 오의 명장이요 승상인 육손(陸遜)의 손자이며, 오의 대사마 육항의 아들. 정한대원수로서 한의 군사 장빈과 지모를 겨루며 천하에 이름을 떨쳤으나, 간신 맹구의 무고로 성도왕 사마영에 의해 죽음을 당함. 당대 제일가는 문호였을 뿐만 아니라, 후세에까지 손꼽히는 대문장가였다. 벼슬은 상서중병랑에 이름.

주처(周處) : 자는 자은(子隱). 오(吳)의 대장 주방(周魴)의 아들. 진의 어사중승으로 있을 때 평강대장군의 칙명을 받아 옹주에 나가 제만년을 격파하려다가 양왕 사마동과의 불화로 한군의 포위 속에서 구원을 받지 못하고 전사함. 벼슬은 산기상시.

기홍(祁弘) : 자는 자유(子猷). 유주총독 대사마 왕준 휘하의 효장으로 하간왕 휘하의 장방과 함께 진조의 으뜸가는 장수로 손꼽힘. 벼슬이 평난대장군 관외후에 이름. 유주의 취미산곡에 한장 유영을 꾀어들여 아군의 화살을 맞고 유영과 함께 죽음.

장방(張方) : 하간왕 사마옹 휘하의 주장으로, 진조 제일가는 효장이었음. 제왕 사마경을 주한 공으로 평난거기장군에 관내후의 봉작을 받음. 장안에서 혜제를 등에 업고 횡포를 부리다가 사마옹의 흉계로 동료 장수 질보에 의해 살해됨.

맹관(孟觀) : 자는 숙시(叔時). 일찍이 정서부원수로 출전하여 양왕 사마동이 옹주에서 한의 제만년에게 포위된 것을 구하고 마침내 계책으로 제만년을 꺾음. 가후를 도와 양준 도당을 주륙한 공으로 상곡군공이 됨. 회남왕 사마윤의 휘하 대장인 그의 동생 맹평이 사마윤과 함께 조왕 사마윤을 제거하려다 실패하여 주륙을 당하자 그 누를 입고 살해됨.

하후준(夏侯駿) : 위 조조 휘하의 명장 하후돈의 손자. 일찍이 가모(賈模)와 함께 광남 일대의 오(吳)의 구신들을 초토했음. 진주의 수장이던 동생 하후녹이 제만년에게 죽음을 당할 때 경양태수로서 그 역시 제만년에게 경양을 빼앗김. 벼슬은 부풍영서대총융.

하후녹(夏侯騄) : 하후준의 동생. 진주를 지키다가 제만년에게 패하여 전사. 진주태수.

허술(許戌) : 자는 응루(應婁). 위의 호치(虎痴) 허저의 손자. 길이가 2장(丈) 무게가 60근의 장창을 쓰는 진조의 명장. 거록태수로서 한의 관방에게 죽음을 당함.

감탁(甘卓) : 증조부는 오의 명장 절충장군 감영(甘寧)의 증손. 조부는 오의 상서 감술(甘述). 양주자사 진민의 아들에게 딸을 출가시킨 뒤 진민이 모반하여 진민을 주하고 딸을 데려옴. 벼슬은 진남대장군에 형(荊)·양(梁) 2주의 도독에 이름.

전승(典升) : 자는 자고(子高). 위(魏)의 용장 전위(典韋)의 손자. 상산군의 수장(守將). 거록과 상산을 공략했을 때 왕미에게 사로잡혀 죽음. 벼슬은 절충장군.

도간(陶侃) : 자는 사행(士行). 지략 겸전한 진의 제후. 광주자사로서 무수한 전공을 세움. 양주자사 진민이 모반하자 이를 진압해서 공을 세움. 유명한 도연명(陶淵明)의 증조부.

방응(龐鷹) : 위(魏) 조조 휘하의 용장 방덕(龐德)의 손자이며, 한단자사로서 그 동생 방요와 함께 한단이호(邯鄲二虎)로 불릴 만큼 용맹이 뛰어났으나 한의 관방에게 사로잡혀 죽음.

곽경(郭京) : 조조(曹操)의 유명한 모사이던 곽가(郭嘉)의 손자.

갈여(葛旟) : 제왕 사마경 부중의 사마(司馬). 동예·손순 등과 함께 사마경을 도와 권세를 전횡하다가 장사왕 사마예에 의해 주륙되고, 아울러 그의 구족도 참형을 받아 멸문됨.

곽박(郭璞) : 점을 잘 쳐서 신복(神卜)의 칭호를 들었음. 왕돈의 반역을 동진(東晋)의 명제(明帝)에게 예언하고, 또 왕돈이 결국은 주멸될 것도 예언한 것으로 유명함.

구희(苟晞) : 자는 도장(道將). 지략이 비범한 장수로서 청주자사로 있을 때 제7로의 제후로 성도왕 사마영 휘하에서 한(漢)과 싸웠음. 나중에 벼슬이 대장군 대도독이 되어, 청주·서주·연주·예주·형주·양주의 군마를 총괄하였음. 후일 석늑에게 사로잡혀 살해됨.

기첨(紀詹) : 자는 사원(思遠). 오의 상서령 기양의 손자이고, 광록대부 기척의 아들. 가후의 명을 받아 맹관의 선봉장으로 양준의 도당을 제거한 후 낙양총관이 됨. 벼슬은 표기장군.

나상(羅尙) : 자는 경지(敬之). 아버지는 촉한의 장가태수 나식. 무제 사마염의 명을 받아 관군장군으로 오의 구신을 초토했음. 평서장군, 익주자사 서융교위의 중직에 있다가 성(成)의 이웅에게 패하여 죽음.

노지(盧志) : 자는 자도(子道). 성도왕 사마영 부중의 장사(長史). 비범한 지모와 심오한 경륜으로 항상 사마영으로 하여금 순리를 따라 정도를 걷도록 간하였음. 사마영이 동해왕 사마월에게 잡혀 억울한 죽음을 당하자, 그의 시체를 받아서 업성 동쪽 산에 장사지내고 그 무덤 곁에서 시묘살이를 하며 끝까지 그에 대한 충성을 지켰음.

단필탄(段匹磾) : 선비족으로서 요서(遼西)의 추장으로 있을 때 유주총독 왕준과 사돈이 됨. 그러나 그의 동생과 아들이 왕준을 도와 양국군을 도우러 출병했다가 석늑에게 사로잡혀서 회유된 후로부터는 석늑에게 신의를 지켰음. 후일 좌현왕이 되어 석늑에게 다시 반기를 들었다가 살해됨.

배외(裴頠) : 자는 일민(逸民). 배수의 아들. 장화·위관과 함께 진조의 중신으로 무제의 신임을 받았음. 벼슬은 상서좌복야 시중. 조왕 사마윤에 의해 죽음을 당함.

복윤(伏胤) : 처음에는 양왕 사마동 휘하의 대장으로 있다가 사마동이 거세당하자 조왕 사마윤의 수하 장수가 됨. 추우기를 들고 나와 간계로 회남왕 사마윤을 살해함. 후일 사마윤(司馬倫)이 주륙당할 때 손수 등과 함께 처형됨.

삭정(索靖) : 돈황(燉煌) 땅의 오룡(五龍) 가운데 한 사람으로서 해박한 지식과 비범한 재지를 가졌음. 장화와 배외의 간곡한 권을 뿌리칠 수가 없어 일시 벼슬길에 올랐으나 가후의 음란한 전횡을 보고 기어이 관을 하직하고 말았음. 그가 장화에게 남긴 동타형극(銅駝荊棘)의 글은 유명함.

삭침(索綝) : 자는 거수(巨秀). 삭정의 아들. 벼슬이 표기대장군 상서좌복야에 이름. 서진(西晋) 최후의 지장(智將)으로 장안을 한의 공격에서 방어하였음. 민제는 그에게 태위 벼슬을 주어 모든 병권을 일임하였음.

손수(孫秀) : 조왕 사마윤 수하의 모사로서 간녕하기 비길 데 없는 위인. 사마윤을 사주하여 혜제를 내치고 찬탈토록 하여 그 공으로 시중 겸 중서령이 됨. 사마윤이 주륙을 당할 때 낙양의 백성들에 의해 사지가 찢겨 죽음.

손순(孫洵) : 제왕 사마경 예하의 참군(參軍). 조왕 사마윤의 찬탈을 주하고 사마경이 조정의 대권을 장악하자 동애·갈여·왕의·곽진과 함께 사마경의 전단(專斷)을 적극 방조하여 세상에서 제복오인(齊腹五人)으로 불렸음. 후일 사마경이 장사왕 사마예에게 주토될 때 몰래 미리 항복하여 목숨을 보전할 정도로 교활했음.

신염(辛冉) : 무제 때 주수 가모와 함께 오의 교광 일대를 평정하기 위해 파적장군으로 출동하여 진조의 개국에 공헌했음. 후일 서천의 자동태수로 있을 때 이특·이웅에게 여러 차례 패하여 죽음.

유곤(劉琨) : 자는 월석(越石). 후한의 중산정왕 유승의 후예. 병
　　주자사로서 휘하에 희담·초구 등의 용장을 거느리고 위를
　　떨쳤음. 한때 한의 유요에게 병주를 빼앗기고 대군(代郡)의
　　척발의로에게 의지했음. 석늑과는 싸우면서도 서로 지키는
　　의리가 있었음.

유의(劉毅) : 자는 중웅(仲雄). 벼슬은 사례교위, 상서랑 부마도
　　위, 산기상시 국자. 사마소의 사위. 항상 무제에게 직간, 무
　　제를 후한 말 암군 환제와 영제에 비유하여 정사의 문란을
　　간하자, 무제는 「환·영제 때는 그대 같은 직간하는 신하가
　　없었는데, 나는 지금 그대를 가졌으니 그때보다 낫다」라고
　　한 말은 유명하다.

장홍(張泓) : 조왕 사마윤 휘하의 으뜸가는 효장으로 항상 선봉을
　　맡음. 벼슬은 절충장군. 성도왕 사마영과 하간왕 사마옹, 제왕
　　사마경이 사마윤의 찬탈을 주하러 군사를 일으키자, 장홍은
　　이를 격파하기 위해 출전했다가 패하여 일시 이궐산에 의거했
　　으나, 석늑 휘하의 급상에게 살해됨.

장화(張華) : 자는 무선(茂先). 범양 사람. 위의 어양태수 장평의
　　아들. 문왕 사마소에서부터 무제, 혜제의 3대를 섬긴 진조의
　　개국공신. 벼슬은 태보, 사공에까지 이름. 조왕 사마윤이 가
　　후를 폐할 때 누를 입고 두 아들과 손자와 함께 살해되었음.

조적(祖逖) : 자는 사아(士雅). 범양 사람. 벼슬은 중랑장 진북대
　　장군에 이름. 장사왕 사마예를 도와 장광과 유침을 움직여
　　장안을 쳐 하간왕 사마옹을 꺾고 조정의 위기를 모면했음.
　　그 후 동진의 원제를 도와 많은 공을 세웠음.

진안(陳安) : 원래는 진장(晉將)으로, 유홍이 죽고 형주·양양 등
　　지가 어지러워지자 성(成)의 이웅에게 가서 양주사사를 지내

다가 유요의 간곡한 초빙을 받자 마침내 수용하여 군사를 몰
고 와 해호·유거 등 조장(趙將)과 함께 상규의 남양왕 사마
보를 쳐서 상규를 함락시켰음. 유요는 그에게 상규태수와 농
우공의 관작을 내렸으나 그는 이내 유요를 배반하여 <u>스스로</u>
양왕의 위에 오름. 그러나 곧 유요의 대군에 의해 패하여 섬
성으로 도망쳤다가 그 곳 백성과 군사들에 의해 살해됨.

■ 성(成)

이특(李特) : 동생 이상이 성도의 조흠 휘하에 있다가 억울하게
　　살해당하자 조흠을 죽이고 유민(流民)들을 이끌고 성도에서
　　서촉의 패자가 되는 기반을 닦음.

이웅(李雄) : 이특의 아들로서 영특하고 용맹이 뛰어남. 성(成)의
　　제위에 오름.

이양(李讓) : 이특의 둘째아들. 벼슬이 효기장군에서 태위가 되
　　어, 이웅이 즉위하자 국정을 도맡아 처결함.

이유(李流) : 이특의 동생. 진조(晋朝)에서 분위장군 무양후의 벼슬
　　을 받았음. 이특이 나상에게 사로잡힌 뒤 대신 대권을 맡아서
　　나상과 싸우다가 성의 개국을 보지 못하고 중도에서 병사함.

염식(閻式) : 자는 자규(子規). 지모가 비범함. 이특의 모사로서
　　그가 촉천(蜀川)을 취하는 데 커다란 역할을 함. 그러나 도
　　중에 나승·장금구의 배반으로 성의 개국을 보지 못하고 원
　　통하게 암살을 당함.

상관기(上官琦) : 이특과 이웅을 도와 성(成)의 개국에 많은 공을
　　세웠음. 벼슬은 간의(諫議)에서 진무장군에 이름.

상관정(上官晶) : 성의 으뜸가는 장수로 개국공신. 보국장군에서
　　좌시중에 이름.

◀관직 해설▶

태사(太師) ┐
태부(太傅) │ 한대(漢代) 이전의 삼공(三公)
태보(太保) ┘

대사도(大司徒) : 행정을 통할하는 최고의 벼슬. 그 밑에 사도

대사마(大司馬) : 군을 통솔하는 최고의 벼슬. 그 아래 사마.

대사공(大司空) : 법과 형벌을 통할하는 최고의 벼슬. 그 아래 사공.

대사구(大司寇) : 대사공과 같다. 그 아래 사구.

　*이상이 한대 이후의 삼공. 태사·태부·태보는 명예직이다.

승상(丞相) : 국가의 경륜을 통할하는 우두머리. 지금의 국무총리와
　　같다. 경우에 따라 좌우(左右)로 구분하여 행정과 군무를 분담
　　하는 경우도 있다.

태위(太尉) : 승상과 같은 급으로서 군무를 전담함.

대장군(大將軍) : 3군의 병권을 잡은 최고의 벼슬.

상서(尙書) : 승상과 3공 밑에 있는 각부의 장관. 상서성(尙書省)의
　　우두머리. 이부상서·복야상서 등.

태복(太僕) : 임금이 타는 어가와 말, 즉 여마(輿馬)·목축(牧畜) 등
　　의 마정(馬政)을 관할하는 우두머리. 상서성에 속함.

복야(僕射) : 무기를 주관하는 벼슬. 상서성에 속함.

시중(侍中) : 임금의 측근에서 여러 가지 일을 보좌하는 고문역.

시어사(侍御史) : 어사대부라고도 함. 임금의 측근에서 도서(圖書)와 비서(秘書)의 일을 맡고, 정치 제반사와 백관(百官)의 잘못을 탄핵함.

간의대부(諫議大夫) : 임금을 간하는 언관(言官)의 우두머리.

광록대부(光祿大夫) : 광록훈(光祿勳)이라고도 함. 궁궐·금문(禁門)의 일을 맡음.

태상(太常) : 태상경(太常卿)이라고도 함. 전례(典禮), 특히 종묘(宗廟)의 의례를 관장하는 벼슬의 우두머리.

중서령(中書令) : 기무(機務)·조서(詔書)·민정(民政)을 맡은 중앙 관청인 중서성의 장관.

　*이상은 모두 재상(宰相)에 해당하는 벼슬임.

태사(太史) : 천문과 제사를 맡아 다스리는 벼슬의 우두머리.

시랑(侍郞) : 상서(尙書) 다음가는 벼슬. 각부 별로 있다.

녹상서사(錄尙書事) : 상서의 일을 부분 별로 맡아 다스리는 벼슬.

장사(長史) : 사관(史官)의 우두머리. 승상부나 3공의 부중에 두 사람의 장사가 있음.

어사중승(御使中丞) : 어사대부 아래 차관.

산기상시(散騎常侍) : 임금의 시종관. 약해서 상시라고 부른다.

주부(主簿) : 문서를 맡아 다스리는 벼슬.

중랑장(中郞將) : 장군의 다음가는 벼슬. 중랑이라고도 함. 이를테면 지금의 장군은 대장이고 중랑장은 중장에 해당함.

경조윤(京兆尹) : 수도를 지키고 다스리는 우두머리.

교위(校尉) : 궁궐을 지키는 무관과 변방을 지키는 무관. 중랑장 다음가는 벼슬.

연리(掾吏) : 각 관부에서 일하는 벼슬아치의 총칭. 동조연(東曹掾)이라 하면 동조의 우두머리 연리. 조(曹)는 지금의 국(局).

자사(刺史) : 주(州)의 장관. 3권을 장악하고 있음. 중앙관서의 상서·태복·복야 등과 동격. 지금의 도지사.

태수(太守) : 주보다 작은 군(郡)을 다스리는 장관. 3권을 장악하고 있음. 자사와 동격인 경우도 있음.

도위(徒尉) : 태수와 같은 급. 주로 변방에만 두었음. 보통 임금의 사위인 부마도위를 일컬음.

별가(別駕) : 별가종사(別駕從事)의 약칭. 자사를 보좌하는 자리로서 자사 다음가는 지위. 주로 문관임.

현령(縣令) : 군보다 작은 고을을 맡아 다스리는 우두머리.

도독(都督) : 각 주의 제반 군사를 맡아서 다스리는 장군. 전쟁 시나, 또는 평시라도 국방상 중요한 지역에 배치하여 자사나 태수까지도 통할함. 따라서 장군과 대신의 자격을 겸전한, 즉 문무겸전의 인물로 배치함. 대도독의 경우는 도독보다 더욱 큰 권한을 가짐. 총융(摠戎)과 같음.

선우(單于) : 호족(胡族), 특히 흉노의 추장.

~공(公) : 작위에서 왕호(王號) 다음으로 가장 높은 지위. 나라에 공이 지대한 원로급 인사와 타국의 왕후나 왕족을 의례적으로 대접하여 주어졌음.

~후(侯) : 공 다음으로 높은 지위. 나라에 특별한 공이 있거나 또는 의례적인 대접으로 주어졌음. 개중에서 관내후(關內侯)만은 국가에 공이 큰 사람에게 영지(領地)는 주지 않고 녹(祿)만 주는

　작위였음.

아문장(衙門將) : 궁성을 지키는 군의 우두머리. 또는 병영을 지키
　　는 군대의 우두머리. 지금의 경비대장 또는 본부사령.

비장(裨將) : 부장(副將)이라고도 함.

◀이 책에 등장하는 고사성어(가나다 순)▶

걸견폐요 **桀犬吠堯** 「걸(桀)의 개가 요(堯)임금을 보고도 짖는다」
는 말로, 결국 개는 주인만을 알고 그 이외의 사람에게는 사정을 두지 않
는다는 뜻이다.《사기》회음후열전에 보면, 괴통이란 책사(策士)가 한신
에게 이렇게 권유했다.

　「지금 항우는 남쪽을 차지하고 유방은 서쪽을 차지하고 있습니다. 지금
동쪽인 제나라를 차지하고 있는 대왕이 어느 쪽에 가담하느냐에 따라 천하
대세가 좌우됩니다. 한왕이 대왕을 제나라 왕으로 봉한 것은 남쪽으로 초나
라 항우를 치기 위한 부득이한 조처로 실은 대왕을 속으로 몹시 꺼리고 있
습니다. 항우가 망하게 되는 날 대왕의 신변은 위태롭게 됩니다. 지금 항우
가 바라고 있듯이 이 기회에 천하를 셋으로 나누어 동쪽을 대왕이 차지하고
대세를 관망하는 것이 가장 현명한 길입니다.」

　한신은 며칠을 두고 고민하던 끝에 결국은 괴통의 꾀를 받아들이지 못
하고 말았다. 천하가 통일되자 유방은 괴통의 말대로 한신을 없애려는 생
각으로 꽉 차 있었다. 초나라 왕으로 봉해졌던 한신은 역적의 누명을 쓰고
장안으로 잡혀오게 되었고, 이렇다 할 증거를 잡을 수 없자, 그를 초왕에
서 회음후로 작을 깎았다.

　그 뒤 정말 역적으로 몰려 여후(呂后)의 손에 죽게 되자 한신은,「나는
괴통의 꾀를 듣지 않고 아녀자의 속인 바가 된 것을 후회한다. 어찌 운명
이 아니었는가.」하는 말을 남겼다.

　한신의 말을 전해들은 한고조 유방은 곧 괴통을 잡아들이게 했다.

　「네가 회음후에게 반역하라고 시킨 일이 있느냐?」

　고조의 물음에 괴통은 태연히 대답했다.

　「그렇습니다. 신이 반역하라고 일러 주었습니다. 그 철부지가 신의 꾀

를 쓰지 않았기 때문에 스스로 몸을 망치고 만 것입니다. 만일 그 철부지가 신의 계책을 썼던들 폐하께서 어떻게 그를 죽일 수 있었겠습니까?」

화가 치민 고조는 괴통을 기름 가마에 넣으라고 명령했다.

「슬프고 원통하다, 내가 삶겨 죽다니!」

괴통은 하늘이 원망스럽다는 듯이 부르짖었다.

「네가 한신을 반하라 시켰다면서 뭐가 원통하단 말이냐?」

「진(秦)나라가 그 사슴(鹿 : 정권)을 잃은지라 온 천하가 다 함께 이를 쫓았습니다. 그 결과 솜씨가 뛰어나고 발이 빠른 사람이 먼저 얻게 된 것입니다. 도척 같은 도둑놈의 개도 요임금을 보면 짖습니다(跖之狗吠堯). 요임금이 어질지 않아서가 아니라, 개는 원래 그 주인이 아니면 짖기 때문입니다. 당시 신은 다만 한신을 알고 있을 뿐, 폐하는 알지 못했습니다. 또 천하에는 폐하가 한 것과 같은 일을 하고 싶어 하는 사람이 많지만, 힘이 모자라 못할 뿐입니다. 그들을 또 다 잡아 삶을 작정이십니까?」

말 한 마디로 천 냥 빚을 갚는다는 말처럼, 화가 치밀었던 고조도 괴통의 말이 과연 옳다 생각되어 그를 곱게 놓아 보냈다.

공명수죽백 功名垂竹帛

「죽백(竹帛)」은 대나무와 비단이란 뜻이지만, 옛날에는 기록을 대나무쪽이나 비단 폭에 해두었기 때문에 그것은 곧 기록이란 말이 된다.

그러므로 공명을 죽백에 드리운다는 말은 공을 세워 이름을 역사에 남긴다는 뜻이다. 《후한서》 등우전(鄧禹傳)에 나오는 이야기다.

등우는 후한 광무제(光武帝, 25~57)를 섬긴 어진 신하로서 그는 광무제가 후한 왕조를 다시 세우는 데 크게 이바지한 공신이었다. 등우는 소년 시절 장안으로 가서 공부를 했는데, 그 때 유수(劉秀 : 뒤의 光武)도 장안에 와서 공부하고 있었다.

등우는 아직 나이가 어려서 사람들과 상종하는 일도 별로 없었지만, 유수를 만나자 그가 비범한 사람이란 것을 알고 친교를 청했다. 이리하여 서로 다정하게 지내던 두 사람은 몇 년 후 각자 자기 고향으로 돌아갔다.

새로 신(新)이란 나라를 세운 왕망(王莽, B.C 45～A.D 23)의 폭정에 견디다 못한 백성들은 도처에서 반기를 들고 한나라 왕실을 다시 일으키려는 호걸들 밑으로 모여들었다. 이리하여 한나라 왕실의 후예로 반란군 대장에 추대된 유현(劉玄)이 왕망을 쳐서 죽이고, 갱시장군(更始將軍)에서 다시 황제로 추대되어 장안에 도읍을 정했다.

이 유현이 바로 갱시제(更始帝)였는데, 이때 많은 호걸들은 등우를 갱시제에게 천거했다. 그러나 등우는 끝내 사양하고 갱시제를 섬기지 않았다. 등우는 갱시제를 하찮은 인물로 보았기 때문이다.

그러나 그동안 유수가 황하(黃河) 이북 땅을 평정하러 떠났다는 말이 들려오자, 등우는 즉시 북으로 황하를 건너가 업(業)이란 곳에서 유수를 만났다. 유수는 뜻하지 않게 다시 만난 그를 몹시 반갑게는 대했지만, 속으로는 벼슬을 부탁하러 왔으려니 했다. 그러나 며칠이 지나도 그런 눈치가 전연 보이지 않았으므로, 유수는 등우에게 멀리 여기까지 자기를 만나러 온 까닭을 조용히 물었다. 등우는 분명히 말했다.

「다만 명공의 위덕이 사해에 더해지기를 바랄 뿐입니다. 나는 미력이나마 바쳐 공명을 죽백에 드리울 뿐입니다(但願明公威德加於四海 禹得效其尺寸 垂功名於竹帛矣).」

이 말을 듣자, 유수는 마음속으로 회심의 미소를 지었다. 그리고는 등우를 군영에 머무르게 하고 등장군이란 칭호를 주었다. 이때부터 두 사람의 뜻을 합친 새로운 경영이 시작된 것이다.

그 뒤 두 사람은 왕랑(王郎)의 군사를 토벌하기 시작, 먼저 낙양(洛陽)을 함락시켰다. 이 때 유수는 지도를 펴 놓고 등우에게 보이며,

「천하에는 이렇게 많은 고을과 나라들이 있는데, 이제 나는 겨우 그 하나를 손에 넣었을 뿐이오」 하고 탄식을 했다. 그러자 등우는,

「지금 천하가 어지러워 사람들의 고생이 극도에 달한지라, 마치 어린 아이가 사랑하는 어머니를 그리워하듯 명군(明君)의 출현을 바라고 있습니다. 예부터 천하를 손에 넣는 데는 덕(德)의 후박(厚薄)이 중요하지 영토의 크고 작음은 문제가 아니었습니다.」 라고 말했다.

유수는 이 말에 크게 감동을 받았다. 등우는 언제나 옆에서 유수를 이렇게 격려했다. 또 많은 인재들을 추천했는데, 그가 사람을 보는 눈은 조금도 틀리는 데가 없었다. 그 뒤 오래지 않아 유수는 광무제로서 천자의 위에 올랐는데, 거기에는 등우의 힘이 컸다.

그의 말대로 광무제의 위덕은 사해에 널리 퍼지고, 등우의 공명은 죽백에 드리워졌다.

관포지교 **管鮑之交** 관포(管鮑)는 춘추시대 제나라의 관중(管仲)과 포숙아(鮑叔牙) 두 사람의 성을 따서 한 말인데, 이 두 사람의 우정은 우리가 본받아야 할 위대한 점을 지니고 있다.

관중과 포숙아는 젊었을 때부터 친구였다. 처음에는 둘이서 장사를 했다. 포숙아는 자본을 대고, 관중은 경영을 담당했다. 포숙아는 모든 것을 관중에게 일임하고 일체 간섭하는 일이 없었다. 기말 결산에 이익 배당을 할 때면 관중은 언제나 훨씬 많은 액수를 자기 몫으로 차지하곤 했다. 포숙아는 많다 적다 한 마디 말하는 법이 없었다.

그래서 간부 몇 사람이 포숙아를 찾아가 관중의 처사가 틀렸다는 것을 흥분해 가며 늘어놓았다. 그러나 포숙아는 아무렇지도 않게,

「그 사람은 나보다 가족이 많다. 그리고 어머님이 계신다. 그만한 돈이 꼭 필요해서 그러는 것이 아니겠는가. 내가 일일이 신경을 써 가며 보살피기보다는 그가 필요한 대로 알아서 쓰는 것이 얼마나 서로 편리한 일인가. 그 사람이 만일 돈에 욕심이 있어서 그런다면 내가 트집을 잡으려고 해도 잡을 수 없게끔 얼마든지 돈을 가로챌 수 있을 것이다.」

포숙아의 관중에 대한 이해와 아량도 놀라운 일이지만, 포숙아의 그 같은 속마음을 환히 들여다보며 이렇다 할 말 한 마디 없이 제 돈 쓰듯 하는 관중의 태도도 보통 사람으로서는 할 수 없는 일이다. 그 뒤 관중은 독립해서 여러 가지 일을 시작해 보았으나 번번이 실패를 거듭할 뿐이었다. 사람들은 관중의 무능함을 비웃었다. 그러나 그때마다 포숙아는 관중을 이렇게 변명해 주었다.

「그것은 관중이 지혜가 모자라서 그런 것이 아니다. 아직 운이 없어서 그런 것이다.」

그 뒤 관중은 포숙아와 함께 벼슬길로 들어가게 되었다. 그러나 관중은 그때마다 사고를 저지르고 그 자리에서 물러나지 않으면 안되었다. 사람들이 관중을 모자라는 사람으로 수군거리면 포숙아는 또 이렇게 변명을 해 주었다.

「관중이 무능해서 그런 사고를 저지르는 것이 아닐세. 아직도 때를 만나지 못한 때문이야.」

그 뒤 관중은 포숙아와 함께 장수로서 전쟁터에 자주 나가곤 했다. 그런데 관중은 진격할 때면 언제나 뒤에 처지고, 패해 달아날 때면 누구보다 앞장서곤 했다. 사람들이 관중을 겁쟁이라고 손가락질을 하면 포숙아는 또 이렇게 그를 변명해 주었다.

「관중이 겁이 많아 그런 게 아닐세. 늙은 어머님이 계시기 때문이야.」

나중에 포숙아는 자기가 차지할 재상의 자리를 굳이 사양하고 관중에게 넘겨주었다. 관중은 마침내 환공을 도와 천하의 패자가 되게 하고, 그의 품은 포부를 실천에 옮겨 위대한 정치가·경제가·외교가·군략가로서 역사에 이름을 남기게 되었다.

그 뒤 관중이 병으로 죽게 되었을 때 환공은 그의 후계자로 포숙아를 썼으면 하고 말했다. 그러나 관중은,

「포숙아는 천성이 착한 사람을 좋아하고 악한 사람을 미워합니다. 착한 사람을 좋아하는 것은 좋은 일이지만, 악한 사람을 너무 미워하면 큰일을 하는 데 많은 방해를 받게 됩니다.」 하고 대신 습붕(濕朋)을 추천했다.

이 내막을 아는 행신(幸臣)들이 포숙아에게 잘 보일 생각으로 관중의 배은망덕한 처사를 일러바쳤다.

그러나 포숙아는 섭섭해 하기는커녕 오히려 당연한 것처럼,

「관중이 아니면 어찌 그런 말을 할 수 있겠느냐. 관중의 말대로 내가 재상이 되면 너희 같은 소인들부터 모조리 조정에서 몰아내고 말 것이다. 너희 같은 무리들이 그동안 부귀를 누린 것은 모두 관중의 너그러운 덕

때문인 줄 알아라.」 하고 고자질하는 그들을 꾸짖었다.

　그러기에 관중도 일찍이 말하기를,

　「……나를 낳은 이는 부모지만, 나를 아는 이는 오직 포숙아다(……生我者父母 知我者鮑子也).」 라고 말했다고 한다.

　이 관포의 우정을 어찌 한낱 우정으로만 말할 수 있겠는가. 개인의 영달보다도 국가와 천하를 더 소중히 아는 대인군자가 아니고서는 한갓 우정만으로 이 같은 사귐을 가질 수는 없는 것이다.

교언영색　巧言令色

쉽게 말해서, 말을 그럴 듯하게 잘 꾸며대거나 남의 비위를 잘 맞추는 사람 쳐놓고 마음씨가 착하고 진실된 사람이 적다는 말이다.

　《논어》 학이편에 있는 말이다.

　말을 잘한다는 것과 교묘하게 한다는 것과는 상당한 차이가 있다. 교묘하다는 것은 꾸며서 그럴 듯하게 만든다는 뜻이 있으므로, 자연 그의 말과 속마음이 일치될 리 없다. 말과 마음이 일치하지 않는다는 것은 곧 진실되지 않음을 말한다.

　좋은 얼굴과 좋게 보이는 얼굴과는 비슷하면서도 거리가 멀다. 좋게 보이는 얼굴은 곧 좋게 보이려는 생각에서 오는 얼굴로, 겉에 나타난 표정이 자연 그대로일 수는 없다.

　인격과 수양과 마음씨에서 오는 얼굴이 아닌, 억지로 꾸민 얼굴이 좋은 얼굴일 수는 없다. 결국 「교언(巧言)」 과 「영색(令色)」 은 꾸민 말과 꾸민 얼굴을 말한 것이 된다. 꾸미기를 좋아하는 사람의 마음이 참되고 어질수는 없다. 적다고 한 말은 차마 박절하게 없다고 할 수가 없어서 한 말일 것이다.

　우리들이 매일같이 하고 듣고 하는 말이 「교언」 이 아닌 것이 과연 얼마나 될는지? 우리들이 매일 남을 대할 때 서로 짓는 얼굴이 「영색」 아닌 것이 있을지? 그리고 우리의 일거일동이 어느 정도로 참되고 어진지를 돌이켜 보는 것이 어떨까? 《논어》 자로편에는 이를 반대편에서 한 말이 있다. 역시 공자의 말이다.

「강과 의와 목과 눌은 인에 가깝다(剛毅木訥近仁).」

「강(剛)」은 강직, 「의(毅)」는 과감, 「목(木)」은 순박, 「눌(訥)」은 어둔(語鈍)을 말한다. 강직하고 과감하고 순박하고 어둔한 사람은 자기 본심 그대로를 지니고 있는 사람이다. 꾸미거나 다듬거나 하는 것이 비위에 맞지 않는 안팎이 없는 사람이다. 그런 사람이 남을 속이거나 하는 일은 없다. 있어도 그것은 자기 본심에서가 아니다. 그러므로 그 자체가 「인(仁)」일 수는 없지만, 역시 「인(仁)」에 가깝다고 볼 수 있다.

계군일학 **鷄群一鶴** 「군계일학(群鷄一鶴)」이라고도 한다. 「학립계군(鶴立鷄群)」도 같은 뜻으로, 뭇사람보다 뛰어나 있는 것, 많은 범인 속에 한 사람의 뛰어난 인물이 섞여 있는 것을 비유하는 말이다.

혜소(嵇紹, ?~304)의 자(字)는 연조(延祖)라 하고 죽림칠현의 한 사람으로서 유명한 위(魏)의 중산대부(中散大夫) 혜강(嵇康)의 아들이다.

소(紹)는 열 살 때, 아버지가 무고한 죄로 형장의 이슬로 사라진 이래, 어머니를 모시고 근신하고 있었으나, 망부(亡父)의 친우이며 칠현(七賢)의 한 사람인 산도(山濤 : 혜강은 소에게 산도 아저씨가 계시니까 너는 고아가 아니라는 말을 하고 나서 죽었다)가 당시 이부(吏部)에 있을 때 무제에게,

「『강고(康誥 : 《서경》의 편명)』에 부자의 죄는 서로 미치지 않는다고 적혀 있습니다. 혜소는 혜강의 아들이기는 하나 그 영특함이 춘추시대 진(晉)나라 대부인 극결(郤缺)보다 더하면 더했지 못하지는 않습니다. 부디 부르셔서 비서랑을 시키십시오」하고 상주를 했는데, 황제는,

「경이 추천하는 사람 같으면 승(丞)이라도 족하겠지. 반드시 낭(郞)이 아니라도 좋지 않겠는가.」하고 비서랑보다 한 등급 위인 비서승(秘書丞)이란 관직에 오르게 했다.

소(紹)가 처음으로 낙양에 들어갔을 무렵, 어떤 사람이 7현의 한 사람인 왕융(王戎)에게,

「어제 많은 사람들 틈에서 처음으로 혜소를 보았는데, 의기도 높은

것이 아주 늠름하며 독립불기(獨立不羈)한 들학이 닭무리 속으로 내려앉은 것 같았네(昂昂然 野鶴如在鷄群)」하고 말하자 왕융은, 「자넨 아직 그의 아버지를 본 적이 없어서야.」하고 대답했다. 여기서 「계군의 일학」이라는 말이 나왔다. 그것은 어쨌든 이것으로 보더라도 역시 그 아버지만큼의 기량은 없었는지 모른다. 나중에 여음(汝陰)의 태수가 되었는데 상서좌복야에 있던 배외(裴頠)도 크게 소를 아껴,

「연조를 이부상서로 삼는다면 천하에 버려질 영재는 없으련만…」하고 언제나 입에 올리곤 했었다.

소는 그 때문에 산기상시(散騎常侍)에서 시중(侍中)이 되고, 혜제(惠帝)의 곁에 있어 바른 말을 올리고 있었다.

제왕(齊王) 사마경이 위세를 떨치고 있을 때 소(紹)가 의론할 일이 있어 왕에게로 가자, 왕은 두세 명의 신하와 함께 술을 마시고 있었는데, 그 중 한 사람이 혜 시중은 사죽(絲竹 : 관현)에 능하다는 말을 했다. 그 말을 들은 왕은 거문고를 가지고 오게 해서 소에게 타 보라고 했다.

소는 왕에게,

「전하께서는 국가를 바로잡아 백성의 모범이 되셔야 할 분이 아니십니까. 소도 미숙하지만 전하의 곁에 있어 조복(朝服)을 입고 궁중에 드나드는 몸입니다. 사죽을 들고 영인(怜人 : 악공과 광대)의 흉내를 낼 수 있겠습니까. 평복을 입은 사적인 연석이라면 거절을 하지 않겠습니다.」라고 하여 왕을 멋쩍게 한 일도 있었다.

영흥(永興) 원년 팔왕(八王)의 난이 한창일 무렵, 황제는 하간왕 사마옹을 토벌하기 위해 군사를 일으켰으나 불리하게 되어 몽진(蒙塵 : 임금이 난을 피해 안전한 곳으로 옮아감)하고, 소가 명령을 받고 행재소(行在所)로 달려간 것은 황제의 군사가 탕음(蕩陰)에서 패했을 때였다.

소는 백관시위(百官侍衛)가 모조리 도망친 뒤 혼자 의관을 정제하고, 병인(兵刃)이 수레 앞에서 불꽃을 튀기는 속에서 몸소 황제를 지키다가 마침내 우박같이 쏟아지는 화살을 맞고 쓰러졌으며 선혈이 황제의 옷을 물들게 했다. 황제는 크게 슬퍼하여 사건이 낙착된 후 근시(近侍)들이 옷

을 빨려고 하자,

「이것은 혜시중의 충의의 선혈이다. 빨아서는 안된다.」하며 빨지 못하게 했다.

처음 혜소가 출발하려고 할 때, 같은 시중인 진준(秦準)이,

「이번 전쟁터로 가시는데 좋은 말이 있는가?」하고 묻자, 소는 정색을 하며「폐하의 친정(親征)은 정(正)으로써 역(逆)을 치는 것이므로, 어디까지나 정(征)이지 전쟁이 아니다. 그 신변 경호에 실패를 한다면 신절(臣節)이 어디 있겠는가. 준마(駿馬)가 무슨 소용이 있는가.」하고 말했다.

그 말을 듣고 탄식하지 않는 자가 없었다.

국사무쌍 國士無雙　「국사(國士)」란 나라의 선비, 즉 전국을 통한 훌륭한 인물을 말한다. 이 말은 소하(蕭何)가 한신을 가리켜 말한 데서 비롯된 것이다. 한신은 회음(淮陰 : 강소성) 사람으로 젊었을 때는 집이 몹시 가난한 데다가 농사일이나 글공부 같은 데는 별로 관심이 없이 하늘을 날고 싶은 큰 뜻만을 품고 다녔기 때문에 생활이 말이 아니었다.

언젠가는 한신이 강가에서 낚시를 하고 있는데, 한신의 배고픈 기색을 본 한 빨래하는 노파가 자기가 먹으려고 싸가지고 온 점심을 그에게 주었다. 그 노파는 빨래를 하러 나올 때마다 수십여 일을 두고 매일같이 한신에게 점심밥을 나눠 주었다. 한신이 감격한 나머지,

「언젠가는 이 은혜를 후하게 갚을 날이 반드시 있을 겁니다.」라고 말하자, 노파는 성난 얼굴로,

「대장부가 스스로의 힘으로 밥을 먹지 못하는 것이 딱해서 그랬을 뿐, 뒷날 덕을 보려고 그런 것은 아니니, 아예 그런 말은 마시오」하고 핀잔하듯 말했다.

언젠가는 또 한신이 회음 읍내를 거닐고 있는데, 읍내 푸줏간의 한 젊은이가 갑자기 그의 앞을 가로막으며 이렇게 말했다.

「이봐, 자넨 덩치는 큼직하고 제법 칼까지 차고 다니지만, 실상은 겁이 많은 녀석일 게야. 죽는 게 두렵지 않거든, 어디 그 칼로 나를 찔러 보게나.

만일 그럴 용기가 없거든 내 바지가랑이 밑을 기어서 지나가야만 해.」

한신은 난처했다. 한참 바라보던 끝에 엎드려 철부지 녀석의 다리 밑으로 슬슬 기어 나갔다. 온 장바닥 사람들이 한신의 겁 많은 행동을 보고 크게 웃었다. 뒷날, 한신은 초나라 왕이 되어 돌아왔을 때, 빨래하던 노파에게는 천금을 주어 옛 정에 감사하고, 옛날의 그 젊은이에게는 중위(中尉)라는 수도경비관 벼슬을 내리고는, 여러 장수들을 보며 이렇게 말했다.

「이 사람은 장사(壯士)다. 그 때 나를 모욕했을 때, 내가 어찌 죽일 수 없었겠는가. 다만 죽일 만한 명분이 없었기 때문에 참고 따랐을 뿐이다.」

이것은 한신이 지난 날 자기에게 설움을 준 사람들의 불안한 마음을 없애 주기 위한 하나의 계책일 수도 있었을 것이다. 또 일단은 무슨 조치가 있어야만 할 일이었기 때문에 이왕이면 자신의 아량을 보여주는 길을 택했던 것이리라. 실상 천하를 상대하는 한신으로서는 그런 철부지 소년의 탈선행위가 깜찍스럽게도 보였을 것이다.

이것은 뒷날 이야기이고, 한신이 처음 벼슬을 한 것은 항우 밑에서였다. 기회 있을 때마다 항우에게 의견을 말해 보았으나 전연 상대조차 하려 하지 않았다. 항우는 자기 힘만 믿고 인재를 구할 생각이 없었으며, 또 그만한 눈도 없었다.

한신은 항우 밑에서 도망쳐 멀리 유방을 찾아 한나라로 들어갔다. 한나라 장군 하후영(夏侯嬰)에게 인정을 받아 군량을 관리하는 치속도위(治粟都尉)에 임명되었는데, 이 때 승상인 소하와 알게 되었다. 소하는 한신을 한고조 유방에게 여러 번 추천했으나 써주지 않았다. 역시 사람 보는 눈이 없었던 것이다.

이윽고 항우의 세에 밀려 유방이 남정(南鄭)으로 떠나게 되자, 군대와 장수들이 실망 끝에 자꾸만 빠져 달아났다. 이에 한신도 더 바랄 것이 없어 그들 뒤를 따랐다. 승상 소하는 한신이 도망갔다는 말을 듣자, 한고조에게 미처 말할 사이도 없이 허둥지둥 한신의 뒤를 쫓았다. 소하까지 도망쳤다는 소문이 한고조의 귀에 들어갔다. 고조는 두 팔을 잃은 기분으로 어쩔 줄을 몰랐다. 소하를 누구보다도 신뢰하고 있었기 때문이다.

이틀인가 지난 뒤, 소하가 한신을 데리고 돌아왔다. 고조는 한편 반갑고 한편 노여웠다.

「어찌하여 도망을 했는가?」

「도망친 것이 아니라, 도망친 사람을 붙들러 갔던 겁니다.」

「누구를 말인가?」

「한신입니다.」

「거짓말. 수십 명의 장수가 달아나도 뒤쫓지 않던 그대가, 한신을 뒤쫓을 리가 있는가?」

그러자 소하는 이렇게 대답했다.

「다른 장수라면 얼마든지 보충할 수 있습니다. 그러나 한신만은 국사로서 둘도 없는 사람입니다(至如信者 國士無雙). 임금께서 한중(漢中)의 왕으로 영영 계실 생각이라면 한신 같은 사람은 필요가 없습니다. 그러나 천하를 놓고 겨룰 생각이시면 한신을 빼고는 상의할 사람이 없습니다.」

이리하여 한신은 소하의 강력한 추천으로 대장군에 임명되어 마침내 항우를 무찌르고 천하를 통일하는 공을 세웠던 것이다.

대기만성　大器晚成　큰 그릇은 오랜 시간과 많은 노력을 들인 뒤에라야 완성될 수 있다. 그것이 「대기만성(大器晚成)」이다.

이 말은 《노자》 제41장에 나오는 말이다.

「……크게 모난 것은 귀가 없고, 큰 그릇은 늦게 이루어지며, 큰 소리는 울림이 잘 들리지 않고, 큰 모양은 형체가 없다……(……大方無隅 大器晚成 大音希聲 大象無形……)」

이것이 「대기만성」이란 말이 나오는 대목만을 딴 것인데, 이보다 앞에 나오는 말을 전부 소개하면 이렇다. 위대한 사람은 도를 들으면 이를 실천하고, 보통 사람은 도를 들으면 반신반의하게 된다. 그리고 가장 못난 사람은 도를 들으면 아예 믿으려 하지 않고 코웃음만 친다. 코웃음을 치지 않으면 참다운 도가 될 수 없다. 그러기에 옛사람의 말에도,

「밝은 길은 어두운 것처럼 보이고, 앞으로 나아가는 길은 뒤로 물러나는 길로 보이며, 평탄한 길은 험하게 보인다. 높은 덕은 낮게 보이고, 참으로 흰 것은 더러운 것으로 보이며, 넓은 덕은 좁은 것처럼 보이고, 견실한 덕은 약한 것처럼 보이며, 변하지 않는 덕은 변하는 것처럼 보인다……」

이 말 다음에 먼저 말한 부분이 계속되는데, 여기에 나와 있는 「대기만성」의 본래의 뜻은 「큰 그릇은 덜 된 것처럼 보인다」는 뜻이다. 말하자면 원래 위대하고 훌륭한 것은, 보통 사람의 눈이나 생각으로는 어딘가 덜 된 것 같고, 그 반대인 것처럼 느껴진다는 것이다.

그러나 보통 「대기만성」은 글자 그대로 더디 이뤄진다는 뜻으로도 풀이되고 있어, 사업에 실패하거나 불운에 빠져 있는 사람을 위로해서 말할 때 흔히 이 「대기만성」이란 문자를 쓴다. 더 큰 성공을 위한 실패란 뜻일 것이다.

백낙일고 **伯樂一顧** 백낙(伯樂)은 원래 별의 이름이다. 이 별은 하늘에서 말을 다스리는 일을 맡고 있기 때문에 남의 말의 좋고 나쁜 것을 잘 아는 사람을 「백낙」이라고 부르게 되었다.

하루 천 리를 달릴 수 있는 말도 이를 알아주는 사람이 없으면 짐수레를 끌며 늙고 만다는 뜻이다. 즉 아무리 재주가 뛰어난 사람도 이를 알아주는 사람이 없으면 출세를 하지 못함을 이르는 말이다.

춘추시대 진목공(秦穆公 : 재위 B.C 660~621) 때 손양(孫陽)이란 사람이 말을 잘 알아보았기 때문에 세상 사람들은 그를 백낙이라 불렀다. 언젠가 손양이 천리마가 다른 짐말과 함께 소금수레를 끌고 고갯길을 올라오는 것을 마주치게 되었다. 말은 고갯길로 접어들자 발길을 멈추고 멍에를 맨 채 땅에 무릎을 꿇었다. 그리고는 손양을 쳐다보며 큰 소리로 울었다. 손양은 수레에서 내려, 「너에게 소금수레를 끌리다니!」하며 말의 목을 잡고 함께 울었다.

이 손양의 이야기는 「염거지감(鹽車之憾)」 즉 「소금수레의 한」이라고 하여 재주 있는 사람이 때를 만나지 못하고 아까운 재주를 썩히며 고생하는 것에 비유되기도 한다.

「세상에 백낙이 있은 뒤에라야 천리마가 있는 법이다. 천리마는 항상 있지만, 백낙은 항상 있지 못하다.」

이것은 유명한 말이다. 세상에 인재는 늘 있는 법이다. 다만 그 인재를 알아주는 인물이 없다는 것을 힘주어 말한 데 특색이 있다.

한신 같은 재주도 장양(張良)과 소하(蕭何)만이 알았고, 범증 같은 모사도 항우 밑에서는 아무 소용이 없었던 것이다.

《전국책》에 이런 이야기가 있다.

「어떤 사람이 백낙을 만나 말하기를 『제게 준마가 한 필 있어 지난번에 팔려고 했습니다. 그러나 사흘이나 저잣거리에 내놓았지만 누구 한 사람 거들떠보지도 않더군요. 청컨대 제 말을 한번 살펴보아 주십시오 사례는 충분히 하겠습니다』했습니다. 그래서 백낙이 가서 그 말을 한번 살펴보고는 돌아갔습니다. 그러자 말 값이 갑자기 열 배로 치솟으며 서로 사겠다고 아우성을 쳤다는 것입니다.」

이 이야기에서 「백낙이 한번 돌아보았다(伯樂一顧)」는 성구가 나왔는데, 아무리 역량이 탁월한 사람도 뛰어난 사람의 인정을 받아야 그 가치가 드러난다는 뜻으로 사용되고 있다.

분서갱유　焚書坑儒　진시황 34년, 승상 이사는 봉건제도의 부활을 주장하는 선비들의 태도는 임금의 권위를 떨어뜨리고 당파를 조성하는 결과를 가져오므로 일절 금해야 한다고 주장하고 구체적인 안을 제시했다.

「사관(史官)이 맡고 있는 진나라 기록 이외의 것은 모두 태워 없앤다. 박사가 직무상 취급하고 있는 것 이외에 감히 시서(詩書)나 백가어(百家語)들을 가지고 있는 사람은 모두 고을 수령에게 바쳐 태워 없앤다. 감히 시서를 말하는 사람이 있으면 모두 시장바닥에 끌어내다 죽인다. 옛것을 가지고 지금 것을 비난하는 사람은 일족을 모두 처형시킨다. 관리로서 이를 알고도 검거하지 않는 사람도 같은 죄로 다스린다. 금령이 내린 30일 이내에 태워 없애지 않는 사람은 이마에 먹물을 넣고 징역형에 처한다. 태워 없애지 않는 것은 의약(醫藥) · 복서(卜筮) · 농사(種樹)에 관한 책들이다. 만일 법령을 배우고자 할 때는 관리에게 배워야 한다.」

시황은 이사의 말을 채택하여 실시케 했다. 이것이 「분서(焚書)」다. 당시의 책은 오늘날과 같이 종이에 인쇄하여 대량으로 생산하는 것이 아니고, 대쪽(竹片)에 붓으로 써 놓은 것이며 한번 잃으면 또다시 복원할 수 없는 것도 많았다. 여하튼 인간의 문화에 대한 반역으로서 단연코 용서할 수 없는 일이다.

이듬해인 35년에는, 진시황이 불로장생을 원한 나머지 신선술을 가진 방사(方士)들을 불러 모았다. 그 중에서도 특히 우대를 한 것이 후생(侯生)과 노생(盧生)이었다. 그런데 그들은 진시황의 처사에 불안을 느꼈는지 시황을 비난하고 자취를 감추어 버렸다. 격노한 시황에게 정부를 비난하는 수상한 학자가 있다는 보고가 들어왔다. 시황은 어사를 시켜 학자들을 모조리 잡아다가 심문했다. 사실상 학자들은 비난한 일이 없지도 않은 터라, 서로 책임전가를 하며 자기만 빠지려 했다.

그 결과 법에 저촉된 사람이 460여 명이나 되었다. 이들은 모두 함양 성 안에 구덩이를 파고 묻게 했다. 널리 천하에 알려 다시는 임금이나 정부가 하는 일을 비판하는 일이 없도록 하기 위해서였다. 이것이 「갱유(坑儒)」다. 왕정의 기초를 공고히 하려는 시황제의 가법혹정(苛法酷政)은 「분서」나 「갱유」 같은 사상 드물게 보는 폭거를 저지른 것이다.

그러나 이 「분서갱유」를 대단치 않은 사건으로 보는 학자도 있다. 죽은 사람은 460명뿐이었고, 책들은 사실상 참고를 위해 몇 벌씩 정부 서고에 보관되어 있었다. 그것을 불살라 버린 것은 실상 항우였다.

빈계지신 牝鷄之晨

「빈계지신」은 글자 그대로 해석하면 암탉의 새벽이라는 뜻이다. 곧 암탉의 새벽 울음이라는 말이다. 이는 「암탉이 울면 집안이 망한다」는 말에서 온 것으로, 여자가 설쳐대는 것을 비유한 말이다.

이 오랜 속설은 《서경》 목서편에 「암탉은 새벽에 울지 않기 때문에,

암탉이 새벽에 울면 집안이 망한다」는 데서 나온 말이다.

주(周)의 무왕(武王)이 은(殷)의 무도한 주(紂)왕을 치기 위해 목야(牧野)에서 군사를 모아 놓고 맹세한 말에서 나온 것이다. 무왕이 말한 암탉은 주왕 곁에서 잔인하고 요사스러운 짓을 저지른 주의 비(妃) 달기(妲己)를 지칭하는 것이다. 여자가 지나치게 설쳐대는 바람에 나라꼴을 망쳐 놓은 적이 종종 있었기 때문에 이런 말이 나오게 된 것이다.

이「빈계지신」의 모범적인 경계의 예가 당태종의 황후 장손씨(張孫氏)다. 그녀는 목소리를 낮추고 훌륭하게 내조한 비로 꼽힌다. 태종도 그녀의 인품과 지혜를 잘 알고 있어 신하들의 상벌문제가 생기면 그녀의 의견을 묻곤 했는데, 그때마다 그녀는「암탉이 울면 집안이 망한다고 합니다. 아녀자인 제가 정치에 참견할 수는 없는 일입니다」라고 하며 입을 다물었다고 한다.

또 태종이 그녀의 오빠 장손무기(張孫無忌)를 재상에 임명하려 하자 그녀는 외척의 전횡을 우려해 극력 반대했다고 한다. 그녀가 서른여섯의 이른 나이로 죽었을 때 태종은「안으로 훌륭한 보좌관 하나를 잃었구나」하고 통곡했다고 한다.

사해형제 **四海兄弟** 사해동포(四海同胞)라고도 한다. 공자의 제자로 사마우(司馬牛)라는 사람이 있었다. 이 사마우에게는 환퇴(桓魋)라는 대악당인 형이 있었다. 환퇴는 공자를 죽이려고까지 한 적도 있었다.

사마우는 아주 슬퍼하며,「남에게는 다 형제가 있으나 나만이 형제를 잃고 독신입니다.」라고 말했다.

공자의 고제자로 보좌 격이었던 자하는 그것을 위로해서 다음과 같이 말했다.

「『죽고 사는 것이 다 천명이고, 부귀 역시 천운에 의한다』라는 말을 들었다. 군자는 공경해서 잃지 않고 남에게 공손히 해서 예가 있으면 사해(四海) 중 다 형제다. 그러므로 군자라면 형제가 없는 것을 걱정하지 않아도 좋은 것이 아닌가.」라고 또 어느 때, 사마우가 「군자란 어떤 인간입니까?」 하고 선생에게 물었다. 공자가 대답하기를, 「군자는 걱정 근심을 하거나 겁을 내거나 하지 않는 것이다.」 하자 사마우는 다시, 「걱정하지 않고 겁내지 않으면 군자라고 할 수 있습니까?」 하고 물었다.

공자는 「안으로 반성을 해서 떳떳하다면 무엇을 걱정하고 무엇을 겁내겠는가.」 하고 대답했다.

사마우와 자하, 사마우와 공자의 이 두 이야기는 다 같이 《논어》 안연편에 나온다.

삼촌지설　三寸之舌　「세 치의 혀가 백만 명의 군사보다 더 강하다」는 말을 「삼촌지설(三寸之舌)이 강어백만지사(疆於百萬之師)」라고 한다. 백만 군사의 위력으로도 되지 않을 일을 말로써 상대를 설복시켜 뜻을 이룬다는 뜻이다. 《사기》 평원군열전에 나오는 이야기다.

전국 말기, 조나라가 진나라의 침략을 받아 거의 멸망의 위기를 만나게 되었다. 이때 조나라의 공자요 재상인 평원군(平原君)이 초나라로 구원병을 청하러 가게 된다.

평원군은 맹상군(孟嘗君)과 함께 식객(食客)을 3천 명이나 거느리고 있는 당대의 어진 공자로, 이른바 사군(四君) 중의 한 사람이었다.

그는 초나라로 떠나기에 앞서 함께 갈 사람 20명을 식객 중에서 고르기로 했다. 조건은 문무를 겸한 사람이었는데, 말하자면 언변과 지식과 담략(膽略)이 있는 그런 인물을 고르려 한 것이리라. 그런데 19명까지는 그럭저럭 뽑았으나 나머지 한 사람을 선발하기가 힘들었다. 이때 모수(毛遂)라는 사람이 자진해 나와 평원군에게 청했다.

「나를 그 20명 속에 넣어 주시지 않겠습니까?」

평원군은 그의 얼굴조차 처음 보는 것 같았다.

「선생께선 내 집에 와 계신 지 몇 해나 되셨습니까?」

「3년쯤 되었습니다.」

「대체로 훌륭한 선비가 세상을 살아가는 것은 송곳이 주머니 속에 들어 있는 것과 같아서 반드시 그 끝이 밖으로 나타나기 마련입니다. 그런데 선생은 3년이나 내 집에 있는 동안 이렇다 할 소문 하나 들려 준 일이 없으니, 특별히 남다른 재주를 갖고 있지 않다는 증거가 아니겠습니까. 선생은 좀 무리일 것 같습니다.」

그러자 모수가 말했다.

「그러니까 저를 오늘 주머니에 넣어 주십사 하는 겁니다. 저를 일찍 주머니 속에 넣어 주셨으면 끝은 고사하고 자루까지 밖으로 내밀어 보였을 것입니다.」

여기서 「모수자천(毛遂自薦)」이란 말이 생겼는데, 재주를 품고 있으면서도 남이 추천해 주는 사람이 없어 기다리다 못해 스스로 자청해 나서는 경우를 말한다. 그러나 지금은 다소 염치없이 자기를 내세우는 사람을 비웃어 쓰는 경우가 많다.

아무튼 이리하여 모수를 스무 명 속에 넣어 함께 초나라로 가게 되었다. 그러나 평원군의 끈덕진 설득에도 불구하고 초나라 왕은 속으로 진나라가 겁이 나 구원병 파견에 대해 얼른 결정을 짓지 못하고 있었다. 아침 일찍부터 시작한 회담이 낮이 기울도록 늘 제자리걸음만 하고 있었다.

이때 단하에 있던 모수가 단상으로 올라가 평원군에게 그 까닭을 물었다. 그러자 초왕은 평원군에게,

「이 자는 누구요?」하고 물었다. 평원군이,

「제가 데리고 온 사람입니다.」하고 대답하자, 왕은 소리를 높여,

「과인이 그대 주인과 이야기를 하고 있는데, 무슨 참견인가. 어서 물러가지 못하겠는가!」하고 꾸짖었다.

이때 모수는 차고 있던 칼자루에 손을 올려놓은 채 앞으로 나가 말했다.

「대왕께서 신을 꾸짖는 것은 초나라 군사가 많은 것을 믿기 때문입니다. 그러나 지금 대왕과 신과의 거리는 열 걸음밖에 되지 않습니다. …… 지금 초나라는 땅이 넓고 군사가 강한데도 두 번 세 번 진나라에 패해 어쩔 줄을 모르고 있는 실정입니다. ……이런 것을 볼 때 조나라와 초나라가 동맹을 맺는 것은 조나라를 위함이 아니라 초나라를 위한 것입니다.」

　이렇게 해서 결국 초왕은 모수의 위엄과 설득에 굴복하여 조나라에 구원병을 보낸다는 맹세까지 하게 되었다. 이 맹세를 위한 의식 절차로 짐승의 피를 서로 마시게 되는데, 모수는 초왕에게 먼저 피를 빨게 하고, 다음에 평원군, 그리고 자기가 피를 빨았다. 그리고는 단하에 있는 19명을 손짓해 부르며,

　「……제군들은 이른바 남으로 인해 일을 이룩하는 사람들이니까……」 하고 그들에게 함께 피를 빨도록 시켰다.

　그야말로 객(客)이 주인 노릇을 하고 하인이 상전 노릇을 하는 격이었다. 이때 모수가 말한 「남으로 인해 일을 이룬다」는 「인인성사(因人成事)」란 말이 또한 문자로서 쓰이게 된다.

　이렇게 용케 성공을 거두고 조나라로 돌아온 평원군은,

　「나는 앞으로 사람을 평하지 않으리라. 지금까지 수백 명의 선비를 보아 온 나는 지금껏 사람을 잘못 보았다는 생각을 해본 적이 없었다. 그런데 이번만큼은 모선생을 몰라보았다. ……모선생은 세 치 혀로써 백만의 군사보다 더 강한 일을 했다(毛先生 以三寸之舌 彊於百萬之師……)」

　평원군 일행이 떠난 즉시 초왕은 20만 대군을 보내 초나라를 구원하고, 진나라는 초나라의 구원병이 온다는 말을 듣자, 미리 군사를 거두어 돌아가 버렸다. 과연 사람을 알기란 어렵다. 그러나 그 사람이 때를 얻기란 더욱 어렵다.

수지오지자웅　**誰知烏之雌雄**　꿩과 닭을 비롯해서 대부분의 새들은 수컷과 암컷을 구별할 수가 있다. 그러나 까마귀란 놈만은 꼭 같이 새카맣기 때문에 어느 놈이 수컷이고 암컷인지 알 수가 없다. 「수지오지자웅」은 누가 까마귀의 암수를 알 수 있으랴 하는 뜻이다.

　결국 서로 잘났다고 하고 서로 잘했다고 하며, 남을 헐뜯고 자기를 내세우는 그러한 사람들을 가리켜 「그놈이 그놈이니 어느 놈이 잘한지 못한지 누가 알 게 뭐야」 하는 정도의 뜻이라고 볼 수 있다.

　《시경》 소아(小雅) 정월(正月)편 제 5장에,

산을 내게 낮다고 하지 마라
뫼가 되고 언덕이 된다.
백성의 거짓된 말을
어찌하여 막지 못하는가.
저 옛날 늙은이를 불러
꿈을 점쳐 묻는다.
모두 내가 성인이라지만
누가 까마귀의 암수를 알리.

謂山蓋卑	爲岡爲陵	위산개비	위강위릉
民之訛言	寧莫之懲	민지와언	영막지징
召彼故老	訊之占夢	소피고노	신지점몽
具曰予聖	誰知烏之雌雄	구왈여성	수지오지자웅

라고 나와 있다. 못된 정치를 원망한 시의 한 대목인데, 그 뜻을 풀이하면 대개 이런 것이다.

「산을 보고 낮다고 억지소리를 하는 사람이 있지만, 뫼와 언덕이 평지보다 높은 것만은 변함이 없는 사실이다. 지금 모든 사람들이 이런 거짓된 말들을 하고 있는데, 그것으로 어째서 못하게 막을 생각을 하지 않는가. 나이 많은 안다는 늙은이들을 불러다가 꿈을 점치게 하며, 서로 제가 위대하다고 자랑을 하고 있지만, 까마귀의 수컷 암컷을 알 수 없듯이 누가 위대한지 알 사람이 누구이겠는가」 하는 뜻이다.

여기에서, 그게 그것 같아 구별할 수 없는 것을 가리켜 「까마귀의 암수」라고 말하게 되었다.

승패병가상사 **勝敗兵家常事** 상대가 없는 싸움은 없다. 하나가 이기면 하나가 지기 마련이다. 승패는 동시에 성립된다. 승패가 없이 비긴다는 것은 드문 일이요, 또 정상이 되지 못한다. 전쟁을 직업처럼 알고 있는 병가(兵家)로서는 이기고 지고 하는 것을 당연한 것으로 알고 있어야 한다.「승패는 병가의 상사」란 말은 바로 이것을 말하는 것이다.

전쟁이나 경쟁이나 경기나 그 밖의 모든 사회활동에 있어서 성공과 실패란 것은 언제나 따라다니기 마련이다. 그러므로 승리나 성공을 거두었다고 해서 과히 기뻐할 것도 없는 일이며, 또 패배나 실패를 맛보았다고 해서 절망하거나 낙심할 필요도 없는 것이다.

「승패는 병가상사」란 말은 옛날 역사적 기록에 자주 나오는 말이다. 특히 전쟁에 패하고 낙심하고 있는 임금이나 장군들을 위로하기 위해 항상 인용되곤 하는 먼 옛날부터 전해진 말인 것 같다.

패배나 실패를 염두에 두지 않는 싸움처럼 무모한 싸움은 없다. 꼭 이긴다, 꼭 성공한다 하고 일을 시작하는 사람처럼 어리석은 사람은 없다. 성공했을 때와 실패했을 때를 똑같이 염두에 두고 그 다음의 대책을 강구해 두지 않는 사람은 비록 성공을 해도 그 성공을 성공으로 끝맺기가 어려운 법이다.

그러나 두 경우를 다 염두에 두고 만일의 경우에 대비한 사람이라면 비록 실패를 했더라도 그 실패는 성공의 밑거름이 되는 것이다. 결국 승패 자체가 문제가 아니라, 그 승패에 임하는 자세와 승패를 맛본 뒤의 마음가짐이 더욱 중요한 것이다.

「승패는 병가상사」란 말은 위에 말한 여러 가지 뜻을 다 포함하고 있다. 기뻐하지도 낙심하지도 말고, 당연히 있을 수 있는 일이라는 태연한 생각과 앞으로의 대책에 보다 신중을 기하라는 뜻이다. 위로와 훈계와 격려와 분발을 모두 뜻하는 말이다.

시위소찬 尸位素餐

시위의 시(尸)는 시동(尸童)을 말한다. 옛날 중국에서는 조상의 제사를 지낼 때, 조상의 혈통을 이은 어린아이를 조상의 신위(神位)에 앉혀 놓고 제사를 지냈다는데, 그때 신위에 앉아 있는 아이가 시동이다.

영혼이 아무것도 모르는 어린아이에게 접신(接神)하여 그 아이의 입을 통해 먹고 싶은 것도 먹고 마시고 싶은 것을 마시게 하려는 원시적인 신앙에서 생겨난 관습이었던 것 같다.

「시위」는 그 시동이 앉아 있는 자리다. 그러므로 아무것도 모르면서, 아무 실력도 없으면서 남이 만들어 놓은 높은 자리에 우두커니 앉아 있는 것을 가리켜 「시위」라고 한다. 「소찬」의 소(素)는 맹탕이란 뜻이다. 「소찬(素饌)」이라고 쓰면 고기나 생선 같은 맛있는 반찬이 없는 것을 뜻하고, 「소찬(素餐)」이라고 쓰면 공으로 먹는다는 뜻이 된다.

그러므로 「시위소찬」이라고 하면 분수에 걸맞지 않는 높은 자리에 앉아 아무 하는 일 없이 공으로 녹(祿)만 받아먹는 것을 이르는 말이다.

국가나 단체나, 한 세력이 오랜 기간 계속해서 주권을 장악하게 되면, 자연 이 시위소찬의 현상이 나타나기 마련이다. 이것이 부패의 요인이 되고 멸망의 계기가 된다.

식언 食言

「식언(食言)」이란 말은 흔히 쓰는 말이다. 사람이 신용을 지키지 않고 흰소리만 계속 지껄이는 비유해서 이르는 말이다. 말이란 일단 입 밖에 나오면 도로 담아 넣을 수 없다. 그것은 곧 실천에 옮겨야만 되는 것이다.

실천한다는 천(踐)은 밟는다는 뜻이다. 또 실행한다는 행(行)은 걸어간다는 뜻이다. 자기가 한 말을 그대로 밟고 걸어가는 것이 실천이요, 실행이다. 그런데 밟고 걸어가야 할 말을 다시 먹어버렸으니, 자연 밟고 걸어가는 실천과 실행은 있을 수 없게 된다.

말을 입 밖에 내는 것을 토한다고 한다. 말을 먹는 음식에 비유해서 쓰는 데 소박미와 묘미가 있다. 토해 버린 음식을 다시 주워 먹는다는 것을 상상해 보라. 그 얼마나 모욕적인 표현인가.

제 입으로 뱉어 낸 말을 다시 삼키고 마는 거짓말쟁이도 그에 못지않게 더러운 인간임을 느끼게 한다.

아무튼 간에 이 식언이란 말이 나오는 가장 오래된 기록은 《서경》 탕서(湯誓)다. 「탕서」는 은(殷)나라 탕임금이 하(夏)나라 걸왕(桀王)을 치기 위해 군사를 일으켰을 때 모든 사람들에게 맹세한 말이다. 그 끝 부분에서

신상필벌의 군규(軍規)를 강조하고

「너희들은 내 말을 믿으라. 나는 말을 먹지 않는다(爾無不信 朕不食言)……」 라고 말하고 있다.

그리고 절대 약속을 지키는 것을 가리켜 「결불식언(決不食言)」이라고 한다.

십목소시 **십목소시**　십목(十目)은 열 눈이란 말이다. 그러나 열은 많다는 것을 나타내는 말로 많은 사람의 눈이란 뜻이다. 즉 무수한 사람들이 지켜보고 있는 것이 「십목소시」고, 여러 사람이 손가락질하고 있는 것이 「십수소지(十手所指)」다.

이것은 《대학》 성의장에 나오는 증자의 말이다.

「악한 소인들이 남이 보지 않는 곳에서는 갖은 못된 짓을 하면서, 착한 사람 앞에서는 악한 것을 숨기고 착한 것을 내보이려 하고 있다. 그러나 사람들이 자기를 보는 것이 자기 마음속 들여다보듯 하고 있는데 무슨 소용이 있겠느냐」 라고 했다.

사람이 남의 속을 들여다보기를 자기 마음속 들여다보듯 한다고 한 말에는 많은 의문점이 있다. 그러나 이것은 전체 사람을 말하는 것은 아니다. 크게는 성인이요, 적게는 군자(君子)를 두고 하는 말이다.

그런데 이 성의장에는 신독(愼獨)이란 말이 두 번이나 거듭 나오고 있다. 여러 사람이 있는 앞에서보다 혼자 있을 때를 더 조심하는 것이 「신독」이다. 그것이 군자의 마음가짐이라는 것이다. 이 신독이란 말 다음에 증자의 말을 인용하고 있다. 즉 증자는 말하기를,

「열 눈이 보는 바요, 열 손가락이 가리키는 바니, 참으로 무서운 일이구나(十目所視 十手所指 其嚴乎).」 라고 했다.

이것을 보통 우리가 흔히 말하는, 남이 지켜보고 손가락질한다는 뜻으로 풀이해 온 것이 지금까지의 실정이다. 그러나 살았으면 아직 일흔이 다 되지 못했을 신동 강희장(江希張, 1907?~1930?)은 그가 아홉 살 때 지은 《사서백화(四書白話)》에서 증자의 이 말을 다음과 같이 풀이하고 있다.

520

십목은 열 눈이 아닌 십방(十方)의 모든 시선을 말한다. 사람이 무심중에 하는 동작은 주위에 영향을 미치지 않는다. 그러나 마음에서 일어나는 파동(波動)은 하느님을 비롯한 모든 천지신명과 도를 통한 사람에게 그대로 전달된다.

이것을 불교에서는 심통(心通)이라고 말한다. 그러므로 홀로 있을 때의 생각처럼 가장 널리 알려지게 되는 것은 없다. 이 진리를 깨달은 사람이라면 남이 안 본다고 같은 나쁜 짓을 하며 나쁜 생각을 할 수 있겠는가. 천지신명이 항상 지켜보고 있다. 우리가 하는 일을 하나하나 지적하고 있다.

약관　弱冠　스무 살을 「약관」이라고 한다. 약년(弱年)이니 약령(弱齡)이니 하는 것도 모두 스무 살을 말한다. 이 말은 오경의 하나인 《예기》 곡례편에 있는 말이다.

사람이 나서 10년을 말하여 유(幼)라 한다. 이때부터 글을 배운다.

스물을 말하여 약(弱)이라 한다. 갓을 쓴다.

서른을 말하여 장(壯)이라 한다. 집(室 : 妻)을 갖는다.

마흔을 말하여 강(强)이라 한다. 벼슬을 한다.

쉰을 말하여 애(艾)라 한다. 관정(官政)을 맡는다.

예순을 말하여 기(耆)라 한다. 가리켜 시킨다.

일흔을 말하여 노(老)라 한다. 전한다(자식에게).

여든, 아흔 살을 말하여 모(耄)라 하고, 일곱 살을 도(悼)라 하는데, 도와 모는 죄가 있어도 형벌을 더하지 않는다.

백 살을 말하여 기(期)라 한다. 기른다.

「약관(弱冠)」이란 말은 약과 관을 합쳐서 된 말인데, 여기에 나오는 표현들은 상당히 과학적인 근거를 가진 느낌을 준다. 즉 열 살은 어리다고 부르는데, 이때부터 공부를 시작하게 된다. 스무 살은 아직 약한 편이지만, 다 자랐으므로 어른으로서 갓을 쓰게 한다.

서른 살은 완전히 여물 대로 여문 장정이 된 나이므로 이때는 아내를 맞아 집을 가지고 자식을 낳게 한다. 마흔 살은 뜻이 굳세어지는 나이다.

올바른 판단을 할 수 있으므로 벼슬을 하게 된다.

쉰 살은 쑥처럼 머리가 희끗해지는 반백의 노인이 되는 시기다. 이때는 많은 경험과 함께 마음이 가라앉는 시기이므로 나라의 큰일을 맡게 된다.

예순 살은 기(耆)라 하여 늙은이의 문턱에 들어서는 나이므로 자기가 할 일을 앉아서 시켜도 된다.

일흔 살은 완전히 늙었으므로 살림은 자식들에게 맡기고 벼슬은 후배들에게 물려준 다음 자신은 은퇴하게 된다. 이 기와 노를 합쳐서 「기로(耆老)」라고도 한다.

여든아흔이 되면 기력이 완전히 소모되고 있기 때문에 모(耄)라 한다.

그리고 일곱 살까지를 가엾다 해서 도(悼)라고 하는데, 여든이 넘은 늙은이와 일곱 살까지의 어린아이는 죄를 범해도 벌을 주지 않는다.

백 살을 기(期·紀)라고 하는데, 남의 부축을 받아가며 먹고 입고 움직이게 된다 하는 내용이다.

약법삼장 約法三章

약법(約法)은 약속한 법이란 뜻이다. 그러나 간단한 법이란 어감을 동시에 주는 말이다. 「약법삼장」은 약속한 법이 겨우 세 가지란 뜻으로, 원래는 진(秦)나라 서울 함양을 점령한 패공(沛公) 유방이 진나라 부로들에게 한 약속을 가리킨 것이다. 지금은 법이 복잡하지 않고 간편해야 한다는 뜻으로 쓰이고 있다.

한(漢) 원년(B.C 206) 10월, 유방은 진나라 군사를 쳐서 이기고 수도 함양 동쪽에 있는 패상(覇上)으로 진군했다. 함양에 입성한 유방은 궁궐의 화려한 모습과 아리따운 후궁의 여자들을 보는 순간 조금도 그곳을 뜨고 싶은 생각이 없었다. 그러나 번쾌와 장양(張良)의 권고로 다시 패상으로 돌아왔다.

패상으로 돌아온 유방은 진나라의 많은 호걸들과 부로들을 불러 모아 놓고 이렇게 말했다.

「여러분들은 진나라의 까다로운 법에 고통을 받은 지 오래다. 진나라 법을 비방하는 사람은 가족까지 죽이고 짝을 지어 이야기만 해도 사형에 처했다. 나는 제후들과 약속하기를, 먼저 관중(關中)에 들어가는 사람이 왕이 되기로 했다. 그러므로 내가 관중의 왕이 될 것이다. 나는 여러분들과 약속한다. 법은 3장뿐이다. 즉,

1. 사람을 죽인 사람은 죽는다 (殺人者死).
2. 사람을 상케 한 사람과 도둑질한 사람은 죄를 받는다 (傷人反盜抵罪).
3. 나머지 진나라의 법은 모두 없애버린다 (餘悉除去秦法).

모든 관리들과 사람들은 다 전과 다름없이 편안히 살기 바란다. 내가 온 것은 여러분을 위해 해독을 제거하려는 것이다. 괴롭히러 온 것은 아니니 조금도 두려워 말라……」

이리하여 사람들은 기뻐하며 유방이 진나라 왕이 되기를 바랐다고 한다. 진나라 궁궐을 불사르고 후궁의 여자와 보화들을 가지고 돌아간 항우와는 대조적이다.

역발산기개세 **力拔山氣蓋世** 이 말은 용력과 패기를 말한 항우의 자기 자랑이었지만, 그 뒤로 이 말은 항우를 상징하는 대명사처럼 되었고, 또 힘과 용맹을 표현하는 말로 흔히 인용되곤 한다.

항우가 한패공(漢沛公) 유방을 맞이하여 해하(垓下)에서 최후의 결전을 하던 날 밤이었다. 군대는 적고 먹을 것마저 없는데, 적은 겹겹이 둘러싸고 있다. 게다가 항우를 더욱 놀라게 한 것은 포위하고 있는 적군들이 사방에서 초나라 노래를 부르고 있는 것이었다.

「이제는 다 틀렸다. 적은 이미 초나라 땅을 다 차지하고 만 모양이다. 그렇지 않고서야 초나라 사람들이 이토록 많이 적에 가담할 수가 없지 않은가.」

최후의 결심을 한 항우는 장수들과 함께 결별의 술자리를 베풀었다. 그 자리에는 항우가 항상 진중에 함께 데리고 다니던 사랑하는 우미인(虞美人)도 함께 했다. 항우에게는 우미인처럼 늘 그와 운명을 같이 하다시피 한 오추마(烏騅馬)로 불리는 천리마가 있었다. 술이 한잔 들어가자 항우는 감개가 더욱 무량했다. 슬픔과 울분이 한꺼번에 치밀어 올라 노래라도 한

수 읊지 않고는 도저히 견딜 수가 없었다.

힘은 산을 뽑고 기상은 세상을 덮었는데
때가 불리하니 추마저 가지 않누나.
추마저 가지 않으니 난들 어찌하리.
우(虞)야, 우야, 너를 어찌하리.

力拔山兮氣蓋世　時不利兮騅不逝　역발산혜기개세　시불리혜추불서
騅不逝兮可奈何　虞兮虞兮奈若何　추불서혜가나하　우혜우혜나약하

항우가 노래를 몇 곡 부르는 동안 우미인은 화답을 했다. 항우는 눈물이
몇 번이나 넘쳐흘렀다. 좌우에 있는 사람들은 그의 슬퍼하는 모습을 바로
쳐다보지 못했다. 노래를 마치고 항우는 우미인을 혼자 남아 있으라고 권
했다. 그러나 우미인은 항우를 따라가겠다면서 단검을 받아 들고는 자결
하고 만다. 남편의 짐이 되지 않기 위해서였다.

이 노래는 「발산기개세지가」라고도 하고, 「우혜가(虞兮歌)」라고도
한다.

옥석구분　玉石俱焚　옥과 돌이 함께 타는 것이 「옥석구분」이다. 착
한 사람과 악한 사람이 함께 난을 만나는 것을 말한다.

《서경》하서(夏書) 윤정편(胤征篇)에 나오는 말이다.

「불이 곤륜산에 붙으면 옥과 돌이 다 함께 타고 만다. 천리(天吏 : 하늘
이 명하신 관리란 뜻)가 그 덕을 잃게 되면 그 해독은 사나운 불보다도 무섭
다. 그 괴수는 죽일지라도, 마지못해 따라 한 사람은 죄 주지 않는다. 오래
물든 더러운 습성을 버리고 다 함께 새로운 사람이 되어라(火炎崑崙 玉石
俱焚 天吏逸德 烈于猛火 殲厥渠魁 脅從罔治 舊染汚俗 咸與維新).」

「윤정(胤征)」은 윤후(胤侯)가 하왕(夏王)의 명령으로 희화(羲和)를 치
러 갈 때 한 선언으로, 희화를 치게 된 이유를 설명한 다음, 위에 나온
말이 계속 된다.

결국 지도자 한 사람의 잘못된 행동 때문에 많은 선량한 사람과 백성들

까지 다 그 화를 입게 되는 것을 막기 위해 회화를 일찌감치 쳐 없앤다는 것을 강조하고, 위협에 못 이겨 끌려서 한 사람은 이를 벌하지 않을 터이니, 구습을 버리고 새로운 마음으로 새 사람이 되라는 내용이다. 여기에서 착한 사람과 악한 사람이 함께 화를 입는 것을 「옥석구분」이라 하게 되었다.

우리말의 「모진 놈 옆에 있다가 벼락 맞는다」는 것과 같은 뜻이다.

와신상담 臥薪嘗膽   「와신상담」은 섶에 누워 쓸개를 맛본다는 말이다. 원수를 갚을 생각을 잠시도 잊지 않고 있는 것을 뜻한다. 「와신상담」은 붙은문자이긴 하지만, 한 사람의 일이 아니고 각각 다른 두 사람의 이야기가 합쳐져서 생긴 말이다.

주(周)의 경왕(敬王) 24년 오왕 합려(闔閭)는 월왕 구천(勾踐)과 추리의 싸움에서 월의 군략에 걸려 패해 죽었다. 임종 때 그는 반드시 월에 복수를 하여 자기의 분함을 풀어주도록 태자인 부차(夫差)를 불러 유명(遺命)을 했다.

부차는 아버지의 원한을 풀어 드려야겠다는 굳은 결의로 밤마다 장작 위에 누워(臥薪), 아버지의 유언을 새롭게 하며 복수심을 갈고 갈았다. 뿐더러 그는 자기 방 앞에 사람을 세워 두고 나고 들 때마다 아버지의 유명을 소리쳐 말하게 했다.

「부차야, 아비 죽인 원수를 잊었느냐!」

부차의 이 같은 소식을 들은 월왕 구천은 선수를 써서 오나라를 먼저 쳐들어갔으나 패하고 갖은 고역과 모욕을 겪은 끝에 영원히 오나라의 속국이 되기를 맹세하고 무사히 귀국하게 된다.

구천은 자기 나라로 돌아오자 일부러 몸과 마음을 괴롭히며, 자리 옆에는 항상 쓸개를 달아매어 두고, 앉을 때나 누울 때나 이 쓸개를 씹으며 쓴맛을 되씹었다. 또 음식을 먹을 때도 먼저 쓸개를 씹고 나서,

「너는 회계의 치욕을 잊었느냐?」하고 자신에게 타이르곤 했다.

이것이 「상담(嘗膽)」이다.

월왕 구천이 오나라를 쳐서 이기고 오왕 부차로 하여금 자살하게 만든 것은 이로부터 20년 가까운 뒷날의 일이었다. 「와신상담」이란 문자는 부차의 「와신」과 구천의 「상담」이 합쳐져 된 말이다.

완벽 完璧

「완벽」은 흠이 없는 구슬이란 뜻도 되고, 구슬을 온전히 보존한다는 뜻도 된다. 나아가서 결점이 없는 훌륭한 것을 말하기도 하고 완전무결하다는 형용사로도 쓰인다.

이 완벽이란 말을 처음으로 쓴 사람은 전국시대 말기 조(趙)나라의 인상여(藺相如)란 사람이었다.

조나라 혜문왕(惠文王)은 당시 천하의 제일가는 보물로 알려져 있던 화씨벽(和氏璧)을 우연히 손에 넣게 되었다. 그러자 이 소문을 전해들은 진나라 소양왕(昭陽王)이 열다섯 개의 성(城)을 줄 테니 화씨벽과 맞바꾸자고 사신을 보내 청해 왔다.

진나라의 속셈은 뻔했다. 구슬을 먼저 받아 쥐고는 성은 주지 않을 작정이었다. 그러나 조나라로서는 그렇다고 이를 거절하면 거절한다고 진나라에서 트집을 잡을 것이 또한 분명했다.

이럴 수도 저럴 수도 없어 중신회의에서도 결론을 내리지 못하고 있을 때, 환자령(宦者令)인 유현이 그의 식객으로 있는 인상여를 추천했다. 혜문왕은 인상여를 불러 대책을 물었다. 그러자 그는,

「조나라가 거절하면 책임은 조나라에 있고, 진나라가 속이면 책임은 진나라에 있습니다. 이를 승낙하여 책임을 진나라에 지우는 것이 옳을 줄 아옵니다.」 하고 대답했다.

「그럼 어떤 사람을 사신으로 보내면 좋을는지?」

「마땅한 사람이 없으면 신이 구슬을 가지고 가겠습니다. 성이 조나라로 들어오면 구슬을 진나라에 두고, 성이 들어오지 않으면 신은 구슬을 온전히 하여 조나라로 돌아올 것을 책임지고 말씀드리겠습니다(……城不入 臣請完璧歸趙).」

이리하여 상여는 화씨벽을 가지고 진나라로 가게 되었다.

소양왕은 구슬을 보고 크게 기뻐하며 좌우 시신들과 후궁의 미인들에게까지 돌려가며 구경을 시켰다. 인상여는 진왕이 성을 줄 생각이 없는 것을 눈치 채자 곧 앞으로 나아가,

「그 구슬에는 티가 있습니다. 신이 그것을 보여 드리겠습니다.」 하고 속여, 구슬을 받아 드는 순간 뒤로 물러나 기둥을 의지하고 서서 왕에게 말했다.

「조나라에서는 진나라를 의심하고 구슬을 주지 않으려 했었습니다. 그런 것을 신이 굳이 진나라 같은 대국이 신의를 지키지 않을 리 없다고 말하여 구슬을 가져오게 된 것입니다. 구슬을 보내기에 앞서 우리 임금께선 닷새를 재계(齋戒)를 했는데, 그것은 대국을 존경하는 뜻에서였습니다. 그런데 대왕께선 신을 진나라 신하와 같이 대하며 모든 예절이 정중하지 못했을 뿐만 아니라, 구슬을 받아 미인에게까지 보내 구경을 시키며 신을 희롱하셨습니다. 신이 생각하기에, 대왕께선 조나라에 성을 주실 생각이 없으신 것 같습니다. 그러므로 신은 다시 구슬을 가져가겠습니다. 대왕께서 굳이 구슬을 강요하신다면 신의 머리는 이 구슬과 함께 기둥에 부딪치고 말 것입니다.」

머리털이 거꾸로 하늘을 가리키며 인상여는 구슬을 들어 기둥을 향해 던질 기세를 취했다. 구슬이 깨어질까 겁이 난 소양왕은 급히 자신의 경솔했음을 사과하고 담당관을 불러 지도를 가리키며 여기서 여기까지 열다섯 성을 조나라에 넘겨주라고 지시했다.

그러나 모두가 연극이란 것을 알고 있는 인상여는 이번에는,

「대왕께서도 우리 임금과 같이 닷새 동안을 목욕재계한 다음 의식을 갖추어 천하의 보물을 받도록 하십시오 그렇지 않으면 신은 감히 구슬을 올리지 못하겠습니다.」

이리하여 진왕이 닷새를 기다리는 동안 인상여는 구슬을 심복 부하에게 주어 샛길로 조나라로 돌아가도록 했다.

감쪽같이 속은 진왕은 인상여를 죽이고도 싶었지만, 점점 나쁜 소문만 퍼질 것 같아 인상여를 후히 대접해 돌려보내고 말았다.

이리하여 인상여는 일약 대신의 지위에 오르게 되고, 뒤이어 조나라의 재상이 된다. 아무튼 인상여는 그가 약속한 「완벽」을 제대로 이용했고, 이로써 「완벽」이란 말은 그의 전기와 함께 길이 세상에 전해지게 되었다.

융준용안 隆準龍顔

「융준용안」은 한고조 유방의 얼굴의 특색을 말한 것으로 보통 융준(隆準)은 콧대가 우뚝 솟은 것을 말하고, 용안(龍顔)은 얼굴 생김새가 용처럼 생겼다는 뜻으로 풀이하고 있다. 그러나 용처럼 이란 말은 좀 막연하다.

사마정(司馬貞)이 지은 《색은(索隱)》이란 책에는 이렇게 말하고 있다.

「진시황은 봉목장준(蜂目長準)이었다고 한다. 대개 코가 높이 솟은 것을 말한다. 문영의 말인즉, 고조는 용(龍)을 느끼고 태어났기 때문에 그 얼굴 모양이 용 같아서 목은 길고 코가 높다는 것이다」

용을 느꼈다는 이 「융준용안」이란 말 앞에 나와 있는 한고조의 태생 전설을 말한 것이다.

고조본기의 첫머리를 소개하면 다음과 같다.

「고조는 패풍읍 중양리 사람으로 성은 유씨(劉氏)고 자(字)는 계(季)다. 아버지는 태공(太公)이라 불렀고, 어머니는 유온(劉媼)이라 했다. 유온이 언젠가 큰 못 가 언덕에서 자고 있는데, 꿈에 귀신과 같이 만나게 되었다. 그때 천둥 번개가 요란하고 천지가 캄캄했다. 태공이 가서 자세히 보니 그 위에 교룡(蛟龍)이 나타나 있었다. 그런 다음 태기가 있어 드디어 고조를 낳았다. 고조는 사람 된 것이 융준에 용안이었고, 수염이 아름다우며 왼쪽 다리에 72개의 검은 점이 있었다.」

지금도 관상가들은 용안의 안(顔)을 얼굴이 아닌 이마로 보고 있고 용의 특색은 이마가 높은 데 있다는 것이다. 즉 코도 높고 이마도 높은 것이 「융준용안」이라는 것이다.

그런데 지금은 이 말이 얼굴이 남자답게 잘 생겼다는 뜻으로 쓰이기도 한다. 또 용의 눈(龍眼)으로 풀이하는 사람도 있다.

읍참마속 **泣斬馬謖** 제갈양이 눈물을 흘리며 마속을 사형에 처했다 는 기록에서 생겨난 말로, 대중을 이끌어 나가고 법을 집행하는 사람은 사사로운 인정을 떠나 공정한 법 운용을 해야 한다는 말로 흔히 인용되는 말이다.

제갈양이 제1차 북벌(北伐)을 했을 때다. 제갈양은 대군을 이끌고 기산 (祁山)으로 출격을 하여, 적의 작전을 혼란시키기 위해 장안) 서쪽에 있는 미(郿)를 친다고 선언하고 조운(趙雲)과 등지(鄧芝) 두 장수를 기곡(箕谷) 에다 진을 치게 했다.

한편 위(魏)의 명제(明帝)는 남방의 오(吳)나라와의 국경선에 진치고 있 던 장합을 불러 올려 급히 기산으로 향하게 했다. 장합은 위수(渭水) 북쪽 에 있는 요충지인 가정(街亭)에서 촉나라 선봉과 충돌, 이를 단번에 격파 하고 말았다. 이 가정의 지휘 책임자가 바로 마속이었다. 그는 제갈양의 지시를 어기고 자기의 얕은 생각으로 임의로 행동했기 때문에 패한 것이 다. 제갈양의 작전은 이 가정이 무너짐으로써 완전 실패로 돌아가고 부득 이 전면 철수를 해야만 했다.

「한중으로 돌아온 제갈양은 마속을 옥에 가두고 군법에 의해 그를 사 형에 처했다. 제갈양은 그를 위해 눈물을 흘렸다. 마속의 나이 그때 서른 아홉이었다.」고 《촉지》 마속전에 나와 있다.

또 《촉지》 제갈양전에는 다음과 같이 기록되어 있다.

「마속은 제갈양의 지시를 어기고 자기 멋대로 행동했기 때문에 장합 에게 크게 패했다. 제갈양은 한중으로 돌아오자 마속을 죽이고 장병에게 사과를 했다」

한편 촉나라 서울 성도(成都)에서 한중으로 온 장완(蔣琬)이 제갈양을 보고,

「앞으로 천하를 평정하려 하는 이때에 그런 유능한 인재를 없앴다는 것 은 참으로 아까운 일입니다.」 하고 말하자, 제갈양은 눈물을 흘리며,

「손무(孫武)가 항상 싸워 이길 수 있었던 것은 군율을 분명히 했기 때문

이다. 이 같은 어지러운 세상에 전쟁을 시작한 처음부터 군율을 무시하게 되면 어떻게 적을 평정할 수 있겠는가.」하고 대답했다는 것이다.

이 사건을 《삼국지연의》에서는 보다 재미나게 꾸미면서 한 편 제 96 회의 사건 제목을 「공명휘루참마속(孔明揮淚斬馬謖)」이라고 했다.

눈물을 뿌렸다(揮淚)는 말은 울었다(泣)는 말로 바뀌어 「읍참마속」이란 말이 널리 쓰이게 된 것이다.

장유이복구재측 牆有耳伏寇在側　담벼락에 귀가 있다는 말은 사람이 없는 집안에서나 방안에서 한 말이 금방 밖으로 새어나간다는 뜻이다.

「낮말은 새가 듣고 밤 말은 쥐가 듣는다」는 우리말 속담과 같은 말이다. 숨은 도적이 옆에 있다는 말은 가장 심복으로 알고 있는 사람이 어떤 복병(伏兵)과 같은 일을 하게 될지 모른다는 뜻이다. 결국 말과 행동을 조심하라는 뜻이다.

이 말은 《관자(管子)》 군신편에 있는 말이다.

「옛날에 두 가지 말이 있으니, 담벼락에도 귀가 있고 숨은 도적이 곁에 있다고 하였다(古者有二言 牆有耳 伏寇在側)」

또 《북제서(北齊書)》 침중편(枕中篇)에는,

「문가에 재앙이 기대 있을 수 있으니 사안을 은밀히 하지 않을 수 없다. 담장에 숨은 도적이 있을 수 있으니 실언을 해서는 안된다(門有倚禍 事不可不密 牆有伏寇 言不可而失)」는 구절이 있다.

전거복철 前車覆轍　앞의 수레가 엎어진 바퀴자국이 「전거복철」이다. 「앞 수레가 엎어진 바퀴자국은 곧 뒤 수레의 경계가 된다(前車覆轍 後車之戒)」는 말에서 나온 것이다.

이 말은 먼저 사람들의 실패를 보게 되면 뒤의 사람들은 똑같은 실패를 거듭하지 않게 된다는 뜻이다.

이 말은 《한서》 가의전(賈誼傳)에 있는 가의의 상소문 중에 나오는 말이다. 이 말이 나오는 부분을 소개하면 다음과 같다.

「속담에 말하기를『관리 노릇하기가 익숙지 못하거든 이미 이뤄진 일을 보라』했고, 또 말하기를『앞 수레가 넘어진 것은 뒷 수레의 경계가 된다』고 했습니다. ……진나라 세상이 갑자기 끊어진 것은 그 바퀴 자국을 볼 수 있습니다. 그런데도 이를 피하지 않으면 뒷 수레가 또 넘어지게 될 것입니다.……(鄙諺曰 不習爲吏 視已成事 又曰 前車覆 後車戒 ……秦世之所以亟絶者 其轍跡可見也 然而不避是 後車又將覆也……)」

처음 하는 일이 익숙지 못하면 앞 사람의 한 일을 보고 실수가 없도록 할 것이며, 앞차가 넘어진 것을 보았으면 그 차가 지나간 바퀴자국을 피해 가야만 넘어지지 않는다는 뜻이다.

결국 남의 실패를 거울삼아 똑같은 실수를 범하지 않는 것이 현명한 길이니 과거의 역사와 남이 실패한 일들을 주의해서 같은 과오를 범하지 말라는 뜻이다. 「전거지감(前車之鑑)」이라고도 한다.

중석몰족 **中石沒鏃**   명장에도 장(將)의 장(將)이 될 그릇과, 무용에 뛰어나 부장(部將)으로서 이름나는 두 종류가 있다. 한나라의 이광(李廣)과 그 손자 이능(李陵)과 같은 자는 후자에 속한다. 천하에 용명을 떨친 장군이 계속 배출되는 것도 그럴싸한 일, 농서(隴西 : 감숙성) 이장군의 집은 선조 대대로 무인의 혈통을 자랑하고 있었다. 농서는 오랑캐 땅에 가깝다. 북쪽에 접해 있는 사막 땅은 흉노의 전진기지가 되어 있었으며, 도시 주변에는 육반(六盤)산맥의 지맥이 뻗어 있다.

국경 도시다운 거친 분위기 속에서 유년시절을 보낸 이광이 얼마 안가서 정식으로 훈련을 받게 되자, 급속도로 두각을 나타내기 시작하였다. 무장의 아들로서 부끄럽지 않을 만한 풍격은 자연 몸에 지니고 있었지만, 특히 활을 잡으면 누구에게든지 뒤떨어지지 않을 만한 자신이 있었다.

문제 14년(B.C. 166), 흉노가 대거 숙관(肅關)을 침범하였을 때 얼마 안되는, 그러나 톡톡히 단련받은 수병(手兵)을 이끌고 흉노에게 뒤떨어지지 않는 훌륭한 기병전술과 활재주를 보여주었다. 수십 년간 흉노에게 고배를 계속 마셔 온 문제는 자기 일같이 기뻐했다. 그래서 이광을 가까이 두고 싶어 시종무관에 임명하였던 것이다. 호랑이와 맞붙어 졸라 죽인 것은, 문제의 사냥에 수행하였을 때의 일이었다. 위기일발 난(難)을 면한 문제는 이제 새삼 놀라고, 「너는 참 아깝게 되었다. 고조시대에 태어났더라면 큰 나라의 후군(侯君)으로 출세하였을 텐데.」

「아니옵니다. 후군이 되고 싶지는 않습니다. 다만 국경의 수비대장이 신의 소원입니다.」

이리하여 이광은 전부터 바라던 변경의 수비대장을 전전하게 되었다. 이 사이에 세운 공로는 헤아릴 수 없을 정도로 많았다. 그러나 처세술이 시원치 않아 벼슬이 올라가기는커녕 때로는 면직될 뻔도 하였다. 장군의 실력을 알고 있던 것은, 오히려 적인 흉노 쪽이었을는지 모른다. 한(漢)의 비장군(飛將軍)의 이름을 숭앙하고, 감히 장군의 요새를 엿보려 하지 않았다. 우북평(右北平)의 흉노만이 안전하지 못하였을 뿐 아니라, 산야를 횡행하는 호랑이도 편안치 못하였다. 한번은 초원의 바위를 호랑이로 잘 못 보고 쏘았는데, 살촉이 푹 파묻힐 정도로 깊이 돌에 들어 박혔다. 돌에 화살이 꽂힌 것이다. 가까이 가 보고서야 돌인 줄 알고 새로 활을 쏘았더니 이번에는 꽂히지 않았다는 것이다.

이것이 「중석몰족」의 고사다. 이광 장군의 활 솜씨를 칭찬하여 만들어낸 이야기인지도 모른다. 여하튼간에 그가 활에 뛰어났다는 것은 틀림없는 일이다. 더욱이 그것은 수련에 의하여 얻은 기술의 영역을 벗어난 것 같다. 그 활솜씨가 발군(拔群)이었던 것은 그가 원비(猿臂)였기 때문이라고 한다. 사마천은 《사기》이장군전에 이렇게 쓰고 있다.

「이광은 키가 크고 원비였다. 그가 활을 잘 쏜 것도 또한 천성이다」라고. 원비라 하면 원숭이처럼 팔이 긴 것을 말한다. 원숭이처럼 팔이 길면 활을 당기는 데도 편리할 것이다.

중원축록 中原逐鹿

「중원축록」은 사슴을 쫓는다는 말이다. 「각축(角逐)」도 같은 말이다. 여기서 중원(中原)이라 함은 정권을 다투는 무대를 말한다. 녹(鹿)은 사슴, 곧 정권·권력을 일컫는 말로 쓰인다.

《사기》회음후열전에 나오는 이야기다.

한고조 때 조(趙)나라 재상 진희(陳晞)가 대(代) 땅에서 반란을 일으키자 고조가 군사를 이끌고 진압에 나섰다. 그 틈에 진희와 내통하고 있던 회음 후 한신이 한나라의 도읍인 장안에서 다시 반란을 일으키려 했으나, 사전 에 기밀이 누설되어 잡혀 죽고 말았다.

진희의 반란군을 평정하고 돌아온 고조는, 한신이 「괴통(蒯通)의 말을 듣 지 않은 것이 분하다」라고 말하고 죽었다는 말을 듣고는 당장 괴통을 잡아 들이라고 명했다. 괴통은 앞서 고조 유방이 항우와 천하를 다투고 있을 때 제왕(齊王)이었던 한신에게 독립할 것을 권했던 인물이다.

이윽고 고조 앞에 끌려온 괴통은 고조의 문초에 당당히 말했다.

「그 때 한신이 저의 책략에 따랐다면 오늘 폐하의 힘으로도 그를 당해 내지 못했을 것입니다.」

고조는 대로해서 그를 당장에 끓는 물에 집어넣으라고 명령했다. 그러 자 괴통은 굴하지 않고 대꾸했다.

「폐하, 저는 죽을 만한 죄를 짓지 않았습니다. 진(秦)나라의 기강이 무 너지자 산동(山東)이 소란스러워지고 각지에서 영웅호걸들이 무리를 지 어 일어났습니다. 진나라가 사슴(鹿 : 제위)을 잃었기 때문에 천하가 모두 이를 쫓았던 것입니다. 그런데 그 중 가장 뛰어난 폐하께서 이를 잡으셨던 것입니다. 옛날 도척(盜跖)의 개가 요(堯)임금을 보고 짖었다(跖之狗吠堯) 고 했거니와, 요임금이 악인이라 짖은 것이 아니요, 원래 주인이 아니면 누구라도 짖는 것이 개이기 때문입니다. 말하자면 당시 신은 오직 한신만 알고 폐하를 알지 못했기 때문에 한신 편에 서서 짖었던 것입니다. 천하 가 어지러워지면 이를 통일하여 왕이 되고자 하는 영웅호걸은 수없이 많지만, 힘이 모자라 폐하께서 하신 일을 이룩할 수 없었을 따름입니다. 천하가 평정된 지금 앞서 난세에 폐하와 마찬가지로 천하를 도모했다고 해서 일일이 삶아 죽이려 하십니까?」

이 거침없고 사리에 맞는 항변에 고조는 벌린 입을 닫지 못하고 괴통을 그대로 놓아줄 수밖에 없었다.

지피지기백전불태 **知彼知己百戰不殆**　《손자》모공(謀攻)편에　나오는 말이다. 손무(孫武)는 춘추시대 오왕 합려의 패업을 도운 불세출의 병법가로서 오늘날 《손자병법》을 만든 유명한 인물이다.

그는 초(楚)나라의 병법가로서 전국시대에 활약한 오기(吳起 : 吳子)와 함께 병법의 시조로 일컬어진다. 그의 《손자(손자병법)》에 아래와 같은 글이 있다.

「적의 실정을 알고 아군의 실정도 안 다음 싸운다면 백 번을 싸워도 결코 위태롭지 않다. 적의 실정은 모르고 아군의 실정만 알고 싸운다면 승패는 반반이다. 적의 실정을 모르고 아군의 실정까지 모르면 싸울 때마다 모두 질 것이다.」

지금은 그저 「지피지기(知彼知己)면 백전백승(百戰百勝)」이라고 흔히 쓴다.

천도시비 **天道是非**　하늘의 뜻이 과연 옳으냐, 그르냐. 이는 곧 옳은 사람이 고난을 겪고, 그른 자가 벌을 받지 않는 것을 보면서 과연 하늘의 뜻이 옳은가, 그른가 하고 의심해 보는 말이다.

《노자》제70장에 보면 「하늘의 도는 친함이 없어서 항상 선한 사람의 편을 든다(天道無親 常與善人)」는 말이 있다.

이 말은 아무리 악당과 악행이 판을 치는 세상이라 해도 진정한 승리는 하늘이 항상 선한 사람의 손을 들어 준다는 뜻이다. 물론 이것은 일정 정도 정당한 논리이지만, 현실 속에서는 그렇지 못한 것을 우리는 비일비재하게 보아 왔다.

《사기》를 쓴 사마천은 한(漢)나라 무제 때 인물이다. 그는 태사령으로 있던 당시 장수 이능(李陵)을 홀로 변호했다가 화를 입어 궁형(宮刑 : 거세 당하는 형벌)에 처해졌다. 「이능의 화(禍)」라고 하는데, 전말은 이렇다.

이능은 용감한 장군으로, 5천 명의 병력을 이끌고 흉노족을 정벌하다가 중과부적(衆寡不敵)으로 부대는 전멸하고 자신은 포로가 된 사람이다. 그

러자 조정의 중신들은 황제를 위시해서 너나없이 이능을 배반자라며 비
난했다.

그때 사마천은 이능의 억울함을 알고 분연히 일어나 그를 변호하였다.
이 일로 해서 사마천은 투옥되고 사내로서는 가장 치욕적인 형벌인 궁형
을 당했던 것이다. 그러나 사마천은 여기에 좌절하지 않고 치욕을 씹어가
며 스스로 올바른 역사서를 쓰리라고 결심하였다. 그리하여 마침내 완성
한 130권에 달하는 방대한 역사서가 《사기》이다.

그는 《사기》속에서, 옳은 일을 주장하다가 억울하게 형을 받게 된 자
신의 울분을 호소해 놓았는데, 이것이 바로 백이숙제열전에 보이는 유명
한 명제 곧 「천도는 과연 옳은가, 그른가(天道是耶非耶)」이다.

그는 이렇게 말한다.

「흔히 『하늘은 정실(情實)이 없으며 착한 사람의 편이다』라고 말한
다. 그러나 이는 인간이 부질없이 하늘에 기대를 거는 이야기에 지나지
않는다. 이 말대로 진정 하늘이 착한 사람의 편이라면 이 세상에서 선인은
항상 영화를 누려야 할 것이다. 그러나 실상은 그렇지가 않으니 어쩐 일인
가?」이렇게 말한 그는 다음과 같은 예를 들었다.

「백이 숙제가 어질며 곧은 행실을 했던 인물임은 세상이 다 아는 일이
다. 그런데 그들은 수양산에 들어가 먹을 것이 없어 끝내는 굶어죽고 말았
다. 공자의 70제자 중에서 공자가 가장 아꼈던 안연(顔淵)은 항상 가난에
쪼들려 쌀겨조차 배불리 먹지 못하다가 결국 젊은 나이에 죽고 말았다.
이런데도 하늘이 선인의 편이었다고 할 수 있는가. 한편 도척은 무고한
백성을 죽이고 온갖 잔인한 짓을 저질렀건만, 풍족하게 살면서 장수하고
편안하게 죽었다. 그가 무슨 덕을 쌓았기에 이런 복을 누린 것인가.」

이렇게 역사 속에서 억울하게 죽어간 사람들의 이야기를 하고 나서 사
마천은 그 처절한 마지막 질문을 던진다.

「과연 천도(天道)는 시(是)인가, 비(非)인가?」

과연 인과응보란 있는 것인가? 사마천이 궁형을 당한 덕택에 결국 《사
기》라는 대저술을 남기게 됨으로써 역사에 이름을 남기게 되었으니, 그것

이 하늘이 그에게 보답을 한 것이라고 말할 수 있을까?

청담   清談

「청담」은 위진(魏晉)시대에 유행한 청정무위의 공리공담(公理空談)을 말한다.

《안씨가훈》 등에 나오는 말이다. 이 말이 나오게 된 것은 중국이 한창 격동기에 접어들어 연일 전쟁과 살육으로 하루도 바람 잘 날이 없었던 위진남북조 시대에 형성된 일군의 선비 집단인 죽림칠현(竹林七賢)과 밀접한 관련이 있다.

자고 나면 왕조가 바뀌고 그럴 때마다 숙청과 살육이 자행되던 시기에 이런 현실에 염증을 느낀 뜻있는 사람들이 모였다. 그들은 세간의 이런 정황을 깨끗이 잊어버리고 보다 고상하고 운치 있는 대화만 나누며 술에 취해 세상의 시름을 잊고자 노력하였다. 특히 그 가운데 일곱 사람이 당시 크게 알려졌다.

산도(山濤, 자는 巨源)·완적(阮籍, 자는 嗣宗)·혜강(嵇康, 자는 叔夜)·완함(阮咸, 자는 仲容)·유영(劉伶, 자는 伯倫)·상수(向秀, 자는 子期)·왕융(王戎, 자는 濬中)의 일곱 명이다.

이들이 술을 마시면서 시를 짓고 노닐 때 나누었던 이야기를 일러 후세 사람들이 「청담」이라고 한 것이다. 이들에게 있어서 술은 그 무엇과도 바꿀 수 없는 친근한 벗이라 할 수 있다. 그래서 유영과 같은 사람은 술을 찬양하는 「주덕송(酒德頌)」이라는 글까지 남겼을 정도였다.

시속(時俗)의 득실에 빠져 그들을 비방하던 세속지사를 한낱 잠자리나 나나니벌로 격하시킨 풍류와 호방함은 가히 이들 칠현들의 정신세계를 한 마디로 대신한 것이라고 하겠다.

청천벽력   青天霹靂

맑게 갠 하늘에 난데없는 벼락이란 뜻이다. 전연 예상조차 할 수 없었던 재난이나 변고 같은 것을 비유해서 쓰는 말이다. 너무도 뜻밖의 불길한 소식을 듣든가 당하든가 했을 때 흔히 「청천벽력도 유분수(有分數)지」 하는 말을 쓴다.

이것은 청천벽력이 사람을 놀라게 하는 돌발사건이란 뜻으로 쓰인 것이다. 「유분수지」하는 말은 「정도가 있지」하는 뜻이다.

우리말의 「날벼락」이란 말은 이 「청천벽력」이란 말과 비슷하기는 하나 쓰는 데 다소 차이가 있다. 날벼락은 죄 없이 받는 재난이란 뜻이다. 뜻밖에 당한다는 점에서는 같지만, 그 내용에 있어서는 다르다.

「그 소식은 내게 있어서 청천벽력이었다」하면 너무도 뜻밖의 놀라운 일이란 것을 뜻한다.

이때 「날벼락」이란 말은 쓸 수 없다.

「모진 놈 옆에 섰다가 날벼락 맞는다」는 말이 있다.

악한 사람에게 하늘이 벼락을 내리는 바람에 그 옆에 있던 착한 사람까지 희생을 당한다는 뜻이다. 이때는 「청천벽력」을 대신 쓸 수 없다.

그러나 「이거야 원 날벼락이지」하고 말할 때는 「이거야 원 청천벽력이지」하고 말할 수 있다.

너무나도 뜻밖에 당하는 일이라는 뜻이다.

남송(南宋)의 시인 육유(陸遊, 1125~1209)는 자신의 뛰어난 필치(筆致)를 가리켜 「푸른 하늘에 벽력을 날리듯 한다(靑天飛霹靂)」고 했다.

이것은 역시 세상을 놀라게 한다는 뜻으로 쓰인 것이기는 하지만, 좋은 의미를 지니고 있다. 「청천벽력」과 같은 뜻밖의 소식 중에는 기쁜 일 좋은 일도 있을 수 있다.

그러나 좋은 경우에는 이 문자를 쓰지 않는 것이 보통이다. 그러나 다른 문자로 표현 못할 경천동지할 대사건이라면 경우에 따라서는 쓸 수도 있을 것이다.

칠신탄탄 **漆身呑炭** 「칠신탄탄」은 몸에 옻칠을 하고 숯덩이를 삼킨다는 말이다. 《사기》 자객열전에 나오는 이야기다.

춘추시대 말기 진(晋)의 왕실은 왕년의 패자(覇者)의 면목을 완전히 잃고 나라의 실권은 지백(知伯)·조(趙)·한(韓)·위(魏) 등의 공경에게로 옮아갔다. 그리하여 공경들은 세력다툼에 정신이 없었다. 그 중에서도 가장 강력한 것은 지백씨(知伯氏), 한위 양가와 손을 잡고 조가(趙家)를 멸망시키고자 전쟁을 일으켰다.

그때 조가의 주인이었던 양자(襄子)는 진양(晋陽)에 웅거하여 항복하지 않았다. 마침내 지백은 진양성을 수공(水攻)으로 괴롭혔으나, 함락 직전에 한위 양군이 반기를 들어 오히려 주멸되고 말았다. 이때의 싸움은 수많은 춘추시대의 전쟁 중에서도 이상한 것으로서 유명하다.

그런데 지백의 신하로 예양(豫讓)이란 자가 있어 주가(主家)의 멸망 후 원수를 갚으려고 조양자의 목숨을 노렸다. 처음 예양은 죄수로 몸을 떨어뜨려 궁전의 미장으로 섞여 들어갔으며 양자가 변소로 들어갔을 때 찌르려고 하다가 잡히고 말았다. 그런 폭거를 감행한 이유를 묻자 예양은,

「지백은 나를 국사(國士)로서 대해 주었다. 그래서 나도 국사로서 보답하는 것이다.」라고 대답했다.

양자는 충신의사라고 용서했으나, 예양은 그 후에도 복수의 화신이 되어 양자를 계속 노렸다.

예양은 상대가 자기를 알아보지 못하도록 하기 위해서 몸에 옻칠을 하여 문둥이가 되고 숯을 삼켜 벙어리가 되었는데(몸에 옻칠을 하면 옻이 올라 문둥병환자처럼 되고 숯을 삼키면 목소리가 나오지 않아 벙어리같이 된다), 거리에서 구걸을 하며 상대의 동정을 살피고 있었다. 그의 처까지도 그 모습을 알아차리지 못했다고 한다.

오직 한 사람, 옛날 친구가 그것을 알아보고 불러서 원수를 갚으려면 달리 더 좋은 방법도 있지 않은가, 예를 들어 양자(襄子)의 신하로 들어가 좋은 기회를 노릴 수도 있지 않은가 하고 권하자 예양은,

「그것은 두 마음을 갖는 것이 된다. 자기가 하려고 하는 일이 아무리 어렵더라도 후세 사람들에게 두 마음을 갖지 않는다는 것이 어떤 것인가를 보이고 싶다.」라고 하며, 계속 그 기회를 노리고 있었다.

어느 날, 다리 밑에 엎드려 그 곳을 지나치게 될 양자를 기다리고 있었다. 양자가 다리에 이르자, 타고 있던 말이 걸음을 멈추고 가지 않았다. 수상쩍게 생각하고 수행원에게 주위를 살펴보게 한 즉, 거기에는 거지꼴

을 한 예양이 있었다. 양자는,

「그대는 이미 구주(舊主)에 대하여 할 일을 다 했다. 또 나도 그대에게 충분히 예를 다했다. 그런데 아직도 나를 노리는 것은 용서할 수 없다.」
라고 하면서 부하를 시켜 죽이라고 명하자, 예양은 최후의 소원이라고 하면서 양자에게 그 입고 있던 옷을 빌려 들고 자기 품안에서 비수를 빼들자 그 옷을 향해 덤벼들기 세 번,

「지백님이시여, 이제 복수를 했습니다!」하고 외치고 나서 비수로 자기 배를 찌르고 엎드려 죽었다.

칠전팔기 七顚八起

「칠전팔기」는 일곱 번 넘어지고 여덟 번 일어난다는 뜻이다. 아무리 실패를 거듭해도 절망하거나 체념하지 않고 끝까지 분투노력하는 것을 말한다.

七이니 八이니 하는 숫자는 많다는 뜻이다. 넘어졌다가 일어나는 것을 이치대로 따진다며 일곱 번 넘어졌으면 일곱 번 일어나는 것으로 끝난다. 한 번 넘어진 사람이 두 번 일어날 수는 없기 때문이다.

결국 몇 번을 넘어지든 다시 일어나고 또 일어난다는 뜻이다.

「칠전팔도(七顚八倒)」란 말이 있다.

일곱 번 넘어지고 여덟 번 거꾸러진다는 말이다.

역시 칠과 팔을 많다는 형용사로 쓴 것이다.

또 「십전구도(十顚九倒)」란 말도 있다. 같은 말이다.

열 번 넘어졌다면 아홉 번까지 일어났다는 뜻도 된다.

일어나지 않았으면 넘어질 수 없으니까, 문제는 넘어진 숫자에 있는 것이 아니고 일어난 숫자에 있는 것이다.

아니 다시는 넘어지지 않을 때까지 일어나는 것에 뜻이 있는 것이다.

파죽지세 破竹之勢

「파죽지세」는 대나무를 칼로 쪼개듯 무서운 힘을 가지고 거침없이 쳐들어가는 기세를 말한다.

삼국시대는 진(晉)나라 건국으로 끝이 난 셈이지만, 삼국 중의 하나인

오(吳)나라는 15년 동안이나 그 명맥을 유지하고 있었다. 그 오나라를 치기 위해 내려온 진남대장군 두예(杜預)가 20만 대군으로 형주를 완전 점령하고 마지막 총공격을 위한 작전회의를 할 때였다.

한 사람이 의견을 말했다.

「지금 당장 완전 승리를 거두기는 어렵습니다. 더구나 봄철이라 비가 잦고 전염병까지 발생하기 쉬우니, 일단 작전을 중지하고 다음 겨울이 올 때까지 기다리는 것이 어떻겠습니까?」

그러자 두예는,

「……지금 군사의 위엄은 이미 떨쳐져 있다. 그것은 마치 대나무를 쪼개는 것과 같다. 몇 마디 뒤까지 칼날을 맞아 벌어지므로 다시 손댈 곳이 없다(今兵威已振 臂如破竹 數節之後 迎刃而解 無復着手處也).」라고 했다.

이리하여 그는 곧장 오나라 수도를 향해 진군할 것을 명령했다.

진나라 군대가 이르는 곳마다 오나라 군대는 싸움 한번 해보지 않고 항복을 했다.

「파죽지세」란 「파죽(破竹)」에서 나온 말인데, 이 말은 이전부터 있었을 것으로 생각된다.

한편 두예는 학문을 좋아하는 학자이기도 해서, 그가 좋아하는 《춘추좌씨전》은 거의 잠시도 손에서 떠나는 일이 없었다고 한다.

현재 남아 있는 가장 오래된 《좌전》 주석서인 《춘추좌씨전 집해(集解)》와 《춘추석례(春秋釋例)》는 그가 남긴 것이다.

그 당시 말을 좋아하는 왕제(王濟)란 대신과 큰 부자이면서 인색하기로 유명한 화교(和嶠)란 사람이 있었는데, 두예는 그들을 평하여,

「왕제는 마벽(馬癖)이 있고 화교는 전벽(錢癖)이 있다」고 했다. 이 말을 들은 무제가,

「경은 무슨 벽이 있는가?」 하고 묻자,

「신은 좌전벽(左傳癖)이 있습니다」 하고 대답했다는 것이다.

호가호위　**狐假虎威**　「호가호위」는 여우가 호랑이의 위엄을 빌어 제 위엄으로 삼는다는 말이다. 아무 실력도 없으면서 배경을 믿고 세도를 부리는 사람을 비유해서 이르는 말이다.

위나라 출신인 강을(江乙)이란 변사가 초선왕 밑에서 벼슬을 하게 되었다. 그런데 초나라에는 삼려(三閭)로 불리는 세 세도집안이 실권을 쥐고 있어 다른 사람은 역량을 발휘할 수가 없었다. 이때는 소씨집 우두머리인 소해휼(昭奚恤)이 정권과 군권을 모두 쥐고 있었다. 강을은 소해휼을 넘어뜨리기 위해 기회만 있으면 그를 헐뜯었다. 하루는 초선왕이 여러 신하들이 있는 데서 이렇게 물었다.

「초나라 북쪽에 있는 모든 나라들이 소해휼을 퍽 두려워하고 있다는데, 그 말이 사실인가」

소해휼이 두려워 아무 대답하는 사람이 없었다. 그때 강을이 일어나 대답했다.

「호랑이는 모든 짐승을 찾아 잡아먹습니다. 한번은 여우를 붙들었는데, 여우가 호랑이를 보고 이렇게 말했습니다.

『그대는 감히 나를 잡아먹지 못하리라. 옥황상제께서는 나를 백수(百獸)의 어른으로 만들었다. 만일 그대가 나를 잡아먹으면 이것은 하늘을 거역하는 것이 된다. 만일 내 말이 믿어지지 않거든, 내가 그대를 위해 앞장서서 갈 터이니 그대는 내 뒤를 따라오며 보라. 모든 짐승들이 나를 보고 감히 달아나지 않는 놈이 있는가를』

그러자 호랑이는 과연 그렇겠다 싶어 여우를 앞세우고 같이 가게 되었습니다. 모든 짐승들은 보기가 무섭게 달아났습니다. 호랑이는 자기가 무서워서 달아나는 줄을 모르고 정말 여우가 무서워서 달아나는 줄로 알았습니다. 지금 대왕께서는 5천 리나 되는 땅과 완전무장을 한 백만 명의 군대를 소해휼 한 사람에게 완전히 맡겨 두고 계십니다. 그러므로 모든 나라들이 소해휼을 두려워하는 것은, 사실은 대왕의 무장한 군대를 무서워하고 있는 것입니다. 마치 모든 짐승들이 호랑이를 무서워하듯 말입니다.」

재미있고 묘한 비유였다. 소해휼은 임금님을 등에 업고 임금 이상의 위세를 부리는 여우같은 약은 놈이 되고 선왕은 자기가 어떤 위치에 있는 지를 자각하지 못한 채 소해휼이 훌륭해서 제후들이 초나라를 두려워하는 줄로 알고 있는 어리석은 호랑이가 되고 만 것이다.

이 세상에는 이런 「호가호위」의 부조리가 너무도 공공연하게 행해지고 있다.

화씨벽　**和氏璧**　화씨(和氏)가 발견한 구슬이라고 해서 「화씨벽」으로 부르게 된 것이다. 춘추전국 시대를 통해서 가장 값비싼 보물로 인정되어 왔고, 한때 이 화씨벽을 성 열 다섯과 바꾸자고 한 일도 있어, 이것을 둘러싼 국제적인 분쟁이 있었고, 이로 인해 벼락출세를 하게 된 인상여(藺相如)의 이야기 또한 너무도 유명하다.

또 장의(張儀)가 이 화씨벽으로 인해 도둑의 누명을 쓰고 매를 맞은 일도 유명하다. 그러나 이 화씨벽이 세상에 나오기까지에는 보다 기막힌 사연이 얽혀 있었다.

초나라 화씨(和氏 : 卞和)가 산 속에서 돌로밖에는 보이지 않는 옥돌 원석을 주워 와서 초나라 여왕(厲王)에게 바쳤다. 여왕이 옥공에게 감정을 시킨바, 옥이 아닌 돌이라고 했다. 왕은 임금을 속인 죄를 물어 왼쪽 다리를 자르게 했다.

여왕이 죽고 무왕(武王)이 즉위하자 화씨는 다시 그 원석을 바쳤다. 역시 옥공에게 감정시킨 결과 옥이 아닌 돌이라는 판정이 내려졌다. 이번에는 그의 오른발을 자르게 했다.

무왕이 죽고 문왕이 즉위했다. 그러자 화씨는 그 원석을 품에 안고 밤낮 사흘을 소리 내어 울었다. 눈물이 마르자 피가 잇달아 흘렀다.

문왕은 이 소문을 듣고 사람을 시켜 그 까닭을 물었다.

「세상에 발을 잘린 죄인이 많은데, 그대만 유독 슬프게 우는 까닭은 무엇인가?」

그러자 화씨는,

「다리가 잘린 것이 슬퍼 우는 것이 아닙니다. 보배 구슬이 돌로 불리고, 곧은 선비가 속이는 사람이 된 것이 슬퍼 우는 까닭입니다.」하고 대답했다.

이리하여 문왕은 옥공에게 그 원석을 다듬고 갈게 하여, 천하에 다시없는 보물을 얻게 되었다. 그리고 그 구슬을 「화씨벽」이라 이름을 붙였다. 이 이야기는《한비자》화씨편에 인용된 이야기다.

*여기 실린 고사성어는 明文堂 간
《소설보다 재미있는 **이야기 고사성어**》에서 인용했습니다.

속삼국지 권1 • 망국원한편

☆

초판 인쇄일 / 2005년 08월 25일

초판 발행일 / 2005년 08월 30일

☆

지은이 / 無外者

옮긴이 / 이원섭

펴낸이 / 김동구

펴낸데 / 明文堂

서울특별시 종로구 안국동 17-8

대체 010041-31-0516013

☎ (영업) 733-3039, 734-4798

　(편집) 733-4748　FAX. 734-9209

H.P. : www.myungmundang.net

e-mail : mmdbook1@myungmundang.net

등록 1977. 11. 19. 제 1-148호

☆

ISBN　89-7270-785-6　04820

ISBN　89-7270-784-8　(전5권)

낙장이나 파본은 구입하신 서점에서 교환해 드립니다.

☆

값 9,500 원